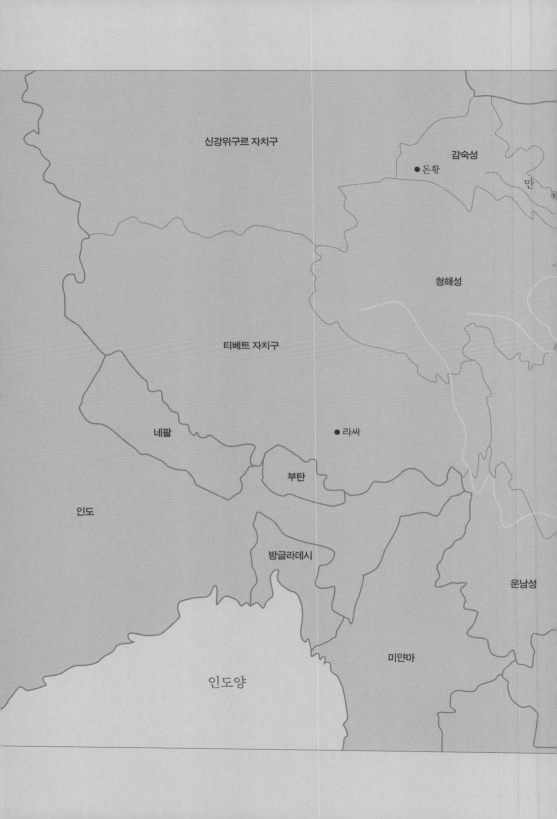

중국 지도

중국,
당시唐詩의
나라

중국,
당시唐詩의
나라

중국 땅 12,500km를 누빈 대장정,
'당시'라는 보물을 찾아 떠나다

김준연 지음

궁리
KungRee

〈일러두기〉

1. 외래어표기법에 따라 중국의 인명과 지명은 1911년 이전은 우리 음으로, 그 이후는 중국 원음으로 표기하는 것을 원칙으로 한다. 이 책은 당나라 시대와 현대를 모두 아우르기에 외래어표기법에 의하면 '上海'의 경우 서술하는 연대에 따라 '상해' 또는 '상하이'로 표기해야 옳다. 그러나 이는 혼란을 야기할 우려가 있기에 이 책의 방점이 당나라 시대에 있다는 점을 감안해 1911년 이전 표기로 통일했다.

2. 이 책에 수록한 시는 답사 지역의 명승고적에서 직접 눈으로 확인할 수 있는 것을 우선 선정했다. 현재 남아 있는 유적이 없을 경우 그와 관련하여 널리 알려진 시를 소개했다. 또 통용되는 당시 선집에서 흔히 찾아볼 수 없더라도 그 지역 또는 명승고적의 특징을 잘 담고 있다고 판단되는 시들은 선정 범위에 포함했다. 일부 장편시는 전문을 소개하지 않고 필요한 일부분만 발췌하기도 했으며, 생략된 부분은 전략, 중략, 후략 등으로 표시했다.

3. 인용한 작품의 제목은 번역과 원문을 병기하였고, 본문은 대체로 직역에 가깝게 옮겼다. 가독성을 높이는 의미에서 시의 원문은 모두 책 말미에 부록을 두어 한데 모으고 본문에서는 역문만 제시했다. 역문만으로도 시의 내용을 파악할 수 있도록 역문을 다듬었으며, 그것만으로 부족할 때 본문에서 대의를 보충 설명했다. 인명과 지명 등 한자를 병기할 필요가 있는 경우 역문 또는 본문에서 처리했다.

가까운 이웃 나라인 중국을 바라보는 시각은 다양하다. 정치적인 면에서 보자면 중국은 한반도의 안정과 비핵화에 큰 역할을 기대할 만한 강한 나라이다. 경제적인 면에서 보자면 FTA 체결시 한중 양국 무역규모가 무려 3000억 달러에 이를 것으로 전망될 만큼 엄청난 시장을 가진 큰 나라이다. 그런데 중국문학을 전공하는 필자의 좁은 소견에 중국은 당시唐詩의 나라인 듯도 하다.

　당시는 중국 당나라 왕조(618~907) 때 창작된 시를 가리키니, 그야말로 천 년 묵은 고대의 '유물'이다. 청나라 때 편찬된 당시 총집인『전당시全唐詩』는 이들 유물을 5만 점 넘게 모아놓았다. 이들이 박물관에 고이 모셔져 있을 뿐이라면 그리 대단한 일이 못 될 것이다. 우리의 국립중앙박물관 소장품만 해도 30만 점은 족히 되는 까닭이다. 그러나 당시는 현대에도 활발하게 숨 쉬며 여전히 중국 전역을 누비고 다닌다는 점에서 박물관의 유물과는 크게 구별된다.

예를 들어 당시는 지금도 중국의 초등학교 학생들부터 최고 지도자까지 읽고 감상하고 암기하고 활용한다. 그런가 하면 얼마 전 서안西安에 곡강지유지공원曲江池遺址公園을 만들고, 소주蘇州에는 높이 17m에 달하는 세계 최대의 시비詩碑를 세우기도 했다. 이렇게 당시가 책 속에 머물지 않고 여기저기서 꿈틀꿈틀 움직이는 모습을 보고 있노라면, 필자는 자연스럽게 영화 〈박물관이 살아 있다〉를 연상하게 된다. 스미소니언 박물관에 전시된 마야인, 글래디에이터, 카우보이들이 밤만 되면 멀쩡히 돌아다니듯 당시도 그렇게 중국의 어느 거리를 활보한다.

당시를 연구하고 가르치는 일을 업으로 삼고 있는 필자는 늘 당시를 더 가까이에서 보고 싶은 욕구가 있다. 이런 욕구는 확대경을 손에 들고 책을 뚫어지게 바라본다고 다 채워질 수 있는 것이 아니다. 그래서 방학 때마다 배낭을 메고 중국 전역을 누볐다. 당시가 출몰할 만한 곳을 찾아가야 하는 까닭에 현대 중국의 지도가 아니라 당나라 시대의 지도를 챙겼다. 때로는 홀로 때로는 일행과 함께 당시의 고향을 누빈 지 어언 십여 년. 서쪽 돈황敦煌으로부터 동쪽 태산泰山까지, 다시 남쪽 계림桂林으로부터 북쪽 승덕承德까지 사방팔방 당시와 관련된 곳이라면 부지런히 찾아 다녔다. 그렇게 시간과 노력을 들인 보람과 성과가 적지 않았음은 물론이다. 언젠가 미술관에서 색채의 마술사라고 불리는 마르크 샤갈의 그림을 직접 보았을 때의 느낌과 크게 다르지 않았다고 할까. 책에 한자로만 씌어 있는 당시는 도록圖錄으로 보는 샤갈의 〈도시 위에서(Over Town)〉라 하리라.

아직도 가봐야 할 곳이 부지기수지만 이제 한번 정리를 해야 할 때가 왔다는 생각이 들었다. 그동안 다녔던 모든 곳이 마치 엊그제처럼 느껴진다 해도 시간이 흐르면 애써 모은 정보가 쓸모없는 폐품으로 전락할 우려도 있기 때문이다. 그런데 매번 당시를 찾아 나선 여행의 목적이 한결같은 것은 아니었다. 순전히 당시를 만나러 간 적도 있고, 다른 일정으로 갔다가 우연히 당시를 만나기도 하고, 또 어떤 경우에는 의욕만 앞세우다 빈손으로 돌아오기도 했다. 이런 저간의 사정을 헤아려보니 당시의 나라를 돌아보고 온 결과를 정리할 때 약간의 요령이 필요해 보였다. 단순히 몇 권으로 나누어 쓴 일기장을 한데 모으는 것 이상의 재구성이 요구되었던 것이다.

필자가 고안한 방법은 그동안 돌아보았던 중국의 여러 곳을 지도상에 흩어놓고 '당시의 나라'를 여행할 사람들을 위해 다시 일정을 잘 짜보는 것이었다. 이렇게 생각하니 첫 여행지는 자연스럽게 '당시의 나라'의 수도라 할 서안이 되었다. 내친김에 서안의 서쪽 돈황을 다녀오고 다시 '당시의 길'이라 불렸던 길을 따라 남쪽 계림까지 내려가는 순례巡禮가 뒤를 이었다. 그 다음 여행의 출발점은 당시의 나라 제2의 수도였던 낙양洛陽이 적합해 보였다. 여기서 황하를 따라 태산에 이르고 북경을 지나 승덕까지 내달리는 것이 자연스러우리라. 황하를 타고 중원을 훑었다면 그 다음에는 장강이 빠질 수 없다. 먼저 성도成都에서 촉국蜀國의 향기를 맡은 뒤 중경重慶에서 유람선을 타고 의창宜昌에 이르러 강남 수향水鄕을 두루 돌면 좋을 것이다. '당시의 나라' 여행의 대미는 남경南京에서 항주杭州에 이르는 대운하 유역으로 결정되었다. 중국 속담에 "하늘에는 천당, 땅에는 소주와 항주"라 하지 않았던가. 물론 이 모든 여행의 안내자는 당시이다.

여기서 다시 중국을 바라보자. '당시의 나라' 중국은 우리나라 사람이 가장 많이 방문하는 나라이기도 하다. 유학이나 사업 목적의 방문도 있겠지만 역시 상당 부분은 관광객이 차지한다. 중국은 땅이 넓고 기후도 다양하여 자연히 자연 관광자원이 풍부하다. 산맥과 고원이 있는가 하면 사막과 초원이 있고, 강과 호수가 있는가 하면 기암절벽과 폭포가 있다. 그러나 또 하나의 대단한 볼거리는 인문 관광자원이다. 수천 년 역사 동안 수많은 왕조가 명멸하면서 어마어마한 고적과 유산을 남겼다. 그 가운데 당시는 찬란히 빛을 발하는 진주라 할 것이다. 중국 여행 중에 조금만 관심을 가지고 주위를 둘러보면 언제 어디서든 당시를 만날 수 있다. 그리고 그 경험은 중국의 역사와 문화에 대한 이해의 폭을 한껏 넓혀줄 것이다. 이 책이 '당시의 나라'로 보물찾기를 떠나는 이들의 친절한 길잡이가 되었으면 한다. 더러 잘못된 정보나 원전의 오역이 있다면 그것은 분명히 안내자를 자처한 필자의 책임이다.

'당시의 나라' 여기저기를 다녀오는 데 꽤 오랜 시간이 걸린 만큼, 이 책이 세상의 빛을 보기까지 빚을 진 사람들이 많다. 고대 문명의 동굴에 숨겨진 보물을 찾는 인디아나 존스인 양 방학 때마다 어디론가 훌쩍 떠나는 필자를 묵묵히 응원해주었던 사랑하는 가족들, 몇 차례 필자의 모험을 함께하며 일정 수립과 자료 정리를 도와주었던 고려대 중문과 대학원생들(김관수, 정명기, 양은선, 하주연, 황지선, 이지민, 김대연, 조성윤, 손준희), 그리고 어려운 여건 속에서도 이 책의 출판을 선뜻 맡아준 궁리출판의 이갑수 사장님과 까다로운 필자의 주문을 감내하며 책을 멋지게 꾸며준 김현숙 주간님께 감사드린다.

2014년 11월

안암골 연구실에서 김준연

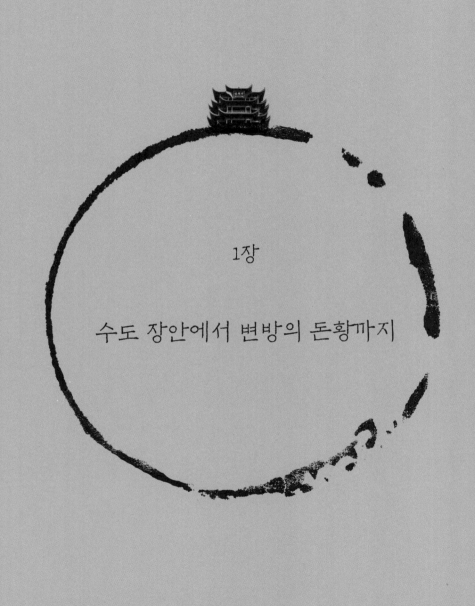

1장

수도 장안에서 변방의 돈황까지

1

장안의
풀이 되고
싶다

당시와 함께하는 중국 여행은 당나라의 수도였던 서안西安에서 시작하는
것이 좋겠다. 당나라 때에는 장안長安이라 불렸던 서안은 기원전 11세기 주
周나라 문왕文王이 도읍한 이래 진秦나라, 한漢나라, 당唐나라 등 13개 왕조
가 도읍지로 삼은 유서 깊은 곳이다. 그래서 서안에 가면 우리나라의 천년
고도인 경주와 흡사한 느낌을 받게 되는데, 실제로 경주시와 자매결연을
맺고 있기도 하다. 일반 사람들에게는 서안이 비단길의 기점 또는 병마용
兵馬俑으로 더 많이 알려져 있으나, 필자에게는 무엇보다도 당시의 중심지
라는 인상이 강하다. 당나라 시대의 서안은 한 나라의 수도를 뛰어넘어 모
든 시인의 '마음의 고향' 같은 곳이었기 때문이다. 그들은 과거시험을 보거
나 관직을 얻기 위해 서안으로 몰려들었다. 서안에서 국가의 흥망성쇠를
겪고, 온갖 인생의 영욕을 맛보았다. 여러 가지 이유로 서안을 떠나게 되어

서도 오매불망 서안을 그리워하며 다시 돌아가게 될 날만을 손꼽아 기다렸다. 오죽하면 심빈沈彬이라는 시인이 "장안의 풀로 태어나는 것이 변방의 꽃보다 낫다生作長安草, 勝爲邊地花"고까지 했으랴. 그런 서안이었기에 당시를 애호하는 사람들에게 서안은 남다른 곳으로 다가올 수밖에 없다.

장락문
산하가 천 리인 나라

서안 여행은 서안 성장城墻의 하나인 장락문長樂門에서 출발하기로 하자. 서안의 중심부에 자리잡고 있는 이 성장은 중국에서 가장 완벽하게 보존된 성벽 건축물이다. 현재의 성벽은 14세기 후반인 명나라 홍무洪武 연간에 축조되었지만, 기본적으로 당나라 때의 터를 기반으로 확장한 것이라는 데 의미가 있다. 동서남북에 각기 대문이 있으며, 그 가운데 동쪽의 것이 장락문이다. 이 밖에 서쪽에는 안정문安定門, 남쪽에는 영녕문永寧門, 북쪽에는 안원문安遠門이 있다.

12m 높이의 성장으로 올라가면 성벽을 따라 걸으며 서안 시내를 조감할 수 있다. 관광객들을 위해 자전거와 마차를 제공하기도 한다. 12~14m

성장 장락문

폭의 제법 넓고 평탄한 길이 쭉 뻗어 있어 색다른 느낌을 준다. 필자가 이곳을 찾았을 때는 8월 한여름이었는데 서안의 따가운 햇살 속에서도 얼마간의 청량감을 맛볼 수 있었다. 궁수弓手를 위해 설치한 누대 너머로 보이는 고층 건물과

어울려 성장은 서안의 유구한 역사를 한눈에 보여주는 것 같았다.

성장에서 잠시 쉬며 당나라 초기의 시인 낙빈왕駱賓王, 640~684이 장안의 화려함을 노래한 〈황제의 서울帝京篇〉이라는 시의 첫 대목을 읽어보기로 하자.

산하가 천 리인 나라
성궐엔 아홉 겹의 문
웅장한 황성을 보지 않고서
어찌 천자의 존엄함을 알리오

이 시는 이부시랑吏部侍郎의 명을 받아 지은 것이라 시인의 진실된 감정이 온전히 담겼다고 보기 어렵다. 그러나 서안 성장에 처음 오른 이의 인상을 대변하기에는 충분하지 않은가 한다. 이곳에 올라 서안 시내를 찬찬히 내려다보자. 고층 건물이 즐비하고 오가는 차들로 교통혼잡이 빚어지는 모습은 과연 대도시답다. 특히 필자가 서안을 처음 방문했던 2000년에 비하면, '서부 대개발'의 전초기지로 맹활약하고 있는 현재의 서안은 눈부신 발전을 거두었다고 해야 할 것이다. 그렇다고는 해도 서안을 북경이나 상해에 비길 바는 아니다. 낙빈왕이 노래했던 과거의 영화는 거의 찾아볼 수 없고, 도시의 휘황찬란함 속에서도 까닭 모를 황량함이 배어난다. 이것이 중국 동부와 서부의 격차인 걸까?

다음 사진에서 세로로 뻗은 길은 주작대가朱雀大街이다. 그러나 이름만 '대가'이지 그렇게 큰 거리라는 느낌이 들지 않는다. 이 길이 당나라 때 어떠했던가. 그 해답은 병마용 박물관에서 찾아볼 수 있다. 여기에 당나라 장안 지도와 현재의 서안 지도를 겹쳐놓은 전시물이 있기 때문이다. 상단에 직사각형 모양으로 자리잡은 것이 장안의 황궁인 대명궁大明宮이다. 그

성장에서 내려다본 서안 시가지

리고 남문인 주작문朱雀門 아래로 가장 넓게 펼쳐진 대로가 바로 주작대가
이다. 당나라 때의 주작대가는 우리 서울의 세종로보다 1.5배 넓은 150m
의 폭에 길이는 그 열 배 가까운 5km에 이르렀다. 그렇게 웅장했던 주작
대가가 지금처럼 평범한 도로로 변모한 세월에 필자가 느낀 서안의 황량
함이 숨어 있었던 듯하다.

당나라 때의 장안은 상주 인구가 100만을 넘었던 세계 최대의 도시였
다. 가로 세로 각각 10km에 육박했던 장안성의 면적은 83km²로, 동시대
비잔틴 제국 콘스탄티노플의 7배, 아바스 왕조 바그다드의 6배에 이르렀
다. 각 구역은 110개의 이방里坊으로 반듯하게 정돈되고, 동시東市와 서시西
市의 대형 시장과 부용원芙蓉苑이라는 인공 원림까지 갖춘 멋진 도시였다.
장안성 북쪽에는 634년에 축구장 500개 넓이의 대명궁이 건립되어 당 왕
실의 위용을 한껏 과시했다. 여기서 대명궁과 관련된 시를 한 수 감상하기
로 한다.

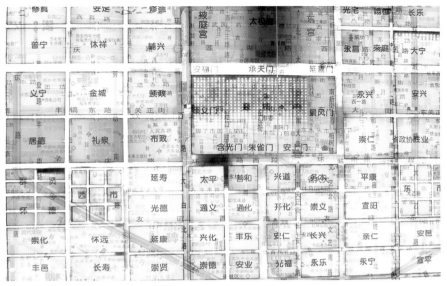

닭 우는 수도의 큰 길에는 새벽빛이 차갑고

꾀꼬리 지저귀는 경성에는 봄빛이 저물었다

궁궐의 새벽 종 소리에 온갖 문이 열리니

옥 섬돌의 의장대는 많은 관리 호위한다

꽃이 칼과 패옥을 맞이할 때 별이 갓 떨어지고

버들이 깃발에 스칠 때 이슬은 아직 마르지 않았다

유독 봉황지 가에 시인이 계시니

그의 〈양춘곡〉은 우리 모두 화답하기 어렵구나

이 시는 잠삼岑參, 약 715~770의 〈중서사인 가지의 '아침에 대명궁에서 조회하며'에 받들어 화답하여奉和中書舍人賈至早朝大明宮〉라는 작품이다. 청와대 비서관 격의 중서사인中書舍人 벼슬에 있던 가지賈至, 718~772가 먼저 〈아침에 대명궁에서 조회하며〉라는 시를 짓자, 위 시의 작자인 잠삼을 비롯하여 왕유王維, 701~761, 두보杜甫, 712~770 등 당시를 대표하는 시인들이 앞다투어 이에 화답한 것은 유명한 일화이다. 잠삼은 이 시에서 가지의 시를 이어받아 봄이 무르익은 어느 날 아침 대명궁에서 문무백관이 성대하게 조회하는 모습을 잘 그려냈다. 전성기를 향해 치닫는 당나라 왕조의 기상과 관리들의 희망찬 모습이 눈에 선하다.

비림박물관
들판 나루터엔 아무도 없이 배만 혼자 덩그러니

이제 필자는 현재의 서안과 당나라의 장안이 그렇게 겹치는 서안 성장을 내려와 서안 비림박물관碑林博物館으로 향한다. 비림박물관까지는 장락문에서 버스로 30분 정도 걸린다. 이곳은 본래 북송 철종哲宗 때인 1087년에 십삼경十三經을 새긴 당나라 비석을 보존하기 위해 건립되었다. 청나라 때부터 비림이라 불리기 시작했고, 현재의 서안 비림박물관이 된 것은 1992년의 일이다. 이곳에는 역대의 비석, 묘지墓誌, 그리고 석상들이 전시되어 있는데, 서안에 있는 만큼 당나라 유적과 관련된 것이 적지 않다.

비림박물관은 3만m² 남짓의 대지에 공묘孔廟, 비림, 석각예술실 등 크게 세 구역으로 나뉘어 진열관 7개, 관람 회랑回廊 6곳, 그리고 비정碑亭 8개를 갖추고 있다. 진한秦漢 시기부터 근대까지 4천여 점의 비각碑刻을 보존하고 있어 '역사문화의 보고이자 서예의 전당'이라고 자부한다. 필자의 관심을 끈 것은 역시 당나라 시대의 유물들이었다. 예종睿宗 때인 711년에 주조된 경운종景雲鐘과 현종玄宗 때인 723년에 세워진 어사대정사비御史臺精舍碑를 비롯해 석등, 사자상, 타조상, 코뿔소상 등이 눈에 들어왔다.

진열관 한켠에서는 문화체험 프로그램으로 탁본拓本 제작과정을 시연

서안 비림박물관

하고 있었다. 비석이나 기물에 새겨진 글씨나 문양을 먹을 이용해 종이에 뜨는 것을 탁본이라 한다. 비석에 종이를 대고 먹물로 가볍게 두드리는 모습은 대단히 원시적으로 보인다. 그렇지만 글씨의 점과 획 등 미묘한 부분까지 그대로 재현해낸다는 점에서는 오히려 사진을 능가하는 자료 가치가 있다. 시연에 사용된 것은 비림박물관에 전시된 〈황정견시비黃庭堅詩碑〉였다. 황정견은 북송 때의 시인인데, 시비에 새겨진 이 작품은 현전하는 그의 시집에 수록되어 있지 않아 진위 논란이 있다는 점이 다소 아쉬웠다. 사실 전시되어 있는 비석은 돌이라는 재질 자체의 특성과 오랜 시간의 경과에 따른 마모로 잘 알아보기 어렵다. 그런데 이처럼 탁본을 뜨니 필획하나의 숨결까지 제대로 느낄 수 있어 좋았다.

또 필자의 눈길을 사로잡은 것은 특별전시실에 진열된 당나라 시인 위응물韋應物 가족묘지전家族墓誌展이었다. 위응물(737~792)은 당나라 중기에 활약한 산수시인으로 널리 알려진 사람이다. 그의 집안은 한나라 때 이

비림박물관 '탁본 시연'

주해 온 이래로 대대로 장안에 살며 고관대작을 다수 배출한 명망가였다. 2007년 서안의 위곡韋曲에서 위응물과 그의 외동아들 위경복韋慶復 부부 네 사람의 묘지墓誌가 한꺼번에 발견되어 화제를 불러일으킨 바 있는데, 비림박물관에서 이를 정리하여 특별전을 개최한 것이었다. 안내문에 소개된 위응물의 시 한 수를 감상하는 것으로 일정에 쫓겨 묘지까지 자세히 읽어보지 못하고 비림박물관을 떠나는 아쉬운 마음을 달래본다.

> 시냇가에 자라는 그윽한 풀 유독 좋아하는데
> 그 위로는 꾀꼬리가 깊은 숲 나무에서 운다
> 봄 시냇물은 비에 불어 저녁 무렵 빨라지고
> 들판 나루터엔 아무도 없이 배만 혼자 덩그러니

이 시는 위응물이 781년에 안휘성 저주滁州의 자사刺史로 부임해서 지은

唐代著名诗人韦应物家族墓志特展

SPECIAL EXHIBITION ON WEI YING WU'S FAMILY EPITAPH

中国の唐代で最も有名な詩人—韦応物の家族の墓誌展

独怜幽草涧边生，上有黄鹂深树鸣。
春潮带雨晚来急，野渡无人舟自横。
脍炙人口的《滁州西涧》诗的作者韦应物（737～791?）
期的著名诗人。白居易的评价："高雅闲淡，自成一
今之秉笔者谁能及之？"宋代的不少诗人常把韦应物
、白居易、柳宗元并称。苏东坡也说："乐天尝言韦三
爱韦郎五字诗。"韦诗对后世的影响于此可见
，这样一位负有盛名的大诗人，有关他的生

Wei Yingwu (737A.D.–791A.D.?) is one of China's most famous poets of the Tang Dynasty, and its work has been received by the primary and secondary schools textbooks.
韦应物は中国の唐代で最も有名な詩人であり，その作品は小·中学校の教科書にも収録されています。

This is Wei Yingwu, and his wife, son, daughter-in-law Epitaph displayed publicly for the first time.
これは韦応物とその妻、息子、息子の嫁の墓誌銘であり、今回初めての展示となります。

常少。2007年，我馆经多方努力征集到了西安市长安区韦曲发现的韦应物及妻元苹、子韦庆复及妻裴棣墓志共四方。这批墓志的发现，对于了解韦应物生平，研究韦诗艺术以及中晚唐科举制度、选官途径、士族婚姻和士族妇女文学素养等诸多方面提供了丰富的信息。尤为可贵的是，四方墓誌中韦妻元苹的墓志是韦应物亲自撰文并书写，是唐人墓志中难得的抒情佳作，而且使我们首次见到了这位诗坛巨擘的手迹。这批墓志的发现堪称百年来唐代石刻文献最重要的收获之一。

This is the original handwriting of great poet Wei Yingwu demonstrated publicly for the first time.
これは韦応物の真跡としては，初めての展示となります。

These four pieces of epitaph were founded in Chang'an District of XI'an in 2007, and now collected in XI'an Beilin Museum.
この四方の墓誌銘は2007年に西安市長安区で発見され、現在は西安碑林博物館に収蔵されています。

비림박물관 위응물 가족묘지전

〈저주의 서쪽 시냇가滁州西澗〉라는 작품이다. 그는 평생 검소하게 살아 소주蘇州의 지방관으로 임기를 마치고 돌아올 즈음에는 장안으로 돌아갈 노자가 없어 소주의 한 절에 머물다 세상을 떴다고 한다. 이 시에도 욕심 없이 살다간 그의 인생이 잘 녹아 있는 듯하다.

대안탑
높은 표지처럼 창공을 올라 타고

총총히 비림을 나온 필자는 다시 버스로 30분 거리에 있는 대안탑大雁塔을 향해 남쪽으로 발걸음을 옮긴다. 대안탑은, 이것을 관람하지 않고는 서안에 다녀왔다고 할 수 없을 만큼 서안의 대표적인 명물이다. 당나라 고종高宗 때인 652년, 현장玄奘 법사가 인도에서 가져온 불경을 보관하기 위해 건립되었다. 4각형의 누각식 7층 탑인데, 겉은 벽돌이지만 안은 흙으로 이루어져 온전한 전탑塼塔이라고 할 수는 없다. 64m의 높이의 이 탑은 일반인에게 개방되어 있을 뿐만 아니라 목조계단을 이용해 위로 올라가 서안 시내를 조감할 수 있는 까닭에 관광명소로 이름이 높다.

대안탑은 본래 대자은사大慈恩寺의 경내에 있어 자은사서원부도慈恩寺西院浮屠가 정식 명칭이었고 약칭해 대자은사탑이라고 했다. 현대의 20층 건물 높이의 건축물이었으니 이 탑은 당나라 때에도 장안의 명물이었을 것이 틀림없다. 대안탑을 노래한 당나라 시인의 여러 시들이 그것을 증명한다. 두보의 〈여러 공들이 자은사탑에 올라 지은 시에 화답하다同諸公登慈恩寺塔〉라는 시를 감상해보자.

> 높은 표지처럼 창공을 올라 타
> 매서운 바람이 쉬지 않는다
> 툭 트인 선비의 생각이 아닌지라
> 이곳에 오르니 온갖 근심 일렁인다
> 이제 불교의 힘을 알아
> 깊고 그윽한 경지 찾는 일을 따를 수 있기에
> 위로 용과 뱀의 굴을 꿰뚫고
> 비로소 버팀목 어두운 곳을 나왔다
> 칠성은 북쪽 문에 있고
> 은하수는 소리내며 서쪽으로 흐른다
> 희화羲和는 해를 채찍질하고
> 소호少昊는 맑은 가을을 운행한다
> 진산秦山은 홀연 조각조각 부쉬지고
> 경수와 위수는 찾을 수가 없다

대안탑

굽어 보니 단지 하나의 기운

어찌 황주를 가려낼 수 있겠는가?

고개 돌려 순 임금을 부르니

창오蒼梧의 구름은 마침 근심 서려 있다

애석하다, 요지瑤池의 술자리

해는 곤륜산의 언덕에 저문다

노란 고니는 떠나 쉬지 않는데

애처로이 울며 어느 곳에 투숙할까?

그대는 보십시오, 볕을 좇는 기러기들

제각기 쌀알 찾는 꾀가 있는 것을

두보 자신의 설명에 의하면 고적高適, 700~765과 설거薛據 등이 먼저 시를 지었다고 했다. 또 『전당시』에는 잠삼과 저광희儲光羲, 약 706~763가 지은 같은 제목의 시도 전하는 것으로 보아 당시 많은 시인들이 일시에 대안탑에

대안탑

올라 시를 지었던 것 같다. 이 시에서 두보는 탑이 하도 높아 '나무아미타불' 기도의 힘을 빌어서야 가까스로 탑 꼭대기에 올랐다고 했다. 마치 끝없는 동굴을 헤맨 끝에 출구를 발견한 심정으로 탑 위에 오른 그는 드넓은 하늘 아래 펼쳐진 장안 시내를 굽어보며 탑의 높이를 실감한다. 다른 시인의 작품과 달리 두보의 이 시만 유독 아련한 애상이 담긴 것은 왜일까? 대안탑에 올라 서안 시내를 내려다보던 필자는 문득 이런 궁금증이 들었다. 땀을 뻘뻘 흘리며 올라온 것까지는 좋았는데 다시 내려갈 일이 걱정인 필자와는 필경 다른 차원의 심사였으리라.

당나라 때 대안탑이 더 유명세를 탄 것은 안탑제명雁塔題名 때문이 아니었던가 한다. 이는 과거에 급제한 사람들이 대안탑에 올라 자신의 이름을 새기는 행사였다. 과거에 급제한 것만도 영광스러운 일이지만 더욱 승승장구하여 고관대작의 지위에 오르라는 뜻이었을 것이다. 왕정보王定保의 『당척언唐摭言』이라는 책에 의하면, 이 안탑제명의 풍습은 당나라 중종中宗 때 시작되어 급제자를 위한 연회가 끝나면 모두 대안탑 아래 모이는 것이 관례가 되었다고 한다. 어쩌면 중국의 명산대천 곳곳이 관광객들이 마구 새긴 이름으로 홍역을 치르는 것도 이 안탑제명의 여파는 아닐까 하는 생각이 든다. 50세에 합격해도 이른 축이라던 진사 시험에 약관 27세의 나이로 급제한 백거이白居易, 772~846는 이런 시구를 남겼다고 한다.

대안탑에 이름을 새기러 모인 열일곱 명 중에 백거이가 최연소 급제자
였다는 얘기다. 아무리 그렇더라도 이런 시를 지었다가는 눈총을 제대로
맞을 일이어서 곧이곧대로 믿기는 어렵다. 누군가 제 자랑하기 좋아하기
로 정평이 난 백거이의 이름을 빌린 것쯤으로 이해하는 것이 좋겠다.

곡강지
곡강지 언덕 북쪽에서 난간에 기대노라니

필자는 다시 부지런히 발걸음을 놀려 곡강지曲江池로 향한다. 곡강지란
이름은 '강이 굽이진 연못'이라는 뜻이다. 당 현종 때 수로를 통해 외부의
물을 끌어와 만든 인공 연못이다. 진시황이 의춘원宜春苑이라는 별궁을 지
은 이래로 줄곧 왕실의 행락처였던 장안 동남쪽 일대는 곡강지로 인해 더
욱 번성하게 되었다. 현재의 모습은 중국 정부에서 마련한 '황성부흥계획
皇城復興計劃'을 토대로 총 11억 위안의 예산을 투입하여 2008년에 이곳을
곡강지유지공원曲江池遺址公園으로 완공한 결과이다. 인공적으로 관광자원
을 개발한다는 흠은 있지만 당시唐詩와 관련된 유적을 찾아다니는 필자에
게는 더없이 반가운 소식이었다.

곡강지는 당나라 흥망의 상징과도 같은 곳이었다. 형형색색의 화려한
궁전과 누각, 연못가를 울긋불긋 수놓은 버드나무와 꽃, 그 사이로 장안의
내로라하는 귀족과 여인들이 수레를 타고 끝도 없이 밀려들어 베푸는 잔
치로 연일 떠들썩했다. 특히 갓 과거에 급제한 선비들을 축하하는 연회는

곡강지유지공원

곡강유음曲江流飮이라 하여 대단한 볼거리였다. 그러나 안사安史의 난 와중에 곡강지의 건축물들은 대부분 파괴되고 자운루紫雲樓와 채하정彩霞亭만 겨우 보수를 했다. 그러나 그마저도 당나라 말기의 혼란 속에 사라진 후 곡강지는 결국 평범한 농토로 변했던 것이다.

곡강지에서 먼저 눈에 드는 것은 공원 한쪽 벽면을 어마어마하게 장식한 〈곡강승적도曲江勝跡圖〉였다. 높이 3m, 길이 100m의 이 그림은 당나라의 산수화가 이소도李昭道가 그린 〈곡강도曲江圖〉를 토대로 한 것이다. 이소도는 북종화의 창시자로 알려진 이사훈李思訓의 아들이며, 그의 〈곡강도〉는 타이베이의 고궁박물원故宮博物院에 소장되어 있다. 〈곡강승적도〉에는 당나라 당시 곡강의 산천 지세와 더불어 장안 최고의 행락지로서 번성했던 모습이 고스란히 담겨 있어 과거로의 시간 여행을 떠나기에 좋은 단서를 제공해준다.

왕유의 〈3월 3일 곡강의 연회에서三月三日曲江侍宴應制〉라는 시를 통해 당시의 분위기를 느껴보자.

천자께서 몸소 제사를 올리시니

백관들도 노닐게 된 것 기뻐한다

곡강曲江으로 모시고 가

중류에서 계제사를 지낸다

풀과 나무가 의장대처럼 늘어서고

산천이 면류관 쓴 천자를 마주한다

그림 그려진 깃발이 물가에서 나부끼고

봄옷 입은 이들이 강언덕에 가득하다

신선의 동산에 천마天馬가 내려오고

신선의 물가에 천자의 수레가 머무른다

지금부터 억만 년 동안

천보라는 연호로 해를 기록하리라

이 시는 당 현종이 천보天寶로 연호를 바꾼 742년 무렵에 지은 것으로 보인다. 3월 3일 상사절上巳節을 맞아 군신이 모두 곡강으로 나가 잔치를 벌인 모습이다. 궁궐에서 많은 사람들이 현종의 행차를 따라 나와 형형색색의 옷을 입고 곡강을 가득 메운 광경이 눈에 선하다.

곡강지유지공원은 호수를 따라 편운교片雲橋, 천수정千樹亭, 창관루暢觀樓 등의 다리, 정자, 누각 등을 배치해 경관이 뛰어나다. 뿐만 아니라 백거이의 〈장한가長恨歌〉를 벽화로 장식하는 등 당나라 시인과 작품 관련 유적을 충실히 재현해 볼거리가 많다. 일례로 '강정만망江亭晚望(강가 정자에서 저녁에 바라보다)'이라는 이름이 붙은 백거이의 동상은 그의 시 〈곡강정만망曲江亭晚望〉에서 소재를 취해 만든 것이다. 여기서 그의 시를 감상해보기로 하자.

곡강지 언덕 북쪽에서 난간에 기대노라니
수면에 그늘이 지고 햇살이 희미하다
먼지 이는 길을 자주 다녀 푸른 도포 낡았고
바람 부는 정자에 오래 서니 흰 수염이 차갑다
시가 이루어져 한가로운 마음으로 암기하고
산이 좋기에 멀리 노안老眼으로 슬며시 바라본다
말 앞에 일깨워주는 낙인을 찍지 않았으면
누가 내가 낭관郎官인 줄 알겠는가

곡강지의 한 정자에서 잠시 쉬어가던 백거이는 여러 관직을 오가는 동안에 늙어버린 자신을 발견했던 모양이다. '흰 수염'이나 '노안'이 그것의 징표일 것이기 때문이다. 말 앞에 '낭관'이라고 찍고 다니지 않으면 범상한 늙은이 대접을 받기 십상일 것이라 했다. 낭관이면 제법 높은 5품 벼슬이니 알아 모시라는 말일까? 백거이의 시는 언제나 참으로 현실적이다.

곡강지유지공원 백거이 동상

　오늘은 이쯤해서 일정을 마무리하고 숙소에 돌아가 편히 쉬어야겠다. 내일은 또 서안의 시내와 외곽 몇 곳을 부지런히 다녀야 한다.

낙유원
석양은 그지없이 좋은데

　이튿날 아침 필자는 평소보다 일찍 눈을 떴다. 묘한 흥분과 기대감이 교차했던 탓이리라. 그도 그럴 것이 오늘은 당시 연구자라면 누구나 알고 있으면서도 실제로 가본 사람은 몇 안 되는 곳을 둘러볼 생각이기 때문이다. 아침 식사를 하는 둥 마는 둥 하고 일찌감치 숙소를 나섰다. 이번에는 목적지로 향하기 전에 시부터 읽고 가는 것이 좋겠다. 이상은李商隱, 812~858의 〈낙유원에 올라登樂遊原〉라는 작품이다.

낙유원

저녁 무렵 마음이 울적하여
수레를 몰아 옛 동산에 오른다
석양은 그지없이 좋은데
다만 황혼이 가깝구나

아직도 이 시를 처음 접했을 때의 감흥이 생생하다. 이 시는 도대체 어떤 감정을 노래한 것일까? 우울함? 아니면 아름다움? 그것도 아니면 아쉬움? 무엇인지 정확히 알 수 없으면서도 심하게 공감이 가는 이유는 또 뭘까? 이상은 시의 매력은 그렇게 필자에게 다가왔다. 그러면서 그가 마음이 울적할 때 올랐다던 낙유원은 어떤 곳일까 궁금했다. 그러나 아쉽게도 낙유원은 이미 서안에서 잊힌 지 오래인 곳이었다. 고맙게도 중국 정부에서 낙유원 복원사업을 진행하기 전까지는 말이다.

숙소가 있는 곡강로曲江路에서 서영로西影路로 접어들어 한참을 걸어가니 드디어 낙유원이 있다는 안상로雁翔路가 보였다. 평범하다 못해 조금은

낙유원

꾀죄죄해 보이는 길이었다. 필자는 중대사를 앞둔 사람처럼 심호흡을 하고 좌우를 두리번거리며 완만한 오르막길을 걸어올라갔다. 얼마를 갔을까? 길 왼편으로 주변과 전혀 어울리지 않는 당나라식 건축물이 눈에 들어왔다. 현판을 읽어보니 과연 '낙유원'이었다. 아직 완공이 되지 않아서 대문 안에서는 석조물을 만드느라 돌을 깨는 작업이 한창이었다.

'낙유원樂遊原', 이름 그대로 '즐겁게 노는 동산'이란 뜻이다. 본래 한나라 때 왕실의 원림園林인 의춘하원宜春下苑에 속한 곳이었다. 어제 돌아본 곡강지가 남서쪽에 있으니, 왕실의 원림이 얼마나 넓었는지 알 수 있다. 선제宣帝 때 이곳을 대대적으로 정비하고 '낙유원'이란 이름을 붙였다고 한다. 낙유원은 서안 시내보다 약 80m 높은 위치에 있어 서울의 남산처럼 장안을 관망하기 좋은 장소였다. 그래서 해마다 삼짇날 또는 중양절이면 장안 사람들이 낙유원에 몰려들곤 했다.

대문을 돌아 조금 언덕을 올라가니 청룡사靑龍寺가 보인다. 청룡사의 전신은 영감사靈感寺로, 수나라 문제文帝 때인 582년에 세워졌다. 그후 711년에 청룡사로 개칭되었다고 한다. 이 절은 공해空海처럼 일본에서 당나라로 건너온 승려들이 여러 명 머물렀던 적이 있어서 일본 관광객들이 몰려드는 곳이기도 하다. 그러나 필자는 이 유서 깊은 절보다 그 옆의 황량한 벌판에 더 눈길이 쏠린다. 천 년 세월이 흘러 지금은 동네 주민들이 태극권을 연마하는 곳으로 바뀌었으니 상전벽해桑田碧海가 따로 없다. 장안성을 굽어보았던 이곳이 빌딩 숲으로 둘러싸여 마치 우묵한 분지처럼 보이게 될 것을 유득인劉得仁, 838전후 같은 당나라 시인들은 상상도 못했으리라. 그의 시 〈낙유원에서 봄에 바라보며樂遊原春望〉를 감상해보자.

낙유원에 올라 바라보면
임금의 도시 장안長安의 봄이 다 보인다
비로소 번화한 곳이구나 느껴지니
응당 취하지 않는 이 없으리
구름 열리니 쌍쌍의 대궐 아름답고
버드나무 비치니 아홉 대로가 새롭다
이곳을 사랑해 자주 오가면
많은 한가함이 이 몸을 따르겠지

그리고 보니 또 바뀐 것이 전혀 없는 듯하기도 하다. 서안은 여전히 번화한 곳이고 대궐 같은 빌딩이 늘어서 있으니 말이다. 낙유원을 내려가려니 홀연 필자의 마음이 울적해진다. 이상은의 〈낙유원에 올라〉 시를 제대로 감상하려면 석양이 지는 때 다시 이곳에 와봐야 할 것 같은데 빡빡한 일정이 허락할 리 만무하기 때문이다.

흥경궁공원
구름 같은 옷차림 꽃다운 모습

필자는 아쉬운 마음에 계속 뒤를 돌아보며 흥경로興慶路까지 걸어갔다. 빠른 걸음으로 20분 거리에 흥경궁興慶宮 공원이 있다. 중국 답사를 자주 다니다 보니 이제 노선 짜는 것은 귀신이 다 되었다. 도보나 대중교통을 이용해 다음 목적지까지 신속하게 이동하되 적절한 휴식과 식사를 안배하는 것이 요체다. 흥경궁공원은 당나라 흥경궁 터 일대를 공원으로 꾸민 것으로 1958년에 만들어졌다. 흥경궁은 본래 당 현종이 즉위하기 전에 지내던 구택舊宅이었으며, 제위에 오른 뒤에는 궁궐로 꾸며 양귀비楊貴妃와 함께 기거했던 곳이다. 그러나 이제는 모든 이에게 자유롭게 개방된 공원이 되었다. 중국의 명승지 입장료가 천정부지로 올라 부담스러울 때가 많아 이처럼 무료 관람이 가능한 곳을 찾는 것은 큰 즐거움이다. 흥경궁공원 안은 공원에 설치된 기구를 이용해 운동을 하는 사람들, 번지점프와 같은 놀이시설을 이용하는 사람들로 시끌벅적했다. 또 한켠에서는 '서안시 흥

흥경궁공원

경궁공원 합창단'이라는 플래카드를 내걸고 수십 명이 합창 연습을 하고 있었다. 그야말로 시민의 공원다운 모습이었다.

　이에 반해 당나라 때의 흥경궁은 철저히 임금 한 사람만을 위한 곳이었다. 당시 이곳에는 정무를 보기 위해 마련한 홍경전興慶殿과 근정무본루勤政務本樓, 그리고 저 유명한 침향정沈香亭 등의 건축물이 있었다. 또 연꽃이 가득 자라는 용지龍池라는 호수가 멋진 자태를 뽐내며 아름답고 화려하기 그지없었다. 심전기沈佺期의 시 〈흥경지 연회에서 모시고興慶池侍宴應制〉를 통해 당시의 분위기를 느껴보자.

　　　　푸른 물 맑은 못에 먼 하늘이 비치고
　　　　자줏빛 구름 속 향기로운 수레가 산들바람 몰고 오네
　　　　한나라 조정의 성궐은 하늘 위에 있는가 싶고
　　　　진나라 땅의 산과 내는 거울 속에 있는 듯하네
　　　　갯가를 향해 배를 돌리니 부평초 이미 푸르고

흥경궁공원 용지

나뉘어진 숲이 궁전을 가리는데 무궁화 갓 붉어졌네

예로부터 분수汾水에서 내리는 상 괜스레 부러워했거니

오늘 제왕이 노니시며 지은 시 웅장하도다

이 시에서 말하는 '흥경지'가 바로 용지이다. 용지는 제법 규모가 커서 배 경주를 할 만한 정도였다. 마지막 연에서 한 무제가 분수汾水에 배를 띄우고 〈추풍사秋風辭〉를 지었던 고사를 인용한 것은 그 때문이다. 현재의 흥경궁공원에서는 이 호수를 '흥경호興慶湖'라 이름하였다. 예전의 규모인지는 모르겠으나 지금도 충분히 뱃놀이를 할 정도는 된다. 휴일에는 배 한 척 당 한 시간에 100위안이나 대여료를 받아 빈축을 사고 있지만 말이다.

심전기가 위 시를 지었을 때는 아직 현종이 제위에 오르기 전이었다. 흥경궁의 진짜 이야기는 현종이 임금이 되어 양귀비와 사랑놀음을 하고 여기에 이백李白, 701~762이 가세해 흥을 돋우어야 절정에 이르게 된다. 현종은 728년부터 흥경궁에서 정무를 보기 시작했다. 당나라 왕실의 중심이

흥경궁공원 침향정

대명궁에서 흥경궁으로 옮겨오면서 이곳이 더 화려하게 바뀌었을 것이 틀림없다. 특히 용지 동쪽에 침향목沈香木으로 지은 침향정은 주변에 심은 온갖 진기한 꽃들로 늘 향기가 그윽했다. 안내문을 읽어보니 여러 꽃들이 피고 지면서 아침에는 붉은색, 오후에는 푸른색, 저녁에는 노란색, 밤에는 흰색이 되었다고 한다. 현재의 흥경궁공원에 복원해놓은 침향정도 정성스럽게 잘 꾸며져 있었다. '평호청휘平湖淸輝 : 잔잔한 호수와 맑은 빛'와 '종남적취終南積翠 : 종남산에 쌓인 비취빛'라 쓰인 편액도 멋질 뿐만 아니라 정자를 떠받치는 단을 빙 둘러 〈성당고악도盛唐鼓樂圖〉와 같이 당나라의 문화를 엿볼 수 있는 판화를 다수 배치한 것도 마음에 들었다. 현종이 나중에 귀비로 책봉한 양옥환楊玉環과 자주 침향정으로 나들이했을 것은 당연지사.

한편 관직을 얻기 위해 동분서주하던 이백은 도사 오균吳筠의 추천으로 왕궁에 입성하게 된다. 그는 내심 재상까지 오를 것을 꿈꾸며 들뜬 마음으로 관리 생활을 시작했다. 그러나 그에게 주어진 한림공봉翰林供奉이라는 직책은 국가의 대사를 논하는 자리와는 거리가 멀었다. 고작해야 임금의

흥경궁공원 침향정의 벽화

연회 자리에 참석해 시를 짓는 것이 전부였다. 침향정 앞에 모란이 활짝 핀 어느 날 양귀비와 함께 꽃구경을 하던 현종은 악공 이구년李龜年에게 귀비를 위해 새로운 가사를 붙인 곡을 연주하라 일렀다. 이구년이 황급히 이백에게 구원을 요청하자 이백은 즉흥적으로 〈청평 가락에 맞춘 가사淸平調詞〉 세 수를 지어주었다.

구름 같은 옷차림 꽃다운 모습
봄바람 난간을 스치고 이슬 맺힌 꽃 곱다
군옥산群玉山에서 볼 수 있는 것이 아니라면
요대瑤臺 달빛 아래서나 만날 수 있으리라

한 가지 붉은 꽃 이슬에 향기 엉겨
구름과 비의 무산 신녀도 애간장 녹겠네
한나라 궁궐에서는 누가 닮았나 물어보자
어여쁜 조비연趙飛燕이 새단장한 모습이겠지

이름난 꽃과 절세가인 둘이 즐거움을 바치니
임금께서는 언제나 웃음 띠고 바라보신다네
봄바람에 맺힌 끝없는 한을 풀어주고
침향정 북쪽 난간에 기대었네

어느 구절이 '이름난 꽃'을 묘사한 것이고 어느 구절이 '절세가인'을 묘사한 것인지 모호하지만, 둘 다 임금님께 확실하게 갖다 바쳤다. 그래서인지 현종은 이 시의 내용에 대단한 만족감을 표시하면서 이구년에게 어서 노래하라 재촉했다고 전해진다. 또 이백을 중서사인中書舍人에 임명하려고

까지 했다고 하는데 무슨 연유로 마음이 바뀌었는지는 알 수 없다. 결국 이백은 얼마 지나지 않아 약간의 위로금을 받고 쫓겨나다시피 대궐을 나오고 말았다. 이백이 〈청평 가락에 맞춘 가사〉를 짓고 득의양양하던 742년 무렵의 흥경궁을 상상하던 필자도 정신이 번쩍 들어 대궐(흥경궁)을 나와 다음 목적지를 향했다.

향적사
깊은 산 어디선가 종소리 들려오고

흥경궁공원에서 사파沙坡 쪽으로 되돌아와 유遊 9번 버스에 올라탄 것은 향적사香積寺에 가보기 위해서였다. 중국의 버스에는 관광객들의 편의를 위해 관광지 위주로 노선이 짜여진 것이 있다. 이런 버스는 노선번호 앞에 '유遊'라는 글자가 붙어 있어 일반 버스와 구별된다. 서안에도 12개의 '유' 노선이 있고, 이 가운데 '유 9번'은 금화북로金花北路를 출발해 서안 남쪽 교외의 진령야생동물원秦嶺野生動物園까지 운행한다. 향적사에 가려면 이 버스를 타고 '향적사촌香積寺村' 정류장에 내리면 된다. 필자가 탄 '유 9번' 버스는 의외로 만원이었다. 곧 자리가 나겠지 했는데 그것은 큰 오산이었고 결국 목적지까지 한 시간 가량을 꼬박 서서 가야 했다. 휑한 대로에 내려 주위를 두리번거리니 다행히 향적사 입구를 알리는 표지판이 보였다. 이런 고생

향적사를 알리는 안내판

을 마다 않는 이유가 시 한 수 때문이라고 생각하니 헛웃음이 나왔다. 필자를 여기까지 끌고 온 왕유의 시 〈향적사에 찾아가다過香積寺〉를 먼저 감상하고 향적사를 찾아가보자.

> 향적사를 알지도 못하고
> 몇 리를 구름 봉우리 속으로 들어간다
> 고목은 우거져 사람 다니는 길 없는데
> 깊은 산 어디선가 종소리 들려온다
> 시냇물 소리는 가파른 바위에서 흐느끼고
> 햇빛은 푸른 소나무에 차갑게 비치고 있다
> 해질 녘 고요한 연못가
> 편안히 참선하며 잡념을 걷어낸다

향적사는 서안에서 남쪽으로 17km 거리의 곽두진郭杜鎭 향적사촌에 자리잡고 있다. 당나라 때의 향적사는 중종 때인 706년에 중국 정토종淨土宗의 창시자인 선도대사善導大師의 입적을 추모하기 위해 건립되었다고 한다. 절 이름인 '향적'은 주위를 흐르는 하천 이름이라고도 하고 불경에서 따왔다고도 하는 등 이설이 분분하다. 나중에 정문의 안내판에 소개된 내용을 확인해보니 『유마경維摩經』에서 유래되었다고 한다. 그렇게 알고 있어야겠다.

향적사로 들어가는 길은 시에서 묘사된 것과는 딴판으로, '구름 봉우리' 대신 가로수가 드문드문 서 있는 포장도로였다. 10분 정도 걸어들어가니 드디어 향적사가 모습을 드러낸다. 왕유의 〈향적사에 찾아가다〉라는 시가 워낙 유명하다 보니 향적사란 이름은 익히 들었는데, 대개의 참고문헌에 소개된 향적사 사진은 100년은 되어 보이는 낡은 흑백사진들뿐이었다. 그래서 그런지 향적사를 실물로 보는 느낌이 남달랐다. 무슨 비밀의 화원이

향적사 입구

라도 발견한 듯 필자의 가슴이 두근거린다. '향적고찰香積古刹'이라 적힌 패방牌坊을 지나 돌다리를 건너니 '향적사'를 알리는 금색 글씨의 현판과 진홍색의 문이 선명하게 눈에 들어온다.

　5위안짜리 입장권을 끊고 흥분된 마음을 가라앉히며 경내로 들어섰다. 천왕전天王殿 양편으로 고루鼓樓와 종루鐘樓가 우뚝 서 있다. 왕유가 여기서 울리는 종소리를 듣고 향적사를 찾아왔으리라. 필자는 향적사로 오면서 종소리를 듣는 대신 우뚝 솟은 탑을 보면서 왔지만 말이다. 경내로 들어와 다시 보니 목탑의 양식을 본뜬 11층짜리 전탑塼塔이었다. 원래는 13층이었다고 하는데 탑의 윗부분 일부가 파손된 것처럼 보인 것은 그 때문이었던가 보다. 높이가 33m에 이르러 이 일대의 표지가 되기에 충분했다. 왕유가 이것을 두고 '구름 봉우리'라고 한 걸까? 전탑 왼쪽 벽면에는 서예 작품 몇 점이 새겨져 있었다. 세상에 향적사의 존재를 가장 널리 알린 것은 역시 왕유의 시 〈향적사에 찾아가다〉가 아닐 수 없다. 이를 증명이라도 하듯 서예 작품 중 가장 멋져 보이는 것은 왕유의 시를 갑골문체로 새긴 것이었다. 하나 아쉬운 것이 있다면 경내에 연못이 없다는 점이었다. 그 옛날 왕유가 그랬듯이 해질 녘 고요한 연못가에 앉아 잡념을 걷어내고 싶은데 말이다. 그래서일까? 다시 서안 시내로 돌아갈 일이 아득하게만 느껴진다. 독룡毒龍아 물렀거라!

향적사 왕유 시

필자가 힘들게 다녀온 향적사가 왕유의 그 향적사가 아니라는 사실을 나중에야 알게 되었다. 당나라 때의 향적사는 송나라 때 불타 없어진 지 오래라는 것이다. 현재의 향적사는 다른 절이 이름만 그렇게 내건 것이란다. 어쩐지 영 왕유 시의 분위기가 안 느껴지더라니. 뭔가에 속아넘어간 듯한 이 씁쓸한 기분은 어떻게 달래야 할까.

파교
친구들은 구름과 비처럼 흩어지고

서안에서의 둘째 날 마지막 행선지는 서안 동쪽의 파교灞橋로 잡았다. 서안에는 파교진灞橋鎭이라는 지명도 있고, 파교라는 이름의 다리도 있지만 당나라 시대의 그것일 리 만무하다. 덜렁 다리 하나인 까닭에 관광지로 개발되거나 복원사업이 진행되지도 않았을 터이다. 과연 어떤 흔적이 남아 있을까? 이것을 찾아보기 위해서는 아무래도 현지인의 안내가 필요할 것 같아 서안외국어대의 방龐 교수에게 도움을 청했다. 방 교수는 필자가 근무했던 인제대학교에 객원교수로 와 중국어를 가르쳤던 분이다. 약속 시간에 나가보니 미안하게도 필자가 묵는 숙소 앞에 택시까지 불러다 놓고 기다리고 있었다.

파교로 가는 길에 먼저 파릉灞陵에 들르기로 했다. 파교니 파릉이니 하여 '파'자가 붙는 것은 서안 동쪽 일대를 흐르는 강이 파하灞河인 까닭이다. 파릉은 한나라 문제文帝의 능묘이다. 중국에서 처음으로 산에 굴을 파는 방식으로 만들어져 후세에 많은 영향을 주었다. 이는 도굴을 방지하려는 방편이었을 것으로 추측된다. 그래서 별다른 봉분이 없어 일반적인 산과 크게 구별되지 않는다. 필자도 사자석상으로 꾸며진 '파릉묘원灞陵墓園'이라는 패방이 없었다면 평범한 산이겠거니 하고 지나쳤을 것 같다. 이백의 시 〈파릉에서의 이별 노래灞陵行送別〉가 이곳을 배경으로 창작된 것이다.

> 그대 떠나 보내는 파릉의 정자
> 파수는 출렁출렁 흘러만가네
> 위에는 꽃 피지 않은 고목
> 아래는 마음 아프게 하는 봄 풀
> 내가 진秦 사람에게 갈림길에 대해 물으니
> 왕찬王粲이 남쪽으로 갔던 옛 길이라네
> 옛 길은 끝없이 장안으로 달려가는데
> 자주빛 대궐에 지는 해에는 뜬구름 피어나네
> 오늘 저녁 마침 이렇게 애끊는 곳에 있노라니
> 이별 노래는 시름 겨워 차마 듣지 못하겠네

예나 지금이나 서안은 교통의 요지였고, 특히 파릉 부근은 장안에서 동

쪽이나 동남쪽으로 가는 길목이었다. 현재도 30번 연곽連霍 고속도로와 70번 복은福銀 고속도로가 교차한다. 30번을 타면 동쪽에 있는 낙양洛陽, 정주鄭州, 개봉開封 등지로 갈 수 있고, 70번을 타면 동남쪽에 있는 양양襄陽, 무한武漢, 남창南昌 등지에 이르게 된다. 위 시를 보면 이백도 장안에서 동남쪽으로 떠나는 누군가를 전송하느라 파릉까지 나왔던 모양이다. 한나라 말엽 동탁董卓의 무리가 세상을 어지럽힐 때 형주荊州로 몸을 피했던, 건안칠자建安七子의 한 사람 왕찬王粲, 177~217이 〈일곱 가지 슬픔七哀詩〉이라는 시에서 이런 구절을 남긴 바 있다.

남쪽 파릉의 기슭에 올라
고개 돌려 장안을 바라보네

이백이 떠나 보내며 마음 아파하는 사람도 왕찬과 같은 처지였을 것으로 짐작된다. 어지러운 정국의 틈바구니 속에서 실의한 채 장안을 떠나게 된 것이리라. 이백 자신도 곧 그렇게 되리라는 것을 알고 있었을까?

그나저나 당나라 때 파교의 흔적을 찾기가 쉽지 않았다. 이미 오래전에 사라진 다리인지라 파수 어디쯤에 있었을지 가늠하는 것조차 힘들었다. 동행한 방 교수가 무턱대고 걸어다닐 것이 아니라 삼륜차를 타고 돌아보자고 제안했다. 그거 좋은 생각이라고 맞장구를 치며 삼륜차 한 대를 잡아 탔다. 천우신조가 따로 없었다. 파교진에서만 50년을 살았다는 삼륜차 기사 아저씨가 파교에 관한 안내판을 본 적이 있다는 것이 아닌가. 우리는 어서 그곳으로 가보자고 재촉했다.

삼륜차가 도착한 곳은 덤불이 우거진 강변이었다. 멀리 신 파교가 보이는 지점에 홍수에 쓸려간 무덤의 묘비처럼 안내판이 하나 덩그러니 세워져 있었다. 글씨를 자세히 읽어보지 않았다면 공사장에 버려진 건축자재인 줄 알기 십상이었다. 안내판의 내용을 읽어보니 '파교유지瀾橋遺址'란 이름 하에 그곳이 1996년 중국 국무원國務院이 공표한 '제4차 전국 중점 문물 보호단위' 250곳 가운데 하나임을 알리는 것이었다. 그런데 왜 이 모양 이 꼴이라는 말인가. '중점重點'이나 '보호'와는 너무도 거리가 멀었다. 필자와 방 교수는 예상 밖의 광경을 목도하고 잔뜩 헝클어진 마음을 추스르느라 한참 머뭇거려야 했다.

파교유지 안내판

수나라 때 처음 만들어졌다는 파교가 있던 자리에서 신 파교를 바라보며 이런 의문이 뇌리를 맴돌았다. 중국 정부가 곡강지유지 공원 개발에만 2천억 원을 쏟아부으면서 이곳은 왜 이렇게 지금까지 황무지처럼 방치하였을까. 당

나라 때는 파교를 건너며 눈물 한번 쏟아보지 않은 문인이 드물었을 텐데 말이다. 『전당시全唐詩』에 파교와 직접 관련된 시만 100수가 넘는 것도 이곳이 곡강지 못지 않은 당시의 산실이었다는 것을 증명해준다. 그 가운데 한 수로 유우석劉禹錫, 772~842의 〈휴가를 청해 동쪽으로 돌아가느라 파교를 출발해 여러 관료 친구들에게 다시 부치다請告東歸發瀍橋卻寄諸僚友〉라는 시를 감상해보자.

> 나그네가 파수를 출발해
> 고개 돌리니 아픔이 그 얼마인가
> 친구들은 구름과 비처럼 흩어지고
> 눈에 가득한 건 많은 산과 내
> 길 가는 수레는 멈추는 법이 없고
> 세월은 급히 흐르는 물살과 같네
> 이전의 즐거움 점차 옛 일이 되니

탄식하며 더욱 이별의 노래 부르노라

이 시의 작자인 유우석처럼 당대 장안에서 동(남)쪽으로 가는 사람들은 전송 나온 일행과 파교 부근에서 마지막 시간을 함께했다. 그때만 해도 교통과 통신의 제약으로 인해 이별의 아픔은 훨씬 더 컸을 것이다. 그래서 파교를 건너는 순간 누구라도 시심詩心이 발동하지 않을 수 없었으리라. 당시에는 이별에 앞서 버들가지를 꺾어주는 풍습이 있었다. '파교절류灞橋折柳'라는 말이 여기서 나왔는데, '버들 류柳'자가 '머물 류留'와 발음이 같은 것을 이용해 인사를 대신하는 것이다. 필자는 황폐해진 파교 터에서 한참을 서성이며 당시의 정경을 떠올리다 석양이 뉘엿뉘엿해져서야 숙소로 돌아왔다.

2

영원한
안식처

서안 시내 답사를 마친 필자는 이어서 서안 교외를 둘러보기로 했다. 서안 교외의 관광지는 크게 화청지華淸池와 진시황릉秦始皇陵을 중심으로 하는 동선東線과 무릉茂陵과 건릉乾陵을 중심으로 하는 서선西線으로 나뉜다. 서 안의 동쪽과 서쪽으로 정반대 방향이어서 이들을 하루에 다 돌아보기는 어렵다. 그래서 필자는 먼저 동선으로 하루 다녀온 후에 다음날 서선으로 가는 식으로 여정을 잡았다.

화청지
한 필 말의 붉은 먼지에 양귀비 미소짓지만

서안 동선 답사는 비교적 단순한 편이다. 유遊 5번 버스 노선이 동선의 주요 지점들을 다 포함하고 있기 때문이다. 서안역이 기점이고 병마용이 종점이라 편리하게 이용할 수 있다. 서안역에서 화청지까지는 대략 28km 거리이다. 108번 국도를 신나게 내달린 버스는 어느새 임동구臨潼區로 접어들었다. 초한지楚漢志의 두 주인공 항우項羽와 유방劉邦이 극적인 만남을 가졌던 홍문연鴻門宴의 무대가 바로 이곳이다. 당시 항우보다 앞서 관중關中에 진입해 파교 근처인 파상灞上에서 진을 치고 있던 유방이 항우에게 사죄하러 홍문까지 왔다가 장량張良의 계책으로 무사히 파상으로 줄행랑을 친 바 있다.

버스는 곧 화청지 정류소에 도착했다. 화청궁華淸宮으로도 불리는 화청지는 온천으로 유명한 곳으로 여산驪山 북쪽 기슭에 자리잡고 있다. 주周나라 때부터 이곳에 왕실의 별장이 만들어졌는데, 당나라에 들어 태종이 별궁을 짓고 탕천궁湯泉宮이라 했던 것을 747년에 현종이 대대적으로 수리하고 화청궁으로 이름을 바꾸었다. 기록을 보니 현종은 재위 41년 동안 36차례나 화청궁을 찾았고, 751년 겨울에는 이곳에서 양귀비와 96일을 보냈다고 되어 있다. 현재의 건축물들은 1959년에 1차로 중건되었다가 2005년에 재차 확장된 것이다. 장호張祜, 약 792~853의 〈화청

서안 화청지 유5번 버스

궁華淸宮〉이라는 시를 보자.

　　바람에 나무는 흔들흔들, 달이 나뭇가지 끝에서 밝은데
　　제왕의 용같은 기운이 화청궁에 있네
　　궁궐 문은 깊게 잠겨 아무도 몰랐다지
　　한밤중 구름까지 올라갔던 갈고 소리를

　이 시는 모두 네 수로 이루어진 연작시인데 그중 첫째 수만 소개했다. 현종이 화청궁에 행차하여 떠들썩한 밤을 보낸 것을 소재로 삼았다. 갈고 羯鼓는 서쪽 소수민족이 쓰던 북의 일종으로 현종이 이 악기를 잘 연주했다고 한다. 장호는 이 시에서 현종이 화청궁에서 흥겹게 노니는 것까지는 좋은데 '여민동락與民同樂'하지는 못했다고 꼬집었다.

　매표소에서 입장권을 끊고 안으로 들어가니 정면에 장생전長生殿이 보인다. 그 앞의 부용호芙蓉湖며 신녀정神女亭, 어명헌御茗軒 등은 필자가 화청지에 처음 왔던 2000년에는 모두 없던 건축물이었다. 장생전은 백거이가 〈장한가長恨歌〉에서 노래했듯이 칠석 날 현종과 양귀비가 영원히 함께하 자고 맹세했던 곳이다. 화청지에 '스토리텔링'의 요소를 강화하기 위한 포 석으로 이해할 수 있겠다. 그러나 맹서대盟誓臺까지 차리고 연리지連理枝를 꾸며놓은 것은 다소 과해 보였다. 인공적인 맛이 지나치게 도드라지면 금 세 질린다는 것도 고려해야 할 터이다. 화청지가 백거이의 〈장한가〉와 전 략적 제휴를 맺기로 결정한 이상 이 시를 감상하지 않고 넘어가기는 어렵 게 되었다.

한나라 황제 여색을 중시해 미인을 사모했지만
수 년 간 천하를 다스리면서도 얻을 수 없었네
양씨 집에 이제 막 장성한 딸 있는데
깊숙한 규방에서 자라 남들은 알지 못했지
타고난 고운 자태 버려지기 어려운 법
하루아침에 뽑혀서 군왕 곁에 있게 되었네
눈길 돌려 한 번 웃으면 온갖 교태 생겨나니
육궁의 후비들은 화장해도 빛이 안 났네
봄추위에 화청지 목욕을 허락하시니
매끄러운 온천물로 희고 기름진 몸 씻었지
고운 몸에 기력이 없어 시녀가 부축했으니
그것이 처음 은총을 입던 때였네
검은 머리 꽃다운 얼굴에 한들거리는 금비녀
연꽃무늬 휘장 따스한 곳에서 봄밤을 보냈지
봄밤은 너무 짧아 해가 중천에 떠올라도
이때부터 군왕은 조회에 나가지 않으셨네

환심을 사 연회 모시느라 쉴 틈이 없으니
봄이면 봄놀이 따라가고 밤에는 밤을 독차지
후궁에는 아름다운 삼천 궁녀 있어도
삼천 명에 내릴 총애 한 몸에 모아졌네
황금 궁궐에서 단장하고 고운 자태로 밤 시중 드니
옥루의 연회가 끝나면 취기가 봄과 어울렸지
형제자매 모두 다 봉토를 나눠 받으니
부러워라, 광채가 가문에 번쩍이는구나
마침내 온 천하의 부모들 마음이
아들 낳기보다 딸 낳는 것 중시하게 되었네
여산의 궁전은 높다랗게 구름 속으로 들어가
신선의 음악이 바람 타고 곳곳에서 들렸지
느린 노래 완만한 춤이 가락과 어우러져
군왕은 종일 보아도 물리지 않았네
어양의 북소리가 지축을 흔들며 다가와
예상우의곡이 놀란 와중에 중단되었지
구중궁궐에 연기와 먼지가 일어
수많은 수레와 말이 서남쪽으로 달아났네
비취 깃발은 흔들흔들 가다 서다 하며
서쪽으로 도성문을 백여 리쯤 나갔지
육군의 군사 멈춰서니 어쩔 수 없이
어여쁜 몸이 말 앞에서 죽고 말았네
꽃비녀 땅에 떨어져도 줍는 이 없고
취교, 금작, 그리고 옥소두……
군왕도 얼굴을 가릴 뿐 구해주지 못하고

돌아보며 피눈물만 흘렸네

누런 흙먼지 흩날리고 바람 쓸쓸한데

구름 속의 잔도를 돌아 검각에 올랐지

아미산 아래에는 사람 발길 드물어

깃발도 빛을 잃고 햇빛도 희미했네

촉 땅의 강물은 새파랗고 촉 땅의 산은 푸르러

임금님은 밤낮으로 그리워했지

행궁에서 달을 보고 상심하는 기색을 짓노라면

밤비 속에 애를 끊는 말방울 소리

천지가 뒤바뀌어 서울로 수레를 돌렸는데

이곳에 이르자 머뭇머뭇 떠날 수가 없었네

마외파 땅 속의 진흙에 묻혀

옥 같은 얼굴 보이지 않고 공연히 죽은 자리만 보이네

군신이 서로 돌아보며 모두 옷깃을 적시고

동쪽으로 도성문 바라보며 말 가는 대로 돌아왔네

돌아와 보니 연못과 동산 모두 옛날 그대로

태액지의 연꽃과 미앙궁의 버들

연꽃은 그녀의 얼굴 같고 버들은 그녀의 눈썹 같건만

이걸 보고 어떻게 눈물이 흐르지 않으리?

봄바람에 복사꽃과 자두꽃이 피는 날이나

가을비에 오동잎이 떨어지는 때라면

태극궁과 흥경궁에 가을 풀이 무성하고

섬돌에 낙엽이 가득해도 벌겋게 둔 채 쓸지 않네

이원의 제자들은 백발이 성성하고

초방의 궁녀들도 그 곱던 얼굴이 다 늙었네

저녁 궁전에 반딧불이 날자 그리움에 애가 타

외로운 등불 심지 다 타도록 잠을 이룰 수 없었지

더딘 종소리 북소리에 밤은 길어지는데

반짝반짝 은하수에 날이 밝아오려 했네

원앙 기와 싸늘하고 서리가 축축해져

비취 이불 차가운데 누구와 함께 덮으리?

아득한 삶과 죽음으로 헤어져 해가 바뀌었건만

꿈속에 혼백이 한번 찾아온 적도 없었지

도성에 머물던 임공의 한 도사가

정성 들이면 혼백을 불러올 수 있다 하네

군왕의 전전반측 그리움에 감동하여

마침내 도사들에게 정성껏 찾게 했지

구름을 헤치고 바람을 타며 번개처럼 내달려

하늘에도 오르고 땅 속에도 들어가며 두루 찾아다녔네

위로 하늘을 다 뒤지고 아래로 황천을 다 뒤져도

두 군데 다 아득할 뿐 어디서도 보이지 않았지

홀연히 바다에 있는 신선의 산이

아득한 허공 속에 있다는 말 들었네

누각은 영롱하게 오색 구름 피어나고

그 안에 아리따운 선녀들이 많다네

그 가운데 한 사람은 자가 태진

눈 같은 살결 꽃다운 얼굴이 그녀인 듯 하다더라

황금 궁궐의 서쪽 곁채에서 옥문을 두드리고

소옥더러 쌍성에게 전갈하라 하였지

한나라 천자의 사신이란 말을 듣고

꽃무늬 휘장 속에서 꾸던 꿈을 깨었네

옷을 들고 베개 밀치며 일어나 서성이자

구슬발과 은병풍이 차례대로 열렸다네

구름 같은 머리채 반쯤 기운 채 잠에서 막 깨어나

화관도 매만지지 못한 채 전당에서 내려왔네

바람 불어 선녀의 소매가 팔랑팔랑 날리니

예전의 예상우의무를 추는 것만 같았네

옥 같은 얼굴 처량한데 눈물은 줄줄 흘러

배꽃 한 가지에 봄비가 맺힌 듯

다정하게 응시하며 군왕에게 감사하기를

한 번 헤어진 뒤로 목소리도 얼굴도 아득해지고

소양전에서의 은총이 모두 끊긴 채

봉래궁에서 기나긴 세월을 보냈는데

고개 돌려 인간세상 내려다보니

장안은 안 보이고 먼지와 안개만 보이기에

옛날 물건으로나 깊은 정을 표하고자

자개함과 금비녀를 보내드리려

비녀 한 쪽과 자개함 한 쪽을 남겨뒀나니

황금 비녀를 쪼개고 자개함을 가른 것

황금과 자개처럼 마음을 굳게 먹는다면

천상에서든 속세에서든 틀림없이 만날 거라 했지

헤어질 때 간곡하게 거듭 말을 전하며

말 속에 둘만 아는 맹세가 있다 했네

칠월 칠일 칠석날 장생전에서

한밤중 아무도 없이 밀어를 속삭일 때

하늘에선 비익조가 되길 원하고
땅에서는 연리지가 되고 싶다 말했다고
천지가 유구해도 다할 때가 있으나
이 한은 길이길이 끝날 날이 없으리라

이처럼 백거이의 〈장한가〉는 현종과 양귀비의 이야기를 자세히 노래한 장편 서사시이다. 그 가운데 몇 줄은 화청지에서 목욕하던 양귀비의 자태를 묘사하고도 있지만 그것이 이 시의 핵심 내용은 아니다. 그런데 화청지는 이 〈장한가〉를 전면에 내세우는 마케팅 전략을 취하고 있었다. 구룡호九龍湖 앞에 설치된 특별무대에서 공연하는 대형 무용극 〈장한가〉가 바로 이 전략에서 중추적인 역할을 맡았다. 아쉽게도 필자가 직접 관람하지는 못했는데, 300여 명의 무용단원이 〈장한가〉의 내용을 11막으로 나누어 공연한다고 한다.

왼쪽으로 더 들어가면 구룡호를 중심으로 신욱정晨旭亭과 만하정晚霞亭이 구룡교九龍橋 양 옆에 늘어서 있다. '신욱'은 '아침 햇살'이고 '만하'는 '저녁 노을'이니 이름만으로도 예쁘다. 구룡호를 지나 조금 더 가야 여러 욕탕浴湯이 등장한다. 성신탕星辰湯, 상식탕尙食湯, 연화탕蓮花湯, 해당탕海棠湯, 태자탕太子湯 등이 그것이다.

성신탕 앞에는 양귀비 상이 세워져 있다. 1991년 임동臨潼에서 개최된 제1회 석류절石榴節을 기념하여 출품되었다가 화청지에 터를 잡은 것이다. 예전에는 구룡호 앞에 있었는데 이쪽으로 자리를 옮긴 모양이다. 그런데 이 양귀비 상은 두 가지 점에서 논란을 불러일으킨 바 있다. 첫째는 여러 문헌에서 양귀비를 묘사한 모습과 부합하지 않는다는 점이다. 정확한 추정인지는 모르나 대개 양귀비는 키 164cm, 체중 69kg 정도인 여성이었다고 알려져 있다. 피겨의 여왕 김연아의 프로필을 보니 키 164cm에 체중

화청지 양귀비 상

47kg이라는데, 양귀비는 같은 키에 체중이 20kg 더 나가는 풍만한 체형이었던 것이다. 그런데 화청지의 양귀비 상은 너무 늘씬한 팔등신이라는 점이 문제다. 그래서 일각에서는 이것이 밀로의 비너스상을 어설프게 흉내 냈다고 지적한다. 이 조각상이 실제로는 키 3.3m에 무게가 5톤이라니, 풍만하게 만들어진 것이 맞다고 항변한다면 할 말은 없다. 둘째는 상반신과 한쪽 다리를 다 드러낸 반라半裸라는 점이다. '귀비출욕貴妃出浴', 즉 양귀비가 욕탕에서 나온다는 전통적 회화의 주제를 살린 것이라 해도 어린 학생들까지 많이 오는 관광지에서 지나치게 적나라하지 않느냐는 우려가 있다. 그런데도 화청지를 찾는 관광객들은 남녀노소 가리지 않고 너도나도 이 양귀비 상 앞에서 '인증 샷'을 찍으려 한다.

이제 양귀비 상 앞뒤로 늘어서 있는 욕탕으로 들어가보자. 뒤쪽에 있는 성신탕은 644년에 만들어졌으며, 태종이 이용했던 곳이다. 원래는 노천탕처럼 하늘의 별을 볼 수 있다 하여 '성신星辰 : 별'이라는 이름이 붙었다고

한다. 성신탕 바로 뒤가 온천의 수원水源이다. 이곳의 온천은 수온이 43℃로 고온 온천에 속한다. 체험장에서 온천 물에 손을 담가보니 따뜻한 물의 감촉이 정말 좋다. 성신탕 오른쪽의 상식탕은 신하나 시녀들을 위한 곳이다. 연화탕은 현종 전용 욕탕이었다. 수영을 할 정도는 아니지만 제법 크다. 온천의 물이 들어오는 곳을 연꽃으로 장식해 '연화탕'이란다. 관람용 회랑을 빙 둘러 〈장한가〉를 몇 구절씩 나누어 그림과 함께 전시한 것은 화청지의 '장한가 마케팅'의 일환으로 보였다. 귀비지貴妃池, 즉 '양귀비의 연못'이라고도 불리는 해당탕(어감이 이상하긴 하지만)은 747년에 현종이 특별히 양귀비를 위해 만들어준 곳이다. 욕탕의 모습이 곱게 핀 해당화 같다고 해서 해당탕이다. 어떤 기록에 의하면 양귀비에게 액취증腋臭症이 있어서 목욕을 즐겼다고 한다. 또 다행히 현종은 비염이 심해서 냄새를 잘 못 맡았다고도 한다. 다 후세에 재밋거리로 만들어낸 이야기인 듯하다.

현종이 자신의 지위와 권세를 이용해 사랑하는 여인에게 해당탕과 같

화청궁 '장호의 시 〈화청궁〉'

은 멋진 선물을 마음껏 줄 수 있었다는 것은 부러운 일이다. 그러나 위정자가 경국지색傾國之色에게 마음을 뺏기는 순간 나라를 말아먹는 '경국傾國'의 수순을 밟게 되는 것은 필연이고, 더불어 패가망신敗家亡身이 부록으로 딸려온다. 여인이 두고두고 필봉筆鋒을 맞게 되는 것은 또 어떤가. 두목杜牧, 803~약 852의 〈화청궁에 찾아가다過華淸宮〉라는 시를 읽어보자.

> 장안에서 돌아보니 비단이 쌓인 듯
> 산 위엔 천 개의 문이 차례차례 열리네
> 한 필 말의 붉은 먼지에 양귀비 미소짓지만
> 여지가 실려옴을 아는 이 없어라.

화청궁은 어찌나 화려하게 꾸며놓았는지 장안에서 바라보면 비단을 쌓은 듯하다고 했다. 먼지를 일으키며 쏜살같이 내달리는 한 필의 말. 남쪽 지방에서 싱싱함을 간직한 여지를 제때 공급하느라 논이고 밭이고 가릴 것 없이 헤집고 가면 백성들은 영문도 모른 채 짓이겨진 농작물만 끌어안을 뿐이다. 양귀비는 따뜻한 해당탕에서 달콤한 여지를 맛보며 미소짓는다. 안타까운 일이다.

욕탕을 지나 이원梨園 쪽으로 가니 비림碑林과 비각碑刻이 있다. 다들 이쪽은 흘낏 보고 바삐 지나가는데 필자는 관심사가 약간 다르다 보니 이런 데서 감각이 예민해진다. 사냥감을 노리는 매처럼 여기저기를 유심히 관찰하니 과연 하나가 제대로 걸려들었다. 여지없이 사진기를 들이대고 영상을 쓸어담는다. 바로 앞에서 감상했던 장호의 〈화청궁〉 시 네 수를 담은 석각이었다. 한자의 매력은 이렇게 시각적인 아름다움을 줄 수 있다는 것이리라. 물 흐르듯 흘러내린 글씨가 시원스럽다.

중국 현대문학에 관심 있는 사람에게 화청지는 또 다른 유적지이다. 경내 한켠에 있는 오간청五間廳이 바로 저 유명한 '서안사변西安事變'의 진앙지이기 때문이다. 1936년 장개석蔣介石이 공산당 토벌에만 혈안이 된 것에 불만을 품은 군벌 장학량張學良은 군사를 동원해 장개석이 머물던 오간청을 공격해 장개석을 구금하고 일본 제국주의의 침략에 맞서 싸울 것을 요구했다. 이 사건의 결과로 국민당과 공산당이 대 일본 전쟁을 공동으로 수행하는 '제2차 국공합작'이 이루어졌다. 그러나 당시唐詩와 관련이 없으면 유적지의 등급을 대폭 낮추는 필자의 악습 탓에 오간청은 대충 스쳐지나가고 말았다.

진시황릉
똑같이 푸른 산 가을 풀 속에 있건만

서안 '진시황제릉박물원(여산원) 입구'

이제 진시황릉에 가야 할 시간이다. 2000년 여름에 서안에 왔을 때 뙤약볕에 진시황릉에 오르던 기억이 난다. 길 양편으로 석류나무가 줄지어 자라고 있었고, 노점에서 몇 개를 사 먹기도 했다. 정상에 올라가니 헬기장 하나와 음료수 노점

하나가 고작이어서 실망했었다. 북경의 명십삼릉明十三陵처럼 근사한 지하전시실을 기대했던 탓이리라. 그래서 오히려 진시황릉보다는 우리 일행의 안내를 맡아 수고했던 낙양외국어대 한국어과 학생의 순박한 모습이 더 인상 깊게 남아 있는 것 같다.

이번에 가보니 몰라볼 정도로 새 단장이 되어 있었다. '진시황제릉박물원秦始皇帝陵博物院'이라 하여 입구부터 거창해졌다. 2010년에 진시황릉과 병마용을 합쳐 대형화한 것이다. 답사를 다니는 입장에서는 이런 것이 생기면 그다지 반갑지 않다. 또 입장료가 천정부지로 올랐겠구나 하는 생각이 먼저 들기 때문이다. 아니나 다를까, 입장료가 무려 150위안이나 되었다. 귀중한 문화유산을 관람하는데 응당 비용을 지불해야겠으나, 관광객을 봉으로 생각하는 정도가 날로 심해져 씁쓸한 마음이 드는 것이 사실이다.

진시황제릉은 두말 할 것 없이 전국시대의 할거 상태를 마감하고 중국을 통일했던 진시황의 능묘이다. 진시황 영정嬴政은 13세에 즉위하자마자 능묘 건설에 나섰다. 승상인 이사李斯가 설계를 맡고 대장군 장한章邯이 시

진시황릉

공을 맡아 38년에 걸쳐 동서 485m, 남북 515m에 이르는 거대한 능묘를 완성했다. 115m까지 쌓아 올렸던 봉토는 현재 76m까지 낮아졌으나 여전히 어지간한 크기의 산을 방불케 하는 어마어마한 규모다. 이집트 쿠푸왕의 피라미드가 137m라는 것을 진시황이 전해 들었다면, 아마 더 높고 크게 만들라고 지시했을지도 모른다. 노역에 동원된 진나라 백성으로서는 이집트에 다녀온 진나라 관리가 없었던 것이 그나마 다행스런 일이었겠다. 모든 고대 문명에서 빠짐없이 등장하는 거대 능묘에는 힘없는 백성들의 고혈도 함께 묻혀 있기에 늘 가슴이 아프다. 여기서 허혼許渾, 약 788~858의 〈진시황묘를 지나는 길에途經秦始皇墓〉라는 시를 감상하고 진시황묘에 더 가까이 가보자.

　　　　용이 서리고 호랑이가 웅크린 땅에 나무가 겹겹
　　　　그 기세 구름까지 올랐다가 또 무너지고 말았지
　　　　똑같이 푸른 산 가을 풀 속에 있건만

행인은 오로지 한문제 능묘에만 참배하는구나

시인은 진시황묘의 웅장한 모습에 감탄하다가 이내 비판적인 어조로 돌아선다. 둘째 구에 보이는 '붕崩'은 진나라의 '붕괴崩壞'와 진시황의 '붕어崩御'를 동시에 나타낸다. 진시황과 한나라 문제는 모두 세상을 떠나 산의 풀 아래 묻혔다. 그들의 업적은 역사가 평가하는 바, 허혼 시대의 당나라 사람들은 진시황은 폭군暴君, 한문제는 성군聖君으로 여겼다는 것이다. 바로 어제 한문제의 능묘인 파릉灞陵을 다녀온 필자는 머릿속이 복잡해진다. 천여 년이 지나 또 역사의 평가가 달라진 것일까? 파릉을 찾는 이는 아무도 없고 진시황릉은 이렇게 사람들로 북적이니 말이다.

그러고 보니 역사 인물 가운데 진시황만큼 공과가 분명한 사람도 없을 듯하다. 그는 중국을 통일하여 춘추전국 시대의 분열을 마감한 후에 군현제郡縣制를 실시하여 중앙집권을 강화했다. 그리고 도량형, 화폐, 문자를 통일하여 경제 단일체 확립에 앞장섰다. 이는 현재의 중국(중화인민공화국)이 존재할 수 있는 가장 강력한 기반을 마련한 것이다. 중국의 영문명 'China'가 '진Chin'나라에서 유래된 것이 우연은 아니다. 그러나 그는 또 분서갱유焚書坑儒로 사상을 탄압하고 만리장성, 아방궁, 병마용, 진시황릉 등 대규모 토목공사를 벌여 백성들을 도탄에 빠뜨렸다. 이는 또 전형적인 폭군의 모습이 아닐 수 없다. 이백은 진시황을 어떻게 바라보았을까? 그의 〈예스런 풍격古風〉이라는 연작시 59수 가운데 셋째 수를 보자.

진시황이 천하를 일소할 때
호랑이 같은 눈초리 얼마나 대단했던가
칼을 휘둘러 떠가는 구름도 끊어 내니
제후들이 모두 서쪽으로 왔지

명쾌한 결단력은 하늘이 준 것

원대한 지략으로 뭇 재주꾼들을 부리었다

병기를 모아 동상을 주조할 제

함곡관은 다만 동쪽으로 열려 있었지

회계령에 공적을 새겨 넣었고

낭야대에서 실컷 둘러 보았다

죄수 70만 명이

여산 굽이에서 흙산을 쌓았지

그러고서도 불사약을 구하러 보내니

망연히 마음만 아프구나

쇠뇌로 바다 물고기를 쏘았지만

큰 고래가 산처럼 버티어 섰다

이마와 코는 오악과 같고

파도를 일으키며 운뢰를 뿜어 낸다

지느러미가 푸른 하늘을 뒤덮으니

어떻게 봉래산을 볼 수 있겠는가

서불徐巿이 진나라 여인을 가득 태우고 갔던

다락배는 어느 때나 돌아올까

그저 황천 아래를 바라보나니

쇠붙이로 만든 관이 싸늘한 재를 품고 있으리

　

이백도 휘황찬란한 진시황의 업적은 충분히 인정했다. 그에게 중국을 통일할 만한 능력과 수완이 있다고 보았다. 다만 진시황이 인생무상의 진리를 깨닫지 못한 것을 그의 과오로 지적했다. 죄수 70만 명을 동원해 진시황릉을 만들면서 또 불사약을 구해 오라며 서불을 바다로 보낸 것은 얼

진시황릉

마나 이율배반적인가. 진시황이 '싸늘한 재'가 되기 전에 '입관체험入棺體
驗'이라도 하면서 삶의 의미를 반추해보았다면 그의 인생과 역사는 또 얼
마나 달라졌을까. 공을 이루면 자리에서 물러나는 '공성신퇴功成身退'를 실
천에 옮기기란 그렇게 어려운가 보다.

　진시황릉은 새단장 이후에 관람 방식이 많이 달라졌다. 예전처럼 능묘
에 오르는 것은 금지되어 사방에서 외관을 바라보는 데 만족해야 했다. 아
직은 본격적 발굴이 이루어지지 않아 자세한 내부 구조와 부장품들은 알
길이 없다. 그러나 사마천司馬遷의 『사기史記』에 따르면 진시황릉 내부에 수
은으로 만든 하천과 바다가 있고 침입자에게 자동으로 발사되는 화살도
설치되었다고 했다. 그래서 진시황릉은 더 신비감을 자아낸다. 언젠가 그
베일이 벗겨지면 진나라 시대의 죽간이나 벽화, 목기와 칠기 등을 구경하
게 될지도 모르겠다.

　서안의 유적지 중 가장 유명한 병마용갱兵馬俑坑은 1974년에야 농민이
우물을 파다가 우연히 발견한 것이어서, 당연한 이야기지만 당나라 시인

들은 실물을 보지 못했다. 일찍 발굴되었더라면 이를 소재로 한 많은 당시 작품이 나왔을 것이다. 현재까지 발굴된 7개의 갱에 늘어선 병마용은 진시황의 장례에 사용된 테라코타이니 결국 진시황릉의 일부라고 하겠다. 2002년 산동성에서 한나라 병마용이 발굴되었다. 이는 병마용이 진한대 지배계급의 장례풍습이었음을 알려준다. 1호갱에서만 6천 구 가량이 발굴된 병마용의 병사들은 다리 부분은 거의 비슷한 반면 얼굴은 여덟 종류의 다른 모습을 하고 있다. 병마용을 처음 관람했을 때의 경이로움이 사라지고 나니 불현듯 이렇게 정교한 병마용을 만들기 위해 피땀을 흘렸을 사람들의 모습이 떠올라 병마용 박물관을 나서는 발걸음이 그리 가볍지 않았다.

이렇게 화청지와 진시황릉을 둘러보는 것으로 서안 동선 답사를 마쳤다. 서안에서 동쪽으로 더 가면 화산華山과 동관潼關인데 이곳까지 못 간 것이 못내 아쉽다. 서안에는 제법 여러 번 답사를 갔는데도 그때마다 서쪽이나 남쪽으로 움직이게 되어 이곳을 행선지에 포함시킬 수 없었다. 화산은 오악五岳의 하나로 산세가 험하면서도 웅장해 당나라 시인들이 이 산을 소재로 많은 시를 남겼다. 동관은 위남시渭南市 경내에 있는 관중關中의 동쪽 관문이다. 안록산安祿山의 난 때 치열한 전투가 벌어진 곳이어서 여기서 또 당시唐詩의 명작이 많이 나왔다. 다음을 기약할 수밖에…….

필자는 다시 서안 서선西線 답사에 나섰다. 서선에서는 무릉박물관茂陵博物館, 양귀비묘, 법문사法文寺, 건릉乾陵 등을 둘러보려고 한다. 동선의 경우 유5번 버스를 이용하면 편리하게 답사지에 도착할 수 있으나, 서선은 다소 거리가 멀기도 하거니와 유적지가 여러 지역에 흩어져 있어 대중교통으로 다니기가 쉽지 않다. 그래서 차량을 한 대 세내기로 했다. 중국어로는 이를 '바오包'라고 한다.

무릉박물관
무릉의 소나무와 잣나무에 비만 부슬부슬 내릴 줄

서안 서선에서 가장 먼저 당도한 곳은 무릉박물관이었다. 서안 서쪽으로 나서면 함양咸陽을 지나 흥평興平으로 가는 길에 무릉박물관이 있다. 거리로는 약 40km 가량 된다. 무릉은 한무제漢武帝의 능묘이다. 기원전 139년에 공사를 시작하여 53년 만에 완성되었는데, 이 무릉을 만드느라 매년 국가 세입의 3분의 1이 투입되었다고 한다. 한무제는 대외적으로는 흉노를 쳐 서역西域을 경략하고 대내적으로는 중국의 전통적 학문 범주라 할 문사철文史哲을 모두 정비하여 중국문화의 토대를 쌓는 등 대단한 업적을 남긴 인물이다. 그러나 말년에는 신선사상에 경도되어 『한무고사漢武故事』를 비롯한 많은 설화의 주인공이 되기도 하였다.

매표소를 지나 주작문朱雀門 안으로 걸어들어가니 연못 주위로 화단이 잘 정돈되어 있다. 그 뒤쪽에 마련된 두 개의 전시실에는 한나라 시대의

흥평 무릉박물관 입구

문화를 알 수 있는 유물들이 관람객들을 맞이하고 있었다. 특히 '진귀 문물 전시실'에는 도금한 말, 옥비녀, 코뿔소 모양의 술잔, 대나무 모양의 향로 등 그야말로 진귀한 보물들이 즐비했다. 한나라가 전성기를 구가하며 로마제국과 어깨를 나란히 하던 시대의 숨결이 느껴진다. 그러나 한무제는 지나치게 사냥을 즐긴 것이 문제였다. 그래서 사마상여司馬相如같이 군주에게 아부하기 좋아하는 문인이 얼른 〈상림부上林賦〉라는 글을 지어 천자의 사냥을 칭송하고 나서기도 했던 것이다. 당나라 시인 전기錢起. 약 722~780는 〈한무제 사냥을 나가다漢武出獵〉라는 시에서 그러한 한무제의 사냥 중독을 비판했다.

> 한나라는 아무 일 없이 태평함을 즐기니
> 사냥하러 해마다 구중궁궐 나선다
> 옥과 비단 들고 대궐 가는 길에서 조회하지 않는데
> 깃발은 언제나 빛깔 고운 노을 봉우리를 둘렀다
> 잠시 들판의 짐승을 탐내 궁궐을 가벼이 여겼으니
> 어찌 어부가 백룡을 잡을까 두려워하랴
> 어스름해져야 비로소 장락관으로 돌아오니
> 수양버들 몇 군데서 푸르름이 짙었던고

한무제는 진나라 때의 상림원上林園을 확장 보수하여 둘레가 300리에 달하는 거대한 왕실 동산을 만들었다. 매년 가을이 되면 많은 인원을 대동하여 이곳으로 사냥을 나갔던 까닭에 이 시에서 한무제가 사냥에 빠져 궁궐을 버리고 조회를 하지 않았다고 비판한 것이다. '백룡어복白龍魚服'이라 하여 흰 용이 물고기의 옷을 입었다는 고사성어가 있다. 흰 용이 물고기로 변했다가 어부에게 잡혔다는 이야기로, 지위가 높은 사람이 함부로 나다니다가 욕을 본다는 말이다. 한무제는 별다른 변고 없이 70세까지 천수를 누렸다. 반면 한나라는 그의 사후 바로 내리막길을 걸어 채 100년을 지탱하지 못했다. 수성守成의 어려움을 다시 일깨워주는 대목이다.

문물 전시관을 지나 더 앞으로 가니 정자 아래에서 석마石馬가 늠름한 자태를 뽐내고 있다. 한무제가 그토록 탐을 내 서역 지방으로 군대를 파견해 구해오게 했다는 한혈마汗血馬인가 보다. 피땀을 흘리며 하루에 천 리를 달렸다는 명마 말이다. 지그재그로 나 있는 돌계단을 올라가니 남승정覽勝亭이라는 정자가 우뚝하다. '명승을 바라보는 정자'라는 뜻이겠다. 남승정에서 정면으로 바라다보이는 것이 한무제의 능묘이니 '명승'이란 곧 무릉을 가리킨다. 정자가 있어 무릉을 감상하기 편하기는 한데, 그렇다고 해도 '무덤 관람용 정자'는 다소 생소하다. 이에 대해서는 잠시 후에 연유를 알아보기로 하자.

무릉은 가로 231m, 세로 234m, 높이 46.5m에 이르러 멀리서 보면 영락

흥평 무릉박물관 '남승정'

없는 산의 형태이다. 그런데 필자가 남승정에 올라 바라본 무릉의 모습은 뜻밖이었다. 능묘 정상까지 하얗게 길이 나 있고, 꼭대기에서는 아이들 서넛이 모여 무슨 놀이라도 하는지 깡충깡충 뛰어다니

흥평 무릉박물관 '남승정에서 바라본 무릉'

고 있는 것이 아닌가. 고대의 제왕들은 자신의 권위를 보이겠다고 다들 이렇게 거대한 무덤을 만들었지만 죽은 뒤면 그게 다 무슨 소용인가. 오히려 작고 평범하게 만들었으면 후세에 아이들의 놀이터가 되는 일은 면했을지도 모른다.

이제 남승정 이야기로 되돌아가보자. 이 정자의 양쪽 기둥에는 대학자의 한 명으로 손꼽히는 섬서사대陝西師大 곽송림霍松林 교수가 짓고 썼다는 대련對聯이 큼지막하게 씌어 있다.

서쪽 변방의 전장을 누벼 비단길을 개척하고
기련산 같은 높은 무덤을 영원히 남겼도다

위 대련에 보이는 기련산祁連山은 무제가 보낸 한나라 군대가 흉노를 정벌한 곳으로, 가장 높은 봉우리인 단결봉團結峰은 5,827m에 이른다. 한무제의 무릉이 기련산 같다는 말일까? 그 해답은 남승정 아래에 있는 곽거병묘霍去病墓에 있다. 필자가 무릉을 보려고 서둘러 남승정으로 내닫느라 곽거병묘를 흘낏 보고 지나쳤던 탓에 이야기 전개의 맥이 끊겼던 것이다. 곽거병은 무제 때 위청衛靑을 따라 흉노 토벌에 나서 큰 공을 세우고 관군후冠軍侯에 봉해진 인물이다. 약관의 나이에 표기장군驃騎將軍이 되어 여섯 차례나 흉노 진영을 점령했다. 그러나 불행히 24세의 젊은 나이에 세상을

흥평 무릉박물관 곽거병묘

떠나자 무제가 그를 애도하여 무릉 옆에 무덤을 만들되 일찍이 그가 대승
을 거둔 기련산의 모습을 본뜨라 명했다고 한다. 그러니까 남승정은 곽거
병의 혼이 한무제를 바라보는 곳이고, 정자의 대련은 곽거병의 업적을 칭
송한 내용이었던 것이다.

무릉박물관을 나서려다 보니 화단에 돌과 나무로 꾸민 동물 몇 마리가
풀숲에 숨어 있었다. 가운데에는 누군가가 앉아 있는 모습의 동상도 보였
다. 저건 또 무엇일까. 가까이 다가가 안내문을 보고 나서야 정체를 알 수
있었다. '소무목양蘇武牧羊', 소무가 양을 친다는 말이다. 한무제와 인연이
깊은 또 하나의 인물, 바로 소무였다. 소무는 무제 때 흉노에 사신으로 가
서 억류되었다가 귀환한 인물이다. 흉노는 그를 회유하는 데 실패하자 숫
양 몇 마리와 함께 바이칼호 부근으로 추방하며 이런 조건을 달았다고 한
다. "이놈들이 새끼를 낳으면 집으로 보내주마." 그렇게 19년의 세월이 흘
러 한나라와 흉노의 관계가 호전된 후에야 그는 본국으로 송환되었다. 이

흥평 무릉박물관 소무목양

런 내용을 소재로 한 이상은의 〈무릉茂陵〉이라는 시를 감상해보자.

> 한나라의 천마는 포초에서 나와
> 거여목과 석류꽃이 가까운 교외에 널렸다
> 안뜰에서는 그저 봉황의 부리를 녹일 줄만 알고
> 시종의 수레에 닭의 꼬리를 꽂지 않았다
> 옥 복숭아를 훔쳐낸 동방삭을 부러워하고
> 금옥金屋에서 화장을 다 한 아교阿嬌를 감춰두었다
> 누가 알았으리, 소무가 다 늙어 귀국해보니
> 무릉의 소나무와 잣나무에 비만 부슬부슬 내릴 줄

이 시는 한무제를 빌려 당나라 무종武宗을 풍자한 것이다. 두 사람이 공
히 영토 확장(첫째 연), 사냥과 미행(둘째 연), 신선사상과 여색(셋째 연)을

좋아했기 때문이다. 시인은 마지막 연에서 자신의 모습이 투영된 소무를
등장시켜 시상의 전개를 극화劇化했다. 그렇게 일세를 풍미한 한무제도 죽
어서 무릉으로 들어가고 말았는데, 잃어버린 19년 세월은 누가 보상해줄
것인가.

양귀비묘
내세의 삶은 점칠 수 없고 현재의 삶은 끝났네

일정이 빠듯한 하루여서 더 이상 지체하지 못하고 양귀비묘를 관람하
고자 마외馬嵬로 차를 돌렸다. 무릉박물관에서 양귀비묘가 있는 흥평시興
平市 마외진馬嵬鎭까지는 약 26km 거리로 45분 가량 소요된다. 양귀비의 무
덤이 왜 이곳에 있는지를 설명하기 위해서는 먼저 안록산安祿山의 난부터
소개하지 않을 수 없겠다. 현종의 집권 후반기로 들어서면서 '개원 연간의
치세'라 불렸던 태평성대도 서서히 내리막길을 걸었다. 현종의 신임을 얻
어 정권을 잡은 문벌귀족 이임보
李林甫는 가렴주구에 몰두했고, 변
방의 군사와 행정을 지휘하는 절
도사節度使가 득세해 왕권을 위협
하는 수준에 이르렀다. 이임보가
죽고 난 후에는 양귀비의 친척인
재상 양국충楊國忠과 동북 지방의
장군인 안록산이 대결하는 구도
로 정국이 재편되었다.

이들의 세력 다툼이 한창 격화

흥평 양귀비묘 표석

되던 755년, 안록산은 양국충 토벌이라는 명분 하에 20만 명의 군사를 이끌고 북경에서 낙양洛陽으로 진격했다. 동관潼關에서 관군을 이끌어 항전하던 가서한哥舒翰이 반군에 대패하면서 장안이 함락 위기에 몰리자 현종은 황급히 사천四川 쪽으로 피난을 가게 되었다. 현종의 피난 행렬은 사흘을 꼬박 걸어 마외역에 도착했는데, 다급하게 궁궐을 빠져 나오느라 제대로 식량을 챙기지 못해 호위부대 장병들은 몇 끼를 계속 굶어야 했다. 결국 분노한 장병들이 이에 대한 책임을 물어 양국충을 죽이고도 무력 시위를 이어갔다. 궁지에 몰린 현종은 어쩔 수 없이 양귀비를 자진自盡하게 하였고, 그 소식을 들은 장병들은 그제야 해산했다.

756년 7월 15일에 벌어졌던 이 사건을 '마외사변馬嵬事變'이라 부르며, 38세의 양귀비는 이렇게 생을 마감하고 마외에 묻혔다. 이는 대단히 충격적인 사건이어서 마외를 지나는 당나라 시인들은 저마다 그때를 회고하며 시를 남기곤 했다. 이들이 마외사변을 소재로 창작한 시만 50수가 넘는다. 그 가운데 이익李益, 746~829의 〈마외를 지나며過馬嵬〉 두 수에서 둘째 수를 감상해보자.

> 쇠 갑옷과 은 깃발도 모두 이미 돌아가고
> 비단 소매만 아득히 바람과 먼지 속에 떨어졌다
> 짙은 향기는 아직도 난새 수레를 맴돌건만
> 한스런 혼백은 마외를 떠날 방도가 없다
> 흥경궁의 현종이 휘장 친 궁전에서 슬퍼하자
> 동해에서 도사가 봉래산을 물었다지
> 오직 마외 언덕에는 반달만 남아
> 이따금 밤의 누대로 희미한 빛을 보내온다

마외사변은 이 시를 지은 이익이 아홉 살 되던 해의 일이다. 그러니 이 시는 아마도 그가 양귀비가 죽고 몇십 년 후에 마외를 지나다 지었을 것이다. 이미 전란의 상처는 많이 아물어갈 때였지만 그 혼란의 와중에 스러진 양귀비의 원혼은 여전히 마외에 머물고 있다. 사천으로 피난갔던 현종이 흥경궁으로 되돌아와 도사의 힘을 빌어 양귀비의 영혼을 불러오려 하지만 부질없는 짓이었다. 흥경궁 누대에 뜬 반달만이 애달픈 양귀비의 마음인지 희미하게 비칠 뿐이다.

'양귀비묘'를 알리는 표석을 지나 돌계단을 오르니 다시 '당양씨귀비지묘唐楊氏貴妃之墓'라는 현판이 보인다. 입구 양쪽의 대련은 대략 '전란으로 태평성대가 무너진 것은 안타까운 일이지만 다행히 마외에는 명승지가 하나 생겼다'는 내용이었다. 적절한 표현인지 다소 의문이 들었다. 안록산의 난이 9년간 계속되는 동안 5천만 명이 넘던 당나라의 호적상 인구 가운데 3천만 명이 사라졌다. 이러한 대재앙의 책임을 모두 양귀비에게 돌릴 수는 없다손 치더라도, 이곳에 묘를 남겨 흥평시 마외진의 관광 수입을

흥평 양귀비묘 입구

얼마간 올리는 것으로 만회할 만한 사안은 아니라는 생각이다.

입구 바로 앞의 헌전獻殿을 지나니 뒤쪽에 바로 양귀비묘가 보였다. 원래는 '대당양귀비태진지묘大唐楊貴妃太眞之墓'라는 당나라 때의 신도비神道碑가 있었던 모양인데, 크게 파손되어 '당양귀唐楊貴' 세 글자만 남은 채 묘 오른쪽에 세워져 있다. 1979년에 새로 세운 묘비가 그것을 대신하여 '양귀비지묘楊貴妃之墓'임을 알려준다. 벽돌로 덮여 있는 봉분은 필자의 키보다 한참 높아 족히 3m는 되어 보였다. 여인네들이 미용에 좋다고 봉분의 흙을 퍼가는 바람에 벽돌로 덮게 되었다는 이야기가 전해진다. 경국지색은 죽어서도 고달프다. 혹자는 현종이 나중에 사람을 보내 양귀비의 시신을 장안으로 옮겨가고 이 무덤에는 그녀의 옷만 남겨두었다고도 하는데 확증은 없는 상태이다. 고아 출신으로 양씨 집안에 양녀로 들어가 17세에 현종의 아들인 수왕壽王의 비가 되었다가 다시 시아버지 현종의 비가 된 기구한 운명의 양귀비. 남부러울 것 없이 일세를 풍미하다 마외에서 불귀의 객이 된 그녀의 혼이 이곳에 머물고 있다. 무덤은 그 주인이 생전에 어

홍평 양귀비묘 봉분

홍평 양귀비묘 양귀비상

떤 지위에서 무슨 일을 했든지에 상관없이 평등한 곳인 것 같아 필자는 역사 속 인물의 무덤을 볼 때마다 삶과 죽음의 의미를 되새겨 보곤 한다.

양귀비묘 양편으로는 비랑碑廊이다. 이곳의 여러 비석 가운데 하나에는 '영마외조귀비시詠馬嵬弔貴妃詩'라는 제목이 붙어 있다. 자세히 읽어보니 청나라 때 홍평현興平縣의 지사知事를 지낸 고성뢰顧聲雷라는 사람이 썼단다. 이상은李商隱, 정전鄭畋, 가도賈島, 온정균溫庭筠, 최도융崔道融 등이 '마외를 읊거나 양귀비를 조상한 시'를 옮겨 적었다는 것이다. 뒤쪽에는 모택동毛澤東이 썼다는 백거이의 〈장한가〉를 눈에 띄게 꾸며놓았다. 그러나 필자는 현대 중국 정치인의 필적에는 그다지 관심이 없어 이런 것은 자세히 살피지 않고 그냥 지나치는 편이다.

양귀비묘를 관람하고 화원 쪽으로 이동했다. 돌계단 위로 '태진각승경원太眞閣勝景園'이라는 패방이 보인다. '태진'은 양귀비의 자字이다. 태진각 앞으로 양귀비상이 우뚝했다. 대리석의 일종인 한백옥漢白玉으로 만든 것인데 햇빛을 받으니 더 하얗게 빛난다. 석상 아래 제작과 관련된 설명을 보니, 유명한 화가인 왕서경王西京의 설계로 1989년에 만들어진 것이다. 당나라 화가 주방周昉의 〈잠화사녀도簪花仕女圖〉를 참고하여 당나라 때 귀부인의 풍만하고 화려한 모습을 표현했다고 한다. 그래서 그런지 화청지에서 보았던 국적 불명의 양귀비상보다는 확실히 사실감이 있다. 이런 까닭에 역사에서 고증을 중히 여기는 것이리라. 3.8m의 높이는 양귀비가 세상을 떠난 나이인 38세를 기념하는 것이란다. 숫자에 의미를 부여하기 좋

흥평 양귀비묘 태진각에서 내려다본 승경원

아하는 중국 사람들 성향이 잘 드러난다. 당나라 때 부녀자들 사이에서 유행했던 머리장식을 그대로 재현한 것이겠으나, 필자가 보기에는 머리 부분이 너무 크게 표현되어 석상의 목에 디스크가 오지는 않을까 염려스럽기도 했다.

태진각에는 〈귀비입도도貴妃入道圖〉가 그려져 있었다. 양귀비가 현종의 비가 되기 전 도교 사원에 들어가 여도사로서 수련하던 때를 묘사한 것이다. 양귀비의 혼이나마 신선세계로 돌아가기를 바라는 뜻을 담은 듯하다. 태진각 좌우로는 채정彩亭과 망도정望都亭을 꾸며놓았다. 망도정은 백거이 〈장한가〉의 한 구절 "동쪽으로 도성문 바라보며 말 가는 대로 돌아왔네東望都門信馬歸"에서 따온 말이다. 이는 양귀비의 혼이 언제나 동쪽에 있는 흥경궁을 바라본다는 뜻이리라. 현종이 양귀비를 만난 이후에도 국사를 등한시하지 않았다면, 양귀비의 무덤은 이곳 마외에 있지 않았을 터이다. 양귀비 상은 아마도 흥경궁에 세워졌을 것이며, 망도정은 필요도 없었을 것이다. 태진각에 올라 이런 공상에 잠기던 필자는 양귀비 묘 옆 비랑에서도 보았던 이상은의 시 〈마외馬嵬〉를 읊어본다.

> 바다 밖에 또 구주가 있다고 들은 말도 헛되이
> 내세의 삶은 점칠 수 없고 현재의 삶은 끝났네
> 금군禁軍이 치는 딱다기 소리만 들려오고
> 새벽을 알리는 계인雞人은 다시 없네
> 이날엔 모든 군사들이 함께 말을 멈추었지만
> 당시엔 칠석에 견우를 비웃었다
> 어찌하여 40여 년 천자로 있었으면서도
> 막수가 시집갔던 노씨 집만도 못한가?

　파란만장한 양귀비의 삶은 허망하게 끝이 났다. 현종은 자신에게 달려드는 맹수에게 적당한 먹잇감을 주고 달아나는 식으로 양귀비를 이용해야 했다. 예전에 장생전에서 그랬던 것처럼 일 년에 한 번밖에 만나지 못하는 견우와 직녀를 비웃을 처지가 아니었다. 천자의 사랑을 독차지했다 한들 무슨 소용이랴. 쓸쓸한 시골 마을 마외에 홀로 묻힌 양귀비는 필경 여염집에 시집간 막수莫愁만 못해 보인다. 필자는 양귀비의 혼을 대신해서 현종에게 노래 한 소절 불러주는 것으로 예를 갖추고 승경원을 나섰다. "이제는 우리가 이별을 할 시간, 아 미운 사람. 그러나 우리는 사랑을 했는데, 아 미운 사람……."

건릉
어두운 달이 가운데 길에 흙비로 뿌려지고

서안 서선의 당나라 능묘로는 태종의 소릉昭陵과 고종 · 측천무후의 건릉乾陵 이 두 곳이 유명하다. 일정에 여유가 있었다면 다 돌아보면 좋으련만, 불행히 한 곳만 선택해야 할 운명이었다. 답사 노선을 고려한 결과는 건릉. 마외진에서 예천현禮泉縣 쪽으로 가다보면 소릉으로 가는 길과 건릉으로 가는 길이 갈라지는데, 건현乾縣에 있는 건릉이 다음 행선지와 연결성이 좋기 때문이다. 게다가 당나라 18개 능묘 가운데 유일하게 도굴되지 않은 곳이라는 사실도 필자의 관심을 끌기에 충분했다. 건릉까지는 약 40km. 시골길이라 한 시간은 족히 가야 하는 거리다.

312번 국도를 타고 건현으로 접어들어 바로 건릉에 도착했다. 고종과 측천무후가 합장된 건릉은 부부 왕의 묘라는 점에서 세계에서 유일무이한 곳이다. 왕과 왕비 또는 여왕과 부군이 아니라 부부가 생전에 둘 다 왕이었다. 그것도 같은 왕조도 아니고 고종은 당나라, 측천무후는 주나라의 왕이었다. 이것은 평범한 왕이었던 고종의 왕비 무측천武則天이 평범한 여자가 아니었기 때문에 가능한 일이었다. 무측천은 왕이었던 두 아들 중종과 예종을 차례로 폐위시키고 중국 역사상 가장 고령인 67세에 제위에 올라 가장 장수한 83세까지 자리를 지키다 세상을 떠난 중국 유일의 여왕이었

건현 건릉 '표석'

건현 건릉 '신도'

다. 참으로 풍성한 기록의 소유자이다.

건현 성곽 북쪽의 양산梁山을 묘역으로 삼은 건릉은 684년에 건설되기 시작하여 완공되는 데 23년이 걸렸다. 입구에서 건릉까지는 1km 가량 돌길이 이어진다. 원래부터 돌길이었던 것은 아니고 최근에 포장했다. 그래서 간혹 옛날 자료사진을 보면 이 길이 흙먼지가 날리는 비포장도로로 나온다. 지금은 필자처럼 여느 관광객들이 다 이 길을 걷지만 당나라 때는 4품 이상의 관리에게만 통행이 허용되었다. 탁 트인 감을 느낄 수 있어서 좋기는 한데 바닥의 돌이 한여름 땡볕을 그대로 반사시켜 찜질방을 방불케 했다. 약간 오르막으로 완만한 경사를 이루어 80m 정도의 표고차가 있다고 한다. 양쪽으로 문관복을 입고 칼을 쥐어 문무겸전文武兼全을 나타냈다는 옹중상翁仲像이 서 있다. 옹중은 본래 흉노족의 제천신祭天神이었던 것이 진나라 때부터 묘역을 지키는 석상의 모델로 쓰였다. 세월의 풍상 속에서 더러 깨지고 닳았지만 부리부리한 눈매에서 여전히 묘역을 지키는 그

의 신성한 임무를 느낄 수 있다. 옹중상을 지나 건릉 쪽으로 더 가니 코끼리, 코뿔소 등 영물靈物들의 석상도 보인다. 일부 관광객들이 코끼리 석상에 올라타 기념사진을 찍는 살풍경을 연출하기도 했다.

후끈한 돌길에 살짝 지칠 무렵 주인공들을 소개하는 비석이 나타났다. 술성기비述聖紀碑와 무자비無字碑였다. 술성기비는 고종의 생애와 치적을 담은 비석이다. 측천무후가 비문을 짓고 중종이 글씨를 썼다. 이보다 훨씬 유명한 것이 무자비이다. 이는 측천무후의 비석인데, 비석에 다 있는 비문이 없다 해서 '글자 없는 비석'이라는 이름이 붙었다. 그 연유에 대해서는 여러 추측이 난무할 뿐이다. 측천무후의 공적이 너무 대단해 글자로 형언할 수 없었다느니, 후세에 역사적 평가가 끝나면 그때 쓰라고 두었다느니, 아들인 중종이 측천무후를 왕이라 해야 할지 왕비라 해야 할지 난감해서 비워두었다느니 하는 설들이 있다. 모두 재미삼아 만들어낸 이야기일 것이다. 아래 소개할 최융崔融, 653~706의 만가를 보니 측천무후의 신분은 왕비로 결론이 난 듯하다. 제목을 〈측천황후만가則天皇后輓歌〉라 했기 때문이다.

> 정전에서 조회하던 것 그만두고
> 장릉長陵에 합장되어 돌아가셨네
> 산하를 바라볼 수 없게 되자
> 문물도 모두 사라졌구나
> 어두운 달이 가운데 길에 흙비로 뿌려지고
> 헌원성이 태미원에서 떨어졌네
> 부질없이 효성스런 천자만 남겨
> 소나무 위에 상서로운 구름이 나는구나

당나라 시인들은 한나라의 일을 빌려 당대의 일을 표현하기 좋아했다. 이 시에서 건릉 대신 한고조 유방劉邦과 여태후呂太后를 합장한 장릉을 쓴 것도 그런 취향이다. 제6구에서 왕후를 상징하는 헌원성軒轅星이 은하수가 흐르는 하늘인 태미원太微垣에서 떨어졌다는 말로 측천무후의 죽음을 에둘러 표현했다. 마지막 연은 측천무후가 죽은 뒤 제위에 복직한 중종을 칭송한 것이다. 이선李善이 『문선文選』에 붙인 주석에서 인용한 『효경원신계孝經援神契』라는 글의 "군왕의 덕이 능묘에 이르면 상서로운 구름이 난다王者德至山陵, 則景雲出"라는 내용을 참고하면 구절의 의미가 분명해진다. 측천무후는 생전에 수십 자의 '측천문자'를 제정했다. 예를 들면 자신의 이름인 '照비출 조'자 대신 '曌'라고 썼다. 위 시에는 '측천문자'로는 다르게 써야 할 '月달 월', '星별 성', '天하늘 천' 자 등을 보란듯이 여러 개 쓴 혐의가 있다. 필자의 억측이지만 혹 '무자비'도 '측천문자' 제정에 대한 반발은 아니었을까?

술성기비와 무자비 뒤편으로는 '61 번신상蕃臣像'이 도열해 있다. 동쪽에

29기, 서쪽에 32기다. '번신'이란 당나라와 교통交通하던 주변국의 사신을 말하는데, 석상의 등에 새겨진 이름을 역사서와 대조해 신원이 밝혀진 36명을 보니 주로 서부와 북부 여러 나라에서 온 사람들이었다고 한다. 안타깝게도 석상의 머리 부분이 모두 사라지고 발도 잘려 있다. 그 이유에 대해서도 여러 설들이 무성한데, 고고학자들은 1555년에 섬서성에서 발생했던 지진 때문이라는 분석을 내놓았다. 건현에서 100km 정도 떨어진 화현華縣에서 리히터 규모 8.0 이상의 강진이 발생해 그 충격으로 석상의 머리가 모두 떨어졌을 것이라는 말이다. 머리는 그렇다 쳐도 발이 잘린 이유는 또 무엇이란 말인가? 동쪽 29기 가운데 마지막 줄에 홀로 서 있는 석상은 신라인으로 추정된다는 학계의 보고가 있다. 왼손에 활을 들고 있는데다 세 겹으로 옷을 입는 세 벌 복장이 증거로 제시된다. 그러나 이에 대해서는 필자가 자세히 아는 바가 없어 그 석상을 꼼꼼히 살피지는 않았다.

얼추 건릉에서 유명하다는 유물들을 다 섭렵했다고 생각될 즈음 필자

건현 건릉 '양산 정상에서 내려다본 건릉'

의 갈등이 시작되었다. 건릉의 모산母山인 양산 정상까지 오를 것인가 말
것인가. 그동안의 경험에 비추어볼 때 정상까지 오르려면 땀깨나 흘려야
할 터이다. 그렇다고 그냥 내려가자니 어렵게 여기까지 왔는데 하는 아쉬
운 마음이 든다. 결국 정상까지 가보기로 했다. 그러나 마실 물도 변변히
갖추지 않고 의욕만 앞세우다 죽을 고생을 하고 말았다. 양산은 생각보다
높았고 올라가는 길도 가팔랐다. 흘러내리는 땀을 연신 훔쳐내며 기다시
피 정상에 오르니 이미 탈진 일보 직전이다. 예상했던 대로 바위 투성이의
정상에는 안내 팻말 하나 없이 과일 껍질 버리라는 '과피상果皮箱'만 덩그
러니. 갑자기 필자의 정체성에 혼란이 온다. 나는 당시 연구자인가, 아니
면 산악인인가?

　더욱 필자를 곤혹스럽게 한 것은 여기까지 올라와서 시를 지은 당나라
시인도 없다는 사실이었다. 그런데 왜 올라온 것인지, 이 문제를 다른 사
람에게 물어볼 수도 없고……. 그래도 정상에서 건릉의 모습을 전체적으

건현 건릉박물관 '〈예빈도〉(모사)'

로 조망하니 아주 조금 위안이 된다. 한참 걸어들어왔던 돌길이 까마득히 보였다. 이렇게 멀리서 바라보니 왜 입구 쪽에 나란히 있던 봉우리를 '쌍유봉雙乳峰'이라 부르는지 쉽게 이해된다는 것도 나름 수확으로 계산했다. 각도를 바꿔가며 사진도 많이 찍었다. 여기서 찍은 건릉 사진이 히말라야 처녀봉 등정 사진처럼 희귀하기를 바랄 뿐이다.

정상에서 숨을 돌린 후에 다시 입구로 내려왔다. 건릉은 산릉山陵 외에 태자, 공주, 대신 등의 배장묘陪葬墓 17기를 포함한다. 그 가운데 고종의 아들 장회태자묘章懷太子墓와 중종의 딸 영태공주묘永泰公主墓가 유명하다. 먼저 장회태자묘는 이곳에 그려진 벽화 〈예빈도禮賓圖〉로 우리에게 친숙한 곳이다. 장회태자는 고종의 둘째 아들 이현李賢으로, 태자에 책봉되었으나 어머니인 측천무후에 의해 폐위되어 사천으로 쫓겨났다가 자살한 비운의 인물이다. 예빈도에는 장회태자를 접견하려고 기다리는 듯한 인물 여섯 명이 그려져 있다. 왼쪽 세 사람은 당나라 관리이고 오른쪽 세 사람은 외

건현 건릉박물관 '영태공주묘'

국의 사신이다. 이들 외국 사신은 각각 비잔틴 제국, 고구려, 말갈 사람이
라는 주장이 유력하다. 여기서 이백의 〈고구려高句驪〉라는 짤막한 시 한 수
를 감상해보자.

　　　금방울 단 절풍모折風帽 쓴 채
　　　백마 타고 조금씩 천천히 돈다
　　　펄럭펄럭 춤추는 넓은 소매
　　　새가 바다 동쪽에서 날아온 듯하다

　2005년 낙양洛陽 인근에서 고구려 연남생淵男生 일가 3대의 묘가 발견된
바 있다. 연남생은 연개소문의 아들로 당나라에 귀순해 고구려 공격에 앞
장섰던 인물이다. 이들의 행적으로 보아 당나라로 건너간 고구려 사람들
이 적지 않았을 것으로 여겨진다. 이백도 아마 고구려의 후예를 직접 본

적이 있었으리라. 그가 본 고구려 무인舞人은 고깔 모양의 절풍모에 소매가 넓은 옷을 입고 새처럼 춤을 추었나 보다. 〈예빈도〉에 묘사된 고구려 사신의 모습과도 일맥상통하는 바가 있다.

영태공주묘는 중종의 일곱째 딸인 영태공주와 그의 남편 무연기武延基가 합장된 곳이다. 영태공주는 17세 때 할머니인 측천무후에 의해 처형되어 이곳에 묻혔다. 이 무덤은 이미 도굴되어 거의 유물이 남아 있지 않지만, 〈천체도天體圖〉와 〈궁녀도宮女圖〉 같은 벽화가 선명한 색채를 자랑한다. 〈궁녀도〉는 전실前室의 동쪽 벽에 그려진 벽화이다. 여관女官 2인과 궁녀 7인의 모습이 사실적으로 묘사되어 있다. 물론 원본은 〈예빈도〉와 마찬가지로 섬서역사박물관陜西歷史博物館으로 옮겨지고 여기 남은 것은 모사품일 뿐이지만 말이다. 묘도墓道의 전체 길이가 87.5m에 이르는 영태공주묘는 무엇보다 내부가 시원해서 마음에 들었다. '무서운 할머니' 무덤에 다녀오느라 고생한 필자를 영태공주가 달래주는 것인지도 모르겠다.

건릉은 지금 유명한 관광지가 되었지만 사실 당나라 시인들은 건릉을 외면했다. 나약하고 무능력했던 고종도 그렇지만 무엇보다 당나라를 찬탈하고 주나라를 세웠던 측천무후에 대한 반감이 크게 작용했을 것이다. 그러나 필자가 보기에 당시의 발전에서 측천무후는 의외로 지대한 공을 세운 인물이다. 그녀는 명산대천을 유람하면서 손수 시를 짓고 궁정시인들에게 화답하게 하였다. 무후의 성미를 잘 아는 궁정시인들이 필사적으로 시를 지었을 것은 불문가지이다.

오장원
뜻을 결연히 하여 군무에 힘쓰다 몸이 죽었도다

건릉 답사에 많은 시간이 소비되어 법문사法文寺에 들리려던 당초 계획을 수정할 수밖에 없었다. 법문사는 동한 말기에 세워진 고찰古刹로, 최근에 대대적인 보수확장 공사를 벌여 서선 관광의 핵심으로 떠올랐다. 그러나 '당시唐詩 유적 제일주의'를 표방하는 필자의 관점에서 볼 때 당시와의 연관성이 떨어져 반드시 거쳐야 할 곳은 아니었다. 이에 비해 오장원五丈原은 제갈양諸葛亮이 최후를 마쳐 당나라 시인들의 시심詩心을 크게 자극했던 역사의 현장이다.

건릉에서 오장원까지 가는 데 제법 시간이 걸렸다. 부풍현扶風縣을 지나서야 겨우 연곽連霍 고속도로를 탈 수 있었기 때문이다. 한 시간 넘게 달린 우리 차는 수채위하대교水寨渭河大橋로 위수渭水를 건너 보계시寶鷄市 오장원

보계 오장원 '표석과 제갈양 사당'

촌五丈原村으로 들어섰다. 오장원은『삼국지연의』를 통해 모르는 사람이 거의 없는 지명이건만 이제는 평범한 시골마을에 불과한 듯했다. 오장원촌으로 가는 산길에 풀풀 날리는 흙먼지가 저간의 사정을 말해주었다. '오장원'은 '다섯 길의 들판'이라는 뜻이니 무언가 '다섯 길'(약 10m) 되는 지형지물이 있었을 법한데, 들판이 '다섯 길'에 불과할 리는 없어 오리무중이다. 오장원으로 가는 길뿐만 아니라 오장원을 알리는 표석과 제갈양의 사당도 많이 낡아 보였다. 이곳을 찾는 외국인이 하루에 세 명 정도라는데, 오늘은 필자가 그 세 명 중 한 명이니 제법 귀한 손님인 셈이다.

오장원 언덕 위에는 제갈전諸葛田이라는 밭이 있다. 여기에 주둔했던 제갈양이 직접 밭을 일구어 군량미를 마련했다는 곳이다. 비석이 즐비한 것으로 보아 지금은 묘지로 바뀐 듯했다. 필자가 오장원을 찾은 날에도 상복을 입은 마을 사람들이 향을 한 움큼 태우며 땅을 파고 있었다. 이래저래 일반 관광지와는 사뭇 다른 모습이다. 필자보다 1200년 앞서 이곳에 왔던 온정균溫庭筠, 약812~866의 시 〈오장원을 지나며經五丈原〉를 감상하며 그가 본 오장원의 모습을 살펴보자.

갑옷 입은 기병과 군대의 깃발 모두 날쌨던지라
촉나라 군영이 높은 데서 봄날의 위나라 군영을 압도했다
맑은 하늘에 살기가 함곡관 서쪽에 모이더니
한밤중에 요사스런 별이 위수 물가를 비추었다
아래쪽 나라의 와룡이 군주를 일깨운 것도 헛되이
중원에서 사슴을 잡는 일은 인력으로 어쩔 수 없었다
상아 평상과 화려한 휘장은 말이 없었으니
그때부터는 초주가 원로대신이었다

234년 다섯 번째 북벌에 나선 제갈양은 오장원에 주둔하며 사마의司馬懿와의 일전을 준비했다. 그러나 응전을 피하는 사마의의 계략으로 대치 상태가 장기화되었고 결국 제갈양은 54세를 일기로 군영에서 숨을 거두었다. 오장원은 해발 650m의 구릉지대에 위치해 위수 북쪽에 진을 친 위군魏軍의 동태를 잘 살필 수 있었다. 그러나 운명은 사마의의 편이었던가. 제갈양은 그해 가을에 과로로 인한 병마를 이기지 못하고 중원의 사슴을 잡는 대업을 그만두어야 했다. 제갈양을 대신해 촉나라의 실권을 쥔 초주譙周는 후주 유선劉禪을 위나라에 투항하게 한 공로로 삼국이 통일된 후 진나라에서 큰 벼슬을 하였다.

　　오장원에 제갈양의 사당이 세워진 것은 당나라 초기로 알려져 있다. 당초에는 '충렬무후사忠烈武侯祠'라 불렀는데 오늘날의 현판에는 '오장원제갈양묘五丈原諸葛亮廟'라는 이름이 붙었다. 제갈양의 사적지마다 '무후사'라는 이름의 제갈양 사당이 많은 까닭에 '오장원'을 덧붙인 것이라 여겨진다. 사당 안으로 들어가면 입구에 촉나라의 장수였던 마대馬岱와 위연魏延이

보계 오장원 '제갈양 사당 입구'

양쪽에서 보초를 서고 있고, 마당 좌우로 종루鐘樓와 고루鼓樓도 보인다. 또 한켠에는 세 줄기가 하나로 합쳐진 회나무가 둥지를 틀고 있다. 삼국의 통일을 의미하는 것인가 보다. 사당에는 큼지막한 글씨로 쓴 '영명천고英名千古'라는 현판이 걸려 있다. '영웅의 이름이여 영원하라' 정도로 이해할 수 있겠다. 유명한 서예가인 서안미술대 여계茹桂 교수의 글씨란다. 정전正殿에 모신 제갈양의 좌상은 근엄하고 기품 있는 모습이다. 그 위로 '장상사표將相師表', 즉 '장군과 재상의 모범'이라는 현판이 제갈양이 존경받는 이유를 압축해 설명해준다.

보계 오장원 '두보의 〈영회고적〉'

　사당 뒤편으로는 '팔괘정八卦亭'이라는 정자가 있다. 병법에 밝았던 제갈양이 만든 진법을 그림으로 나타낸 〈팔진도八陣圖〉란 것이 있는데, 이 정자는 그것을 기념하는 뜻이라 한다. 여덟 개의 기둥을 세워 팔각형으로 만든 이 정자에서 잠시 쉬어가는 것도 나름의 운치가 있었다. 정자를 지나 건너편에는 '제갈양생평전諸葛亮生平展'이란 이름 하에 제갈양의 일생과 관련된 전시물들이 있었으나 눈여겨볼 만한 것은 아니었다. 다시 몇 걸음을 더 가니 '제갈양의관총諸葛亮衣冠塚'이라 하여 봉분이 보인다. 제갈양이 군영에서 병사하자 촉군 장병들이 그의 의관을 이곳에 묻고 흙을 쌓아 무덤을 만든 뒤 제를 올렸다고 한다.

　제갈양 사당 남쪽에는 '낙성석落星石'을 전시한 정자가 있다. 『진양추晉陽秋』라는 책에 의하면, 제갈양이 오장원에 진을 치고 있을 때 동북쪽에서 붉은 운석이 촉군 진영으로 세 번 떨어진 후에 제갈양이 죽었다고 한다. 그때 떨어진 운석을 '낙성석'이라 해서 모셔두었다는 말인데 곧이곧대로 믿기는 어려운 이야기이다. 여느 돌과는 달리 신비스럽게 생긴 것 같기도 하고 평범한 돌인 것 같기도 하고 아리송하다. 서울의 봉천동에는 낙성대落星坮라 하여 고려의 강감찬 장군 출생지를 기념하는 곳이 있다. 유명한 분들이 태어나거나 돌아갈 때면 별들도 바쁜 모양이다.

성벽처럼 꾸며 '팔괘진八卦陣'이라고 이름 붙인 곳으로 들어가면 아름드리 나무가 서 있는 뒤뜰이 나온다. 이곳 벽면에는 제갈양과 관련된 여러 서예 작품들이 전시되어 있다. 유적지를 갈 때마다 필자가 즐겨 찾는 곳이다. 찬찬히 살펴보니 제갈양 자신이 남양南陽에 은거할 때 불렀다는 노래인 〈양보음梁父吟〉도 보이고, 두보가 제갈양의 진법이 남아 있는 유적을 읊은 〈팔진도八陣圖〉도 보인다. 그러나 무엇보다도 여기 오장원의 제갈양 사당에 걸맞는 시는 벽 중간쯤에 걸려 있던 두보의 〈옛 자취에 기대어 마음을 읊다詠懷古跡〉 다섯 수 가운데 마지막 수일 것으로 생각한다. 두보가 이 시를 지은 것은 여기 오장원이 아니라 성도成都에 있는 무후사武侯祠에 갔을 때이지만, 오장원에서 읽으니 제갈양의 안타까운 죽음을 애도한 두보의 심정이 더 마음에 와닿는다.

제갈양의 큰 이름이 우주에 드리웠나니
종신宗臣의 남은 초상이 엄숙히 맑고 높구나
천하를 삼분하여 할거한 그 계책의 곡진함이여
만고의 하늘에 한 마리 봉황이어라
백중의 실력을 가진 이로는 이윤과 여상이 보이고
지휘하여 평정했다면 소하나 조참도 빛을 잃었으리라
천운이 옮기어 한 왕조가 끝내 회복되기 어려웠으나

　두보는 이 시에서 숙명의 무게를 이야기했다. 제갈양은 '천하삼분'의 계책으로 삼국 정립의 형세를 갖추는 데까지는 성공했지만 통일의 대업을 이룩하지는 못했다. 이윤伊尹, 여상呂尚, 소하蕭何, 조참曹參과 맞먹는 그의 재주와 능력으로도 천운을 어쩔 수는 없었다. 그러나 제갈양은 완수하기 어려운 목표인 줄 알면서도 끝까지 최선을 다했고, 결국 전장에서 최후를 맞이했다. 그것은 어리석고 무모한 도전이었을까, 아니면 피할 수 없는 길이기에 묵묵히 따랐던 것일까? 그런 노력을 기억해주는 사람이 있는 것만으로도 뿌듯한 일일까? 아마도 두보는 이런 상념에 잠겼던 것 같다.

　필자가 중국문학을 업으로 삼게 된 것도 따지고 보면 제갈양의 죽음에서 시작된다. 중학생 때『삼국지연의』를 읽던 필자는 오장원에서 제갈양이 최후를 맞는 대목을 읽다 크게 분개했다. 당시 생각으로는 이 소설의 결말이 너무 어이가 없었기 때문이다. 유비, 관우, 장비에 이어 제갈양까지 주인공을 다 죽이고 무슨 이야기를 이어가겠다는 말인가. 소설가를 꿈꾸던 필자는 언젠가 때가 되면『삼국지연의』를 '사리에 맞게' 다시 쓰기로 결심했다. 이것이 필자가 중국문학을 전공하게 된 가장 큰 이유이다. 대학원에 진학하여 당시唐詩로 전공을 정하면서 이 대업을 완수하는 일이 무기한 연기되었지만 말이다.

대당진왕릉
눈물이 옷깃을 적시니 이를 어찌하랴

　기왕에 보계시寶鷄市까지 온 참이라 '대당진왕릉大唐秦王陵'도 마저 보고 가려고 다시 연곽고속도로를 탔다. 보계시는 섬서성에서는 서안에 이어 둘째 가는 큰 도시이다. 이곳의 예전 이름은 진창陳倉으로, 『삼국지연의』 제98회의 소재가 된 곳이다. 소설에서는 제갈양이 진창을 급습하여 탈취했다고 했지만, 정사를 보면 제갈양이 학소郝昭가 지키는 진창에 20여일 동안 맹공을 퍼부었으나 결국 실패하고 물러났다는 기록이 있다. 서쪽으로 더 가면 천수天水에 이어 감숙성 난주蘭州에 다다르게 되는 교통의 요지이기도 하다. 이상은이 사천성 재주梓州로 가던 길에 보계에 도착해 하룻밤 유숙하며 쓴 시를 보자. 〈서남쪽으로 가다 배웅한 이들에게 다시 부치다西南行却寄相送者〉라는 제목이다.

> 백 리의 음산한 구름이 눈 내린 길을 덮고
> 행인은 단지 눈구름 서쪽에 있다
> 내일 아침 귀향의 꿈에서 놀라 깨어나는 건
> 틀림없이 진창의 벽계 때문이리라

이상은이 보계에 왔던 무렵은 겨울이었던가 보다. 눈 덮인 길을 한참 걷고 난 후에 되돌아보았을 때의 신비로운 느낌은 경험한 사람만이 안다. 눈은 세상을 하얗게 덮어 눈앞에 새로운 나라 '설국雪國'을 만들어놓고 내가 걸어온 발자취마저 지워버린다. 내 존재가 눈에 파묻혀 사라진 채 미지의 시간과 공간으로 빠져드는 느낌이랄까. 그래서 시인은 꿈 속에서 가족 친지들과의 인연의 끈을 놓치지 않으려고 발버둥쳤을지도 모른다. 그런 꿈을 깨우는 닭울음 소리. 옛날 진秦나라 문공文公이 여기서 사냥을 하다 보물을 얻어 사당에 안치하니 들닭들이 일제히 울어댔다고 한다. 보계란 이름이 여기서 나왔다.

차 안에서 이상은의 시 한 수를 떠올리며 때아닌 설국을 상상할 즈음,

보계시 전경

필자가 탄 차는 어느덧 대당진왕릉 입구에 도착했다. 해발 800m 이상으로 지대가 높은 북파공원北坡公園의 정상에 있어 올라가는 길에 보계시가 한눈에 내려다보이는 것이 좋았다. 대당진왕릉은 당나라 때 진왕秦王으로 봉해졌던 봉상절도사鳳翔節度使 이무정李茂貞과 그의 부인을 합장한 능묘이다. 20m 깊이의 땅속에 120m 길이의 지하 궁전을 건설한 규모와 형태는 당대에 매우 드문 것이어서 학계의 지대한 관심을 끌었다. 왕족도 아닌 일개 군사령관의 무덤이 이 정도였다니 군벌이 득세했던 당시의 상황을 충분히 짐작하고도 남음이 있다.

　『폐도廢都』라는 소설로 우리나라에도 이름이 알려진 작가인 가평요賈平凹가 쓴 '대당진왕릉' 현판을 올려다보며 정문으로 들어가니 잘 닦아놓은 돌길 양편으로 여러 동물들의 석상이 열지어 있었다. 모두 최근에 만든 것으로 건릉의 석상과 같은 역사적 유물은 아니었다. 정원수까지 멋지게 가꾸어 이곳을 단장하느라 많은 공을 들인 흔적이 역력했다. 정면으로 보이

보계 대당진왕릉 입구

는 '진왕전秦王殿'이 지하 궁전의 입구였다. 안으로 들어가 내부를 관람하는 순간 깜짝 놀라지 않을 수 없었다. 많은 인물이 그려진 벽화도 대단하거니와 '호인마악용胡人馬樂俑', '삼채도마용三彩陶馬俑' 등의 도용陶俑도 화려하기 그지없었다. 2001년 대당진왕릉을 발굴했을 당시 고고학자들이 내질렀을 환호성이 들리는 것만 같았다. 물론 필자가 보고 있는 것은 진품을 대체한 모조품이겠지만 말이다.

지하 궁전은 묘도墓道, 봉문封門, 용도甬道, 묘실墓室의 네 부분으로 구성되어 있었다. 묘도는 남쪽의 평평한 부분과 북쪽의 경사진 부분으로 나뉘었다. 남쪽이 15m, 북쪽이 45m 정도라고 한다. 벽면에는 모두 형형색색의 벽화가 그려져 있다. 묘도를 따라 끝까지 가면 봉문과 용도를 지나 묘실로 들어가게 된다. 묘실 가운데 석관이 있고 세 개의 이실耳室 가운데 하나에는 이무정의 석상이 보인다. 32세의 나이에 봉상절도사가 되어 황소黃巢의 난을 평정하는 데 공을 세워 하사받은 이름이 이무정이고 본명은 송문

통宋文通이었다. 그러고 보니 황소의 난과 인연이 깊은 신라 최치원보다 한 살 많은 거의 동시대 사람이다. 성격이 포악해 살육을 일삼았다고 하는데 석상은 대단히 인자한 모습이어서 전연 딴판이다. 농민들이 들고 일어나고 군벌들이 이를 진압하는 혼란한 시기에 이무정은 13년에 걸쳐 이 지하 궁전을 만들고 있었던 것이다. 나은羅隱, 833~909의 〈달아나 숨은들遁跡〉이라는 시를 통해 이무정 당시의 시대상을 알아보자.

> 달아나 숨은들 어디에 머물까?
> 눈물이 옷깃을 적시니 이를 어찌하랴
> 조정에서는 아직도 예악 타령인데
> 군읍은 잔인한 전쟁이로구나
> 화려한 말을 누가 물어보았던가
> 오랑캐의 먼지가 그로부터 많아졌거늘
> 한나라 명제를 그리워하다
> 한밤중에 염파廉頗를 떠올려본다

이무정이 봉상절도사로 부임해 보계를 관할지역으로 두던 무렵의 당나라는 멸망 직전의 혼란 그 자체였다. 여기저기 난립한 군벌들이 저마다 위세를 부려 당 왕실은 그저 이름뿐이었다. 조정에서는 관료들이 당파싸움에 여념이 없을 때 각 지방은 크고 작은 전쟁으로 인한 고통이 끊이지 않았다. 그래서 시인은 많은 나이에도 한 말 밥에 열 근 고기를 먹고 말에 올라 건재를 과시했던 염파를 생각한다. 아쉽게도 조趙나라 왕은 한나라 명제만큼 명석하지 못해 그런 염파를 외면하고 말았다. 시인 역시 염파와 비슷한 처지가 아니었던가 싶다. 시인의 이런 탄식도 아랑곳하지 않고 이무정같은 절도사들은 자신의 능묘를 화려하게 꾸미는 데 여념이 없었다. 오

보계 대당진왕릉 '단문'

히려 그 덕분에 훌륭한 유물을 관람하게 된 것을 감사히 여겨야 하는걸까?

대당진왕릉의 하이라이트는 이무정이 아니라 그의 부인 유씨劉氏의 묘실 쪽이라는 것이 필자의 개인적 생각이다. 지하 궁전의 입구인 진왕전으로 들어가면 좌우에 각각 묘도가 따로 있다. 이를 전문용어로는 동영이실同塋異室이라고 한다. 그중에 왼쪽이 유씨의 것이다. 묘도를 따라 내려가다 보면 눈이 휘둥그레지는 장관을 만나게 된다. 바로 푸른 벽돌로 목조건축 양식을 모방한 단문端門이다. 단문은 지하 궁전으로 들어가는 정문 역할을 했다. 폭 4m에 높이 8m인 이 단문은 필자가 이제까지 능묘 안에서 본 건축물 중에서는 가장 예술적이었다. 창문과 난간 하나하나를 벽돌로 지극히 섬세하게 다듬어 '이리 오너라' 하면 누군가 문을 열고 나올 듯했다.

대당진왕릉을 끝으로 서안 서선 답사도 마무리되었다. 욕심 같으면 하루 빌린 차를 직접 운전해 난주蘭州까지 바로 내달리고 싶은데 그러지 못하는 것이 아섭다. 다시 부지런히 두 시간은 달려야 서안 숙소로 되돌아가 늦게나마 저녁 식사를 할 수 있을 것이다. 차에 올라 고단한 몸을 누이니 금세 잠이 들어버렸다.

3

서역으로
가는 길

서안 시내와 교외의 당시 관련 유적지를 돌아본 필자는 감숙성 돈황敦煌에
다녀오는 것으로 이번 여정을 마무리하려 한다. 여유가 있다면 당나라 안
서도호부安西都護府가 있던 신강성 고거현庫車縣까지 가보고 싶지만, 일정상
다음으로 미뤄야 했다. 먼저 서안에서 난주蘭州까지 가서 주마간산 식으로
난주를 훑고 다시 돈황으로 떠나는 것으로 계획을 세웠다. 난주를 거쳐 돈
황까지 가는 데는 중국 여행의 묘미인 '야간열차'를 이용하기로 했다. 이
동과 숙박을 한꺼번에 해결할 수 있어 시간과 경비를 절감해준다. 그러나
갔던 길을 같은 방식으로 되짚어 오는 것은 큰 의미가 없어 돈황에서는 항
공편으로 북경으로 이동해 바로 귀국할 생각이다.

가지 않은 길
슬픈 바람이 날 위해 하늘에서 불어온다

서안 시내 서점에 들러 필요한 책 몇 권을 사들고 숙소에 맡겨둔 짐을 찾아 서안역으로 출발했다. 예매한 기차편은 밤 11시 2분에 서안을 출발해 다음날 아침 7시 21분에 난주에 도착하는 K134 열차였다. 서안에서 난주까지는 676km. 그러니까 이 열차는 시속 90km 정도의 속도로 달리는 셈이다. 서안 서쪽으로는 아직 고속철도 노선이 없어 가장 빠르다는 T75편을 이용해도 여섯 시간 넘게 걸린다. 침대칸 한 칸에 여섯 명이 타는 '경와硬臥'나 네 명이 타는 '연와軟臥'는 자고 일어나면 목적지에 도착하니, T75편으로 두 시간 절약하자고 새벽 2시에 역에 나올 이유가 없다. 밤 늦은 시각이라 서안역 대합실은 비교적 한산했다. 심천深圳을 출발해 벌써 먼길을 달려온 K134 열차가 승강장에 대기하고 있었다. 필자는 열차에 오르자마자 잘 준비를 서두른다. 야간열차에서는 차창 밖으로 아무것도 보이지 않으니 심심하기도 하거니와 체력을 비축해두지 않으면 또 며칠 고단하게 이어질 답사 일정을 소화하기 어려울 것이기 때문이다.

야간열차가 편하기는 해도 낮에 버스나 자동차로 이동했다면 들렀을 법한 몇 군데를 열차 침대칸에 누운 채 상상 속에서 다녀와야 한다는 것이 괴롭다. 여건상 부득이하게 단념한 '가지 않은 길The Road not Taken'로 경천현涇川縣, 천수시天水市, 그리고 성현成縣이 있다. 이들 세 지역은 서안 서쪽으로 반경 300km

서안역 대합실

대운사와 안정성 터

정도의 거리에서 호를 그리며 세로로 늘어선 지역들이다. 딱히 관광 명소라 할 만한 것이 없는 궁벽한 곳이지만, '당시의 산지産地'라는 시각에서 보자면 그냥 지나치기 안타깝다. 그래서 직접 가보지 않은 곳에 대해서는 말을 아낀다는 것이 필자의 지론이기는 하나 이들 지역은 문헌자료로 답사를 대신하여 잠시 살펴보려고 한다.

감숙성 경천현은 서안 서북쪽으로 250km 거리에 있다. 한나라 때 이곳에 안정현安定縣을 설치한 이래 교통과 군사의 요충지가 되었던 곳이다. 경천현은 서왕모西王母 문화의 발상지이기도 하다. 곤륜산崑崙山의 선녀라는 서왕모가 경천현으로 강생降生했다는 설화를 바탕으로 1994년에 왕모궁王母宮이 중건되었다. 왕모궁에서 양하교梁河橋로 경수涇水를 건너면 대운사大雲寺가 나오고 그 뒷산이 안정성安定城 터다. 당나라 때에는 경천현에 경원절도사涇原節度使의 막부가 있었다. 838년 이 막부에 갓 과거에 급제한 27세의 청년이 막료로 들어온다. 그는 곧 뛰어난 문장력으로 막주幕主인 왕무원王茂元의 신임을 얻었고 왕무원의 딸을 아내로 맞았다. 그는 본래 우당牛黨의 중진인 영호초令狐楚의 후원으로 과거에 급제했다. 그런데 그가 우당과 정치적으로 대립하던 이당李黨의 일원 왕무원의 막부에 가담하고 사위까지 된 것은 세간의 오해를 사기에 충분한 일이었다. 그 여파인지 그는 관직을 얻기 위해 이부시吏部試에 응시했다가 보기좋게 낙방하고 말았다. 그는 바로 이상은李商隱이다. 그는 이부시에 떨어진 뒤 쓸쓸히 경원 막부로 돌아와야 했다. 그 무렵에 안정성에 올라 쓰린 속을 달래며 지은 시가 바로 〈안정성의 누각安定城樓〉이라는 작품이다.

> 까마득히 높은 성의 백 척 누각
> 푸른 버들가지 밖으로는 죄다 물가 평지와 모래톱
> 가의는 젊은 나이에 헛되이 눈물 흘리고
> 왕찬은 봄이 왔어도 다시금 먼 곳을 떠돌았지
> 언제나 강호로 백발되어 돌아가련다 생각했지만
> 천지를 돌려놓고 나서야 조각배에 오르고 싶었다
> 썩은 쥐가 무슨 맛이 있다고
> 원추鵷鶵에 대한 시기가 끝내 그치지 않는다

　이 시의 셋째 연이 이상은의 원대한 포부를 밝힌 것이라 하여 널리 알려져 있다. 범리가 월나라를 도와 오나라를 멸망시킨 것과 같은 큰 공을 세우고 백발이 성성한 나이가 되면 강호로 은퇴하겠다는 말이다. 그러나 현실에서는 주발周勃 등의 비방을 받아 장사長沙로 좌천된 가의賈誼의 신세가 되어 〈등루부登樓賦〉를 지었던 왕찬王粲처럼 실의의 아픔을 달래고 있다. 그 모든 것이 빼어난 자신의 실력을 시기하는 자들 때문이란다. 큰 인물이 되려면 자신부터 돌아봐야 할 것인데 말이다. 그러나 시인 이상은에게 경천현은 의미심장한 곳이 아닐 수 없다. 그의 인생에서 줄곧 발목을 잡은 '배신자'라는 오명의 시발점이었고, 그의 시의 특징을 이루는 신화의 세계로 한 걸음 더 나아가는 계기가 되었던 서왕모 문화의 발상지이기 때문이다.

천수시와 성현은 두보와 관련이 깊은 곳이다. 759년 화주華州에서 사공참군司空參軍으로 있던 두보는 벼슬을 버리고 떠난다. 안록산의 난과 가뭄으로 인해 어려워진 생활고를 견디다 못해 더 나은 곳을 찾아 나선 것이다. 전쟁의 위협이 덜한 장안 서쪽으로 이주해 진주秦州에서 넉 달을 보내고 다시 동곡同谷으로 옮겨 한 달을 머물렀다. 이 진주와 동곡이 바로 지금의 천수시와 성현이다.

두보는 진주 성내에서 얼마간 지내다 당조카인 두좌杜佐가 살던 동가곡同柯谷으로 이주했다. 동가곡은 현재의 감천진甘泉鎮으로 천수 시내에서 동남쪽으로 20km 떨어진 곳이다. 두보와 두좌가 살던 곳에는 '두보초당杜甫草堂'이 만들어져 이 지역의 명소가 되었다. 두보가 진주에서 지은 연작시인 〈진주잡시秦州雜詩〉20수 가운데 열셋째 수는 동가곡이 살기 좋다는 말을 전해 듣고 쓴 것이다.

동가곡에 대해 듣자하니
수십 집이 깊이 숨어 있단다
문을 마주한 등나무가 기와를 덮고
대나무를 비추이는 물이 모랫벌을 지난다지
척박한 땅이지만 오히려 조 심기에 적당하고
볕드는 언덕에선 오이를 심을 수도 있단다
뱃사람이 가까이 오면 알리는 것은
다만 도화원을 잃을까 걱정해서라지

두보는 가족들을 이끌고 진주에 도착해서 여기저기 살 만한 곳을 물색했던 것 같다. 이 시는 당조카인 두좌가 산다는 동가곡의 부동산 정보라고 해도 과언이 아니다. 여러 장점을 모아보면 '무릉도원'에 진배없는 곳이라는 것이 두보의 결론인데, 동가곡에서 얼마 살지 못하고 또 떠난 것을 보면 동가곡에 대한 항간의 호평에 거품도 없지 않았던가 보다. 진주 여기저기서 몇 달을 버티던 두보는 결국 다시 동곡을 향해 떠난다.

동곡은 진주에서 남쪽으로 130km 거리에 있는 작은 마을이다. 두보가 동곡에 와서 머문 비룡협飛龍峽 봉황촌鳳凰村은 지금의 성현 성관진城關鎭 용협촌龍峽村으로, 이곳에도 두보초당이 있다. 두보가 전국 각지를 만유漫遊한데다 워낙 유명한 시인이다보니 중국 전역에 무려 37곳이나 두보초당이 만들어졌다. 그 가운데 성현의 두보초당의 가장 오래된 것이라는 데서 의미를 찾을 수 있겠다. 두보가 진주를 떠나 동곡으로 간 가장 직접적인 이유는 동곡현령의 초청 때문이었는데, 정작 동곡에 도착하자 현령은 언제 그랬냐는 듯 두보를 만나주지도 않았다. 이때 두보가 느꼈던 당혹감은

천수시 두보초당

성현 두보초당

그의 시 〈건원 연간에 동곡현에 머물며 부른 노래乾元中寓居同谷縣作歌〉 일곱 수에 잘 드러나 있다. 첫째 수만 보기로 하자.

> 나그네여 나그네여 그의 자는 자미
> 어지러운 흰머리가 내려와 귀를 덮었구나
> 세모에 원숭이를 따라 산밤을 줍느라
> 추운 날 해 저물 때 산골짜기에 있구나
> 중원에서는 편지가 없어 돌아가지 못하고
> 손발이 얼어 터져 피부와 살이 죽어간다
> 아아 첫 노래여, 그 노래 이미 슬프니
> 슬픈 바람이 날 위해 하늘에서 불어온다

난데없이 동곡현령으로부터 사기를 당한 두보는 오갈 데 없는 처량한 신세가 되어 그의 일생 중 가장 비참한 생활을 할 수밖에 없었다. 음력 10월에 도착하여 날은 갈수록 추워지는데 먹을 것을 찾아 산골짜기를 헤매다 보니 손발이 얼어 터지고 살갗이 괴사할 정도라고 했다. 관중 지방의 전란과 기근을 피해 안식처를 구하겠다고 찾아간 곳이 이 모양이었으니, 가족을 책임진 가장으로서 느끼는 마음의 고통이 어떠했을까? 동곡에서 죽을 고생을 하던 두보는 결국 성도成都로 이주하기로 결심한다.

야간열차를 타고 서안에서 난주로 이동하는 경로 주변에 있어서 '가지 않은 길'인 감숙성의 경천현, 천수시, 성현은 이렇게 문헌 답사로 미봉하고 후일을 기약하기로 한다. K134 열차가 천수역을 지나기는 하니 천수는 다녀온 셈 쳐도 되는지 모르겠다. 그렇게 꿈속에서 답사를 다니는 사이 열차는 어느새 종착역인 난주역에 도착했다.

난주
황하의 물은 성벽을 적시고

감숙성의 성도省都인 난주는 중국 서북쪽에서 서안에 이어 둘째가는 대도시이다. 황하 유역에 있는 유일한 성도여서 '황하의 도시'로도 알려져 있다. 한나라 때 현縣을 두기 시작해 수나라 때부터 난주라고 불렸다. 위치상 서역과 중원을 잇는 가교 역할을 해 비단길의 핵심 도시로 성장했다. 당나라에 들어서는 한동안 토번吐藩에 복속되기도 했다. 안록산의 난으로 당나라가 한창 혼란에 빠졌던 762년 난주는 토번의 수중으로 넘어가 848년에야 되찾아왔으나 이내 다시 당항黨項에 빼앗겼던 역사를 가지고 있다.

중국 여기저기를 꽤 돌아다녔던 필자도 이상하리만치 황하와는 인연이 없어 그동안 황하를 가까이서 보지 못했다. 그런 갈증이 있었던 터라 난주

난주를 관통하는 황하

에 도착하자마자 황하 남쪽 강변을 끼고 있는 남빈하동로南濱河東路 쪽으로
달려갔다. 강 건너로 백탑산공원白塔山公園이 보이는 지점에서 황하를 직접
대면할 때의 짜릿함은 말로 형언하기 어렵다. 이것이 저 '황하 문명'을 잉
태한 바로 그 강이란 말인가. 때마침 맑게 개어 파란 하늘과 누런 강이 오
묘한 조화를 이루는 가운데 푸르른 공원의 산등성이와 나란히 선 하얀색
고층 건물들. 난주에서 접한 황하는 그렇게 아름다운 한 폭의 그림으로 필
자에게 안겼다.

　당나라 이래로 난주의 황하 주변에는 임하역루臨河驛樓, 망하루望河樓, 불운
루拂雲樓 등의 누각이 세워져 황하를 감상하는 명소가 되었다. 잠삼의 〈난주
의 임하역루에 쓰다題金城臨河驛樓〉라는 시를 감상해보자.

　　　옛 수자리는 험한 지세에 기대어
　　　높은 누각에서 오랑을 바라보았구나

산자락은 역참 길에 터를 잡았고

황하의 물이 성벽을 적신다

정원의 나무에는 앵무새가 둥지를 틀고

동산의 꽃에는 사향이 은은하다

문득 강가에 있자니

고기 잡는 어부가 되고 싶어라

　이 시에서는 난주를 '쇠같이 단단한 성'이라는 뜻의 금성金城이라 불렀
다. 한나라 때 난주가 처음 행정구역에 편입되었을 때의 이름이 천수군天
水郡 금성현이었고, 당나라 때도 한동안은 금성군이 정식 이름이었다. 잠
삼도 난주가 금성군이었을 때 이곳에 왔을 것이다. 오호십육국五胡十六國
시대 감숙성 일대에 난립했던 전량前涼, 후량後涼, 서량西涼, 북량北涼, 남량
南涼을 통틀어 '오량五涼'이라 하기에 이 시에서도 임하역루에서 오량을 굽
어본다고 했다. 임하역루는 백탑산 아래에 있었는데 지금은 아무런 자취
도 남아 있지 않다. 임하역루뿐만 아니라 난주에 있었다던 다른 누각들도
하나같이 사라져 난주의 황하 연안은 다른 명승지에 비해 밋밋하기 짝이
없었다. 그래서 일각에서는 난주에 '황하루黃河樓'를 세워 명물로 가꾸자는
의견도 내놓고 있는 모양인데 아직 가시적인 성과가 없다.

　임하역루와 같이 꼭 있어야 할 역사적 명소가 없다보니 엉뚱한 것이 그
지위를 차지하고 있었다. 현지에서 '파이즈'라고 부르는 '양가죽 뗏목'이
그것이다. 양가죽 뗏목은 10여 장의 양가죽에 바람을 넣어 튜브 대신 부
력을 얻고 그 위에 대나무를 가로 세로로 걸쳐 만든 것을 말한다. 예전에
는 이 양가죽 뗏목에 과일이나 채소를 싣고 난주에서 1,000km 떨어진 황
하 중류의 내몽고 포두包頭까지 닷새만에 도착했다고 한다. 지금은 관광객
이 황하를 유람하는 용도로 쓰이고 있었다. 양가죽 뗏못을 타고 황하를 둥

둥 떠다니는 체험도 흥미로울 것 같기는 한데, 그래도 필자는 난주에 인문 경관人文景觀이 부족한 것이 못내 아쉬웠다.

하서회랑
하나의 외로운 성과 만 길의 산

어렵게 난주까지 와서 채 열 시간도 안 되어 떠나려니 발걸음이 무거웠다. 그러나 앞으로의 일정이 창창하니 또 어쩌랴. 필자는 다시 K9667 열차를 타고 돈황敦煌으로 가려고 한다. 이 열차는 오후 5시 56분에 난주역을 출발해 이튿날 아침 8시 19분에 돈황역에 도착한다. 야간열차이긴 해도 출발 시간이 일러 몇 시간은 차창 밖의 경치를 구경할 수 있다는 점이 매력적이다. 난주에서 돈황까지 1,133km를 달린다면 말로만 듣던 '하서회랑河西回廊'을 온전히 주파하는 셈이다. 하서회랑은 감숙성의 높은 산맥 사

난주의 명물인 양가죽 뗏목

이로 회랑처럼 난 길을 말한다. 이 길을 따라 서역 쪽으로 무위武威, 장액張
掖, 주천酒泉, 돈황 등의 오아시스 도시들이 줄줄이 늘어서 있다. 난주역에
들어서는 필자의 맥박이 다시 빨라지기 시작한다.

기차는 정시에 난주역을 출발해 돈황으로 내달리기 시작했다. 난주에
서 신강성 우루무치까지 이어진 난신선蘭新線은 한동안 황하와 나란히 뻗
어 있어 황하 감상에 그만이었다. 난주에서 누각 타령을 한 것이 부질없
었다는 생각이 들었다. 필자가 타고 가는 기차가 바로 '움직이는 임하역
루'였기 때문이다. 도도히 흐르는 황하와 그 사이를 가로지르는 이름 모
를 교량이 어우러지는 광경에 넋을 놓고 연신 탄성을 질렀다. 청해성青海
省에서 발원한 황하는 이렇게 감숙성을 지나 산동성까지 9개 성을 거치며
5,464km를 흘러간다. 남쪽의 장강長江에 비하면 길이도 짧고, 수량도 적
고, 물로 탁하지만 중국 문명의 뿌리는 그래도 황하일 터. 그래서 더 어른
대접을 해주고 싶은 강이다. 황하를 마음껏 감상하며 생각나는 한 수의 당
시는 역시 이백의 〈술을 드리다將進酒〉라는 시다. 황하를 소재로 한 것이

돈황으로 가는 기차에서 본 황하

아닌데도 이 시가 먼저 떠오르는 것은 강렬한 첫 구절의 효과이리라.

　그대는 보지 못하였는가, 황하의 물이 하늘에서 내려와

　세차게 흘러 바다에 이르면 다시 돌아오지 않는 것을

　그대는 보지 못하였는가, 좋은 집에서 밝은 거울에 백발을 슬퍼하니

　아침에 푸른 실 같다가 저녁에 눈이 돼버렸지

　인생이란 좋을 때 즐거움을 만끽해야 하는 법

　금 술통이 부질없이 달을 마주하게 해서는 안 될 일

　하늘이 나에게 재주를 줌에 필연 쓰임새가 있을 터

　천금도 다 쓰고 나면 다시 돌아오겠지

　양 삶고 소 잡아 잠시 즐겨보세

　마땅히 한 번 마시면 삼백 잔이라오

　잠부자여, 단구생이여

　술을 드리니 그대들 멈추지 마시게

　그대들에게 노래 한 곡 부를 테니

　날 위해 귀 기울여 들어주시게

　고상한 음악 맛난 음식 귀할 것 없으니

　다만 오래도록 취하고 깨지 않기를 바랄 뿐

　예로부터의 성현들 모두 사라졌지만

　오직 술 마시던 사람들은 그 이름 남겼다오

　진왕 조식은 옛날 평락관에서 잔치 벌일 때

　한 말에 만냥 술로 맘껏 즐겼지

　주인은 어찌 하여 돈이 적다 그러시오?

　어서 술을 받아오소, 그대와 한 잔 하게

　다섯 가지 무늬의 말, 천금의 가죽 옷

아이 불러 맛난 술과 바꿔 오라 하시오

그대들과 더불어 만 년 묵은 시름 쓸어버리도록

언제 읽어도 통쾌함과 우울함이 번갈아 느껴지는 수수께끼 같은 시다. 나이가 들어갈수록 이백 시의 참맛이 느껴지는 것은 인생이 곧 고해라는 '만 년 묵은 시름'에 공감해서일까? 한 마리 꿈틀이는 황룡인 듯 거대한 이 황하는 바다로 가고 나면 다시 돌아올 수 없다는 숙명을 알기나 하고 만 리를 흘러가는 것일까? 학창시절 술자리에서 금과옥조로 삼았던 '유유음자류기명惟有飮者留其名'은 정말 곧이곧대로 믿어도 되는 말일까? 난주역에서 사들고 탄 황하 맥주를 홀짝이며 필자는 끝없는 상념에 잠긴다.

기차는 신성진新城鎭에서 황하 본류와 헤어져 무위시를 향해 본격적으로 하서회랑을 달리기 시작했다. 북경 표준시로 아홉 시가 가까워지는 시간인데도 한참 서쪽인 이곳은 아직 날이 훤하다. 벌써 300km를 달려 무위시에 가까워지자 차창 밖 풍경이 많이 달라졌다. 기찻길 양쪽으로 높은 산이 끝없는 병풍처럼 늘어선 고원지대에 접어든 것이다. 평균 해발고도가 1000~1500m를 오르락내리락한다. 남쪽의 기련산祁連山과 북쪽의 합려산合黎山 사이에 난 통로가 바로 '황하 서쪽의 긴 복도'란 의미의 '하서회랑'이다. 중국어에서는 '회랑'을 '주랑走廊'이라 부르는 까닭에 이곳도 '하서주랑'이라 표기한다. 무위시를 지나 장액시로 향할 즈음에는 날이 완전히 저물어 밖이 암흑천지로 바뀌었다. 하서회랑 관람도 이 정도에서 마무리해야 할 모양이다. 내일의 일정을 위해서 편히 쉬는 동안 기차는 주천, 가욕관嘉峪關, 옥문진玉門鎭, 과주瓜州 등 전혀 이름이 낯설지 않은 '당시의 고향'을 지나칠 것이다. 잠자리에 들기 전에 왕지환王之渙, 688~742의 〈양주의 노래涼州詞〉라는 시 한 수를 읽어보았다.

무위시 인근 하서회랑

> 황하가 멀리 흰 구름 사이로 흘러가는 곳
> 하나의 외로운 성과 만 길의 산
> 무엇 때문에 오랑캐 피리로 버들을 원망하나?
> 봄바람이 옥문관을 넘지 못하는 것을

제목의 '양주凉州'는 이미 지나온 무위시 인근을 말한다. 무위시를 비롯한 하서회랑 일대는 지금도 그렇지만 아주 변방에 속하는 지역이다. 당시에는 변방을 흔히 '변새邊塞'라고 불렀고, 변방을 소재로 한 시를 '변새시'라 했다. 따라서 '양주의 노래'는 으레 변새시의 성격을 띠게 된다. 마지막 행에 보이는 옥문관은 돈황 서북쪽에 있던 관문이다. 이 시에서 노래한 '황하, 흰 구름, 외로운 성, 만 길 산'은 모두 필자가 기차를 타고 오는 길에 보았던 하서회랑의 풍경들이다. 이곳은 봄바람도 멀어서 오지 못하는 곳이라 이별할 때 가지를 꺾어줄 버드나무도 자라지 않는다. 그래서 〈버들가지 꺾어서折楊柳〉라는 피리곡을 불며 송별하기도 어색한 곳이라 했다. 황량한 변새의 풍경이 슬프지만 그럴수록 마음을 굳게 먹으려 한다는 것을 보니 '애이불상哀而不傷'의 경지에 오른 시인인가 보다. 혹자는 이것이 구슬픈 정조로 일관하는 중만당中晚唐 변새시와 차별되는 성당盛唐 변새시의 특징이라고도 한다.

돈황
바람이 모서리를 깎으니 다시 험준해지고

돈황으로 가는 철마는 밤새 쉬지 않고 하서회랑을 내달렸다. 야간열차의 매력은 침대칸에 누워 규칙적으로 듣는 바퀴소리가 아닌가 한다. '덜컹덜컹' 아주 크지도 작지도 않은 소리를 들으며 잠결에 내가 움직이고 있다는 느낌을 받는 것이 오묘하다. 쥐죽은듯 고요하지 않아서 오히려 삶의 맥박이 느껴진달까? 그런 생각을 하며 한동안 뒤척거리다 잠이 들었나 싶었는데 어느덧 차창 밖으로 동이 터오고 있었다.

시계를 보니 7시가 조금 넘었다. 기차는 벌써 과주를 지나 종착역인 돈황을 향해 달리는 중이었다. 침대를 박차고 일어나 창밖을 내다보니 뜻밖의 풍경이었다. 마치 사막 한가운데인 듯이 사방이 온통 모래뿐이지 않은가. 그 모래벌판의 끝 지평선 너머에서 바알간 태양이 막 고개를 내밀었다. 그것은 중원에서는 볼 수 없었던 변새만의 그림이었다. 황량한 불모의 땅 바로 그것 말이다. 얼마간 이런 풍경이 이어지는가 싶더니 이내 목초지가 나타나기 시작했다. 그렇다고 주민들이 재배하는 농작물은 아니고 잡초로 이루어진 덤불 숲이었다. 그래도 모래벌판에 비하면 곧 인가가 나타날 것 같은 기대감을 주기에는 충분했다.

8시가 넘어서야 기차는 돈황역에 도착했다. 돈황역은 2006년에야 난신

돈황 밝아오는 태양

선의 지선으로 만들어져 새로 지은 역사가 깨끗했다. 다만 돈황 시내에서 7km 가량 떨어져 있어 교통이 불편한 것이 흠이다. 최근에 중국에 새롭게 조성된 철도 역사가 대개 이렇게 도시 외곽에 있어 택시비 지출을 늘리는 통에 필자와 같은 여행객으로서는 다소 불만이다. 택시로 숙소까지 이동해 여장을 풀고 간단히 아침 식사를 한 후 본격적으로 돈황을 둘러보기로 했다.

돈황은 한나라 무제武帝가 서역 진출을 위해 돈황군을 둔 이래로 중국과 중앙아시아를 잇는 거점이 되었던 곳이다. 그후 계속 상주 인구가 늘어나 비단길의 핵심 도시로 발전하면서 오호십육국 시대에는 돈황을 수도로 서량西凉이라는 나라가 건국되기도 했다. 그 직전부터 불교 문화가 융성하여 천불동千佛洞이라 불리는 석굴사원이 조성되어 천 년을 이어갔다. 11세기 초 서하西夏의 지배권으로 편입되면서 돈황은 쇠퇴기를 맞아 청나라 말기에는 승려 몇 사람만 남게 되었다. 당나라 때의 돈황은 모래에 둘러싸였다 하여 사주沙州라 불렸다. 781년 토번에 복속되기 전까지는 '크게敦 번성한다煌'는 이름 그대로 생기가 넘치는 곳이었다. 정월대보름 연등제를 다룬 어떤 문헌에 의하면 돈황은 장안에 다음가는 성황을 이루어 양주揚州도 돈황에 밀릴 정도였다고 한다. 그러나 당대 돈황의 모습을 자세히 묘사한 시가 남아 있지 않은 점이 아쉽다. 잠삼이 안서도호부安西都護府로 가는 길에 돈황에 잠시 들렀다가 쓴 시인 〈돈황태수의 뒤뜰에서敦煌太守後庭歌〉 정도가 고작이다.

> 돈황태수가 재능 있고 현명하니
> 군이 무사태평하여 높이 베개 베고 잠든다
> 태수가 부임하자 산에서 샘물이 솟아
> 누런 사막에서 사람들이 밭을 일군다
> 귀밑머리 하얗게 센 돈황의 노인들
> 태수가 5년 더 머물기를 바라는구나
> 성 위에는 달이 떠 별이 하늘에 가득
> 내실에는 술상을 차려 성대한 잔치를 벌인다
> (후략)

잠삼이 돈황에 도착했을 때 태수가 잔치를 벌였던 모양이다. 태수의 능력이 아니더라도 돈황이 발전할 수 있었던 것은 사막 한가운데 있는 오아시스이기 때문이었다. 한나라 때 장건張騫이 서역으로 가는 길에 사막을 헤매다가 가까스로 물을 발견해 주둔한 것을 계기로 발전한 것이 돈황이라지 않은가. 그 덕분에 돈황에서는 농사를 지어 살구, 포도, 대추, 복숭아 등을 생산할 수 있었다.

필자가 숙소에서 나오자마자 찾은 곳은 돈황의 대명사라 할 막고굴莫高

돈황 막고굴

窟이었다. 돈황에서 남동쪽으로 24km 지점에 있는 막고굴은 산서성 대동
大同의 운강雲崗 석굴, 하남성 낙양의 용문龍門 석굴, 감숙성 천수의 맥적산
麥積山 석굴과 함께 중국 4대 석굴의 하나이다. 그중에서도 가장 뛰어나다
는 평가를 받는 이 석굴은 366년 무렵부터 조성되기 시작하여 당나라 때
이미 석굴의 수가 천 개를 넘었다고 한다. 현재는 494개의 석굴에 벽화와
불상 등 2천여 점의 불교예술품이 남아 있어 '천연의 미술관'이라 일컬어
진다. 막고굴이 더 유명세를 타게 된 것은 청나라 말에 이곳에서 세계를
깜짝 놀라게 할 유물이 발견되었기 때문이다. 1900년 막고굴에서 수행하
던 도사 왕원록王圓籙이 우연히 16굴의 북쪽 벽을 발견하였고, 그 안에서
'돈황문헌敦煌文獻'이라 불리는 문서가 쏟아져 나왔다. 신라 혜초慧超의 『왕
오천축국전往五天竺國傳』 필사본이 발견된 곳이 바로 여기다. 돈황문헌 중
문학적인 가치가 높은 것으로 흔히 강창講唱 문학의 일종인 변문變文과 민
간가요인 곡자사曲子詞를 치지만, 당시를 필사한 '당초본시권唐抄本詩卷'의

가치도 무시할 수 없다. 예컨대 앞에서 우리가 감상했던 이백의 〈술을 드리다將進酒〉라는 시의 한 연을 다시 보자.

> 고상한 음악 맛난 음식 귀할 것
> 없으니鐘鼓饌玉不足貴
> 다만 오래도록 취하고 깨지 않기
> 를 바랄 뿐但願長醉不願醒

고적의 시가 초록된 돈황문헌 P.3619

이 내용 그대로 이해하자면 고상한 음악을 듣고 맛난 음식을 먹는 것보다 술을 마시는 게 낫다는 뜻이 된다. 음악은 그렇다 쳐도 술은 좋은 안주와 함께 마셔야 제맛이 아닌가. 술과 가치를 비교하는 대상으로 음식을 든 것은 아무래도 이상하다. 그런데 돈황에서 발견된 필사본을 보니 '饌玉찬옥'이 '玉帛옥백'으로 되어 있었다. '鐘鼓종고'와 '옥백'은 모두 제후들이 제사 때 쓰는 기물들이다. 그렇다면 이것은 일종의 환유換喩로 제후와 같은 높은 벼슬을 가리키는 것이다. 천 년의 의문이 돈황문헌 덕분에 이렇게 풀렸다. 뿐만 아니라 문집에 실리지 않아 그 존재를 알 수 없었던 150여 수의 당시를 새롭게 확인한 것도 큰 수확이었다. 그 가운데 한 수로 고적高適의 〈친구를 전별하다餞故人〉라는 시를 보자.

> 이제 그대 벼슬을 그만두고
> 지팡이 짚고 바닷가로 돌아가려 하네
> 전송하는 정자는 절로 쓸쓸하고
> 이별의 길은 얼마나 구불구불하던지

높은 하늘에 흰 구름 엷고

넓은 들에 푸른 산이 외로워라

가슴 아픈 곳 알고 싶었는지

밝은 달이 강호를 비춘다

돈황의 장경동藏經洞에서 많은 유물이 발견되었다는 말을 듣고 러시아, 영국, 프랑스 등에서 이에 관심을 가진 사람들이 몰려왔다. 1908년에 돈황에 온 프랑스의 페리오Paul Pelliot도 그 가운데 하나였다. 그는 왕도사에게 90파운드를 지불하고 유물 29상자를 구입해 프랑스로 돌아갔다. 고적의 이 시는 그가 가져가 정리한 돈황문헌 가운데 P.3619에 있던 것으로, 그때까지 세상에 알려지지 않은 작품이었다. 친구를 떠나보내는 깊은 정이 담백한 묘사 속에 잘 드러나 있다. 이렇게 돈황문헌 덕분에 우리는 더 넓어진 당시唐詩의 세계를 접할 수 있게 된 것이다.

그런데 영국의 스타인Aurel Stein이나 프랑스의 페리오가 돈황에서 유물을 반출한 것을 두고 중국에서는 여전히 그것이 일종의 '도둑질'이었다는 입장인 듯하다. 그러나 왕도사가 유물을 발견하고 청나라 당국에 보존을 호소할 무렵의 중국은 내우외환에 지쳐 그럴 여력이 없어 외면했던 것이 사실이다. 왕도사가 어떻게든 유물을 안전하게 보존하고자 차선의 선택을 한 결과가 그렇다면 중국은 그렇게라도 대신 유물을 보존해준 것에 감사하는 것이 마땅할 것이다. 영국과 프랑스 등 돈황문헌을 보관하고 있는 나라들도 지난 100여 년 간 잘 감상했으니 이제 그것을 원래의 주인에게 돌려주는 것이 신사의 도리가 아닐까 한다.

이런 생각을 하며 막고굴을 나온 필자는 명사산鳴沙山과 월아천月牙泉을 보려고 다시 시내 쪽으로 발길을 돌렸다. 명사산은 돈황 남쪽 5km 지점의 모래와 암반으로 이루어진 산이다. 바람이 불면 모래가 날리면서 소리가 난다고 해서 이렇게 부른다. 한나라 때 문헌에 '사각산沙角山'이라는 이름으로 처음 등장했으며, 당나라 때부터 명사산으로 불렸던 것으로 보인다. 돈황시에서 관광지로 개발해 입구를 거창하게 만들고 120위안의 입장료를 받고 있었다. 이런 시골에서 입장료가 비싸기도 하다는 생각은 얼마 가지 못했다. 눈앞에 펼쳐진 눈부시게 아름다운 사막. '모래 예술sand art'이 따로 없었다. 양달과 응달이 뚜렷한 색채의 대비를 이루는 가운데 경계를 이루는 뚜렷한 선이 자아내는 곡선미가 압권이었다. 일전에 내몽고 포두包頭에서도 명사산이란 곳을 다녀온 적이 있고 황량한 모래벌이었다는 기억뿐이어서 이번에도 그렇게 큰 기대를 하지 않았던 필자는 뜻하지 않게 복권에 당첨된 기분이었다. 돈황문헌에서는 〈돈황이십영敦煌二十詠〉이라 하여 돈황의 명승고적을 노래한 당시도 발견되었다. 이 가운데 명사산을 노래한 시를 보자.

신비한 모래가 기이하다더니

돈황 명사산과 월아천 입구

돈황 명사산 입구

덥거나 춥거나 절로 소리가 난다

그 기세는 하늘의 북이 울리는 듯

우렁찬 소리는 땅의 우레가 놀라게 하는 듯

바람이 모서리를 깎으니 다시 험준해져

사람이 칼날에 오르려니 평탄하지 않다

작자를 알 수 없는 이 시는 본래 여덟 구의 율시였던 것으로 보인다. 아쉽게 마지막 두 구가 일실되었지만 대의를 이해하는 데 지장을 주는 정도는 아니다. 명사산의 두 가지 특징, 즉 모래가 내는 소리인 청각미와 산이 이루는 선인 시각미를 잘 짚어냈다. 그런데 실제로 모래 소리는 바람이 세차게 부는 밤에야 들을 수 있어 필자는 시각미를 음미하는 데 만족해야 했다.

명사산 유람은 주로 낙타를 이용한다. 입구를 들어서면 오른쪽으로 낙

필자를 태워준 146번 낙타

타가 줄지어 앉아 있다. 여나믄 명씩 조를 이루어 각자 한 마리에 올라타
고 출발한다. 낙타는 생각보다 키가 크고 일어날 때 크게 앞으로 기울어져
필자처럼 처음 타는 사람은 겁을 낼 만도 했다. 이곳의 낙타는 모두 혹이
두 개인 쌍봉낙타이다. 낙타는 발바닥 면적이 넓어서 사막을 걷기에 좋다
고 한다. 필자를 태운 연한 갈색의 146번 낙타는 사뿐히 일어나 명사산을
오르기 시작한다. 느릿느릿 내딛는 발걸음에도 상하좌우로 흔들거리는데
그 움직임이 대단히 부드럽다. 마치 모래의 바다 위를 떠가는 한 척의 조
각배랄까. 왜 낙타를 '사막의 배'라 부르는지 피부로 느껴진다. 명사산을
오르는 낙타는 위의 시인이 '바람이 깎아 험준해졌다'고 묘사했던 모서리
를 따라 걷는다. 멀리서 보면 진짜 '칼날'처럼 예리하게 보이지만 가까이
가보면 낙타가 다닐 만한 길이 나 있다. 길게 늘어선 낙타의 행렬은 비단
길을 이용해 서역을 오가던 낙타 대상Caravan을 연상시킨다. 대상들은 이
렇게 낙타를 타고 하루에 30km씩 이동하며 파미르 고원을 넘어 중앙아시

돈황의 오아시스 월아천

아를 누볐으리라. 필자가 탄 낙타는 가쁜 숨을 몰아쉬며 가파른 모래 언덕
을 터벅터벅 올라갔다. 고개를 하나 넘으며 낙타 여행의 참맛을 느끼려는
순간 벌써 내려야 할 지점에 당도했다.

   아쉬운 마음을 시원하게 달래준 것은 그 아래에 다소곳이 자리를 잡은
오아시스 월아천이었다. 월아천은 길이 100m, 폭 25m의 초승달 모양으
로 생겨 붙여진 이름이다. 약천藥泉이라는 별명과 함께 삼장법사에 얽힌
전설이 전해진다. 삼장법사가 서역으로 불경을 얻으러 가면서 돈황을 지
나다 물과 음식물이 다 떨어져 쓰러질 지경이 되었다. 그때 관음보살이 나
타나 축원해주자 물병에서 물방울이 떨어지며 맑은 샘을 이루고 샘에서
만병을 치료할 수 있는 칠성초七星草가 자랐다고 한다. 월아천의 생성 이유
에 대한 과학적인 설명이 여러 가지 있지만 '황홀경'이란 한 마디 앞에서
는 죄다 구구해진다. 말로만 듣던 '사막의 오아시스', 바로 그것을 눈으로
확인하는 즐거움에 압도당하기 때문이다. 세계의 모든 문명이 이런 자그

마한 하나의 점에서 시작되었다고 생각하니 수천 년 역사를 잉태한 세포를 보는 것만 같았다. 한 가지 아쉬운 것은 과다하게 유입된 물이 넘쳐 본래의 '초승달' 옆에 거의 비슷한 크기의 혹이 달렸다는 사실이다. 지금쯤 원래의 날렵한 몸매를 회복했으려나.

숙소로 돌아와 저녁식사를 하고 시내에 나가 〈돈황신녀敦煌神女〉라는 공연을 관람했다. 막고굴 벽화의 불교 고사를 토대로 만든 음악과 무용에 무술과 서커스까지 가미해 다채롭게 꾸민 것이었다. 녹녀鹿女가 자신을 희생해 사람들에게 복을 준다는 내용이었다. 야간에는 자연 경관 감상이 불가능하니 이렇게 자연 경관과 관련된 공연물을 마련하는 것은 우리나라 관광 프로그램 개발에도 좋은 참고가 될 듯하다.

양관
서쪽으로 양관을 나서면 친구도 없다네

위성의 아침 비 먼지를 가볍게 적시고
객사 앞에는 푸르게 버들빛이 새롭다
그대에게 한 잔 술을 다시 권하노니
서쪽으로 양관을 나서면 친구도 없다네

이 시는 왕유의 〈위성의 노래渭城曲〉이다. 다른 제목이 〈안서도호부로 사신 가는 원씨를 전송하며送元二使安西〉라 되어 있으니, 지금의 함양咸陽인 위성에서 양관陽關을 거쳐 안서도호부로 가는 이를 배웅하며 쓴 시라고 하겠다. 비가 내린 후 먼지가 가라앉은 아침 나그네의 숙소 앞 버들이 이별을

양관 봉수

예고한다. 나그네를 떠나보내는 시인은 양관을 나서면 술을 나눌 친구도 없을 것이라며 한 잔을 더 권한다. 이 시를 읽으며 필자는 줄곧 양관이 어떤 곳이기에 이후로는 친구가 없다고 했을까 궁금했다. 오늘은 양관을 둘러보기로 한 날이니 그간의 궁금증이 풀릴지도 모르겠다.

돈황에서 서남쪽으로 70km 지점에 있는 양관은 옥문관玉門關과 함께 서역으로 통하는 관문 역할을 한 곳이다. 송나라 이후로 비단길이 유명무실해지면서 양관도 사람들의 기억 속에서 사라져갔다. 그러다가 1972년에서야 이 지역에 대한 조사와 발굴이 이루어지면서 양관의 성터가 확인되었다. 근래에 관광지로 본격 개발되면서 박물관이 들어서고 여러 볼거리들도 갖추어졌다. 이런 까닭에 당시唐詩의 흔적을 찾아 중국을 돌아다니는 필자로서는 양관이 빼놓을 수 없는 목적지가 되었던 것이다.

차에서 내리니 양관 박물관이 필자를 맞이했다. 2003년 개관한 이 박물관은 널찍한 부지 위에 한나라관, 비단길관 등의 전시실을 비롯해 도위부都尉府, 관성關城 등을 옛날 모습 그대로 재현해놓았다. 뿐만 아니라 뜰에는 왕유 석상과 장건張騫 동상도 갖추어 볼거리를 더했다. 재현한 관성은 일반적인 성루와 크게 다르지 않았다. 입구 쪽 현판에는 '서쪽으로 누란과 통한다'는 의미로 '서통누란西通樓蘭'이라 씌어 있더니 안쪽 현판에는 '동쪽으로 장안을 바라본다'는 의미로 '동망장안東望長安'이라 씌어 있다. 누란은 서역에 있던 나라 이름이고 장안은 당나라의 수도이니, 양관이 서역과 당나라를 잇는 관문이라는 뜻이리라.

도위부에서는 관광객들을 위해 통행증을 만들어주고 있었다. 죽간竹簡을 모방해 나무로 엮은 통행증에 '양관을 통해 비단길을 여행하는 것을 허

가한다'는 내용이 돈황의 사호참군司戶參軍과 도위都尉 명의로 기재되어 있
었다. 필자도 기념으로 하나 만들어 품안에 간직하고 본래 양관이 있었다
는 옛터 쪽으로 향했다. 먼저 눈에 들어오는 것은 양관 봉수烽燧. 세월의 풍
상 속에 양관과 관련된 모든 것이 사라지고 오직 하나 이 봉화대의 일부만
이 그 옛날 양관의 흔적을 보여주고 있었다. 보존을 위해 둘러쳐진 울타리
안에 덩그러니 자리잡은 봉수는 보기만 해도 고독하다. 당나라 때는 그래
도 양관의 병사들과 함께 했을 것을.

　모래 언덕 한켠에 난데없이 현대식 장랑長廊이 나타나는 것을 보니 그곳
이 바로 오늘의 주인공인 듯했다. 수십 년 전 고고학자들이 이 허허벌판에
서 양관의 발자취를 찾아 애써준 덕분이다. 바퀴만 남은 수레 하나가 사막
의 황량함을 달래주는지 더해주는지 모르게 서 있는 그 옆으로 이곳이 양
관의 옛 터임을 알려주는 비석이 우뚝했다. 좌우의 바윗돌을 시종 삼아 위
엄이 넘친다. 필자는 '양관고지陽關故址'라는 비석의 네 글자를 하염없이 바
라보다 드넓게 펼쳐진 사막을 향해 돌아섰다. 듬성듬성 잡초가 몇 포기 자

양관 박물관

양관의 옛 터

라고 있을 뿐인 광막한 대지가 하늘과 맞닿아 있었다. 옛날 누군가가 '날아가는 것도, 기어가는 것도 없다'던 말 그대로이다. 그런 마당에 술 한 잔 권할 친구가 있을 리는 더더욱 만무하다. 썩 이해가 가지 않던 구절이 필자의 입에서 절로 나온다. '서출양관무고인西出陽關無故人'이라. 시 구절을 머리가 아니라 가슴으로 이해하는 순간만큼 뿌듯한 때가 없다.

장랑에는 양관과 관련된 당나라 시인의 시들을 비석에 새겨 진열해두었다. 왕유의 〈위성의 노래〉는 물론이고 왕한王翰, 687~726의 〈양주의 노래涼州詞〉까지 빠짐이 없다.

> 맛난 포도주가 담긴 야광 술잔
> 마시려 하니 비파가 말 위에서 재촉한다
> 취하여 모래벌에 누워도 그대 웃지 마오
> 예로부터 전쟁터에서 몇이나 살아 돌아왔소

이 시는 포도주, 야광 술잔, 비파, 모래벌, 전쟁터 등 변새邊塞의 풍광을 그대로 담은 시어들로 가득 차 있다. 군영에서 성대한 연회가 베풀어질 때도 비파는 수시로 출정을 알리는 신호를 보낸다. 그만큼 긴박한 사안이 많은 곳이지만 술을 마실 때는 모든 것을 다 잊고 취할 때까지 마셔야 하는 법. 일단 사나운 전투가 벌어지면 다시 술을 마실 수 있게 될지 알 수 없는 노릇인 까닭이다. 이렇게 이 시는 반전反戰보다는 권주勸酒의 의미를 담은 것으로 이해해야 묘미가 있다.

위의 시에서는 야광 술잔이 어떻게 생긴 것일까가 늘 궁금했다. 그런데 양관 옛 터에서 양관 박물관으로 다시 내려오니 해답이 기다리고 있었다. '양관주가陽關酒家'라는 이름을 내건 이곳의 기념품 상점에서 야광 술잔의 제작 과정을 보여주는 것이었다. 사진에서 보는 바와 같이 야광 술잔은 옥돌을 갈아 만든다. 이 옥돌은 하서회랑의 남쪽 병풍 역할을 하는 기련산에서 많이 난다고 한다. 옥돌을 갈아 두께가 얇은 술잔을 만들면 은은한 광채가 나고, 특히 달밤에 술을 마시면 달빛이 반사되어 눈부시게 아름답다는 것이다. 필자는 이 야광 술잔이 탐나 살까 말까 고민을 거듭했는데 가격도 부담스럽거니와 이동 중에 깨질 우려도 있어 내려놓고 말았다. 지금 생각하니 상당히 아쉽다. 야광 술잔에 포도주 한 잔 곁들이면 번뜩이는 아이디어가 솟아날 것만 같은데 말이다.

2박 3일의 짧은 여정을 뒤로하고 비행기편으로 돈황을 떠나 북경으로 향했다. 비행기에서 내려다보니 기차를 타고 지났던 하서회랑이 까마득하다. 올 때와 마찬가지로 갈 때도 '가지 않은 길'이 아른거린다. 특히 미련이 남는 곳은 돈황에서 기차로 25시간 거리에 있는 신강

양관의 야광 술잔 제작 과정

성 고거현이다. 당나라 때 안서도호부가 있던 이곳에서 고구려 유민 출신의 장군 고선지高仙芝와 그의 휘하에 있었던 당나라 제일의 변새시인 잠삼의 자취를 짚어보고 싶기 때문이다. 다음을 기약하는 수밖에 없었다.

더불어 서안 중심의 기행도 이렇게 종지부를 찍었다. 한때는 당시唐詩의 본산이었으나 천 년이 넘는 세월의 흐름 속에서 점점 낙후되어가는 곳이 적지 않았다. 다행히 다시 개발되어 지난날의 숨결이 느껴지게 된 곳도 있고, 너무 상업적으로 치장하여 본모습을 잃은 곳도 있었다. 인적이 뜸한 외진 곳에 방치되어 얼마 후면 아무도 찾는 이가 없을 듯한 곳도 보였다. 자연스러움을 잃지 않는 범위에서 당시를 음미할 만한 공간이 많이 개발되고 조성되기를 바라는 마음 간절하다.

2장

계림에 이르는 당시의 길

당시와 함께하는 중국 여행의 두 번째 답사도 서안에서 시작하려고 한다. 이번 여행의 목적지는 광서성 계림桂林이다. 기본 여정은 서기 847년 시인 이상은李商隱이 계관관찰사桂管觀察使로 부임하는 정아鄭亞를 따라 계림까지 갔던 길을 따를 것이다. 서안에서 계림까지는 직선거리로 1,100km 가량 된다. 당시 이상은은 서안에서 남양南陽, 형주荊州, 장사長沙를 거쳐 계림에 도착했다. 3월에 출발해 6월에 도착했으니 꼬박 3개월이 걸린 셈이다. 지금은 서안에서 비행기로 세 시간이면 계림에 도착할 수 있으니, 교통수단의 발달을 실감하게 된다.

이번 여행의 목적이 이상은의 행적을 뒤따라가기 위한 것만은 아니다. 그가 거쳐간 길은 수많은 당나라 시인들이 오가며 숱한 명작을 남겼던, 당나라의 대표적인 여행 노선이다. 이런 길을 '당시의 길'이라 불러도 좋다면, 이상은이 계림까지 갔던 이 '강남 노선'은 서안에서 개봉開封에 이르는 '중원 노선'과 함께 '당시의 길'의 핵심을 이루리라. 가장 이상적인 답사는 역시 자동차를 빌려 노선을 그대로 따라가보는 것이겠으나, 알다시피 중국은 아직 그럴 여건이 못 된다. 그래서 필자는 계림까지 가는 길에는 기차와 버스를 이용하고, 오는 길에는 비행기를 타기로 했다.

1
당나라 시인 200명이 다닌 길

지금은 상락시商洛市의 한 구로 편입된 상주商州는 진나라 때 처음으로 현縣이 되면서 역사에 이름을 드러냈다. 법가 사상가로 유명한 공손앙公孫鞅이 상주 일대를 봉지로 받은 일로 상앙商鞅이라 불리게 된 것은 널리 알려진 사실이다. 당나라 때 장안에서 상주를 거쳐 남양에 이르는 천 리 길을 '상주 길'이라고 불렀다. 어떤 학자의 조사에 의하면, 이 길을 지났던 당나라 시인이 무려 200명이나 된다고 한다. 그 가운데 백거이는 세 번, 장구령張九齡, 678~740은 네 번, 원진元稹, 779~831은 일곱 번을 오갔단다.

필자는 남양까지 기차로 이동하기로 계획하고 서안역에서 오후 2시 9분에 출발하는 K706호 열차의 표를 끊었다. 역 근처에서 간단히 요기를 하고 1시쯤 승객 대기실로 들어가 열차를 기다렸다. 서안역은 여행객들로 입추의 여지가 없었다. 필자는 가까스로 자리 하나를 차지하고 앉아 열차

서안역 승객 대기실

를 기다렸다. 얼마나 지났을까. 열차의 지연을 알리는 역무원의 안내 방송이 쩌렁쩌렁 울려나왔다. 들어보니 하필 필자가 타려는 K706호 열차였다. 열차가 고장이란다. 서안역이 출발점인데 출발 시간이 다 되도록 점검을 제대로 하지 않았단

말인가. 필자는 노트북을 열고 관련자료를 탐독하는 일로 시간을 보내기로 했다. 열차는 그렇게 무려 네 시간이 지나고 6시 14분이 되어서야 겨우 출발할 수 있었다. 남양 도착시간도 자연히 밤 9시 45분에서 이튿날 새벽 1시 45분으로 늦춰졌다. 낮 시간에 열차를 이용해 '상주 길'을 감상하려던 필자의 계획이 처음부터 어긋나는 순간이었다.

상오
다시 누가 지름길을 열까

기차에 올라 필자의 자리인 13호차 2번 아래칸을 차지하고 나니 그래도 안도의 한숨이 나온다. 서안에서 180km 떨어진 상락에 도착하기도 전에 이미 해가 저물어 차창 밖이 캄캄해졌다. 전날 충전해두었던 노트북 배터리도 서안역에서 다섯 시간을 보내는 동안 동이 났다. 할 수 없이 준비한 자료나 읽으며 시간을 보내야겠다고 생각했는데, 서안역에서부터 의자에 앉아 있는 것만 열 시간이 넘으니 좀이 쑤셔 여간 고역이 아니다. 남양에 도착해 늦게라도 저녁을 먹으려 했던 계획도 헝클어져 어쩔 수 없이 배낭에 있는 비상 식량을 축낸다. 이번 '당시의 길' 답사가 어쩐지 녹록지

않을 것 같다는 불길한 예감을 애써 가라앉히며 이상은의 〈상오에 새로이 도로가 뚫리다商於新開路〉라는 시를 읽었다.

> 육백 리 상오의 길
> 그 험함을 예로부터 들었다
> 벌집에 봄은 저물어 가고
> 호랑이 함정에 햇빛 막 어스름해졌다
> 길은 시내 사이에서 알아보고
> 사람은 나무 끝에서 분간한다
> 다시 누가 지름길을 열까?
> 속히 푸른 구름에 오르고 싶은 자겠지

'상주 길' 천리 가운데 상락시 남교일진藍橋—鎭에서 하남성 내향현內鄕縣 칠오진柒於鎭에 이르는 600리 길을 특히 '상오 옛길'이라 부른다. 이 길은 춘추전국시대에 처음 만들어져 1936년 진령秦嶺을 관통하는 서형西荊(서 안-형주) 도로가 나기 전까지 서안에서 중국 동남부로 가는 간선도로 역 할을 톡톡히 했다. 그러나 길이 평탄하지는 않아서 절벽으로는 벌집이 보 이고, 자주 호랑이가 출몰해 함정도 파놓았다. 하도 구불구불해 길은 시내 사이에서, 행인은 나무 끝에서 언뜻언뜻 비칠 정도라고 했다. 마지막 연에 서 시인은 길과 인생역정의 유사점을 설파한다. 대개 지름길이 험하기 마 련이듯 무언가를 속히 이루려면 그만큼 힘들다는 것이다. 상오 옛길에 있 었던 역참驛站의 이름인 '푸른 구름(청운)'을 교묘히도 이용했다. '청운역까 지 빨리 가고 싶은 사람(청운의 꿈을 빨리 이루고 싶은 사람)'이 또 '상오 옛 길'을 열 거란다.

상락시를 지나면 바로 단봉현丹鳳縣이고, 이곳에 상산商山이 있다. 상산

상산의 절경

은 산세가 빼어나고 물 맑은 단강丹江도 끼고 있어 역대로 시인 묵객의 발길이 끊이지 않았던 곳이다. 시선詩仙 이백이 서기 742년과 744년 두 차례 상산에 다녀간 것을 비롯해 장구령, 왕유, 잠삼, 전기, 한유韓愈, 768~824, 원진, 백거이, 유종원柳宗元, 773~819, 가도賈島, 779~843, 허혼, 두목, 온정균, 이상은 등 당대의 내로라하는 시인들이 모두 상산과 관련된 시를 남겼다. 이는 '상주 길'이 말로만 '당시의 길'이 아니라는 것을 잘 보여주는 증거라 하겠다. 온정균의 〈상산에서 새벽에 떠나다商山早行〉라는 시를 감상해보자.

새벽에 일어나니 말방울 소리 들려와
나그네 떠나려니 고향 생각에 슬퍼진다
달빛 비치는 떠집 객사에 닭 울음 소리 들리고
서리 내린 널빤지 다리에는 사람의 발자국
떡갈나무 잎 산길로 떨어지고
탱자나무 꽃이 역참의 담장에 환하다

간밤에 꾸었던 장안의 꿈

오리와 기러기가 연못에 가득했지

　마치 주지주의主知主義 시인의 시처럼 회화적인 묘사가 두드러지는 둘째 연으로 유명한 작품이다. 어떤 여행에서든 새벽에 길을 나서기가 부담스런 것이 사실이다. 저렴한 비행기 표를 끊다 보면 오갈 때 새벽밥 먹고 공항으로 나가야 하는데, 이럴 때마다 아주 심란해진다. 갈 때는 첫날부터 심신이 피곤하고 올 때는 여행의 여운이 남지 않는다. 그래도 어쩌겠는가? 시간과 돈을 아끼려면 부지런을 떨 수밖에. 이 시의 시인도 비슷한 경험을 하는 중인가 보다. 아직 달이 떠 있는 새벽에 닭 울음소리를 들으며 재촉하는 길이 짙은 우수를 느끼게 한다. 앞서 길 떠난 이들의 발자국에서 살짝 위안을 받았을까? 셋째 연은 상산의 산길과 역참을 묘사한 것이다. 떡갈나무와 탱자나무가 많이 자생하는 상산의 특징이 잘 드러난다. 마음은 벌써 간밤에 꿈에 본 장안 두릉杜陵의 연못에서 노닐고 있다.

또 상산에는 '상산의 할아버지 네 분'이라는 뜻의 '상산사호商山四皓'묘
가 있다. 이들은 진나라 때 박사로 있다가 난리를 피해 상산에 은거하던
사람들이다. 존칭과 본명은 각각 동원공東園公 당병唐秉, 하황공夏黃公 최광崔
廣, 기리계綺里季 오실吳實, 녹리선생甪里先生 주술周術 등이다. 이들은 한나라
가 들어선 이후로도 벼슬길에 나아가지 않고 상산에 머물렀다. 후에 장량
張良의 계책에 따라 한 고조 유방劉邦이 폐하려던 태자 유영劉盈을 보필하여
무사히 제위에 오르게 하는 공을 세웠다. 그러나 곧 다시 상산으로 물러나
청빈하게 지내다 세상을 떠난 뒤 상산에 묻혔다. 이처럼 상산사호는 공을
세우고 물러나는 '공성신퇴功成身退'의 표본인 까닭에 이들을 소재로 한 역
대 시인들의 노래가 끊이지 않았다. 허혼의 〈사호의 사당에 쓰다題四老廟二
首〉 둘째 수를 보자.

　　　진나라를 피했다 한나라를 안정시키려 남관藍關을 나서니
　　　소나무 계수나무 꽃 그늘만 옛 산에 가득하다
　　　본래 산으로 돌아갈 뜻을 가진 사람은 없었는지
　　　흰 구름 늘 떠 있고 물 찰랑댄다

　이 시에서는 사호가 한나라를 안정시키기 위해 은거하던 상산을 떠나
남관을 넘어가서는 돌아오지 않았다고 했다. 그들이 떠난 상산에는 흰 구
름과 물만 외로운데, 어쩌면 그들이 상산에 은거했던 것도 기회를 엿보기
위한 방편이었는지 모른다고 의심했다. 물론 이것은 사실이 아니다. 시인
은 세상에 넘쳐나는 '가짜 사호'를 염두에 둔 것이다. 입으로는 은거를 떠
들면서도 막상 부귀공명의 기회가 오면 언제 그랬냐는 듯 산을 박차고 나
서는 사람들을 꼬집은 시라는 말이다.

남양
누가 제갈양을 배워 밭을 갈고 있는지

K706호 열차는 결국 네 시간 연착되어 새벽 2시에 가까워서야 남양역에 도착했다. 더구나 남양에는 비까지 세차게 내리고 있었다. 이로 인해 야기된 불편사항이 한두 가지가 아니었다. 당장 내일 형주로 가는 기차표를 예매하지 못하게 되었다. 다음날 답사 일정을 고려해 남양역에서 제법 멀리 떨어진 숙소를 잡은 것도 문제였다. 역 가까운 데서 새로 숙소를 구하려 해도 퍼붓듯 쏟아지는 비 때문에 앞도 잘 보이지 않는 상태에서 짐을 들고 여기저기 헤맨다는 것은 불가능했다. 하는 수 없이 택시를 잡아타고 원래 예약한 숙소로 이동했다. 숙소 프런트의 직원이 잠에서 덜 깬 얼굴로 건네주는 열쇠를 받아들고 방으로 들어가니 그제야 다소 긴장이 풀린다. 그러나 화장실에 들어가 세수를 하려고 보니 폭우 탓인지 천장에서 물이 샌다. 이래저래 의지 없는 나그네의 마음은 암연히 수수愁愁롭다.

서안역에서 장시간 기다리고 또 여덟 시간이나 앉아 와서 새벽녘에야 눈을 붙였던지라 아침에 눈을 뜨니 몸이 천근만근이었다. 또 예매를 하지 못해 12시 2분에 남양역을 출발하는 K507호 열차를 타고 형주로 이동하려는 당초의 계획도 보기좋게 어긋났다. 비는 아직도 그치지 않고 추적추적 내리고 있었다. 아침 일찍 일어나 주마간산 격으로라도 남양을 훑으려던 생각을 접었다. 아침밥이나 든든히 먹은 후에 버스를 타고 형주로 가기로 했다. 때로는 이렇게 자의 반 타의 반으로 꽉 짜였던 일정에서 풀려나 해방감을 맛보기도 하는 것이 또 여행의 묘미가 아니겠는가.

아침 식사를 위해 터미널 바로 옆의 '딩라오얼미셴丁老二米線'을 찾았다. 미셴은 일종의 중국 쌀국수인데, 우리 입맛에도 잘 맞아 해장용으로 그만

남양 딩라오얼미센 터미널점

이다. 죽 한 그릇과 같이 먹으니 잔뜩 꼬였던 어제 하루의 피로와 스트레스가 싹 가시는 것만 같다. 제갈양이 몸소 밭을 갈았다는 남양에서 볼거리들을 제쳐두고 겨우 미센 한 그릇만 맛본다는 것은 아쉬움이 있지만, '금강산도 식후경'이라 하지 않았던가. 남양은 본래 한漢 문화와 초楚 문화가 맞닥뜨리는 문화의 접경지대였다. 지금도 하남성의 남서쪽 끝자락에서 왼쪽으로는 섬서성, 아래쪽으로는 호북성과 연결되는 교통의 요지이다. 그만큼 남양을 오간 당나라 시인도 많았다. 그중 한 사람인 한유韓愈의 시 〈남양에 들르다過南陽〉를 감상해보자.

남양 성곽 문 밖에는

뽕나무 아래 밀이 푸릇푸릇

나그네 가는 길 아직 끝나지 않았다는지

봄 비둘기 울음이 그치지 않는다

진령과 상산은 아득하고도 먼데

큰 호수와 바다를 장차 지나가겠지

누가 차마 근심하며 살아갈까

나는 아마도 여생을 맡길 듯한데

서기 819년 법무부 차관 격인 형부시랑刑部侍郎으로 있던 한유는 헌종憲宗이 법문사法文寺에서 부처의 유골을 대궐로 모셔오려고 하자 이를 극구 반대했다. 헌종은 불같이 화를 내며 한유를 극형에 처하려다 대신들의 만류로 광동성 조주潮州로 귀양보내는 선에서 처벌을 마무리했다. 이 시는 그런 일로 조주로 가게 된 한유가 남양에 들러 지은 것이다. 그런 까닭에 시에 우울한 심사가 잔뜩 배어 있다. 장안을 떠나 남양까지 오니 진령과 상산은 이미 멀어지고, 앞으로는 영남의 호수와 바다를 만날 일만 남았다. 이렇게 광동까지 가서 생을 마치는 것일까 하는 근심걱정으로 가득하다. 지금 한유가 가고 있는 길이 바로 '당시의 길'이다. 남쪽으로 내려가는 길은 대개 이처럼 좌천인 경우가 많아서 시도 대부분 우울하다.

　본래 남양에서 보려고 했던 것은 와룡강臥龍崗에 있는 제갈양 사당인 무후사武侯祠였다. 몸소 밭을 갈며 때를 기다리고 있는 제갈양을 유비劉備가 찾아온 곳이 남양이냐 아니면 호북성 양양襄陽이냐를 두고 두 도시 사이에 신경전이 대단하다. 그런데 필자는 제갈양의 〈출사표出師表〉나 유우석劉禹錫의 〈누실명陋室銘〉에서 '남양'이라는 말을 하도 들어 그런지 역사적 진실 여부에 관계없이 남양에 한 표를 던지고 싶어진다. 남양의 무후사는 제갈양이 오장원에서 세상을 떠난 후에 그의 부하 장수였던 황권黃權이 이곳에

남양 무후사

암자를 짓고 그를 추모한 것이 시초라고 한다. 이와 관련하여 허혼의 시 한 수를 더 보기로 한다. 제목을 〈남양의 길에서南陽道中〉라고 했다.

> 달은 외로운 여관을 빗기어 마을 옆으로 떠가고
> 동리洞里의 집들이 옹기종기 옛 성을 둘렀다
> 울타리 위 새벽 꽃이 집 뒤로 떨어지고
> 우물가 가을 잎이 사당 앞에 피어난다
> 굶주린 까마귀는 보채는 새끼 곁에서 먹이를 찾고
> 젖소는 우는 송아지 바라보며 느릿느릿 돌아간다
> 황량한 풀이 하늘에 닿고 바람은 땅을 흔드는데
> 누가 제갈양을 배워 밭을 갈고 있는지 모르겠다

　만당의 시인들은 사상성은 다소 부족해도 관찰력만큼은 손색이 없는 듯하다. 허혼의 이 시도 남양의 향촌 풍경을 그림같이 옮겨두었다. 마을의 집들을 원경과 근경으로 잡아 다채롭게 묘사하고, 까마귀와 젖소 등의 동물도 세밀한 관찰의 대상에서 빠뜨리지 않았다. 마지막 연은 만당의 어지러운 현실을 반영한 것이다. 그런 난세를 평정할 제갈양 같은 인물이 남양 어딘가에서 또 때를 기다리고 있지는 않은가 하는 것이다. 그러나 '모르겠다'고 매듭지은 것을 보면 실망한 눈치다. 현재의 남양도 발전이 더딘 내륙의 소도시로 전락한 지 오래여서 전기를 마련해야 할 것으로 보인다. 북경이공대北京理工大 경제학과의 호성두胡星斗 교수가 중국의 수도를 남양으로 옮기자는 주장을 내놓았다는데, 이 대담한 발상의 호 교수가 현대판 제갈양인가도 싶다.

2

초나라로
접어들다

필자는 어렵게 찾아간 남양을 그렇게 허무하게 떠나야 했다. 기차의 연착과 우천이 크게 기여했지만, 지나치게 빡빡했던 일정에도 문제가 있었으리라. 결국 예정과 달리 버스편으로 형주까지 가면서 양양은 지나는 길에 자료를 검토하는 것으로 대체하기로 했다. 남양에서 양양까지 140km, 양양에서 다시 형주까지 220km이니, 버스로 이동해도 크게 무리가 없는 거리다. 필자가 탄 버스는 곧 남양 시내를 벗어나 시원스럽게 뻗은 이광二廣 고속도로를 내달린다. 이광 고속도로는 내몽고의 이련호특二連浩特에서 광동성 광주廣州에 이르는 총연장 2,685km의 간선도로이다.

형주로 갈 때 이용한 버스

양양으로 가는 길의 풍경

남양에서 양양까지는 커다란 분지(남양분지)를 이루는 지형이라 주변에
험산준령이 보이지 않는다. 그러니 다소 험악한 '상주 길'을 벗어난 나그
네라면 한동안 편안하게 여정을 이어갔을 법하다.

　남양 일정에 큰 차질을 준 폭우가 그친 날씨는 언제 그랬냐는 듯 시치
미를 뗀다. 푸른 하늘에 흰 구름 떠가고 경작지마다 초록빛이 넘쳐 흐르는
풍경은 사진에서 보던 유럽의 농촌 마을을 연상시킨다. 중국의 내륙을 다
니다 보면 안개가 자욱해 도무지 원경遠景이라고는 보이지 않는데다 시냇
물이나 호수마저 탁한 빛을 띠어 전체적으로 회색의 인상을 주는 곳이 대
다수이다. 그래서 어쩌다 이렇게 밝고 화사한 자연의 색상이 그대로 드러
나는 경치와 마주하거나 맑고 깨끗한 물을 만나면 탄성이 절로 나온다. 비
로 인해 남양에서의 일정이 엉망이 된 것은 야속하지만 또 이렇게 멋진 풍
경으로 보상을 해주니 견딜 만하다.

양양
강산에 이름난 자취를 남기기에

필자가 탄 버스는 이윽고 양양 터미널에 잠시 정차해 형주까지 가는 손님을 태웠다. 한수漢水 중류에 자리잡은 양양은 전국시대 초楚나라의 영토였다. 한나라 때 처음 양양현이 만들어졌고 당나라 때는 양주襄州라 불렸다. 양양은 육상과 수상 교통이 겹치는 곳이어서 예로부터 여행객의 발길이 끊이지 않았다. 육로로는 형주로 내려갈 수 있고 수로로는 한수를 따라 무한武漢까지 당도할 수 있었다. 그런 까닭에 양양에 족적을 남긴 당나라 시인이 부지기수인 것은 물론이다. 최근에 중국문사출판사中國文史出版社에서 펴낸 『대당 시인 양양을 노래하다大唐詩人詠襄陽』라는 책은 양양과 관련된 당시를 묶은 것인데, 여기에 무려 358수가 수록되어 있다. 이 358수가 모두 직접 양양을 소재로 한 것은 아니라고 해도, 양양이 '당시의 길'에서 매우 중요한 위치를 차지하고 있는 것만큼은 틀림없는 사실이다.

양양을 대표하는 당나라 시인으로 맹호연孟浩然, 689~740이 있다. 그의 시 가운데 〈여러 사람들과 함께 현산에 오르다與諸子登峴山〉란 시를 감상해보자.

> 사람의 일에는 변화가 있기 마련이라
> 오가는 중에 과거와 현재가 만들어진다
> 강산에 이름난 자취를 남기기에
> 우리들이 또 그곳에 오르는 것
> 물이 빠져 어량주魚梁洲가 얕아졌고
> 날이 추워져 몽택이 깊어 보인다

양호 공의 공덕비가 아직 그대로기에

읽고 나니 눈물이 옷깃을 적신다

　맹호연은 고향이 양양이었던 시인이다. 양양의 녹문산鹿門山에 은거하다 40세에 경사로 올라가 과거를 보았으나 낙방하고 다시 고향으로 돌아왔다. 주로 산수시를 지어 왕유와 함께 '왕맹王孟'이라 병칭된다. 그는 몇몇 친구들과 양양성 남쪽의 현산에 올라 이 시를 지었다. 현산에는 진晉나라 때 이곳에 도독都督으로 부임해 선정을 펼쳤던 양호羊祜의 공덕비가 있다. 양호가 세상을 떠난 지도 어언 400여 년, 그동안 또 사람의 일은 무시로 바뀌고 그것이 모여 역사가 되었다. 그 역사 속에서 양호 같은 이는 공덕비에 이름을 남기기도 하고, 시인 같은 포의지사布衣之士는 들러리처럼 비문을 읽어주는 역할을 한다. 그 차이는 깊은 몽택과 얕은 어량주의 차이에 비견된달까? 담담한 묘사 속에 시인의 깊은 고민이 배어난다.

　양양과 인연이 깊은 당나라 시인이 하나 더 있으니, 바로 두보의 할아버지인 두심언杜審言, 약 645~708이다. 두심언이 양양 두씨인 까닭에 그의 아

양양 녹문산의 맹호연 기념관

버지 대에 하남성 공현鞏縣으로 이주했지만 사서史書에서는 양양 사람으로 분류한다. 그의 〈양양성에 오르다登襄陽城〉라는 시를 감상하기로 한다.

나그네 늦가을에 당도하여
층층의 성에서 시원스레 사방을 바라본다
초나라 산이 땅을 가로질러 솟아올랐고
한수가 하늘과 맞닿아 굽이진다
관개리는 새로운 마을이 아니고
장화대도 그저 옛날의 누대이리라
습가지의 풍경이 특이하여
돌아가는 길에 먼지가 가득하여라

두심언은 중종中宗이 즉위한 직후 지금의 베트남 경내인 봉주峰州로 유배되었다. 이 시는 봉주로 가는 길에 양양성에 올라 지은 것이다. 아마도 그가 61세 되던 해인 서기 705년 무렵으로 추정된다. 양양성은 현수산峴

양양 습가지

양양고성襄陽古城

首山, 자개산紫蓋山, 만산萬山 등 '초나라 산'을 등진 채 한수를 마주보는 곳에 있었다. 여기서 더 남쪽으로 내려가면 한나라 말기에 명사들이 모여 살았다는 관개리冠蓋里와 초나라 영왕靈王이 세웠다는 장화대章華臺 터가 나온다. 이들은 모두 양양성에서는 육안으로 보이지 않는 위치에 있는데, 시인은 그곳들이 예전과 같은 영화를 누리고 있지는 못할 거라 상상했다. 측천무후를 모시는 시종 문인으로 좋은 시절을 보냈다가 중종이 복위하면서유배길에 오르게 된 시인의 처지를 암시하는 내용으로 보인다. 양양성 남쪽 5km 되는 곳에는 진晉나라 때의 명사 습착치習鑿齒의 연못인 습가지習家池가 있다. 습가지로 나들이를 나왔던 많은 사람들이 먼지를 일으키며 집으로 돌아가는 모습을 바라보던 시인은 새삼 나그네 설움을 느낀다.

양양은 1979년 시로 승격되면서 양번襄樊으로 이름이 바뀌었다가 2010년에 다시 양양으로 환원되었다. '번樊'이라는 글자는 주周나라 때 이 지역이 번국樊國에 속했던 데서 따온 것이라 의미가 없지는 않은데, 워낙 양양이라는 이름이 인지도가 높다 보니 홍보 강화 차원에서 양양으로 되돌아 간 듯하다. 평소 주변 사람들에게 '당나라 지도를 들고 현대 중국을 여행한다'고 농담 반 진담 반 얘기하던 필자로서는 이렇게 생소한 이름으로 바뀐 지역들이 당나라 시대 지명으로 복귀한다는 소식을 들을 때마다 반갑기 그지없다. '장안'은 '장안'으로, '양양'은 '양양'으로 둘 것이지, 군이 '서안'과 '양번'으로 바꿀 까닭이 무에란 말인가.

'양양의 시인' 맹호연과도 가깝게 지냈던 최국보崔國輔, 678~755 역시 호북성 경릉竟陵으로 좌천되던 길에 양양에 들렀다. 그가 지었다는 〈양양의 노래〉 두 수를 감상하는 것을 끝으로 양양을 떠나 형주로 가려고 한다.

혜초에 아름답게 핀 붉은 꽃
이 시절에 벽계를 춤춘다
성 안의 멋진 청년과
백동제에서 만나려 하네

청년들은 양양 땅에서
양양성을 오가네
성에서 가벼이 노는 이들이여
제가 전쟁을 탈 줄 아는 걸 알아주시길

『문선文選』의 편찬자로 잘 알려진 소명태자昭明太子 소통蕭統의 출생지가 바로 양양이다. 그를 기념하기 위해 세워진 누각이 문선루文選樓이다. 이것을 당나라 때는 산남동도루山南東道樓로 고쳐 불렀고, 청나라 때 중건하면서 소명대昭明臺라 이름하였다. 이 누각이 양양의 명소였음은 물론이다. 당나라 때 소명대 인근에는 백동제白銅鞮라 하여 청춘남녀들이 만나 교제하

양양 소명대 앞 거리

는 번화가가 있었다. 위 시 속에 등장하는 화자는 벽계무碧雞舞도 추고 진
쟁秦箏도 타는 다재다능한 여성이다. 이 여성은 양양에서 좀 놀 줄 안다는
멋진 청년을 찾고 있는 모양이다. 당나라 때는 양양이 그만큼 젊은 문화의
중심지였다는 얘기다. 그것은 교통의 요지가 당연히 누리는 특권이기도
했다. 지금도 양양역에는 10분에 한 대 꼴로 열차가 도착하거나 출발하는
데, 시에서 묘사된 것과 같은 활기가 느껴지지 않는 이유는 무엇일까?

형주
바람과 연기 속에 월의 새가 날고

남양에서 출발한 버스는 다섯 시간만에 형주에 도착했다. 형주로 오는
동안 친절하기 그지없는 버스 조수가 대단히 인상적이었다. 감기에 걸렸
다는 여자 승객을 위해 이불로 삼을 만한 옷가지를 마련해주고, 도시락을

형남로荊南路의 신동문新東門

자리까지 들어다주고, 형주터미널에서 이미 출발한 초주楚州행 버스를 수소문하고 택시를 잡아주기까지 하는 등 활약이 눈부셨다. 중국도 서비스 정신이 많이 좋아지기는 한 모양이다.

형주, 처음 방문하는 곳인데도 참으로 귀에 익은 이름이다. 그도 그럴 것이 120회로 이루어진 『삼국지연의』에 형주가 무려 72회나 등장한다. 삼국시대 행정구역의 하나인 형주는 동서남북으로 양주揚州, 익주益州, 교주交州, 사주司州 등에 둘러싸인 천하의 요충지였다. 특히 촉蜀과 오吳의 입장에서는 천하를 도모하기 위해서 반드시 차지해야 하는 곳이었다. 형주를 지키던 촉의 관우가 오의 손권에게 붙잡혀 죽게 되면서 촉의 형세가 급격히 기울었던 사실이 그것을 증명한다.

형주는 춘추시대 초나라의 두 번째 수도였다. 그런 까닭에 이곳에서 발굴된 초나라 무덤만 천여 좌나 되고 출토된 문물도 십만 건이 넘는다. 흔히 호북성을 '형초荊楚'라고 부르는데, 사실 '형'과 '초'는 모두 '가시나무'를 뜻하는 글자이다. 고대에 이 지역에 대한 중원 사람들의 인식은 가시나무가 많이 자라는 곳이라고 생각했던 모양이다. 당나라 때는 형주를 강릉江陵이라고 불렀다. 그러고 보니 필자가 양양에서 강릉으로 내려온 셈인데, 우리나라 강원도에도 한자까지 같은 양양군과 강릉시가 있다는 사실이 흥미롭다. 줄곧 현급縣級의 행정구역을 유지하다가 숙종 때 잠시 남도강릉부南都江陵府라 하여 당나라 오도五都의 하나로 승격된 적도 있었다.

형주는 평탄한 지역에 자리잡은 데다 장강까지 끼고 있어서 '당시의 길'에서도 핵심을 이루는 곳이다. 그래서 형주를 거치지 않은 당나라 시인이 거의 없다고 해도 과언이 아닐 만큼 많은 시인이 이곳에 족적을 남겼다. 먼저 두보의 시를 통해 형주의 전반적인 지리적 형세를 알아보자. 〈강릉에서 임금의 행차를 바라다江陵望幸〉라는 제목의 시이다.

굳센 도성은 본래 장대하고 아름답지만
임금께서 행차하신다면 갑자기 위엄이 더 높아지리라
지리적 이점을 보건대 서쪽으로 촉과 통하고
천문으로는 북쪽으로 진을 비춘다
바람과 연기 속에 월의 새가 날고
배를 저으면 오 사람도 제압하겠다
주나라 목왕穆王의 수레를 외람되게 하지 않았으니
끝내는 한나라 무제의 순행에 조회하겠지
군대를 나누어 파견한다는 성지를 내리고
남아 지키는 일은 종신에게 맡기시리라
조만간 임금의 친위대가 출발하면
은혜의 물결이 곤경에 처한 백성들에 넘치리

두보가 이 시를 지은 서기 763년 무렵은 토번吐藩의 침공으로 장안이 함락되던 때였다. 두보는 낭주閬州에 머물고 있다가 대종代宗이 강릉에 행차한다는 소식을 듣고, 속히 가서 전란으로 어려워진 백성들을 달래주기를 바라는 마음을 이 시에 담았다. 시 중간에 몇 구절을 할애해 강릉의 지리적 형세를 소개했다. 여기서 시인이 언급한 '촉', '진', '오', '월'이 결국 삼국시대 촉, 위, 오 세 나라에 다름아니다. 강릉이 이처럼 천하의 중심지와 같은 곳이라, 임금이 행차하여 거시적인 안목에서 천하 경영의 묘책을 얻기를 바랐던 것이리라. 그러나 대종은 시인의 희망을 저버리고 끝내 강릉에 행차하지 않았다.

형주고성
몇 대에 걸쳐 초나라가 전해졌던가

필자는 숙소에 도착해 짐을 풀자마자 바로 형주고성荊州古城으로 향했다. 이곳은 서안고성西安古城, 평요고성平遙古城, 흥성고성興城古城 등과 함께 중국 4대 고성으로 불린다. 고대에 만든 성벽이 가장 완벽하게 보존되었다는 뜻이다. 물론 삼국시대 관우가 지키던 그때의 성벽은 아니고, 명나라 때 것이다. 이 형주고성은 둘레가 10km가 넘을 만큼 규모가 크다. 모두 세 겹으로 이루어져 바깥은 물, 가운데는 벽돌, 안쪽은 흙이다. 이를 각각 수성水城, 전성塼城, 토성土城이라 부른다. 그래서 공격하기는 어렵고 방어하기는 쉬운 견고함을 자랑했다. 필자가 빈양루賓陽樓에 올라 좌우를 살펴보니 과연 사방 십리를 한눈에 조감할 수 있었다. 당나라 장구령이 형주성에 오른 소감은 어떠했는지 그의 〈형주성의 누각에 오르다登荊州城樓〉라는 시를 통해 알아보자.

형주고성 빈양루

천하는 얼마나 넓은지

강가의 성도 그에 구속되었다

백 척 남짓의 층층 누각이

멀리 서쪽 모퉁이에 있다

한가한 날 때때로 올라 바라보면

황량한 교외가 옛 도읍에 닿는다

겹겹이 지나간 자취가 보이기에

가만히 웅대한 판도를 생각해본다

예전처럼 산천은 그대로이나

지금은 군읍이 달라졌으리라

북쪽 강역은 비록 정 땅으로 편입되었지만

동쪽에 다다르는데 어찌 오 땅이 방해하리

몇 대에 걸쳐 초나라가 전해졌던가

당시에는 괵虢나라와 대적했었다

상류에 부질없이 처소가 있다 해도

중원이 다시 무슨 근심이리오

평평한 삼협에 잠자리를 깔고

드넓은 오호에 관문과 교량을 설치했다

태평함에 기이한 곳이 따로 없고

요새를 지킴에 장정을 따지지 않는다

스스로 대궐의 관직을 그만두고

이곳에 와 지방관으로 참여했다

조용히 지내며 숲과 늪으로 향하며

보잘것없는 취미를 전원에 두었다

단지 강직한 왕릉王陵과 비슷한 것이지

어리석은 영무자寧武子 같지는 않다

이제 여기서 남포를 마주하니

기러기와 한 쌍의 오리로다

  서기 737년 장구령은 그가 추천한 감찰어사 주자량周子諒이 현종의 비위를 건드린 일에 연루되어 재상에서 물러나 형주장사荊州長史로 좌천되었다. 아마도 시인은 짬이 날 때마다 불편한 심기를 달래려 형주성의 누각을 찾았을 것이다. 형주성 바로 북쪽이 그 옛날 초나라가 400여 년 도읍으로 삼았던 영郢 땅이다. 그런 초나라가 사라진 지도 어언 천 년. 형주의 산천은 그대로건만 사람들의 이합집산으로 이루어지는 군읍은 많이도 달라졌다. 중국 사람들이 잘 쓰는 말에 '물시인비物是人非'라는 것이 있다. 사물은 옛날 그대로인데 사람은 그렇지 못하다는 말이다. 예순을 바라보는 나이에 재상에서 물러나 종5품의 장사長史(부시장)로 좌천된 시인도 형주성에 올라 이 말을 곱씹었을 것이다. 그러나 아무리 보아도 천하에 형주만한 요충지가 다시 없다는 느낌을 받았던 것 같다. 삼협三峽과 오호五湖를 좌우에 낀 이 천연의 요새에서는 아무나 장정 하나만 지키고 있으면 무사태평이다. 시인은 재상에서 쫓겨난 후에 두문불출했던 한나라 왕릉과 비슷할 뿐 나라에 도가 없어지면 어리석은 척했다는 위衛나라 영무자는 못 된다고 자평했다. 쉽게 분을 삭이기 어렵다는 얘기로 들린다.

빈양루에서 옹성 쪽을 내려다보니 왼쪽에는 전통의상이 진열된 옷장과 말 한 필이 있다. 전통의상을 입은 채 말을 타고 공터를 한 바퀴 돌면서 기념사진을 찍는 듯했다. 손님이 없는지 말이 한가롭게 쉬고 있었다. 오른쪽은 제법 사람들로 북적였다. 붉은 천을 깔아놓고 공을 굴린다. 이것은 무슨 전통놀이인가 했더니 볼링공과 볼링핀이다. 얼마를 내고 볼링공을 굴려 두 개를 동시에 쓰러뜨리면 상금이 있단다. 전통의상과 말은 그렇다 쳐도 볼링은 어쩐지 고성古城과 어울리지 않는다. 야바위라고까지는 할 수 없어도 중국 4대 고성의 하나라고 하는 곳에서 제공할 만한 문화체험 프

형주고성 체험 프로그램

로그램과는 거리가 멀다. 그 공간에 두보나 장구령의 시라도 근사하게 소개해놓았으면 좀 좋은가. 이렇게 어떤 곳(예를 들면 서안의 곡강지)은 아주 잘 꾸며놓고 또 어떤 곳(예를 들면 형주성)은 시장바닥처럼 내버려두는 것이 중국의 현실이다. '균형 발전'이 아쉬운 대목이라 할 것이다.

사릉달광장
초나라 왕은 어디에 있는가

형주고성에서 내려와 형주박물관에서 초나라 문물의 진수를 맛보려 했던 계획은 보기 좋게 어긋나고 말았다. 개관 시간이 오후 4시까지라는 것을 미리 확인하지 않은 탓이다. 중국 관공서의 '일찌감치 칼퇴근' 하나는 알아주어야 한다. 우리나라 국립중앙박물관은 보통 오후 6시 또는 7시, 수요일과 토요일에는 9시까지도 개관하는데 말이다. 아직 서비스 정신이 부족한 것도 중국이 가다듬어야 할 부분이다. 이용자의 편의를 적극 도모하는 태도가 요구된다. 서안(역)에서 뺨맞고 형주에서 화풀이한다는 말을 듣지 않으려면 이쯤 해야겠다.

바람도 쐬고 저녁도 먹을 겸 중산공원中山公園 쪽으로 발길을 돌렸다. 북경중로北京中路를 따라 동쪽으로 계속 걸어가니 사릉달沙隆達이라는 광장이 나온다. 중국 대부분의 공원이나 광장에서 흔히 볼 수 있듯이 한켠에서는 많은 사람들이 함께 모여 군무群舞를 추고 있고, 롤러블레이드를 즐기는 학생들도 눈에 띄었다. 편하서로便河西路 쪽으로 통유리가 눈부신 건물이 항륭港隆 빌딩이다. 9층에 '제3공간第三空間' 레스토랑 간판이 보이기에 오늘 저녁은 저기서 해결할까 하다가 바로 생각이 바뀌었다. 바로 1층에 '금초모金草帽'라는 음식점이 있는 것이 아닌가. 친절하게 간판에 한글로 '김

형주 사룽달광장의 항룽 빌딩

삿갓'이라고도 써놓았다. 얼른 들어가서 돌솥비빔밥에 샐러드 한 접시를 시켜 뚝딱 해치웠다. 우리나라에서 먹는 돌솥비빔밥 맛은 아니지만 이만 하면 감지덕지다. 중국 음식이 유명하다고는 하지만 필자와 같이 혼자 돌아다니는 여행객이 갈 만한 곳은 그리 마땅치 않다. 그럴 때는 이런 한국 식 음식점이 요긴하다.

소화도 시킬 겸 다시 당시 한 수를 읽기로 한다. 원진의 〈초나라 노래 열 수楚歌十首〉 중에서 여덟째 수를 감상해보자.

강릉은 남쪽과 북쪽 길을 이어
언제나 먼 지방 사람들이 온다
죽음의 이별로 배에 올라 떠났다가
회생의 심정으로 말 타고 돌아온다
영달과 빈궁은 진실로 다른 날의 일이요
예와 지금도 모두 재가 되나니

무협에는 아침 구름 피어나는데

　　초나라 왕은 어디에 있는가?

　　원진은 감찰어사로 재직하다 강릉부江陵府 사조참군士曹參軍으로 좌천
되어 형주에서 5년 가까이 지냈다. 이 기간 동안 원진은 시 창작에 몰두
해 거의 300수에 달하는 작품을 쏟아냈다. 〈초나라 노래 열 수〉는 이때 지
은 연작시이다. 그는 위에서 소개한 여덟째 수에서 강릉, 즉 형주가 '당시
의 길'에서 어떤 위치를 차지하고 있는지 잘 이야기했다. 남과 북을 잇는
교통의 요지라서 유동인구가 많기는 한데, 모든 문인들의 마음의 고향인
장안과는 한참 멀어져 1,700리 길이다. 그래서 장안에서 형주로 오는 사
람들은 '죽음 같은 이별'이라는 마음으로 왔다가 장안으로 복귀하게 되면
'기사회생'의 안도감을 느낀다고 했다. 그렇게 무수한 영욕이 교차하는 가
운데 지나간 자취는 다시 역사 속에 묻힌다. 형주라는 교차로에 꼼짝없이
우두커니 서서 남과 북을 오가는 사람들을 오랫동안 지켜본 이의 심정이
고스란히 묻어난다. 설령 떠나고 돌아오는 일이 반복되더라도 그러면 박
진감이라도 느껴볼 것을 말이다. 초나라 양왕襄王이 무산巫山의 신녀와 운
우지정을 나눴다 한들 무슨 소용인가. 모두 사라지고 흰 구름만 떠가는 것
을. 정체되었다고 느끼는 삶은 이렇게 괴로운가 보다.

사시항
오늘은 남풍이 좋은 날

　　숙소로 돌아와 달콤한 휴식을 취한 필자는 이튿날 아침 일찍 항구를 보
러 나섰다. 장강 연안의 강한남로江漢南路에 숙소를 잡은 덕분에 사시항沙市

港까지 걸어서 15분이면 충분했다. 사시항은 장강을 따라 정비된 강안의 총연장이 12km에 달하고 배가 드나들 수 있는 크고 작은 부두가 60개가 넘는다. 또 상시 3천 톤 급 선박이 정박할 수 있어 장강 수운水運의 요처로 손꼽힌다. 필자가 직접 사시항의 부두로 나가 살펴보니, 과연 나룻배 수준의 작은 배부터 광물을 가득 실은 화물선까지 다양한 배들이 장강을 오르내리고 있었다. 소식蘇軾의 〈적벽부赤壁賦〉한 대목이 절로 나오는 광경이었다. "바야흐로 조조가 형주를 깨뜨리고 강릉으로 내려가매, 물살을 타고 동쪽으로 갈 때 이어진 배가 천 리에 이르고 깃발이 하늘을 뒤덮었다方其破荊州, 下江陵, 順流而東也, 舳艫千里, 旌旗蔽空"고 하지 않았던가. 여기서 말하는 형주는 지금의 형주시가 아니라 우리나라의 도道에 가까운 행정구역이다. 당시 조조는 형주를 관할하던 유표劉表가 급서하자 쉽게 그 땅을 차지하고 강릉, 즉 지금의 형주시로 달아나는 유비를 뒤쫓았다. 조조 수군의 규모가 얼마나 컸던지 배의 행렬이 천 리에 이르고 깃발에 가려 하늘이 보이지 않을 정도였다고 했다. 다음에 이어지는 내용이 바로 저 유명한 '적벽대전赤壁大戰'이다. 유비와 손권의 연합군은 강릉에서 하류 쪽으로 700리 떨어진

사시항에서 본 장강

적벽에서 조조의 군대를 맞아 대승을 거두고 삼국정립의 발판을 마련했던 것이다.

필자가 사시항을 찾은 날에는 유비를 뒤쫓는 조조의 전함 대신 호화 장강 유람선인 '세기휘황世紀輝煌, Century Sun'호가 막 닻을 내리고 있었다. 장강을 따라 중경重慶과 상해上海를 왕복하는 이 유람선은 5성급 호텔을 능가하는 시설을 자랑한다. 길이 126.8m에 높이가 24.6m에 달하는 8천 톤급 유람선에 306명의 승객과 152명의 승무원이 탑승한다. 필자는 여태 장강을 오가는 유람선이 있다는 말만 들었지 실제로 본 적은 없었다. 그래서 그저 바람을 쐴 겸 나왔던 사시항에서 마침 으리으리한 세기휘황호를 구경하게 된 것은 큰 행운이 아닐 수 없었다. 배가 '형주항 제4부두'라 적힌 팻말 바로 옆에 완전히 정박하자 배 안에서 한 무리의 외국인들이 쏟아져 나온다. 이 사람들은 곧바로 주차장에서 대기 중인 전세버스 두 대에 나눠 타고 어디론가 떠났다. 아마도 형주의 명승지들을 돌아보고 다시 배로 돌아올 모양이다. 그동안 주로 기차를 이용해 중국을 다녔던 필자에게 세기휘황호는 색다른 느낌을 주기에 충분했다. 더불어 새로운 욕망도 불러일으

사시항에 정박한 호화 유람선 세기휘황호

사시항 인근의 거리

켰다. "나도 언젠가 저 유람선을 타고 장강을 누벼보리라."

호화 유람선이 부두에 정박한 모습을 보니 형주가 육운과 수운이 교차하는 교통의 요지라는 사실이 새삼 피부로 느껴진다. 기차나 비행기가 없었던 당나라 때에는 말과 더불어 배가 교통수단의 중핵을 이루었을 것도 충분히 짐작이 간다. 유우석이 이런 정황을 가볍게 스케치한 시를 감상해보자. 〈형주의 노래 두 수荊州歌二首〉 가운데 둘째 수이다.

> 오늘은 남풍이 좋은 날이라
> 행상들이 출발을 재촉한다
> 모랫벌의 돛대 위에서
> 비로소 넓은 봄 강이 보인다

유우석이 형주에 들른 것은 서기 806년의 일이다. 정치를 개혁하려던 영정혁신永貞革新이 무위에 그치고 연주자사連州刺史로 좌천되어 가던 길이었다. 그가 형주의 부두에 나와 보니 때마침 남풍이 불어 출항을 앞둔 상선商船들이 강을 가득 메웠던 모양이다. 많은 배들이 그 넓은 장강을 다 가려 돛대 위에서야 강이 보인다고 했다. 형주는 한나라 때부터 장강 수운水運의 핵심으로 떠올라 조선업이 발전하고 전국 최초로 '중판中販'이라는 수운조합까지 생겼던 곳이다. 당나라 때의 규정에 의하면 대표적인 육상 교통인 수레의 일일 기본 운행 거리는 30리였다. 이에 비해 수상 교통인 배는 역행 40리, 순행 100리에 달했다. 배를 이용한 물류비는 순행의 경우 수레의 5%에 불과해 비용절감 효과가 어마어마했다. 유우석이 배가 형주의 부두를 가득 메웠다고 노래한 것이 결코 과장은 아니라는 말이다. 그러나 이제는 또 세월이 흘러 형주 사시항에서 과거의 영화를 찾아보기란 쉽지 않다. 사시항 앞 거리는 뒷골목을 방불케 할 만큼 누추해 호화 유람선 세기휘황호와는 전혀 어울리지 않았다.

형주를 떠나며
운몽택에는 가을날의 태양

이제 형주를 떠나 더 남쪽으로 내려갈 시간이 되었다. 지금까지 형주를 소개하며 감상한 당시를 보니 하나 같이 좌천된 시인들의 것이다. 형주가 장안에서 남쪽으로 좌천되어 가던 사람들이 반드시 거쳐야 했던 교통의 요지라는 것을 증명해주는 일이기는 한데, 좌천되었다가 다시 장안으로 복귀하면서 즐겁게 형주를

형주 한광고속버스·내부

지났던 이는 없었던 걸까? 아무리 찾아봐도 그런 시는 보이지 않는다. 마찬가지로 좌천 길에 형주와 인연을 맺었던 송지문宋之問, 약 656~712의 시 〈형주에서 다시 영남으로 가다在荊州重赴嶺南〉를 읽어보며 형주에서의 일정을 마무리하려 한다.

> 운몽택에는 가을날의 태양
> 창오산에는 한 조각 구름
> 다시 원추와 백로의 깃털을 들고
> 거듭 자고새의 무리로 들어간다

송지문은 서기 705년에 광동성으로 유배되었다 돌아와 다시 710년에 광서성으로 유배된 비운의 인물이다. 이 시는 마지막 행에 '거듭'이라는 말을 한 것으로 보아 광서성 흠주欽州로 유배될 때 지은 것 같다. '운몽택雲夢澤'은 형주 동쪽의 강한평원江漢平原을 가리키고 창오산蒼梧山은 호남성 영주시永州市 인근이니, 이는 곧 형주에서 영남으로 가는 송지문의 여정이다. '원추와 백로'는 질서정연하게 날아간다 하여 조정의 관리를 상징하고, '자고새'는 남방의 조류를 대표한다. 그러니 이는 조정의 관리였던 자신이 영남으로 유배된다는 말이다. 송지문은 그렇게 형주를 떠나 광서성까지 가서 다시 돌아오지 못했다. 형주와 관련된 시들은 이렇게 문인들이 좌천이나 유배를 당한 시점에 쓴 '폄적문학貶謫文學'이 주류를 이룬다. 이런 시만 읽다보면 독자도 우울해지기 십상이니 형주성에 관련된 당시라도 전시하라고 했던 제안은 철회하는 것이 좋겠다.

서안역을 출발할 때부터 심상치 않았던 '당시의 길' 답사는 형주에서 장사長沙로 내려가려 할 때 다시 난관에 봉착했다. 엊그제 장강 상류에 내린 폭우로 인해 형주 인근 장강 유역에 홍수주의보가 내려졌다는 것이다. 장사로 가려면 이광二廣 고속도로를 다시 타야 하는데 적잖이 위험해 보였다. 장사에는 두 달 전에도 홍수가 나, 장강의 수위가 1998년 대홍수 때에 육박했다는 소식을 접한 터였다. 잔뜩 겁이 난 필자는 결국 육로로 장강을 건너려던 계획을 접고 무한을 거쳐 우회하기로 했다. 형주에서 무한까지는 우리나라 금호고속이 중국에서 합자 형태로 운영하는 한광고속漢廣高速 버스가 운행하는 노선이다. 터미널로 나가니 한광고속 매표소는 따로 마련되어 있어 두리번거릴 필요도 없었다. 무한까지 가는 버스가 아침 7시부터 저녁 8시까지 한 시간에 한 대 꼴로 운행중이었다. 버스는 우리 우등고속처럼 좌석도 넓고 TV와 화장실까지 구비되어 있었다. 덕분에 모처럼 편안한 버스 여행을 즐기게 되었다. 10시에 출발한 한광고속버스를 타고 형주에서 무한까지 225km 거리를 달리는 내내 역시 고속버스 운송은 우리가 중국보다 한 수 위라는 생각에 흐뭇했다.

무한에 도착해 대홍수의 조짐을 보였던 장강을 보니 과연 수위가 위협적이었다. 산책로였을 법한 둔치까지 완전히 물에 잠겨 가로등의 절반 높

무한 시내를 관통하는 장강

이까지 물이 차올라 있었다. 숙소에서 TV 뉴스를 보니 장강 유역의 수위가 20년 만에 최고를 기록하고, 특히 사천성의 피해가 심각해 무려 900만 명의 이재민이 발생했단다. 강은 중요한 자원이지만 이렇게 때로 큰 재해를 안겨주기도 한다. 그 옛날 우 임금이 홍수를 다스린 공로로 순 임금으로부터 제위를 물려받았다는 '대우치수大禹治水'의 이야기가 그냥 나온 것이 아니다. 필자의 다음 행선지인 호남성은 그나마 상황이 조금 나아 보였다. 더 이상 비 소식도 없기에 동정호洞庭湖를 왼쪽으로 돌아 장사로 내려갈까 싶었다. 그러나 자칫하다가는 필자의 답사길이 송지문의 유배길처럼 험해질 듯도 하여 결국 포기하고 말았다. 안전제일 원칙에 따라 무한에서 계림까지 당나라 사람들은 잘 몰랐을 '하늘 길'을 이용하기로 한 것이다.

장사
이제 강남은 풍경이 좋은데

애초에는 형주에서 버스를 이용해 상덕常德까지 갔다가 다시 장사로 이동할 계획이었다. 장사에서 계림으로 가는 길에는 또 그냥 지나칠 수 없는 영주永州가 있다. 장사와 영주 모두 당시唐詩와 인연이 깊은 곳이다. '당시의 길' 답사를 마음먹은 이번 기회가 아니면 이렇게 외지고 먼 길을 다시 오기는 어렵다 싶어 잔뜩 자료도 챙겨왔기에 안타까운 마음이 들지 않을 수 없었다. 그러나 홍수가 더 무서운 걸 어쩌랴. 아쉬운 마음을 달래기 위해 '당시의 길'의 요처인 이 두 곳도 참고자료를 통해 짚고 가기로 한다.

호남성의 성도省都인 장사는 전국시대 초나라 영토의 일부였다가 진나라가 통일하면서 처음으로 군郡이 되었다. 당나라 때는 장사현長沙縣이라

마왕퇴 백화

불리며 호남관찰사湖南觀察使가 맡아 다스리는 담주潭州의 중심지 역할을 했으나, 수도인 장안까지 2,500리나 떨어진 머나먼 남방이었다. 현재는 호북성 무한武漢, 강서성 남창南昌, 안휘성 합비合肥와 함께 장강 중류의 핵심으로 성장해 상주 인구 700만의 대도시가 되었다. 장사는 신중국의 아버지라 불리는 모택동毛澤東이 학창시절을 보낸 곳으로도 유명하다. 그는 호남성 상담시湘潭市에서 태어나 장사의 상향湘鄉 중학과 장사사범대학을 졸업했다. 그후 2년 동안 북경에서 지내다 다시 장사로 돌아와 사범대학 부속소학교 교장 겸 어문교사를 맡기도 했다.

장사가 학계에 널리 알려진 것은 1972년 장사 동쪽 교외의 마왕퇴馬王堆에서 발굴된 한나라 무덤 세 좌의 공이 크다고 하겠다. 무덤의 주인은 기원전 2세기 장사국長沙國의 재상이었던 이창利蒼, 그의 부인과 아들이었다. 특히 이창 부인의 시신은 거의 사망 당시의 원형 그대로 발견되어 해부 결과 그녀가 선천적인 담낭 기형으로 고생했고, 마지막으로 참외를 먹은 후 얼마 지나지 않아 심장발작으로 사망했다는 것을 알아낼 정도였다. 이창의 무덤은 이미 도굴되어 남아 있는 유물이 없었다. 그러나 부인과 아들의 무덤에서는 비단, 칠기, 목기, 도기 등 화려하기 그지없는 진귀한 유물이 대량으로 발견되어 세계의 고고학계를 깜짝 놀라게 하였다. 그중에서도 부인의 관을 덮고 있던 비단에 그려진 그림, 즉 백화帛畵는 천상, 인간세계, 지하 등 당시 사람들의 세계관을 잘 보여주는 중국회화사의 걸작이다. 그림 가운데 지팡이를 짚고 있는 부인이 바로 무덤의 주인공이다.

장사를 관통하며 상강湘江이 흐르고 그 서쪽 연안에 악록산岳麓山이 자리잡고 있다. 이곳은 북송 때인 976년에 세워진 악록서원岳麓書院으로 유명하다. 현재의 호남대학湖南大學을 '천 년 학부千年學府'라 부르는 이유가 바로 그 전신이 악록서원이기 때문이다. 악록서원은 국가 유적으로 지정된 3대 서원의 하나인데다 대학원 과정이 설치된 유일한 서원이기도 해서 더 유명세를 타게 되었다. 청나라 때 악록서원의 원장인 나전羅典이라는 사람이 악록산 기슭에 정자를 하나 짓고 이름을 '홍엽정紅葉亭'이라 했다. 그후 호광총독湖廣總督 필원畢沅이 '애만정愛晩亭'으로 개칭했는데, '홍엽'이나 '애만' 모두 당나라 시인 두목杜牧의 시 〈산행山行〉에서 따온 것이다. 원시를 감상해보자.

멀리 차가운 산 오르는 경사진 돌길
흰 구름 깊은 곳에 인가가 있다
수레 멈춘 것은 저녁의 단풍나무 숲이 좋아서이니
서리 맞은 나뭇잎이 2월의 꽃보다 붉구나

장사 악록산 '애만정'

이 시에는 가을날의 아름다운 경치가 펼쳐져 있다. 수레를 타고 경사진 돌길을 따라 산길을 오르다 보면 흰 구름이 피어나는데, 그 심산유곡에도 인가가 있어 생기가 넘친다. 시인이 수레를 잠시 멈춘 것은 저녁의 단풍나무 숲이 너무 아름답기 때문이었다. 서리를 맞은 단풍잎이 봄에 핀 꽃보다도 더욱 붉어 보였다고 했다. 봄의 온실 속에서 자란 꽃보다 세월의 풍상 속에서 오히려 제멋을 보여주는 단풍을 찬미한 것이다. 이 시에서 따와 '저녁을 사랑하다愛晩'라고 지은 정자의 이름도 그런 뜻을 담았으리라.

장사와 인연이 깊은 역사 인물은 한나라의 가의賈誼이다. 그는 약관의 나이에 박사博士로 추천된 후 한문제漢文帝의 인정을 받아 태중대부太中大夫로 고속 승진했다. 그러나 이를 시기한 자들의 모함을 받아 장사왕長沙王의 태부太傅로 좌천되었다. 앞에서 소개한 마왕퇴의 주인공인 이창利蒼이 죽은 지 몇 년 뒤의 일이다. 그는 혼탁한 정치의 희생양이었던 초나라 굴원屈原에 깊은 동정심을 느끼고 〈굴원을 조상하는 부弔屈原賦〉를 지었다. 이로

장사 '가의 고택'

부터 초사楚辭와 한부漢賦를 한데 묶어 '사부辭賦'라 칭하였으며, 이후의 문
인들은 굴원과 함께 가의를 억울한 좌천의 대명사로 여기게 되었다. 유장
경劉長卿, 약 726~786의 시 〈장사의 가의 고택에 들르다長沙過賈誼宅〉는 가의에
대한 그런 인식을 잘 보여주는 작품이다.

> 삼 년간 좌천되어 여기서 지냈나니
> 만고에 오직 초나라 길손의 슬픔만이 남았네
> 가을 풀을 홀로 찾으니 사람들 떠난 후요
> 쓸쓸한 숲을 부질없이 바라보니 해질녘이라
> 한문제는 도 있으나 은혜는 오히려 메말랐고
> 상수湘水는 감정이 없으니 조상한들 어찌 알리
> 적적한 강산에 나뭇잎 다 졌구나
> 가여워라 그대는 왜 하늘 끝까지 왔던고

가의 고택은 장사 해방서로解放西路와 태평가太平街의 교차로에 있다. 가의는 장사왕의 태부로 좌천된 기원전 177년부터 3년간 이곳에서 기거했다. 가의처럼 '초나라 길손'의 처지가 된 시인은 뛰어난 식견과 재능을 가지고 있으면서도 하루아침에 한문제에게 내쳐진 그의 불행한 운명에 깊은 동정을 표한다. 가의나 유장경 개인에게는 안된 일이다. 그렇지만 그로 인해 가의는 후대 문인들로부터 한결같은 추앙을 받고, 유장경은 그의 대표작을 얻었으며, 더불어 장사도 '당시의 길'에서 빼놓을 수 없는 곳이 되었다.

유장경 외에도 장사를 거쳐간 당나라 시인은 두보를 비롯해 가지買至, 상건常建, 727 전후, 대숙륜戴叔倫, 732~789, 이군옥李群玉, 808~862, 한유 등 꽤 많다. 특히 두보는 장강을 떠돌던 만년에 장사에 머물며 수십 수의 시를 지었다. 본래는 형주자사衡州刺史 위지진韋之晉에게 의탁할 요량이었으나, 그가 담주潭州로 자리를 옮긴 직후 급서하는 바람에 두보는 졸지에 오갈 데 없는 신세가 되었던 것이다. 장사에서 시를 지어주며 근근이 연명하던 두보는 어느 날 성안을 거닐다가 상중채방사湘中采訪使가 주최한 연회를 구경하게 되었다. 그 자리에서 한때 장안의 명가수로 이름을 날렸던 이구년李龜年을 만나 지은 시가 바로 〈강남에서 이구년을 만나다江南逢李龜年〉이다.

기왕의 저택에서 늘 보았고
최척의 집에서도 몇 번을 들었던가
이제 강남은 풍경이 좋은데
꽃 지는 시절에 또 그대를 만났구려

현종의 총애를 한몸에 받았던 이구년은 기왕岐王 이범李範과 전중감殿中監 최척崔滌과 같은 유명인사들의 단골 초대가수였다. 그러나 안사의 난이 발발해 장안과 낙양이 쑥대밭이 되자 그도 강남으로 피난왔던 것이다. 아무리 강남의 풍경이 좋다 한들 그의 대저택이 있는 낙양만 할 것이며, 최고의 궁정가수로 명성을 날리던 이에게 '꽃 지는 시절'은 또 무엇이란 말인가. 거지꼴이 되어 장사를 떠돌던 시인 두보도 그렇게 일세를 풍미하다 머나먼 '당시의 길'까지 떠밀려 온 이구년을 만나고 마음이 착잡했을 것이다.

영주
온갖 산에 날던 새 사라지고

영주永州는 장사에서 남서쪽으로 대략 300km 아래, 계림으로 가는 길목 중간쯤에 있다. 진나라 때 장사군長沙郡에 편입되어 영릉零陵이라 불리다 수나라 때 영주총관부永州總管府가 생긴 뒤로 줄곧 영주라는 이름을 유지했다. 영주 인근의 지리와 산천은 전통 회화의 주요 소재 가운데 하나인 '소상팔경瀟湘八景'과 연결지어 설명하는 것이 좋겠다. 먼저 소수瀟水는 상강湘江의 지류로, 영주 남쪽 강화요족자치현江華瑤族自治縣에서 발원해 북으로 350km를 흘러 영주에서 상강에 합류한다. 계림에서 발원한 상강은 영주에서 소수를 끌어안고 장사를 거쳐 상음현湘陰縣에서 동정호에 합류해 장강으로 흘러든다. 따라서 소수가 상강에 합류하는 지점인 영주는 소상팔경의 중심지라 해도 과언이 아니다.

영주 '구의산 순제릉'

소수의 발원지가 되는 산이 해발 1,985m의 구의산九疑山이다. 그리 높지 않은 이 산이 유명한 이유는 이곳에 순舜 임금의 능묘가 있기 때문이다. 사마천이 『사기史記』〈오제본기五帝本紀〉에서 "순 임금이 남방을 순행하다 창오의 들판에서 붕어하여 장강 남쪽 구의산에 장사를 지냈다"고 기술한 것이 그 근거가 된다. 순 임금이 죽자 그의 두 비인 아황娥皇과 여영女英이 상수 가에서 슬피 울며 흘린 눈물이 대나무에 번져 반점이 난 상죽湘竹이 생겼다는 것은 이에 부록으로 딸린 전설이다. 현재 구의산에는 2005년에 순제릉舜帝陵이 건립되어 해마다 호남성 주관 하에 제순대전祭舜大典이 거행되고 있다. 이와 관련하여 마대馬戴의 〈상수에서 순 임금을 조상하다湘川吊舜〉라는 시를 읽어보자.

> 나는 본디 옛날 것을 좋아하여
> 창오 언저리에서 순 임금을 조상했다
> 흰 해가 장차 지려 하고
> 흘러간 물결도 돌아오지 않을 듯하다
> 구의산의 구름 그림자 움직이고
> 넓은 들판의 대나무에는 반점이 생겼다
> 안개가 갈대 무성한 물가로 모이고
> 원숭이는 안개와 이슬에 젖은 산에서 운다
> 남쪽 바람이 일찍 얻은 한을 불어갈 제
> 옥으로 장식한 슬로 긴 한적함을 원망한다
> 천지조화를 누가 물을 수 있으랴
> 하늘의 문 오래 닫혀 있는 것 한스러울 뿐

중국의 전설적인 제왕인 삼황오제三皇五帝의 한 사람인 순 임금은 이름이 요중화姚重華이다. 요堯 임금은 그의 인품이 훌륭하다는 말을 듣고 두 딸

아황과 여영을 요중화에게 주어 사위로 삼은 후 결국에는 제위까지 선양했다. 제위에 오른 순 임금은 우禹, 고요皐陶 등의 어진 신하를 발탁하여 태평성대를 이끌었다. 재위 39년이 되던 해 남쪽 지방을 순시하던 중에 세상을 떠나 구의산에 묻혔다. 『중용中庸』에 의하면 순 임금은 "모든 일에서 양쪽의 사정을 두루 고려하고 백성들의 생활에 알맞게 베푼 군자"라 했다. 그러나 아무리 착하고 훌륭한 군자라도 천명을 거스를 수는 없는 일이다. 다행히 순 임금의 시대에 태어나 강구연월康衢煙月을 보낸 사람도 그를 잃고 슬퍼했겠지만, 그와 같은 임금을 다시 만나지 못하는 시대를 살아야 하는 슬픔도 그에 못지 않으리라. 하늘의 문은 언제나 다시 열릴 것인가.

영주 하면 떠오르는 당나라 시인은 단연 유종원이라 할 것이다. 그는 유우석 등과 함께 영정혁신에 가담했다가 영주사마永州司馬로 좌천되어 영주에서 무려 9년을 보냈다. 이때 지은 〈시득서산연유기始得西山宴遊記〉 등 여덟 편의 기행문이 명작으로 손꼽히는데, 이를 〈영주팔기永州八記〉라 한다. 영주와 유종원의 인연이 이렇게 깊은 까닭에 영주에 유종원의 사당인 유

영주 '유자묘'

자묘柳子廟가 있는 것도 당연한 일이다. 유자묘는 북송 때인 1056년에 건립되어 영주의 소수瀟水 강변 서쪽 유자가柳子街에 남아 있다. 유종원이 영주에서 지은 시만 100수 가까이 된다. 그 가운데 가장 널리 알려진 〈강의 눈江雪〉이라는 시를 보자.

> 온갖 산에 날던 새 사라지고
> 모든 길에 인적이 끊겼다
> 외로운 배 도롱이와 삿갓 쓴 노인
> 홀로 눈 내리는 강에서 낚시질한다

앞에서 얘기했던 소상팔경瀟湘八景 가운데 하나가 '강천모설江天暮雪', 즉 강 위에 내리는 저녁 눈이다. 유종원의 이 시와 썩 잘 어울리는 화제畵題가 아닐 수 없다. 겨울날 첩첩산중의 영주는 하늘을 나는 새도 길을 걷는 나그네도 보이지 않을 만큼 고즈넉하다고 했다. 눈이 내리는 어느 날 도롱이와 삿갓을 쓰고 외로이 강가에 나와 낚시질을 하는 노인. 그것은 젊은 패기로 정치 개혁에 뛰어들었다가 참담한 실패를 맛보고 오지로 좌천된 시인의 고독한 심사를 대변하는 그림일 것이다.

3

계림산수갑천하

폭우로 인한 홍수의 위험으로 육로를 포기한 필자는 형주에서 무한으로 이동해 무한에서 중국남방항공 CZ 3272편을 이용해 곧장 계림桂林으로 갔다. 무한에서 계림까지의 거리는 대략 800km로, 비행 시간은 한 시간 남짓이다. 계림의 양강兩江 공항에 가까워지자 비행기 창문 아래로 계림 특유의 경관이 펼쳐지기 시작한다. 여기저기 솟아오른 조그만 봉우리와 그 사이를 흐르는 강, 잘 정돈된 논밭을 배경으로 타일처럼 빛나는 소택지沼澤地가 어우러진 모습은 한 폭의 그림이 따로 없었다. 계림의 자연 풍광이 천하에서 으뜸이라는 '계림산수갑천하桂林山水甲天下'란 말에 전연 손색이 없다. 이 말은 송나라 때 왕정공王正功이 과거 시험을 보러 계림에서 경성으로 가는 응시생들을 위해 베푼 연회에서 내건 작시의 제목에서 유래되었다고 한다.

전국시대 백월百越의 하나로 주로 소수민족의 터전이었던 계림은 진시황이 중국을 통일하면서 계림군으로 편입되었다. 당나라 때의 행정구역 명칭은 계주桂州 시안군始安郡 임계현臨桂縣으로, 계관관찰사桂管觀察使의 막부가 이곳에 주둔했다. 계림이 유명한 관광지가 된 것은 카르스트 지형 덕분이다. 3억 년 전 지각운동에 의해 바다 밑에 쌓였던 석회암이 지상으로 융기한 후 풍화와 침식을 거쳐 지금 우리가 보는 기암괴석의 봉우리들을 이루었다. 또 이 봉우리들 사이를 흐르는 이강漓江을 타고 양삭陽朔까지 내려가는 물길이 계림의 산수를 '갑천하'의 위치로 끌어올려주었다. 필자는 이강 강변의 빈강로濱江路에 숙소를 잡고 여장을 풀자마자 강가로 나갔다. 이 일대는 강변 유원지로 개발된 곳이어서 수영과 보트를 즐기는 사람들이 많았다. 강남 특유의 후텁지근한 날씨인지라 필자도 강으로 뛰어들고 싶은 마음이 굴뚝 같았으나 빡빡한 일정이 이를 허락하지 않았다.

계림 막부
성은 좁아 산이 장차 누르려 하고

　　필자가 '당시의 길'을 따라 계림까지 오게 된 가장 큰 이유는 이상은李商隱의 행적을 더듬어보기 위해서였다. 847년 이상은은 계관관찰사로 부임하게 된 정아鄭亞의 초빙으로 여름에 계림에 왔다가 이듬해 봄에 장안으로 되돌아갔다. 그는 '당시의 길'을 따라 장안과 계림을 오가면서 70여 수의 시를 남겼고, 이는 그의 시 세계에서도 상당한 비중을 차지한다. 그렇다고는 해도 계림은 워낙 먼 곳이어서 차일피일 답사 계획을 미루고 있었다. 그러던 어느 날 이상은 관련 논문을 검토하던 필자는 광서사대廣西師大의 막도재莫道才 교수가 이상은이 계림에서 머물렀던 곳을 고증한 글을 접하게 되었다. 필자가 계림에 가야 할 당위성이 대폭 상승하는 순간이었다.

　　사실 계림은 세계적으로 유명한 관광지여서 이곳에 다녀간 한국 관광객도 제법 많다. 그래서 중국문학을 전공하는 필자가 아직 계림에 다녀온 적이 없다고 하면 고개를 갸우뚱하는 사람들도 있다. 구채구九寨溝, 장가계張家界, 황산黃山 등과 같이 이름난 곳도 마찬가지다. 그럴 때마다 필자가 둘러대는 구실이 바로 '저는 당나라 지도를 들고 중국을 다닙니다'라는 말이다. 당나라 때 유명한 곳, 특히 시인들이 족적을 남긴 곳을 주로 찾아간다는 뜻으로 하는 얘기다. 필자라고 그림 같은 경치를 왜 마다하겠는가. 그전에 다녀와야 할 곳이 아직 많아서 미처 짬을 내지 못하고 있을 따름이다.

　　계림에 와서도 부리나케 달려간 곳은 바로 계림에서 이상은이 머물렀다고, 막도재 교수가 주장한 곳이었다. 필자의 숙소가 있는 빈강로에서 그다지 멀지 않아 삼륜차를 잡아타고 그곳으로 향했다. 동화로東華路에서 내려 중화로中華路 쪽으로 천천히 걸어갔다. 역사의 한 장면을 접하는 순간은 언제나 이렇게 가슴이 뛴다. 이런 느낌은 단순히 환상적인 경치만으로는 얻을 수 없는 그런 것이다. 작가의 생가生家를 접하는 마음이 대개 이러하리라. 관심이 덜한 사람에게는 그저 허름한 집 한 채뿐일 수도 있지만, 평소 그 작가의 문학세계에 흠뻑 빠져본 사람은 그곳이 그렇게 소중하게 다가올 수가 없지 않던가. 중화로 입구에서 얼마 떨어지지 않은 곳에 자리잡은 중화소학中華小學 자리가 바로 847년 이상은이 계림에 내려와 기거한 곳이었다. 이상은과 관련해서는 그 어떤 표지도 없는 평범한 학교 건물일 뿐이다. 이곳을 눈으로 보려고 서안에서 기차, 버스, 그리고 비행기를 타고 여기까지 왔노라 한다면, 중국 현지 사람들도 한바탕 웃으리란 것을 잘 안다. 계림까지 와서 정작 풍광 좋은 양삭陽朔에는 가볼 생각도 없다고 하면, 거의 미친놈 취급을 당할 것이 뻔하다. 그래도 허무하기는 커녕 마음 한켠이 뿌듯함으로 가득 채워지는 것을 어쩌랴. 이것도 병이라 하면 할 말은 없지만 말이다.

이제 이상은이 계림에 와서 지은 시를 감상해볼 시간이다. 먼저 계림의

이상은의 거처가 있었다는 중화소학

첫인상을 노래한 〈계림桂林〉이라는 시를 보자.

> 성은 좁아 산이 장차 누르려 하고
> 강은 넓어 땅이 함께 떠 있다
> 동남쪽으로는 먼 지역과 통하고
> 서북쪽으로는 높은 누각이 있다
> 신이 푸른 단풍나무 언덕을 보호하고
> 용이 백석추로 옮겨간다
> 타향에서는 도대체 무엇에 기도하는지
> 피리와 북이 쉴 틈이 없다

예나 지금이나 계림은 그다지 큰 도시가 아니다. 그런데 여기저기 봉우리들이 우뚝 솟아 위압감을 느끼게 한다. 그런가 하면 도심을 관통하는 이강漓江은 생각보다 넓어 건물과 봉우리의 그림자를 그 속에 담아낸다. 계림은 교통의 요지이기도 하다. 계림을 중심으로 원을 그려보면 반경 몇 백 km 내에 호남성 장사長沙, 광동성 광주廣州, 광서성 남녕南寧, 귀주성 귀양貴陽 등 각 성의 성도省都들이 사방으로 늘어서 있다. 계림에서 동남쪽은 하주賀州까지 회랑지대가 이어지고, 서북쪽은 해발 404m의 광명산光明山 등 여남은 개의 봉우리가 이어진다. 무엇보다도 이상은이 계림에 도착해서 받은 인상은 남방 특유의 무풍巫風이었던 듯하다. 월越 지역은 예로부터 수많은 신화와 전설을 잉태한 곳이다. 단풍나무 숲에는 귀신이 산다고 하고, 백석담白石潭에는 용이 출몰한다고 했다. 또 계림 사람들이 연신 피리를 불고 북을 치며 무언가에 기도를 올리는 모습이 낯설었던 모양이다. 그에게는 계림이 마치 지금의 아프리카나 남미의 원주민 부락을 방불케 했던 듯하다.

독수봉
하늘을 떠받치는 기둥 하나가 남방에 있도다

이상은의 거처를 확인한 필자는 이제 숙제를 끝낸 학생처럼 여유를 가지고 계림의 산수를 둘러보기로 했다. 오늘은 이미 날이 저물어 광서사대廣西師大 경내에 있는 독수봉獨秀峰을 살피는 것으로 만족해야 할 터였다. 독수봉이라는 이름은 남조 송나라의 시인인 안연지顏延之에서 유래했다고 한다. 지금도 남아 있는 독서암讀書巖은 당시 시안군始安郡의 태수로 이곳에 왔던 그가 책을 읽었다는 곳이다. 독수봉은 높이가 66m로 그다지 높지 않으나 평평한 곳에 홀로 솟아 사방 어느곳에서든 눈에 띈다. 관광객이 몰리는 곳인지라 한글 안내판도 보였다. 전문가에게 감수를 받으면 좋으련만, '찻집'은 '차집'으로 표기하고 '월아지月牙池'는 '월야지'라 적어둔 것이 다소 아쉽다. 하기야 우리도 이런 실수를 자주 하지 않는가.

당말의 시인 장고張固, 생졸년 미상가 읊은 〈독수산獨秀山〉이라는 시를 보자.

> 외로운 봉우리 여러 산들과 짝하지 않고
> 곧장 푸른 구름으로 오르는 기세 거침이 없다
> 천지와 조화를 이루어 맺은 뜻을 알겠거니
> 하늘을 떠받치는 기둥 하나가 남방에 있도다

1980년대 중반 계림의 문화재 담당자가 독수봉에 새겨진 석각石刻들을 면밀히 조사하다가 전에 알려지지 않았던 마애석각摩崖石刻 하나를 발견했다. 그 위에 씌어진 글귀는 다름아닌 '계림산수갑천하'. 글씨를 쓴 사람은 앞에서 얘기했던 송나라 왕정공이었다. 그러니 독수봉은 바로 '계림산수

계림 독수봉

갑천하'의 진원지인 셈이다. 허허벌판에서 외로이 하늘로 솟구쳐 홀로 빼어난 독수봉이 만들어진 뜻을 장고는 이렇게 설명한다. '천원지방天圓地方', 곧 하늘은 둥글고 땅은 네모진 우주의 원리 속에서 네모진 땅에는 사방에 초석과 기둥이 있어 둥근 하늘을 떠받치는 바, 그중 남쪽의 기둥이 바로 독수봉이라고. 독수봉 같은 유명한 명승지가 대학 구내에 있다는 것이 이채로웠다. 독수봉 왼쪽은 광서사대 디자인학과 건물이고, 오른쪽은 강의동과 학생 기숙사였다. 덕분에 저녁 식사도 멀리 갈 것 없이 구내 식당에서 저렴하게 해결할 수 있었다.

정양로
성에 올라 눈과 서리를 생각한다

저녁을 먹고 바람도 쐴 겸 계림의 중심이라는 정양로正陽路 '차 없는 거리'로 나가보았다. 이곳은 2001년에 단장을 마친 쇼핑과 오락의 거리로, 그 길이가 해방동로解放東路의 왕성王城 쇼핑센터에서 남쪽으로 666m에 이른다. '6'은 '8'과 함께 중국 사람들이 좋아하는 숫자의 하나이다. 이 거리의 상가 건물들은 중국의 고건축 양식을 본뜬 것도 있고, 일본이나 유럽풍을 띤 것도 있어 화려하기 이를 데 없었다. 사뭇 젊은이 취향이라 거리는 온통 팔짱을 낀 연인들로 북적였다. 스포츠용품점 361°를 비롯해 티셔츠 전문점 '삼국연의衫國演義' 등이 행인들의 발걸음을 유혹하고 있었다. 얼마쯤 걸어가니 정양로를 알리는 표지가 눈에 들어온다. 바로 17.5m 높이의 붉은색 시계탑이다. 중국의 대표적인 신석기 문화인 앙소仰韶 문화의 채도彩陶에서 자주 보았던 물고기 문양을 닮았다. 중국의 전통적인 종루鐘樓에 유럽의 시계탑을 접목시킨 듯했다. '동서의 조화'라는 이 거리의 기본 구도를 집약적으로 보여준다는 느낌이 들었다. 골목마다 가판대에 진열된 형형색색의 치렛감들이 조명을 받아 더욱 눈부시게 빛난다. 젊음의 활기가 넘치는 정양로를 걷노라니 이상은이 이곳에 왔던 당시의 모습은 어땠을까 궁금해진다. 두보가 계주자사桂州刺史 양담楊譚에게 부친 시에는 이런 구절이 있다.

오령 남쪽은 모두 무더우나
계림만은 사람 살기 좋다지요
〈계주자사 양담에게 부치다寄楊五桂州譚〉

두보도 직접 계림에 가본 적은 없으니 아마 들은 얘기를 쓴 것일 게다. 대유령大庾嶺을 비롯해 영남 지방으로 넘어가는 다섯 고개인 오령을 넘으면 고온다습한 기후가 애를 먹이기 일쑤지만 계림은 예외라는 것이다. 계림에 도착한 이상은은 어떤 느낌이었는지 그의 〈즉흥시卽日〉를 읽어보기

계림 정양로 차 없는 거리

로 하자.

> 계림에 대한 옛 말을 들었지만
>
> 결국 무더운 지방과 다를 바 없구나
>
> 산은 편안한 침상의 말을 되돌려 오고
>
> 꽃은 섣달을 지난 향기를 날린다
>
> 언제나 기러기의 발을 만날까?
>
> 여기저기서 원숭이 창자 끊긴다
>
> 홀로 푸르디 푸른 계수나무 어루만지며
>
> 성에 올라 눈과 서리를 생각한다

항간에 계림을 작은 서울이라는 뜻으로 '소장안小長安'이라 부르기도 하고 대시인 두보도 계림이 살기 좋은 곳이라 했으니, 이상은도 얼마간 기대를 했을 법하다. 그러나 그의 시에는 실망감이 가득하다. 무더운 여느 영남 지방과 별반 다를 것이 없다고 했다. 그러면 기묘한 카르스트 지형에 조금 위안을 얻었을까? 그것도 아닌 모양이다. 독수봉처럼 갑자기 솟은 봉우리에 난데없이 메아리가 들려오고, 아직 엄동설한이어야 할 음력 섣달에 뜬금없이 꽃향기가 풍겨오는 것이 그다지 반갑거나 신기하지 않은 눈치다. 기러기가 가져다 줄 고향 소식만 학수고대하는 마음은 자식 잃은 원숭이처럼 애가 탄다. 무더위에 지친 시인은 성에 올라 계림을 상징하는 계수나무에 북쪽의 장안처럼 눈과 서리가 내리면 얼마나 시원할까 상상의 날개를 편다. 계림의 1월 평균 기온은 영상 8도 정도이다. 영하 1도인 서안보다 높다 해도 우리나라 제주도도 그와 엇비슷하니 겨울에도 무덥다고 할 만큼은 아니다. 한마디로 시인에게는 계림 생활이 탐탁지 않았던 것이다.

복파산
강물은 복파장군 마원의 기둥으로 이어지고

필자는 다음날 아침 일찍 계림의 명승지 몇 군데를 돌아보려고 서둘러 숙소를 나섰다. 먼저 간 곳은 빈강로의 북단에 있는 복파산伏波山이었다. 이곳은 그리 넓지 않은 부지에 산과 강, 바위와 동굴, 정자와 원림, 각종 문물 등을 다 갖춘 까닭에 계림에서도 가장 사랑받는 공원의 하나이다. '복파'라는 이름은 당나라 때 이 산 위에 한나라의 복파장군 마원馬援을 추모하는 사당을 세운 데서 따왔다. 마원은 광무제光武帝의 명을 받아 지금의 베트남 지역에 있던 교지국交趾國을 정벌하고 오는 길에 계림에 들렀다고 한다. 그가 활을 쏘아 계림의 봉우리 세 개를 한꺼번에 관통했다는 전설이

복파산 입구 복파장군 마원의 동상

곁들여지면서 유명세를 탔던 것 같다. 마원의 이름을 딴 산인 만큼 입구에
는 그의 동상이 크게 세워져 관광객들이 '증명사진'을 찍는 곳 역할을 하
고 있었다.

　복파산 공원 입구를 들어서면 가장 먼저 관람객을 맞이하는 것이 종
정鐘亭이다. 4.7m 높이의 정자에 청나라 초기에 주조된 2.5톤 중량의 종
이 걸려 있다. 종정의 바로 오른쪽은 환주동還珠洞이라는 동굴이다. 길이
가 120m에 이른다. 석벽을 따라 난 길을 따라가니 복파산에서 가장 기이
한 모습을 자랑하는 시검석試劍石이 나온다. 마원이 칼을 시험했던 바위라
는 전설이 전해진다. 실제로는 석벽과 돌기둥 사이에 칼로 잘라낸 듯이
4~5m 크기의 구멍이 있어 붙여진 명칭이다. 정자로는 복파산 북쪽의 계
수정癸水亭이 볼 만하다. 계수는 이강漓江의 옛 이름이라고 한다. 213m 높
이의 복파산 정상에 오르니 어제 보았던 독수봉은 물론이고 계림 시가지
와 다른 여러 봉우리까지 한눈에 들어온다. 독수봉 너머로 중화소학 건물
도 보였다. 그곳에 머물던 이상은도 복파산이 바라다보였을 것이다. 그의

복파산 정상

〈계림으로부터 강릉으로 사신 가는 길에 느낀 바를 상서께 부쳐 올리다自桂
林奉使江陵途中感懷寄獻尙書〉라는 시 일부를 보자.

　　(……전략)

　　이미 군대를 따르는 붓을 지녔고

　　또한 명승지를 찾아다니는 흥금도 열어두었습니다

　　강물은 복파장군 마원의 기둥으로 이어지고

　　주렴은 유우씨의 금을 마주합니다

　　거처는 방비가 삼엄한 성에 인접하고

　　문은 각기 다른 산봉우리를 감추며 깊습니다

　　누각 시원한 건 소나무 드리워서이고

　　방이 고요한 건 계수나무 빽빽해서입니다

　　(후략……)

이상은은 계관관찰사의 분소장分所長 직책에 임명되어 계림에 와서도 강릉과 소주昭州 등지로 출장을 다녔다. '군대를 따르며 명승지를 찾아다녔다'는 말은 그런 뜻이다. 그 아래 여섯 구는 막도재 교수가 이상은이 계림에 와서 지금의 중화소학 자리에 기거했다고 추정한 주요 근거이다. '복파장군 마원의 기둥'이란 바로 앞에서 얘기한 시검석이고, '유우씨의 금'이란 유우씨 즉 순 임금의 사당이 있는 우산虞山을 가리킨다. 이후의 구절을 종합해보면, 이상은의 거처는 성에서 가까운 거리에 있고 소나무와 계수나무가 많이 자라며 복파산과 우산이 한눈에 들어오는 곳이었다는 얘기다. 계림 지도를 펴놓고 이런 그림이 나올 만한 위치를 찾아보면 중화소학 자리가 유력한 후보로 떠오르는 것이 사실이다.

복파산에 올라 이상은의 발자취에 한층 확신을 갖고 내려온 필자는 즐거운 마음으로 다음 행선지로 향했다. 복파산에서 북쪽으로 1km 거리에 있는 첩채산疊綵山이다. '비단을 쌓아놓은' 모습이라는 뜻의 첩채산은 복파산보다 50m가 더 높아 253.6m에 이른다. 복파산을 오르면서 체력을 소진

첩채산 풍동

한 데다 깎아지른 듯한 계림의 산을 오르는 일이란 암벽등반과도 별반 차이가 없어 연신 가쁜 숨을 몰아 쉬어야 했다. 첩채산을 이루는 네 봉우리 가운데 하나인 우월산于越山을 당나라 시인 원회元晦가 계관관찰사로 부임해 정자도 지었다 하여 답사지 목록에 넣었는데 이건 아니다 싶었다. 시원한 동굴에 먼저 갔다가 기력을 회복하고 오후에 올 것을 그랬다. 가마꾼 두 사람이 지쳐 보이는 필자에게 다가와 가마를 타고 오를 것을 권한다. 아무리 그렇다 해도 가마를 타고 현장답사를 다닌다는 것은 살풍경이 아니겠는가. 홍건한 땀을 수건으로 닦고 다시 전진이다.

첩채산 유람은 산문山門을 지나는 것으로 시작된다. 문 양쪽에 "청량한 곳에 이르니 즐거운 마음이 솟는다.到淸凉境, 生歡喜心"는 글귀가 보인다. 그 말대로 '청량한 곳'이기를 기대해본다. 산으로 오르는 길 좌우로 원회가 처음 세웠다는 경풍각景風閣을 비롯해 첩채경루疊綵瓊樓, 앙인당仰仁堂, 망강정望江亭 등이 늘어서 있다. 첩채산의 주봉은 동북쪽의 명월봉明月峰이다. 명월봉 허리춤에 첩채산의 상징이라 할 풍동風洞이 있다. 동굴의 입구와

복파산에서 바라본 첩채산

첩채산에서 바라본 상비산

출구는 넓고 가운데는 좁아 풍속의 변화가 심하다고 한다. 동굴 입구 위쪽에는 서예가 심윤묵沈尹默이 큼지막하게 쓴 '첩채산'이 보이고, 오른쪽으로 글씨가 한 점 더 있다.

> 계림 사람이 되고 싶지
> 신선이 되고 싶지 않다

참으로 단순명료해서 부연설명할 것도 없다. 이는 외교부 장관을 지낸 진의陳毅의 글씨라고 한다. 동굴 안쪽은 미술관의 전시실을 방불케 할 만큼 석각石刻 등의 다양한 볼거리가 즐비했다. 그중에서도 복단대학復旦大學 설립자인 마상백馬相伯 상, 〈난죽도蘭竹圖〉, '수壽'와 '풍래風來' 등의 글씨가 널리 알려져 있다. 서예가인 듯한 한 분은 한켠에 앉아 계속 부채에 글씨를 쓰고, 그 옆에서는 안내원이 마이크를 들고 내용을 설명하느라 바쁘다.

충동구매를 애써 자제하면서 북쪽에서 남쪽으로 풍동을 관통해 반대편으로 나가니 복파산, 첩채산과 더불어 계림의 삼산三山으로 꼽히는 상비산象鼻山이 눈에 들어온다. 상비산은 이름 그대로 이강 쪽으로 내리뻗은 기둥이 코끼리 코를 닮았다고 해서 붙여진 이름이다. 코끼리 코와 다리 사이의 동굴인 수월동水月洞으로 보름달이 가득 차는 때에는 동굴의 달과 수면의 달이 조화를 이루는 '이강쌍월漓江雙月'이 장관이란다. 복파산에서와 마찬가지로 첩채산에 오르니 계림의 산수를 한눈에 만끽할 수 있어서 좋다. 한여름 땡볕에 가파른 산봉우리 두 개를 오르느라 기진맥진했지만, '갑천하'의 경치에 원기를 회복하게 된다. 이 멋진 계림의 풍경을 한유는 〈계주로 가는 엄대부를 전송하다送桂州嚴大夫〉라는 시의 한 구절에서 이렇게 일갈했었다.

강은 푸른 비단 허리끈이고
산은 파란 옥비녀라지요

시인들의 상상력이란 언제나 놀랍기만 하다. 아닌 게 아니라 계림을 종단하는 이강은 비단 허리끈처럼 푸르고, 여기저기 솟아오른 봉우리들은 옥비녀처럼 파랗다. 한 걸음 더 나아가면 '허리끈'과 '비녀'는 또 일종의 제유提喻가 아니겠는가. 이것들로 단아하고 청초한 여인을 떠올리게 했다는 말이다.

노적암
계림의 풍경은 특이하여

경치가 좋다 해도 절로 이상은 시의 한 구절인 '성에 올라 눈과 서리를 생각한다臨城憶雪霜'를 되뇌이게 되는 더운 날인 것은 틀림없었다. 계림을 대표한다는 '삼산'을 보고 나니 더 이상 욕심이 나지 않았다. 이제 노적암蘆笛巖으로 피서를 떠나는 것이 살 길로 보였다. 첩채산에서 내려와 58번 버스를 타고 계림 서북쪽에 있는 노적암으로 향했다. 노적암은 바위가 아니라 석회 동굴이다. 1959년에 한 농부에 의해 우연히 발견되었는데, 사실은 당나라 때부터 여행객의 발걸음이 이어졌던 곳이다. 버스에서 내리면 바로 입구가 나올 줄 알았더니 그게 아니다. 한참을 두리번거려도 아무것도 보이지 않는다. 하는 수 없이 오토바이를 하나 잡아타고 노적암으로 가자고 했다. 걸어가려고 했으면 사단이 날 거리였다.

노적암 입구에서 내려 조금 걸어가니 현대 시인 등척鄧拓의 〈노적암 동굴에 쓰다題蘆笛岩洞府〉를 담은 시비가 보인다. 깔끔하고 예쁘게 잘 꾸

노적암 입구의 등척 시비

며놓았다. 이런 것을 보면 반갑기도 하고 두렵기도 하다. 반가운 것은 자연과 인문의 결합이고, 두려운 것은 입장료의 대폭 상승이다. 슬픈 예감은 틀린 적이 없다. 입장료가 90위안이나 된다. 오른쪽으로 노적암 입구를 알리는 흰색 조형물과 함께 계단이 보였다. 산으로 올

라가는 길인가 싶어 그냥 지나쳤다. 그랬더니 제법 큰 호수가 나온다. 한 아주머니가 나에게 손짓을 하며 뗏목에 타라고 한다. 상황을 짐작하건대 이 뗏목을 타고 호수를 건너야 저 건너편에 있는 노적암 입구에 이를 수 있는 듯했다. 신비롭기 그지없다. 그래서 뒤돌아볼 것도 없이 10위안을 내고 뗏목에 올랐다. 한참 호수를 가르며 앞으로 가던 뗏목이 완만하게 곡선을 그리며 유턴을 하더니 출발점으로 되돌아왔다. 노적암으로 가는 게 아니냐 했더니 노적암은 아까 보았던 계단으로 올라가면 된단다. 나무에서 떨어진 원숭이처럼 씁쓸한 기분이다.

　다시 왔던 길을 되짚어 계단으로 올라갔더니 입구가 나온다. 노적암은 카르스트 지형이 만들어낸 종유동鐘乳洞이다. 100만 년 전에는 지하의 호수였던 곳이 지각운동에 위해 융기하면서 동굴로 변했다. 빗물로 이루어진 지하수가 석회를 용해시키면서 만들어진 종유석이 기기묘묘하다. 당나라 때부터 시인 묵객의 발길이 이어졌으나 한동안 잊힌 곳이 되었다가

1959년에 다시 발견되면서 계림의 명승지로 각광을 받았다. 노적암의 깊이는 240m로, 500m 가량의 동선을 따라 돌아보는 데 40분이 소요된다. 동굴 내에서 가장 넓은 곳인 수정궁水晶宮은 폭이 93m이고 높이가 18m이다. 위아래로 솟은 종유석이 연못에 거꾸로 비쳐 이루어진 장관이 조명을 받아 더욱 환상적인 자태를 뽐낸다. 노적암 곳곳에는 이곳을 다녀갔던 사람들이 남긴 낙서들이 남아 있다. 당나라 것 다섯 개를 비롯해 청나라 것까지 84개가 발견되었다. 그 가운데 가장 이른 것은 서기 800년에 안증顔證이란 사람이 일행 세 명과 함께 입춘에 노적암에 와 자신들의 이름을 벽에 쓴 낙서이다. 역사 기록에 따르면 안증은 804년에 계주자사桂州刺史로 임명되었다고 한다. 계림에 오래 머물면서 시장까지 되었던 인물로 보인다.

노적암에 다녀오는 것으로 계림에서의 짧은 답사 일정도 마무리되었다. 명불허전이라, 계림의 아름다운 풍경은 '갑천하'의 명성에 조금도 손색이 없었다. 산과 강은 물론 동굴까지 인상적이었다. 그러나 당나라 시인들도 이렇게 느낀 것은 아니었다. 계림을 칭송하는 사람들의 말은 직접 와 보지 않고 한 것인 경우가 많았고, 이상은을 비롯해 정작 계림을 다녀간 시인들은 '머나먼 폄적지' 그 이상도 이하도 아니라는 반응이 대부분이었다. 이를테면 송지문의 시 〈계림의 가을始安秋日〉이 그러하다.

계림의 풍경은 특이하여
가을이 낙양의 봄 같다
저녁에 날이 개어 강에 비친 하늘이 좋으니
사람을 근심스럽게 하려는 게 틀림없다
말렸던 구름이 산모롱이에서 걷히고
자갈 위를 흐르는 물은 맑기만 하다

선대의 사업은 도가를 섬기는 것이었건만
젊은 시절엔 은거를 외롭다 여겼지
돌아가 푸른 바다에 누울진저
무엇이 내 몸을 귀하게 하리오

710년 예종睿宗이 즉위하면서 송지문은 지금의 광서성 흠주시欽州市로 유배되었다. 위 시는 그가 유배지로 가는 길에 당시에 행정구역상 시안군始安郡에 속했던 계림에 도착해 쓴 것이다. 송지문도 계림의 풍경이 '특이하다'고 생각했다. 찬바람이 불어야 할 가을도 봄처럼 온화하고 산수가 수려하다는 것이다. 그러나 그런 특이함이 근심을 더하게 한다는 것이 문제였다. 계림의 특이한 풍경은 그만큼 그곳이 장안과는 만 리나 떨어진 '이역異域'이라는 뜻이기 때문이다. 삼국시대 왕찬王粲은 형주성에 올라 이렇게 노래한 바 있다.

참으로 아름답다 해도 내 고향이 아니니雖信美而非吾土兮
어찌 조금이라도 머물 수 있으랴曾何足以少留

'갑천하'라는 계림도 '비오토非吾土'의 대명제 앞에서는 빛을 잃을 수밖에 없다. 그저 '장안에서 아주 먼 곳'으로 평가절하된다. 그러나 애초부터 산수의 아름다움을 즐길 마음이었다면 어땠을까? 송지문은 유배 길에서 뒤늦게 후회하지만 별무소용이다. 하기는 혈기왕성한 젊은이가 '돈과 명예와 권력'이 아닌 '산수'의 아름다움을 어찌 소중히 여길 수 있었겠는가. 결국 송지문은 유배지에서 생을 마감했다.

필자를 계림으로 이끌었던 이상은도 계관관찰사 정아鄭亞가 더 멀리 폄적되자 막부에서의 직책을 잃었다. 그는 하는 수 없이 '당시의 길'을 거슬러 장안으로 돌아갔다. 이제 필자도 내일이면 서안으로 되돌아갈 참이다. 숙소 앞은 사교춤을 즐기는 인파로 떠들썩하고, 이강 건너편 유흥지도 불 야성을 이룬다. 산봉우리 위에 떠오른 초승달이 희미하게 빛나던 계림의 밤은 그렇게 저물어갔다.

3장

황하를 따라 펼쳐지는
중원의 숨결

당시와 함께하는 중국 여행의 세 번째 답사는 낙양洛陽에서 출발한다. 당나라 때의 낙양은 동도東都로 불리며 서도西都인 서안과 더불어 또 하나의 수도 역할을 했던 곳이다. 낙양에서 동쪽으로 산동반도까지 이르는 길은 중국 문명의 젖줄이라 할 황하黃河와 나란히 가며 유구한 역사 속에 찬란한 문화의 꽃을 피웠던 중원中原 지역이다. 또 풍수지리상 이 일대는 명당으로 꼽혀 많은 시인들의 분묘墳墓가 밀집해 있다. 그래서 중원 지역은 당나라 시인이 자양분을 얻은 정신문화의 고향이면서 몸이 한 줌의 흙으로 돌아간 귀의처이기도 하다.

1

북망산의
그늘

사실 낙양은 답사지로 소개를 해야 할 것인가 말 것인가 고민을 거듭했다. 다른 곳과 달리 이곳은 답사를 다녀온 지 벌써 10년이 넘었기 때문이다. 당시에 필름 사진기로 찍어온 자료사진들도 화질이 떨어지고, 무엇보다도 그 사이에 낙양이 어떻게 변모했는지 필자가 직접 확인하지 못했다. 그러나 이런 치명적 결함을 무릅쓰고서라도 낙양을 포함시켜야 한다는 것이 필자의 결론이었다. 물론 현재도 낙양은 용문석굴龍門石窟과 같은 문화유적이 있어 중국 여행에서 빼놓을 수 없는 곳이지만, 당나라 때의 낙양이란 이 정도의 의미를 훨씬 뛰어넘는 중요한 곳이었다.

한강의 북쪽에 조선의 수도 한양이 있었듯이 낙수洛水의 북쪽에 낙양이 있다. 낙양은 이리두二里頭 유적을 통해 하夏나라의 수도로 확인되었다. 그 후 당나라를 비롯하여 근대의 중화민국에 이르기까지 13개 왕조의 수도

로 역사에 이름을 남겼다. 그래서 서안, 남경, 북경과 함께 중국 4대고도四
大古都라 일컬어진다. 당나라 시기에 국한해보면 대부분의 기간 동안 서안
이 수도였으나, 당초와 당말 몇 년간 낙양이 수도였던 때가 있었다는 것이
특이하다. 또 측천무후는 아예 수도를 낙양으로 옮겨 15년간 통치한 바
있다. 이런 연유로 낙양은 당나라 시인들에게 서안 못지 않은 중요한 도시
로 받아들여졌던 것이다.

용문석굴
용문산으로 별들이 다가오고

낙양을 대표하는 문화 유적은 역시 용문석굴이다. 낙양 남쪽 교외의 용
문산에 자리잡은 용문석굴은 서기 493년 북위北魏 효문제孝文帝 때 건설되
기 시작하여 송나라 때까지 400여 년에 걸쳐 2345개의 감실龕室이 만들어
졌다. 그 가운데 60%는 당나라 때 만들어진 것이니, 용문석굴은 당나라의
유적이라고 해도 과언이 아니다. 용문석굴을 대표하는 불상은 17m가 넘
는 높이의 노사나대불盧舍那大佛이다. 이 불상이 위치한 석굴형 사원을 봉
선사奉先寺라 부른다. 이 봉선사는 무측천이 고종의 왕후로 있을 때 낸 희
사금으로 건립되어 675년에 완공되었다. 노사나대불은 엷은 미소를 띤 온
화한 모습으로 당나라 때 불상의 모습을 잘 보여준다. 〈용문의 봉선사에
서 노닐다遊龍門奉先寺〉라는 시를 통해 20대 중반의 젊은 두보가 스케치한
봉선사의 인상을 따라가 보자.

절을 따라 노닐고 나서
다시 절의 경내에서 잠을 잔다

낙양 용문석굴 봉선사

그늘진 골짜기에는 바람이 일고

달빛 비치는 숲은 맑은 그림자를 흩뜨린다

용문산으로 별들이 다가오고

구름 속에 누우니 옷이 차갑다

막 잠에서 깨려 할 때 들려오는 새벽 종소리에

나는 깊은 성찰을 하게 된다

　　서기 735년 25세의 두보는 오월吳越 지방을 유람하고 돌아와 과거에 응시하기 위해 낙양에 머무르고 있었다. 수험생이라고 하여 견문을 넓히는 일을 소홀히 할 수 없다. 두보는 용문산 봉선사로 바람을 쐬러 갔다가 절에서 하룻밤 유숙했다. 청량한 바람이 불어오고 달빛이 부서지는 아름다운 밤, 그는 구름 사이로 보이는 별을 헤다가 잠이 들었다. 어느덧 밤이 지나고 새벽이 밝아올 때 잠에서 깬 두보는 종소리를 듣고 무엇인가 깊은 깨달음을 얻었던 것 같다. 불교에서 말하는 '돈오頓悟'를 경험한 것일까? 지금으로서는 알 길이 없다. 이 시는 창작 시기별로 엮은 그의 시집에 가장 먼저 등장하는 초기작이다. 이때로부터 상강湘江을 떠가는 배 위에서 생애 마지막 시를 남기기까지 35년 동안 두보는 그의 치열한 삶이 녹아 있는 수많은 명작들을 쏟아냈다. 청년 두보가 봉선사에 머물면서 어떤 깨달음을 얻었는지 노사나대불만 알고 있는지도 모른다.

백원
문을 걸어닫으니 얼마나 자유로운가

봉선사에서 나와 용문교龍門橋를 이용해 이수伊水를 건너면 백거이가 잠들어 있는 백원白園에 이르게 된다. 백거이는 본래 하남성 정주鄭州에서 태어났다. 그러나 만년에 낙양에서만 18년을 지낸 터라 낙양은 그에게 제2의 고향과 같은 곳이었다. 그는 이곳에서 원진이나 유우석 등의 벗과 어울려 술을 마시고 시를 논했다. 그리고 죽어서는 이곳에 묻혔다. 그의 묘를 높은 곳에서 바라보면 마치 비파처럼 보이고, 묘자리를 '악기 상자'라고 부르는 것은 그가 생전에 남긴 불후의 명작 〈비파의 노래琵琶行〉의 영향일 것이다. 백원을 둘러보면 〈비파의 노래〉 전문이 새겨진 시비詩碑도 세워져 있다. 이 시는 강서성 구강九江의 비파정琵琶亭을 답사할 때 소개하기로 하고, 여기서는 〈샘물을 끌어오다引泉〉라는 시를 감상하기로 한다.

첫째는 분수를 알아야 하는 제약 때문이고
둘째는 노쇠하고 병든 이유에서로다
병한邪漢이 그만둔 것 다른 사정이 있어서가 아니고

낙양 백원의 백거이 묘

도연명이 돌아올 때도 해를 넘기지 않았다

돌아와 숭산과 낙수 아래에서

문을 걸어닫으니 얼마나 자유로운가

조용히 숲 아래의 땅을 청소하고

한가로이 연못가의 샘을 틔웠다

이수(伊水)는 가늘기가 허리띠 같고

낙수의 자갈은 크기가 주먹만하다

누가 밝은 달 아래에서

나에게 콸콸 소리를 내는 것일까?

밤새 배를 타고 있다가

이따금 다리 위에서 잠든다

병풍을 칠 까닭이 무엇이랴

수죽이 침상 앞을 둘렀거늘

낙양 백원의 연못

백거이는 58세 되던 해인 서기 829년 형부시랑刑部侍郎에서 물러나 태자빈객분사동도太子實客分司東都라는 직함을 가지고 낙양으로 왔다. 모든 관직을 버린 것은 아니니 은퇴라고는 보기 어렵다. 왕유를 본보기로 삼아 '반관반은半官半隱', 즉 관리와 은자 사이에서 중용을 취하는 것과 흡사했다. 낙양을 관통하는 낙수 아래, 동쪽으로 오악五嶽의 하나인 숭산이 보이는 곳에 거처를 구했다. 집 안 청소를 한 뒤에 연못의 물길을 끌어와 샘을 만들고 나서 이 시를 지은 것이다. 매표소를 지나 백원 입구로 들어가면 오른쪽에 바로 조그마한 연못인 백지白池가 나타난다. 기암괴석들이 연못의 울타리 역할을 하고 군데군데 수죽이 자라고 있다. 백지 끝부분으로 가면 '이수의 물소리를 듣는 정자'라는 뜻의 청이정聽伊亭이 보인다. 아마도 백거이가 머물던 당시에는 청이정에서 노닐다가 흥이 나면 곧장 배를 몰아 이수로 나갈 수 있었을 것이다. 청이정 건너편은 낙천당樂天堂이다. 여기가 백거이의 거처였으리라. 지금은 한백옥漢白玉으로 만든 백거이 상이 한가롭게 낙천당을 지키고 있다.

백거이는 형부상서刑部尙書를 끝으로 오랜 관직 생활을 마감하고 낙양으로 돌아와 향년 75세를 일기로 세상을 떠났다. 젊은 시절에는 사회의 부조리를 고발하는 신악부新樂府를 짓기도 하였으나, 강주사마江州司馬로 좌천된 이후에는 명철보신明哲保身을 금과옥조로 여기며 내내 평탄한 삶을 살았다. 그런 까닭에 좌천을 당했던 44세 이후의 시에서는 사회에 대한 지식인의 도리와 책임감 같은 것은 일절 찾아보기 어렵다. 공자는 '방무도위행언손邦無道危行言孫'이라는 말을 남긴 바 있다. 나라꼴이 엉망이라고 생각하면, 행실은 바르게 하되 말은 삼가라는 것이다. 직언을 들어줄 도량도 없는 이에게 바른말을 해보았자 화만 자초한다고 했다. 백거이는 이런 공자의 말을 실천에 옮긴 것일까? 그렇더라도 공자는 나라꼴이 엉망이라 하여 집에서 기생을 옆에 끼고 뱃놀이를 하지는 않았는데 말이다. 그의 무덤 앞에서 필자는 홀연 머릿속이 복잡해진다.

수당유지공원
봄바람에 흩날려 낙양성에 가득하다

낙양이 유서 깊은 고도古都의 하나라고는 하나 이미 천여 년 전의 일이다. 또 낙양은 중원에 위치해 전란이 일어날 때마다 하루아침에 잿더미가 되기 일쑤였다. 그래서 당나라 시대의 흔적을 찾아보기가 쉽지 않은데, 이런 갈증을 해결해주는 것이 복원사업이다. 낙양에도 2012년 4월에 수당유지공원隋唐遺址公園이 문을 열었다. 낙양역과 낙양동역 사이 정정북로定鼎北路 변에 있다. 이곳에 복원된 주요 건축물은 곽성郭城, 이방里坊, 황성皇城, 궁성宮城 등이다. 곽성은 낙양 외곽에 쌓은 성으로, 당나라 때는 높이가 5.22m에 이르렀다. 이방은 행정기관, 사찰, 주택 등이 밀집했던 곳이다. 백거이의 이도방履道坊 저택도 이곳에 있었다. 황성과 궁성에는 각각 중앙 관청과 임금의 궁궐이 자리잡고 있다.

서기 735년 35세 때 낙양을 찾았던 이백이 노래한 〈봄날 밤 낙양성에서 피리 소리를 듣다春夜洛城聞笛〉라는 시를 감상해보자.

어디서 옥피리 소리 몰래 날려 보내는지
봄바람에 흩날려 낙양성에 가득하다
오늘밤 노랫가락에 〈절양류〉가 들려오니

낙양 '수당유지공원'

누군들 고향 생각 일지 않으리오

　시인이 고향인 사천성을 떠나 낙양의 어느 이방里坊에 머무르던 봄날
밤, 어디선가 누군가가 부는 옥피리 소리가 들려온다. 청각적 심상인 피리
소리를 시각화시켜 '날아와 흩어진다'고 묘사한 감각이 돋보인다. 어딘지
누군지 모르겠다는 말 속에 낙양이 그의 고향이 아니라는 의미가 숨어 있
다. 시인이 가만히 들어보니 〈절양류折楊柳〉라는 가락이다. 서안의 파교灞橋
를 답사하면서 이별에 앞서 버들가지를 꺾어주던 당나라 때의 풍습을 소
개한 바 있다. '버들가지를 꺾어준다'는 뜻의 〈절양류〉 역시 이별을 아쉬
워하는 노래이다. 나그네 신세인 시인은 피리 소리를 듣고 고향 생각에 잠
못 이루며 낙양 사람들이 다 그리리라고 했다. 이는 다소 과장된 표현이라
여겨진다. 어디선가 들려오는 피리 소리는 라디오에서 들려오는 음악 소
리와도 같다. 청취자가 다른 일로 바쁘면 미처 못 들을 수도 있고, 설령 똑
똑히 들었더라도 무심코 흘려보낼 수 있다. 시인은 그와 달리 〈절양류〉가

흘러나오기만 하면 언제든지 고향 생각에 눈물을 흘릴 준비가 되어 있던 청취자였던 것이다. 시인은 슬쩍 눈물을 훔치며 겸연쩍은 듯 주위 사람들에게 한 마디 건넨다. "이런 곡조 들으면 다들 눈물 나지 않아?"

백마사
백마에 불경을 실었던 일 이미 공허한데

이백이 피리 소리를 들으며 전전반측했던 낙양성에서 동쪽으로 12km 되는 곳에 낙양을 대표하는 또 하나의 명소 백마사白馬寺가 있다. 중국에 불교가 전래된 후 가장 먼저 세워진 사찰이니, '중국 제일 고찰中國第一古刹'이란 표현이 제격이다. 이 백마사는 동한 명제明帝 때인 서기 68년에 건립되었다. 사서에 이런 일화가 전해진다. 명제가 정월대보름 날 꿈에 서쪽에서 온 금인金人을 보았다. 해몽에 따르면 그 금인은 이름이 부처인 서양의 신이라고 했다. 이에 명제는 18명을 차출해 불법을 구해오라며 서역으로 보냈다. 이들은 지금의 아프가니스탄 경내에서 두 명의 인도 승려를 만났다. 인도 승려들은 한나라 사자의 요청을 수락하여 백마에 불경과 불상을 싣고 한나라의 수도인 낙양으로 왔다. 명제는 두 고승을 정중히 맞이한 뒤 낙양성 인근에 사찰을 세울 것을 명했다. 그리고 백마가 불경을 싣고 온 공을 기려 그 사찰의 이름을 백마사라 했다.

백마사의 입구는 중국의 사찰이 대개 그렇듯이 적색과 황색으로 단장되어 있다. 두 개의 사자상이 대문을 지키는 가운데 벽 양쪽으로는 '이락유정利樂有情', '장엄국토莊嚴國土'라는 말이 씌어 있다. 중생을 이롭고 즐겁게 만들 것이며 불국佛國의 정토를 아름답게 가꾼다는, 중국 불교계의 구호 같은 말이다. 벽 양쪽 끝에는 2천 년 전 불경을 싣고 중국으로 왔다는

낙양 백마사

백마가 보인다. 백마사 경내는 단출한 편이다. 입구를 들어서면 먼저 좌
우로 분묘가 있다. 바로 명제의 요청으로 중국에 왔던 인도 승려 축법란竺
法蘭과 섭마등攝摩騰의 무덤이다. 정면의 천왕전天王殿을 지나면 본전인 대
웅전大雄殿이 나온다. 이밖에 눈길을 끄는 것은 길이 43m의 청량대淸凉臺
와 높이 25m의 제운탑齊雲塔이다. 청량대는 인도 고승이 불경을 번역한 곳
이라 전해지고, 제운탑은 본래 석가모니 사리탑이었던 것을 금나라 때인
1175년에 중건한 것이다.

안사安史의 난으로 낙양이 큰 피해를 입었던 무렵에 백마사를 찾았던 시
인 장계張繼, 약 715~779의 〈백마사에 유숙하다宿白馬寺〉라는 시를 읽어보자.

　　　　백마에 불경을 실었던 일 이미 공허한데
　　　　깨어진 비석과 부서진 사찰에 옛 자취가 보인다
　　　　휘이잉 떠집에 가을 바람 불어오니

안사의 난이 일어나자 당나라 조정은 위구르족에게 지원을 요청하였다. 반군에 점령된 동도 낙양을 탈환해달라는 것이었다. 그 대가로 사흘간 낙양의 재물을 약탈해도 좋다는 조건이었다. 이에 위구르족 병사들은 반군을 몰아내고 낙양을 점령한 뒤 도시를 쑥대밭으로 만들었다. 낙양의 규수들은 화를 피해 백마사로 달아났는데, 위구르족 병사들이 잔인하게도 백마사의 전각을 송두리째 불태워 많은 사상자를 냈다. 반란군에 이어 이민족에 점령된 낙양의 사정이 어떠했을지 생각만 해도 끔찍하다. 시인은 그렇게 전화戰禍가 휩쓸고 간 백마사에서 하룻밤 유숙한다. '이락유정'과 '장엄국토'라는 불경의 가르침도 헛되이 이미 폐허가 돼버린 백마사. 그곳에는 깨어지고 부서진 비석과 기왓장이 나뒹굴고 있을 뿐이었다. 그 옆의 띠집에서 잠을 청하는데, 밤새 들려오는 바람소리와 빗소리가 나그네의 수심을 더욱 깊게만 한다.

북망산
북망산 위에는 무덤이 늘어서서

전쟁으로 인한 참화에 억울하게 목숨을 잃은 이들은 북망산北邙山에 묻혔을 것이다. 본래 이름은 망산인데, 낙양 북쪽에 있다 하여 흔히 북망산이라 부른다. 광의의 북망산은 이로부터 정주鄭州까지 100여km에 이르는 지역을 가리킨다. 중국의 속담에 "소주와 항주에서 살다 북망산에 묻힌다"는 말이 있을 만큼 천하의 명당으로 불리는 곳이다. 고구려 연개소문의 아들로 당나라에 항복해 호의호식한 연남생淵南生, 역시 당나라에 항복

낙양 '망산능묘군 한 안제릉'

해 백제 부흥을 꿈꾸었던 흑치상지黑齒常之도 이곳 북망산에 묻혔으니, 우리 역사와도 인연이 깊은 곳이다.

낙양의 북망산은 도처에 무덤이 즐비해 '소가 누울 곳도 없다'는 말이 있을 정도이다. 사서에 이름이 오르내리는 유명 인사의 것만 해도 6천여 기에 달하는데, 이를 망산능묘군邙山陵墓群이라 부른다. 그 가운데 역사적 가치가 높은 것은 동한東漢 임금들의 무덤이다. 동한은 낙양에 수도를 정한 왕조여서 11명의 임금 중 10명의 능묘가 낙양 주변에 있고, 다섯 기는 바로 낙양 북망산에 있다. 이를테면 한나라 안제安帝의 공릉恭陵이 그러하다. 당시에 자주 등장하는 한나라의 가의賈誼를 비롯해 진晉나라의 세력가 석숭石崇, 당나라의 재상 적인걸狄仁杰 등의 묘도 망산능묘군에서 발굴되었다. 당대 시인의 것으로는 맹교孟郊, 751~814의 무덤이 여기에 포함된다.

심전기沈佺期, 약 656~714가 노래한 〈북망산邙山〉을 감상해보자.

북망산 위에는 무덤이 늘어서서

오랜 세월 동안 낙양성을 마주하고 있다
성 안에서는 날 저물어 노래가 시작되는데
산 위에는 다만 소나무 잣나무 소리 들린다

낙양은 이렇게 삶과 죽음이 대조를 이루었던 곳이다. 동도東都로 불리며 고관대작들의 저택이 즐비했던 낙양성 이방里坊 곳곳에서는 저녁마다 풍악이 울렸을 터이다. 현세의 환락이 넘치는 곳 바로 저편에는 또 그렇게 풍악을 즐기던 사람이라도 어쩔 수 없이 가야 할 북망산이 있다. 시인의 눈에 낙양은 그야말로 인생무상의 단면이었나보다. 필자는 남도민요 성주풀이의 한 대목을 흥얼거리며 낙양을 떠난다. "낙양성 십리허에 높고 낮은 저 무덤은 영웅호걸이 몇몇이며 절세가인이 그 누구냐. 우리네 인생 한번 가면 저기 저 모양 될 터이니 에라 만수 에라 대신이야."

두보능원
봄풀은 귀향의 한을 불러놓는데

본래 사람의 무덤은 하나라야 할진대 여기 그것이 여덟이나 되는 이가 있으니 바로 시성詩聖 두보이다. 그저 괴이한 일로 넘기기에는 수가 너무 많다. 여기에는 어떤 곡절이 숨어 있는 것일까? 두보의 여덟 무덤은 각각 호북성의 양양襄陽, 호남성 뇌양耒陽과 평강平江, 섬서성 부현富縣과 화주華州, 하남성 언사偃師와 공의鞏義, 그리고 사천성 성도成都 등지에 있다. 이 가운데 유력한 곳은 호남성과 하남성에 있는 네 곳이다. 두보가 장강을 떠돌다 세상을 떠나 호남성에 묻힌 것을 40여 년이 흐른 뒤 손자인 두사업杜嗣業이 하남성으로 이장했다는 것이 거의 정설로 받아들여지기 때문이다.

필자는 이 여러 곳 중에서 하남성 공의를 찾아가 보기로 했다. 이곳은 두보의 무덤이 있는 두보능원杜甫陵園뿐만 아니라 두보의 생가인 두보고리杜甫故里도 있어 볼거리가 넉넉하기 때문이다. 낙양에서 언사를 지나 공의까지는 54km에 불과해 멀지 않은 거리이다. 그러나 필자는 일정상 정주鄭州를 출발해 공의로 갔다. 사전 조사에 의하면 두보능원은 낙양으로부터 북망산 줄기가 이어지는 공의 서북쪽 외곽에 있어 교통편이 여의치 않았다. 그래서 공의역에서 먼저 강백만장원康百萬莊園까지 가는 버스를 탔다. 지도상으로는 여기서 내려 걸어가도 충분할 것으로 보였다. 여차하면 택시를 타도 그만이라는 생각이었다.

강백만장원은 강씨康氏 일가가 12대째 물려받아 생활하는 대저택이었다. 북망산을 등지고 낙수洛水를 바라보는, 이른바 배산임수背山臨水의 명당에 터를 잡고 17세기 건축물의 전형을 보여주는 곳이기에 '전국 3대 장원의 하나'라는 명성에 걸맞게 국가 문화재로도 지정되었다고 한다. 75위안의 제법 비싼 입장료에도 관람객이 적지 않은 것이 놀라웠다. '부잣집' 구

공의 '강백만장원'

경을 좋아하는 중국 사람들 심리를 엿볼 수 있었다. 그래도 이깟 건축물 하나가 '위대한 애국시인' 두보가 묻힌 두보능원만 하겠는가 싶었다. 그곳에 훨씬 더 많은 관람객이 몰려 있을 것이 틀림없었다.

필자의 판단착오 시리즈는 이때부터 시작되었다. 강백만장원에서 조금 걸어가면 저 유명한 두보능원이 곧 보이리라는 것이 첫째였다. 그렇게 가벼운 마음으로 강북촌康北村 마을을 지나 산길을 올라갔다. 바로 가파른 고갯길이 이어졌다. 가쁜 숨을 내쉬며 꼬박 30분을 걸었는데도 두보능원은 전혀 보일 기미가 아니었다. 그렇다고 빈 택시가 이 험한 산길을 지나다닐 리도 만무였다. 되돌아가서 차를 잡아타기에는 이미 너무 먼 길을 걸어왔다. 하는 수 없이 손수건으로 이마에 흐르는 땀을 훔치며 계속 걸었다. 이렇게 먼데 어째서 버스도 안 다닌단 말인가.

얼마를 더 걸었을까. 땀을 더 흠뻑 흘린 뒤에야 두보능원에 도착했다. 필자의 두 번째 판단착오를 눈으로 확인하는 시간이었다. 관람객으로 떠들썩했던 강백만장원과 달리 두보능원은 개미 새끼 한 마리 없이 고요했

공의 '두보능원 입구'

다. 혹시 오늘이 정기휴일인가 싶어 덜컥했지만 다행히 매표소에 직원이 앉아 있었다. 아무도 없는 곳에 혼자 입장권을 사서 들어가는 것도 참 쑥스러운 일이라는 생각이 들었다. 문득 슬픔이 밀려오는 것도 같았다. 두보가 아무리 위대한 애국시인이었더라도 지금처럼 '돈'과 거리가 먼 '시 나부랭이' 따위는 거들떠보지 않는 세상에서는 관심 밖의 인물일 뿐인 것일까. 강백만장원을 보러 왔던 그 많은 사람 중에 두보능원까지 둘러보고 갈 마음의 여유가 있는 이를 이렇게도 찾아보기 어려우리라고는 미처 예상하지 못했던 필자의 마음은 허전하기 이를 데 없었다.

　서기 770년 두보가 59세를 일기로 상강湘江에서 생을 마감했을 때 경제적 여유가 없었던 그의 유족들은 고향으로 돌아가지 못하고 지금의 악양시岳陽市 평강현平江縣에 시신을 매장했다. 그때 평강현에 자리를 잡은 이래로 지금까지 이곳에는 두씨杜氏들이 집성촌을 이루어 성이 두씨인 사람이 1,600명을 헤아린다고 한다. 두보의 손자인 두사업에 이르러서야 다소 형편이 나아져 할아버지 두보를 고향 땅으로 이장했다. 이때 이장한 곳이 언사라는 설도 있고 공의라는 설도 있기에 두 곳에 모두 두보의 무덤이 만들어졌던 것이다.

두보능원의 두보 상

　1981년 중국 정부에서 대대적으로 보수했다는 두보능원 입구로 들어서니 하늘 높이 솟은 정원수 사이로 여러 책에서 익숙하게 보았던 모습이 눈에 들어왔다. 세상의 모든 근심을 혼자 짊어진 듯한 표정으로 무언가를 지긋이 응시하고 있는 7.7m 높이의 두보 상이다. 조금은 꼬장꼬장해 보이는 모습에서 실제 두보를 만나는 듯도 싶다. 책에서만 '위대한 애국시인'일 뿐 실상은 이렇게 아무도 찾아오는 이 없는 곳에서 고독을 씹는 노인. 손자가 애써 이장시켜준 덕분에 돌아온 고향이 이런 꼴이라니 한심하기도 할 노릇이다. 이럴 줄 알았다면 살아 생전에 더 힘을 내서 장강을 타고 내려가 상해上海의 포동浦東 어디쯤에서 생을 마감할 것을. 그랬다면 수천만 상해 시민이 한 번씩은 다녀가 주지 않았겠는가. 지금의 모습은 땅 설고 물 선 호남 땅에서 "늙고 병들어 외로운 배만 있도다老病有孤舟"라고 한탄했던 때와 크게 다를 바가 없을 듯하다. 정작 중국 사람은 아무도 없는 곳에 찾아온 이방인인 필자를 두보가 어떤 심정으로 내려다 보았을지 궁금하다.

우수에 젖은 두보 상을 하염없이 바라보노라니 그가 생애의 마지막에 썼던 절필시가 떠오른다. 〈풍질로 배 안에 누워 감회를 적어 호남의 친구들에게 바치다風疾舟中伏枕書懷三十六韻奉呈湖南親友〉라는 제목이다.

> (전략)
> 봄풀은 귀향의 한을 불러놓는데
> 도원桃源의 꽃을 홀로 찾느라 애쓴다네
> 구르는 쑥대 같은 신세를 근심하고
> 약 먹고 걸어다니며 병으로 골골하네
> 요절한 자식 묻으며 반악을 생각하고
> 위태로운 몸 지탱하느라 지팡이를 찾네
> 허송세월하며 도리의 한단지보의 신세건만
> 지기知己가 있음에 감격한다네
> (중략)
> 갈홍葛洪은 정녕 시해尸解할 터이나
> 허정許靖은 감당할 힘도 없네

집안일도 단사의 비결도

이루지 못하여 눈물만 비오듯 하네

이 절필시에는 일엽편주에 가족을 태우고 장강을 떠도는 가장家長의 비탄이 담겨 있다. 전란으로 인한 타향살이도 서럽건만 늙고 병들어 자식도 먼저 떠나보내는 아버지의 심정이 오죽했으랴. 갈홍은 죽어서 신선이 되었다는 인물이고, 허정은 가족들과 피난길에 올랐다가 촉 땅으로 들어가 태부太傅가 되었다는 인물이다. 두보는 이 시에서 아직 허정처럼 가족들을 안전한 곳까지 이끌지 못했는데 벌써 죽음이 눈앞에 어른거리는 현실이 눈물겹다고 했다. 우리는 무엇을 이루어야 편히 눈을 감을 수 있는 것일까. 불현듯 이런 생각에 가슴이 먹먹해진다.

'인생은 고해苦海'라고 말하는 듯한 두보 상을 뒤로 하고 능원 안으로 더 들어갔다. 안쪽 깊숙한 곳에 비석과 무덤이 있었다. 비석은 앞뒤로 두 개다. '당두소릉선생지묘唐杜少陵先生之墓'라 씌어 있는 앞의 것은 청나라 때 공현鞏縣 지사 진용장陳龍章이 세웠고, 간단히 '두소릉묘杜少陵墓'라고만 되어 있는 뒤의 것은 당나라 때 것이다. 두보의 무덤은 필자의 판단착오 시리즈의 대미를 장식했다. 무덤만큼은 깔끔하게 단장해두었을 줄 알았는데 전혀 그렇지 않았다. 잔디도 없는 벌거숭이 흙무더기에 나무가 몇 그루 심겨 있는 게 고작이었다. 무덤 위로는 사람 발자국이 선명해 이것이 무덤인지 언덕길인지 헷갈릴 정도였다. 이것은 누가 봐도 내팽겨쳐진 무연고 무덤과 다를 바 없었다. '위대한 애국시인'이라고 추켜세우

두보능원 두보 묘

더니 고작 이런 대접을 하려고 그랬단 말인가. 호남성 평강에 그냥 두었더라면 1,600명 두씨 후손들이 잘 돌볼 것을, 손자 두사업은 뭣하려고 헛심을 써서 이런 데다 이장을 했더란 말인가. 그래도 필자가 두보의 시를 공부하는 사람이라 그런지 슬슬 부아가 치밀었다. 남의 할아버지 걱정 말고 우리 할아버지 봉분이나 제때 벌초하자고 애써 마음을 추스르고, 무덤 옆의 비각碑林으로 발걸음을 옮겼다.

필자는 비림의 어귀에서 '시성비림詩聖碑林'이라 쓰인 비석을 보고 다시 한숨이 나왔다. 무덤을 이처럼 엉망으로 가꾼 지극정성으로 보건대 '시의 성인'을 예우하는 수준과는 거리가 멀었다. 시비詩碑가 가득하기는 하니 '시성비림詩成碑林', 즉 시가 비석의 숲을 이루었다는 정도면 족할 듯하다. 온갖 서체로 두보의 시를 옮긴 비석들을 하나씩 구경하다가 필자가 좋아하는 〈매 그림畵鷹〉이라는 시도 발견했다. 두보는 평소 맹금류를 즐겨 노래했는데, 이 시가 그런 영물시 가운데 가장 먼저 지어진 것으로 여겨진

다. 시를 읽다보니 어렵게 찾아온 두보능원에서 당혹감과 실망감이 교차
하며 혼란스러워졌던 필자도 마음도 조금 누그러진다.

> 흰 깁에 바람과 서리 일어날 듯
> 푸른 매 그림이 특이하다
> 몸을 꼿꼿이 세운 것이 교활한 토끼를 생각하는 듯
> 흘겨보는 눈매는 수심 어린 오랑캐 같다
> 끈과 고리의 광채가 떼어낼 수 있겠고
> 헌영에 있는 그 기세가 불러낼 만한데
> 어느 때에나 범상한 새들을 쳐서
> 털과 피를 평원에 뿌릴까?

이 시는 두보가 젊은 시절에 지은 것으로 보인다. 그림 속의 매는 현실
의 매가 되어 사냥감을 노려본다. 다시 매는 영웅적인 인물로 탈바꿈하여
세상의 악한 무리들을 소탕한다. 이렇게 매를 꿈꾸던 두보는 그러나 말년
의 시에서 늘 자신을 '외로운 갈매기'에 빗댔다. 대당성세大唐盛世에 크게
일조하려던 그의 꿈은 부패한 정치와 끔찍한 전란으로 산산조각이 나고
의지할 곳을 찾아 떠도는 신세를 면치
못했다. 그것이 모두 훌륭한 시를 남
기는 좋은 소재였다는 말이 그에게 위
로가 될까?

두보능원을 나서면서 필자는 적어
도 이곳의 무덤은 진짜가 아니라는 확
신을 갖게 되었다. 필자만 모르고 있
었지 이곳 사람들은 이것이 가짜 무덤

두보능원 안내판

이라는 사실을 알고 있는 것이 분명했다. 그렇지 않고서야 공의가 낳은 가장 위대한 인물을 이렇게 대할 수 없는 노릇이다. 차라리 언사의 두보 무덤을 찾아가볼 걸 그랬다는 후회가 밀려든다. 강백만장원까지 다시 걸어내려 갈 일도 걱정이었다. 올 때는 그래도 두보의 무덤을 처음 본다는 기대감이 있어서 힘을 냈는데 말이다. 여기 두보능원의 무덤이 진짜든 가짜든 이제 다시 오기는 어려울 것 같아 그렇기도 했다. 그래서인지 언덕길이 휘어져 두보능원 입구를 알리는 알림판이 보이지 않게 될 때까지 몇 번이나 되돌아보게 되었다. 간혹 오토바이나 트럭이 흙먼지를 날리며 지나갈 때마다 저걸 얻어타면 얼마나 편할까 생각만 하면서 결국 강북촌까지 걸어내려왔다. 두보같이 이름난 사람의 유적지를 이렇게 힘들게 오가게 될 줄은 정말 꿈에도 몰랐다.

두보고리
8월에 뜰 앞의 배와 대추가 익으면

두보의 생가인 두보고리杜甫故里는 공의의 동북쪽인 참가진站街鎭 남요만촌南瑤灣村에 있어서 다시 버스를 타고 한참 가야 했다. 다행히 참가진은 인구가 몇 만은 되는 큰 읍이어서 교통에 큰 불편이 없었다. 필자가 탄 버스는 땀 냄새 물씬 풍기는 마을 주민들로 만원이었다. 두보능원을 다녀오면서 같은 행색이 된지라 특별히 필자를 눈여겨보는 사람은 없는 듯했다. 두보고리까지 가는 내내 버스에 탄 주민들을 이리저리 훑어보면서 이들 가운데 어떤 사람은 두보와 닮지 않았을까 하는 우스운 생각도 해보았다. 버스에서 내려 얼마쯤 걸어가니 어렵지 않게 두보고리를 찾을 수 있었다. 그런데 사방을 다 파헤쳐놓아 주변은 마치 공사장을 방불케 했다. 입구에 세

두보고리 입구

위진 안내판을 보니 두보고리를 대대적으로 개발하는 작업이 한창 진행 중이었다. 두보의 무덤이 여덟 곳에 있는 것과 달리 생가라고 주장되는 곳은 여기 하나뿐이니, 상대적으로 투자가치가 높을 것이다.

개발이 방치보다 나은 것 같기도 하지만 중국에서 진행되는 문화유적지 개발을 보면 꼭 그렇게 말하기도 어렵다. 크기나 넓이 같은 외형적 규모를 중시하다보니 개발에 나섰다 하면 원래 있던 것뿐만 아니라 없던 것도 다 새로 만든다는 것이 문제다. 두보가 태어났던 서기 712년에 이런 시골마을에 무엇이 있었겠는가. 그런데 이곳에 계획대로 여러 개의 정원과 정자를 짓는다면 원형의 '완벽한 훼손'은 불을 보듯 훤한 일이다. 곤륜산崑崙山에 있다는 전설상의 연못인 요지瑤池까지 만들겠다니 과욕도 이만저만이 아니었다. 공사가 다 끝나서 천지개벽이 일어나기 전에 두보고리에 온 것이 천만다행이었다.

두보는 712년 음력 정월 초하루에 두한杜閑의 5남 1녀 중 맏이로 태어났다. 그의 증조부인 두의예杜依藝가 공현의 현령으로 부임하면서 양양襄

陽에서 공의로 이사온 이후로 4대가 이어지는 순간이었다. 두보는 그가 태어난 공의에서 대략 15세까지 살았고(모친이 일찍 세상을 떠나 낙양의 고모 집에서 지냈다고도 한다), 앞에서 얘기한 것처럼 죽은 뒤 43년이 지나서야 돌아올 수 있었다. 마침 필자도 두보와 같은 나이에 고향을 떠나 30여 년 동안 타지를 전전하는 처지라 두보의 생가를 바라보는 마음이 남달랐다. 필자의

두보고리의 요동과 정원의 나무

생가가 그새 헐리고 없어진 것에 비하면 두보의 형편이 더 나아 보이기도 한다. 그가 태어났다는 요동窯洞 앞 정원을 홀로 지키고 있는 나무를 보니 두보가 어린 시절을 회상했던 시가 생각난다. 〈온갖 근심을 모은 노래百憂集行〉의 첫째 단락에서 그는 이렇게 과거를 돌이켰다.

내 나이 열다섯일 때를 회상하건대 마음은 아직 아이여서
누렁송아지처럼 튼튼하게도 달려갔다 돌아오곤 했지
8월에 뜰 앞의 배와 대추가 익으면
하루에 천 번이라도 나무를 오를 수 있었다

(후략)

그가 돌이켜본 15세 때의 자신의 모습은 영락없는 시골 소년이다. 황순원의 소설 〈소나기〉에 등장하는 소년이 코뚜레도 꿰지 않은 누렁송아지에 올라타고 덕쇠 할아버지네 호두나무에서 호두를 따던 대목이 떠오른

다. 그렇다고 두보를 천방지축으로 산만한 더벅머리 시골 소년으로 생각하면 오해다. 그에게는 또 '엄친아'의 면모도 있었다. 그가 이 시절을 회상한 또 다른 시 〈장년의 유력壯遊〉의 일부를 보자.

> 지난날 내 나이 열너댓에
> 글 짓는 세계에 나가 놀았더니
> 문인 가운데 최상崔尚과 위계심魏啓心 등이
> 내 글을 반고班固나 양웅揚雄 같다고 하더라
> 나이 일곱에 생각이 바로 씩씩하여
> 입을 열면 봉황을 읊었지
> 나이 아홉에 큰 글자를 썼고
> 지은 글이 한 자루 되었더라
> (후략)

두보의 집안은 증조부인 두의예로부터 조부 두심언, 부친 두한까지 모두 글공부를 하여 대대로 관리가 되었다. 이들이 고관대작은 아니었지만 집에 서향書香은 물씬 풍겼을 것이다. 그런 환경 속에서 두보도 열심히 공부했을 것임에 틀림없다. 그 자신이 "사내라면 다섯 수레의 책은 읽어야 한다男兒須讀五車書"고 했고, "만 권의 책을 읽으니 글을 지을 때 신들린 듯하다讀書破萬卷, 下筆如有神"고 자랑삼아 이야기하지 않았던가. 그래서 일곱 살 때부터 벌써 참새나 제비 따위가 아니라 봉황을 노래했고, 아홉 살에는 한 자루씩 글을 지었다고 했다. 그렇게 열심히 연마한 결과 열다섯 무렵에는 '낙양 백일장'에 나가 상도 타고 인정을 받았나 보다.

그렇게 대단한 인물을 낳고 키워낸 '두보탄생요杜甫誕生窯'는 일견 초라하다. 필가산筆架山을 등지고 사하泗河를 굽어보는 위치는 좋은 듯하나 '요

窯'라는 이름 그대로 문 달린 '동굴' 수준이다. 대문은 검게 칠해져 있고 붉은 바탕에 노란 글씨로 쓴 대련對聯이 몇 줄 눈에 들어온다. 누가 쓴 것인지는 모르겠다. 대문 위쪽은 '억석시금憶昔視今'이라 씌어 있다. "옛날을 생각하며 지금을 바라본다"는 뜻이다. 두보가 이 누추한 곳에서 뛰어놀고 공부하던 것이 옛날이고 대시인으로 추앙받는 것이 지금일까? 너무 함축적이어서 무슨 의미인지 알기 어렵다. 이보다는 대문 기둥의 대련이 쉽게 와닿는다.

> 몸소 깊은 동굴에 와서 시성을 흠모하고
> 높은 산을 마주한 채 철인을 우러른다

필자의 마음도 이 대련과 크게 다르지 않으리라. 그런데 요동의 대문은 굳게 잠겨 있었다. '관계자 외 출입금지' 지역인 듯했다. 요동 안에는 청나라 때 하남윤河南府 장한중張漢重이 쓴 '시성고리詩聖故里' 비석도 있다는데,

두보고리 '두보탄생요'

두보고리 증축 현장

직접 눈으로 볼 수 없어 아쉬웠다. 다른 자료에 따르면 요동 내부는 높이 3.5m, 폭 3.3m, 길이 16.7m의 장방형 모양이란다. 전용면적 55m²면 방 2개짜리 서민형 아파트 크기이다. 이런 협소한 곳에서 다섯 아우들과 어린 시절을 함께 보냈기에 두보의 형제애가 남달랐던가도 싶다. 〈달밤에 동생을 생각하다月夜憶舍弟〉라는 시를 감상해보자.

수루成樓 북소리에 사람 발길 끊기고

가을 변방엔 한 마리 기러기 울음소리뿐

이슬은 오늘밤부터 희어지고

달은 고향에서처럼 밝구나

동생들은 모두 흩어지고

생사를 물어볼 집도 없구나

편지를 부쳐도 늘 도달하지 않는데

이 시는 두보가 진주秦州에 있을 때 전란으로 헤어진 동생들을 그리워하며 지은 것이다. 당시 동생 가운데 둘이 전투가 치열했던 하남에 있었기에 그들의 안위를 걱정하는 마음을 담았다. 아버지 두한은 두보가 일곱 살 때 공의에서 남쪽으로 500리나 떨어진 언성郾城의 현위로 발령을 받아 떠났으니, 맏이인 두보가 어머니 최씨를 도와 동생들을 보살폈을 것이다. 달이 밝은 밤이면 두보는 동생들을 데리고 요동 뒤의 필가산에 올라 함께 달을 바라보며 소원을 빌기도 했을 것이다. 전란으로 인해 그리운 고향 집과 형제들과 떨어져 타향인 진주에서 외로운 나날을 보냈던 두보의 안타까운 마음이 잘 묻어난다.

두보탄생요를 나서다 보니 한창 정자와 복도를 짓고 있는 모습이 눈에 든다. 동굴 같은 집 하나를 보려고 이곳 공의까지 어려운 발걸음을 할 관람객들에게 또 다른 볼거리를 제공하자는 취지일 것이다. 성도成都의 두보초당杜甫草堂이 관광명소로 각광을 받는 것을 생각하면 이해하지 못할 것도 아니다. 그러나 두보의 일생을 돌아볼 때 이런 화려한 건축물이 가당한가 의구심을 지울 수 없다. 두보는 평생 고대광실高臺廣室과는 거리가 멀었던 사람이다. 늘그막에는 집도 절도 없이 배 한 척에 가족을 태우고 장강을 떠돌았던 사람이다. 그러면서도 늘 나라와 가족의 안위를 걱정하며 우국애민의 정서를 담은 시를 지었기에 '시성'으로 추앙되는 사람이다. 저 앞의 화려한 정자와 복도는 이제 그 공을 기려 그의 생가를 휘황찬란하게 꾸며준다는 뜻일까? 이 수수께끼의 해답은 두보 생가의 대문 위에 씌어 있던 '억석시금憶昔視今'이라는 글귀에서 찾아야 하나보다.

2

문명의 뒤안길

공의에서 두보의 무덤과 생가를 돌아본 필자는 다시 정주鄭州로 되돌아왔다. 하남성의 수도인 정주는 하夏, 상商, 관管, 정鄭, 한韓 등 다섯 왕조가 도읍으로 삼아 중국 8대고도八大古都의 하나로 불린다. 그러나 이 왕조들이 모두 까마득한 기원전에 존재했던 터라 그다지 실감이 나지 않는다. 또

정주역

『논어』에 공자가 "음탕한 정나라 음악이 아악을 어지럽히는 것이 밉다惡鄭聲之亂雅樂也"고 대놓고 비난한 대목이 있고, 『한비자韓非子』에도 "정나라 청년들이 몰려다니며 도적질을 한다鄭少年相率爲盜"는 내용이 있어 정주의 이미지가 많

이 손상된 것도 사실이다.

정주
바람이 형택의 얼음을 녹이고

그러나 정주는 위치상 '중원의 중원'에 있어 역대로 교통의 요지였다. 중국의 지도를 펴놓고 정주를 찾아보면, 정주를 원의 중심으로 하여 산서성 태원太原, 하북성 석가장石家莊, 산동성 제남濟南, 강소성 남경南京, 안휘성 합비合肥, 호북성 무한武漢, 섬서성 서안西安이 거의 비슷한 거리에 있음을 알게 된다. 이렇게 사통팔달의 위치에 있어 '중국 철도의 심장' 또는 '중국 교통의 사거리'로 일컬어졌으며, 현재도 고속철도가 동서남북으로 교차하는 유일한 도시이다. 정주의 인구는 500만 명 가량으로 중서부 지방에서는 중경重慶, 성도成都, 무한에 이어 네 번째로 많다. 역사적으로는 수나라 때 처음 정주란 명칭이 붙여진 이래 당나라 때도 10여 년간 형양군滎陽郡으로 불린 것을 제외하고 내내 정주라는 이름을 유지했다.

왕유의 〈정주에 투숙하다宿鄭州〉라는 시를 감상해보자.

> 아침에 주나라 사람과 이별하고
> 저녁에 정나라 사람에게 투숙했다
> 타향에서 벗할 이도 끊긴지라
> 외로운 손님은 하인들과 친해진다
> 낙양은 바라봐도 보이지 않고
> 가을 장마에 들판이 어둡다
> 농부는 풀밭 끝에서 돌아오고

마을 아이는 빗속에 소를 친다

주인은 밭에서

때때로 볏단을 가져다 띠집을 덮는다

벌레 소리 슬픈데 베틀도 소리를 내고

참새 시끄러운데 곡식은 익어간다

내일은 경수를 건널 테지만

어제 저녁만 해도 아직 금곡이었다

이제 떠나면 어디로 가게 되나

궁벽한 변방으로 미미한 봉록을 따르겠지

이 시는 왕유의 20대 초반 작품이다. 그는 지금의 산동성 경내인 제주濟
州를 행선지로 삼아 아침에 낙양을 출발해 저녁에 정주에 당도했다. "내일
경수를 건넌다"는 구절로 보아 왕유가 투숙한 곳은 지금의 정주보다 형양
쪽에 더 가까운 예용진豫龍鎭 어디쯤이었던 모양이다. 왜냐하면 춘추전국
시대 정나라의 도읍이 여기에 있어 '서울의 물'이라는 뜻의 '경수'로 불렸
기 때문이다. 여기서 310번 도로를 타고 20km 정도 더 가면 지금의 정주
시내이다. 다음 구절에 보이는 '금곡'은 진晉나라 석숭石崇의 정원인 금곡
원金谷園으로 인해 널리 알려진 곳으로 낙양에 있다. 시 한 수에서 '어제는
아직 낙양에 있었다'는 취지의 말만 세 번 한 것을 보면 어지간히 변방으
로 가는 처지가 마뜩찮았던 모양이다. 산동까지는 아직 갈 길이 까마득한
데 정주에서 벌써 "인제 가면 언제 오나, 원통해서 못 살겠네"라는 노래를
부르는 것은 다소 이르지 않을까.

필자는 정주역 부근의 숙소에 여장을 풀고 시내를 둘러보기로 했다. 역
앞의 큰 길인 일마로一馬路는 시장통답게 다양한 사람들로 북적였다. 난주蘭
州 소고기라면을 파는 음식점에서 풍기는 독특한 향내가 옷에 배어들 만큼

진하다. 농해동로隴海東路와 교차하는 삼거리 모퉁이에 자리잡은 백화점인 '세무상성世貿商城'에 잠시 들러 진열된 상품을 구경하다 정주대학鄭州大學이 있는 대학북로大學北路로 방향을 잡았다. 정주대학은 1956년에 개교하여 역사가 오래되지는 않았으나, 중국 정부의 전폭적 지원을 받아 중국 대학 랭킹 30위권을 오르내리는 명문으로 성장했다. 남南 캠퍼스 정문으로 들어가 몇 군데를 돌아보았다. 대학 캠퍼스는 안내자 없이 다니면 애꿎은 발품만 팔기 십상이다. 그래서 무턱대고 여기저기 오가는 대신 벤치에 앉아 쉬기로 했다. 테니스장에서 대학생들이 열심히 공을 주고받는 것을 한동안 지켜보다 무료해져 가방에서 자료를 꺼내 시 한 수를 읽어보았다. 조하趙假, 약 806~852의 〈정주로 성친 가는 벗을 전송하며送友人鄭州歸觀〉라는 시다.

뜰을 뛰어 지나던 시절에 대한 그리움이 있기에
필시 길이 먼 것도 잊어버리겠지
바람이 형택의 얼음을 녹이고
비가 포전의 먼지를 가라앉히리라
옛 길이라 사람들 오는 것 멀고
먼 하늘엔 기러기 대열이 비스듬하겠지
동산에 새로 도착하는 날
봄 술을 배꽃 아래서 드시게나

시인에게 정주가 고향인 친구가 있었던 모양이다. 그 친구가 어느 봄날 정주에 계시는 부모님을 뵈러 간다고 하여 지어준 송별시이다. '뜰을 뛰어 지나간다'는 것은 『논어』에 나오는 말로, 아버지의 가르침을 뜻한다. 어버이를 생각하는 마음에 친구는 먼 길도 마다하지 않으니, 따뜻한 봄바람이 얼음을 녹이고 촉촉한 봄비가 먼지를 달래어 도와줄 것이라 했다. 형택과

한국 TRY 내의 대리점

포전은 정주 인근의 지명이다. 고향 집으로 가는 길을 걷다보면 멀리 아는 사람도 지나가고, 집에 도착하면 그리운 형제도 볼 수 있을 터이다. 시에 보이는 '기러기 대열'은 곧 형제를 비유하는 '안항雁行'을 달리 표현한 것이다. 그렇게 푸근한 고향 집에 이르러 배꽃 아래서 갓 익은 술을 한 잔 들이키면 그 얼마나 달콤하랴.

마음이 따뜻해지는 시를 한 수 읽고 다시 자리를 박차고 일어났다. 정주대학 남 캠퍼스에서 도원로桃園路 쪽 문을 나서서 흥화북가興化北街 방향으로 길을 틀었다. 길가로 죽 늘어선 상점 가운데 하나가 얼른 눈에 들어왔다. '한국특래내의韓國特來內衣'라고 적힌 간판을 내걸고 있었기 때문이다. '한국에서 특별히 온 내의'가 뭘까 하다가 왼쪽 상표를 보고 나서야 우리나라 쌍방울의 'TRY'를 중국어로 옮긴 것이 '特來타라이'라는 사실을 깨달았다. 정주역 앞에서 '조류전선潮流前線'이라는 한글 간판도 본 기억이 났다. 정주에 이처럼 한류韓流가 거세게 밀려온 이유가 뭘까? 이 방면에 그다지 조예가 깊지 않은 필자는 하나밖에 생각이 나지 않는다. 정주가 저 옛날 전국시대戰國時代 한韓나라의 수도였다는 역사적 배경 말이다. 이마저도 매우 근거 없는 이야기일 것 같기는 하지만. 덕분에 정주의 고향 집을 찾은 조하의 친구는 선물 걱정을 덜게 생겼다. 부모님께 '한국에서 특별히 온 내의' 한 벌씩 사드리면 효자 소리 듣지 않겠는가.

형양
형양에서 여러 유자들의 으뜸이 되어

정주에 돌아온 이튿날은 이번 중원 여행의 핵심이라 할 형양榮陽 공략에 나서는 날이었다. 형양에 저명한 당나라 시인인 유우석과 이상은을 기념하는 공원이 만들어졌다는 첩보를 입수하자마자 호시탐탐 기회만 엿보고 있던 참이었다. 숙소에서 간단히 출정식을 마치고 보무도 당당히 정주 서부터미널로 향했다. 필자가 탄 버스는 310번 국도를 내달려 형양으로 향했다. 첫 번째 목표 지점은 유우석공원이다. 그런데 문제는 유우석공원이 형양 시내에서 몇 km 떨어진 외곽에 있어 형양에 도착하기 전에 버스 기사에게 말해 미리 내려야 한다는 점이었다. 이것이 초행길의 여행자에게 쉬운 일은 아니어서 가는 내내 창밖을 두리번거리며 안절부절못했다. 그런데 다행히도 형택대도榮澤大道를 지나자마자 정체를 알 수 없는 거대한 석상이 목표물로 시야에 포착되었다. 저거다 싶어 얼른 기사에게 내려달라고 했다. 신중하게 목표물로 접근해 석상의 신원을 확인하니 '정씨삼공鄭氏三公'이 맞다. 임무 완수, 대성공이다.

형양은 정씨鄭氏의 발상지이다. '정씨삼공'은 바로 형양 정씨의 태시조太始祖인 정환공鄭桓公과 그의 아들 정무공鄭武公, 손자 정장공鄭莊公 세 사람을 가리킨다. 기원전 806년 정환공이 정나라에 분봉되면서 정씨 가문이 시작되었던 것이다. 2004년에 형양 정씨 문중에서 제1회 정씨문화제鄭氏文化祭를 개최하면서 이 정

정씨삼공상

씨삼공상을 세웠다. 높이가 28m에 달하는 데다 주변을 널찍한 광장으로 꾸며 형양의 관문 역할을 톡톡히 하고 있었다. 그런데 어찌된 일인지 당나라 시인 가운데 형양 정씨로 이름이 널리 알려진 이가 없다. 현종 때 활약한 정건鄭虔, 691~759이 시, 글씨, 그림에 두루 능해 '삼절三絶'이라 일컬어졌다고 하나, 현재 전해지는 그의 시도 대단한 것이 드물다. 다만 두보만큼은 그의 인품과 재주에 감복해 마지 않았다. 두보의 〈여덟 분을 애도하는 시八哀詩〉 가운데 정건을 노래한 일곱째 수의 앞단락 일부를 읽어보자.

　　　바다새 원거鶡鶋가 노나라 성문 밖에 이르러서도
　　　쇠북종과 북의 향연은 모르는 척했지
　　　공작과 비취새처럼 높은 하늘 바라보면서
　　　새장에서 길러지는 신세를 근심하였네
　　　형양에서 여러 유자儒者들의 으뜸이 되어
　　　일찍이 이름난 재상의 찬사를 들었지
　　　지위가 사대부들보다 높았는데
　　　게다가 기운까지 맑고 굳세었네
　　　(후략)

　형양 형택 출신인 정건은 일찍부터 재주를 드러내 소정蘇頲과 같이 명망 있는 인사로부터 찬사를 받았다. 그러나 약관의 나이에 치른 과거시험에서는 고배를 마시고 장안에서 어려운 생활을 해야 했다. 자은사慈恩寺에 얹혀 지내면서 글짓기를 연습할 종이가 없어 절 뜨락에 떨어진 감나무 잎을 모아다 썼다는 것은 유명한 일화이다. 역시 장안에서 곤궁한 생활을 했던 두보는 그보다 스무 살이나 아래였지만 나이를 초월해 막역한 친구가 되었다. 정건은 현종의 총애를 받으면서 종5품 벼슬인 저작랑著作郎까지 올

랐으나, 안사의 난 이후에 태주사호참군台州司戶參軍이라는 말직으로 강등
되어 임지에서 죽었다. 이 시는 두보가 정건을 애도하면서 지은 시의 첫
단락이다. 부귀영화에 눈독 들이지 않는 원거鷄居의 고고한 기품과 새장에
서 벗어나려는 공작과 비취새처럼 자유를 갈망했던 그의 행적을 되새기
면서 형양이 낳은 인재임을 부각시켰다.

유우석공원
천 가닥 금실과 만 가닥 명주실

　이곳 형양에 유우석과 이상은을 기념하는 공원이 생긴 까닭은 그들의
무덤이 여기 있기 때문이다. 정씨삼공상 덕분에 필자가 유우석공원을 찾
기도 수월했다. 필자는 먼저 정씨삼공상 바로 옆에 있는 유우석공원부터
둘러보기로 했다. 유우석은 지금의 강소성 소주시 부근인 가흥嘉興에서 태
어나 형양에 묻혔다. 유우석 자신의 설명에 따르면, 형양은 그의 칠대조七
代祖인 유량劉亮부터 대대로 살아왔던 곳이다. 일설에는 현재 유우석의 무

유우석 묘

덤이라고 알고 있는 묘가 동한 때의 것이라고도 한다. 아무렴 어떻겠는가. 벌써 그 옆에 그의 이름을 딴 공원까지 조성되어 있는데 말이다. 유우석은 772년에 태어나 22세에 진사에 급제하면서 관계官界에 발을 내디뎠다. 정치적 사건에 가담해 실권자의 비위를 거슬려 한동안 외직外職을 전전하다 말년에는 비교적 편안한 여생을 보냈다. 그와 어울려 시와 술을 주고받았던 백거이는 그의 시가 호방하다 하여 '시호詩豪'라는 별칭을 지어주었다.

유우석공원은 '우석원禹錫園' 또는 '시호원詩豪園'으로 불린다. 2005년부터 개발을 시작해 2008년에 모든 공정을 마무리했다. 시인 한 사람을 기념하는 공원으로 18만m²나 되는 부지를 마련했다는 사실만으로도 놀랍고 획기적이다. 공원에는 교목 1만 그루와 관목 9만 그루를 심고 두 곳에 인공호수도 조성해 시민들의 휴식공간으로도 손색이 없게 만들었다. 내부의 여러 구조물과 배치를 살펴보면서 형양시 정부에서 이 공원에 얼마나 많은 노력을 기울였는지 확인할 수 있었다. '우석원'을 알리는 석조물을 따라 안으로 들어가면 '시호문화광장詩豪文化廣場'이 나온다. 멋지게 꾸민 석벽에 금색 글씨로 새겨놓은 것은 유우석의 명문인 〈누실명陋室銘〉이다. 유우석이 피리를 불고 있는 모습의 9m짜리 대형 석상인 '시호상詩豪像'을 지나 펼쳐지는 거리는 당나라 풍으로 꾸며놓았다. 그 왼쪽으로는 연못인 '만하당晚荷塘'과 그 안의 섬 '귀은도歸隱島'가 시원스레 펼쳐진다.

유우석공원에서 가장 인상적인

유우석공원 입구

것은 여기서부터 시작되는 열두 개의 패방牌坊이었다. 이것은 출생지인 가흥과 장지인 형양을 포함하여 그가 일생 동안 거쳐간 주요 시기와 지역마다 '장안방長安坊', '낭주방朗州坊' 식으로 대문처럼 설치한 것이다. 10m 높이의 각 패방에는 유우석의 시구나 현대 작가의 대련對聯을 새겨두었다. 또 패방 주변에는 그때 창작된 시 전문을 소개하는 시비도 군데군데 배치하였다. 그래서 이 12패방을 따라 만하당에서 유우석 기념관까지 이어지는 길을 걷다 보면 자연스럽게 유우석의 인생 역정과 시 세계를 가늠하게 된다. '소주방蘇州坊'의 시비에 소개된 〈버들가지의 노래 아홉 수楊柳枝詞九首〉 가운데 일곱째 수를 감상해보자.

서울 거리 푸른 문에서 땅을 스치며 늘어진
천 가닥 금실과 만 가닥 명주실
이제 꼬아서 동심결을 만들어
나그네에게 줄 것을 아는지 모르는지

유우석공원 '〈죽지사〉 시비'

이 시는 유우석이 만년에 소주자사蘇州刺史로 재직할 때 지은 것이다. 아홉 수 모두 버드나무를 소재로 다양한 생각을 펼쳐보였다. 일곱째 수는 이별할 때 버들가지를 꺾어주는 풍습과 연결지은 것이다. 서울 거리에서 자태를 뽐내는 버들가지에게 앞으로의 운명을 아느냐고 물었다. 길 떠나는 나그네에게 선사하는 동심결이 될지도 모른다는 것이다. 아무래도 기생을 놀리는 비유가 아닌가 싶다. 그렇다면 가족들과 함께 찾는 공원에 전시될 시로 적절한지 의문이다.

'기주방夔州坊'에 소개된 시를 한 수 더 보자. 유우석은 50세 때 기주자사夔州刺史에 임명되어 지금의 사천성 봉절현奉節縣으로 부임했다. 얼마 뒤 지금의 무산현巫山縣인 건평建平에 놀러간 그는 그곳에서 단소와 북 장단에 맞춰 부르는 '대나무 가지竹枝'라는 민요에 깊은 인상을 받았다. 음악에 조예가 깊었던 유우석이 그것을 허투루 넘길 리 없었다. 그는 바로 전국시대 초나라의 대시인 굴원屈原의 〈아홉 수의 노래九歌〉를 흉내내어 〈대나무 가지의 노래 아홉 수竹枝詞九首〉를 지었다. 기주방의 시비에 소개된 것은 이 가운데 첫째 수이다.

> 백제성 위에 봄 풀이 자라나고
> 백염산 아래에 촉강이 푸르다
> 남방 사람이 올라와 노래 한 곡 부를 제면
> 북방 사람은 고향 생각 날 터이니 오르지 말 일이다

백제성白帝城과 백염산白鹽山(지금의 적갑산)은 기주의 대표적인 명승지

이다. 상류 쪽에서 구당협瞿塘峽을 지나다 보면 강북의 적갑산赤甲山과 강남의 백염산이 대문처럼 우뚝 솟아 여기를 기주의 대문이란 뜻에서 '기문夔門'이라 부른다. 백제성은 강북의 적갑산(지금은 자양산紫陽山이라 부른다.) 자락에 있다. 기주의 토착민인 남방 사람이 백제성에 올라와 구성지게 '대나무 가지의 노래'를 부르면 유우석과 같은 북방 사람은 필경 고향 생각이나 괴로워질 것이라 성에 오르지 말라고 했다. 이 시도 나쁘다 할 것은 아니나 아홉 수 전체의 서문으로서의 의미가 더 강하다. 그 뒤에 좋은 내용의 시가 많은데 굳이 왜 이 첫째 수를 골랐을까 궁금하다. 기획자의 깊은 뜻이 담겨 있는지는 잘 모르겠다. 그러나 전시한 시를 보면 시를 고르는 과정에서 전문가에게 충분히 자문을 했는지 의심스럽다. 유우석의 대표작이라고 보기 어려운 시가 많은데다 하나같이 여린 감성이 두드러져 '시호원詩豪園'이라는 이름과도 잘 어울리지 않는 까닭이다.

현도관
현도관 안의 복숭아나무 천 그루

열두 패방 왼편으로는 '현도관玄都觀'을 꾸며놓았다. 현도관은 장안의 주작문 거리 서쪽 숭업방崇業坊에 있었던 도교 사원이다. 태청관太淸觀과 함께 장안에서 가장 유명한 사원 가운데 하나였다. 유우석은 어느 날 유종원柳宗元과 현도관에 놀러가 아름답게 핀 복사꽃을 구경하였다. 유우석과 유종원 이들 두 사람의 관계를 알기 위해 잠시 이보다 10년 전으로 거슬러올라가 보자. 서기 805년, 이들은 왕숙문王叔文이 주도한 정치개혁운동인 영정혁신永貞革新에 가담했다. 그러나 수구파의 반격을 받고 사마司馬라는 낮은 관직으로 좌천되었는데, 이때 함께 좌천된 여덟 사람을 '팔사마八司馬'

유우석공원 '현도관'

라 부른다. 유우석과 유종원은 '팔사마 동지회'의 일원이었던 것이다. 유우석은 그 일로 낭주, 기주 등지를 떠돌다 꼬박 10년 만인 815년에 다시 장안으로 돌아왔고, 유종원도 비슷한 처지에서 긴 세월을 보냈다.

이제 유우석이 현도관에 복사꽃 구경을 가서 지은 시를 감상해보자. 〈원화 10년 낭주로부터 장안에 이르러 꽃을 구경하던 여러 군자들에게 장난삼아 드린다元和十年自朗州至京戲贈看花諸君子〉라는 긴 제목이 붙어 있다.

> 자줏빛 길 위의 붉은 먼지가 얼굴을 때리는데
> 꽃을 보고 왔다고 말하지 않는 이가 없다
> 현도관 안의 복숭아나무 천 그루는
> 모두가 유랑劉郎이 떠난 뒤 심은 것인가 보다

장안 거리가 온통 흙먼지 투성이인데, 이유인 즉 너도나도 흐드러지게 핀 복사꽃을 구경하려고 현도관으로 몰려가기 때문이라고 했다. 10년 만에 장안으로 돌아온 유랑, 즉 유우석은 예전에는 이런 풍경이 없었다고 짐짓 너스레를 떤다. 10년이면 강산도 변한다더니 현도관이 복숭아나무 천지가 되었다고 했다. 얼핏 보면 대수롭지 않은 시 같기도 하지만, 그 속에 담긴 풍자가 결국 풍파를 불러왔다. 권세가들을 복사꽃에 비유해 경멸과 조롱의 뜻을 담았기 때문이다. 영정혁신을 주도하던 개혁파를 내몰고 권력을 차지한 이들이 10년 동안 승승장구했다고 비꼰 시를 접한 당사자들이 바로 발끈했다. 그들은 '팔사마 동지회' 회원들을 사면복권시키려고 했던 헌종憲宗에게 자초지종을 고했고, 시를 읽어본 헌종도 화를 내며 유우석 등을 다시 지방으로 내쳤다. 일종의 필화筆禍인 셈이다.

유우석은 위의 시로 인해 낭주에서 올라오자마자 다시 지금의 귀주성貴州省 경내인 파주자사播州刺史로 발령받았다. 귀주성은 교통이 발달한 지금도 오지로 분류되는 곳이다. 유주자사柳州刺史로 발령받은 유종원이 노모를 모셔야 하는 유우석의 어려운 사정을 알고 자신의 임지와 바꿔달라고 청하였고, 재상 배도裴度도 헌종에

유우석공원 '서광장의 유우석 석상'

게 탄원해 유우석의 임지는 지금의 광동성 경내인 연주連州로 변경되었다. 이때부터 다시 여러 지방을 오가면서 10여 년 동안 외직을 전전하던 유우석은 57세 때인 서기 828년이 되어서야 장안으로 되돌아올 수 있었다. 그는 재차 현도관으로 가서 시를 한 수 지었으니, 곧 〈다시 현도관에서 노닐다再遊玄都觀〉라는 제목의 것이다.

> 백 이랑의 정원에 절반은 이끼
> 복사꽃은 말끔히 사라지고 채소꽃이 피었네
> 복숭아를 심었던 도사들은 어디로 갔는가?
> 저번의 유랑이 이제 다시 왔건만

또다시 흐른 10년 세월에 넓디 넓던 현도관의 정원도 이끼가 태반이고, 이래저래 말썽을 피우던 복사꽃도 죄다 채소꽃으로 바뀌었다고 했다. 복사꽃을 구경하러 유랑이 10년 만에 찾아왔건만 복사꽃과 함께 복숭아나무를 심었던 도사도 사라지고 없다고 했다. 복사꽃과 도사가 유우석을 비방해 지방으로 내쫓았던 이들을 가리키는 것은 물론이다. 유우석은 현도관에서 '내가 최후의 승자'라고 큰소리를 치고 있는 것이다. 문득 지하 감옥에 갇혔다가 14년 만에 탈옥하여 악당들에게 통쾌하게 복수한 몬테크리스토 백작이 떠오른다. 현도관에 차고 넘치던 복사꽃이 사라진 것을 눈으로 확인하는 것만도 '통쾌한 복수'에 해당하는지는 모르겠지만 말이다.

누실
무슨 누추함이 있겠느냐

필자는 열두 패방을 지나 유우석 기념관을 잠시 둘러보고 소택지로 발걸음을 돌렸다. 소택지의 입구 역할을 하고 있는 것은 '누실陋室'이었다. 이역시 입구의 석벽에도 새겨진 〈누실명〉에서 따온 것이다.

> 산은 높이가 중요하지 않고
> 신선이 살아야 이름이 난다

물은 깊이가 중요하지 않고

용이 살아야 영험한 것이다

이곳이 누추한 방이기는 하나

오직 나의 덕은 향기롭다

이끼는 섬돌을 올라와 푸르고

풀빛은 주렴에 스며들어 파랗다

담소하는 사람 중엔 큰 선비가 있고

왕래하는 사람 중엔 천박한 이가 없다

꾸미지 않은 거문고를 탈 만하고

불경을 읽을 만하다

귀를 어지럽히는 음악소리 들리지 않고

몸을 지치게 하는 공문서가 없으니

남양 제갈량의 초가집이나

서촉 양웅의 정자로구나

공자께서도 말하셨지

무슨 누추함이 있겠느냐고

'누실'은 비좁고 누추한 방을 말한다. 이는 『논어』〈자한子罕〉편에서 비롯된 말이다. 공자가 동이족東夷族의 지역에서 살고 싶다고 하자 누군가가 누추한 그곳에서 어찌 지내겠느냐고 했다. 공자는 이렇게 대답했다. "군자가 거처한다면 무슨 누추함이 있겠는가?" 유우석은 어떤 편지글에서 형양에 있던 고조부의 집을 가리켜 '누추한 방이 아직 무너지지 않았다'고 말한 적이 있다. 따라서 형양의 유우석공원에 '누실'을 꾸며놓은 것이 아전인수 식의 우기기는 아니다. 그런데 문제는 이곳이 공원 관리자 휴게실로 전락했다는 사실이다. 필자가 안을 들여다보니 서너 명의 관리자들이 '누실' 안에 매트리스를 깔고 누워 있었다. 심지어는 관리자의 것으로 보이는 오토바이까지 버젓이 '누실'에 들여놓았다. 원래부터 그런 용도로 만들어진 공간인지는 모르겠다. 그래도 이건 누가 봐도 이상하지 않을까.

필자는 연신 고개를 갸우뚱거리다 소택지를 굽이 도는 길을 따라 '침주측범沈舟側帆' 조각 풍경구 쪽을 둘러보았다. '조각 풍경구'라는 팻말을 보고 얼핏 서울 올림픽공원의 조각공원을 연상했으나 이름에 걸맞는 조각품들이 보이지는 않았다. 이름만 지어놓고 앞으로 조각품을 구비할 예정인 것인지 알 수 없었다. 그러나 '침주측범'이라는 다소 낯선 이름은 바로 짚이는 데가 있었다. 바로 유우석의 유명한 시 가운데 하나인 〈백거이가 양주에서 처음 만난 연회 자리에서 써준 시에 수답하여酬樂天揚州初逢席上見贈〉라는 시에서 따온 것이었기 때문이다. '침주측범'은 곧 '물에 잠긴 배 옆의 돛단배'라는 뜻이다. 유우석이 오랜 세월 지방을 떠돈 자신의 신세를 현도관의 복사꽃처럼 '잘나가던' 사람과 비교한 내용이다.

파산이 있고 초 땅의 강물 흐르는 처량한 땅에

유우석공원의 누실

23년 동안 내버려진 몸

옛일 생각하며 괜히 피리소리 듣고 지은 부를 읊조리지만

고향에 가면 오히려 선계에서 놀다 온 사람 같겠지요

물에 잠긴 배 옆으로 수많은 돛단배 지나가고

병든 나무 앞에 수많은 나무가 봄을 맞이합니다

오늘 그대가 부르는 노래 한 곡을 들으며

잠시 한 잔 술에 의지하여 정신을 북돋웁니다

이 시는 유우석이 55세 되던 826년에 화주자사和州刺史의 임기를 마치고 낙양으로 돌아오던 중 양주揚州에서 백거이를 만나 지은 것이다. 셋째 연에서 자신의 불우한 처지를 '물에 잠긴 배'에 비유했다. 또 현도관의 복사꽃처럼 '잘나가는' 이들을 '순풍에 돛단배'에 비유해 극명한 대조를 이루었다. 현도관의 복사꽃은 유우석의 주관적인 생각이고, 객관적 현실은 어디까지나 '침주측범'으로 간단히 요약될 뿐이었다. '침주측범' 조각 풍경구가 이름만 그럴싸하게 붙여놓을 것이 아니라 이런 주제가 더 잘 드러나

유우석공원 '침주측범' 조각 풍경구

도록 꾸며졌으면 좋았겠다는 아쉬움이 컸다.

필자는 개인적으로 유우석을 썩 좋아하지는 않는다. 그가 자신의 삶을 정리한 노년의 모습이 그다지 마음에 들지 않기 때문이다. 물론 막 과거에 급제하고 패기만만하던 시절 정치 개혁에 뛰어들어 실패를 맛본 대가로 20여 년 동안 여러 지방을 오가며 갖은 고생을 했던 사실은 충분히 인정할 만하다. 그러나 만년에는 그렇게 보낸 시절을 보상받고 싶었는지 전혀 비좁거나 누추하지 않은 호화로운 방에서 백거이 등과 어울려 술과 기생을 옆에 끼고 유유자적했다. 당시의 나라꼴은 그가 개혁을 외치던 때보다 훨씬 더 엉망이었는데도 말이다. 그보다 앞서 임지인 유주柳州에서 비분의 생을 마감한 '팔사마 동지회'의 유종원에 부끄럽지 않았을까?

이상은공원
비단 비파는 까닭 없이 오십 줄이고

형양에서의 두 번째 답사지는 '이상은공원'이었다. 이상은은 812년 획가현령獲嘉縣令으로 있던 아버지 이사李嗣의 4남 4녀 중 넷째로 형양에서 태어났다. 세 살 때 지금의 절강성 소흥시紹興市로 부임한 아버지를 따라갔다가 6년 뒤 아버지가 세상을 떠나 다시 형양으로 돌아왔다. 부친상을 마치고 낙양으로 이사하면서 계속 형양을 떠나 있었다. 그러다 만년에 염철추관鹽鐵推官이라는 벼슬에서 물러난 후 형양에서 생을 마감했다.

'이상은공원'으로 가기 위해 우석원을 나오니 맞은편에 대해사大海寺가 보인다. 대해사는 이 지역을 북위北魏가 통치하던 525년에 세워진 절이다. 당나라를 건국한 이연李淵이 형양 태수로 있을 때 아들인 세민世民에게 안질이 생겼는데, 대해사에서 불공을 드린 후 바로 나았다고 한다. 현재의 절은 명청대에 불타 없어진 것을 1997년에 복원한 것이다. 당나라 태종과도 관련이 깊은 곳이어서 들러보고 싶었으나 갈 길이 멀기에 꾹 참기로 했다.

지도를 보니 대해사에서 '이상은공원'까지는 대략 4km 남짓이었다. 주위를 둘러봐도 버스 정류장이 보이지 않았다. 대해사 앞 노점 아주머니에게 '이상은공원'에 어떻게 가느냐고 물었더니 그런 공원이 있는지도 모르겠단다. 마침 택시 한 대가 대해사 앞에 정차해 손님을 내려주었다. 택시라도 타고 가자 싶어 얼른 달려가 행선지를 '이상은공원'이라고 했다. 못 알아듣는 눈치여서 최대한 정확한 발음으로 두세 번 말했는데도 기사는 고개를 가로젓는다. 결국 포기하고 걸어가기로 했다. 유우석공원 답사로 이미 상당한 체력을 소진한 터라 무거운 발은 천근만근이다.

어서 속히 상은로商隱路가 나오기를 기대하며 310번 도로를 따라 터벅터벅 걸었다. 옛날 군대에서 대대 전술훈련 때면 50km 행군도 가뿐하게 마쳤건만, 이제는 그때의 몸이 아니라는 것을 다시 체험하는 순간이다. 얼마를 걸었을까? 이런 식의 답사에 서서히 회의를 느낄 무렵 삼륜차 아저씨가 구세주처럼 필자 곁으로 다가왔다. 어디를 가는 길이냐기에 별 기대 없이 '이상은공원'이라고 했더니 자기가 안단다. 이게 웬 횡재인가. 5위안이면 삼륜차 삯치고는 조금 비쌌지만 그것도 감지덕지였다. 택시 기사도 모르더라고 투덜댔더니 '이상은공원'이 생긴 지 얼마 안 되어 그렇단다. 삼륜차 옆을 스치는 바람이 이렇게 상쾌하게 느껴졌던 적이 또 있었던가.

화하華廈 호텔을 지나 우회전하니 상은로였다. 이제 곧 공원이 나오겠다고 생각하는 순간 삼륜차 아저씨의 '위협성' 제안이 들어왔다. 지금 이 시간에 공원으로 들어오는 삼륜차는 한 대도 없을 것이니 아저씨가 공원 밖에서 대기해주겠노라는 것이다. 필자도 그게 편하겠다 싶어 그러라고 했다. 우여곡절 끝에 이상은공원 정문 앞에 도착했다. 필자 외에 관람객이라

이상은공원 정문

고는 단 한 명도 없는 듯했다. 필자
는 공원 관리인과 반가운 인사를
나누는 삼륜차 아저씨에게 한 시
간 내에 돌아오겠다고 하고 공원
안으로 들어갔다. 유우석공원은 시
민공원처럼 꾸민데다 무료로 개방
된 곳이어서 관람객이 제법 있었는데, 이상은공원은 더 외진 곳에 자리잡
은 유료 공원이라 그런지 정말 아무도 없었다. 6만m² 넓이의 큰 공원을 혼
자 돌아다닌다는 것은 낯설다 못해 무서운 일이었다.

2008년 8월 26일에 문을 연 이상은공원은 행정구역상 형양시 예룡진豫
龍鎭 단산령檀山嶺에 있다. 이상은이 누이동생의 제문에서 "단산의 형수滎水
가 실제 우리집이다"라 한 것을 고증의 근거로 삼았다. 공원에 들어서자
마자 형양시 정부에서 우석원 못지 않게 심혈을 기울인 곳이라는 것을 쉽
게 느낄 수 있었다. 700m에 이르는 주 도로를 중심으로 60여 종 4700그
루의 나무를 심어 공원을 꾸며 푸르름이 넘쳤다. 또 여기에 16종의 화초
를 심어 알록달록함을 더했다. 시를 주제로 한 테마공원답게 이상은의 시
에서 이름을 따온 '영서광장靈犀廣場', '납촉광장蠟燭廣場', '만청원晩晴苑', '청
조원靑鳥苑', '상월정霜月亭', '상사정相思亭', '쌍비정雙飛亭' 등이 어우러져 있
었다.

공원에서 맨 먼저 필자를 반긴 것은 이상은의 〈비단 비파錦瑟〉 시로 꾸
민 중앙광장의 시벽詩壁이었다. 필자는 학부 때부터 이상은 시의 매력에
빠져 지금까지 연구를 해오고 있는 터라 감회가 남달랐다. 특히 이 〈비단
비파〉 시는 이상은의 대표작이기도 하거니와 필자가 학부 졸업논문의 주
제로 삼아 한 구절 한 구절 깊이 음미해본 적도 있어 더욱 그랬다. 시벽에
는 이상은이 좌정하여 비파를 타고 있는 모습을 가운데 두고 오른쪽에는

시제인 '금슬錦瑟'을 큼지막하게 쓰고 왼쪽에는 시의 본문을 한 행씩 세로로 써두었다. 이것은 마치 큰 저택 대문 안의 영벽影壁처럼 내부를 가리면서 공원의 입구에 우뚝 서 있었다. 이 시를 제대로 음미하고 나서야 이상은공원의 진면목을 알리라 하는 것도 같았다.

> 비단 비파는 까닭 없이 오십 줄로 되어 있어
> 한 줄 한 기러기발마다 꽃다운 시절 생각하게 하네
> 장자莊子는 새벽 꿈에 나비인가 헤맸고
> 망제望帝는 봄 마음을 두견새에 기탁했다네
> 창해에 달 밝으면 진주에는 눈물이 있고
> 남전藍田에 해 따뜻하면 옥에서 연기가 난다네
> 이러한 정들이 어찌 추억될 수 있으리?
> 다만 당시에 이미 망연자실했던 것을

이상은공원 〈금슬〉 시벽

이 시는 당시에서 난해하기로 유명한 작품이다. 역대로 많은 비평가들이 이 시에 대해 많은 평론을 내놓았지만 아직 정설이라 할 것이 없을 만큼 의견이 분분하다. 다만 이 시가 이상은의 만년작이라는 점은 대체로 수긍하는 분위기다. 이상은은 서기 812년에 태어나 858년에 향년 47세를 일기로 세상을 떠났는데, 이 시의 첫행에서 50현의 비파를 언급한 것을 근거로 그가 쉰을 바라보는 나이에 자신의 일생을 회고했다고 보는 견해이다. 필자는 '세상 만물의 변화'가 이 시의 주요 모티브라고 생각한다. 둘째 연에서 '나비의 꿈'이라는 뜻의 '호접몽胡蝶夢'으로 유명한 장자莊子는 꿈에 나비로 바뀌었고, 전국시대 촉나라의 왕이었던 망제는 죽어서 두견새가 되었다. 이는 사람이 죽으면 새가 된다는 전통적 믿음에 바탕을 둔 생각이다. 셋째 연에서는 순환적인 변화를 이야기했다. 고체인 진주와 옥은 때로 액체인 눈물도 되고 기체인 연기도 되었다가 갖은 변화를 거쳐 원래의 모습으로 되돌아온다.

우리네 삶이란 이런 변화에 휩쓸리지 않을 수 없다. 시간과 장소와 상황이 바뀌면서 온갖 기쁨과 슬픔이 교차하기 마련이다. 어제의 기쁨도 오늘 잊힐 수 있고 내일의 슬픔도 모레면 치유될 수 있다. 그래서 세상만사 '새옹지마'라고 설파하는 이도 있지만 우리 인간은 감정의 동물이기에 기쁘고 슬픈 그 순간만큼은 거기서 비롯된 동요를 쉽게 추스르지 못한다. 설령 시간이 지나 그 모든 것을 '추억'으로 회상하며 너무나 큰 상심으로 어쩔 줄 몰랐던 그때조차 웃으며 얘기할 수 있는 순간이 온다고 하더라도 말이다.

영서광장
마음엔 영험한 무소같이 한 점으로 통합이 있었지

중앙광장에서 더 걸어 들어가 오른쪽으로 꺾어지니 영서광장이 나온다. '영서靈犀'는 이상은의 〈무제〉 시에 등장하는 영험한 무소를 가리킨다. 무소 뿔의 흰색 문양이 직선처럼 양쪽으로 통해 외물의 움직임에 민감하게 반응한다고 하는데, 이로부터 두 사람의 마음이 서

이상은공원의 '영서' 상

로 통하는 것을 비유하게 되었다. 최초의 불교 경전인 숫타니파타에는 이와 반대로 "연정戀情에서 근심과 걱정이 생기는 줄 알고 무소의 뿔처럼 혼자서 가라"고 했으니 불경에서 유래된 이야기는 아닌가 보다. 영서광장의 무소 석상은 바윗돌의 단단한 질감이 무소와 잘 어울려 보였다. 다만 무소의 몸에 굳이 빨간색으로 '영서'라 써둘 필요는 없지 않았을까. 팻말 정도로 충분했을 텐데 말이다. 영서가 나오는 이상은의 시를 감상해보자. 〈무제 두 수無題二首〉 가운데 첫째 수이다.

> 어젯밤 별 어젯밤 바람
> 단청 누각의 서쪽 계수나무 집 동쪽
> 몸엔 채색 봉황처럼 한 쌍 되어 나는 날개가 없어도
> 마음엔 영험한 무소같이 한 점으로 통함이 있었지
> 자리를 떨어져 앉아 하는 송구 놀이에 봄 술은 따뜻하고

편을 갈라 하는 석복 놀이에 밀랍 등불이 빨갰지

아아 나는 북소리 듣고 출근하러 떠나니

말 달려 난대로 가는 모습 구르는 쑥과 같구나

이상은은 애정시 방면에서 독보적인 경지에 오른 시인이다. 그는 사랑에 빠진 남녀의 심리를 섬세하게 읽어냈다. 이것이 시인의 직접 체험 없이 불가능하다는 관점에서 그 개인의 연애사를 파헤쳐보려는 사람도 없지 않다. 그러나 모든 문학작품을 작가의 체험담으로 간주하는 것은 그다지 바람직해 보이지 않는다. 이 시에 등장하는 남녀는 어젯밤 즐거운 시간을 함께 했다. 첫 만남에서 바로 눈이 맞았던 모양이다. 아쉽게도 단둘만의 자리는 아니어서 적극적으로 마음을 표현할 기회를 포착하기는 어려웠던 것 같다. 대학생들의 MT처럼 모닥불 주위에 둘러앉아 여러 가지 놀이를 즐기는 광경이 연상된다. 누군가에 정신이 팔려 놀이에 집중하지 못하는 두 사람. 시인이 이들을 위해 준비한 말이 바로 "마음엔 영험한 무소 같이 한 점으로 통함이 있었지"이다. 그러고 보니 고등학교 때 영어 선생님이 직접 불러주시던 노래의 가삿말이 떠오른다. 얼마 전 세상을 떠난 패티 페이지Patty Page의 〈짝을 바꾸세요Changing Partners〉라는 노래이다.

We were waltzing together	우리는 꿈 같은 곡조에 맞춰
to a dreamy melody	함께 왈츠를 추고 있었죠
When they called out	사람들이 "짝을 바꾸세요"
"Change partners"	라고 말했을 때
And you waltzed away from me	당신은 나에게서 멀어져 갔죠
Now my arms feel so empty	지금 나의 팔은 너무 허전해서
As I gaze around the floor	마루바닥만 여기저기 바라볼 뿐이죠

And I'll keep on changing partners	그래서 나는 계속 짝을 바꿀 거예요
Till I hold you once more	당신을 다시 잡을 때까지

마지막 연에서 장탄식을 늘어놓은 것으로 보아 이 시의 화자는 아쉽게도 '영서'처럼 통한 그 사람과 다시 왈츠를 출 기회가 없었던 것 같다. 별이 뜨고 바람이 불던 계수나무 집 동쪽 정원에서 펼쳐졌던 꿈 같은 모임도 새벽이 되어 자리를 파했다. 우리의 주인공도 일찍 출근해야 하는 몸이라 차를 잡아타고 일터로 떠난다. 마음이 통했던 두 사람은 나중에 다시 만났을까? 만약 그랬다면 이 시가 세상에 전해지지 않았으리라는 것이 필자의 생각이다. 영서광장 왼편에 자리한 쌍비정雙飛亭도 이 시에서 모티브를 얻은 것이다. 기둥의 대련에 이 시의 둘째 연을 큼지막하게 써내려갔다.

영시랑과 이두랑
봄을 아파하고 이별을 아파하는 데 마음을 쓴 이는

영서광장 동남쪽으로 발걸음을 옮기니 굽이굽이 펼쳐진 장랑長廊이 눈에 들어온다. 이름하여 '영시랑詠詩廊'이라 했다. 시를 읊는 장랑이라는 뜻이다. 현판 아래 양쪽의 대련은 이상은의 시 〈안정성의 누각安定城樓〉에서 따온 것이다. 그는 이 시에서 "언제나 강호로 백발 되어 돌아가련다 생각했지만, 천지를 돌고 나서야 조각배에 오르고 싶었다永憶江湖歸白髮, 欲迴天地入扁舟"고 절규했다. 나이를 먹고 때가 되면 자연으로 귀의하기 전에 무언가 세상에 이름 석 자 남길 만한 일을 해보고 싶다는 것이다. 이런 구절에서 엿볼 수 있듯이 이상은도 삶이 딱한 사람 가운데 하나였다. 과거에 급제하고 장군의 딸을 아내로 맞을 때만 해도 그의 인생은 활짝 피는 듯했

이상은공원의 영시랑

다. 그러나 이내 '키워준 사람의 은혜를 저버리고 반대파에 빌붙은 자'라는 오명을 뒤집어 쓰고 중앙 정계에 발을 붙이지 못했다. 나이 마흔에 아내를 저 세상으로 일찍 떠나보낸 뒤에도 변방 군사령부의 행정관을 전전하는 고달픈 나날의 연속이었다. 그에게는 참 안된 일이지만 그런 삶의 체험이 있었기에 오늘날까지 그의 시가 전해진다고 생각하니 이것이 또 시인의 숙명인가도 싶다.

영시랑 맞은편에 또 하나의 장랑이 있다. 이것은 이름이 '이두랑李杜廊'이다. 흔히 '이두'라 하면 이백과 두보를 가리킨다. 그런데 당나라 말기에 활동한 이상은과 두목杜牧이 또 시단에서 그들에 버금가는 활약을 펼쳤기에 이들을 '젊은 이두小李杜'라 부른다. 두목이 이상은보다 열 살 가량 연배가 위인데다 호기豪氣 넘치는 시도 많이 지어 이상은은 두목을 존경의 대상으로 여겼다. 이상은의 〈사훈원외랑 두목杜司勳〉이라는 시를 감상해보자.

높은 누각 비바람에 이 문장에 느끼는 바 있으니

짧은 날개가 차이 나 무리에 끼지 못하였네

봄을 아파하고 이별을 아파하는 데 마음을 쓴 이는

인간세상에 오직 두목뿐이구나

사훈원외랑은 두목이 맡았던 벼슬 이름이다. 이상은은 두목의 시문詩文을 읽고 느낀 바가 있었던 모양이다. 높은 누각에 비바람 치듯 위태로운 시국에 그의 글을 읽으며 변변치 못한 자신의 능력과 처지를 통감한다고 했다. 이상은은 두목 작품의 양대 주제를 '봄'과 '이별'로 요약하며 두목만이 그것을 잘 묘사했다고 칭송했다. 그가 말하는 '봄'과 '이별'이란 관계官界에서 뜻을 얻지 못해 지방으로 떠나는 것으로 이해된다. 두목도 지금 중앙 정부에서 상훈담당관으로 재직 중이지만 '봄을 아파하고 이별을 아파하던' 시절이 있었으니 동병상련의 마음으로 시인 자신을 헤아려달라는 말이다.

시계를 보니 벌써 꽤 시간이 흘렀다. 한 시간만 둘러보고 나오겠다는 삼륜차 아저씨와의 약속이 있어 서둘러야 했다. 하는 수 없이 만청원은 대충 눈으로 훑었다. 이상은이 계림에서 지은 시 〈저녁에 날이 개어晚晴〉에서 따온 이름이다. 납촉광장과 청조원은 이상은의 또 다른 무제시에서 연유한 것이다. 시비詩碑 위에 타오르는 촛불과 파랑새의 모습이 담긴 조각상을 올려 시의 분위기에 한껏 빠지게 만든다.

이상은 묘
봄 누에는 죽어서야 실 뽑기를 그만두고

공원의 마지막 구역은 이상은의 무덤이었다. '이상은지묘李商隱之墓'라

이상은공원의 이상은 묘

씌어 있는 바위가 영벽影壁처럼 필자를 맞이했다. 몇 개의 계단 위에 돌을 쌓아 무덤을 둘렀다. 무덤 위에는 푸르고 싱싱한 나무가 무성한 가지와 잎을 내밀고 있었다. 이런 모습을 보니 두보능원에 다시 아쉬움이 느껴진다. 왜 두보의 무덤은 이만큼도 가꾸지 못하는 걸까? 그러나저러나 이 무덤의 주인은 드넓은 이 공원에 필자 한 사람밖에 없다는 것을 아는지 모르겠다. 생면부지의 외국인이 자신의 행적을 따라서 수천 리 계림까지 다녀왔다는 것을 알면 뭐라고 할까? 대답은 듣지 못했지만 필자가 연구 대상으로 삼고 있는 시인이 편안히 잠들어 있는 것만 같아 마음이 따뜻해졌다. 그가 〈수나라 군대의 동쪽 정벌隋師東〉이라는 시에서 한사군漢四郡을 두둔하며 고구려를 정벌하지 못한 수나라의 무능을 비난한 시를 짓지만 않았다면, 추모의 마음을 담은 향이라도 하나 피웠을 것이다. 그러나 이런 못된 시를 지어 어불성설의 동북공정東北工程에 가담한 이상 필자와 같은 한국인으로부터는 큰 감점을 피할 길이 없다.

외국문학 전공자의 딜레마를 어렵사리 수습하고 무덤 주위에 100m 둘레로 세운 시벽詩壁을 훑어보았다. 이상은의 시를 좋아했던 모택동毛澤東의 친필도 눈에 띈다. 무엇보다도 시벽의 한쪽 벽면을 다 차지할 만큼 큰 글씨로 새긴 〈무제〉 시 한 연이 인상적이다. 아마도 이 공원의 기획자는 이상은이 이 시를 필생의 역작으로 가까이 두고 싶어 한다고 생각한 모양이다.

만날 때도 어려웠지만 헤어지기도 어려워
동풍이 힘 없으니 온갖 꽃이 시든다

봄 누에는 죽어서야 실 뽑기를 그만두고

촛불은 재가 되어서야 눈물이 마른다

새벽에 거울 보며 구름 같은 머리채 바뀜을 근심하겠고

밤에 읊조리며 달빛의 차가움을 느끼겠지

봉산이 여기서 멀지 않으니

파랑새야 살짝 살펴봐주렴

앞에서 본 '납촉광장'과 '청조원'이 다 이 시에서 나온 것이다. 그만큼 사랑을 노래한 이상은의 시 가운데 널리 인구에 회자되는 명작으로 꼽힌다. 이 시에서 노래한 한 쌍의 연인들은 갖은 난관을 극복하고 어렵게 만난 사이다. 그러기에 그들에게 이별이란 감당하기 어려운 일이다. 그러나 봄이 지나가면 꽃이 시들 듯이 또 인연이 다하면 헤어질 수밖에 없는 것이 세상사 이치가 아니겠는가. 죽을 때까지 실을 뽑아내는 누에처럼 목숨을 바쳐 사랑하겠다고 다짐했기에 이별한 뒤에는 제 몸을 녹이는 촛불같이 눈물을 쏟아낸다. 이 시의 화자는 헤어진 여인을 잊지 못하고 상상 속에서 모습을 그려본다. 여인도 이별의 근심으로 초췌해지고 밤마다 달을 바라보며 그리움을 노래할 것이라 했다. 필자는 여기까지 이 시를 감상할 때면 늘 사춘기 소년 때 처음 보았던 영화 〈로미오와 줄리엣〉이 떠오른다. 로미오와 줄리엣이 캐플릿 가의 축제에서 처음 만나는 장면에서 음유시인으로 등장한 글렌 웨스턴Glen Weston이 부른 〈청년이란 무엇인가What is a youth〉라는 노래의 가삿말이 무척 인상적이었다.

What is a youth? Impetuous fire	청년이란 무엇인가, 격렬한 불꽃
What is a maid? Ice and desire	아가씨란 무엇인가, 얼음이자 욕망
The world wags on	세상은 변해가는 것

A rose will bloom, It then will fade	장미는 피었다가 곧 시들리라
So does a youth	청년도 그렇고
So does the fairest maid	아름다운 아가씨도 마찬가지
Comes the time when one sweet	달콤한 미소가 한동안
smile has its season for a while	제철을 만난 때가 오면
Then love's in love with me	사랑은 나와 사랑에 빠지리라
Some they think only to marry,	어떤 이는 오로지 결혼 생각뿐이고
Others will tease and tarry	또 다른 이는 집적거리며 주저하겠지
Mine is the very best parry,	나에게는 바로 최고의 방어책
Cupid he rules us all	큐피드가 우리를 지배하리라
Caper the cape but sing me the song	망토를 펄럭이며 내게 노래를 불러주렴
Death will come soon to hush us along	죽음이 우리를 잠재우러 온다 해도
Sweeter than honey and bitter as gall	꿀보다 달콤하면서 쓸개즙보다 쓴
Love is a task and it never will pall	사랑은 과업이기에 절대 싫증나지 않도다
Sweeter than honey and bitter as gall	꿀보다 달콤하면서 쓸개즙보다 쓴
Cupid he rules us all	큐피드가 우리를 지배하리라
A rose will bloom, It then will fade	장미는 피었다가 곧 시들리라
So does a youth,	청년도 그렇고
So does the fairest maid	아름다운 아가씨도 마찬가지

이 곡의 가사는 시나리오 작가이자 시인이기도 한 유진 월터Eugene Walter 가 썼다. 피었다 시드는 장미로 로미오와 줄리엣의 비극적 사랑을 암시한 수법이 이상은의 〈무제〉 시와 흡사하다. 그러나 〈무제〉 시에서는 아직 결 말이 어떤지 알 수 없다. 시의 화자는 큐피드 역할을 할 파랑새를 여인이 머무는 봉산으로 보내려 한다. 봉산은 선녀들이 산다는 곳이다. 그렇다면

화자의 연인은 하늘에서 내려온 선녀였던 것일까? 날개옷을 다시 얻자 '나무꾼'을 지상에 남겨두고 혼자 봉산으로 떠났던 것일까? 사슴이 알려주는 연못을 찾아가면 과연 하늘에서 두레박이 내려올까? 사랑은 이처럼 알 수 없는 의문들로 가득한 신비와 미지의 세계인 듯하다. 그런데 이상은이 이 세계의 비밀을 파헤쳐 주옥같은 시어로 옮겼던 시인이었기에 호평을 받는 것이리라.

이상은공원 '상은상음' 비석

　서둘러 이상은공원을 나가려다 '상은상음商隱尚吟'이라는 글귀가 적힌 석조물 앞에서 다시 발걸음을 멈추었다. "이상은은 아직도 시를 읊고 있다"는 뜻이다. 우리말 발음으로도 비슷하지만 중국어로 읽으면 '상인상인'이라서 앞뒤 두 글자씩 똑같다. 여기서 또 해음諧音을 좋아하는 중국 사람들 취향이 고스란히 묻어난다. 그러나 이 '상은상음'을 말장난으로 치부할 일은 아니다. 그의 남긴 시 600수가 다 훌륭하다고 할 수는 없어도 〈무제〉와 같은 사랑의 시 몇 편은 셰익스피어의 〈로미오와 줄리엣〉에 견주어도 손색이 없다. 기막힌 사랑에 빠진 사람들이 정작 말문이 막혀 한 마디도 표현할 수 없는 그 말을 이상은이 콕 집어서 대신 후련하게 얘기해주었기 때문이다. '사랑'은 동서고금을 막론하고 영원한 문학의 소재이다. 그래서 설령 이상은이 천 년 전 당나라에서 살다 여기 형양에 묻힌 사람이라 시대와 나라가 다르다고 해도 우리는 그가 노래한 사랑의 시에 충분히 공감할 수 있다. "이상은은 아직도 시를 읊고 있다"는 말을 필자는 그렇게 이해했다.

이상은공원을 나오니 삼륜차 아저씨가 반갑게 나를 맞았다. 정주로 다시 돌아가는 버스를 타야 한다고 했더니 버스 정류장을 알려주겠단다. 그런데 조금 길을 에둘러야 하니 요금으로 1위안을 더 달라고 했다. 필자는 그러마 하고 흔쾌히 삼륜차에 올라탔다. 삼륜차는 왔던 길과 반대편으로 내달렸다. 설마 이상한 곳으로 데려가는 것은 아니겠지 하는 약간의 불안감도 없지 않았으나 곧바로 나타나는 대로를 보고 마음을 놓았다. 삼륜차 아저씨는 버스 정류장에 필자를 내려주고 웃으며 떠났다. 정류장에서 버스를 기다릴 때에야 한 가지 사실을 깨달았다. 이상은공원 입구에서 여기까지는 걸어서 10분밖에 안 걸린다는 것을. 그러나 다행히 뒤통수를 맞은 듯한 기분을 가라앉히는 데는 많은 시간이 필요하지 않았다. 어쨌든 필자는 삼륜차 아저씨가 아니었으면 310번 도로로 다시 나가서 버스 정류장을 찾아 거리를 헤맸을 참이었다. 고급 정보를 얻을 때는 언제나 돈이 드는 법이다. 이윽고 정주로 가는 12번 버스가 도착했다. 시원스럽게 뻗은 중원서로中原西路를 내달리는 버스 안에서 피곤에 지친 필자는 밀려오는 졸음에 연신 차창에 머리를 찧어야 했다.

안양
해마다 봄빛은 누구를 위해 오는 걸까

형양에서 돌아온 다음날의 행선지는 안양安陽이었다. 정주에서 북동쪽의 안양까지는 187km. 기차로 두 시간 반 거리다. 안양은 정주와 함께 8대고도八大古都의 하나에 든다. 상商나라를 비롯해 위魏, 동위東魏, 북제北齊 등 일곱 나라가 안양 북쪽 교외의 업성鄴城에 도읍하였다. 특히 은허殷墟라 불리는 안양 소둔촌小屯村의 상나라 유적은 2006년 유네스코 세계문화유산으로 지정된 유명한 곳이다. 안양이라는 지명은 전국시대 말기부터 쓰이기 시작했고, 당나라 때에는 줄곧 상주相州 업군鄴郡의 관할 지역에 포함되어 있었다. 먼저 왕유의 시 〈안양으로 부임하는 웅씨를 전송하며送熊九赴任安陽〉를 감상해보자.

> 위나라는 응창과 유정 이후에
> 쓸쓸한 문예의 공백기였지
> 장하는 지난날과 같으니
> 그대가 맑은 풍류를 이으시게
> 밭두렁 길은 동작대 아래에 있고
> 마을은 금호대 곁에 있으리
> 전송하는 수레가 파상을 가득 메울 때
> 가벼운 말은 동관 동쪽으로 나간다
> 서로 떨어진 것 천여 리
> 서쪽 정원에서 밝은 달을 함께 합시다

역사적 의미를 따져보면 은허의 가치가 훨씬 더 높겠지만 상나라는 당나라로부터도 천 년 이상 먼 과거의 시대였다. 그래서 당시에서 안양은 주로 위나라의 수도였던 업성으로 등장한다. 위에서 감상한 왕유의 송별시 역시 그러하다. 위왕魏王 조조曹操의 휘하에 있었던 응창應瑒과 유정劉楨 등의 건안칠자建安七子가 조비曹丕, 조식曹植과 함께 활약했을 때만 해도 업성은 문예의 중심지였다. 그러나 위나라가 진晉나라로 넘어가고 수도도 낙양으로 옮겨가면서 업성은 다시 황무지로 변했다. 그래도 안양 북쪽을 흐르는 장하漳河는 예전 모습 그대로이니 한때 업성을 상징하던 동작대銅雀臺와 금호

안양 '업성유지鄴城遺址'

대金虎臺도 찾아보며 다시 건안칠자의 풍류를 이으라 했다. 당나라 때의 수
도인 장안에서 안양까지는 천 리가 훨씬 넘는 먼 길이다. 그래서 웅씨를 배
웅하는 왕유의 시에 그를 안쓰러워 하는 마음이 진하게 배어 있다.

안양의 업성을 손수 방문한 잠삼岑參의 시 〈옛 업성에 올라登古鄴城〉도 이
와 비슷한 분위기를 느끼게 한다.

> 말에서 내려 업성에 올랐으나
> 성이 비었으니 다시 무엇이 보일까
> 동풍이 불어 들불을 일으키더니
> 저녁에는 비운전飛雲殿에 날아든다
> 성 모퉁이에서 남쪽으로 동작대를 마주하니
> 장하는 동쪽으로 흘러 다시 돌아오지 않는다
> 위무제 조조의 궁궐 사람들은 다 사라졌는데
> 해마다 봄빛은 누구를 위해 오는 걸까

안양 '동작대 유지'

업성은 본래 춘추시대 제나라 환공桓公이 축조한 성곽이다. 서기 204년 조조가 원소袁紹를 격파한 이후로 위나라의 도성으로 삼았다. 조조는 이 곳에 구리로 만든 봉황으로 지붕을 장식한 동작대를 지었다. 2012년에 조조를 주인공으로 주윤발周潤發이 열연한 중국 영화의 제목을 〈동작대〉라 한 것도 동작대가 위나라의 전성기를 대표하기 때문이다. 동작대 지붕 위의 동작의 높이만 5m였다고 하니 그 웅장함을 짐작할 만하다. 그러나 잠삼이 찾아간 업성은 아무도 살지 않는 빈 성일 뿐이었다. 동쪽으로 흘러가 돌아오지 않는 장하漳河처럼 조조 시대의 인물들은 이미 사라지고 없다. 지금은 '빈 성'마저 자취를 감추고 옛터의 흔적만 겨우 확인할 수 있는 정도이다.

낙양, 정주, 안양, 그리고 개봉開封까지 하남성은 '8대고도'의 절반을 보유한 역사와 문화의 고장이고 중원의 노른자위이다. 그러나 2012년 통계에 의하면 하남성은 1인당 국민소득 순위에서 중국의 31개 성급 행정구역 중 겨우 21위에 머물렀다. 현대에 들어 저소득을 대표하는 지역으로 전락한 것이다. 『허삼관매혈기』라는 제목의 소설이 있기도 하지만, 가난한 사람들이 매혈로 돈을 벌려다 집단으로 에이즈에 감염되었다는 마을도 하남성에 있다. 하남성이 중원의 맹주 지위를 잃고 전란과 빈곤으로 허덕이기 시작한 것이 어제 오늘의 일은 아니다. 천 년 전 당나라 시인들의 눈에도 하남성은 황량하기 그지 없었다. 하남성에 진정한 '봄빛'이 찾아올 날은 언제일까? 이런 안쓰러움을 뒤로 한 채 정주, 형양, 안양을 둘러본 중원 기행 두 번째 여정을 마무리했다.

3

태산이
높다 하되

중원에서 당시의 발자취를 더듬는 마지막 일정은 북경北京에서 시작되었다. 화북華北 평원의 끝자락에 자리잡은 북경은 원나라 때 대도大都라는 이름으로 처음 중국의 수도가 되었다. 현재는 중화인민공화국의 수도로서 정치와 문화의 중심지 역할을 톡톡히 수행하고 있으며, 2008년 북경 올림픽을 성공리에 개최하면서 더욱 세련된 도시의 면모를 갖추었다. 특히 고궁박물원故宮博物院, 천단天壇, 명십삼릉明十三陵, 이화원頤和園 등 세계문화유산으로 지정된 역사 유적들은 유서 깊은 고도古都의 자부심을 보여주기에 충분하다.

북경이 역사에 등장한 시기는 서주西周 시대로 거슬러 올라간다. 무왕武王이 소공召公을 북경 지역에 봉하고 연燕이라 칭했던 것이다. 당시의 도성은 지금의 북경시 방산구房山區에 있었다. 후에 연이 북경 서남쪽의 계薊를

병합하면서 그쪽으로 수도도 옮겼으니 이것이 진秦나라 때의 계현薊縣이
다. 계현은 한나라에 들어와 유주幽州의 관청 소재지가 되었다가 남북조시
대 전연前燕, 전진前秦, 후연後燕, 북위北魏 등의 수도로도 활약했다. 그러나
당나라의 수도는 장안長安이었던 까닭에 북경 일대는 동북 변경으로 인식
되었다. 더구나 이곳에 주둔했던 범양절도사范陽節度使 안록산安祿山이 반란
을 일으킨 이후로 군벌軍閥의 소굴이 되어 현재 북경의 인상과는 사뭇 달
랐다. 그래서 이곳을 찾았던 당나라 시인들도 극소수에 불과했다.

도연정 공원
한바탕 취하고 한바탕 즐거워하리라

선무구宣武區 쪽에 잡은 숙소에서 간단히 아침을 먹고 찾아 나선 곳은 도
연정陶然亭 공원이었다. 버스 노선을 알아보니 우의의원友誼醫院 쪽에서 59
번을 타면 갈 수 있었다. 2002년 단기어학연수단을 인솔해 6주간 북경외
대北京外大에서 지내면서 발로 누빈 곳이 많았던 터라 북경은 필자에게 친
숙한 곳이다. 북경외대는 북경 서쪽에 있었다. 시내로 나가려면 버스를 타
고 '북경 동물원' 앞까지 가서 다른 버스로 갈아타야 했다. 버스에 오르면
차장에게 행선지를 말해야 거리에
따라 다른 금액의 표를 끊어주는데
늘 이때가 괴로운 순간이었다. 중국
어로 '동물원'은 앞 두 글자에 성조
가 4성인 한자가 잇달아 오는 까닭
에 '동動 \ 물物 \ 원園 /', 이런 식
으로 발음해야 한다. 그런데 우리말

북경 '59번 버스 노선도'

습관대로 발음하다 보면 '동'의 음이 떨어지지 않고 '동→'이 되는 것이 문제였다. 이 '동→'은 중국어에서 '동녘 동東'이지 '움직일 동動'이 아니었던 것이다. 지명에 '동녘 동'이 들어가는 곳이 좀 많은가. 그래서 차장은 필자가 발음하는 '동물원'을 듣고 나면 꼭 '동쪽 어디?'라고 되묻는 것이었다. 이러니 식은땀이 아니 흐를 수 있겠는가? 그 후로 10여 년의 세월이 흐르는 동안 버스의 구간별 요금이 대부분 단일요금제로 바뀌면서 필자의 중국어 발음에 인상을 찌푸리던 차장도 많이 사라졌다.

필자는 59번 버스를 타고 옛날의 추억을 되새기다 공원 앞에 내렸다. 도연정공원은 당대의 문화 유적이 아니다. 도연정이 세워진 것은 청나라 강희제 때인 1695년의 일이고, 이를 기념하는 공원은 1952년에 개원했다. 도연정은 앞 장에서 소개했던 장사의 애만정, 그리고 저주滁州의 취옹정醉翁亭, 항주杭州의 호심정湖心亭과 함께 중국 4대 역사 정자 가운데 하나이다. 물론 이것뿐이라면 당시唐詩의 자취를 찾아가는 이 책에서 다루기 어려웠을 것이다. 그런데 도연정 역시 애만정과 마찬가지로 당시의 한 구절에서 이름을 따왔다는 데 의미가 있다. '도연陶然'이라는 이름의 출전이 된 백거이의 시 〈유우석과 한가롭게 술을 마시고 훗날을 기약하다與夢得沽酒閑飮且約後期〉를 읽어보자.

젊었을 때도 생계를 걱정하지 않았거늘
늙어서 누가 술값을 아까워하랴
함께 만 전을 내어 한 말을 받아오고
서로 바라보니 일흔 살에서 삼 년이 빠졌네
한가로이 고아한 벌주놀이 하느라 경전과 사서를 다 끄집어내고
취하여 맑은 노래 들으니 관현악보다 낫도다
다시 노란 국화로 집에서 담근 술 익기를 기다려

'도연'은 이 시의 마지막 구(共君一醉一陶然)에 보인다. 술에 흠뻑 취해 즐거운 모습을 말한다. 이 시는 서기 838년 백거이가 67세 되던 해에 지은 것이다. 당시 백거이는 낙양에서 태자를 보필하는 동궁관東宮官으로 있었다. 같은 동궁관으로 있던 직장 동료 유우석과 한가로이 풍악을 울리며 술을 마셨다는 내용이다. 태평성대가 따로 없다. 백거이와 유우석이 모셨던 태자는 아마도 문종文宗의 아들 이영李永이었을 것으로 추정된다. 아버지로서 문종의 교육열은 남달라서 방방곡곡의 훌륭한 선생들을 수소문해 태자의 스승으로 삼았다. 백거이와 유우석도 그 덕분에 동궁관에 임명되었다. 그러나 아버지의 바람과 달리 이영은 자못 방탕한 생활을 했고 여기에 정적政敵들의 비방이 더해져 폐태자廢太子의 위기에까지 몰렸다. 그러다 문종의 배신감과 노여움이 조금 풀렸을 때 갑자기 세상을 떠났다. 이런 상황에 태자의 교육을 책임지는 종2품(백거이)과 정3품(유우석)의 벼슬에 있던 '고위공무원단' 공직자가 술 한 말을 받아다 퍼마시며 '도연'의 경지에 이르고 있었다니 이게 가당한 일인가. 백거이와 유우석이 보여준 만년의 행태는 이전의 명성에 먹칠을 해도 단단히 했다고 생각한다.

그러나 북경의 도연정에 무슨 허물이 있겠는가. 영주永州로 좌천된 유종원으로부터 영문도 모르고 '바보 시내愚溪'란 이름을 들어야 했던 관수灌水 북쪽의 시내와 흡사하다 할 것이다. 도연정은 본래 청나라 때 정부에서 운영하는 기와 공장의 감독관 강조江藻가 세웠다. 그도 이 정자에 자주 술친구를 불렀다는 이야기가 전해지는 것을 보면 백거이가 즐겼던 '도연'의 경지를 동경했던 모양이다. 대들보에 그려진 그림에는 백거이 시에 보이는 국화도 있고, 이백이 술에 취한 모습도 보인다. 풍광이 더없이 수려한 곳에 자리잡은 덕에 손님이 몰려들어 본래 한 칸이었던 것을 세 칸으로 늘려야 했다고 한다. 이 확장공사 덕분에 마치 창고 건물처럼 옆으로 퍼져 우리가 흔히 생각하는 '정자'의 모습과는 외관이 많이 달라졌다. 동쪽 출입문 기둥에는 청말에 영국 상선의 아편을 몰수해 불태운 것으로 유명한 임칙서林則徐의 대련이 있다.

> 도연명이 세 길을 내는 소리 들리는 듯 한데
> 와보니 아미타불과 감실을 함께 쓰는구나

　도연명의 〈귀거래사歸去來辭〉에 "세 길은 황폐해졌어도 소나무와 국화는 그대로이다三徑就荒, 松菊猶存"라는 구절이 있다. 도연정의 분위기가 마치 도연명이 관직을 버리고 돌아와 잡초가 무성한 오솔길을 새로 가꾸었던 고향 집과 같다는 것이다. 그러고 보면 도연명도 〈시절의 운수時運詩〉라는 시에서 "이 술잔 하나를 들며 흠뻑 취해 스스로 즐거워한다揮茲一觴, 陶然自樂"며 '도연'이라는 말을 썼다. 그런데 굳이 백거이의 시에서 이름을 따왔다

도연정공원의 도연정

도연정공원 '풍우동주정'

고 할 필요가 있을까. '아미타불'을 언급한 것은 도연정을 자비암慈悲庵이
라는 사찰 옆에 지었기 때문이다. 절 옆에서 한참 술 이야기만 늘어놓은
것도 겸연쩍은 일이다.

사실 도연정공원에서 더 도연정처럼 보이는 것은 호숫가에 서 있는 '풍
우동주정風雨同舟亭'이다. 1991년 안휘성에 대홍수가 났을 때 중국 전역에
서 수해복구에 도움의 손길을 보냈다. 안휘정 정부에서는 이에 감사를 표
하기 위해 휘주徽州에 있는 사제정沙堤亭을 본뜬 정자를 도연정공원에 세우
고 '풍우동주'라는 이름을 붙였다. '풍우동주'는 '오월동주吳越同舟'라는 고
사성어와 뿌리가 같다. 오나라와 월나라는 서로 사이가 안 좋았는데 함께
배를 타고 가다가 풍랑을 만나자 서로 합심했다는 이야기가 『손자孫子』에
전한다. '오월동주'는 그래서 흔히 적대적이었던 사람들이 이해관계에 따
라 협력한다는 의미로 쓰인다. '풍우동주'가 수해복구를 도와준 이웃에 써
도 괜찮은 말인지 궁금하다. 풍우동주정 앞에서 배를 타고 노니는 중국 사

람들에게 물어보고 싶었으나, 필자가 과문한 탓이겠거니 하고 말았다. '동주'와 어울리는 시를 한 수 감상해보자. 맹호연의 〈백 현령과 강에서 노닐다與白明府遊江〉라는 제목의 시다.

> 친구가 멀리로부터 와서
> 현령으로 다시 막 부임했네
> 손 잡고 한스럽게 이별했건만
> 배를 함께 타니 마음 달라진 것 없더라
> 오르락내리락 모래섬의 흥취
> 찰랑찰랑 악기에 맞춰 부르는 노래 소리
> 누가 알아줄까, 몸소 밭 갈던 사람이
> 해마다 〈양보음〉을 읊던 것을

백 현령이라는 이는 아마도 양양襄陽에서 맹호연과 알고 지내던 사람인 듯하다. 오래전에 헤어졌다가 어떤 마을의 현령으로 부임한 그를 다시 만나 함께 뱃놀이를 하고 이 시를 지었다. 넷째 구의 "배를 함께 타니 마음 달라진 것 없더라."는 말이 의미심장하다. 현령으로 부임한 옛 친구가 헤어지기 아쉬워했던 지난날의 마음 그대로라는 것인데, 사실이 그렇다는 것인지 그렇게 믿고 싶다는 것인지 불분명하다. 즐겁게 배를 타고 강을 오르내릴 때 들려오는 노래 소리는 백 현령이 고을을 잘 다스리고 있다는 칭송이다. 이렇게 백 현령을 띄워주고 기대하는 것은 물론 그의 추천일 것이다. 마지막 구절에 보이는 〈양보음〉은 융중隆中에서 은거하며 몸소 밭을 갈던 제갈양諸葛亮이 불렀다는 노래이다. 맹호연은 제갈양과 같은 능력을 가진 자신이 여태 관직을 얻지 못하고 있다며 백 현령에게 도와달라고 호소했다. 이 시를 읽어보니 '풍우동주'가 그렇게 어색한 말은 아닌 듯 싶다.

홍수가 난 안휘성을 돕는 것이나 취직을 못하고 있는 맹호연을 돕는 것이나 비슷할 터이니 말이다. 풍우동주정 앞에서 뱃놀이를 즐기는 사람들 중에도 '백 현령'과 함께 놀러온 '맹호연'이 있을지도 모르겠다.

덕승문
바닷가의 구름 산은 계성을 둘러쌌네

북경을 소재로 한 당시 가운데 가장 널리 알려진 것은 진자앙陳子昻, 659~700의 〈유주대에 올라 부른 노래登幽州臺歌〉이다.

> 앞으로는 옛 사람 보이지 않고
> 뒤로는 후인이 보이지 않는다
> 천지의 무궁함을 생각하다
> 홀로 슬퍼져 눈물 흘린다

유주대는 황금대黃金臺 또는 계북루薊北樓라 불렸던 누대로, 지금의 북경시 대흥구大興區에 있었다.(하북성 정흥현定興縣 또는 역현易縣이라는 설도 있다.) 본래 연나라 소왕昭王이 천하의 인재를 불러모으기 위해 지었다고 한다. 서기 696년, 측천무후가 통치하던 시기에 진자앙은 무유의武攸宜의 휘하에서 거란군과 맞서 싸우던 중이었다. 무유의의 무능한 전술로 인해 거란군에 패배를 거듭하자 진자앙은 측천무후에게 여러 차례 책략을 진언했으나, 받아들여지지 않았을 뿐 아니라 오히려 그 일로 직급이 강등되었다. 위의 시는 바로 시인이 이런 좌절을 겪은 뒤 유주대에 올라 울분을 토로한 것이다. 그 옛날 인재를 우대하던 연나라 소왕 같은 '옛 사람'은 다 사

북경 덕승문

라지고, 그의 뒤를 이을 만한 어진 '후인'도 나타나지 않기에 하소연할 데 없는 고독한 마음을 시에 담을 수밖에 없었던 것이리라.

아쉽게도 4대고도四大古都의 하나이기도 한 북경에서 당나라의 흔적을 찾기란 쉽지 않다. 지금과 달리 당나라 때는 이곳이 군벌의 반란과 이민족의 침입이 끊이지 않았던 지역이라 그러하다. 그렇다고 아무것도 남아 있지 않은 허허벌판에서 그 옛날의 자취를 더듬을 수도 없는 노릇이다. 그래서 필자는 '꿩 대신 닭'이라는 심정으로 덕승문德勝門을 찾았다. 당시에 이따금 '계문薊門' 또는 '계구薊丘'라는 지명이 보이는데, 이를 설명하는 문헌에 늘 등장하는 것이 덕승문이기 때문이다. '계문'이 지금의 덕승문 자리에서 서북쪽으로 5리 되는 곳에 있었다는 것이다. 명나라 태조 주원장朱元璋이 원나라 대도의 건덕문健德門을 옮겨다 세운 덕승문을 잠시 빌려다 '계문'이거니 하고, 조영祖詠, 699~746의 〈계문을 바라보며望薊門〉이라는 시를 감상해보자.

연대燕臺에 한 번 가면 나그네 마음 놀라니

피리와 북소리 요란한 한나라 장군의 군영

만 리에 차가운 빛이 쌓인 눈에서 나오고

세 변방의 새벽 빛 속에 높은 깃발이 휘날리네

모랫벌의 봉화는 오랑캐의 달에 닿아 있고

바닷가의 구름 산은 계성을 둘러쌌네

젊어서는 붓을 던진 관리가 아니었지만

공훈을 논할 제면 전장에 나서길 청하고 싶네

이 시는 조영이 유주대에 올라 거란과 대치하고 있는 계문을 바라보면서 쓴 변새시邊塞詩이다. 오늘날 북경의 휘황찬란한 모습을 떠올리면, 이 시에서 시인이 마치 감숙성의 옥문관玉門關이라도 간 듯이 묘사한 구절구절에서 격세지감을 느끼게 된다. 하기는 북경에서 저 유명한 팔달령八達嶺 장성長城까지 불과 차로 한 시간 거리이니 북경이 호시탐탐 중원을 노리는 이민족에 맞서는 전초기지였던 것은 사실이다. 4대고도 가운데 남경을 제외한 서안, 낙양, 북경은 모두 북위 35도에서 40도 사이에 있다. 학자들의 설명에 의하면 이 축선이 중국에서는 지리적으로 북쪽 유목지대를 적절히 견제하면서 남쪽 농경지대를 관리할 수 있는 이상적인 지역이었다고 한다. 다만 당나라 시대에서 천 년 이상의 세월이 흐르면서 중국의 중심이 서쪽에서 동쪽으로 이동했기에 당나라 때만 해도 강원도 비무장지대와 같았던 곳에서 올림픽도 열렸던 것이다. 시를 보면 성당盛唐의 시인 조영은 북경 GOP(일반 전초)에서 전방을 주시하며 전공을 세울 기회를 꿈꾸고 있으니, 이 또한 성당기상盛唐氣象의 일부라 하겠다.

태산
솔바람 불어오면 허리띠를 풀고

북경에 도착한 셋째 날 필자는
아침 일찍 북경남역으로 향했다.
산동성 태안泰安으로 가는 8시 10분
발 G107 고속열차를 타기 위해서
이다. 북경에서 태안까지는 465km
로 서울~부산 거리보다 먼데, 고속
열차를 이용하면 채 두 시간이 걸
리지 않는다. 말끔히 새단장을 한

북경남역

북경남역은 더 이상 과거의 꾀죄죄한 모습이 아니었다. 비행접시를 연상
시키는 신역사의 날렵한 자태가 눈부시다. 마치 KTX가 도입되면서 용산
역이 새로 태어난 것과 흡사했다. 태안까지의 요금은 215위안. 만만치 않
은 금액인데도 고속열차에 빈 자리가 거의 없는 것을 보면, 중국의 고속성
장은 놀라움을 안겨주기에 충분하다. 중국의 외환보유액이 무려 4조 달러
에 육박한다고 하니 미국과 중국을 'G2'라고 평가하는 말을 꼭 허언이랄
수 없다.

필자가 태안행 고속열차에 몸을 실은 것은 태산泰山에 오르기 위해서이
다. 지난 2000년에 처음 가보고 이번이 두 번째다. 그때는 일관봉日觀峰 부
근의 신게神憩 호텔에 묵으면서 일출을 보았다. 한여름인데도 어찌나 춥던
지 호텔에서 빌려주는 두툼한 군용 외투를 걸치고 새벽에 일출을 보러 나
갔던 기억이 새롭다. 이번에는 태안 시내에 숙소를 잡고 당일로 다녀오기
로 했다. 태산으로 올라가는 악명 높은 계단에 맞서려면 속을 든든히 채워

야 했다. 그래서 숙소 옆 '원연원圓緣園'이라는 음식점에서 점심을 먹었다. '원-연-원'은 중국어로 읽으면 '위안-위안-위안'으로 세 글자의 발음이 똑같다. 가게 이름 하나를 지을 때도 음운학자에게 자문하는 모양이다.

먼저 버스를 타고 홍문紅門 정류장으로 이동했다. 이곳의 일천문一天門부터 중천문中天門을 지나 남천문南天門으로 가는 노선이 태산에 오르는 가장 일반적인 방법이다. 일천문 앞으로 가니 명나라 양가대楊可大가 썼다는 '천하기관天下奇觀' 비석이 보였다. 천하의 기이한 경관이란다. 소싯적에 '태산이 높다 하되 하늘 아래 뫼이로다'로 시작하는 시조를 배울 때만 해도 태산이 적어도 에베레스트산 높이는 되는 줄 알았다. 알고 보니 고작 1500m에 불과하지 않던가. 겨우 백두산 허리춤에 오는 정도이다. 일천문이 처음 세워진 것은 송나라 때이고 현재의 것은 1876년에 중건되었다. 태산의 산세가 험해 한 사람(一)이면 능히 하늘(天)을 지킬 수 있는 문(門)이라는 뜻이란다.

일천문에서 얼마 올라가지 않아 '공자등림처孔子登臨處'를 알리는 문이 세워져 있었다. 공자가 태산에 올랐던 곳이라는 말이다. 이것은 명나라 때

태산 '일천문'

세워졌는데 문화대혁명 때 훼손되었다가 새로 보수했다. 공자는 나이 서른을 넘기자 노나라를 떠나 제나라로 가서 태산에 올랐다. 그때 태산으로부터 큰 정기를 받고 자신도 태산과 같은 큰 인물이 되겠노라고 다짐했던 모양이다. 공자가 자신의 죽음을 얼마 앞두고 "태산이 무너지려는가? 대들보가 부서지려는가? 철인이 쓰러지려는가?泰山其頹乎, 梁木其壞乎, 哲人其萎乎" 라는 노래를 불렀다는 기록이 『예기禮記』에 전한다.

얼마 올라가지도 않는데 벌써 계단의 압박에 숨이 가빠진다. 태산 정상까지 놓인 계단이 6,000개라는데 채 600개도 오르지 않아서 이 모양이니 앞으로의 산행이 막막하다. 십여 년 전에 처음 태산에 왔을 때 멜대 양쪽에 계단으로 쓸 돌덩어리 두 개를 지고 올라가던 인부를 보았던 기억이 난다. 그렇게 정상까지 한번 돌덩어리를 운반하면 5위안을 번다고 했다. 일행 중 한 분이 들려주었던 이야기도 새록새록하다. 여행객이 계단을 오르며 '몸이 고달프다身苦'고 했더니 멜대를 지고 가던 인부가 이런 말을 하더란다. "당신은 몸이 고달프오? 나는 운명이 고달프다오." 실화인지 지어낸 이야기인지 알 수 없지만 그때 들었던 '운명이 고달프다命苦'란 말이 오래도록 뇌리에 남았었다.

하늘로 오르는 계단이라는 뜻의 '천계天階'를 지나 '홍문궁紅門宮'에 이르렀다. 창건된 연대는 알 수 없고 명대에 중수重修되었다고 한다. 본래 도교 사원이었다가 나중에는 용도가 변경되어 미륵불을 모셨다. 이름 그대로 날아갈 듯한 구름 같은 '비운각飛雲閣' 아래의 동굴을 지나 발걸음을 재촉했다. 얼마 오르지 않아 마애각석摩崖刻石 하나가 눈에 들어왔다. 붉은 글씨로 큼지막하게 '충이虫二'라고 씌어 있다. 워낙 유명한 글자 수수께끼의 하나 명승지 여기저기서 자주 볼 수 있는 말이다. 이 각석은 청나라 말엽에 산동성 제남濟南의 명사인 유정계劉廷桂가 새긴 것이라고 한다. 단순하면서도 힘이 있어 보인다.

태산 '마애각석의 〈충이〉'

'충이'는 송나라 주희朱熹가 〈육선생의 화상六先生画像〉이라는 글에서 주돈이周敦頤를 칭송하며 언급한, '풍월무변風月無邊'이라는 말에서 유래되었다. '바람과 달의 운치가 무궁하다'라는 뜻이다. 나중에 이것이 글자 수수께끼의 소재가 되었다. 한자의 획 가운데 바깥쪽에 위치한 것을 '변邊'이라 부르는데, '풍월風月'이라는 한자에서 '변'이 없어지면 글자의 가운데 부분인 '충이虫二'만 남는다는 것이다. 알고 나면 간단하지만 처음 '충이'를 보면 도대체 무슨 뜻인지 당황하게 된다. 산에서 느끼는 '충이'의 경지를 왕유는 〈장소부에 응수하다酬張少府〉라는 시에서 이렇게 묘사한 바 있다.

늘그막에 그저 조용한 것을 좋아해
매사에 일절 관심이 없었다오
스스로 돌아봐야 뾰족한 수도 없기에
다만 옛 숲으로 돌아온 것이라오
솔바람 불어오면 허리띠를 풀고
산의 달 비치면 거문고를 탄다오
그대 곤궁함과 통달함의 이치를 물었지만
고기잡이 노랫소리 갯가에 깊이 스며든다오

왕유는 '반관반은半官半隱'의 생활을 했던 것으로 잘 알려져 있다. 반은 관리요 반은 은자라는 말이다. 그가 관직에 있을 때는 이임보李林甫 등의 간신이 권력을 쥐락펴락했다. 이런 혼란한 정국을 타개할 '뾰족한 수'도 없었던 그는 무뢰배의 술수를 피해 자주 종남산終南山의 별장에 은거했다. 산의 아름다운 정취라면 낮에 살살 불어오는 '바람'과 밤에 은근히 비치는 '달'이 아니겠는가. 왕유는 이렇게 산에서 바람과 달을 벗삼는 것이 소극적인 현실도피라 해도 무뢰배와 한패가 되어 놀아나는 것보다는 낫다고 생각했던 것 같다. 세상 살아가는 이치를 묻는 장소부의 송곳 같은 질문에 왕유는 한참을 에두른다. 창랑의 물이 맑으면 갓끈을 씻고, 창랑의 물이 탁하면 발을 씻겠다던 어부를 생각해보란다. 환경이 바뀌면 처세도 달라져야 한다는 말을 이렇게 표현했다.

마애석각
제나라와 노나라에 걸쳐 푸른 모습 끝이 없다

'충이' 덕분에 한숨 돌린 필자는 다시 태산의 계단을 오르기 시작했다. 홍문궁과 마찬가지로 명나라 때 중수된 비구니 사원인 투모궁鬪母宮을 지나니 다시금 낯익은 내용의 마애석각이 발길을 멈추게 만든다. 이번에는 '청미료靑未了' 석각이다. 아래에 보이는 낙관落款에 이 글씨를 쓴 사람이 삼한 장갱三韓長賡이라 했는데, 무명의 문인으로 추정된다. 이 '청미료'는 태산 하면 가장 먼저 떠오르는 당시라고 해도 과언이 아닌 두보의 〈태산을 바라보며望嶽〉에 보이는 말이다. 태산이 하도 크고 높아서 사방팔방에 '푸르름이 그치지 않는다'는 뜻이다. 두보의 원시를 감상해

태산 '마애각석 청미료'

보자.

태산은 대저 어떠한가?

제나라와 노나라에 걸쳐 푸른 모습 끝이 없다

조물주는 신령스럽고 빼어난 기운을 모아 놓았고

산의 앞쪽과 뒤쪽은 밤과 새벽을 갈랐다

층층의 구름이 생겨나니 마음이 깨끗이 씻기고

눈을 크게 뜨고 보니 돌아가는 새가 산으로 들어간다

언젠가 반드시 산꼭대기에 올라

뭇 산들이 작은 것을 한 번 내려다보리라

두보가 이 시를 쓴 것은 서기 736년, 그의 나이 25세 이후로 추정된다. 태산에 오기 직전 두보는 낙양에서 과거 시험에 응시했다가 낙방의 쓴 잔을 마셨다. 그래서 기분 전환도 하고 견문도 넓힐 겸 산동으로 여행을 떠났던 것이다. 그가 태산에서 받은 인상을 한마디로 압축한 것이 바로 '청미료'이다. 옛날에 제나라와 노나라가 태산을 경계로 하여 북쪽과 남쪽에 있었는데, 태산의 푸르름이 두 나라를 뒤덮었다는 말이다. 조물주가 정성을 다해 빚은 태산이 어찌나 높은지 산의 앞쪽에 동이 터오는데도 뒤쪽은 여전히 깜깜한 밤이라고 했다. 또 자세히 살펴보면 피어나는 구름과 둥지로 돌아가는 새도 보이는 아름다운 곳이기도 하다. 두보가 이 시

태산 〈망악〉 석각

를 쓴 것은 아직 정상에 오르기 전 어디였던 모양이다. 어쩌면 '청미료' 석
각이 새겨져 있는 이 지점쯤이었을까? 갈 길이 멀지만 꼭 정상에 올라 고
만고만한 산들을 발 아래로 굽어보겠다고 했다. 중년 이후 두보의 시에서
는 이런 패기를 찾아보기가 쉽지 않은데 확실히 젊은 시절의 시라 기상이
남다르다. 지금은 비록 낙방생의 처지지만 꼭 과거에 장원급제해서 만인
의 우러름을 받겠다는 생각을 했을 법하다. 명나라 때 막여충莫如忠이라는
문인이 〈동군의 망악루에 올라登東郡望嶽樓〉라는 시 한 구절에서 두보의 '청
미료'에 이런 감상을 남긴 바 있다.

제나라와 노나라는 지금까지 푸른 모습 끝이 없는데
시 짓기는 누가 두릉 사람을 이어갈까?

'두릉 사람'은 두보를 말한다. 태산은 여전히 푸르건만 두보 같은 시인
은 다시 없다는 얘기일 것이다. 필자에게 한시를 짓는 재주가 있어 여기서
태산을 소재로 멋들어지게 한 수를 읊어보면 좋겠지만 그러지 못하는 것
이 안타깝다. 두보의 후계자는 누군가 적임자가 따로 있지 않겠는가. 필자
는 다시 무념무상의 상태가 되어 돌계단을 오른다. 그런데 갑자기 아름드
리 나무가 가로누워 있는 모습이 눈에 띈다. 산사태라도 났었나 얼른 가보
니 당나라 개국공신의 한 사람인 정교금程咬金이 심었던 홰나무 네 그루 가
운데 하나란다. 두 그루는 100년 전에 벌써 죽고 남은 두 그루 중 하나마
저 지난 1987년의 폭우로 이렇게 쓰러졌다는 안내문이 보인다. 마지막 한
그루일 망정 1300년 넘게 태산을 지키고 있다는 것이 놀랍다.

슬슬 숨이 차오르기 시작해 호천각壺天閣에 오르기 전 평지에서 잠시 쉬
었다. 길가 노점에서 상인들이 수박, 토마토, 오이 등의 과일을 팔고 있었
다. 오이가 갈증 해소에 특효라는 말을 익히 들었기에 오이를 두어 개 사

태산 '회마령 돌계단'

먹었다. 과연 갈증이 싹 가시며 새로운 힘이 솟는 듯했다. 발걸음도 가볍게 호천각을 지나 회마령廻馬嶺에 이르렀다. '회마령'은 '말을 돌리는 고개'라는 뜻이다. 예전에 어떤 임금이 말을 타고 여기까지 올라왔다가 하도 산비탈이 가팔라 결국 말에서 내렸다고 한다. 그렇다고 그 임금을 비웃을 계제는 아니었다. 아니나 다를까, 돌계단이 이제 몸을 똑바로 세우지 못할 정도로 경사가 급해졌기 때문이다. 거의 위의 계단을 더위잡다시피 해야 겨우 올라갈 수 있었다. 비오듯 흐르는 땀도 주체할 수 없지만 후들거리는 다리가 더 문제였다. 확실히 30대 초반에 태산을 오르던 그 근육이 아니었다.

가까스로 중천문中天門에 오르니 선택의 여지가 없어진다. 정상 부근인 천가天街까지 계속 계단을 오르느냐, 케이블 카를 타느냐의 선택 말이다. 더 이상 체력을 소진했다가는 태산에서 곱게 내려가기가 어려울 듯했기에 미련없이 케이블 카에 올라탔다. 왕복 140위안의 비용이 다소 부담스럽지만, 두보라도 회마령 돌계단을 올라왔으면 필자와 같은 선택을 했을 것이라고 믿는다. 가만, 두보는 집 앞의 나무를 하루에 천 번이나 올랐다던 강철 체력의 소유자가 아니던가. 필자도 두보처럼 스물다섯 살 때 왔다면 정상까지 단숨에 뛰어서 올라갔을 텐데. 중국에 오면 허풍도 조금 세진다. 한 량에 대여섯 명을 태운 케이블 카는 외줄에 몸을 맡기고 두둥실 구름 위를 걷듯이 계곡 위를 미끄러진다. 1983년에 만들어진 태산 케이블 카는 초당 7m의 속도로 2000m를 내달려 남천문南天門까지 600m를 올라간다. 그러니까 태산 등반의 절반을 떠맡는 셈이다.

남천문
여유로운 마음으로 천하를 작다고 여기니

5분 남짓 케이블카에서 탄성을 지르고 있으니 어느덧 남천문이다. 덕분에 다시 맑아진 정신으로 비운동飛雲洞을 지나 천가로 향했다. 천가는 남천문에서 벽하사碧霞寺에 이르는 비교적 평탄한 길이다. 그런데 고도가 높아져서인지 안개가 몰려오기 시작했다. 바위에 큼지막하게 '세계 문화·자연 유산'이라고 쓴 글씨가 알아보기 어려울 만큼 희미해졌다. 정상에 올라가면 아무것도 보이지 않게 될까 두려운 마음에 발걸음을 재촉했다. 서둘러 대관봉大觀峰을 지나 다다른 곳은 '공자소천하처孔子小天下處'. 『맹자孟子』를 보면, "공자가 동산에 올라 노나라를 작다고 여기고, 태산에 올라 천하를 작다고 여겼다孔子登東山而小魯, 登泰山而小天下"는 대목이 나온다. 여기가 바로 공자가 '천하를 작다고 여긴' 곳이라는 말이다. 당시 공자가 무슨 표지를 남기고 태산을 내려갔다는 말은 듣지 못했다. 그러나 그보다는 공자가 남긴 말의 의미가 더 중요하지 않겠는가. 현명한 자라면 항상 시야를 넓혀 '우물 안 개구리'를 벗어나도록 노력할 일이다. 두보가 앞에 소개한 시에서 "뭇 산들이 작은 것을 한 번 내려다보리라"고 한 것도 공자의 말을 귀담아 들은 덕분이리라. 태산에

태산 '공자소천하처'

서 지은 것은 아니나 '소천하'를 모티브로 삼은 송지문宋之問의 시 〈여름날 선악정에서 명을 받아 짓다夏日仙鍔亭應制〉라는 시를 감상해보자.

> 높은 산봉우리가 은하수에 다가가는 곳
> 수레에 올라 이날 찾아갑니다
> 들은 때맞춘 비를 머금어 촉촉하고
> 산은 여름 구름과 섞여 즐비합니다
> 군주의 글이 바위 동굴을 빛내고
> 제왕의 생각이 덩굴까지 넉넉하게 만듭니다
> 여유로운 마음으로 천하를 작다고 여기니
> 돌아오는 길은 생황에 맞춘 노래로 가득합니다

송지문은 약관의 나이로 과거에 급제한 이후 관직 경력의 대부분을 측천무후의 문학 시종으로 채웠던 사람이다. 이 시도 제목에 '명을 받아 짓다'라 한 것을 보아 측천무후의 행차에 따라 나섰던 길에 지은 것이 틀림없다. 무더운 여름날 장안 근교의 어느 산에 지어놓은 선악정으로 나들이를 간 모양이다. 송지문은 무후의 비위를 맞추는 내용을 잔뜩 늘어놓고 '소천하'라는 말로 화룡점정의 대미를 장식했다. 여기서는 '온 천하가 무후의 발 아래 있으니 우습게 보아도 된다'고 따리를 붙인 것이라 여겨진다. 이 어찌 공자의 뜻을 심히 왜곡한 것이 아니겠는가. 그의 뛰어난 재능이 이런 데 쓰인 것이 안타까울 따름이다.

태산 정상에서 '공자소천하처'보다 훨씬 인기가 높았던 곳은 '오악독존五嶽獨尊'이라는 글씨가 새겨진 바위였다. 기념사진을 찍으려고 늘어선 줄이 제법 길었다. '오악'은 중국의 5대 명산을 일컫는 말이다. 동악 태산을 비롯하여 남악 형산衡山, 서악 화산華山, 북악 항산恒山, 중악 숭산嵩山이 여기에 속한다. 높이로만 따지면 화산이 2154.9m로 으뜸이고, 태산은 세 번째에 불과하다. 그런데 왜 태산에 '홀로 존엄하다'라는 말을 덧붙였을까? 그것은 태산이 자리잡은 이 지역이 중국 문명의 발상지의 하나라는 사실과 관련이 깊다. 태산은 화하華夏 민족의 젖줄이라 할 황하 하류의 평야 지대에 우뚝 솟아 신비로움을 더했을 것이다. 그래서 중국의 역대 군주들도 봉선封禪이라 하여 태산에서 하늘에 제사를

태산 '오악독존'

지내곤 했다. 그러나 중국 관광객들이 다들 이곳에서 증명사진을 찍는 이유는 이 '오악독존' 바위가 5위안권 중국 지폐 뒷면의 도안이기 때문이다. 5위안권 뒷면을 보면 장엄한 태산의 일출 장면과 함께 왼쪽 모퉁이에 '오악독존'이라는 글씨가 뚜렷하다. 이 말은 본래 송나라 시인 석개石介가 지은 〈태산〉이라는 시에 나왔던 것이며, 글씨는 청나라 말엽인 1907년에 왕구王構라는 사람이 썼다.

일관봉
손을 들어 구름 관문을 여니

옥황묘玉皇廟 쪽으로 올라가려니 한나라 때 무제武帝가 세웠다는 무자비無字碑가 서 있다. 태산에서 봉선한 것을 기념한 것이었다고 한다. 건릉乾陵에만 무자비가 있는 줄 알았더니 그게 아니었다. 옥황묘는 옥황관玉皇觀 또

는 태청궁太淸宮이라고도 불렸으며 군주들이 하늘에 제사를 지내던 곳이다. 이 자리가 태산 정상이기도 하여 '해발 1545m'를 알리는 표지가 마련되어 있다. 옥황묘에서 동남쪽 일관봉日觀峰으로 내려갔다. 그러나 안개가너무 자욱해서 어디가 어딘지 분간이 되지 않았다. 지난 2000년 태산에왔을 때 새벽에 일관봉에 올라 멋진 일출을 목도했기에 오늘은 '등태산이소천하登泰山而小天下'의 기개를 펼쳐볼까 했는데 수포로 돌아가고 말았다.그래서 이백의 시를 통해서나마 일관봉에서 내려다보는 태산의 장관을느껴보기로 했다. 〈태산에서 노닐다遊泰山六首〉 중에서 셋째 수를 감상하기로 한다.

날이 밝아 일관봉에 오르며
손을 들어 구름 관문을 여니
정신이 사방으로 날아가는 것이
마치 하늘과 땅 사이로 나가는 듯했다
누런 황하가 서쪽에서 흘러와
굽이굽이 먼 산으로 들어가고
절벽에 기대어 세상 끝까지 바라보니
눈길이 다하는 하늘은 넓기만 하다
우연히 만난 선동仙童은
검푸른 머리를 쌍쌍이 높이 올렸는데
나더러 다 늦어 도교를 배운다며
허송세월로 붉은 얼굴 시들었다고 웃는다
머뭇거리는 새 홀연 보이지 않으니
드넓은 곳이라 따라가기 어렵더라

두보가 태산에 오른 것보다 몇 년 뒤인 서기 742년에는 그와 쌍벽을 이루는 시인 이백이 태산에 올라 여섯 수의 연작시를 남겼다. 20대 중반 태산에 올랐던 두보와 달리 이백은 불혹의 나이를 넘기고도 이렇다 할 관직을 얻지 못해 조바심을 내던 차였다. 그런 울적한 마음을 달래보려고 했던 것일까? 이백은 날이 밝자마자 일관봉에 오른다. 짙은 안개로 태산의 진면목을 놓친 채 발만 동동 구른 필자와 달리 이백은 탁 트인 시야로 들어오는 산봉우리와 그 사이를 감도는 황하까지 유감없이 감상한 모양이다. 모처럼 정신이 맑아지려는 찰나 검푸른 머리의 선동仙童이 환상을 산산조각낸다. 선계仙界에 귀의하려고 했으면 진작 태산에 찾아올 일이지 무엇한다고 세월 다 보내고 이제야 왔느냐며 타박이다. 이백의 별명이 귀양 온 신선이라는 뜻의 '적선謫仙'이니, 선동이 제법 사람 보는 안목이 있었던 것 같다. 이백이 깜짝 놀라 허둥거리는 새 선동은 이내 사라지고 없다. 그래도 태산에 올라 정기를 받아간 덕분인지 이백은 그해에 현종의 부름을 받고 보무도 당당하게 한림공봉翰林供奉의 신분으로 장안에 입성했다.

태산이 '오악독존'의 지위에 있다고 하나 실상 태산을 소재로 한 당시는

태산 '일관봉'

100여 수에 불과하다. 또 〈태산을 바라보며望嶽〉나 〈태산에서 노닐다遊泰山六首〉처럼 본격적으로 태산을 노래한 시인은 두보와 이백을 제외하면 찾아보기 어렵다. 그 이유는 무엇일까? 그것은 아마도 태산이 당나라의 수도인 장안과 아주 먼 거리에 있었기 때문일 것이다. 장안이나 낙양 중심으로 살던 당시 문인들이 어지간히 큰맘을 먹지 않고서는 태산까지 와보기가 쉽지 않았을 터이다. 그런데도 두보와 이백은 태산에 올라와 시를 남겼다. 따지고 보면 이들처럼 당나라 전역을 돌아다니며 견문을 넓히고 시를 지었던 시인들이 또 있을까? 이것이 이 두 시인이 '이두李杜'라 나란히 일컬어지며 당시를 대표하는 쌍벽으로 우뚝 선 이유의 하나라면 지나친 말일까? 모르긴 해도 태산에 올라 '소천하'의 웅지雄志를 품었던 경험이 이들이 대시인으로 성장하는 데 디딤돌이 되었을 것이 틀림없다. 그렇다면 태산에 '두 번'이나 오른 필자에게도 이제 서광이 비치려나.

태산에서 내려오는 길은 의외로 단순했다. 다시 남천문으로 되돌아와 케이블 카를 타고 중천문까지 내려갔다. 중천문에서 얼마 가지 않으면 버스 정류장이다. 거기서 버스를 타고 홍문 정류장까지 가서 다시 시내버스로 갈아타니 금세 숙소에 도착할 수 있었다. 샤워를 한 뒤 옷을 갈아입고 저녁 식사를 하러 나갔다. 식당에서 반주로 '태산 맥주'를 한 병 시켜 시원하게 들이키니 꿀맛이 따로 없다.

곡부
이끼가 많은 곳이 옛날 궁궐 담장이리라

태산 등반으로 소진한 체력을 단잠으로 보충한 다음날 아침, 필자는 곡부曲阜로 가기 위해 태안 시외버스 정류장으로 나갔다. 태안에서 곡부까지

곡부 '명대 고성'

는 70km로 버스로 한 시간 반 거리다. 30분마다 한 대씩 버스가 있어 크게 불편하지 않았다. 곡부로 내려가는 길가에 '대문구진大汶口鎮'을 알리는 표지판이 눈에 들어왔다. 1959년 대문구에서 무려 천 개가 넘는 토기가 발견되면서 앙소仰韶 문화에서 용산龍山 문화로 이어지는 과도기의 신석기 문화가 모습을 드러냈다. 여기서 신석기 문화를 누리던 사람들이 모두 태산을 영산靈山으로 떠받들었을 것이다.

대문구진을 지난 버스는 이윽고 곡부 정류장에 다다랐다. 곡부는 노魯나라의 수도였으며 공자의 고향이기도 하다. 그런 영향으로 60여 만 명의 인구 가운데 5분의 1이 공씨孔氏 성을 가지고 있다. 우리나라 공씨의 대부분도 본관이 바로 여기 곡부이다. 곡부 일대에서 대문구 문화와 용산 문화 유적이 상당수 발굴된 것에서 이곳이 삼황오제三皇五帝 때부터 정치의 중심지였다는 사실을 알 수 있다. 곡부는 상나라 수도의 하나이기도 했으며, 주나라 때는 주공周公을 이곳에 봉해 노나라라 불렀다. 춘추시대 말기까지 주나라의 예법을 고스란히 간직했던 까닭에 오나라의 왕자 계찰季札이 노나라를 방문해 주나라의 음악을 청해 들었다는 이야기가 전해진다. 현재 시가지 한가운데 남아 있는 고성故城은 명나라 무종武宗이 신축한 것이다. 당나라 유적은 아니어도 곡부의 예스런 정취를 살려주는 데 톡톡히 한몫하고 있었다. 당대 시인 유창劉滄, 867 전후이 지은 〈곡부성을 지나며經曲阜城〉라는 시를 통해 당나라 때 곡부의 분위기를 느껴보자.

> 궐리를 지나자니 절로 마음 아픈데
> 동쪽으로 흘러가는 물 영원하다 탄식하셨지
> 덩굴에 얼마나 시들었나 거친 언덕의 나무
> 이끼가 많은 곳이 옛날 궁궐 담장이리라
> 삼천 제자가 청사에 이름을 올렸고
> 만대의 스승은 소왕素王이라 불렸네
> 쓸쓸한 바람이 수수와 사수 높이 부는데
> 가을 산의 밝은 달만 밤에 희끄무레하다

당나라 때 노나라 곡부성이 얼마나 잘 보존되어 있었는지는 알 수 없다. 다만 이 시로 보건대 과거의 영화를 뒤로 한 채 황폐해지고 있었던 듯하다. 세월에 의한 무상無常의 이치는 일찍이 공자도 설파한 바 있기에 공자가 살던 거리인 궐리闕里를 지나가던 시인은 그런 광경을 애써 덤덤하게 받아들이려 한다. 공자는 어느 날 강가에서 흐르는 물을 가리키며 제자들에게 "가는 것은 이와 같도다. 밤낮을 가리지 않는다逝者如斯夫, 不舍晝夜"고 했다. 이것이 이른바 '강가의 탄식川上歎'이다. 세월은 덩굴과 이끼를 불러와 곡부성의 모습을 바꿔놓는다. 그러나 공자가 가르침을 베푼 제자들은 하나같이 현인의 반열에 올랐고, 공자는 '무관의 제왕'이라는 뜻의 '소왕'

으로 추앙되었다. 공자가 제자를 가르치던 곡부 인근의 수수洙水와 사수泗
水에 부는 바람과 산에 휘영청 떠오른 달은 그 광경을 똑똑히 지켜보았을
것이다. 수천 년이 흘러도 묻히지 않는 것이 또한 성인의 가르침이 아니겠
는가.

공묘
기린을 슬퍼함은 사라진 도를 원망한 것

필자는 명대 고성을 지나 공묘孔廟로 향했다. 공묘는 공자를 모시는 사
당으로 곡부를 비롯해 열 곳이 있다. 그 가운데 공자의 고향인 곡부의 공
묘가 가장 유명하다. 이곳의 공자 사당은 공자가 세상을 떠난 이듬해인 기
원전 478년에 노나라 애공哀公이 공자의 고택을 개조해 만든 것이다. 이후
역대 군주들이 더 많은 부지를 희사해 현재의 공묘는 부지만 95,000m²에
이르게 되었다. 이곳에 마련된 전각, 제단, 방들을 모두 합치면 460간에
달하는 방대한 규모를 자랑한다. 그래서 곡부 공묘는 북경의 고궁故宮과
승덕承德의 피서산장避暑山莊과 더불어 중국의 3대 고건축군古建築群으로 꼽
힌다.

필자의 공묘 관람은 공묘의 여러
패방牌坊 가운데 하나인 금성옥진방
金聲玉振坊으로부터 시작되었다. 패
방은 출입문 형태로 만든 중국 특
유의 기념물을 가리킨다. '금성옥
진'은 공자에 대한 맹자의 평가에
서 나온 말이다. 맹자는 이렇게 말

공묘 '금성옥진방'

공묘 '대성전'

했다. "공자를 일러 집대성이라 한다. 집대성이란 쇠북으로 시작해 옥경으로 마치는 것이다孔子之謂集大成. 集大成者, 金聲而玉振之也" 옛날에 궁중의 연주에서는 쇠북으로 시작을 알리고 옥경玉磬으로 끝을 나타냈다. 맹자는 공자가 이처럼 선대 성인들이 남긴 사상과 문화를 처음부터 끝까지 모두 모아 이른바 집대성의 경지를 보여주었다고 평가한 것이다. 흔히 문사철文史哲 : 문학, 사학, 철학로 통칭되는 인문학의 모든 영역에 공자의 손길이 미치지 않은 곳이 없다는 점에서 맹자의 평가는 결코 지나치다고 보기 어렵다.

금성옥진방과 같은 패방은 영성문欞星門, 태화원기太和元氣, 지성묘至聖廟까지 계속되고 그 뒤로 성시문聖時門이 나타난다. 성시문 이후로도 여러 문을 더 거쳐야 한다. 벽수교璧水橋를 건너자마자 나오는 홍도문弘道門으로부터 대중문大中門, 동문문同文門을 차례로 거치면 규문각奎文閣이다. 규문각은 송나라 때 '장서루藏書樓'란 이름으로 만들어졌다가 이후 개명된 것이다. '규奎'는 글을 주관한다는 별자리 이름이다. 조선시대 정조가 만든 규장각

奎章閣을 떠올리면 규문각의 용도도 쉽게 이해된다. 규문각 뒤편의 십삼비정十三碑亭을 잠시 둘러보고 대성문大成門을 지나 대성전大成殿으로 향했다.

대성전은 공묘의 주전主殿답게 관람객들이 인산인해를 이루고 있었다. 전각으로 올라가는 돌계단을 거의 막아서다시피 하면서 기념사진을 찍기에 바쁜 모습이었다. '남는 건 사진뿐'이라는 강한 믿음 때문이리라. 높이 24.8m의 대성전 정중앙에는 청나라 옹정제雍正皇帝가 썼다는 현판이 걸려 있다. 대성전은 용이 새겨진 기둥으로도 유명하다. 대성전을 떠받치는 높이 6m짜리 기둥 28개에는 모두 용이 새겨져 있어 용주龍柱라고 불린다. 명나라 때인 서기 1500년에 휘주徽州의 장인들이 처음 새겼고, 청나라에 들어와 화재로 소실된 것을 옹정제 때 중각重刻한 것이다. 기둥 하나에 용이 72마리씩이어서 28개 기둥에 새겨진 용만 천 마리가 넘는다. 대성전 안에는 공자 석상이 모셔져 있다. 또 양쪽으로 공자의 학문을 계승한 안회顔回, 공급孔伋, 증삼曾參, 맹가孟軻의 석상도 보인다. 대성전 여기저기에 걸린 편액 가운데 눈에 띄는 것 두 가지는 옹정제가 쓴 '생민미유生民未有'와 강희제康熙帝가 쓴 '만세사표萬歲師表'였다. '생민미유'는 사람이 세상에 난 이후로 공자만한 이가 없다는 뜻이고, '만세사표'는 공자가 영원한 스승의 표상이라는 뜻이다. 다 옳은 말이다. 여기서 잠시 당나라 시인 소증蘇拯, 900 전후의 〈노나라를 칭송하다頌魯〉라는 시를 감상하며 공자의 일생을 더듬어보자.

하늘이 노나라의 공자를 추천하여
널리 돌아다니며 경전을 퍼뜨리게 하였다
일흔 개 나라를 다 돌아다녔지만
군주 하나를 만나지 못했다
어느 나라에서 하나만 만났던들

수레를 굴리지 않았을 것을

진정 지극한 교화의 힘에서 비롯된 것으로

나라를 위하였지 자신을 위하지 않았건만

예악의 실행이 아직 넉넉하지 않아

진陳나라에서 곤욕을 치르며 나아가지 못했다

예악이 넘치는 지금이라면

곤룡포와 면류관의 성인에 합당할 터

안타깝구나, 양식 떨어진 일에 대한 논쟁이여

천 년 동안 잘못 얘기하고들 있다

이 시에서 소증은 주로 공자의 '천하주유天下周遊'를 언급했다. '천하주유'는 공자가 55세 때 노나라를 떠나 십여 년 동안 천하의 70여 개 제후국을 두루 돌아다니다 68세에 다시 노나라로 돌아온 것을 말한다. 공자가 노나라를 떠난 배경은 이러하다. 51세에 처음 관리가 된 공자는 중도中都를 잘 다스린 공을 인정받아 대사구大司寇까지 승진했다. 그러나 노나라 정공定公이 제나라에서 보낸 80명의 미녀에 빠져 정사를 돌보지 않자, 이에 실망하여 기원전 497년 제자들을 이끌고 노나라를 떠나 위衛, 송宋, 제齊, 정鄭, 진陳, 채蔡, 초楚 등의 제후국을 다니며 자신의 정치적 이상을 실현할 기회를 모색했다. 이 과정에서 여러 차례 위기도 있었다. 그중 하나가 바로 위의 시에서 얘기한 대로 진나라에서 양식이 떨어졌던 이야기이다. 허허벌판에서 일주일 동안 아무것도 먹지 못하는 곤경에 빠져 따르던 이들이 병으로 쓰러지자 화를 못 참은 제자 자로子路가 공자에게 따져 물었다. "군자에게도 이런 곤궁함이 닥칩니까?" 그러자 공자는 이렇게 대답했다. "공자는 곤궁함도 잘 견디지만, 소인은 곤궁해지면 마구잡이로 행동한다." 배가 좀 고프다고 스승에게 막 대든 자로를 나무란 듯하다. 어쨌든 시인은 그런 곤경이 공자의 처신이나 사상에 문제가 있어서가 아니라 예법이 확고하게 뿌리내리지 못한 탓이라고 보았다. 공자가 적당히 현실과 타협하는 성격이었다면 그렇게 힘들게 천하를 돌아다녔을 리 만무하다. 어렵더라도 이상을 실현하기 위해 끊임없이 노력하는 것, 그것이 성인의 가르침이리라.

공묘 '노벽'

대성전까지 둘러본 필자는 공묘 오른쪽으로 나 있는 쪽문을 통해 공자 고택古宅으로 발걸음을 옮겼다. 이곳에는 '노나라의 담장'이라는 뜻의 '노벽魯壁'이 있다. 노벽에 얽힌 이야기는 진시황秦始皇 때로 거슬러 올라간다. 진나라는 법가法家의 사상을 국가의 지도 이념으로 채택하고, 그 이외의 사상에 대해서는 대대적인 탄압정책을 폈다. 서적을 불태우고 유학자를 생매장한 '분서갱유焚書坑儒'는 그 대표적인 사건이다. 이 무렵 공자의 후손인 공부孔鮒도 화가 미칠 것이 두려워 선대로부터 물려받은 『논어』, 『상서尙書』, 『예기禮記』, 『춘추春秋』 등의 유가 경전을 공자 고택의 담장 속에 숨겼다. 진나라를 뒤이은 한나라가 유가를 떠받들면서 다시 세상이 바뀌었다. 한나라 경제景帝는 그의 아들 유여劉餘를 곡부로 보내 노왕魯王에 봉하니 이 사람이 공왕恭王이다. 공왕이 자신의 궁궐을 증축하려고 공자의 고택을 허물다 공부가 담장에 숨겨두었던 유가 경전들이 발견되었다. 그 후 명나라 때 진시황의 만행으로부터 유가의 경전을 잘 보존한 공부의 공적을 기리는 '노벽' 비석이 세워졌다. 그런데 사실 공부의 공적은 이뿐만

이 아니다. 그가 경전을 담장에 숨겨두지 않았다면 궁궐을 증축하려 했던 공왕에 의해 공자의 고택이 흔적도 없이 사라졌을지도 모른다.

당 현종 이융기李隆基, 685~762도 공자의 고택을 다녀갔던 모양이다. 그가 여기서 지은 시 〈추로를 지나다 공자를 제사지내고 탄식하다經鄒魯祭孔子而歎之〉를 감상해보자.

> 선생은 무엇 때문에
> 일생 동안 그렇게 바쁘셨던가?
> 땅은 아직 추인의 고을인데
> 고택은 노왕의 궁궐이 되었구나
> 봉황을 탄식함은 불우한 신세 한탄이요
> 기린을 슬퍼함은 사라진 도를 원망한 것
> 오늘 두 기둥 사이에서 제 올리는 것 보건대
> 응당 꿈꾸었던 때와 똑같겠구나

현종은 서기 725년에 태산에 와서 봉선을 마치고 공자의 고택에 들렀다. 이 시는 공자를 제사지내고 나서 쓴 것이다. 『전당시』에 당시 중서령中書令이었던 장열張說과 중서사인中書舍人이었던 장구령이 이 시에 화답한 시가 함께 전한다. 현종은 이 시에서 공자의 불우한 일생에 동정을 표했다. 공자가 일생 동안 편안히 쉴 틈 없이 '인仁'의 사상을 전파하기 위해 애썼지만 시대가 그를 외면했다는 것이다. '추鄒'에서 태어난 공자는 나중에 곡부로 이사했다. 추읍은 그대로이건만 공자의 고택은 이미 헐리고 말았다. 공자는 생전에 성세盛世의 상징인 봉황이 나타나지 않는 것과 기린이 잡혀 죽은 일에 크게 상심했다. 그것은 춘추시대의 혼란상을 예악禮樂으로 바로잡으려는 공자의 노력이 수포로 돌아갔음을 뜻한다. 공자가 자공子貢에게 들려준 꿈 이야기가 『예기』에 실려 있다. "내가 어젯밤 꿈에 두 기둥 사이에서 제를 올렸다. 내가 곧 죽을 모양이다." 공자는 생전에 그의 이상을 다 펼쳐 보이지 못했다. 그러나 세월이 지나면서 그가 전한 숭고한 가르침이 대다수 중국 사람들의 인정과 공감을 얻어 한나라 이후로 수천 년 동안 중국을 움직이는 사상적 동력이 되었다. 태산에서 봉선을 마치고 공자의 고택을 찾은 현종도 유가의 사상에 뿌리를 둔 '어진 정치'를 다짐하는 기회였을 것이다. 그 마음을 더 오래 변함없이 간직했더라면 안사의 난과 같은 끔찍한 변고를 피했을 텐데.

공부와 공림
어찌 공자의 도를 지지부진하게 놓아두겠는가

필자는 공자 고택 주변을 더 둘러본 후 공묘 동쪽에 있는 '공부孔府'로 이동했다. 공부는 송나라 인종 때인 서기 1038년에 처음 만들어졌다. 원래 이름은 연성공부衍聖公府로서, 공자의 장손인 연성공의 집무실과 사저私邸로 이루어져 있었다. 공부는 크게 앞뒤 두 구역으로 나뉜다. 앞 구역에는 관아, 사당, 사저 등이 있고 뒤 구역에는 정원이 있다. 관아의 삼당三堂에 걸린 '육대함이六代含飴' 편액은 건륭제乾隆帝가 쓴 것이다. 당시 공부에 육대가 함께 살고 있어서 "육대가 화목하게 지낸다"란 뜻의 글귀로 칭송한 것이다. 일설에는 건륭제의 딸이 공부로 시집을 왔는데 가풍이 하도 엄해 이를 건륭제에게 하소연하자 '살살 다루라'는 의미로 써주었다고도 한다. 아무래도 호사가들이 지어낸 이야기인 듯 싶다. 공부에서는 크게 눈에 띄는 것이 많지 않아서 시간도 절약할 겸 바로 공림孔林으로 넘어가기로 했다.

지성림至聖林이라고도 불리는 공림은 공자와 그 후손들의 묘지이다. 중

공부 '삼당'

국에서 가장 크고 오래된 가족묘지이다. 공부에서 공림까지는 거리가 2km 남짓 되었다. 걸어가기에는 약간 부담스러워 공부와 공림을 왕복하는 차량을 이용했다. '만고장춘萬古長春'이라 쓰어진 패방 앞에서 내려 공림으로 들어갔다. '만고장춘'은 '영원히 봄처럼 생기가 있다'는 뜻이다. 공자의 사상이 천 년 만 년 전해지리라는 의미로 쓴 듯하다. 공림의 정문까지 길 양편에 주로 기념품을 파는 상가가 늘어서 있다. 한 점포에서 한글로 '공자 후손 직영'이라고 쓴 간판을 보고 웃음이 나왔다. '원조' 따지기 좋아하는 우리네 성미를 아는가 보다. 공림으로 입장해 지성림문至聖林門을 지나고 수수교洙水橋를 건넜다. 수수洙水는 앞에서 감상했던 유창의 시 〈곡부성을 지나며〉에 나왔던 하천으로, 공자가 제자들에게 가르침을 전했다는 곳이다. 그런데 현재의 수수는 물 한 방울 없이 말라 지난날의 모습을 알 길이 없는 것이 아쉽다.

공자 묘 쪽으로 가까이 가니 '자공수식해子貢手植楷'라는 팻말이 먼저 눈에 들어온다. 공자가 세상을 떠나자 제자들이 각자 고향의 나무를 가져다

공자의 무덤 주위에 심었다고 한다. 그 가운데 자공이 심은 것이 '해楷'라
는 나무인데, 명나라 때 말라죽어 기념비를 세워주었다. 필자는 개인적으
로 공자의 제자 중 자공과 자로子路에 정이 간다. 안회顔回가 수제자라는 것
은 스승인 공자도 인정했지만, 그는 가르침만 받았지 전수한 것이 없다.
자공과 자로는 어떤 의미에서 모범생인 안회와 다른 '불량 학생'이었다.
자공은 자주 '돈'을 밝혔고 자로는 툭하면 '힘'으로 해결하려 했다. 이는 제
자들에게 '인仁'과 '예禮'를 가르치려 했던 공자의 교육철학과 정면으로 배
치되는 것들이다.

　이런 자로와 자공이 공자를 만나 어떻게 바뀌었던가. 자로는 위衞나라
공회孔悝의 가신으로 있다 내란에 휘말려 죽음을 당했다. 그는 적장의 칼
에 갓끈이 끊어지자 "군자는 죽더라도 갓을 벗지 않는다"며 갓끈을 고쳐
매고 장렬한 최후를 맞았다. 이는 '힘'만 내세우는 건달의 모습이 전혀 아
니다. 자공은 공자가 세상을 떠난 뒤 3년상을 치르고 다시 3년을 더 시묘
侍墓하였다. 그래서 지금 공림에는 '자공여묘처子貢廬墓處'라 하여 자공이 움

공림 '자공여묘처'

막을 짓고 묘를 지키던 곳을 기념하고 있다. 이 또한 제물로 쓰이는 양을 아까워하다가 공자에게 핀잔을 들을 정도로 돈 계산에 밝았던 자공과 딴판이다. 이들은 모두 공자를 스승으로 모시며 그 감화를 받아 이렇게 바뀌었을 것이다. 필자는 또 이런 생각도 해본다. 공자가 14년 동안 천하를 주유할 때 혈혈단신으로 배낭여행을 다녔던 것이 아니다. 자로가 경호원 역할을 하고 자공이 자금을 댔기에 가능한 일이었다. 그런 점에서 자로와 자공은 또 공자의 스승이기도 했다. 공자 스스로 "세 사람이 길을 가면 거기에 반드시 나의 스승이 있다三人行, 必有我師焉"고 하지 않았던가.

필자가 대학에서 선생 노릇을 하는 사람이다 보니 공림에서의 상념이 하염없이 길어진다. 진정한 스승이라면 제자들의 가치관에 영향을 줄 만큼의 감화력이 있어야 한다. 당장 눈앞의 학생이 안회와 같은 모범생이 아니라 자로나 자공처럼 눈에 거슬리는 행동이나 언사를 자주 보이더라도 그 나름의 가치와 효용을 십분 인정하면서 인내심을 갖고 올바른 방향으로 계도할 수 있어야 한다. 얄팍한 지식을 무슨 전가의 보도인양 스스로 추켜세우면서 제자들을 현혹시키는 선생이 되지 않으려면 나 자신부터 어떤 수양을 쌓아야 할까? 이런 생각들에 순간 머리가 어지러워진다.

그렇게 딴생각을 하다가 필자는 다시 '자공여묘처'로 돌아왔다. 자공은 공자의 수제자 열 명을 일컫는 '공문십철孔門十哲'의 한 사람이다. 『논어』에 묘사된 바에 의하면 그는 특히 언변에 뛰어나다고 했다. 그래서 제齊나라 장수 전상田常이 노나라를 공격하려고 변경에 진을 쳤을 때, 공자는 제나라로 자공을 보내 사태를 해결하려고 했다. 이 일을 소재로 한 주운周暈, 생졸년 미상의 〈자공子貢〉이라는 시를 읽어보자.

> 노나라를 구하고 오나라를 망하게 한 일 가슴 아프니
> 누가 뛰어난 언변으로 전상田常에게 유세하게 했던가?
> 오나라의 멸망은 필시 자공에게서 비롯되었으나
> 노나라 또한 국운이 길지는 않았던 것을

'노나라를 구하라'는 스승의 명을 받은 자공은 제, 오吳, 월越, 진晉나라를 오가며 백척간두의 외교전을 펼쳤다. 각국의 군주들은 모두 자공의 빼어난 언변에 넘어가 그의 책략을 순순히 받아들였다. 그 결과 오나라가 제나라와 진나라에 선제 공격을 했고, 월나라는 그 틈을 이용해 오나라의 배후를 습격해 멸망시켰으며, 그 덕분에 노나라는 제나라의 위협으로부터 가까스로 벗어날 수 있었다. 사마천司馬遷은 『사기』에서 이런 자공의 혁혁한 성과를 이렇게 요약했다. "자공이 한번 나섬에 노나라를 존속시키고 제나라를 혼란에 빠뜨렸으며, 오나라가 망하고 진나라가 강국이 되었으며 월나라가 패자가 되었다子貢一出, 存魯, 亂齊, 破吳, 彊晉而霸越". 그런데 시인 주운은 이런 결과에 의문을 제기한다. 다 망해가는 노나라를 구하려고 네 나라의 싸움을 붙인 자공과 그런 제자를 보내 모국을 구한 공자의 행위가 과연 정당하냐는 것이다. 쉽게 왈가왈부할 문제는 아닌 듯하니 필자도 이쯤 해서 발을 빼야겠다.

공림을 대표하는 것은 역시 공자묘孔子墓이다. 풀과 나무가 우거진 봉분 앞에 두 개의 비석이 있다. 앞의 큰 것에는 '대성지성문선왕묘大成至聖文宣王墓'라 했고, 뒤의 작은 것에는 '선성묘宣聖墓'라고만 했다. 여기저기 깨진 흔

적이 보이는 비석에서 '공자 타도'를 부르짖었던 문화대혁명의 상처가 느껴진다. 1966년 문화대혁명의 전초부대인 홍위병紅衛兵들이 공림에 난입해 비석을 부수고 공자의 무덤을 파헤치는 만행을 저질렀다. 그것도 시간 절약을 위해서 삽으로 파지 않고 광산을 개발하듯이 화약을 이용해 폭파했다. 부장품들도 인근 주민들이 다 가져가고 무덤은 완전히 황폐화되었다. 문화대혁명이 끝나면서 공자를 비판하던 목소리도 거의 사라졌다. 그로부터 40여 년의 세월이 흐른 2008년 북경 올림픽 개막식에서 공자와 3000제자가 나란히 행진하던 모습은 문화대혁명 때 큰 상처를 입은 공자에 대한 위령제였던 듯하다.

『논어』를 읽어보면 공자는 참으로 인간적인 면모를 갖춘 성인이라는 느낌을 받는다. 물론 그가 범인凡人이 흉내내기 어려운 고매한 인격과 뛰어난 사상을 갖추었다는 것은 분명한 사실이다. 그러나 초월적인 신과는 전혀 다른 모습이다. 공자가 근본적으로 인간적인 '정'이 넘치는 사람이었기 때문이라고 필자는 생각한다. 당대의 시인 중에서 공자의 제자라 할 만

공묘의 공자 묘

한 두보의 시를 읽노라면 그런 생각이 더 확고해진다. '삼리삼별三吏三別'
가운데 한 수인 〈석호의 관리石壕吏〉를 살펴보자.

저물어 석호촌에 묵었는데
관리가 한밤중 사람을 잡으러 왔네
영감은 담장 넘어 달아나고
할멈이 나가서 문을 지키네
관리의 호령은 어찌 그리 사납고
할멈의 울음소리는 어찌 그리 서럽던지
할멈이 나가서 하는 말을 들어보니
"세 아들이 업성에 수자리 나갔는데
한 아들이 부쳐온 편지에
두 아들 최근 싸움에서 죽었답니다
남은 사람은 구차하게나마 살 수 있겠지만
죽은 사람은 아주 끝난 것이지요
집에는 다른 사람이라곤 없고
오직 젖먹이 손주녀석뿐
손주가 있어 어미는 떠나지 못했지만
외출할 때 입을 마땅한 옷 한 벌 없습니다
늙은 이 몸 힘은 비록 쇠하였어도
나으리를 따라 밤도와 가기를 청하오니
서둘러 하양의 부역에 응한다면
그런대로 새벽밥은 지을 수 있을 거외다"
밤 깊어 말소리는 끊겼으나
숨 죽여 오열하는 소리 들리는 듯

날 밝아 길 떠날 적에는

오직 영감과 작별하였네

　이 시는 안사의 난이 한창이던 서기 759년, 두보가 낙양에서 화주華州로 가는 도중 석호라는 마을에서 하룻밤 머물며 지은 것이다. 그는 이 시에서 전란으로 인해 일반 백성들이 겪는 징집과 부역의 고충을 생생하게 묘사했다. 당시 두보는 관직에 있었기 때문에 징집과 부역은 그야말로 자신과 상관없는 남의 일이었다. 내 잇속만 차리자면 모르는 체하는 것이 속 편하고, 한술 더 뜨자면 나라의 녹을 먹는 이로서 거짓을 고하는 할멈과 영감을 당장 관아에 고발해야 한다. 그러나 가슴속에 정이 있는 사람이라면 그것은 차마 못할 노릇이다. 두보는 어진 마음이 있었기에 백성들의 고통을 함께 가슴 아파하고 몰인정한 관리에게 분노를 표했던 것이다. 이것이 바로 공자의 가르침인 '인애仁愛'의 시적 구현이다. 사람이 금수禽獸가 아니라면 당연히 가지고 있어야 할 이런 마음이 안타깝게도 많이 사라지고 말았기에 공자가 그것을 되찾자고 주장했고 두보가 시로 화답했다. 이것이 두보가 시성詩聖으로 추앙받는 가장 근본적인 이유라고 생각한다.

공묘 '공자 묘'

　필자가 공자의 무덤을 잠시 배회하는 사이 꽤 많은 참배객들이 다녀갔다. 그중 일부는 제단에 엎드려 추모사를 올리기도 한다. 어떤 말들을 하는지 궁금해진다. 공자묘를 안내하는 표지판에는 이렇게 씌어 있다. "공자 기원전 551년 ~479년. 이름은 구丘이고 자는 중니仲尼이다. 우리나라 고대의 위대한 사상가이고 교육자이며 유가학파의 창시자로서 세계 10대 문화 인물 가운데 한 분이다. 공자는 사람들의 존경을 받아 '성인'으로 기려졌으며, 사후에 여기에 묻혔다. 공씨 후손들이 '시조'로 떠받든다". 이처럼 공자는 중국 역사상 전무후무한 인물이기에 사마천은 그를 제후의 반열에 올려 '열전列傳'이 아니라 '세가世家'에 실었다. 그리고 당 현종은 그를 정식으로 '문선왕文宣王'에 봉했다. 성인에 대한 당연한 예우이리라.

나은羅隱이 쓴 〈문선왕의 사당에 참배하다謁文宣王廟〉라는 시를 소개하며 곡부 여행을 마무리지을까 한다.

> 저녁 무렵 감흥이 일어 공자를 참배하려는데
> 소나무와 잣나무 우거져 사람들은 알지 못한다
> 아홉 길 담장에는 기왓장 조각이 쌓였고
> 세 칸 풀로 엮은 전당에는 여우가 드나든다
> 비에 젖은 모습은 마치 기린을 비통해하며 우는 듯
> 이슬이 듣는 소리는 다시 봉황을 탄식하며 슬퍼하는 듯
> 만약 이 천한 유생의 이름이 조금만 선다면
> 어찌 공자의 도를 지지부진하게 놓아두겠는가

당 현종이 공자에게 문선왕이라는 시호를 내렸다고는 하나, 당나라는 왕실 차원에서 도교를 더 후원했다. 또 나은이 활약하던 당나라 말기에 는 나라가 더 어지러워져 유가의 도의는 땅에 떨어진 상태였다. 그런 까닭에 공자의 사당이 어디에 있는지 사람들은 알지도 못하는 형편이었다. 춘추시대의 혼란상을 상징하는 '기린'과 '봉황'이 현종의 시에 이어 이 시에도 다시 출연했다. 나은은 그런 현실에 분개하며 자신에게 기회가 주어진다면 반드시 유가의 도가 바로 선 나라를 만들겠다고 다짐한다. 21세기

의 중국에는 도처에 이런 '나은'이 많은 것 같다. 중국의 문화를 알리고 중국어를 교육하는 기관이 '공자학원孔子學院'이라 하여 '공자'의 이름을 달고 전세계 100여 개 나라에 천 개도 넘게 세워졌다. 문선왕의 사당에 내리던 비도 이제 그치려나.

북경으로 돌아갈 시간이 다 되어 서둘러 곡부동역으로 갔다. 오후 3시 49분발 북경남역행 동차動車組 표를 예매해두었기 때문이다. 기차는 세 시간 반만에 북경남역에 도착했다. 숙소로 돌아가기 위해 지하철 4호선을 타고 도연정陶然亭 역에 내려서야 큰 일이 하나 벌어지고 있던 것을 깨달았다. 북경 일대에 오전부터 평균 170mm의 엄청난 폭우가 쏟아져 도연정 지하철역 사거리가 완전 침수된 것이었다. 혹시 버스나 택시가 있을까 했는데 전혀 가망이 없었다. 그래서 다시 역으로 내려가 채시구菜市口 역까지 한 정거장을 더 갔다. 채시구 역 주변은 다행히 사정이 좀 나았으나 여기도 택시가 다니지는 않았다. 어렵사리 우의의원友誼醫院 쪽으로 가는 버스를 타고 10시가 다 되어서야 숙소에 도착할 수 있었다. 비상식량으로 간단히 요기를 하고 중원 기행의 대미를 장식할 내일의 일정을 위해 바로 잠자리에 들었다.

중원의 숨결을 찾는 마지막 기행의 목적지는 승덕承德이었다. 앞에서도 얘기한 바와 같이 하북성 일대에서는 당나라 유적을 찾아보기 어렵다. 승덕도 마찬가지로 특별히 당시와 관련된 유적이 있는 것은 아니다. 그러나 박지원의 『열하일기熱河日記』로 유명한 열하가 여기에 있고, 세계문화유산으로 지정된 피서산장避暑山莊도 빼놓을 수 없는 명승지여서 모처럼 북경에 온 김에 다녀오기로 결정했다.

금산령장성
차가운 소리는 밤새 전해오는 딱따기

　북경에서 승덕까지는 대략 250km 거리이다. 육리교六里橋 버스 터미널에서 승덕으로 가는 버스가 있기는 한데 시간이 너무 오래 걸려서 승용차를 한 대 세내기로 했다. 필자가 탄 차는 북경과 승덕을 잇는 경승京承 고속도로를 시원스럽게 내달렸다. 2006년에 새로 개통되어 도로가 싱싱하다. 가는 길에 밀운현密雲縣에 있는 금산령金山嶺 장성長城에 들렀다. 금산령장성은 북경에서 동북쪽으로 약 130km 떨어져 있다. 명나라 때 축조한 것으로, 팔달령八達嶺 장성의 명성에 가려 널리 알려지지 않았다. 그러나 "만리장성 가운데 금산령이 홀로 빼어나다萬里長城, 金山獨秀"는 말이 있을 만큼 아름다움을 자랑한다. 해발 700m의 금산령에 축조된 이곳 장성은 서쪽 고북구古北口로부터 동쪽 망경루望京樓까지 10.5km를 뻗어 있다. 필자가 성벽 위를 걸어보니 경사가 비교적 완만하고 주변 경관이 멋져 금산령장성에 대한 칭찬이 전혀 과장이 아니라는 것을 알 수 있었다. 그 옛날 이곳은 연燕나라의 땅이었고, 당나라 때는 동북쪽 변방이었다. 고적高適의 〈연나라의 노래燕歌行〉를 통해 당시의 분위기를 느껴보자.

　　　한나라의 연기와 먼지 동북에 있기에
　　　한나라 장수가 집을 떠나 잔인한 적을 깨뜨렸지
　　　남아는 본래 거침없이 내달리는 것 중시하고
　　　천자도 특별히 후한 상을 내리셨다
　　　징을 치고 북을 두드리며 유관楡關으로 내려가니
　　　깃발이 갈석산 사이에서 펄럭였다

승덕 '금산령장성'

교위의 급보가 넓은 사막에 날아드니

선우의 사냥 횃불이 낭산을 비추었다

산천의 쓸쓸함이 변방을 뒤덮을 즈음

오랑캐 기병이 침입하는 소리가 비바람과 섞였다

전사들이 전장에서 반은 죽고 반은 살 때도

미인들은 장막에서 여전히 노래하고 춤추었다

광대한 사막에 가을이 저물어 변방의 풀 시들고

외로운 성에 석양 비칠 때 싸울 병사 드물었다

몸은 은혜를 입었기에 늘 적을 가벼이 제압하려 했으나

변방에서 힘이 다해 포위를 풀지 못했다

갑옷 입고 멀리서 변방을 지키며 고생한 지 오래이니

옥 젓가락 같은 눈물을 이별한 뒤에 떨구고 있으리라

젊은 아내는 성 남쪽에서 애간장 끊어지는데

출정한 이는 계북에서 부질없이 고개를 돌려본다

변방의 바람 휘몰아치는데 어찌 돌아갈 것이며

외딴 곳 아득할 뿐 또 무엇이 있겠는가?

살기가 하루 종일 전운을 일으키고

차가운 소리는 밤새 전해오는 딱따기

흰 칼날에 핏자국 낭자한 걸 서로 바라보나니

예로부터 절개에 죽었지 어찌 공훈을 바랐던가

그대 보지 못했는가, 모랫벌에서 싸우는 괴로움을

지금도 여전히 이장군이 그립구나

고적 자신의 서문에 따르면 이 시는 서기 738년 변방에서 돌아온 사람이 지은 같은 제목의 노래에 화답한 것이다. 시인도 동북 변방에서 종군한 적이 있기에 그쪽 사정에 밝아 감회가 남달랐던 것 같다. 이 지역은 처음 유주절도사幽州節度使 장수규張守珪가 이민족인 해奚와 거란契丹의 위협으로부터 잘 지켜냈다. 그런데 이 시를 짓기 두 해 전부터 평로절도사平盧節度使 안록산安祿山과 오지의烏知義가 연거푸 패하며 동북 변방이 위기에 직면했다. 이 시는 무능한 장수들이 패배를 자초하여 황량한 변방에서 적과 맞서 싸우는 병사들의 고통을 가중시켰다고 비판했다.

당시 당나라 관군과 해·거란 연합군의 전투는 이곳 밀운현 일대에서도 치열하게 벌어졌을 것이다. 금산령장성의 성벽에 올라 수루戍樓 사이의 돌길을 걸으니 예전 군대 생활의 추억이 떠오른다. 필자는 ROTC로 임관하여 서부전선의 강안江岸 경계부대 소대장으로 부임했다. 대학원에 진학하자마자 휴학을 하고 입대하면서 대학원 동기들에게 변새시邊塞詩를 열심히 연구하고 돌아오겠다는 우스갯소리를 했던 기억이 새롭다. 155마일 휴전선의 일부를 맡은 장교에게 부여된 책임이 있기에 칠흑 같은 밤에 전

승덕 '금산령장성'

령을 대동하고 철책선을 순찰하던 때가 엊그제 같다. 철책선 너머 갈대밭에 떼를 지어 서식하는 고라니의 걸음걸이가 어찌나 사람의 발자국 소리와 비슷한지 모골이 송연했던 때가 한두 번이 아니었다. 강원도의 동부전선만큼은 아니었어도 겨울에 불어오는 강바람은 살을 에일 듯했다. 경계 근무를 서는 병사들은 추위를 견디려고 방한 전투복을 있는 대로 껴입어 한번 넘어지면 일어나기 어려울 정도였다. 그리 높은 산이 아닌데도 매일 철책을 따라 난 계단을 오르내리니 무릎이 시큰거렸다. 무엇보다도 고작 밤하늘의 별자리 또는 강의 수위 변화에서 리듬을 찾아야 하는 단조로운 생활을 이겨내기가 쉽지 않다. 언제 습격해올지 모를 오랑캐 기병을 예의주시하며 변방의 황량함과 싸웠을 당나라 병사들의 고충을 이해할 만하다.

고적이 오랑캐에 패한 장수들을 질책하며 모범적인 인물로 언급한 이장군李將軍은 한나라 때 흉노匈奴에게 두려움을 안겨주었던 이광李廣을 가리킨다. 이광을 그리워한 시인은 고적만이 아니다. 왕창령王昌齡, 698~756의 〈변방으로 나가出塞〉라는 시를 보자.

진나라 때 밝은 달 한나라 때 관문
만 리 먼 원정 나간 사람들 아직 돌아오지 않네
다만 용성의 비장군만 있다면
오랑캐의 말이 음산을 넘지 못하게 할 텐데

〈연나라의 노래〉에서도 그랬듯이 당나라 시인들은 시사적인 소재를 다

룰 때 주로 '한나라'를 빌리는 수법을 애용했다. 누구라도 그것이 모두 당나라 애기인 줄 알지만, 어쨌든 시에는 한나라라고 되어 있으니 시인에게 따져 물을 수는 없기 때문이다. 그래서 정치적으로 민감한 사안에 대한 풍자는 으레 한나라의 전고典故를 가져다 쓰곤 했다. 이 시도 변방의 장수들을 질책하는 의미를 담고 있어 역시 한나라 이야기인 것처럼 꾸몄다. 진나라가 망하고 한나라가 들어서도 변방의 이민족들은 여전히 중원을 위협했기에 병사들이 만 리 원정길에 나서야 한다고 했다. 그런데 한나라의 이광 장군은 용성龍城을 본거지로 삼은 흉노에게 늘 승리를 거두었다. 그래서 흉노로부터 날아다니는 장군이라는 뜻의 '비장군飛將軍'이라 불리며 공포의 대상이 되었다. 왕창령은 이 시에서 지금은 왜 중원을 침략하는 오랑캐들을 단숨에 제압할 이광과 같은 장군이 없느냐고 개탄한 것이다.

피서산장
신선의 집도 이보다 낫진 않을 터

필자는 금산령장성에서 내려와 다시 승덕으로 향했다. 『열하일기』의 저자 박지원이 1780년 음력 8월에 북경을 출발해 승덕으로 갔던 여정과 크게 다르지 않다. 당시 박지원은 금산령장성 서쪽의 고북구 장성을 본 인상을 〈막북행정록漠北行程錄〉이란 글로 남긴 바 있다. 밀운현에서 한 시간 넘게 차를 달려 승덕에 도착했다. 승덕의 가장 유명한 명승지는 역시 '피서산장避暑山莊'이다. 피서산장은 청나라 때인 서기 1703년에 착공해 87년에 걸쳐 완성한 왕실용 여름 별장이다. 북경의 이화원頤和園, 소주蘇州의 졸정원拙政園, 유원留園과 더불어 중국 4대 정원의 하나에 속한다. 명성에 걸맞는 아름다움을 자랑하는 곳이긴 한데, 필자에게 당나라 유적이 아니면 그

승덕 '피서산장'

다지 감흥을 느끼지 못하는 증세가 있다는 것이 문제였다. 세계문화유산으로 지정된 곳을 이렇게 대충 훑어보는 이가 필자 말고 또 있을까 싶다. 그래도 피서산장에 왔으니 '피서'와 관련된 시 한 수는 읽고 가는 것이 예의일 것이다. 왕유의 〈조서를 내려 기왕에게 구성궁을 빌려주셨기에 더위를 피하며 명을 받아 짓다敕借岐王九成宮避暑應教〉라는 시를 보자.

> 제왕의 아드님 멀리 대궐의 단봉문을 하직한 것은
> 조서를 내려 아득한 산언덕의 궁전을 빌려주셨기 때문
> 창 너머 운무가 옷 위로 피어오르고
> 휘장을 걷으니 산과 샘이 거울 속으로 들어옵니다
> 숲 아래 물 소리에 담소로 떠들썩하고
> 바위틈의 나무 빛에 방이 어른거립니다
> 신선의 집도 이보다 낫진 않을 터인데
> 무엇하러 하늘에서 생황을 불겠습니까?

구성궁九成宮은 지금의 섬서성 인유현麟遊縣에 있었던 당 왕실의 '피서산장'이다. 수나라 문제文帝가 지은 인수궁仁壽宮을 복구해 별궁으로 만들었다. 시에서 '제왕의 아드님'이라고 표현한 기왕岐王은 예종睿宗의 아들이자 현종의 동생인 이범李範을 말한다. 그는 조선 세조의 동생인 안평대군安平大君처럼 예술적 기질이 다분해 왕유와 같이 시와 음악에 능한 문인들을 가까이했다. 별궁은 보통 군주가 사용하는 것이어서 현종이 조서를 내려 기왕에게 빌려주었다고 한 것이다. 호수를 중심으로 평지에 건설된 승덕의 피서산장과 달리 구성궁은 산 중턱에 있었다. 그래서 시의 중반부에서 주로 산을 중심으로 주변 경관의 아름다움을 묘사했다. 끝에서는 왕자교王子喬라고도 불리는 주나라의 태자 진晉과 비교했다. 생황을 잘 불던 그는 신선이 되어 하늘로 올라갔다고 하는데, 구성궁만 해도 선계와 다를 바 없으니 굳이 하늘까지 갈 필요가 있겠느냐고 반문했다. 왕유는 산수시인으로 잘 알려져 있지만 권력자의 비위를 맞추는 이런 시에도 능했다. 원래 산수시를 잘 지어 이렇게 경치 좋은 곳에 가서 실력 발휘를 한 것인지, 피서산장 같은 곳을 따라다니다 보니 산수시를 잘 짓게 된 것인지는 잘 모르겠다. 어쨌든 이 시를 감상하는 것으로 소회를 대신하고 피서산장을 빠져나왔다.

사실 전공이 당시이다 보니 중국 어디를 가거나 필자의 관심은 당나라 때 이곳에 무엇이 있었을까 하는 것이다. 이것도 일종의 직업병이려니 한다. 당나라 때 이곳은 선비족鮮卑族의 후예인 해족이 차지하고 있던 지역이었다. 해족은 거란과 가깝게 지내며 이해관계에 따라 수시로 돌궐突厥과 당나라를 오가는 이민족이어서 당나라로서는 특별 관리 대상이었다. 현종 때 해족의 수령이 화친을 청해 오자 당나라는 승덕 인근에 요락도독부饒樂都督府를 설치하고 해족의 수령에게 이씨李氏 성을 하사하여 도독에 임명했다. 해족은 이후 동서의 두 부족으로 나뉘어 서쪽 부족은 규주嬀州에 살고 동쪽 부족은 승덕 주변에 살았다.

외팔묘
먼 후일 장안을 보고 싶다

대강 정리를 마친 필자는 승덕의 또 다른 명승지인 외팔묘外八廟를 둘러보기 위해 피서산장을 나왔다. 외팔묘는 피서산장 동북쪽에 있는 여덟 개의 라마교 사원을 아울러 부르는 말이다. 이 사원들은 1713년부터 차례로 건립된 것으로, 32개 사원이 있는 북경의 외곽에 있다고 하여 외팔묘라고 했다. 필자는 그 가운데 하나인 '보타종승지묘普陀宗乘之廟'를 찾았다. 외팔묘 가운데 가장 큰 규모를 자랑하는 이 사원은 1771년 건륭제가 자신의 60회 생일을 기념해 만든 것이다. 티베트의 라사拉薩에 있는 포탈라궁을 모방한 건축양식이라 '작은 포탈라궁'으로 불린다. 라사 포탈라궁도 청나라 때 만들어졌는데, 그 전신은 당나라를 끊임없이 괴롭혔던 토번吐蕃의 왕 손첸캄포의 '홍산궁전紅山宮殿'이라고 한다. 보타종승지묘의 전각에 올라 주변 경관과 승덕 시가지를 내려다보면서 필자는 다시 당나라의 역사를 되짚는다.

앞에서 잠깐 얘기한 것처럼 당나라 때 승덕 일대는 해족이 차지하고 있었다. 세력이 대단하지는 않지만 '캐스팅 보트'를 쥐고 있던 이들과 관계를 잘 유지하는 것이 당나라의 동북 변방 외교에서 대단히 중요한 사안이었다. 당나라가 이민족과 우호 관계를 유지하는 방편의 하나는 그쪽 부족장에게 당나라 왕실 또는 종실의 공주를 시집보내는 혼인정책이었다. 그래서 현종 때 해족의 부족장 이대포李大鋪에게 고안공주固安公主를 시집보내고, 그의 동생에게는 동광공주東光公主를 시집보냈다. 이처럼 화친을

외팔묘 중 보타종승지묘

목적으로 이민족 족장에게 시집간 공주를 일러 '화번공주和蕃公主'라 한다. 이를 소재로 한 장적張籍, 약 767~830의 〈화번공주를 전송하며送和蕃公主〉란 시를 감상해보자.

> 변새에는 이제 전장의 먼지가 없어지고
> 한나라 공주가 화친을 위해 떠난다
> 공주 담당 비서는 여전히 왕실관리부서 소속이며
> 책봉 호칭도 이민족 왕실 사람과 같다
> 아홉 부족의 깃발이 먼저 길을 안내하면
> 평생 입을 옷가지도 모두 가져가겠지
> 이민족의 성에서 남쪽을 바라봐도 돌아갈 날 없이
> 부질없이 모래쑥과 물버들에서 봄을 보겠구나

이 시에서 말하는 '한나라'가 실제로는 '당나라'라는 것은 이제 설명하지 않아도 될 것이다. 화친공주는 한나라 고조 때 흉노의 묵특선우冒頓單于에게 처음 보낸 이후로 청나라 때까지 끊이지 않았다. 그 가운데 인구에 회자되는 것이 한나라 원제元帝 때 흉노의 호한야선우呼韓邪單于에게 시집간 왕소군王昭君이다. 절세의 미녀로 원제의 궁녀였던 왕소군은 왕실 화공인 모연수毛延壽에게 뇌물을 바치지 않아 초상화가 추하게 그려졌다. 흉노에 화친공주를 보낼 시점이 되어 원제가 초상화를 보고 가장 못생긴 왕소군을 흉노에 보내기로 결정했다. 왕소군이 흉노로 출발할 때가 되어서야 절세가인이라는 사실을 알게 된 원제는 속이 뒤집혔지만, 어쩔 수 없이 왕소군을 떠나보내고 화풀이로 모연수를 극형에 처했다. 왕소군은 호한야선우와 혼인해 아들 하나를 두었고 결국 흉노의 땅에서 생을 마쳤다. 이처럼 화친공주는 사실상 외교적인 인신매매와 다를 바 없었다. 양국의 우의와 평화를 도모한다는 대의명분 하에서 한 여인이 자신의 주체적인 삶을 포기하는 것이기 때문이다. 그런 희생이 이민족 족장이 당나라에 있을 때와 똑같이 대우한다고 해서 보상받을 수 있다고 여겨지지 않는다. 시인이

보타종승지묘에서 내려다 본 승덕

이 시에서 내비치려 한 생각은 화친공주로 이민족에게 시집가게 된 여인의 불행한 운명에 대한 동정도 있겠지만, 근본적으로 화친공주가 필요하지 않을 만큼 나라가 강성하지 못하다는 실망감이었을 것이다.

화친공주의 혼인으로 인해 양국의 관계가 '전장의 먼지'가 가라앉는 쪽으로 잘 매듭지기만 한다면, 그 나름의 의미를 전혀 찾을 수 없는 것도 아니다. 그런데 그렇게 좋은 결말만 있지 않았다. 서기 745년에 해족의 이연총李延寵이 화친공주를 요청하자, 당나라에서는 현종의 외손녀인 의방공주宜芳公主 양씨楊氏를 그에게 시집보냈다. 그러나 6개월 후 평로절도사 안록산이 해족을 공격하자 이연총은 의방공주를 죽여 분풀이를 했다. 천진난만한 10대 소녀였던 의방공주는 그렇게 양국의 갈등 속에서 짧은 생애를 마치고 말았다.

의방공주의 불행을 아는지 모르는지 보타종승지묘에서 내려다 본 승덕은 참으로 고요하기만 하다. 이제는 어엿한 중국 땅으로 하북성의 대표적인 명승지로 발돋움한 이곳에서 당나라 때 그렇게 한족과 이민족이 치열한 세력 다툼을 벌였다는 사실이 피부로 와닿지 않는다. 이 일대를 호령하던 해족도 거란이 세력을 확장하면서 크게 타격을 입었다. 거란의 야율아보기는 십여 년 동안 해족의 영토를 끈질기게 공략해 거의 전부를 거란으로 편입시키고 마침내 요遼나라를 건국했다. 해족은 이런 형세 속에서 200년간 근근히 명맥을 유지하다 여진족의 금金나라에 의해 완전히 멸망했다. 해족이 처음 만들었다는 악기가 바로 우리가 깡깡이라고도 불리는 해금奚琴이다. 해금은 우리나라에 전해져 전통 국악기의 하나가 되었고, 중국에서는 해금을 변형시킨 얼후二胡라는 악기가 쓰이고 있다.

유장한 역사의 흐름 속에서 승덕은 오랜 시간 동안 여러 이민족의 삶의 터전이었다. 특히 당나라 때는 당나라와 해족이 공생과 알력의 순환 속에서 '전쟁과 평화'가 반복되던 동북 변방이었다. 그 역사의 한 페이지에서 화번공주의 하나로 이곳에 왔던 의방공주도 찾아볼 수 있었다. 이제 장안을 떠나 이역만리 승덕까지 오는 길에 그녀가 남긴 시 한 수를 읽어보며 승덕 기행도 마감하려 한다. 의방공주(? ~745)가 쓴 〈허지역의 병풍에 쓰다虛池驛題屛風〉라는 시를 감상해보자.

시집가느라 고향을 떠나는 일
예로부터 이런 이별이 어려웠다
성은을 입었지만 먼 길이 걱정되어
가는 여정에 울며 바라본다
사막의 변새에서 얼굴이 시들해지고
변방 모퉁이에서 화장도 지워진다
내 이런 마음은 어디서 끊기려나
먼 후일 장안을 보고 싶다는……

중원의 숨결을 찾아 낙양에서 시작한 기행도 이렇게 승덕에서 마무리되었다. 돌이켜보니 낙양부터 정주까지는 주로 망자亡者의 귀의처였다. 백거이, 두보, 유우석, 이상은 등의 시인들이 그곳에서 영면의 휴식을 취하고 있었다. 그런가 하면 태안과 곡부는 사색의 공간이었다. 태산에 올라 더 나은 미래를 꿈꾸었던 두보와 이백을 만나고, 공자의 고향에서 그의 드높은 이상을 되새겨보고 그것이 실현되지 못한 불우함을 동정했던 시인의 목소리를 들을 수 있었다. 당나라 때의 북경과 승덕은 지금의 번영과 전연 딴판인 '동북 변방'에 불과했다는 역사적 사실도 더듬어보았다. 이 치열했던 삶과 죽음의 이모저모가 당나라 시인들에게는 훌륭한 시의 소재가 되어 오늘날 주옥같은 시들이 전해지고 있다고 생각하니, 시 한 수의 무게가 새삼 묵직하게 다가온다.

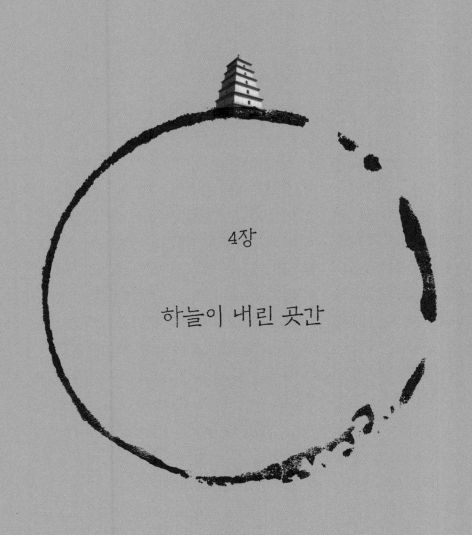

4장

하늘이 내린 곳간

당시와 함께하는 중국 여행의 네 번째 답사는 사천성 성도成都에서 출발한다. 사천분지에 자리잡은 성도는 예로부터 지세가 평탄하고 물산이 풍부하여 '천부지국天府之國'이라고 불렸다. '하늘이 내린 곳간 같은 땅'이라는 뜻이다. 성도는 인구가 1400만이 넘는, 서남부의 최대 도시이다. 2001년 발굴된 금사金沙 유적에 의하면, 고촉古蜀의 도읍지로 성도가 건설된 것은 기원전 611년 무렵으로 추정된다. 삼국시대에 촉한蜀漢이 성도를 수도로 삼으면서 발전이 가속되어 당나라 때는 장안, 낙양, 태원太原과 더불어 4대 도시의 하나로 성장했다. 안록산이 반란을 일으키자 신변의 위협을 느낀 당 현종이 성도로 피신하면서 마외馬嵬에서 양귀비를 자진케 한 일은 유명하다. 성도의 명승지를 망라한 '성도십경成都十景' 가운데 당시와 관련이 깊은 것이 셋 있다. '초당희우草堂喜雨', '강루수죽江樓修竹', 그리고 '사당백삼祠堂柏森'이 그것이다. 이번 성도 답사는 이들을 하나씩 찾아가보는 것으로 일정을 잡았다.

1

초당에서
비를
기뻐하다

'초당희우'는 두보가 성도에 마련한 띠집인 초당에서 비가 내리는 것을 기뻐했다는 뜻이다. 이에 관한 시는 차차 감상하기로 하고 먼저 두보초당杜甫草堂을 방문하는 것이 좋겠다. 두보는 서기 759년 겨울 먹고 살 길이 막막한 감숙성을 떠나 성도로 이주했다. 임시 거처에서 겨울을 나고 이듬해 봄에 지인들의 도움으로 성도의 서쪽 교외에 띠집을 한 채 마련하였으니 이것이 두보초당이다. 두보는 성도의 시장으로 부임한 엄무嚴武의 후원에 힘입어 이 초당에서 4년 가까이 머물며 생활의 안정을 꾀할 수 있었다. 성도 초당에서 지은 시만 250수에 육박하고, 시의 분위기도 차분하다는 점에서 잠시 삶의 시름을 잊고 지낼 수 있었던 시기라 여겨진다.

두보초당
만리교 서쪽의 초당

성도 시내는 천부광장天府廣場을 중심으로 방사형으로 펼쳐져 있다. 두보초당으로 가려면 성도 남쪽을 흐르는 타강沱江을 따라 서쪽으로 가야 한다. 타강은 금강錦江이라고도 불린다. 이것은 성도가 유명한 비단 산지이었던 데서 유래한 말이다. 비단에 물을 들인 후 타강에서 세탁하면 그 색깔이 대단히 선명했다고 한다. 또 완화계浣花溪라는 말도 널리 쓰였다. 비단을 세탁하는 모습을 멀리서 보면 마치 꽃을 씻고 있는 것처럼 보였다는 것이다. 차를 타고 타강을 따라 청양횡가青羊橫街에서 망선교望仙橋를 건너 초당로草堂路로 접어들면 왼쪽이 완화계 공원이다. 두보초당 정문은 완화계 공원을 지나 조금 더 가면 오른쪽에 있다. 현판에 큰 글씨로 '초당'이라 씌어 있고, 대문 양쪽에는 두보 시에서 따온 구절로 대련을 삼았다. 이 구절은 〈금강의 거처를 회상하다懷錦水居止二首〉라는 시의 둘째 수에 보인다. 전체 시를 감상해보자.

> 만리교 서쪽의 초당
>
> 백화담 북쪽의 장원
>
> 층층의 방마다 모두 물을 마주하고
>
> 늙은 나무는 서리를 실컷 겪었지
>
> 눈 쌓인 봉우리는 하늘과 맞닿아 희고
>
> 비단의 도시는 석양에 비쳐 누랬지
>
> 안타까워라, 풍경이 뛰어났던 곳
>
> 고개 돌려보니 그저 아득하여라

　이 시는 두보가 초당을 떠나 운안雲安에 머물던 시기에 성도의 초당을 회상하며 지은 것이다. 초당 정문의 대련은 이 시의 첫째 연이다. 초당이 만리교의 서쪽이자 백화담의 북쪽에 있다는 내용이다. 만리교는 전국시대 진나라 때 촉군의 태수로 있던 이빙李冰이 건설한 다리이다. 삼국시대 제갈량이 연합전선 구축을 위해 오나라로 보내는 비위費禕를 전송하면서 "만 리의 여정이 이 다리에서 시작된다萬里之行, 始於此橋"고 한 데서 이름이 유래되었다. 당나라 때 두보가 보았던 만리교는 이미 없어졌고, 지금은 그 자리에 남문교南門橋가 놓여 있다. 남문교는 천부광장에서 남서쪽으로 타강을 건너 장세가漿洗街로 향하는 다리이니 두보초당에서 채 십 리도 되지 않는 거리에 있다. 백화담은 두보초당이 있던 곳의 지명이다. 본래 행정구역상 명칭은 서포현犀浦縣인데, 백화담으로도 불렸다고 한다. 지금은 초당 남동쪽으로 백화담공원이 조성되어 성도 시민의 휴식처 역할을 하고 있다. 두보는 후원자였던 엄무가 세상을 떠나자 의지처를 잃고 성도를 떠났다. 그런데 초당에 대한 그리움이 잔뜩 묻어나는 이 시를 보면, 두보는 성

두보초당 '대해의 두보 좌상'

도의 초당만한 곳이 또 없다고 생각했던 모양이다.

두보가 성도를 떠나면서 초당도 흔적이 사라졌다. 후에 당말의 시인 위장韋莊이 성도에 와서 초당의 터를 찾아 다시 띠집을 엮은 것이 전해내려오다가 명대와 청대에 한 번씩 대대적으로 보수했다. 1961년 중국 정부에서 문화재로 지정하여 현재에 이르고 있는데, 1985년부터 초당의 정식 명칭이 '두보초당 박물관'으로 바뀌었다. 정문으로 들어가 돌다리를 건너자마자 보이는 건물이 '대해大廨'이다. '대해'는 큰 관청이라는 뜻인데, 초당에는 집무실의 의미로 마련해둔 듯하다. 두보가 잠시 엄무 막부幕府의 참모로 들어가 검교공부원외랑檢校工部員外郞이라는 벼슬을 받은 적이 있었기 때문이다. 이곳에는 다소곳이 무릎을 꿇고 앉아 있는 모습의 좌상이 있다. 집무실에 썩 어울리는 광경은 아니다. 왼손을 무릎 위에 얹고 그 위에 오른손을 포갰다. 이런 자세가 무엇을 의미하는지는 정확히 모르겠다. 다만 관람객들이 두보의 오른손을 한 번씩 쓰다듬고 가는 통에 그 부분만 반짝반짝 윤기가 난다. 좌상 좌우로는 기둥마다 대련이 즐비하다. 고복초顧複初와 하소기何紹基 같은 청나라 문인뿐 아니라 섭검영葉劍英 등 현대 인물들의 것도 보였다.

시사당
이제 초당에 돌아오니

대해에서 장랑長廊을 끼고 앞으로 가면 '시사당詩史堂'이다. 두보의 시는 고난으로 가득찬 사회의 현실을 충실히 반영하여 '시로 쓴 역사'나 다름없다는 뜻에서 흔히 '시사詩史'라 일컬어진다. 따라서 이곳은 그의 현실주의 기풍을 기리는 곳이라 하겠다. 외국어로 된 유적지 안내판이 부실한 것은 중국도 마찬가지다. 가끔 보이는 한국어 설명에 잘못되었거나 어색한 곳이 한두 군데가 아니다. 시사당도 큼지막하게 '시경당'이라고 표기되어 있다. 안내판에 따르면 시사당이라는 이름은 1811년에 초당을 보수하면서 붙인 것이라고 한다. 이곳에도 두보의 흉상이 마련되어 있다. 대해의 두보 상이 얼마간 현대적이라면 시사당의 것은 고전적이다. 여느 촌로의 모습과 크게 다르지 않다. 대해의 좌상과 다른 점 또 하나는 이 흉상은 손이 없어 수염이 반짝거린다는 사실이다. '시사'로서의 두보 시가 어떠한지 〈초당草堂〉이라는 시를 읽어 보자. 상당히 긴 시이므로 전반부만 보겠다.

두보초당 '시사당'

예전에 초당을 떠날 때는

오랑캐가 성도에 가득하더니

이제 초당에 돌아오니

성도에 때마침 우환이 없구나

처음 어지러워졌을 때를 진술해보자면

세상이 뒤집히는 것 아주 순식간이었으니

대장 엄무嚴武가 조정으로 가고 나자

여러 소인배들이 모반을 일으켰다

한밤중에 백마를 잡아

맹세의 피를 마시는 기세 매우 대단했고

서쪽으로는 공주邛州 남쪽의 군사를 취하고

북쪽으로는 검각의 모퉁이를 끊었다

평민들 수십 명이

또한 성의 태수를 옹호하였는 바

그 형세가 둘 다 클 수는 없어

처음부터 번족蕃族과 한족이 다르다는 말 들었지

서쪽의 병졸이 도리어 창을 돌리고

적신들이 서로 죽였으니

어찌 팔꿈치와 겨드랑이의 화가

절로 배은망덕한 무리에 미칠 것을 알았으리오

(후략)

   이 시는 서지도徐知道의 반란으로 어지러웠던 성도를 묘사한 것이다. 당시 두보는 조정으로 복귀하는 엄무를 전송하러 면주綿州에 갔다가 반란 소식을 들었다. 그래서 재주梓州로 피신했다가 반란이 진압된 뒤에야 초당으로 되돌아올 수 있었다. 이 시는 서지도가 일으킨 반란의 자초지종이 자세하게 묘사되어 있다. 이렇게 자세한 내막은 역사서에도 기술되어 있지 않은 것이어서 '두보의 시로 당나라의 역사를 보완한다'는 말이 나올 정도였다. 그러나 이런 내용이 '사史'에 그치지 않고 '시詩'가 될 수 있었던 것은 그런 반란으로 인해 고초를 겪는 백성들의 아픔과 지식인으로서 그런 나라의 어려움을 눈뜨고 지켜봐야 하는 자괴감이 행간에 녹아 있기 때문이다.

수함
가랑비에 물고기 뛰고

　필자는 시사당을 나와 '채문柴門'으로 향했다. 여기도 역시 한글 안내문에는 '자문'으로 잘못 표기되어 있다. 채문은 초당의 정원으로 들어가는 문이다. 채문 왼쪽의 '수함水檻'은 청나라 때 복원된 것이다. '수함'은 '물가 난간'이라는 뜻으로, 초당의 연못가에 마련된 정자를 가리킨다. 지금은 이 연못이 초당 정문 앞의 초당로를 사이에 두고 타강과 분리되어 있는데, 두보가 초당에 살던 당시에는 모두 연결되었을 것으로 추정된다. 그래서 두보가 초당에 머무를 때 지은 시에는 자주 '강'이 등장한다. 이 물가 난간은 소박하지만 운치가 넘쳐서 두보가 번민을 느낄 때마다 찾아와 시간을 보냈을 것 같아 보였다. 성도의 초당에서 살 때가 비교적 안정된 시기였다고는 하지만, 전란으로 인한 타향살이에 마음이 편치만은 않았을 것이다. 〈물가 난간에서 마음을 풀다水檻遣心二首〉라는 시의 첫째 수를 보자.

　　　성곽에서 떨어진 누마루 훤하고
　　　마을 없으니 멀리 보인다

두보초당 '수함'

> 맑간 강 펀펀하여 언덕이 줄었고
> 그윽한 나무 저녁에 꽃이 많다
> 가랑비에 물고기 뛰고
> 미풍에 제비 빗겨난다
> 성 안은 십만 호
> 여기는 두세 집

천부광장에서 이곳으로 오면서 대략 위치와 거리를 살펴보았던 것처럼
두보초당은 시내 중심부에서 그렇게 멀리 떨어져 있지 않다. 오는 길 내내
말끔한 주택단지가 가득 들어서 있었다. 그런데도 당나라 때는 백화담이
인적 드문 외곽이었던가 보다. 두보는 물가 난간에서 가랑비에 뛰노는 물
고기와 미풍에 빗겨나는 제비를 벗 삼아 시름을 달랜다. 그는 무슨 생각에
성도 시내와 백화담을 비교하고 있었던 걸까? 가장으로서 시내에 번듯한

두보초당 '공부사'

집을 장만하지 못하고 허름한 전원주택에 만족해야 하는 비애일까? 그의 일생을 돌아보면 이맘때쯤 차츰 자신의 삶이 중심부에서 변두리로 밀려 나고 있다는 느낌을 강하게 받았을 법도 하다.

수함을 나와 채문 안으로 들어가면 '공부사工部祠'이다. 공부사는 두보를 모시는 사당이다. 앞에서 언급한 것처럼 두보는 엄무 휘하에서 검교공부원외랑이라는 벼슬을 지냈다. 그래서 세칭 '두공부'라고 한다. 공부사 안으로 들어가면 정중앙에 두보의 영정이 모셔져 있고, 그 좌우로 송나라의 시인 황정견黃庭堅과 육유陸游가 보인다. 황정견은 두보를 시학詩學의 스승으로 받들었고, 육유는 두보의 '시사詩史' 정신을 계승하여 애국시를 많이 지었으니 두보의 사당에서 함께할 충분한 이유가 있다는 생각이다. 여기도 한글 안내판에는 '육유'를 '도유'라 해놓았다. 이 지면을 빌어 관리사무소에서 조속히 한글 안내판에 대한 일제 점검에 나서기를 촉구하는 바이다. 사당의 벽면 여기저기에는 두보의 유상遺像이 걸려 있는데, 모두 홀

두보초당 '소릉초당 비정'

笏을 든 관리의 모습이다. 두보는 '시성詩聖', 즉 시인 가운데 성인이라는 최상의 존칭을 받은 시인인데, 종6품의 공부원외랑 직함이 그를 대변하는 것 같아 필자는 '공부사'라는 이름이 썩 마음에 들지 않았다. 차라리 '시성사詩聖祠'가 낫지 않을까 생각해보다가도 두보가 생전에 시인보다는 관리를 꿈꾸었던 것을 어쩌겠는가.

공부사를 나서니 두보 관련 책자에서 자주 보던 정자가 저만치 서 있다. 바로 '소릉초당비정少陵草堂碑亭'이다. '소릉'은 두보의 호이니 '소릉초당'은 곧 '두보초당'이라는 말과 같다. 이 네 글자는 청나라 강희제의 열일곱째 아들인 과친왕果親王 윤례允禮가 쓴 것이다. 그는 청나라의 유명한 학자인 심덕잠沈德潛에게 글공부를 배워 시사詩詞에 능했고 글씨도 잘 썼다고 한다. 마침 1734년 달라이라마를 티베트까지 바래다주러 가는 길에 두보초당에 들러 이곳의 명물이 된 글씨를 남겼다. 비석 왼편에 작은 글씨로 "옹정갑인계동과친왕서雍正甲寅季冬果親王書"라 한 것이 그것을 증명한다. "옹정제 갑인년 12월에 과친왕이 쓰다"란 내용이기 때문이다. 이 글씨를 새긴 비석을 보호하는 정자를 세우고 초당과 어울리게 지붕을 띠로 엮은 것이 '소릉초당비정'이다. 여러 책에서 가장 많이 봐왔던 정자라 두보초당의 3대 건축물이라 할 '대해, 시사당, 공부사'보다 더 반가운 느낌이 든다. 사실 책에서 처음 이 정자의 사진을 보았을 때는 '소릉초당'

이라 되어 있기에 이 정자에서 두보가 살았다는 줄 알았다.

두보 시비
내 집이야 홀로 부서져 얼어 죽는다 해도

비정 바로 옆에는 시비詩碑와 함께 두보의 석상이 나란히 있다. 시비에
옮겨진 두보의 시는 〈띠집이 가을바람에 부서져 부르는 노래茅屋爲秋風所破
歌〉였다. 두보의 띠집을 보기도 전에 부서진 이야기부터 듣기는 뭣하지만,
그래도 시비까지 세워두었으니 찬찬히 읽어보지 않을 수 없다.

> 팔월 가을 깊어 바람이 울부짖더니
> 우리 지붕 위 세 겹 띠를 말아가 버렸네
> 띠는 날아 강을 건너 들판에 흩뿌려져
> 높은 것은 긴 나무 끝에 걸리고
> 낮은 것은 굴러다니다 연못에 가라앉았네
> 남촌의 아이들 내 늙어 힘없다 깔보고는
> 모질게도 이렇게 면전에서 도적질을 하여
> 공공연히 띠를 안고 대숲으로 들어가네
> 입술이 타고 입이 말라 소리도 못 지르고
> 돌아와 지팡이 기대어 스스로 탄식할 뿐이라네
> 잠시 후 바람은 멎고 구름이 먹색이더니
> 가을 하늘 어둑어둑 캄캄해져가네
> 무명 이불 오래되어 차갑기가 쇠 같은데
> 아들놈이 험히 자다 밟아 안이 다 터졌다네

침상 머리는 지붕이 새어 마른 곳이 없는데

빗발은 삼줄처럼 끊어지지 않는구나

전란을 겪으면서부터 잠이 적어졌는데

비에 젖어 이 긴 밤을 어찌 새우려나

어찌하면 넓은 집 천만 칸을 얻어

천하의 가난한 선비들을 크게 감싸 안아, 모두 기쁜 얼굴 되어

비바람에도 요동하지 않고 산처럼 편안케 할 수 있으랴

오호라, 어느 때인가 눈앞에

이런 저택이 우뚝하다면야

내 집이야 홀로 부서져 얼어 죽는다 해도 족하련만!

음력 8월에 때늦은 태풍이 불어 그만 두보의 띠집 지붕이 홀랑 날아가 버렸다. 바람에 날린 띠의 일부는 사방으로 흩어지고 또 일부는 아이들이 훔쳐가기도 해 두보 가족은 꼼짝없이 지붕 없는 집에서 밤을 지새우게 되었다. 설상가상 비까지 쏟아져 난데없는 이재민 신세가 더없이 처량하다. 우리같은 범인凡人이야 이런 경우 밤새 태풍에 의한 피해를 어떻게 보상받을까 궁리하느라 바쁠 것이다. 그런데 두보는 이 시에서 무슨 얘기를 하고 있는가. 세상의 가난한 선비들을 구제할 수 있는 천만 칸의 집을 얻을 수만 있다면 나 하나쯤이

두보초당 시비

야 어찌 되든 상관없다지 않은가. 성도시장이라도 출마하려고 언론의 관심을 끌려는 것이 아니라면 도저히 이런 생각을 할 수가 없다. 두보에게는 개인의 고통스런 체험이라는 차원에서 멈추지 않고 그로부터 사회와 국가의 더 큰 문제를 고민할 수 있는 넓은 도량이 있었던 것이다. 나 한 사람에게 고통을 안겨주었던 원인이 제거되면 세상이 바로 멋져 보이는 속물 근성과는 거리가 멀다. 게다가 만인의 행복을 위해서라면 개인의 고통도 감수하겠다는 마음가짐은 '살신성인殺身成仁'에 다름 아니다. 이 시는 참으로 두보가 왜 '시성詩聖'이라 불리는가라는 문제에 대한 답안지처럼 보인다.

모옥고거
안개에 싸여 이슬 듣는 농죽의 가지

두보의 어진 마음씨에 새삼 감탄하면서 '모옥고거茅屋故居'로 가는 길로 접어들었다. 옛날 띠집을 복원한 모옥은 필자의 어릴 적 외가를 보는 듯했다. 대청마루와 외양간이 있었다면 더 흡사했을 것이다. 사실 이 초당은 1997년 2월에야 세워진 것이다. 그 이전에 두보초당을 방문한 관람객들의 한결같은 질문은 '초당'이 어디 있느냐는 것이었다고 한다. 그도 그럴 것이 앞에서 본 대해, 시사당, 공부사 등이 모두 기와집이지 띠집이 아니기 때문이다. 초당 안에는 서재, 응접실, 침실, 주방 등을 두보가 살던 당나라 식 그대로 재현해 놓아 그때의 생활 방식을 알아볼 수 있어서 좋다. 그런데 막상 모옥을 설계할 당시에는 두보가 각 공간을 어떻게 배치했고 또 살림살이의 모습은 어땠는지 고증하기가 막막해 애를 먹었다는 후문이다. 당나라 때로 거슬러 올라가 두보가 막 초당을 짓고 나서의 소감을 들

두보초당 '모옥고거'

어보자. 〈초당이 이루어지다堂成〉라는 시이다.

성곽을 등지고 지은 초당, 흰 띠로 지붕을 이었고
강 따라 길이 익숙해지자 푸른 들이 내려다 보인다
해를 가리고 바람을 속삭이는 오리나무 잎과
안개에 싸여 이슬 듣는 농죽籠竹의 가지
날다가 잠시 멈추었던 까마귀는 여러 새끼 거느리고
지저귀며 자주 와서 떠들던 제비는 새 집으로 정하였네
주위 사람 양웅의 집이라 잘못 비유하나
게을러 〈해조〉를 지을 뜻이 전혀 없다네

두보는 759년 겨울 지금의 감숙성 성현成縣인 동곡同谷에서 아내 양씨,
큰아들 종문宗文, 둘째아들 종무宗武, 딸 용蓉, 동생 두점杜占 등 다섯 명의 부

양가족을 이끌고 성도로 옮겨 왔다. 두보가 마흔일곱 되던 해의 일이다. 지인들의 도움으로 완화계 옆에 터를 잡고 초당을 짓기 시작하여 이듬해 늦봄에 마침내 '내 집 마련'의 꿈을 이루었다. 성도 외곽의 푸른 초원 위에 그림 같은 집을 짓고, 오리나무와 대나무로 간단히 조경 공사도 마쳤다. 가족들의 보금자리를 가꾼 가장으로서 어깨를 으쓱했으리라. 사람들은 성도 출신의 한나라 때 문인인 양웅의 집이 '초현당草玄堂'이었던 것에 빗대어 두보의 초당을 '양웅의 집'이라고도 치켜세워준다. 그러나 두보는 생각이 조금 달랐던 모양이다. 완곡하게 표현하기는 했지만 〈해조〉와 같은 글을 쓰며 여생을 성도에서 보낸 양웅처럼 되기는 싫다고 했다. 만약 두보가 성도에서 평생 눌러살 생각이었다면 띠집 지붕을 더 단단하게 엮어 바람에 날려보내지 않았을지도 모를 일이다.

두보 사적 전시관이라 할 '대아당大雅堂'으로 가는 길에 '완화사浣花祠'에도 잠시 들렀다. 이곳은 '기국부인冀國夫人'을 기리는 사당으로, 두보와 직접적인 관련이 있는 곳은 아니다. 부인에 대해 전해지는 이야기는 이러하다. 당나라 때 임씨任氏라는 아가씨가 완화계에 살고 있었다. 어느 날 부스럼이 잔뜩 난 스님을 위해 빨래를 해주었더니 완화계에서 몇 송이 연꽃이 피어났다. 나중에 서천절도사西川節度使 최우崔旰의 첩이 되었는데, 그가 장안으로 돌아간 틈을 타 반란이 일어났다. 성도에 남았던 최우의 동생 최관崔寬이 반군을 맞아 분투했으나 크게 열세에 몰렸다. 이때 임씨가 사재를 털어 천여 명의 의병을 모집하고 손수

두보초당 '대아당 〈당성〉 시 전시물'

두보초당 '초당 영벽'

이들을 지휘해 반군을 무찔렀다. 그러니까 임씨는 '성도의 잔다르크'였던 것이다. 조정에서는 그녀의 공을 기려 기국부인에 봉하고 생가에 사당을 지어주었다. 마침 그 위치가 두보의 초당과 멀지 않아 두보초당 경내에 있게 된 것이다. 사당으로 들어가면 기국부인의 영정을 볼 수 있다.

완화사를 나와 대아당으로 가다보면 '화경花徑', 즉 꽃길을 거치게 된다. 이 꽃길은 두보의 〈손님이 오다客至〉라는 시에서 유래된 것이다. 두보는 이 시에서 초당에 찾아오는 손님이 없어서 "꽃길을 손님 때문에 쓸어본 적이 없다花徑不曾緣客掃"고 했다. 지금은 상황이 180도 달라졌다. 초당은 일년 내내 손님으로 넘쳐나 꽃길에 꽃이 쌓일 겨를이 없다. 꽃길 양쪽으로 붉은 칠을 한 담장이 고색창연하다. '화경'이라고 현판을 내건 문으로 들어서면 '초당영벽草堂影壁'이 보인다. 영벽에 '초당'이라는 두 글자를 쓴 것인데, 청나라 사람 주축군周竺君의 글씨다. 글씨 위에 도자기의 파편으로 상감을 해 독특한 느낌을 주는 까닭에 두보초당의 명물 가운데 하나가 되었다.

대아당
혼백이 푸른 단풍 숲에서 와서

필자가 지금 찾아가는 대아당은 두보를 중심으로 중국의 대시인 12명을 소개하는 전시관이다. 나머지 11명은 굴원, 도연명, 진자앙, 왕유, 이백,

이상은, 소식蘇軾, 황정견, 육유, 이청조李淸照, 신기질辛棄疾 등이다. 흔히 '대아지당大雅之堂에 오르다'라는 표현을 쓰는데, 여기서 대아지당은 크고 아름다운 집이라는 뜻이다. 어떤 사물이 고아한 품격을 갖추어 사람들로부터 칭송을 받을 때 이렇게 말한다. 그러니까 두보를 위시한 이들 시인은 모두 대아지당에 올랐다는 것이다. 이 대아당은 2002년에 건립되었다. 우수에 가득찬 표정으로 대아당 입구에 앉아 있는 두보의 동상을 지나 내부로 들어가면 길이 16m에 달하는 벽화가 관람객을 놀라게 한다. 벽화의 내용은 모두 위에서 말한 열두 명의 시인과 관련된 사적이다. 문화 인물을 관광상품으로 개발하는 중국 당국의 노력은 놀랍기 그지없다. 과대포장 같은 느낌이 들기도 하나 바람직한 방향인 것은 틀림없는 사실이다.

대아당의 여러 조형물 가운데 필자의 시선을 끈 것은 두보와 이백의 밀랍인형이었다. 용문龍門 사진을 배경으로 쓴 것으로 보아 낙양에서 두 시인이 만나 우정을 쌓던 때의 모습인 듯하다. 이들의 운명적인 만남은 서기 744년 여름에 이루어졌다. 당시 이백은 한림공봉翰林供奉으로 장안 대궐에 있다가 막 물러난 상태였다. 두보는 낙양에서 이백을 만난 후 의기투합하

여 개봉開封으로 여행을 떠났다. 두보 일행이 개봉에서 잔뜩 술에 취해 안하무인 격으로 행동했다는 일화가 역사서에까지 전하는 것을 보면 활약이 대단했던 모양이다. 이들은 잠시 헤어졌다가 이백이 집이 있던 산동성 노군魯郡에서 다시 만났다. 이백과 함께 범範 은사를 찾아가는 등 한동안 노군에서 머물던 두보는 다시 낙양으로 돌아갔다. 이때 이백이 두보를 배웅하며 써준 시가 〈노군 동쪽 서문에서 두보를 전송하다魯郡東石門送杜二甫〉이다. 이 시를 감상해보자.

> 취하여 이별하면 다시 어느 날에나
> 연못의 누대를 두루 올라볼 것이랴?
> 어느 때에나 석문의 길에서
> 다시 황금 술동이를 열어볼 것이랴?
> 가을 물결은 사수泗水에 떨어지고
> 바다 빛깔이 조래산徂徠山에 분명하거늘
> 날리는 쑥처럼 각자 절로 멀어지게 된 이상
> 손에 든 잔을 또 다 비워보세

이 시를 보면 두보와의 이별을 아쉬워하는 이백이 마음이 진하게 다가온다. 언제 다시 연못의 누대에서 함께 시를 짓고 석문의 길에서 술을 마실 수 있을지 재삼 아쉬워했다. 그날이 오면 사수의 가을 물결과 조래산에서 보이는 바다 빛깔에 함께 취할 텐데 말이다. 하기는 이백도 두보처럼 시와 술에 모두 능한 사람을 어찌 쉬이 만났겠는가? 진국끼리는 서로를 알아보는 법이다. 그러나 그렇게 헤어진 두 사람은 평생 다시 만나지 못했다. 노군에서 이별한 지 10년 뒤에 안사의 난이 발발했고, 이백은 영왕永王 이린李璘의 진영에 가담했다가 역적으로 몰려 야랑夜郎으로 유배를 당했다. 이때 두보가 사지로 떠난 이백의 안위를 걱정하며 쓴 시가 〈꿈에 만난 이백夢李白二首〉이다. 그 가운데 첫째 수를 감상해보자.

사별이라면 통곡 소리 삼키고 말았을 것을
생이별이니 항상 마음 슬퍼라
강남은 지독한 더위로 병드는 땅
쫓겨난 나그네 아무런 소식도 없네
친구가 내 꿈을 찾아왔나니
내 그대를 늘 생각함을 안 것이라
그대 지금 그물에 걸려 있거늘
어떻게 날개를 얻으셨는가
살아 있는 혼이 아닌 듯하건만
길이 멀어 헤아릴 수가 없구나
혼백이 푸른 단풍 숲에서 와서
어두운 관문을 지나 돌아갔는데

두보초당 '대아당의 이백 상'

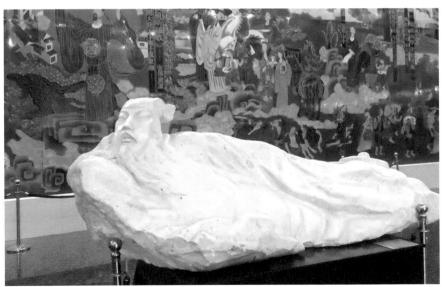

기운 달이 대들보에 가득하여

여전히 그대 얼굴을 비추고 있는 듯

물 깊고 파도 광활하니

부디 교룡에게 잡히지 마시옵기를

야랑으로 유배 길을 떠났던 이백은 백제성白帝城에 도착했을 때 특별사
면을 받았다. 그래서 이미 자유의 몸이 된 상태였지만 두보는 그 소식을
미처 듣지 못했던 모양이다. 초조하게 그의 생사를 걱정하고 있던 어느 날
밤 꿈에 이백이 그를 찾아왔다고 했다. 두보는 혹시나 이백이 죽어 그 영
혼이 찾아왔나 하고 소스라치게 놀라 잠에서 깨었던 것 같다. 다행히 꿈인
것을 알고 안도의 한숨을 내쉬며 달을 향해 그의 무사 귀환을 축원했다.

호우시절
좋은 비가 시절을 알아

밀랍인형 앞에서 한동안 두보와 이백의 우정을 되새겨본 필자는 대아
당을 나와 분경원盆景園 쪽으로 발걸음을 돌렸다. 분경원은 두보초당 내에
있는 독립적인 정원이다. 1999년 이곳에 '두시서법목각랑杜詩書法木刻廊'을
만들어 두보의 시 100여 수를 붓글씨로 쓰고 나무에 새겨 전시하고 있다.
분경원으로 가는 길을 천천히 걸으며 2009년에 개봉되었던 영화〈호우시
절好雨時節〉을 떠올려보았다.

〈호우시절〉은 두보초당이 주요 배경으로 등장하는 로맨스 영화다. 영
화의 줄거리는 이러하다. 건설중장비회사의 팀장 동하(정우성 분)는 사천
대지진으로 인한 피해복구가 채 끝나지 않은 성도로 출장을 온다. 잠시 짬

을 내 두보초당을 둘러보던 그는 미국 유학 시절 사귀었던 중국 친구 메이(고원원 분)가 두보초당에서 안내원으로 일하고 있는 것을 발견한다. 동하는 예전의 아름다웠던 추억을 되살리려 하지만, 메이는 어쩐지 쉽게 마음을 열지 못한다. 동하는 나중에야 메이가 사천 대지진 때 남편과 사별했다는 것을 알게 되고, 출장을 마치고 귀국한 후 그녀에게 유학 시절 탔던 노란색 자전거를 부쳐준다. 영화를 보면 왜 제목이 〈호우시절〉인지 알게

영화 〈호우시절〉

된다. 광장에서 춤을 출 때 갑자기 비가 내리자 두 사람은 어느 가게 앞 처마 밑에서 비를 피하며 유학 시절을 이야기한다. 두 사람은 모두 시를 좋아했다. 동하는 원래 시인이 되고자 했고, 메이도 대학교 졸업논문의 주제로 두보의 시를 선택했다. 메이가 졸업논문에서 다루었다는 작품이 바로 〈봄밤에 비가 내리는 것을 기뻐하다春夜喜雨〉라는 시이고, '호우시절'은 이 시의 첫 구절이다.

좋은 비가 시절을 알아
봄이 되니 만물을 싹틔우는구나
바람 따라 몰래 밤에 들어와
만물을 적시는데 가늘어 소리조차 없구나
들길엔 구름이 온통 어두운데

두보초당 후문

강 배엔 불빛만이 홀로 밝구나
새벽에 붉게 젖은 곳 바라보면
금관성에 꽃이 무겁겠지

이 시는 두보가 초당에서 지낼 때 지은 것이다. 당시 성도는 겨울부터
이어진 가뭄으로 몹시 곤란을 겪고 있었다. 그러던 어느 봄날 대지를 촉
촉이 적시는 비가 흠뻑 내리자 이 시를 지어 해갈의 기쁨을 노래했다. 영
화에서는 메이가 지진으로 남편을 잃은 아픔을 미처 다 추스르지 못하고
있을 때, 봄비처럼 바람따라 몰래 동하가 찾아왔다. 사랑과 추억을 간직
한 동하의 따뜻한 손이 메이의 볼을 어루만지자 지치고 메말랐던 메이의
마음도 천천히 봄의 기운을 되찾았다. 먹구름으로 어두운 들길 곁으로 불
을 밝히며 다가온 배 한 척. 메이도 동하에게 두보의 시집을 선물하며 그
가 잃어버린 시인의 꿈을 되찾아준다. 예리한 관람객이었다면 그 시집에

영문으로 씌어진 부제를 발견했을 것이다. "Good Rain on a Spring Night" 이라고 씌어 있던……. 필자는 영화 〈호우시절〉을 보고 한 가지 사실을 두 눈으로 똑똑히 확인할 수 있었다. 시사당에 있던 두보 상의 오른손을 반짝 거리게 만든 사람 가운데 하나가 정우성이라는 것을 말이다.

이제 성도십경 중 하나의 이름을 '초당희우草堂喜雨', 즉 '초당에서 비가 내리는 것을 기뻐하다'라 지은 까닭도 이해할 수 있을 듯하다. 감숙성에서 갖은 고생을 하던 두보가 성도로 이주해 초당이라는 보금자리를 마련한 일은 가뭄 끝에 단비였으리라. 봄날 밤 소리 없이 내리는 비에 그간 하늘 만 바라보며 애를 태우던 백성들이 시름을 잊을 생각에 덩실덩실 춤이라 도 추고 싶어하는 두보의 마음은 시성詩聖이 갖춘 애민愛民의 정신이다. 〈봄 밤에 비가 내리는 것을 기뻐하다〉라는 시는 이처럼 두보의 개인사와 정신 세계를 잘 보여주는 작품이다. 필자는 영화 〈호우시절〉의 마지막 장면에서 성도를 다시 찾은 동하가 메이를 기다리며 서성거리던 두보초당 후문을 나오며 '초당희우'의 의미를 그렇게 정리해보았다.

2

망강루의
키 큰
대나무

성도 답사의 두 번째 목적지는 성도십경 중 '강루수죽江樓修竹'이다. '강루
수죽'은 망강루望江樓 공원의 키 큰 대나무를 가리키는 말이다. 망강루공
원은 두보초당에서 타강을 따라 8km 가량 내려가야 한다. 천부광장을 중
심으로 보면 동남쪽이다. 두보초당에서 35번 버스를 타면 바로 도착할 수
있지만, 가는 길에 먼저 백화담공원에 들르기로 했다. 앞에서 알아본 것처
럼 백화담은 두보초당 부근의 지명이다. 두보의 〈미친 사내狂夫〉라는 시에
도 "만리교 서쪽의 초당 하나, 백화담의 물은 곧 창랑이로다萬里橋西一草堂,
百花潭水卽滄浪"라 하여 백화담이 등장한다. 당나라 때 초당의 서남쪽에 있던
백화담은 이미 없어지고, 지금은 동남쪽에 백화담공원이 조성되어 당시
의 이름을 간직하고 있다.

　본래는 백화담공원 자리에 성도동물원이 있었다고 한다. 동물원이 성

백화담공원

도 북쪽 교외로 이전하면서 이곳에 공원을 조성해 시민에게 개방한 것이 1982년의 일이다. 이 공원에서 가장 인상적인 것은 연못마다 흐드러지게 핀 연꽃이었다. 저마다 모양도 각양각색으로 꾸며 시각적 아름다움을 느낄 수 있었다. 연못 한쪽에 가지런하게 오열횡대로 늘어선 연꽃은 마치 합창단을 보는 듯하다. 산책로를 따라 걷다가 성도가 고향인 소설가 파금巴金의 동상도 만날 수 있었다. 최근 일각에서는 파금을 기리는 뜻에서 백화담공원을 '파금혜원巴金慧園'으로 개칭하려는 움직임을 보이고 있다고 한다. 필자가 상관할 수 있는 일은 아니지만 '현행 유지'에 한 표를 던지고 싶다. 파금이야 백화담공원이 아니라도 기념할 곳이 많겠지만, 이 공원에서 '백화담'이라는 이름이 없어지면 두보 시의 '백화담'은 어디서 찾겠는가.

망강루공원
수향의 갈대에 밤 되니 서리가 내려

  이렇게 주마간산 격으로 백화담공원을 훑은 필자는 버스를 타고 망강루공원으로 향했다. 망강루공원의 표지는 높이 39m의 4층 짜리 누각인 '숭려각崇麗閣'이다. 이 누각은 청나라 말기에 세워졌고, 진晉나라의 문인 좌사左思가 〈촉도부蜀都賦〉에서 "아름답고도 숭고하니 실제 이름은 성도라 旣麗且崇, 實號成都"고 한 데서 이름을 따왔다. 타강을 바라보는 곳에 위치했다 하여 속칭 '망강루'라 했고, 공원의 이름도 여기서 유래하게 되었다. 숭려각 좌우로는 '탁금루濯錦樓'와 '음시루吟詩樓'가 숭려각을 보필하듯 자리 잡고 있다. 공원 곳곳에는 100여 종에 이르는 대나무가 빼곡이 들어서 청량한 느낌이 가득하다. 민국民國 시기에 망강루공원이 조성된 가장 중요한 이유는 당나라의 여류시인 설도薛濤, 약768~832를 기념하기 위해서였다.

  설도는 본래 장안 사람인데 관리인 아버지 설운薛鄖을 따라 성도에 와 살게 되었다. 14세 때 아버지가 세상을 뜨면서 가세가 기울어 16세에 기녀가 되었다. 어려서부터 시에 능하고 음악에도 정통해 당나라 전역에 명성이 자자했다 하니 '당나라의 황진이'가 아니었던가 싶다. 절도사로 성도에 부임한 무원형武元衡, 이이간李夷簡, 단문창段文昌, 이덕유李德裕 등이 모두 그녀의 매력에 이끌려 막부로 청했고, 위고韋皋라는 이

망강루공원 숭려각

가 그녀에게 비서성秘書省 교서랑校書郎에 임명해달라고 조정에 주청을 올릴 만큼 인기가 높았다. 여성이 벼슬을 할 수 없는 시대여서 주청이 받아들여지지는 않았으나, 이후로 설도는 '여자 교서랑'이라는 별명을 얻게 되었다. 만년에는 완화계에 집을 짓고 여생을 보냈다고 한다.

먼저 설도의 시를 한 수 감상하고 망강루공원을 계속 둘러보기로 하자. 〈친구를 전송하다送友人〉라는 제목의 시다.

> 수향의 갈대에 밤 되니 서리가 내려
> 달빛 차가운 산색과 더불어 하얗다
> 누가 말했나, 천 리 기약이 오늘 밤에 끝이라고
> 이별의 꿈이 먼 관문과 요새만큼 아득하다

이별을 앞둔 어느 날 밤, 물이 많은 수향水鄕의 갈대밭에 서리가 내리니 계절은 바야흐로 가을이다. 서늘한 밤에 먼 산을 비추는 달빛도 차가워 천지가 온통 하얗다. 헤어지는 사람의 마음은 이런 경치만큼 싸늘해진다. 설도보다 약간 앞서 활동한 시인인 이익李益은 "천 리 길 아름다운 기약이 오늘 밤에 끝장이다千里佳期一夕休"라는 구절을 남긴 바 있다. 설도는 이 말을 거부하려고 한다. 이별하더라도 꿈 속에서 만나 회포를 풀 수는 있을 테니 말이다. 그런데 곰곰이 생각해보니 그것도 능사는 아니다. 친구를 꿈 속에서 만나는 일이 머나먼 변방처럼 아득하고 어렵기 때문이다. 이조판서를 지낸 조선의 문인 소세양蘇世讓이 황진이 곁에서 딱 한 달만 지내다 떠나겠다고 장담했다가 황진이의 이별시를 받고 감동하여 더 머물렀다는 이야기가 생각난다. 이 시를 받은 설도의 친구도 발걸음을 떼기가 어렵지 않았을까? 내로라하는 시인들이 그녀와 가까이 지내려 했던 이유를 알 것 같다.

설도기념관
바람에 꽃은 날로 시들어가는데

2006년 1월 망강루공원에 '설도기념관'이 문을 열었다. 예쁜 홍등 두 개가 정겹게 보이는 정문을 지나 정원으로 들어서면, '설도기념관'을 알리는 대리석이 영벽影壁 역할을 한다. 그 옆에서 당나라식으로 머리채를 감아얹은 설도의 좌상이 관람객을 반겨준다. 전시실 내부에는 두보초당의 대아당보다 훨씬 긴 60m의 벽화가 사방을 두르고 있었다. '누별장안淚別長安', 즉 '눈물로 장안과 이별하다'부터 시작되는 설도의 일대기가 벽화를 따라 파노라마처럼 펼쳐졌다. 흰 종이를 들고 선녀처럼 서 있는 설도의 좌우로 그녀와 시를 주고받았던 시인들의 모습이 보인다. 원진元稹, 백거이, 유우석, 두목, 이덕유 등 하나같이 그 당시 시단을 주름잡던 쟁쟁한 사람들이다. 이들을 꼼짝 못하게 만들었던 '팜 파탈femme fatale' 설도의 매력은 과연 무엇이었을지 궁금하다.

설도의 명성이 자자했다고는 해도 일단 기적妓籍에 이름을 올린 이상 남성과의 교제에서는 상당한 제약이 따랐을 것으로 짐작된다. 두보초당 대아당의 홍일점이었던 송나라 여류시인 이청조李淸照의 경우 어엿한 사대부 집안의 딸로 자라 21세에 재상의 아들 조명성趙明誠과 혼인을 했다. 이와 달리 설도는 관리들이 부르는 자리에 나아가 좋든 싫든 재주를 팔아야 했던 시절

망강루공원 '설도기념관'

을 보냈으니, 그녀에게 진실한 사랑이란 사치처럼 느껴졌을 것이다. 그런 답답한 심정이 담긴 시 한 수를 읽어보자. 〈봄의 희망 노래春望詞四首〉라는 시의 셋째 수이다.

바람에 꽃은 날로 시들어가는데
아름다운 기약은 아직도 아득하네
마음을 함께할 사람과 맺어지지 않으니
부질없이 풀로 동심 매듭만 만든다네

이 시는 설도가 기녀 생활을 청산하고 완화계에 은거하던 시절에 지은 것으로 알려져 있다. 그녀가 기녀에서 평범한 여인으로 돌아온 것은 잘된 일이지만 그 과정에 엄청난 우여곡절이 있었다. 본래 가장 먼저 설도를 아껴준 이는 설도가 열여덟 되던 해에 성도에 서천절도사西川節度使로 부임한 위고였다. 설도를 교서랑에 임명해달라고 조정에 주청했던 바로 그 사람이다. 그런데 나중에 위고의 조카인 위정관韋正貫이 과거에 급제해 관리가 되었는데, 설도가 그에게 보낸 시의 내용이 문제였다. 누가 보아도 위정관과 교제를 하고 싶다는 뜻으로 해석되었기 때문이다. 설도에게 배신감을 느낀 위고는 그녀를 송주松州로 보내버렸다. 송주는 지금의 사천성 송반현松潘縣으로, 당시에는 이민족과 대치하던 변방이었다. 일종의 귀양을 보낸 셈이다. 설도는 송주로 쫓겨간 뒤에 위고에게 〈열 가지 이별의 시 十離詩〉를 지어 보내며 용서를 구했다. 마음이 풀린 위고는 설도를 다시 성도로 불러왔으나, 기적에서 이름을 지워 막부에서 내보낸 후 다시는 부르지 않았다.

뜻하지 않게 '의리 없는 배신자'가 되어 돌아온 설도를 반갑게 맞이할 이는 드물었을 것이다. 그녀는 아직 20대의 청춘이었으나 독수공방을 면치 못했다. 위 시를 보면 또 한 해의 봄이 저무는데 마음을 함께하며 사랑을 나눌 짝을 찾지 못한 근심이 가득하다. 애꿎은 풀만 잔뜩 뜯어다 사랑을 기원하는 매듭을 만들어 본들 모두 부질없다. 이 시를 김억金億이 우리말로 옮기고 김성태가 곡을 붙인 가곡이 바로 〈동심초〉이다.

> 꽃잎은 하염없이 바람에 지고 / 만날 날은 아득타 기약이 없네
> 무어라 맘과 맘은 맺지 못하고 / 한갓되이 풀잎만 맺으려는고

22세 연상의 위고와 불미스러운 일로 헤어진 설도에게 다가온 '호우시절의 동하'는 11세 연하의 원진이었다. 원진이 설도를 처음 만난 것은 그가 감찰어사監察御史로 성도에 왔을 때였다. 두 사람은 만나자마자 사랑에 빠져 4년간 꿈 같은 시간을 보냈다. 그러나 또 파국이 찾아왔다. 어떤 일로 마음이 상한 설도가 원진을 떠났고, 원진도 다른 관직에 임명되어 장안으로 돌아가게 되었다. 원진이 금강 포구에서 배를 타고 출발하려 할 때 설도가 그를 배웅하러 왔다. 두 사람 중 아무도 선뜻 무슨 말을 꺼내지 못하

설도기념관의 벽화

고 결국 배는 떠났다. 원진이 떠나고 난 후 설도는 그를 붙잡지 못했던 자신의 짧은 생각을 후회하며 사랑의 시 100수를 써서 원진에게 부쳤다. 설도의 시를 받은 원진은 바로 답장을 썼는데, 그것이 〈설도에게 부치다寄贈薛濤〉라는 제목의 시다.

금강의 부드러움과 아미산峨眉山의 빼어남이
탁문군卓文君과 설도로 바뀌어 나온 것
말솜씨는 앵무새의 혀를 교묘히 훔쳤고
글솜씨는 봉황의 깃털을 나누어 가졌다
숱한 시인들이 대부분 붓을 멈추고
여러 공경들이 성도로 가는 꿈을 꾸려 한다
이별한 후에 그리움은 안개와 물 저 너머에
창포꽃처럼 피어 오색 구름보다 높더라

성도의 빼어난 산수를 대표하는 것으로 금강, 즉 타강과 아미산峨眉山이 있다. 원진은 이 금강과 아미산의 정기를 받은 여인으로 탁문군과 설도를 들었다. 탁문군은 임공臨邛의 거상 탁왕손卓王孫의 딸로, 사마상여司馬相如와 성도로 야반도주하여 주점을 열었던 여인이다. 원진은 대단한 시인들도 그녀의 시 앞에서 붓을 멈추어야 할 만큼 설도의 언변과 글재주가 뛰어나고, 조정의 관리들이 앞다투어 성도로 부임하려고 애쓸 정도라며 '팜 파탈' 설도를 추켜세웠다. 그리고 결론적으로 설도를 향한 그리움이 창포꽃처럼 자라 오색 구름까지 뻗었다며 자신의 사랑도 여전히 변함이 없음을 알렸다. 이 시의 마지막 구절은 설도가 완화계에 마련한 집 앞에 창포를 가득 심고, 그녀의 시 가운데 "오색 구름의 신선이 오색 구름의 수레를 몬다五雲仙馭五雲車"는 구절이 있다는 것을 슬쩍 인용한 것이다.

그러나 안타깝게도 한번 촉도蜀道가 갈라놓은 두 사람의 사랑은 그것으로 끝이었다. 원진은 사천과 정반대 방향인 절강으로 부임하여 연극배우인 유채춘劉采春을 만나 새로운 사랑을 속삭였다. 그 소식을 들은 설도는 다시는 남자를 만나지 않겠다고 맹세했다고 전한다. 지금 망향루공원에는 설도를 기념하기 위해 청나라 말기에 세운 '오운선관五雲仙館'이 있다. 상서로움의 상징이라는 '오색 구름'이 두 사람에게는 제 역할을 못했나 보다.

설도는 대략 65세까지 생존한 것으로 알려지고 있다. 그녀는 만년에 여도사女道士의 옷을 입고 벽계방碧雞坊에 살면서 음시루吟詩樓, 즉 '시를 노래하는 누각'이라는 이름의 누각을 지었다고 한다. 설도가 세운 누각은 이미 소실되고 그 터도 남아 있지 않아 청나라 때인 1814년에 현재의 자리에 음시루를 세웠다. 음시루의 2층으로 올라가면 타강과 공원을 한눈에 내려다볼 수 있다. 아래 층에는 여섯 명의 인물상을 마련하고 '신선회神仙會'라 이름하였다. 왼쪽에서 세 번째가 설도이고, 그 주변에 있는 사람들은 각각 원진, 백거이, 유우석, 두목, 장적이다. 현실 세계에서 이들이 이처럼 함께 모여서 시를 논한 적은 없다. 그래서 신선이 되어 함께한 상황을 가정한 것이리라. 어쩌면 설도도 늘그막에 음시루에 올라 쟁쟁한 시인들과 시를 주고받던 화려한 지난날을 회상했을까? 유채춘에게 가버린 나쁜 남자 원진도 '신선회'에 기꺼이 초대했을까?

다시 설도의 시를 감상해보기로 하자. 〈가을 샘물秋泉〉이라는 제목의 시다.

차가운 빛이 막 주변의 안개를 걷고
그윽한 소리가 멀리서 관현악을 쏟아낸다
언제나 베개 밑에 와서 그리움을 끌어내
시름겨운 사람 한밤중 잠 못 들게 하는구나

망강루공원의 음시루

　설도의 일생을 보면 빛이 강한 만큼 그림자도 짙었다는 생각이 든다. 그녀와 시를 주고받은 유명 시인만 스무 명이 넘었다지만, 늘 진실한 사랑과 정을 그리워했던 것 같다. 위고와 원진처럼 한때 그녀를 진심으로 아껴준 이들도 없지 않았으나 '해피 엔딩'은 아니었다. 그런 번민과 회한으로 전전반측하던 가을 밤, 차가운 빛과 그윽한 소리로 설도에게 다가오는 샘물은 가뜩이나 잠을 이루지 못하는 그녀를 더욱 시름겹게 한다.

　설도에 관한 이야기로 빼놓을 수 없는 것이 '설도전薛濤箋'이다. '전箋'은 종이를 뜻하니, '설도전'은 곧 설도가 만든 종이라는 말이다. 설도는 귀양갔던 송주松州에서 돌아와 완화계에 은거했는데, 이 지역 사람들의 주업은 종이를 만드는 것이었다. 설도도 이들에게 제지술을 배워 목부용木芙蓉의 껍질을 원료로 붉은색이 나는 종이를 만들었다. 설도기념관에 걸려 있는 〈설도제전도薛濤製箋圖〉를 보면 이해하기 쉽다. 이 그림은 사천 출신의 화가인 장대천張大千이 1947년에 그린 작품으로, 원본은 길림성박물관에 소장되어 있다. 설도전은 색깔이 예쁘고 크기가 아담해 이 종이에 연애시를

망강루공원 〈설도제전도〉와 설도정

써서 보내는 것이 크게 유행했다고 한다. 망향루공원에 설도전과 관련된 유적이 둘 있다. 하나는 설도정薛濤井이고, 다른 하나는 완전정浣箋亭이다. 설도정은 설도가 종이를 만들 때 물을 길어 썼다는 우물이다. 설도가 과연 이 우물을 사용했는지는 더 고증이 필요하나, 명나라 때 이 우물물로 종이를 만들어 진상했다는 기록은 찾아볼 수 있다. 청나라 강희제 때 성도시장으로 부임한 기응웅冀應熊이 '설도정'이라고 쓴 비석을 세우면서 이곳의 명물이 되었다. 완전정은 가경제嘉慶帝 때 성도시장을 지낸 이요동李堯棟이 설도전을 기념하여 만든 정자이다. 청나라 관리들 눈에는 설도가 시인이기보다는 '제지술 분야 무형문화재'로서의 인상이 더 강했던 모양이다.

설도 묘
소쩍새가 밤마다 파촉에서 울어대도

　이제 망강루공원에서의 일정
을 마무리해야 할 시간이 되었다.
마지막으로 둘러볼 곳은 설도의
무덤이다. 그녀의 무덤은 망강루
공원 서북쪽 대나무 숲 깊은 곳에
있다. 아주 깔끔하게 정돈된 모습
이라고는 할 수 없으나, 무덤 주
위를 섬돌로 두르고 난간을 만들
어 그녀에 대한 후인들의 예우를

망강루공원 설도 묘

나타냈다. 그녀가 60여 년의 생을 마감했을 때 검남절도사劍南節度使 단문
창段文昌이 직접 묘지명을 쓰고, 묘비에 "서천여교서설도홍도지묘西川女校書
薛濤洪度之墓"라고 새겨주었다. '서천'은 성도를 가리키고 '홍도'는 설도의 자
字이다. '여교서'는 여자 교서랑이란 뜻으로, 설도에게 내려달라고 위고가
조정에 주청했다는 것은 앞서 이야기했다. 대개 교서랑은 과거에 급제한
직후에 임명되는 관직이니, 설도를 교서랑으로 칭했다는 것은 그만큼 그
녀를 문인으로 대우했다는 증거다. 단문창이 새운 묘비는 없어지고 현재
설도의 무덤을 지키고 있는 것은 1994년에 새로 세웠다. "당여교서설홍도
묘唐女校書薛洪度墓"라고 쓴 비석의 내용은 그때와 크게 달라진 것이 없다. 설
도의 무덤은 정곡鄭谷, 851~910의 시 〈촉에서蜀中三首〉의 셋째 수에도 등장하
는 것으로 보아 예부터 이곳에 있었던 것 같다.

물가 멀리 맑은 강은 푸른 대자리 무늬런가

소도小桃의 꽃이 설도의 무덤을 에워쌌다

붉은 다리는 곧장 금마문金馬門으로 가는 길을 가리키고

흰 담장은 높이 옥루산의 구름에 닿는다

창 아래서 금琴을 부수니 안족이 들리고

물 속에서 비단을 빠니 갈매기 떼 흩어진다

소쩍새가 밤마다 파촉에서 울어대도

오나라 초나라 땅에서는 들리지 않는다

　

정곡은 당나라 말기의 시인으로 촉에만 세 번을 다녀갔다. 그의 〈촉에서〉라는 시는 촉과 관련된 여러 인물과 명승고적을 다룬 것이다. 위에 소개한 세 번째 수에서는 설도의 무덤으로 시상을 열었다. 무덤 옆을 흐르는 타강이 푸른 대나무 자리를 연상시킨다고 했다. 설도가 유독 대나무를 사랑했다는 말을 정곡이 전해듣고 시 구절로 옮겼던 것일까? 지금 망강루공원은 실제 대나무 천지다. 당나라 때는 소도의 꽃이 피었다는 설도의 무덤 주변뿐만 아니라 그 옆의 설도 석상도 훤칠한 대나무로 둘러싸였다. 설도는 〈'비가 온 뒤 대나무를 감상하다' 시에 응수하다酬人雨後玩竹〉라는 시에서 대나무 감상에 대해 이렇게 말했다.

　

그대 늘그막에 감상할 수 있게 되었군요

푸르고 굳센 마디의 기이함을 말입니다

　

대나무의 마디를 나타내는 '절節'자는 '절개節槪'를 상징한다. 설도는 불우한 인생 역정 속에서도 대나무처럼 올곧은 자세를 잃지 않고 진정한 사랑을 갈구했던 여성이라고 할 수 있다. 그래서 동시대의 남성 문인들과 사

랑과 우정의 관계를 이어나갈 수 있었을 뿐만 아니라 후대의 문인들로부터도 중국에서 유일무이한 '여자 교서랑'으로 칭송을 받았다. 150종에 달하는 대나무가 저마다 늠름한 자태를 뽐내 성도십경 가운데 하나로 꼽히는 '강루수죽'의 주인공은 바로 설도가 아닌가 싶다.

3

사당에
빽빽한
측백나무

성도 답사의 세 번째 목적지는 성도십경 중 '사당백삼祠堂柏森'이다. 이 말이 무슨 뜻인지 이해하기 위해서 먼저 두보의 〈촉나라 승상蜀相〉이라는 시를 읽어보는 것이 좋겠다.

승상의 사당을 어디서 찾으리

금관성 밖 측백나무 빽빽한 곳이구나

섬돌에 비치는 푸른 풀은 절로 봄빛

잎 사이 노란 꾀꼬리는 속절없이 좋은 소리

초려草廬를 세 번 자주 찾음은 천하를 위한 계책이요

두 조정 열고 경영함은 늙은 신하의 마음이라

군사를 내었으나 못 이기고 몸이 먼저 죽어

사당백삼
그늘을 외강의 언덕에 드리우고

그러나저러나 '사당백삼'을 답사 중인데 '사당'만 보이고 '백삼'이 보이지 않는다. 측백나무가 빽빽한 곳은 대체 어디란 말인가. 필자는 공명원을 보는둥 마는둥 하고 혜릉 쪽으로 발길을 돌렸다. 붉은 담장 위로 대나무가 터널 역할을 하는 길을 따라 얼마쯤 가면 검은 벽돌로 만든 입구에 '한소열지릉漢昭烈之陵'이라 적힌 안내판이 보인다. 혜릉은 높이가 12m, 둘레가 180m로 작은 야산처럼 보인다. 입구 현판에는 '천추늠연千秋凜然'이라는 글귀가 쓰여 있다. 앞에서 보았던 유우석의 시 〈촉나라 유비의 사당蜀先主廟〉에서 따온 것으로, "천 년 세월 동안 늠름하다"는 말이다. 측백나무를 찾아 혜릉 주변을 서성이다 '고백재古柏齋'라고 쓰인 건물을 발견했다. 그럼 그렇지, 무후사에 측백나무와 관련된 유적이 없을 리 만무했다. 게다가 고백재 대문 양쪽의 대련을 보니 이상은의 시 〈제갈양 사당의 옛 측백나무武侯廟古柏〉의 한 연이 아닌가. 제대로 찾아온 모양이었다. 먼저 시를 감상해보자.

촉나라 승상 사당의 계단 앞 측백나무는
용이나 뱀처럼 깊은 궁궐을 지키고 있다
그늘을 외강의 언덕에 드리우고
오래도록 혜릉의 동쪽에 있다
큰 나무를 보니 풍이 장군이 생각나고
팥배나무를 보니 소공이 떠오른다
나뭇잎은 상수의 제비 비에 시들고
가지는 바다의 붕새 바람에 갈라졌다

무후사의 고백재

> 옥루산玉壘山에서의 계획이 원대했건만
> 황금칼의 운명이 다했던 것
> 누가 출사표를 내어
> 한 번 하늘에 물어보려나?

　이 시는 무후사를 찾은 이상은이 사당 앞에 우뚝 서 있는 측백나무를 보고 느낌 감회를 노래한 것이다. 기록에 따르면 제갈양이 손수 혜릉의 동쪽에 두 그루의 측백나무를 심었고, 나중에 그가 죽은 뒤 그 앞에 무후사가 들어선 것이라고 한다. 당나라 때는 아직 그 측백나무가 있었던 모양이다. 시인은 나무를 보면서 풍이馮異와 소공召公을 떠올렸다. 그들은 논공행상에 연연하지 않고 백성들로부터 존경을 받은 인물이다. 그러나 나뭇잎이 시들고 가지가 갈라진 모습에서 제갈양이 생전에 겪은 온갖 풍상風霜과 원대한 포부를 이루지 못한 회한도 감지하겠노라고 했다. 마지막 연에서는 시인이 처한 어지러운 시대에 누가 제갈양처럼 '출사표'를 올릴 것이냐고 반문했다. 고백재의 대련은 나무를 보니 풍이와 소공이 떠오른다고 한 이 시의 셋째 연이다. 그러면 제갈양이 심었다던 측백나무는 저 안에 있는 것일까? 그렇게 생각하고 고백재로 들어간 필자는 금세 되돌아나오고 말았다. 측백나무와는 아무런 관련이 없는 기념품 상점이었기 때문이다.

섬서성 면현 무후묘박물관

　이런 경우는 '양두구육羊頭狗肉'도 아니고 뭐라고 표현해야 좋을지 모르겠다. 결국 무후사에서는 혜릉에서 무후사 입구 쪽으로 돌아나오는 길에 측백나무 몇 그루를 발견하는 것으로 만족해야 했다. 그 몇 그루로는 '측백나무가 빽빽하다'는 뜻의 '백삼'과는 거리가 있었고, 이상은이 보았다는 '옛 측백나무', 즉 '고백'도 아니었다. '초당희우'와 '강루수죽'까지의 답사는 물 흐르듯 매끄러웠는데 '사당백삼'에서 이렇게 조금 삐끗했다. 그래서 필자는 숙소로 돌아오자마자 자료를 다시 검토했다. 필자가 찾던 측백나무는 섬서성 면현勉縣에 소재한 무후묘박물관武侯墓博物館에 있었다. 수령이 1700년이라 하니 제갈양이 손수 심었다는 측백나무와 얼추 비슷하다. 이런 나무가 성도의 무후사에 떡 버티고 있어야 '사당백삼'의 의미가 제대로 느껴질 텐데 아쉽기만 하다.

금리
금리는 연기와 먼지 밖에 있고

　무후사 오른쪽으로 '금리錦里'라 불리는 거리가 있다. 그다지 넓지 않은 길에 사람들이 잔뜩 몰려 인산인해를 이루고 있었다. 이곳은 2004년에 새 단장을 하여 350m 길이의 '민속 거리'로 꾸며졌다. 먼저 청나라 말기 사천의 풍격이 느껴지도록 거리와 건축물을 정돈했다. 여기에 사천의 차, 요리, 술 등을 맛볼 수 있는 음식점과 여관을 갖추고, 천희川戱와 같이 지방색이 뚜렷한 문화를 접할 수 있는 공연장도 마련했다. 특히 촉금蜀錦, 즉 사천산 비단의 우수성을 알리는 장소로서의 역할을 톡톡히 해내고 있었다. 이런 노력의 결과 금리는 2005년에 중국 정부가 선정한 '전국 10대 쇼핑 거리'에 선정되어 북경의 왕부정王府井, 천진天津의 화평로和平路와 어깨를 나란히 하기도 했다.

그렇다고 '금리'라는 이름이 최근에 생긴 것은 아니다. 진晉나라 상거常璩가 지은 『화양국지華陽國志』라는 책을 보면, "비단공이 비단을 짜서 그곳에서 빨면 색깔이 선명하고 다른 강에서 빨면 좋지 않아 그래서 금리라 불렀다錦工織錦, 濯其中則鮮明, 他江則不好, 故命曰錦里也"는 내용을 확인할 수 있다. 상거가 말한 '그곳'이란 금강錦江, 즉 민강岷江의 지류로 성도를 관통하는 타강沱江을 가리킨다. 성도에 비단업이 발달하기 시작한 것은 한나라 때부터였다. 비단 산지로 유명해지자 한나라 조정에서는 비단을 관리하는 관리인 금관錦官을 파견하기에 이르렀다. 성도의 별명이 금관성錦官城인 것은 이 때문이다. 앞에서 감상한 두보의 〈봄밤에 비가 내리는 것을 기뻐하다春夜喜雨〉 시에서 "금관성에 꽃이 무겁겠지花重錦官城"라고 했던 구절이 기억날 것이다. '금리'도 두보의 시에 자주 쓰였다. 〈농사를 짓다爲農〉라는 시를 보자.

금리는 연기와 먼지 밖에 있고
강촌은 여덟 아홉 집이라네
둥근 연은 작은 잎을 띄웠고

가는 밀은 가벼운 꽃 떨구네
집터 잡아 이곳에서 늙어가며
농사짓고 경사에서 멀리 떨어져 있으리
멀리 구루의 현령에 부끄러운 것은
단사를 물어보지 못해서라네

이 시는 두보가 성도에 정착한 이듬해인 서기 760년에 지은 것이다. 안사의 난으로 인해 중원이 어지러워진 때에 성도는 다행히 전란을 빗겨나 있었다. '연기와 먼지 밖'이라는 말은 그런 의미이다. 여기서 두보가 말한 '금리'는 현재의 쇼핑 거리만 아니라 성도 전체를 가리킨다. 두보의 초당을 포함해 몇 집이 모여 사는 강촌은 연못에 연잎이 떠 있고 들판에 밀이 익어가는 평화로운 마을이었다. 전란과 궁핍한 생활을 피해 성도로 온 두보는 이제 농사나 지으며 여생을 보내고 싶다고 했다. 마지막 연은 진晉나라 갈홍葛洪의 고사를 활용한 것이다. 연단술練丹術을 통한 불로장생에 관심이 많았던 갈홍은 남쪽 변두리 지역인 구루勾漏에서 단사丹砂가 많이 난다는 말을 듣고 그곳의 현령으로 가기를 자청했다. 지금 두보 자신은 그렇게 과감히 신선 세계를 찾아 떠나지 못하는 것이 부끄럽다는 것이다. 이말이 실제로 도가道家에 귀의하고 싶다는 생각을 나타낸 것이라 보기는 어렵다. 두보는 소나기만 잠시 피하면 언제든지 장안으로 되돌아가리라고 마음먹고 있었기 때문이다.

4

속세를
벗어난
세계

성도십경 중 당시와 관련이 깊은 세 곳과 금리를 둘러본 필자는 이튿날 아침 일찍 낙산樂山으로 가기 위해 신남문新南門 정류장으로 향했다. 낙산에서 낙산대불樂山大佛과 아미산을 둘러보는 일정이 잡혀 있기 때문이다. 성도에서 낙산까지는 150km, 버스로 두 시간 정도 가야 한다. 무후사 인근에 잡은 숙소에서 신남문 정류장까지 멀지 않은 거리인데다 낙산 가는 버스가 10분에 한 대 꼴로 있어서 편리했다. 예전에는 중국에서 버스 타기가 조금 겁이 나 주로 기차를 이용했던 게 사실이다. 그러나 요즘은 정류장, 버스, 도로가 모두 좋아져 버스 여행도 기차만큼 안락해졌다. 휴게소 시설만 더 갖추어진다면 금상첨화일 것이다.

버스는 타강을 건너 남쪽으로 향하더니 순시간에 성낙成樂 고속도로에 올라섰다. 고속도로를 한 시간 정도 달리니 미산眉山 방면을 알리는 표지

판이 보인다. 미산은 중국이 자랑하는 문호文豪인 동파東坡 소식蘇軾의 고향
이다. 필자가 소식을 좋아하는 사람이었다면 낙산에 가기 전에 미산부터
들렀을 것이다. 그러나 소식이 쓴 글 가운데 "고려와 거란이 무엇이 다른
가?高麗與契丹何異"라며 고려를 적대시하고, 고려에서 송나라의 서적을 수입
해가는 것을 금지해야 한다고 주장한 대목을 읽은 뒤로 필자는 소식을 '비
호감'으로 분류했다. 그래서 미산은 그냥 통과다.

낙산
백 길의 금빛 불상 푸른 벽에서 열리고

   어느덧 버스는 낙산에 도착했다. 필자는 곧장 낙산대불로 향했다. 낙산
대불의 정식 명칭은 '가주능운사대미륵석상嘉州凌雲寺大彌勒石像'이다. 이름
을 찬찬히 살펴보자. '가주'는 당나라 때 낙산 일대를 가리키는 행정구역
명칭이다. 당나라 때 시인 잠삼이 가주자사를 지낸 경력이 있어 흔히 '잠
가주岑嘉州'라는 별칭으로 불린다. '능운사'는 낙산대불을 관장하는 사찰이
다. 당나라 초기에 능운산凌雲山 위에 세워졌고, 낙산대불이 완성된 이후로
는 대불사大佛寺로도 불렸다. '미륵석상'은 낙산대불이 미륵불임을 뜻한다.
불경에 미륵불이 세상에 나오면 천하가 태평해진다는 내용이 있어, 당나
라 때는 왕실 차원에서 미륵불을 숭상했다. 그런데 이 낙산대불이 대도하
大渡河, 청의강青衣江, 민강岷江의 세 강이 합류하는 지점에 있는 까닭에 이것
을 제대로 관람하기 위해서는 배를 타야 했다. 빈강로濱江路에 있는 낙산항
부두에서 70위안을 주고 표를 끊어 배에 올랐다. 배는 민강의 부두를 떠
나 이내 낙산대불 앞에 멈춰 섰다.
   낙산대불의 위용은 실로 장관이었다. 전체 높이가 71m에 이르고 손가

락만 해도 8m가 넘는다. 능운산의 서쪽 암벽을 통째로 깎아내 만들었다는 말이 전혀 과장이 아니었다. 이 미륵불이 처음 만들어지기 시작한 것은 당나라 현종이 갓 즉위한 서기 713년이다. 해통선사海通禪師라는 스님이 시작한 대역사大役事는 무려 90년의 세월을 거치며 803년에야 서천절도사西川節度使 위고에 의해 완성되었다. 설도의 후견인이었던 위고의 행적을 낙산

낙산대불

대불에서 다시 발견하는 순간이다. 낙산대불이 막 완성되었을 때는 금빛으로 화려하게 칠을 하고, 불상의 머리 위쪽으로 '대불각大佛閣'이라는 이름의 7층 누각을 지어 덮었다고 한다. 그러나 명나라 때의 화재로 누각은 불타 없어지고 불상도 검게 그을리고 말았다. 당초 이곳에 대불을 세운 것은 민강을 항해하는 선박의 안녕을 기원하기 위해서였다. 대불이 완성된 후 미륵불의 보우하심과 공사 과정에서 산을 깎아낸 토사 덕분에 느려진 유속 덕분에 실제로 선박 사고가 눈에 띄게 줄었다는 후문이다. 그러면 당나라 때 이곳을 다녀간 사공서司空曙, 약720~790의 시를 감상할 차례이다. 〈능운사에 쓰다題凌雲寺〉라는 시를 읽어보자.

봄 산의 옛 사찰은 푸른 물결에 둘러싸이고
돌길은 하늘로 솟구쳐 새의 길이 지난다
백 길의 금빛 불상 푸른 벽에서 열리고
만 개 감실의 등불 안개 낀 덩굴 건너에 있다

구름이 피어나 나그네가 오면 옷을 적시며 스며들고

꽃이 떨어져 스님 참선할 때 땅을 다 뒤덮는다

스님과 더불어 한 무리를 이루지 않고

내려가 속세로 돌아가니 결국 어찌하리오?

　사공서는 위고의 서천절도사 막부에서 검교수부낭중檢校水部郎中의 벼슬
을 했던 사람이다. 따라서 낙산대불 공사의 총책임자인 위고를 따라 능운
사를 자주 왔을 것으로 짐작된다. 이 시에서 '백 길의 금빛 불상'이라 했
으니 낙산대불이 거의 완성된 시점이었던 것 같다. 민강이 감도는 능운산
높은 곳에 자리잡은 능운사의 돌길을 걷다 잔도棧道를 따라 내려가면 대불
옆의 석벽에 많은 감실龕室이 있는 것을 볼 수 있다. 능운산이 곧 능운사이
고 불상인 터라, 능운사를 참배하면 구름에 옷도 적시고 산에 꽃 지는 모
습도 본다고 했다. 그러나 절이 좋고 불상이 좋다고 모두 스님이 될 수는
없는 법이라 속인은 또 속세로 돌아가야 한다. 능운사의 낙산대불을 보며
얻은 불심佛心을 잘 간직하고 살아가는 수밖에……

낙산 '능운사'

낙산대불을 더 자세히 관찰하려면 능운산 정상으로 올라가 대불 옆 잔도로 내려와야 한다. 그러나 아쉽게도 일정이 빠듯해 유람선에서의 감상으로 만족하고 다시 아미산으로 가야 할 시간이었다. 서둘러 부두 인근의 초패로肖壩路에 있는 정류장으로 이동해 아미산으로 가는 버스에 올랐다. 버스는 아미산시를 지나 아홍로峨洪路로 접어들더니 산길을 달리기 시작했다. 계곡을 따라 흐르는 맑은 물을 보니 가슴까지 시원한 느낌이다. 중국에 물이 많지만 실상 이렇게 맑은 물을 보기가 쉽지 않다. 어지간한 하천이나 호수의 물은 대개 다 혼탁해서 바닥을 볼 수 있는 경우가 드물다. 운남성 여강麗江의 흑룡담黑龍潭이 잘 잊히지 않는 이유도 그 때문이다. 필자는 티없이 맑은 연못의 물을 하염없이 바라보며 여기도 중국이 맞나 의심했었다.

아미산
운무 낀 모습이 눈앞에 있는 듯

어느덧 버스가 아미산 정류장에 도착했다. 여기서 다시 전용버스로 갈아타고 입구까지 가야 했다. 정류장이 있는 경구로景區路 주변에는 크고 작은 숙박시설들이 구름처럼 모여 있었다. 족히 백여 곳은 되는 것 같다. 마음 같아서는 여기서 하루 묵으며 쉬엄쉬엄 가고도 싶지만, 중국 땅이 워낙 넓어서 이런 식으로는 시간과 비용을 감당할 도리가 없다. 오늘 성도까지 되돌아가려면 '전광석화'와 '주마간산'을 지상과제로 내세워야 한다. 답사지점도 만년사萬年寺 하나로 국한하고 케이블카를 이용해 시간을 절약하기로 했다. 만년사 주차장에 내리니 아미산을 알리는 금색 글씨가 석벽에 선명하다. 아미산은 최고봉인 만불정萬佛頂이 3,099m에 이르는 꽤 높은 산이

아미산 입구

다. 산서성의 오대산五臺山, 절강성의 보타산普陀山, 안휘성의 구화산九華山과 더불어 중국 4대 불교 명산 가운데 하나이다. 아미산에는 모두 26개의 사찰이 있고, 가장 역사가 오래된 만년사도 아미산을 대표하는 8대 사찰에 포함된다. 아미산은 1996년에 낙산대불과 나란히 유네스코 세계문화유산에 등재된 바 있다.

케이블카에 오르니 아미산이 한눈에 내려다보이기 시작한다. 천 길 낭떠러지 위를 달렸던 태산의 케이블카와는 달리 이곳 케이블카는 산등성이 바로 위를 스치듯 올라간다. 간혹 원숭이들이 몰려와 무언가 먹을 것을 기대하는 눈초리로 케이블카를 바라보는 모습도 신기하다. 아직 아미산의 일부를 보았을 뿐이지만 산세가 험하기로 유명한 곳은 아닌 듯했다. 비교적 완만한 봉우리들이 이어지고 그 사이로 계곡과 오솔길이 뻗어 있었다. 케이블카로는 '아미산 진면목'을 알아채는 데 한계가 있기 때문이리라. 아미산 하면 떠오르는 당나라 시인은 단연 이백이다. 그의 시 〈아미산에 오르다登峨嵋山〉를 감상해보자.

촉나라에 신선의 산이 많다지만
아미산이 월등해 필적하기 어렵다
두루 돌아다니다 시험삼아 올라보건대
기암절벽을 어찌 모두 다니리오

산마루가 하늘을 기대고 펼쳐져

색채가 현란하니 그림을 그린 것인가 싶고

산뜻한 자줏빛 노을을 감상하노라면

과연 신선의 술법을 얻은 듯하다

구름 사이에서 옥피리를 불고

바위 위에서 진귀한 술을 뜨으니

평소의 보잘것없는 소망이

기쁨과 웃음 속에 여기서 이루어진다

운무 낀 모습이 눈앞에 있는 듯하여

속세의 구속에서 훌연 벗어나게 되니

목양木羊을 탄 이라도 만난다면

손 잡고 흰 해로 올라가리라

이백은 서기 701년 지금의 키르기스스탄 경내인 쇄엽성碎葉城에서 태어나 상인인 아버지를 따라 네 살 때 사천성 면양시綿陽市 인근으로 이주했다. 이후 줄곧 사천에서 지내다 25세 때 큰 뜻을 품고 고향을 떠나 중국 전역을 유랑하기 시작했다. 위 시는 그가 막 유랑할 시작할 무렵에 지은 것이다. 사천성 서쪽은 '천서고원川西高原'이라 불리는 산악지대이다. 해발 7,556m의 대설산大雪山을 비롯해 고산준령이 즐비하다. 이백은 그중에서도 아미산이 군계일학의 위치에 있어서 다른 산들이 따라오기 어렵다고 했다. 실제로 중국 사람들은 흔히 태산, 황산黃山, 여산廬山과 함께 아미산을 중국 4대 명산으로 꼽는다. 이백은 아미산의 기암절벽과 수려한 산색에 찬탄을 금치 못하면서 신선의 세계를 노니는 듯한 착각에 빠진다. 아미산에서 나무를 깎아 만든 양을 타고 다니다 신선이 되었다는 갈유葛由라도 만난다면 그를 따라 신선이 되고 싶다고 했다.

두보는 25세 때 태산에 올라 제세濟世의 포부를 다진 후 공자의 인애仁愛 사상을 풀어낸 시를 잇달아 쓰며 시성詩聖으로 추앙받았고, 이백은 25세 때 아미산에 올라 신선의 경지를 흠모한 끝에 시선詩仙이라는 찬사를 들었다. 그러고 보면 25세 때 무슨 산에 올라 어떤 다짐을 하느냐가 나머지 인생을 좌우하는지도 모를 일이다. 필자의 과거를 돌아보니 25세 때는 군복무 중이라 부대 관할지역 내에 있는 경기도 파주시 월롱산月籠山에 올랐던 기억이 난다. 야간방어훈련 때 월롱산 진지에서 밤하늘의 달을 바라보며 무사히 군복무를 마치고 대학원에 복학해 공부를 계속하고 싶다는 바람을 가졌던 것 같다. 그 덕분에 지금 시성이나 시선은 아니지만 대한민국의 정예 예비군은 될 수 있었던 것일까?

만년사
온갖 골짜기의 솔바람 소리 듣는 듯

십여 분 케이블카를 타고 올라가다가 만년사 입구에서 내렸다. 만년사는 동진東晉 때 처음 세워진 사찰로, 해발 1,020m 지점에 있다. 건립 당시 이름은 보현사普賢寺였다. 당나라 때 중건하면서 백수사白水寺로 바뀌었다가 명나라 때 현재의 이름이 되었다. 만년사의 명물은 명나라 만력제萬曆帝가 어머니를 위해 세웠다는 무량전無梁殿이다. 티베트의 라마불교 양식을 따서 만든 돔Dome 형태인데다 외벽을 노랗게 칠해서 처음 보면 절에 난데없이 서커스장이 들어선 느낌을 준다. 특이하기는 했으나 주변 경관과 썩 어울린다고 보기는 어려웠다. 무량전 안에는 흰 코끼리를 타고 있는 보현보살普賢菩薩의 동상이 있다. 높이 7.35m에 무게가 62t에 달하는 이 동상은 송나라 초기에 만든 것이다. 이런 유물을 감상하고 있노라니 만년사는 참

아미산 만년사

흥미로운 사찰이라는 생각이 들었다. 짧은 시간 동안 중국에서 티베트으로 갔다가 다시 인도로 넘어가는 기분이다.

그러나 필자의 눈길은 이보다 백수지白水池라는 이름의 연못에 쏠렸다. 이곳과 관련해 이런 이야기가 전해진다. 이백은 낙산樂山 일대에서 꼬박 한 해를 머물렀다. 이때 교분을 맺은 광준廣濬이라는 스님과 어울려 아미산에서 노닐 던 어느 가을 날, 그들은 백수지에서 들려오는 개구리 소리를 들었다. 청아한 개구리 소리는 마치 금琴을 타는 소리와도 같았다. 두 사람은 넋을 놓고 그 소리에 귀를 기울이다가 광준이 금을 가져다 개구리가 내는 금 소리에 화음을 맞추었다. 개구리와 광준의 금이 내는 소리에 흠뻑 빠진 이백은 즉시 시를 한 수 지었다. 이 시가 곧 〈촉의 스님 광준이 금을 타는 소리를 듣다聽蜀僧濬彈琴〉이다.

촉의 스님 녹기금을 품에 안고
서쪽 아미산의 봉우리로 내려왔네

만년사 백수지

날 위해 한 곡조 연주하니
온갖 골짜기의 솔바람 소리 듣는 듯하네
나그네 마음은 흐르는 물에 씻기고
음의 여운은 상종으로 드는구나
어느덧 푸른 산에 날이 저무는데
가을 구름 어두워 몇 겹이런가

이 시를 읽어보면 연못으로 인해 개구리 이야기가 만들어졌다는 것을
알 수 있다. 그 결과 이백이 광준의 금 연주를 감상한 일화가 더욱 신비감
을 얻게 되었다. 광준은 한나라의 사마상여司馬相如가 탔다는 녹기금綠綺琴
으로 이백을 위해 금을 연주했다. 〈풍입송風入松〉이라는 금곡琴曲이라도 탔
던 것인지 솔바람 소리가 들려와 나그네의 마음을 위로해준다. 백아伯牙가
슬을 연주할 때 그 뜻이 '흐르는 물'에 있음을 알아챘던 종자기鍾子期라고

할까? 이백은 광준의 금 소리에서 첫 서리 때 울린다는 종인 상종霜鐘의 소리마저 구별해내니, 이는 지음知音의 경지라 할 것이다. 광준의 금 연주에 시간 가는 줄 몰랐던지 아미산에는 어느덧 황혼이 깔리고 구름이 무대의 막처럼 내려온다. 이백은 당연히 '커튼콜'을 외쳤으리라.

화장사
생애가 구름 낀 산에 있으니

만년사에서 만불정으로 가는 이정표를 보았다. 이후의 등반로는 생략할 참이라 이것으로나마 아미산을 즐기기로 했다. 관심파觀心坡를 따라 해발 2,070m의 화엄정華嚴頂까지 올라갔다가 첩천파鉆天坡를 이용해 세상지洗象池로 이동하는 노선이 보인다. 이곳에서 바라보는 달이 그리 고와 '상지야월象池夜月'이 아미산 십경十景 가운데 하나라 한다. 이백은 〈아미산에서 부르는 달의 노래峨眉山月歌〉에서 "아미산의 달은 가을의 반달, 달빛이 평강강 물에 흐르는구나峨眉山月半輪秋, 影入平羌江水流"라고 노래한 바 있다. 평강강平羌江은 낙산대불 앞으로 흐르는 청의강靑衣江을 가리킨다. 세상지에서 다시 뇌동평雷洞坪 쪽으로 올라가 해발 2,540m 지점의 접인전接引殿에 이르면 금정金頂 케이블카를 이용해 정상 부근까지 다다를 수 있었다. 시간을 넉넉히 잡고 왔다면 이 노선을 따라 금정까지 올라가볼 텐데 아쉬운 마음을 금할 길이 없다.

자료를 통해 이 지역을 살피기로 한다. 흔히 금정이라 불리는 해발 3,077m 지점에는 본래 화장사華藏寺가 자리잡고 있다. 화장사의 세 전각 중 하나가 금전金殿인데, 전각의 꼭대기에 금칠을 하여 금정金頂이라 불렀고 여기에서 화장사가 위치한 봉우리 이름도 유래되었다. 화장사는 보광

낙산 아미산 화장사

전普光殿이라는 이름으로 한나라 때 세워진 천 년 고찰이다. 그런데 문화대혁명이 한창이던 1972년, '703 TV 방송국'이 화장사를 차지하고 사용하던 중 부주의로 인해 발생한 화재로 화장사 모든 건축물이 잿더미로 변한 사고가 있었다. 현재의 화장사는 2005년 중건된 것이다. 국보 1호인 남대문을 방화로 잃은 우리네 사정이 새삼 떠올라 안타까운 마음이 들었다.

당나라 때 화장사의 명칭은 화엄사華嚴寺였다. 가주자사嘉州刺史, 즉 현재의 낙산시장樂山市長으로 부임한 잠삼은 화엄사에 올라 시를 남겼다. 〈화엄사 괴공의 선방에 쓰다題華嚴寺瑰公禪房〉라는 시를 감상해보자.

절 남쪽의 수십 개 봉우리
봉우리의 푸른빛을 맑은 날이면 움켜쥘 수 있겠다
아침에는 노승을 따라 밥을 먹고
어제는 바위 동굴 어귀에서 잤다

스님의 지팡이는 마른 소나무에 기대어 있고

접는 의자가 짙은 색깔의 대나무와 어울린다

동쪽 시내 떠집으로 가는 길

오가는 발걸음에 절로 익숙해졌다

생애가 구름 낀 산에 있으니

누가 다시 얽어맬 수 있으랴

  높은 산에 오르는 기쁨의 하나는 잠시나마 '천리안'을 얻는 일이 아닌가 싶다. 쾌청한 날에 최고봉에 오르면 주변의 고만고만한 봉우리들이 발 아래로 모여든다. 멀리 바다까지 눈에 든다면 더없이 상쾌한 기분에 젖게 된다. 잠삼은 그런 곳에 위치한 아미산 화엄사에 와서 괴공이라는 스님과 하루를 보냈다. 산이 높은 만큼 속세와도 멀리 떨어진 듯한 느낌은 경험해본 사람만 안다. 필자는 예전에 대구 근교의 팔공산에서 보름 동안 야영을 한 적이 있다. 야영을 마치고 산에서 내려와 보니 세상을 발칵 뒤집어놓은 사건이 벌어져 있었다. 중국에서 손천근孫天勤이라는 공군 조종사가 미그기를 몰고 귀순했는데, '실제 상황'을 알리는 공습경보 사이렌 소리에 온나라가 아수라장이 되었던 것이다. 그때만 해도 휴대전화란 게 없던 시절이라 필자는 '속세'의 소식을 까맣게 모르고 아궁이에 불을 때는 재미에만 푹 빠져 있었다. 잠삼이 보기에 구도에 정진하는 괴공 스님의 모습은 속세를 벗어나 평화롭기만 하다. 그러나 속세를 사는 범인들의 숙명이란 에리히 프롬Erich Fromm의 지적대로 '자유로부터의 도피'가 아닐

아미산 계곡

까? 설령 구름 낀 산으로 올라가면 온갖 구속에서 벗어날 수 있다고 해도 그때의 자유가 구속보다 더 심한 공포로 다가옴을 느끼는 사람이 많으니 말이다.

아미산의 3분의 1 높이인 만년사에서 정상까지의 답사를 이정표로 대신하고 내려가려니 아쉬움이 크게 남는다. 사천성은 북경이나 상해와 달리 중국의 서쪽에 치우쳐 있어서 우리나라에서 한번 가기가 녹록지 않다. 그래서 어렵게 답사를 왔을 때 넉넉한 여유를 가지고 구석구석 둘러보면 좋겠지만, 오가는 시간과 경비가 많이 들다보니 부득불 체류 일정을 줄일 수밖에 없는 현실적 제약이 따른다. 아미산 여객터미널에서 낙산까지 가는 버스를 타고 아미산을 벗어나면서 아미산의 산림과 계곡과도 작별 인사를 했다. 지난날 아미산에서 한 해를 보내면서 선계仙界를 엿보던 이백은 여기서 무엇을 얻었기에 속세로 나아갔을까? 이제 성도로 돌아가 장강을 따라 내려가다보면 그가 남긴 발자취에서 그 해답을 얻게 될지도 모르겠다.

5장

장강을 타고 만 리를 내달리다

당시와 함께하는 중국 여행의 다섯 번째 답사는 중경重慶에서 출발한다. 중경에서 상해까지 K73호 기차를 타고 가면 2,167km의 거리를 28시간 만에 다다를 수 있다. 그러나 당나라 때 이 노선의 주요 교통수단은 육로가 아니라 장강長江을 이용한 수로였다. 청해성靑海省의 겔라다인동 설산에서 발원하여 상해까지 흐르다 동해로 빠지는 장강은 이름 그대로 중국에서 가장 긴 강이다.

장강은 크게 세 개의 구간으로 나뉜다. 발원지에서 호북성 의창시宜昌市에 이르는 4,500km 구간이 상류이다. 낙산시樂山市에서 민강岷江을 따라 아래로 내려오면 의빈시宜賓市에서 장강과 합류하는데 여기까지를 금사강金沙江이라고 부른다. 이 구간은 협곡이 많아 낙차가 크다. 의빈에서 민강, 가릉강嘉陵江, 오강烏江이 합류하며 유량이 배로 증가한다. 의빈시에서 삼협三峽을 관통해 의창에 이르기까지의 구간을 천강川江이라고 부른다. 의창시에서 강서성 호구현湖口縣에 이르는 900km 구간이 중류이다. 장강 중류의 특징은 굴곡이 심하다는 것이다. 특히 호북성 석수시石首市에서 호남성 악양시岳陽市에 이르는 구간은 마치 장강이 신명이 나서 춤을 추는 듯 구불구불하다. 호구현에서 하구에 이르는 900km 구간이 하류이다. 여기서부터 장강은 다시 평온을 되찾는다. 합류하는 큰 지류도 없어 어찌 보면 외로운 구간이기도 하다. 장강 하류인 강소성 양주시揚州市 인근에 양자교揚子橋라는 다리가 있었다. 19세기 말 서양 사람이 그 위에서 강의 이름을 묻자 누군가 다리의 이름을 묻는 줄 알고 '양자'라고 대답한 것이 장강이 서양에 '양자강'으로 알려지게 된 이유라고 한다. 필자는 이번 답사에서 장강의 세 구간을 모두 돌아보려고 한다.

1

유람선으로
장강 삼협을
내려가다

'장강 만 리' 기행의 출발지인 중경은 1939년부터 광복 직전까지 대한민국 임시정부가 활동했던 곳이라 이번이 처음인 필자로서는 다소 가슴이 설레기도 했다. 당나라 때 이곳은 유주渝州라는 이름으로 불렸다. 가릉강이라고도 부르는 유수渝水가 중경을 에워싸고 있는 데서 유래했다. 이곳은 중국 최대의 암염巖鹽 생산지라 예로부터 파국巴國이 문명을 꽃피웠다. 파나라는 초나라와 지역의 맹주를 다투다 진나라에 멸망해 파군巴郡으로 병합되었다. 그 이후로는 정치의 중심지에서 멀어져 변방의 신세를 면치 못한 까닭에 중경에서 활약한 당나라 시인은 거의 찾아보기 어렵다. 그런 중경이 인구 3천만이 넘는 직할시로 발돋움한 것은 상전벽해桑田碧海에 다름 아니다.

그러나 당나라 지도를 들고 다니는 필자에게 현재의 휘황찬란한 모습은

조천문 광장

큰 의미가 없다. 필자가 중경에 온 것은 이곳을 답사하기 위해서가 아니라 여기서 다시 버스를 타고 중경에서 260km 떨어진 만주구萬州區로 가는 여정 때문이다. 중국 4대 도시의 하나인 중경으로서는 다소 '굴욕'이겠지만 어쩌겠는가. 예전에 보았던 왕가위王家衛 감독의 〈중경삼림重慶森林〉이라는 영화를 혹 홍콩이 아니라 중경에서 촬영했다면, 그 추억에라도 하루 머물렀을지도 모르겠다. 만주구 행 버스를 타려고 나간 곳은 조천문朝天門 광장이었다. 이곳은 북서쪽에서 흘러온 가릉강이 장강에 합류하는 지점이다. 위에서 내려다보면 오리의 부리처럼 생겼다. 버스 출발 시간까지 얼마간 여유가 있어 광장 주변의 카페에서 시원한 음료로 목을 축이며 장강의 위용을 맘껏 즐겼다.

필자가 이렇듯 가볍게 중경을 지나쳐 만주구로 가는 까닭은 오매불망 마음속에 그리던 장강 유람선이 거기서 필자를 기다리고 있기 때문이다. 장강 유람선 승선은 언젠가 형주시의 사시항沙市港에서 호화 유람선 세기휘황世紀輝煌호를 목도한 이후로 줄곧 꿈꿔온 일이다. 1980년대 꼭 챙겨보았던 외화 〈사랑의 유람선Love Boat〉의 추억도 한몫했으리라. 이렇게 흥분되는 일이 눈앞에 있는지라 중경에서 지체할 시간이 없었다. 중경에서 만주구까지 가는 버스는 유람선 회사에서 제공하는 것이었다. 성도와 상해를 잇는 호용滬蓉 고속도로를 세 시간 넘게 달려 만주구에 도착했다.

만주

갈림길부터 슬퍼지니 어찌 이별하랴

장강 10대 항구 가운데 하나라는 만주항의 여객터미널 부근에서 저녁을 먹고, 드디어 장강 유람선 빅토리아 1호에 승선했다. 빅토리아 1호는 승객 158명을 태우고 중경시 만주항에서 의창시까지를 2박 3일에 걸쳐 오가는, 길이 87.5m의 유람선이다. 세기휘황호 같은 호화 유람선은 아니라도 갖출 것은 거의 갖추고 있었다. 2인 1실의 일반실에는 침대, 책상, 티테이블, TV가 있고, 독립된 화장실이 구비되었다. 탑승객 수속을 마친 유람선이 만주항을 출발한 것은 밤 10시가 다 되어서였다. 부두를 떠나자마자 주위는 칠흑같이 어두워져 어디가 강이고 어디가 하늘인지도 구분할 수 없었다. 게다가 배가 운항하는 속도도 아주 느려서 움직이고 있다는 느낌도 들지 않았다. 가끔씩 들려오는 물결 소리만 장강 위를 떠가고 있다는 감각을 일깨워줄 뿐이었다. 설레는 마음으로 고대하던 유람선에서의 첫

장강 유람선 빅토리아 1호

날치고는 다소 싱거운 감이 없지 않았다.

만주구는 당나라 때 만주萬州, 포주浦州, 남포현南浦縣 등으로 불리던 곳이다. 만주와 관련된 시를 모은 책자에 당시唐詩만 28수가 실려 있으니, 당나라 시인들도 자주 오갔던 곳이라 하겠다. 그 가운데 한 수로, 아미산에서 하산한 이백이 장강을 타고 내려오던 길에 이곳에 들러 여러 사람들과 어울려 지은 시를 감상해보자. 제목은 〈봄에 남포에서 여러 공들과 형양으로 돌아가는 진낭장을 전송하다春於南浦與諸公送陳郞將歸衡陽〉이다.

> 형산의 푸르름은 하늘로 들어가
> 남극의 노인성을 내려다보고
> 회오리바람이 다섯 봉우리의 눈을 불어 흩어놓고
> 이따금 날리는 꽃이 동정호에 떨어지리라
> 기운이 맑고 산이 빼어남이 이와 같아
> 진낭장의 일가족이 금인자수金印紫綬를 찼으리라
> 문앞의 식객이 떠가는 구름처럼 어지러워
> 세상 사람들이 모두 맹상군에 비유한다지
> 강가에서 전송할 때 백옥白玉도 없거니와
> 갈림길부터 슬퍼지니 어찌 이별하랴

이백이 어떤 연유로 만주에서 진낭장을 전송하는 자리를 함께하게 되었는지는 잘 알려져 있지 않다. 5품관으로 '금인자수'를 찬 진낭장을 친구처럼 대하는 말투로 보면 만년의 작품인 듯도 하다. 만주에서 형양까지 간다고 했으니 먼저 장강을 타고 동정호로 내려가 다시 상수湘水를 거슬러 올라가는 여정이었으리라. 오악五嶽의 하나인 형산의 정기를 받아 출세하여 금의환향하는 진낭장을 추켜세우는 이백의 속내에 부러움이 전혀 없었다면 거짓일 터이다. 천하의 인재를 두루 모았다는 전국시대 제나라의 맹상군孟嘗君을 언급한 것은 그의 의중을 떠보려는 말일까? 그러나 그에게 예물로 줄 백옥도 없는 형편이라 이별의 슬픔만 느낀다고 했다. 이백은 그렇게 아쉬운 마음으로 진낭장을 떠나보냈던 것 같다.

백제성
아침에 채색 구름 사이의 백제성을 떠나

다음 날 아침 객실에서 눈을 떠보니 빅토리아 1호는 밤새 130km 가량을 운항해 어느덧 봉절현奉節縣까지 내려와 있었다. 빅토리아 1호의 운항 속도가 시속 30km가 채 안 되니, 고속열차로 한 시간이면 갈 거리도 다섯 시간은 걸린다. 그러나 이것이 또 '느림의 미학'이 아니겠는가. 천천히 가면서 보고 즐길 것은 다 만끽할 여유만 있다면 이를 마다할 까닭이 없다. 유람선을 타고 함께 장강을 내려가는 모든 이들이 기대하는 것도 바로 이 '느림의 미학'일 것이다. 그런데 유람선 회사 측에서 짜놓은 백제성 관람 일정은 아침부터 빡빡했다. 7시 45분까지 아침식사를 마치고 바로 하선하여 백제성으로 올라간단다.

백제묘

사천성 봉절현은 장강삼협長江三峽의 어귀에 있다. 이곳과 가장 관련이 깊은 역사 인물은 전한 말기의 공손술公孫述이다. 그는 왕망王莽이 한나라를 무너뜨린 뒤 세운 신新나라에서 촉군태수蜀郡太守를 지냈다. 그 후 신나라가 망하고 군웅이 할거하는 국면이 되었던 서기 25년, 공손술은 봉절현에 성가成家라는 나라를 세웠다. 성가는 그로부터 12년간 후한에 저항하다 결국 멸망했다. 공손술이 봉절현에 성을 구축할 때 우물에서 마치 백룡白龍 같은 하얀 기운이 퍼졌다고 한다. 그래서 그는 자신을 백제白帝라 칭하고, 본래 자양성紫陽城이었던 성의 이름도 백제성白帝城으로 바꾸었다. 백제성은 삼협 가운데 하나인 구당협瞿塘峽이 시작되는 지점에 있는데다 지세가 높아 전망이 수려하다. 그래서 역대로 장강을 여행하던 시인 묵객들의 발걸음이 끊이지 않았던 곳이다. 백제성에 '시성詩城'이라는 명예로운 칭호가 붙은 것도 그 때문이다. 이백과 두보를 비롯해 백거이, 유우석 등 당나라의 여러 유명한 시인도 이곳에서 시를 남겼다. 그중에서도 이백의 〈아침에 백제성을 떠나며早發白帝城〉는 불후의 명작으로 꼽힌다.

아침에 채색 구름 사이의 백제성을 떠나
천 리 길 강릉을 하루만에 닿았다
양쪽 언덕의 원숭이 울음소리 그치지 않는데
가벼운 배는 이미 만 겹 산을 지났다

앞 장에서 얘기했던 바와 같이 이백은 안사의 난 와중에 영왕永王 이린李璘의 진영에 가담했다가 역적으로 몰려 지금의 귀주성 동재현桐梓縣 경내인 야랑夜郎으로 유배를 당했다. 그러던 중 백제성에 도착했을 때 사면되었다는 기쁜 소식을 듣고 이 시를 지었다. 아마도 이때 이백이 사면을 받지 못했다면 중경까지 올라가 야랑계夜郎溪로도 불리는 기강綦江을 따라 유배지로 가 생을 마쳤을지도 모른다. 따라서 그에게 장강 뱃길의 상행은 죽음이요 하행은 삶이었는데, 백제성에서 다행히 하행 유턴 신호를 받았으니 어찌 한달음에 삶을 향해 내달리지 않았겠는가. 백제성에서 강릉江陵,

즉 지금의 형주시荊州市에 이르는
천 리 길을 하루만에 주파했노라
했다. 원숭이들의 구슬픈 울음 소
리와 고난을 상징하는 만 겹 산도
내 일이 아니라는 듯 그는 가벼운
마음으로 가벼운 배를 타고 장강
의 협곡을 벗어났던 것이다.

백제성으로 올라가는 길에 중
국의 전 주석 강택민江澤民의 글씨
로 쓰인 이백시비李白詩碑를 보았
다. 그는 주석으로 재직할 때 외
교석상에서 이백의 〈아침에 백제
성을 떠나며〉 시를 즐겨 썼던 것
으로 잘 알려져 있다. 2001년 쿠

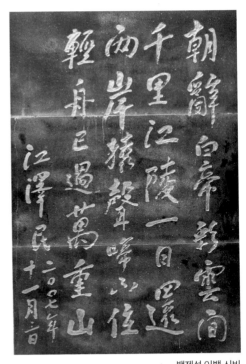

백제성 이백 시비

바의 국가평의회 의장 피델 카스트로와의 회담이나 2002년 미국의 조지
부시 전 대통령과의 만찬에서 모두 이 시를 활용해 자신의 의중을 내비쳤
다. 외교상의 득실을 떠나 '시를 사랑하는 지도자'라는 인상을 나쁘게 볼
사람은 별로 없을 것이다.

백제성에 올라가 장강을 내려다 보니 탄성이 절로 나온다. 강 양쪽으로
이백이 말한 '만 겹 산'이 오묘한 바림gradation을 이루고 있었다. 앞의 산은
색이 짙고 뒤로 갈수록 조금씩 옅어졌다. 이 광경을 보면서 며칠 그림 연
습을 하면 금세 동양화가가 될 것도 같았다. 그 사이로 도도히 흐르는 장
강의 장엄한 모습. 유람선과 화물선이 끊임없이 그 위를 떠가는 광경에서
불현듯 '젖줄'이라는 단어가 떠올랐다. 모든 생명이 이 안에서 움트는 듯
했다. 그런데 처음 보는 장관인데도 왠이 낯이 익은 듯한 느낌이 드는 것

백제성에서 본 기문

은 무슨 연유일까? 이럴 때 쓰는 말이 '데자뷰déja vu', 즉 기시감既視感이란 것일까? 문득 짚이는 데가 있어 지갑에서 중국 돈을 꺼내 보니, 과연 10위 안권 뒷면의 도안이 바로 이곳이었다. 지폐의 도안은 백제성 위에서 헬기를 타고 본 것인지 산 너머로 장강이 흘러가는 모습까지 담았다.

위 사진 왼쪽이 적갑산赤甲山이고 오른쪽이 백염산白鹽山이다. 이 두 산이 관문처럼 우뚝 솟아 삼협의 첫 번째 협곡인 구당협瞿塘峽의 입구를 알리는 역할을 하는 이곳을 기문夔門이라 부른다. 즉 장강삼협의 서대문西大門인 셈이다. 두 산 사이의 거리가 최소 50m로 줄어들면서 물살이 빨라지고 굉음이 울려퍼지기에 예로부터 '기문은 천하의 웅장한 곳夔門天下雄'이라는 말이 있다. 백제성을 다 둘러보고 다시 유람선에 오르면 저 기문으로 입장해 구당협을 체험하게 될 터이다. 필자는 마치 흥미진진한 영화의 예고편을 본 것처럼 살짝 흥분에 휩싸인다.

영안궁
푸른 깃발이 빈 산 속에 나부끼는 듯

백제성과 관련이 깊은 또 하나의 역사 인물은 유비다. 그가 성도를 떠나 백제성까지 오게 된 사연을 소개하려면, 먼저 관우關羽를 언급하지 않을 수 없다. 2장에서 형주荊州를 답사하면서 살펴본 것처럼 삼국정립의 형세에서 사통팔달의 형주는 천하의 요충지였다. 그런데 형주를 지키던 관우가 오나라 여몽呂蒙에게 형주를 빼앗기고 자신도 오나라 군사에게 사로잡혀 죽는 대사건이 벌어졌다. 의형제를 잃은 유비는 관우의 복수를 위해 오나라에 총공격을 감행했으나, 이릉대전夷陵大戰에서 육손陸遜에 패하고 백제성으로 퇴각했다. 유비는 그 후유증으로 병세가 깊어져 결국 백제성 영안궁永安宮에서 숨을 거두었다.

유비는 제갈량에게 유언을 남기면서 그의 아들인 유선劉禪이 똑똑하면 그를 잘 보좌하고, 멍청하면 대신 촉나라의 왕이 되어달라고 부탁했다. 결과적으로 볼 때 유선은 멍청했지만 제갈량은 끝까지 그를 군주로 모셨다. 이것이 '충忠'인지 '불충不忠'인지, 아니면 아예 '충' 따위의 낡은 사상은 이제 걷어치워야 하는지 늘 머리가 아파지는 대목이다. 백제성에는 '탁고당托孤堂'이라 하여 유비가 제갈량에게 오부인吳夫人 소생의 어린 두 아들인 유영劉永과 유리劉理를 부탁하는 장면을 밀랍인형으로 형상화한 전각이 있다. 시녀의 부축을 받아 일어나 앉은 유비 왼쪽으로 제갈량이 서 있고 오른쪽은 조운趙雲이다. 그 오른쪽의 이엄李嚴은 후에 제갈량의 북벌 과정에서 거짓 보고로 처형될 뻔하다가 '탁고지신托孤之臣'이라 하여 죽음을 면했던 인물이다.

여기서 두보의 시 〈옛 자취에 기대어 마음을 읊다詠懷古跡〉 다섯 수 가운

백제성 '탁고당'

데 넷째 수를 감상하고 백제성을 더 둘러보기로 하자.

> 촉주 유비가 오나라를 엿보아 삼협에 행차했더니
> 붕어하던 해 역시 영안궁에 있었네
> 푸른 깃발이 빈 산 속에 나부끼는 듯
> 아름다운 궁전이 들 절 가운데 어른거리는 듯
> 옛 사당 삼나무 소나무엔 학이 둥지를 틀고
> 해마다 복날과 납일이면 마을 노인네 분주하다네
> 제갈양의 사당도 오랫동안 근처에 있어서
> 한 몸인 군주와 신하라 제사도 함께 받는다네

유비가 영안궁에서 숨을 거두고 500여 년이 흐른 뒤 두보가 백제성을 찾았다. 유장한 세월 속에 촉나라의 흔적은 사라지고 산과 절뿐이지만, 그의 눈앞에 의장대의 깃발과 영안궁이 아련히 떠오르는 듯도 했다. 궁전이 있던 곳에는 와룡사臥龍寺가 들어섰고, 그 옆에 유비를 모시는 사당이 세워졌다. 마을 노인들이 매년 음력 유월 복날과 섣달 납일마다 제사를 올리느라 분주하다고 했다. 백제성에서 유비가 세상을 떠났으니 이곳의 마을 사람들이 그렇게 하는 것은 자연스러운 일이다. 그런데 두보가 다소 의아하게 생각했던 것은 유비의 사당 근처에 제갈양을 모시는 사당이 함께 있다는 사실이었던 듯하다. 그렇게 된 직접적인 이유는 제갈양이 고안한 진법인 팔진도八陣圖 유적이 백제성 인근에 있었기 때문일 텐데, 두보는 그것을 '군주와 신하는 한 몸이기 때문'으로 해석했다. 이런 생각을 고지식하다고만 볼 것은 아닌 듯하다. 두보로서는 얼마나 유비와 제갈양 같은 군신 관계가 부러웠겠는가. "내 아들이 멍청하거든 당신이 대신 제위에 오르라"는 말을 주고받는 두 사람의 관계 말이다.

시성 詩城
만 리 슬픈 가을 늘 나그네 되어

당나라 때 봉절현은 기주부夔州府의 관청 소재지였다. 두보는 기주와 떼려야 뗄 수 없는 인연이 있는 시인이다. 그는 든든한 후원자였던 엄무嚴武가 세상을 뜨자 성도를 떠나 기주로 이주해 두 해를 보냈다. 이때 창작한 시를 흔히 '기주시夔州詩'라 부르는데, 무려 430여 수에 이르는 방대한 양이다. 두보가 이때 지은 시 가운데 자주 인용되는 구절이 있다. "만년에 점차 시의 격률에 세밀해진다晚節漸於詩律細"라는 말이 그것인데, 낯선 땅 기주에서 오직 시작詩作을 통해 세상 모든 번민을 떨쳐버리려 했던 그의 의지가 느껴진다. 두보만큼 백제성에서 창작열을 한껏 불태웠던 시인이 다시 없기에 백제성을 일컫는 '시성詩城'이라는 표현을 '두시성杜詩城'으로 고쳐 제 주인을 찾아주는 것은 어떨까 싶다.

백제성을 돌다 보니 한켠에 새로 단장한 듯한 누각이 서 있었다. 기둥에 쓰인 대련은 두보의 〈높은 곳에 오르다登高〉라는 시의 둘째 연이었다. 먼저 이 시를 감상해보자.

> 바람 급하고 하늘 높은데 원숭이 울음 슬프고
> 맑은 물가 흰 모래에 새는 날아 돌아온다
> 가없는 낙엽은 우수수 지는데
> 다함없는 장강은 콸콸 흘러오는구나
> 만 리 슬픈 가을 늘 나그네 되어
> 백년 병 많은 몸 홀로 누각에 오른다
> 간난에 흰머리 많아져 심히 한스러운데
> 노쇠하여 근래 들어 탁주잔조차 멈추었어라

이 시는 두보가 기주에서 중양절重陽節을 맞아 지은 것이다. 중양절은 음력 9월 9일 높은 곳에 올라 산수유를 머리에 꽂고 국화주를 마시는 풍습이 있는 전통 명절이다. 두보는 중양절의 풍습대로 높은 곳에 오르기는 했으나 결코 즐겁지 않은 모습이다. 드넓은 천지에 홀로 내던져진 심리 상태로 맞은 천고마비의 계절은 오히려 타향을 떠도는 나그네의 우수를 가중시켰으리라. 떨어지는 낙엽이 애상을 자아내는 때, 백제성 아래 장강은 의지 없는 시인의 심정을 아는지 모르는지 힘차게 흘러만 간다. 당시 두보는 성도에서 발병한 당뇨병이 심해져 고초를 겪고 있었다. 염분이 많은 기주의 우물물을 마실 수 없다 보니 산 속 샘물을 대나무 관으로 끌어다 써야 했다. 또 이때 폐병도 찾아와 그야말로 병마와 악전고투를 벌여야 하는 상황이었다. 몸에 해로운 것을 멀리해야 하는 처지라 그렇게 좋아하던 술도 끊고 낙으로 여길 것이 거의 없는 환경에서 수백 수의 시를 창작했다는 것이 놀랍기만 하다. 더구나 이때 지은 '기주시'는 두보의 실험정신이 가득 담긴 창조적인 내용과 형식으로 찬사를 받았다. 정녕 시인은 고난과 슬픔을 숙명처럼 떠안지 않으면 불후의 명작을 남길 수 없는 존재인 것일까? 이런 생각을 하며 두 시

백제성의 누각

간 동안의 백제성 관람을 마치고 다시 유람선에 올랐다.

백제성으로부터 의창시의 남진관南津關에 이르는 193km의 장강 구간을 삼협三峽이라 부른다. 이곳에 구당협瞿塘峽, 무협巫峽, 서릉협西陵峽이라는 유명한 세 협곡이 있기 때문이다. 지질학자들의 설명에 따르면, 수억 년 전에 일어난 강력한 조산운동造山運動으로 삼협이 생겨났다고 한다. 이 인해 지표면의 석회암 지층이 1000~1500m 높이로 융기했는데, 그 사이를 장강이 깊이 침식하면서 험준한 협곡이 만들어졌다는 것이다. 강폭이 좁아지는 협곡에서는 유속이 초당 8m 정도로 빨라진다. 이를 시속으로 환산하면 29km/h가 된다. 중국의 도량형에서 천 리는 500km로 계산하니, 이백이 협곡에서의 유속대로 백제성에서 강릉까지 천 리를 갔다면 17시간 남짓 걸렸을 것이다. 따라서 과학적으로 따져본 결과, 이백이 "천 리 길 강릉을 하루 만에 닿았다千里江陵一日還"고 한 것은 사실 전혀 과장이 섞인 표

현이 아니었다.

구당협
구당협은 천하의 험한 곳

구당협은 백제성에서 무산현巫山縣 대계진大溪鎭에 이르는 구간이다. 길이가 8km로 삼협에서는 가장 짧다. 그러나 가장 좁고 험하다는 특징도 아울러 가지고 있어서 천하절경으로서 손색이 없다. 실제로 배를 타고 구당협으로 들어가니 양쪽 강언덕의 산들이 손에 잡힐 듯해 구당협이 "모든 하천의 물을 막고, 파촉의 목을 조른다鎖全川之水, 扼巴蜀咽喉"던 옛말이 실감난다. 유람선을 타고 이런 협곡을 지나가는 느낌이란 마치 놀이공원의 '후룸라이드'를 즐기는 것과도 흡사하다. 그런 생각을 하니 설마 저 앞에 놀이공원처럼 천 길 낭떠러지가 있는 것은 아니겠지 하는 두려움도 생긴다. 유람선이 구당협으로 진입하자 승객들이 모두 갑판 위로 올라와 좌우로

구당협

펼쳐지는 협곡의 아름다움을 감상하기에 여념이 없었다. 저 멀리서 줄달
음쳐오던 양쪽의 산맥이 마치 장강 앞에서 급정거라도 한듯 수직에 가까
운 절벽을 이루었다. 완만한 물굽이로 인해 한번은 오른쪽 산이 튀어나왔
다가 또 한번은 왼쪽 산이 튀어나오면서 저마다 자태를 뽐낸다. 이런 곳을
밤에 지난다면 어떨까? 백거이의 시 〈밤에 구당협으로 들어가다夜入瞿唐峽〉
를 보자.

> 구당협은 천하의 험한 곳이라
> 밤에 거슬러 올라가기란 진실로 어렵도다
> 강언덕은 한 쌍의 병풍을 합친 듯하고
> 하늘은 한 필 비단을 펼친 듯하다
> 맞바람에 물결 이는 것에 놀라는데
> 바*를 당기며 어둠 속에 배가 온다
> 걱정이 어느 정도인지 알고 싶소?
> 염여퇴보다도 높다오

이 시는 백거이가 강주사마江州司馬에서 충주자사忠州刺史로 부임하는 길
에 구당협을 지나면서 지은 것이다. 충주는 지금의 충현忠縣으로, 어제 필
자가 유람선을 탔던 만주구보다 조금 더 중경에 가까운 곳이다. 그러니까
백거이는 장강의 중류에서 상류로 거슬러 올라가는 중이다. 촌각을 다투
어야 하는 일이 있는지 밤에 가장 위험하다는 구당협을 지나고 있다. 그
러면서도 주변 경관을 콕 집어 묘사하는 것은 시인으로서의 본능이라 해
야겠다. 필자가 구당협의 산봉우리들을 보면서 어떻게 형언할까 고민하

◆ 대오리로 엮어 배를 당기는 데 쓴다.

봉절 구당협 염여퇴(1956년 촬영)

던 광경을 그는 '병풍'이라는 한 마디로 압축했다. 그리 어렵지도 기발하지도 않은데 필자는 왜 그 말이 바로 떠오르지 않는 것일까? 시인의 재주를 타고 낫지 못한 탓이려니 한다.

당시 백거이가 임금의 눈밖에 나 외직을 떠돌고 있는 처지였기에 그가 구당협을 묘사하면서 쓴 '맞바람'과 '물결'이 단순히 경치만을 나타낸다고 보기는 어렵다. 그는 전도前途에 대한 걱정이 염여퇴灩澦堆보다도 높다고 했다. 염여퇴는 구당협에 있던 암초이다. 두보가 〈장강長江〉이라는 시에서 "외로운 바위는 어슴프레 말만한 크기다孤石隱如馬"고 한 것이 바로 이 염여퇴이다. 염여퇴가 물에 잠겨 크기가 말만해졌을 때가 가장 위험하다는 것이다. 결국 오랜 세월 배의 운항을 위협하던 염여퇴는 1958년에 중국 정부에서 폭파하면서 사라지는 운명에 처했다.

이 시와 이백의 〈아침에 백제성을 떠나며〉를 비교해보면 분위기가 달라도 한참 다르다. 당시 구당협을 지난 이백의 배는 순풍에 돛 달고 희망으로 가는 '가벼운' 배였다. 반면 지금 구당협을 지나는 백거이의 배는 역풍에 힘겨워하며, 혹시 저 앞에 낭떠러지가 있지는 않을까 걱정이 태산 같은 '무거운' 배이다. 다행히 지금 필자가 탄 빅토리아 1호는 '가벼운' 배 쪽이다. 그러나 이백처럼 급하게 강릉으로 내달릴 일도 없으니 되도록 천천히 삼협의 절경을 다 감상했으면 좋겠다.

무협
아침 구름과 저녁 비를 늘 맞이하면서

구당협을 빠져나온 유람선은 한 시간 가량 경사가 완만한 구릉지대 사이를 미끄러지듯 나아갔다. 유람선 1층 식당에서 점심 식사를 하는 동안 산 아래쪽에 2~3층짜리 건물이 성냥갑처럼 늘어선 것이 보이기 시작했다. 사천성의 동쪽 경계인 무산현巫山縣에 가까워지고 있다는 뜻이었다. 멀리 붉은색 아치가 인상적인 '무산장강대교巫山長江大橋'의 모습도 눈에 들어왔다. 길이 612m의 이 교량은 2005년에 완공되어 장강으로 인해 남북으로 단절된 무산현을 하나로 묶는 데 크게 기여하고 있다고 한다. 무산장강대교를 지나면 무협이 시작된다. 무협은 호북성 파동현巴東縣의 관도구官渡口까지 장장 46km에 걸쳐 펼쳐진다. 그래서 무협을 두고 이런 민요가 전한다.

> 파동의 삼협 가운데 무협이 긴데
> 원숭이 울음 세 마디에 눈물이 치마를 적시네
> 파동의 삼협에 원숭이 울음이 슬퍼서
> 원숭이 울음 세 마디에 눈물이 저고리를 적시네

지금 필자는 부대시설이 잘 갖추어진 유람선을 이용해 여유롭게 장강을 내려간다. 그러나 저 옛날 장강을 오갔던 사람들이 모두 이러하진 않았을 것이다. 현지 주민에게는 이곳이 상대적으로 척박한 삶의 터전이고, 외지인에게는 산 설고 물 선 이역만리였다. 더구나 물살이 빨라 위험한 협곡을 배로 오르내리는 일은 위험하기 짝이 없었을 터이다. 밤이면 우뚝

무산십이봉 중 신녀봉

솟은 장강 양쪽의 봉우리들이 달빛을 가리고, 구슬픈 원숭이 울음소리가 선득하게 귓전을 때렸을 것이다. 이럴 때 가족과의 이별이나 미관말직으로의 좌천 등 가슴 아픈 사연을 지니고 기나긴 무협을 지났던 사람들의 심정은 오죽했으랴.

오후 1시가 되니 유람선이 곧 무협으로 진입한다는 안내방송이 나왔다. 점심 식사를 마치고 잠시 객실에서 휴식을 취하던 필자는 다시 카메라를 챙겨서 갑판 위로 올라갔다. 무협의 정수는 '무산십이봉巫山十二峰'이다. 장강을 끼고 무협을 이루고 있는 산이 무산이고, 그 가운데 열두 봉우리가 특히 유명하다. 무산의 주봉은 해발 2,400m의 오운봉烏雲峰이다. 그러나 무협 양편의 봉우리들은 대개 해발 800m 내외로 까마득히 높은 것은 아니다. 무산의 열두 봉우리 중에서도 신녀봉神女峰이라는 별칭으로 더 잘 알려진 망하봉望霞峰의 인기가 대단하다. 무협의 어귀에서 15km 지점에 있는 신녀봉이 '운우지정雲雨之情'이라는 고사성어의 배경이기 때문이다. 전국시대 송옥宋玉이라는 사람이 쓴 〈고당부高唐賦〉의 서문에 이런 이야기가 전한다.

옛날 초나라 회왕懷王이 무산에 놀러와 고당관高唐觀이라는 누대에서 쉬다가 낮잠에 빠졌다. 꿈에 한 여인이 나타나 자신을 무산 신녀라 소개하며 회왕을 모시고 싶다 하기에 회왕이 허락했다. 떠날 때가 되자 무산 신녀는 자신이 무산의 남쪽에 살면서 아침에는 구름이 되었다가 저녁에는 지나가는 비가 되어 양대陽臺 아래에 있겠노라 했다. 후에 회왕의 아들 양왕襄王이 고당관을 바라보며 변화무쌍한 구름에 감탄하자 송옥이 회왕 때의 이야기를 들려주었다. 그러자 양왕이 선친의 이야기를 소재로 글을 지으라 명해 〈고당부〉를 짓게 되었다.

'운우지정'은 여기서 나온 말로 남녀의 정교情交를 뜻한다. 신녀봉은 산 위에 바위가 높이 솟은 모습이 회왕을 기다리는 무산 신녀와 같다 하여 붙여진 이름이다. 신녀봉에 이런 로맨스가 얽혀 있으니 어찌 아니 유명세를 탈 수 있겠는가. 이를 소재로 한 이상은의 시 〈초나라 궁전楚宮〉을 감상해 보자.

열두 봉우리 앞 석양의 햇살이 약해져
고당관의 궁전 어두워지도록 앉아 돌아갈 줄 몰랐지
아침 구름과 저녁 비를 늘 맞이하면서도
오히려 군왕은 만나는 것 드물다 한탄하였지

사실 초나라 회왕이 '운우지정'의 주인공이기만 했다면, 이상은이 이런 시를 남기지 않았을 것이다. 그러나 회왕은 전국시대 종횡가縱橫家의 한 사람이었던 장의張儀의 감언이설에 속아 초나라의 국력을 약화시키고 자신도 자리에서 쫓겨나 쓸쓸히 죽었던 인물이다. 시인은 무산 신녀와의 사랑놀음을 예로 들어 그의 무능함의 일단을 보여주려고 했다. 국정을 엉망으로 이끌어간 이가 한가로이 무산으로 유람이나 다니면서 신녀와 운우지정을 나누는 꿈이나 꾸는 것도 모자라 더 자주 만나지 못하는 것을 한탄했다고 통렬하게 꾸짖었다. 그러고 보면 '운우지정'이라는 말이 어쩐지 어감상 '로맨스'와 '불륜' 사이를 아슬아슬하게 오가는 듯한 느낌을 주는 것도 같다.

무협

모든 전설에는 사람들의 기대와 소망이 담겨 있기 마련이다. 초나라 회왕의 잘잘못을 떠나 '운우지정'의 이야기는 무산 일대를 관장하는 신이 그 지역 백성들의 지도자에게 복종했다는 의미를 담고 있다. 무산의 신이 '구름과 비'의 모습을 띠는 이유는 이 지역에 비가 많이 내리기 때문으로 풀이된다. 폭우에 동반하는 풍랑이 무협을 오가는 배를 위협할 수 있고, 자칫 홍수로 이어지면 더 큰 피해를 불러올지도 모른다. 그러므로 무산 인근에 사는 사람들은 구름과 비의 신으로 설정한 무산 신녀가 이 지역을 대표하는 나라인 초나라의 왕에게 신하로 굽신거리는 모습을 기대했을 것이다. 세월이 흐르면서 자연 재해와 맞서 싸우면서 사람들의 안녕을 기원했던 당초의 취지는 퇴색하고 에로틱한 이미지만 남은 것 같아 안타까운 생각도 든다.

눈 깜짝할 사이에 지나가는 구당협과 달리 무협은 한 시간 넘게 경치를 감상할 수 있었다. 그래서 유람선의 승객들도 한결 여유로운 모습이었다. 기암절벽이 보이면 탄성을 지르며 카메라에 절경을 담다가 갑판에 마련된 선탠 베드에 누워 바람을 쐬기도 했다. 이들 중 광동성에서 왔다는 중국 젊은이들과 잠시 얘기를 나누었는데, 필자가 한국 사람이라고 하니 함께 기념사진을 찍고 싶다고 했다. 얼떨결에 포즈를 취해 같이 사진을 찍었다. 유람선에서는 모두 낭만적이 되는가 보다.

무협을 벗어나기 전에 이곳을 노래한 당시 한 수를 더 읽어보자. 이빈李頻, 818~876의 〈무협을 지나다過巫峽〉라는 시이다.

노를 쥐고 놀라운 물살로 향하다

무산의 봉우리를 곧장 올려다본다

물 밑바닥부터 깎아 만든 것이

구름 위로 솟구쳐 나왔다

저녁엔 비 내려 맑은 때가 적고

울어대는 원숭이에 목말라도 내리기 어렵다

신녀가 떠난다는 말을 들을 때마다

바람에 대나무가 빈 제단을 쓴다

이빈도 무협을 지나다 신녀봉을 바라보며 이 시를 지은 듯하다. 아랍에미리트에서 828m 높이의 '부르즈 두바이'를 보는 것과 비슷한 느낌이리라. 신녀봉은 860m로 '부르즈 두바이'보다 32m 더 높다. 이빈은 신녀봉이 강 바닥에서 구름 위로 솟구친 것 같다고 표현했다. 실제로 장강을 떠가는 배 위에서 신녀봉을 보면 그런 생각을 하게 된다. 한참 올려다 보노라면 목이 뻣뻣해질 정도이다. '비'와 '원숭이'는 무협을 소재로 한 시에서 빠지지 않는 필수 요소라 하겠다. 마지막 연에서는 신녀봉 아래에 있던 무산 신녀의 사당을 언급했다. 바람이 불면 신녀묘神女廟 앞의 대나무가 제단을 쓸곤 했다는 것이다.

신농계
기주의 처녀들은 머리가 반백 되고

여유로운 시간을 보내고 오후 세 시가 가까워질 무렵에 유람선은 무협을 빠져나와 파동현에 정박했다. 이제 서릉협으로 들어가기 전 작은 유람선으로 갈아타고 '신농계神農溪'를 관람할 차례였다. 파동장강대교巴東長江

신농계

大橋 너머로 파동현 시가지가 펼쳐졌다. 두 시간 가까이 자연만 접한 효과인지 얼마 크지 않은 파동현이 마치 대도시처럼 다가온다. 신농계는 화중華中 지역에서 가장 높은 봉우리라는 해발 3106m의 신농정神農頂에서 발원하여 장강으로 흘러드는 지류이다. 강폭이 좁고 강안의 봉우리도 낮은 편이라 아기자기한 맛이 있었다. 그래도 길이가 60km에 이르고 그 안에 용창협龍昌峽, 앵무협鸚鵡峽, 신농협神農峽 등의 볼거리를 갖추고 있어 삼협의 축소판이라 해도 좋을 듯했다.

배를 타고 신농계의 절경을 감상하며 얼마를 들어가니 조그만 마을이 나왔다. 관광객을 위해 조성된 이 마을의 공연장에서 '섬부纖夫'를 주제로 한 공연을 관람할 수 있었다. '섬부'는 '줄을 끄는 인부'라는 뜻이다. 이들은 석탄, 목재 또는 농산품을 실은 배를 줄로 끌어 운반하는 역할을 한다. 특히 늦봄부터 초가을까지는 물에서 일하기 편하도록 아무 옷도 입지 않는단다. 러시아의 화가 일리아 레핀의 그림 가운데 〈볼가 강의 배 끄는 인부들〉이란 것이 있고, 영화 〈레 미제라블〉의 처음 장면에서도 죄수들이 배를 끄는 장면이 나온다. 동력이 없던 시대에 육상에서는 말이나 소와 같은 동물의 힘을 빌렸지만 수상에서는 부득불 사람의 힘이 필요했다. 필자는 연전에 청평에서 래프팅을 하면서 노를 젓는 일이 얼마나 힘든가를 절감했다. 여나믄 명이 함께 배를 움직이는데도 한 시간 남짓 물살과 씨름을 하고 나니 허리가 뻐근해 몸살이 다 날 지경이었다. 유람선을 타고 장강 나들이를 다니는 것과 이곳을 삶의 터전으로 삼아 생계를 꾸려가는 것도 천양지차일 것이다. '섬부'와 같이 배를 끄는 남성들뿐 아니라 여성들의 생활도 고단하기는 마찬가지였던 것 같다. 두보의 〈땔나무 지는 노래負薪行〉라는 시를 통해 당나라 때 삼협 여인들 삶의 일단을 지켜보자.

기주의 처녀들은 머리가 반백 되고
마흔 쉰 먹도록 남편이 없다
잇달아 난리를 만나니 시집갈 수 없어
한평생 한을 안은 채 늘 탄식이다
이곳의 풍습은 남자는 앉고 여자는 서며
남자는 집을 보고 여자가 드나드는데
십중팔구는 땔나무 지고 돌아와
땔나무 팔고 돈 받아 생필품을 마련한다
늙도록 양쪽 쪽진 머리를 다만 목덜미에 늘어뜨리고
들의 꽃과 산의 나뭇잎을 은비녀와 함께 꽂는다
힘껏 산에 올랐다가 시장에 모이고
죽기살기로 이득을 보려 염정을 겸하네
얼굴 화장과 머리 장식에 눈물 자국이 뒤섞인 것은
땅 외지고 입은 옷 추운데 산기슭에서 고생하기 때문

만약 무산의 여인을 거칠고 추하다 한다면

어찌 북쪽에 왕소군王昭君의 마을이 있겠는가?

이 시는 두보가 기주에 정착한 후에 그곳 여인들의 고달픈 삶을 목도하고 동정을 표한 것이다. 당시 기주의 생활 풍습은 남녀의 역할이 뒤바뀌었던 모양이다. 남자는 집에서 살림을 하고, 땔나무를 구하고 염정을 관리하는 것은 여자의 몫이었다. 그나마 그런 남편도 얻지 못해 다 늙도록 혼자 살아가는 여자도 많았다. 그래도 여자의 본성은 버릴 수 없어 나뭇잎으로 비녀 삼아 꽂기도 하며 몸 매무새를 단정히 한다고 했다. 궁벽한 산에서 제대로 갖추어 입지도 못하고 이 고생 저 고생 하는 기주 여인들이라 영락없이 까무잡잡한 촌부村婦의 모습이었을 것이다. 그러나 삼협의 여인들이 본래부터 거칠고 추하지는 않을 것이라고 했다. 중국 4대 미녀의 하나라는 왕소군이 바로 삼협 출신이기 때문이다.

필자는 신농계 여행을 마치고 다시 유람선으로 돌아왔다. 저녁 식사 후에 8시 30분부터 4층 바에서 공연이 있다는 안내 방송이 흘러나왔다. 그러나 아침 일찍 백제성을 돌아보고 오후에 신농계까지 다녀오니 피곤이 몰려와 꼼짝할 수 없었다. 식당에서 식사를 마치고 바로 필자의 103호 객실로 돌아와 휴식을 취하며 자료를 검토하기로 했다. 앞으로의 일정을 보니, 오늘 밤 서릉협으로 진입한 후 삼협댐을 넘어 내일 12시에 의창시에서 하선하게 되어 있었다. 서릉협 인근에는 본래 왕소군과 굴원의 고향 마을이 있었는데, 삼협댐이 건설되면서 수몰지구로 지정되어 모두 호북성 자귀현秭歸縣 귀주진歸州鎭으로 이전되었다. 더 이상 볼 수 없는 이들 유적지는 자료로 대신하고자 한다.

소군촌과 굴원 고리
미모로 오랑캐의 먼지를 잠재워

왕소군의 고향 마을인 소군촌昭君村은 향계진香溪鎭에서 홍산현興山縣 방향으로 40km 가량 올라간 지점에 있었다. 두보의 〈옛 자취에 기대어 마음을 읊다詠懷古跡〉 다섯 수 가운데 셋째 수에 "온 산과 골짜기들 형문으로 치닫는데, 왕소군이 나서 자란 마을 아직도 있구나群山萬壑赴荊門, 生長明妃尙有村"라는 구절이 있다. 이로 보건대 당나라 때에도 소군촌의 명성이 자자했던 듯하다. 이곳에는 1983년에 중건된 소군택昭君宅을 비롯하여 남목정楠木井, 소군정昭君

소군촌 왕소군상

亭, 비파교琵琶橋 등의 기념물이 마련되어 있었다. 예전에 내몽고의 호화호특呼和浩特에 갔을 때도 일정상 남쪽 교외에 있는 왕소군의 무덤, 즉 청총靑塚을 그냥 지나쳤다. 이제 소군촌마저 수몰되어 원래 모습을 찾을 길 없게 되었으니 아무래도 필자가 왕소군의 유적과는 인연이 없는 모양이다. 부득불 소군촌과 관련된 당시나 한 수 읽어보는 것으로 만족해야겠다. 최도崔塗, 888 전후의 〈왕소군의 옛집에 들르다過昭君故宅〉를 보자.

미모로 오랑캐의 먼지를 잠재워

명예가 또 여러 비빈妃嬪들과 달랐다

출정해 싸우는 힘의 수고를 덜었으니

비단옷 입은 몸에 부끄러울 것이 없다

백골은 결국 푸른 무덤에 묻히고 말아

혼백은 응당 화공畵工을 원망했으리

옛 집을 찾아가는 것 어찌 감당하리

쓸쓸히 강가를 마주하고 있으니

3장에서 의방공주宜芳公主를 언급하면서 왕소군의 일생에 대해서도 간략히 소개한 바 있다. 왕소군은 화공 모연수가 초상화를 추하게 그리는 바람에 흉노의 호한야선우에게 화친공주로 보내져 그곳에서 삶을 마쳤다. 그녀는 화공에게 잘 그려달라고 뇌물을 바치지도 않고, 억울하게 화친공주로 뽑혀 흉노 땅에 가서도 꿋꿋하게 살아갔다. 중국의 시인들이 그 외의 4대 미녀인 서시西施, 초선貂蟬, 양귀비에 비해 왕소군에게 각별한 관심과 동정을 표한 까닭도 여기에 있지 않은가 한다. 본래 미모(재주)를 갖추고 태어났으면서도 권력자로부터 그 미모(재주)를 제대로 인정받지 못했으나, 삼협 출신의 여인답게 강인한 정신력과 생활력을 바탕으로 나라에 이바지했던 것이다. 그렇지만 안타깝게도 눈에 보이지 않는 공헌은 늘 합당한 보상을 받기 어려운 법이다. 그래서 여느 용맹한 장군 못지 않게 '오랑캐의 먼지를 잠재운' 왕소군의 공로로도 소군촌에 있는 그녀의 옛 집은 쓸쓸함을 면치 못했다. 그뿐인가. 지금은 삼협댐으로 인해 그 터마저 물 속에 잠겨버렸다.

다른 하나는 소군촌에서 나오는 길에 들를 수 있었던 자귀현의 굴원고리屈原故里이다. 호북성 자귀현은 굴원의 출생지라고 주장되는 여러 곳 중 하나로서, 굴원의 고향 마을이라는 뜻의 '굴원고리'가 형성되었다. 이곳에는 향로평香爐坪, 조면정照面井, 독서동讀書洞, 옥미삼구玉米三丘 등 굴원과 관련된 명승고적이 있었다. 이 마을의 주인공인 굴원은 본명이 굴평屈平이며, 전국시대 초나라의 정치가이자 시인이다. 그는 조정의 정책을 입안하는 좌도左徒라는 직위에 있다가 그의 재능을 시기하는 자들의 모함을 받았다. 무산 신녀와의 '운우지정'으로 유명한 초나라 회왕은 굴원을 한직으로 좌천시켰다가 나중에 초나라 수도인 영도郢都 밖으로 내쫓았다. 몇 년간 지방을 떠돌다 영도로 돌아왔으나 다시 회왕의 아들 양왕에 의해 원수沅水와 상수湘水 일대로 쫓겨났다. 진나라 군대가 초나라 깊숙이 쳐들어왔을 때 나라의 패망을 예감한 그는 멱라강汨羅江에 몸을 던져 자살했다. 중국 최초의 장편 서정시인 굴원의 〈이소離騷〉는 나라를 걱정하는 마음을 담은 자서전적인 내용으로 이루어져 있다.

삼협댐으로 인해 수몰된 소군촌과 굴원고리는 서릉협 구간에 있었다. 서릉협은 삼협 가운데 가장 긴 협곡으로, 파동현의 관도구官渡口에서 의창시의 남진관南津關까지 120km에 걸쳐 이어진다. 서릉협은 다시 네 구간으로 나뉜다. 그 가운데 관도구에서 소군촌의 입구인 향계진香溪鎭까지의

자귀 굴원고리

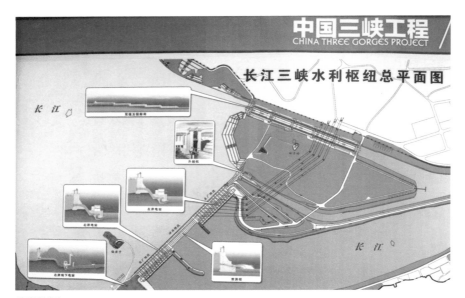

삼협댐 평면도

45km를 향계관곡香溪寬谷이라 부르는데, 이 구간에 병서보검협兵書寶劍峽, 우간마페협牛肝馬肺峽, 공령협崆嶺峽 등 명승지가 몰려 있다. 두 번째 구간인 서릉상단협곡西陵上段峽谷 다음의 세 번째 구간 묘남관곡廟南寬谷에 다시 등영협燈影峽과 황우협黃牛峽 등의 명승지가 있으며, 마지막 구간은 서릉협단협곡西陵峽段峽谷이라 부른다.

유람선의 일정상 향계관곡과 서릉상단협곡 구간은 밤에 지나느라 풍경을 감상하지 못했다. 신농계를 들어가지 않으면 오후에 다 볼 수 있을 텐데, 이것도 이윤을 중시하는 관광상품의 일종인지라 주최 측의 계산이 깔릴 수밖에 없다. 피곤이 몰려와 일찌감치 객실 침대에 누웠다. 10시쯤 되었을까. 칠흑같이 어둡던 선창 밖으로 불빛이 보이기 시작했다. 장강을 횡으로 절단하는 광선검과도 같았다. 드디어 삼협댐 앞에 도착한 것이 틀림없었다. 그러면 유람선은 저 댐을 어떻게 넘어가는 것일까? 댐 위에서 대형 크레인이 유람선을 번쩍 들어 반대편으로 옮겨주는 것일까?

얼마 후 이런 의문이 풀렸다. '삼협오급선갑三峽五級船閘'이라는 것이 그 해답이었다. '오급'은 다섯 단계라는 말이고, '선갑'은 배가 지나는 수문이라는 뜻이다. 삼협댐 오른쪽으로 따로 배가 지나는 길이 있었던 것이다. 그러나 이곳으로 장강이 흐른다면 애써 댐을 쌓은 의미가 없어진다. 그래서 차례로 200m의 길이의 수문에 물을 채워 배를 다음 단계로 옮겨 배만 넘어가도록 만든 시설이 바로 '삼협오급선갑'이다. 객실에서 밖을 보니 필자가 탄 빅토리아 1호가 갑문 안으로 들어가는 것이 느껴졌다. 들어온 쪽의 수문이 닫히더니 물이 차오르면서 배가 점점 위로 떠올랐다. 처음 경험하는 신기한 광경이었다. 그러나 다섯 단계를 지나는데 제법 많은 시간이 걸려서 그 과정을 다 지켜보지 못하고 잠이 들었다.

셋째 날 아침 일정도 어제와 마찬가지로 7시 45분부터 시작되었다. 서둘러 아침 식사를 마치고 삼협댐을 관람하기 위해 유람선을 나섰다. 삼협댐은 높이 185m, 길이 2,309m에 이르는 세계 최대의 댐으로, 1994년에 공사를 시작해 2006년에 완공되었다. 삼협댐이 저수를 시작하면서 당초 80m 내외의 수위를 유지하던 것이 현재 175m까지 상승하였다. 이에 따라 대규모의 토지가 수몰 지구로 편입되어 200만 명에 가까운 이주민이 생겨났다. 댐 가운데 높이 15m 이상의 것을 '대형'으로 분류하는데, 세계 45,000여 개의 대형 댐 가운데 절반이 중국에 있다고 한다. 대형 댐의 단점은 폭넓은 수몰 지구를 만든다는 것이다. 삼협댐도 무려 600km에 이르는 길이의 장강을 호수로 뒤바꾸면서 소군촌과 굴원고리 등 많은 문화유적지를 수장水葬시켰다. 그중 문화적 가치가 높아 다른 곳으로 이전된 것은 수몰 지구 전체 문화재 1,087건 중 4분의 1에 그쳤다. 그래서 세계 최대의 댐인 삼협댐은 세계 최대의 문화 파괴 축조물이라는 오명도 떠안았던 것이다.

서릉협
절벽은 만 길 높이로 솟고

오전 10시쯤 삼협댐 관람을 마치고 유람선으로 돌아와 서릉협의 나머지 구간을 감상했다. 서릉협이 끝나기 전에 당시 한 수를 더 감상해보자. 양형楊炯, 650~692의 〈서릉협西陵峽〉이라는 시다.

절벽은 만 길 높이로 솟고
긴 파도는 천 리에 요동친다
웅장한 형주의 문이요
출렁출렁 흘러 남국의 벼리이다
초나라 도읍이 전성기였던 지난날에는
고구산에서 번듯한 사당을 보았지
진나라 군대가 하루 아침에 침입하자
이릉의 불이 슬며시 일어났다
치국의 네 기강을 다시 마련하지 못했으니
관문과 요새는 진실로 믿을 수 없는 것
동정호조차 순식간이었고
맹문산도 결국 끝장이었다
옛날 천지가 개벽하고부터
흐르고 흘러 협곡의 물이 되었다
오가는 이들 내게 해주는 말
바람과 파도가 그치지 않는단다
내가 이곳에 와보니

서릉협

곱고 기이함이 진실로 아름답다
강산에 만약 신령이 있다면
천 년 동안 지기에게 말을 걸리라

　협곡의 미학이란 이런 것 같다. 산과 강이 한데 만나서 이루는 종횡의
교차, 그리고 여기에 더해지는 속도감. 이것은 종(縱)으로만 높이를 더하는
산이나 횡으로만 길이를 더하는 강만으로는 느낄 수 없는 감각이다. 쉴 새
없이 전후좌우의 산과 강을 오가며 박진감 있게 펼쳐지는 경관을 따라갈
때 느끼는 쾌감이야말로 협곡이 주는 아름다움인 듯하다. 양형의 이 시는
이런 미감에 초나라의 역사를 버무렸다. 전국시대 초나라는 삼협을 포함
하여 장강 중하류 전역을 영토로 관할하던 대국이었다. 고구산에 있던 초
나라 궁궐은 산과 강으로 둘러싸인 천하의 요새였다. 그러나 회왕 때부터
국력이 급격하게 쇠락한 초나라는 진나라의 침입으로 선왕의 묘지인 이
릉이 불에 타버렸다. 시인이 이릉을 언급하는 것은 이곳에 서릉협 구간에

있기 때문이다. 이로부터 500년이 흐른 뒤 유비가 관우의 복수를 위해 오 나라로 진격했다가 크게 패한 곳이기도 하다.

서릉협은 전화에 휩싸인 초나라와 위기에 몰린 촉나라를 모두 지켜보 았을 것에 틀림없다. 협곡의 물은 수억 년 전부터 끊임없이 흘렀기 때문이 다. 이곳은 쉴 새 없이 바람과 파도가 밀려올 뿐만 아니라 자욱한 안개로 도 유명하다. 필자가 탄 빅토리아 1호를 앞서가는 유람선 앞쪽도 오리무 중이어서 저곳을 지나고 나면 배가 하늘로 솟을지 땅으로 꺼질지 예측할 수가 없다. 그러나 또 앞으로 나아가면 어슴푸레하게 저만치 서 있던 봉우 리들이 어느새 짙푸른 색 옷으로 갈아입고 멋진 자태를 보여준다. 걱정스 럽던 뱃길도 끊이지 않고 우리를 실어나른다. 이런 풍경은 시인 말마따나 '고우면서도 기이하다瑰奇'고 표현해야 적당할 듯하다. 그리고 삼협의 신 령은 그 아름다움을 진정으로 느낄 수 있는 사람에게만 더 많은 이야기를 들려주리라.

필자의 유람선은 어느덧 해발 1,445m의 천주산天柱山 곁을 지나 용진계 龍進溪 부두 근처까지 왔다. 삼협댐과 그 아래의 갈주댐이 장강의 수위를 올려놓은 탓에 삼협의 지형도가 많이 바뀌었다. 비경으로 소문났던 곳이 물 속으로 가라앉는가 하면 접근이 어려웠던 곳까지 뱃길이 닿아 새롭게 각광받는 곳도 생겨났다. 신농계와 용진계가 바로 그런 곳이다. 용진계는 맑은 물이 흐르는 3km 길이의 계곡과 대나무 숲, 그리고 관광객들을 위해 마련된 전통 풍습 재현 등으로 명성을 쌓아가고 있다. 필자가 자유롭게 일 정을 짰다면 반드시 행선지에 포함시켰을 곳인데 유람선에서 군침만 삼 키려니 안타깝다.

빅토리아 1호는 마침내 서릉협을 빠져나와 삼협 여행을 마감하고 의창 시 도화촌桃花村 부두에 닻을 내렸다. 꿈에 그리던 장강 삼협 유람선 여행 을 마치니 '버킷 리스트bucket list'에서 하나를 완수한 기분이다. 특히 당나라 시대는 육로 못지않게 수로가 발달한 때였다 보니 당시의 시인들처럼 배를 타고 여행해보고 싶은 마음이 간절했었다. 한편으로는 아쉬운 마음도 없지 않다. 삼협댐이 완공되어 여러 유적지가 물에 잠기기 전에 장강 삼협을 여행하여 더 많은 것을 눈으로 확인했으면 좋았을 텐데 말이다. 이렇게 뿌듯함과 아쉬움이 교차했던 삼협을 뒤로 하고, 필자는 의창에서 하루 푹 쉬며 다음 여행지인 악양岳陽으로 떠날 채비를 갖췄다.

2

강남
3대 누각을
찾아서

중국어에 '정대누각亭臺樓閣'이라는 말이 있다. 경치를 감상하거나 편안하게 휴식을 취하는 건축물의 총칭이다. 한 글자마다 원래의 뜻을 살펴보자. '정'은 지붕이 있고 사방이 뚫린 것이고, '대'는 흙으로 쌓아 올린 사각형의 높고 평평한 것을 가리킨다. 또 '누'는 다층 건물을 말하고, '각'은 지면에서 띄워 올린 것을 가리킨다. 당시唐詩에 자주 보이는 '누'와 '각'은 본래 형태뿐만 아니라 용도도 달랐다. '누'에는 주로 사람이 거주했고, '각'에는 주로 책과 같은 물건을 보관했다. 그러나 당대 이후로 '누'와 '각'은 의미 구분이 모호해져 '누각'으로 함께 쓰이게 되었다.

누각에는 여러 가지 문화적 의미가 담겨 있다. 문화적 의미는 크게 '자연'과 '인문'으로 나뉜다. '자연'이라 함은 누각이 아름다운 경관을 감상하는 곳이라는 뜻이다. 대개 누각은 산이나 강의 자태가 빼어난 곳에 세워져 있어 그곳을 찾는 사람들이 그 아름다움에 경탄하는 장소가 된다. '인문'이라 함은 누각이 어떤 특별한 가치를 선양하는 곳이라는 뜻이다. 예를 들어 당나라 태종 때 공신의 화상畫像을 그려놓은 능연각凌烟閣이 그러하다. 이때 누각은 나라를 위해 애쓴 이들의 정신을 기리는 장소가 된다. 그래서 누각은 그곳을 찾는 시인들이 경관이나 가치를 두고 생각을 거듭하면서 자신을 돌아보고 삶의 진정한 의미를 찾는 장소이기도 하다. 또 시간이 흐르면 역사적 의미도 추가된다. 누각이 지켜본 역사의 한 장면이나 그 누각을 다녀간 전대 시인의 발자취 등이 그것이다. 이런 까닭에 역대로 중국의 누각은 시의 산실産室 역할을 톡톡히 해냈다.

중국의 여러 누각 중에서도 '강남 3대 누각'은 시인들의 사랑을 듬뿍 받았던 곳이다. 호남성 악양岳陽의 악양루岳陽樓, 호북성 무한武漢의 황학루黃鶴樓, 강서성 남창南昌의 등왕각滕王閣이 그 주인공이다. 이들 세 누각이 위치한 도시를 이으면 삼각형을 이루는데, 그 중심에 장강이 있다. 무한은 장강이 관통하는 도시이고, 악양은 동정호洞庭湖, 남창은 파양호鄱陽湖로 장강과 연결된다. 이런 이유에서 필자는 장강 만 리 기행의 두 번째 답사지로 강남 3대 누각을 선택했다.

악양
팔월의 호수는 광활하여

삼협 여행을 마친 이튿날 필자는 의창동역에서 악양역으로 향하는 11시 39분발 K358 열차에 올랐다. 이 노선으로 의창에서 악양까지는 거리로 587km, 시간으로 8시간 15분이 소요된다. 이 정도 거리와 시간이면 야간열차를 타는 것이 적합하나, 두 도시를 잇는 직행열차편이 이것뿐이었다. 다행히 '딱딱한 침대'라는 뜻의 '경와硬臥' 표를 구할 수 있어서 크게 불편할 것은 없었다. 자료를 검토하거나 음악도 들으면서 시간을 보낸 끝에 밤 8시가 다 되어서 악양역에 도착했다. 미리 예약해둔 숙소로 이동해 여장을 풀었다.

악양은 기원전 5세기 무렵부터 마을이 형성되기 시작한 곳으로, 전국시대에는 초나라의 영토에 속했다. 육조시대에 파릉군巴陵郡에 편입되었다가 당나라 때는 악주岳州라 불렀다. 악양은 서쪽으로 동정호, 북쪽으로 장강과 맞닿아 있어 예로부터 교통의 요지였다. 장강을 타고 상행하면 형주시이고 하행하면 무한시이며, 동정호를 따라 내려가면 장사시長沙市에 다다른다. 그런 까닭에 악양과 관련된 시를 남긴 당나라 시인들이 대단히 많다. 이백과 두보는 물론이고 장열張說, 왕창령王昌齡, 유장경劉長卿, 한유韓愈, 백거이, 이상은 등의 시인을 쉽게 찾아볼 수 있다.

악양의 명승고적은 단연 악양루이다. 악양에 악양루가 있다기보다 악양루가 있는 악양이라는 말이 적절할 만큼 악양루의 명성이 높다. 필자는 드디어 악양루를 눈으로 보게 되었다는 설레는 마음으로 악양루공원으로 향했다. 악양시의 지도를 보고 있노라면, 외국어를 배울 때 조음調音 위치를 알려주는 구강 구조 그림이 연상된다. 구개口蓋 부분에 악양박물관과 남호南湖 공원이 있고, 장강과 동정호가 만나는 비강鼻腔 부분이 악양루공원이다. 매표소에서 입장권을 끊어 공원 입구로 들어갔다. 입구 현판에 보이는 '파릉승상巴陵勝狀'이라는 표현은 송나라 때의 문인 범중엄范仲淹이 쓴 〈악양루기岳陽樓記〉에서 따온 것이다. '파릉의 뛰어난 경치'라는 뜻이며, 파릉은 악양의 옛 지명이다. 기둥의 대련에는 "천하의 동정호, 천하의 악양루洞庭天下水, 岳陽天下樓"라 했다. 유명한 시의 한 구절은 아닌 듯한데, 악양시가 주최한 시 홍보 문구 공모전에서 최다 득표를 할 만큼 널리 알려진 표현이란다.

공원 안으로 들어가자마자 왼쪽으로 강인지 호수인지 바다인지 모를
그림이 펼쳐진다. 크레인을 갖춘 배들이 무엇인가를 가득 싣고 부지런히
오가고 있었다. '광대무변廣大無邊'의 미학을 감상할 차례가 되었나 싶었다.
악양루공원에서 처음 필자를 맞이한 것은 '오조루관五朝樓觀'이었다. '다섯
왕조의 악양루를 감상한다.'는 뜻이다. 청동을 재료로 당唐, 송宋, 원元, 명
明, 청淸나라 때 악양루의 모형을 만들어 전시했다. 높이는 5m 내외이고
무게는 10t에 달한다. 각 시대마다 악양루의 외관이 크게 달랐다는 사실
을 알 수 있다.

악양루로 가는 길 오른쪽으로 벽을 하얗게 칠한 사당이 보였다. 현판을
보니 '쌍공사雙公祠'라 되어 있다. '쌍공', 즉 두 분의 공이란 등자경滕子京과
범중엄을 가리킨다. 등자경은 송나라 때 파릉태수로 부임해 악양루를 수
리했고, 범중엄이 그것을 기념하여 〈악양루기〉를 지었다. 사당 안으로 들
어가면 전면에 송나라의 유명한 화가인 범관范寬의 〈악양루도岳陽樓圖〉가

악양루공원 쌍공사

동판화로 제작되어 걸려 있다. 그 아래에서 차탁을 사이에 두고 환담하고 있는 사람들이 '쌍공'이다. 범중엄의 〈악양루기〉는 '선우후락先憂後樂', 다시 말해서 백성들의 걱정거리를 먼저 걱정하고 백성들의 즐거움은 그들보다 나중에 즐긴다는 말이 담긴 명문이다. 필자도 학창시절에 이 글을 달달 외웠던 기억이 난다.

　범중엄은 이 글에서 "북으로 무협에 통하고 남으로 소상강까지 뻗어 좌천된 나그네와 시인 묵객들이 대부분 이곳에 모이니, 사물을 바라보는 감정이 다르지 않을 수 있겠는가?北通巫峽, 南極瀟湘, 遷客騷人, 多會於此. 覽物之情, 得無異乎"라고 했다. 그래서일까? 쌍공사에는 악양루에 모였던 시인들의 초상과 함께 그들이 저마다 '사물을 바라보는 감정'을 노래한 시를 전시해두었다. 그런데 당나라 시인만 초상까지 내걸고 다른 왕조의 시인들은 시만 전시했다. 어떤 뜻이 담긴 것인지 모르겠으나 당시 전공의 필자로서는 반가운 일이다. 이곳 쌍공사에 전시된 시 가운데 맹호연의 〈동정호를 바라보며 장승상께 올리다望洞庭湖上張丞相〉를 감상해보자.

팔월의 호수는 광활하여

허공을 머금고 하늘과 섞입니다

기운은 운몽택을 찌고

물결은 악양성을 움직입니다

건너고자 하나 배와 노가 없고

은거하고 있자니 임금님께 부끄럽습니다

앉아서 낚시꾼을 보노라니

괜시리 고기들이 부럽다는 생각이 듭니다

제목에 보이는 '장승상'은 서기 715년에 악주자사岳州刺史로 부임한 장열667~730을 가리킨다. 이 시에서 맹호연이 '팔월의 호수' 동정호를 감상한 곳은 아마도 악양루였을 것이다. 당시 벼슬을 얻지 못해 초초해하던 그는 바다처럼 광활한 동정호를 바라보며 그 기운을 받고자 했다. 그리고는 중서령中書令이라는 높은 벼슬에 있었던 장열에게 추천을 바란다는 용건을, 암시적이지만 강렬하게 전달했다. 나라를 위해 일 해보고 싶으니 동정호를 건너 장안으로 가는 배에 태워달라는 것이다. 장열이 인재를 낚는 낚시꾼이라면 기꺼이 그의 낚시바늘을 무는 물고기가 되겠다고 했다. 이렇게 관직에 천거해주기를 기대하면서 보내는 시를 간알시干謁詩라 한다. 당나라 때의 관리선발제도는 시험과 추천이 결합된 형태여서 이런 간알시가 많이 지어졌다. 이 또한 범중엄이 말한, '사물을 바라보는 감정' 가운데 하나이리라.

다시 쌍공사를 나와 드넓은 동정호를 감상하며 패방 쪽으로 발걸음을 옮겼다. 패방의 현판에는 '남극소상南極瀟湘'이라 되어 있다. 앞에서 인용했던 〈악양루기〉의 한 구절이다. '동정호가 남쪽으로 소상강까지 뻗었다.'는 것이 악양루를 대표할 만한 문구는 아닌 듯하여, 순간 범중엄의 〈악양루기)를 생각 없이 남발한다는 느낌이 들었다. 굳이 〈악양루기〉에서 뽑자면 '심광신이心廣神怡', 즉 악양루에 오르면 마음이 넓어지고 정신이 맑아진다는 구절도 있는데 말이다.

악양루
오늘 악양루의 올오라

패방을 지나 드디어 악양루 앞에 섰다. 활을 연상시키는 지붕의 곡선 아래로 황금빛 기와가 너울너울 춤을 추고 있었다. 세월의 풍상을 보여주기 위함인가, 군데군데 희끗희끗한 얼룩들로 고색이 창연했다. 청나라 때인 1880년에 세운 것을 본떠 1984년에 중건했다는데, 아주 오래된 건축물처럼 보이는 이유가 궁금했다. 문화재 보존의 특수 기법이 동원되었는지도 모른다. 본래 악양루는 삼국시대 오나라 노숙魯肅이 군사적 목적으로 세운 열군루閲軍樓를 기초로 한 것이다. 당나라 때부터 그 용도가 동정호 감상용

악양 '악양루'

으로 바뀌어 오늘에 이르고 있다. '오조루관'에서 보았던 당나라 악양루는 2층이었는데, 현재의 악양루는 3층으로 이루어져 있고 높이는 19.42m이다. 악양루에 오르기 전 저 유명한 두보의 〈악양루에 오르다登岳陽樓〉를 읊어본다. 이 시는 고등학교 국어 교과서에 '두시언해본杜詩諺解本'으로 실려 일찌감치 마르고 닳도록 외웠던 것이기도 하다.

> 네 동정ㅅ 므를 듣다니
> 오늘 악양루의 올오라
> 오와 초왜 동남녀키 뻐뎟고
> 하늘과 싸콰는 일야애 뗏도다
> 친흔 버디 흔 자ㅅ 글월도 업스니
> 늘거 가매 외르왼 비옷 잇도다
> 사호맷 ᄆ리 관산ㅅ 북녀긔 잇ᄂ니
> 현함을 비겨서 눖므를 흘리노라

옛 추억을 되살리기 위해 두시언해 중간본重刊本의 표기를 따랐다. 현대어로 다시 옮겨보면 이러하다. "예전부터 동정호에 대해 듣다가 오늘에야 악양루에 오른다. 오나라와 초나라가 동남쪽으로 갈라지고 해와 달이 밤낮으로 떠오른다. 친한 벗에게서는 한 마디 소식도 없이 늙고 병들어 외로운 배만 있다. 전쟁터의 말이 관문을 둔 산 북쪽에 있어 난간에 기대 눈물 콧물 흘린다." 이 시는 두보가 만년에 동정호를 중심으로 장강 일대를 떠돌 때 지은 것이다. 말로만 듣던 동정호와 악양루를 접한 기쁨도 잠시, 두보는 고향을 떠나 일엽편주로 장강 이곳저곳을 정처 없이 떠도는 자신의 처지에 끝내 눈물을 쏟고 말았다. 두보의 이 시는 장쾌한 경관과 내면의 우수憂愁가 잘 어우러진 명작으로 꼽힌다. 북송 때 사람인 당경唐庚은 이런 평어를 남긴 바 있다.

　　악양루에 들러 두보의 시를 보았다. 40자에 불과하나 기상이 웅대하고 함축적 의미가 심원하여 거의 동정호와 자웅을 겨루니, 『논어』에서 자하子夏가 말한 바 "대단하구나, 그 말씀이여"라는 것이다. 이백과 한유 등의 사람들이 모두 긴 시를 지어 필력을 다 했으나 끝내 이 시에 이르지는 못했다. 두보의 시는 작지만 크고, 다른 시는 크지만 작다.

　　필자가 악양루에 올라보니 누각 내부에 모택동毛澤東의 필치로 이 시가 씌어 있었다. 그의 고향인 호남성 소산韶山은 두보의 하남성 공현鞏縣에 비하면 예서 지척인데, 고향을 그리워하는 두보의 이 시에 얼마나 감흥을 느꼈을까 싶기도 했다. 악양루 정면은 사실 드넓은 호수가 아니라 군산구君山區 쪽이다. 날이 다소 흐린데다 건너편까지 2km는 족히 되는 거리라 일망무제의 바다처럼 보였다. 동정호를 부지런히 오가는 배는 다름 아닌 모래 채취선이었다. 동정호에서 채취한 모래를 가득 싣고 골재 적하장으로 이동 중이었다. 동정호에서는 매일 이런 모래 채취선 수십 대가 조업을 하는 까닭에 환경오염 문제가 발생하고 있다. 모래 채취선이 물을 휘저어놓아 수질을 떨어뜨리고, 가끔 선박에 화재도 발생해 기름이 유출되기도 한다는 것이다. 최근에는 동정호에 서식하는 90여 마리의 돌고래 가운데 몇 마리가 폐사해 당국에서 진상 규명에 나섰다고도 한다. 중국 여기저기에서 '개발'과 '보존'을 둘러싸고 실랑이가 벌어지고 있는 듯하다. 악양루에 올라 동정호를 바라보며 쓴 시 한 수를 더 감상해보자. 이상은의 〈악양루岳陽樓〉이다.

　　평생의 시름을 단번에 흩어보고자

동정호의 악양루에 오른다

만 리로 흥을 타고 나갈 수 있어 즐거우니

교룡이 배를 뒤집어놓을 수 있다고 겁내랴

2장에서 살펴본 대로 이상은은 서기 847년 계관관찰사로 부임하게 된 정아鄭亞의 초빙으로 장안에서 계림까지 갔다. 이 시는 아마도 계림으로 가던 길에 악양루에 들러 지었을 것이다. 처자식을 장안에 남겨둔 채 호구지책으로 머나먼 계림까지 가던 그가 갖가지 번민에 휩싸여 있었을 것은 충분히 짐작이 간다. 그래서 시인은 기분전환을 위해 악양루에 올랐다. 다행히 탁 트인 동정호를 바라보며 그의 바람대로 시름을 단번에 날릴 수 있었던 모양이다. 동정호 덕분에 긍정적 사고가 가능해진 것일까? 동정호 건너 만 리 밖을 '블루 오션blue ocean'으로 여긴다면 흥이 날 법도 하다. 이미 '레드 오션red ocean'으로 판명된 장안에서 더 버텨봐야 아무런 해결

책도 나오지 않을 때 계림이 뜻밖의 답을 줄지도 모르는 일이다. 물론 '블루 오션'에는 배를 침몰시키는 교룡과 같은 위험 요소도 없지 않다. 그러나 '모험冒險'이 다 그런 것 아니겠는가. 어느 정도의 위험(險)을 무릅쓰지(冒) 않고 새로운 것을 기대하기는 어렵다. '모험'을 가리키는 영어 단어 'adventure'의 어원이 '기회를 잡다'라는 뜻인 것도 '위험'과 '기회'라는 모험의 이중적 속성을 나타낸다.

여선사
낭랑하게 시를 읊으며 동정호를 날아 지나간다

악양루 곁에는 마치 시종처럼 좌우에 서 있는 정자가 두 개 있다. 남쪽(정면에서 오른쪽)에 있는 것이 선매정仙梅亭이고, 북쪽(정면에서 왼쪽)에 있는 것이 삼취정三醉亭이다. 높이 12m의 선매정은 명나라 때 처음 세워졌던 것을 청나라 때 중건했다. 높이 11.6m의 삼취정은 청나라 때 처음 세워졌다. 두 정자는 모두 1977년에 현재의 모습으로 중건된 것이다. 삼취정에서 북쪽으로 더 가면 여선사呂仙祠가 있다. 여산사는 당나라 때의 도사인 여동빈呂洞賓을 모시는 사당이다. 그의 호가 순양자純陽子라서 '순양전純陽殿'이라는 현판이 내걸려 있다. 여동빈은 본명이 여암呂巖이며, 『전당시』에 100수 이상의 시가 전해지는 시인이기도 했다. 그의 〈절구絶句〉 가운데 한 수를 감상해보자.

> 아침에 월나라 북쪽에서 노닐다 저녁에는 창오로
> 소매 속 단검에 담력과 기백이 멋대로이다
> 악양루에서 세 번 취해도 남들은 알아보지 못하기에

이 시를 읽고 나면 악양루공원에 삼취정과 여선사가 있는 이유를 깨닫
게 된다. 여동빈은 도교계의 인물로, 송대 이후에 신선으로 추앙되면서 많
은 일화를 만들어냈다. 축지법縮地法을 쓰는지 하루 만에 월나라에서 초나
라로 옮겨 오고, 청동검을 가지고 다니며 화려한 검술도 뽐낸다. 또 시를
짓는 재주가 뛰어날 뿐만 아니라 그 넓은 동정호를 날아서 지나가기도 한
다. 그런데 문제는 '악양루에서 세 번 취한' 사건의 정체이다. 이와 관련
된 여러 일화 가운데 하나를 보면, 여동빈이 악양의 저자에서 '마이다스의
손'을 시연하며 신선 희망자를 모집했는데 한 상인이 신선이 되기는 싫다
며 '마이다스의 손'만 줄 수 없느냐고 했단다. 이에 실망한 여동빈이 악양
루에서 대취했다는 것이다. 다 후대에 지어낸 얘기로 들린다.

여선사 바로 인근에는 또 1993년에 세워진 '소교묘려小喬墓廬'도 있다.
삼국시대 오나라의 장수 주유周瑜의 아내였던 소교小喬의 무덤을 관리하는
곳이다. 2008년에 개봉한 영화 〈적벽대전〉에서 대만 출신의 배우 임지령
林志玲이 소교 역을 맡아 연기를 펼친 바 있다. 소교는 손책孫策의 아내가 된
언니 대교大喬와 함께 절세의 미녀였다고 한다. 그래서 소교묘려의 입구
간판에도 '절색미녀絕色美女'라 써
붙인 모양인데, 묘 관리소에 적절
한 표현인지는 의문이다. 관리소
내부의 액자에 소식蘇軾의 사詞 작
품인 〈염노교念奴嬌 · 적벽회고赤壁
懷古〉가 걸려 있다. 이 사에 주유와
소교의 이야기가 나오기 때문이
다. 가장 중요한 대목은 따로 뽑아

악양루공원 '소교 묘'

무덤 앞의 영벽影壁을 장식했다. "아득히 당시의 주유를 떠올리니 소교가 갓 시집 왔고 영웅의 풍채가 넘쳐났었지.遙想公謹當年, 小喬初嫁了, 雄姿英發" 영벽 뒤로 소교의 무덤이 있다. '소교지묘小喬之墓'라 쓰인 비석이 무덤의 주인을 알려준다. 소교의 무덤이 있는 이곳은 본래 주유 부대 주둔지의 화원이었다고 한다. 장군의 아내답다.

악양루는 본래 악양성 서문西門 위의 누각이었다. 청나라 때인 1775년에 서문을 중건하여 악양문岳陽門이라 불렀다. 악양문을 지나 동정호 쪽으로 걸어 내려가면 '점장대點將臺'라는 붉은색 누대가 나온다. 이것은 일종의 사열대이다. 서기 215년 노숙은 손권孫權의 명을 받아 이곳에 악양성을 쌓고 만여 명의 수군을 조련시키며 유비와 형주에서 전투를 치를 채비를 마쳤다. 그는 형주를 지키던 관우와 일전을 펼쳤지만 큰 성과를 거두지 못하고 죽었다. 그러나 그의 뒤를 이은 육손陸遜이 형주를 쳐 결국 오나라의 판도 안에 넣고 촉나라를 큰 위기에 빠뜨렸다. 준비한 자의 승리라고 할까? 악양루와 동정호는 이렇게 삼국지의 무대이기도 했다.

회보정
드넓은 동정호는 운무에 싸이고

'점장대'에서 호반을 따라 100m쯤 남쪽으로 더 내려가니 정자가 하나 더 있다. 딱히 정자를 세울 만한 위치는 아닌 듯한데 말이다. 편액을 보니 '회보정懷甫亭'이라 되어 있다. 무슨 뜻일까 추측하면서 안내문을 읽어보니, 다름이 아니라 '두보를 추억하는 정자'였다. 1962년에 두보 탄생 1250 주년을 맞아 세운 것이라고 한다. 필자는 지난 2012년에 두보 탄생 1300 주년을 기념하여 그의 인생 역정과 시 세계를 조명한 책 『사불휴死不休—

두보의 삶과 문학』의 집필에 공저
자로 참여한 적이 있다. 그래서 그
런지 '회보정'을 접하니 감회가 남
다르다. 회보정은 높이 7m의 정자
와 비석으로 이루어져 있다. 비석
앞면에는 두보의 화상畵像과 〈악양
루에 오르다〉 시를 새겼고, 뒷면
에는 그의 이력을 소개했다. 두보
는 만년에 장강을 떠도는 동안 악
양 인근에 4~5개월간 머물면서 19
수의 시를 창작했다. 그가 기주夔州
에서 쓴 400여 수에 비하면 그렇게

악양루공원 '회보정'

많다고 할 수 없다. 그러나 이곳에서 〈악양루에 오르다〉 같은 불후의 명작
외에도 그의 절명시絶命詩로 알려진 〈풍질에 걸려 배 안에서 침상에 엎드
려 감회를 쓴 36운을 호남의 친구들에게 드리다風疾舟中伏枕書懷三十六韻奉呈湖
南親友〉 같은 작품도 짓는 등 생애 최후의 창작열을 불태웠다. 두보가 악양
루에서 지은 시 한 수를 더 감상하자. 〈배사군을 모시고 악양루에 오르다
陪裴使君登岳陽樓〉라는 제목이다.

드넓은 동정호는 운무에 싸이고
외로운 악양루는 맑은 저녁입니다
예우는 서치徐穉와 같은 대접을 받고
시는 사조謝脁를 뵙는 듯합니다
눈 내린 강변에 한 무더기 매화가 피어나고
봄의 진흙에서 온갖 풀이 자랍니다

감히 어부의 질문을 외면하고

여기서 더 남쪽으로 가겠습니까?

　'사군'은 주州의 장관을 가리키는 말이다. 그러므로 이 시는 두보가 악주
자사岳州刺史와 함께 악양루에 올라 지은 시로 여겨진다. 두 사람은 저녁 무
렵 악양루에서 운무에 싸인 동정호를 바라보며 시를 짓는다. 두보는 한나
라 때의 명사인 진번陳蕃이 서치에게 손수 자리를 마련해주는 것과 같은 대
접을 배사군으로부터 받았다고 했다. 배사군이 사조처럼 시도 잘 지었다
고 하니 두보로서는 더없이 즐거운 시간이었을 것이다. 장강을 떠도는 처
지의 그에게 이런 만남은 엄동설한 뒤에 피어나는 화초처럼 희망을 주기
에 충분했다. 그래서 두보는 넌지시 배사군의 의중을 살폈다. 굴원의 〈어
부사漁父詞〉에서 어부가 "세상을 따라 변할 수 있어야 한다.能與世推移"고 한
가르침처럼, 후덕한 배사군을 만났으니 동정호 남쪽으로 더 내려가지 않
고 그에게 의지하여 악주에 머무르면 어떻겠냐는 것이다. 곧 두보가 남쪽
으로 떠난 것을 보면 배사군이 두보의 간청을 들어주지 않은 듯하다. 이제
와 돌이켜 보면 배사군의 후손이나 악양시로서는 땅을 칠 일이다.

변하가
곡조가 끝나니 사람은 보이지 않고

　회보정까지 돌아본 필자는 악양루공원을 나와 민본광장民本廣場에서 파
릉광장巴陵廣場 쪽으로 내려갔다. 여기에는 2007년에 길이가 300m 남짓
되는 변하가汴河街가 조성되었다. 이 거리는 악양루와 동정호를 중심으로
호남성의 특색 있는 문화를 알리는 역할을 한다. 관광 기념품 상점이나 호

남성 요리인 상채湘菜를 파는 음식점이 주류를 이루고 있었다. 멀리 호남성까지 왔으니 상채를 맛보고 가야지라는 생각이 들어 음식점 한 곳에 들어가 특산이라는 물고기 요리를 시켰다. 필자는 카레 비슷하게 노랗고 걸쭉한 국물과 함께 나온 물고기 요리를 한 차례 맛본 후 거의 입에 대지 못하고 먹는 둥 마는 둥 식사를 끝내야 했다. 필자의 입이 짧은 탓이 크겠지만, 상채의 독특한 향은 필자의 식성이나 취향과 거리가 있었다.

　변하가에서 동정호로 향하는 길목 몇 군데에 조각상이 보였다. 그 가운데 하나가 눈길을 끌기에 가까이 가보니 〈상령고슬湘靈鼓瑟〉이라는 제목이 붙어 있다. 그리고 당나라 시인 전기錢起의 같은 제목의 시에서 모티브를 취했다고 설명했다. 한 여인은 현악기를 연주하고 다른 한 여인은 피리를 부는데, 그것을 거북이 등에 올라탄 남자가 용 두 마리와 함께 안타까운 표정으로 듣고 있다. 무슨 사연이 담긴 것일까? '상령고슬'은 '상수의 혼령이 슬을 탄다'는 뜻이다. 이 말은 본래 굴원의 초사楚辭 작품 가운데 하나인

〈원유遠遊〉에 나왔던 것이다. 이것이 751년에 치러진 과거 시험의 시제로 출제되었고, 전기는 그 시험에서 다음과 같은 내용의 시를 지어 당당히 과거에 급제했다.

> 운화산에서 나는 슬
> 늘 상부인湘夫人의 영혼이 잘 탄다는 말을 들었다
> 물의 신 빙이는 부질없이 스스로 춤을 추었지만
> 초 땅의 나그네는 차마 듣지 못했지
> 슬픈 가락은 쇠나 돌도 숙연하게 하고
> 맑은 음은 먼 하늘까지 올라갔다
> 창오로 와서 원망하고 사모하니
> 하얀 지초가 움직여 향기 그윽하다
> 흐르는 물은 상강湘江에 전해지고
> 슬픈 바람은 동정호를 지난다
> 곡조가 끝나니 사람은 보이지 않고
> 강가에 숱한 봉우리만 푸르다

이처럼 과거 시험의 답안으로 작성된 시를 시첩시試帖詩라 한다. 시첩시는 시험 당일 시제가 주어지는데다 오언배율五言排律이라는 형식에 맞춰 열두 구로 지어야 하는 까다로운 규정도 있어 가작이 드물다. 그런데 전기의 이 시는 상상력과 창조력을 십분 발휘해 예술성을 잘 살린 예로 인구에 회자되고 있다. '상수의 혼령'이라는 뜻의 '상령'은 요임금의 딸이자 순임금의 두 비妃인 아황娥皇과 여영女英을 가리킨다. 2장에서 살펴본 바와 같이 이들은 순임금이 창오蒼梧에서 죽자 상수湘水 일대를 헤매다 죽어 상부인湘夫人이라고 불린다.

그러면 잠시 이 시가 왜 '모범답안'에 가깝다는 평가를 받았는지 살펴보자. 먼저 첫째 단락(제1-4구)에서는 시제로 출제된 '상령고슬'이라는 말의 유래를 밝혀주는 것이 좋을 것이다. 그래서 〈원유〉 중에서 물의 황하의 신인 빙이에게 춤을 추게 했다는 구절을 인용하고, '초 땅의 나그네'로 굴원을 암시했다. 둘째 단락(제5~8구)은 슬을 타는 소리와 거기에 담긴 의미를 설명해야 할 것이다. 그래서 다른 누가 아니라 상부인의 영혼이 순임금을 원망하고 사모하며 타는 슬이므로, 하늘까지 올라갈 만큼 소리는 맑지만 가락은 슬프다고 했다. 또 하얀 지초로 순임금과 굴원을 동시에 연상시킨 것도 훌륭했다. 마지막 단락(제9~12구)에서는 '상령고슬'에 대해 현재화된 작자의 감흥을 이야기해야 할 것이다. 그래서 지금도 상수의 물 소리와 동정호를 지나는 바람 소리가 마치 상부인의 슬처럼 슬프게 들린다고 했다. 그러나 영혼의 연주이기에 상수에는 아무도 보이지 않고 산봉우리만 푸르다며 진한 여운을 남겼다. 작자의 진실한 감정이 담겨 있다고 하긴 어렵겠지만, 이 시의 열두 구 모두가 '상령고슬' 네 글자에 착착 감기는 솜씨가 예사롭지 않은 것은 틀림없다.

변하가를 관통해 파릉광장에 이르렀다. 먼저 눈에 들어오는 것은 동정호를 알리는 거대한 비석이었다. 너비 6m, 높이 3m 크기의 돌에 붉은 글씨로 '동정호'라 썼다. 악양시에서 활동하는 서예가 뇌계운雷桂雲의 작품이란다. 16m 높이의 '후예참파사後羿斬巴蛇' 석상도 인상적이다. 이것은 '파릉'이라는 악양의 옛 이름의 유래를 알려주고 있었다. 요임금 때의 궁사인 후예가 동정호에서 파사巴蛇라는 거대한 뱀을 잡아 뼈를 쌓았더니 언덕을 이루더라는 것이다. 파릉광장에서 여객 부두로 쪽으로 내려가 호숫가에서 악양루를 바라보았다. 금색 지붕이라 멀리서도 금방 눈에 띈다. 등대를 보는 듯한 느낌이랄까. 한참 동안 그렇게 악양루를 물끄러미 바라보다 이백의 시 〈하씨와 함께 악양루에 오르다與夏十二登岳陽樓〉를 감상하는 것으로

동정호에서 본 악양루

강남 3대 명루의 첫 번째 답사지 악양루 기행을 마무리지었다.

> 누각에서의 관망은 악양루에서 끝나고
> 강물이 멀어짐은 동정호에서 시작된다
> 기러기가 걱정하는 마음을 끌어 가져가고
> 산이 좋은 달을 머금고 다가온다
> 구름 사이로 자리가 이어지고
> 하늘 위에서 오가는 술잔이 마주친다
> 취하고 나니 서늘한 바람이 불어와
> 사람들의 옷소매를 춤추게 하고 돌아간다

　야랑으로 귀양을 가던 중 백제성에서 사면 소식을 들은 이백은 쏜살같이 삼협을 빠져나와 강릉에 머물다가 악양으로 내려왔다. 이곳에서 친구인 하씨夏氏를 만나 함께 악양루에 올랐다. 악양루에 오르면 일망무제의 동정호라도 다 볼 수 있는데, 장강은 또 예서 새로운 물길을 연다. 걱정은 기러기가 가져가고 즐거움만 산이 전해주는 곳이라 악양루의 명성이 그리도 대단한 것인가. 악양루의 3층 높은 누각에서 술자리를 벌이니 구름과 하늘 사이에서 노니는 듯하다. 흥겨워 춤을 추는 옷소매에 바람이 불어오는지, 아니면 건듯 불어오는 바람이 옷소매를 날리는지 취한 사람이 어찌 알리오. 죽다 살아난 사람의 흥겨움이 무엇인지 필자도 다는 알지 못하고 악양루를 떠난다.

무한
구름이 걷히니 멀리 한양성이 보이고

악양루와 동정호 답사를 마친 필자는 악양동역에서 16시 44분에 출발하는 G1012 열차를 타고 무한으로 향했다. 고속철도라 무한까지 215km 거리를 한 시간 만에 주파한다. 무한의 북쪽 청산구靑山區에 새로 지은 고속철도 무한역에 도착해 숙소를 잡은 무창역武昌驛 쪽으로 이동했다. 필자에게 무한은 대단히 친숙한 곳이다. 인제대仁濟大에 재직할 때 정부에서 지원하는 교육역량강화사업 수행을 위해 이곳에 있는 화중사대華中師大와 자매결연을 맺은 터라 업무차 몇 번 다녀간 적이 있기 때문이다. 그러나 당시에는 답사를 목적으로 무한에 온 것이 아니어서 당시 관련 유적을 자세히 돌아볼 겨를은 없었다.

무한은 무창, 한구漢口, 한양漢陽 이렇게 세 지역을 하나로 합쳐 건설한 도시이다. 상장기업의 총영업이익 부분에서 아시아 도시 가운데 10위에 오른 상업도시이고, 대학생만 100만 명이 넘는 교육도시이기도 하다. 또 예로부터 육로와 수로가 고루 발달한 교통의 요지였다. 후대에 강하江夏라

무창역

고도 불린 무창이 한나라의 공신 번쾌樊噲의 봉지가 되면서 한양과 더불어 무한 발전의 견인차 역할을 하였다. 당나라 때는 무창이 악주鄂州, 한양이 면주沔州에 속했다. 무창은 무창군절도사武昌軍節度使가 파견되어 주로 행정과 군사의 중심지로 기능했고, 한양은 앵무주鸚鵡洲를 거점으로 장강 물류의 집산지로 자리잡았다. 그러면 노륜盧綸, 약737~799의 〈저녁에 악주에 정박하다晚次鄂州〉라는 시와 함께 무한 답사를 시작해보자.

> 구름이 걷히니 멀리 한양성이 보이는데
> 아직도 외로운 배는 하루 여정이 남았다
> 상인이 낮잠을 자니 물결이 고요함을 알겠고
> 사공이 밤에 소곤거리니 조수 밀려옴을 알겠다
> 삼상에서 근심 어린 귀밑머리로 가을빛을 맞이하고
> 만리 밖에서 돌아가고픈 마음으로 밝은 달을 대한다

> 지난날의 가업이 이미 전쟁을 따라 사라졌는데
> 강가에서 북 치는 소리를 다시 견뎌야 함에랴

이 시는 안사의 난으로 피난길에 올라 뱃길을 이용해 외삼촌이 있던 파양호鄱陽湖로 가던 길에 악주에 정박하여 지은 것으로 보인다. 여기서 말하는 악주는 아마도 지금의 무한시 강하구江夏區 쪽이었을 것이다. 악양에서 장강을 따라 무한 방면으로 가다 보면 북쪽이 한양이고 동쪽이 무창이다. 시인과 같은 배를 탄 상인은 한가로이 낮잠을 즐기고, 사공은 조수가 밀려오는 밤에 배를 건사하느라 이야기를 나눈다. 필자도 2박 3일 동안 빅토리아 1호를 타고 장강을 내려왔던 터라 이 대목의 묘사가 더 와닿는다. 당시 노륜은 장안에서 오랜 기간 과거를 준비했으나 미처 합격의 기쁨을 누리지 못하고 피난을 가던 중이었다. 그러니 그가 장안에서 멀리 떨어진 삼상三湘, 즉 악주에서 맞이한 가을 달은 더없이 많은 감회를 일으켰을 것이다. 전쟁의 난리통에 꿈과 희망을 다 잃은 상태로 떠도는 배 안에서 다시 전고戰鼓 소리를 듣기 괴로웠을 것이 틀림없다.

황학루
성 아래로는 푸른 장강의 물

강남 3대 누각의 하나로서 무한 최대의 명소이기도 한 황학루를 돌아보기 위해 필자는 무창역 부근의 숙소를 나섰다. 무창역에서 61번 버스를 타고 20분 가량 가면 황학루 정류장에 도착한다. 황학루의 역사는 악양루와 마찬가지로 삼국시대 오나라로 거슬러 올라간다. 적벽대전 이후 위나라 문제文帝 조비曹조는 손권孫權을 오왕吳王에 봉하고, 형주목荊州牧의 벼슬

황학루

을 내렸다. 이에 따라 손권은 거점을 건업建業에서 무창으로 옮기고 사산蛇山에 하구성夏口城을 쌓았다. 그리고는 하구성 서남쪽에 군사적 용도로 누각을 하나 세웠으니 그것이 황학루의 전신이다. 이는 서기 223년의 일이다. 당나라로 접어들면서 경치 감상으로 용도가 변경된 것도 악양루와 같다. 안사의 난이 종결된 765년 무렵의 황학루

는 꽤 규모를 갖추어 시인 묵객들의 연회 장소로 인기를 독차지했다고 한다. 이후 세월의 흐름에 따라 무너지고 다시 세우고를 반복하다 청나라 때인 1884년 황학루는 결국 역사 속으로 사라졌다.

현재의 모습으로 황학루가 다시 태어난 것은 그로부터 100년이 지난 1985년이었다. 청나라 때의 황학루를 원형으로 삼아 5층으로 지었고, 높이는 51.4m에 이른다. 해발 61.7m의 사산 정상에 세운데다 청나라 것보다 20m 이상 높게 지어 멀리서 보아도 눈에 잘 띈다. 아마도 무한시에서 시의 상징물로 키워보려 공을 많이 들인 듯하다. 이는 10만 개의 황색 유리 기와로 지붕을 덮어 화려함을 더한 데서도 잘 드러난다. 1987년에는 중국건축업연합회에서 우수한 건축물에 시상하는 '노반상魯班賞'도 수상했다. 노반은 중국 건축의 아버지라 불리는 춘추시대 노나라의 공수반公輸般을 가리킨다.

입장권을 구입하기 위해 매표소 쪽으로 걸어가니 누각에 '황학루공원'이라고 내건 현판이 보인다. 그 아래 성벽에는 '천하강산제일루天下江山第一樓'라고 새겨놓았다. 어떤 기준에서 '제일'이라는 것인지 모르겠다. 험상궂

게 생긴 돌사자 옆 매표소에서 꽤나 비싼 값의 입장권을 사서 공원 안으로 들어갔다. 원나라 때 세웠다는 승상보탑勝像寶塔을 지나 '삼초일루三楚一樓' 패방 쪽으로 향했다. '삼초'는 옛날에 서초, 동초, 남초로 나누어 부르던 초나라 땅을 아울러 일컫는 말이다. '일루'는 성벽에서 보았던 '제일루'와 같은 뜻이다. 어쩐지 '제일'에 집착한다는 인상을 준다. 패방 뒤를 보니 '강산입화江山入畵'라 했다. 장강과 사산의 아름다운 경치가 그림을 보는 듯하다는 뜻이리라. 패방 너머로 드디어 황학루가 웅장한 자태를 드러낸다. 툭 트인 광장처럼 펼쳐진 돌길 좌우로 운구헌雲衢軒, 응취헌凝翠軒, 남홍정攬虹亭, 감천정瞰川亭 등이 늘어서서 지체 높으신 황학루로 안내한다.

당나라 때의 황학루는 현재보다 훨씬 규모가 작았겠지만, 무창 지역의 대표적인 명소였던 것은 분명해 보인다. 이를 증명하는 시 가운데 먼저 왕유의 〈강태수를 전송하다送康太守〉를 감상하자.

성 아래로는 푸른 장강의 물
강가에는 황학루
붉은 난간과 흰 성가퀴
장강의 물에 비쳐 한가롭다
징을 울리며 하구성을 출발할 때면
태수께서 맨앞에 계시겠지
성곽의 문은 단풍나무 언덕에 숨어 있고
맞이하는 관리들 노주로 달려가리라
무엇이 다르랴, 임천군으로
다시 오는 강락공 사영운謝靈運과

서기 740년 전중시어사殿中侍御史의 벼슬에 있던 왕유는 영남嶺南 지방으

당나라 황학루 모형

로 출장 가던 길에 무창에 들렀다가 강태수를 전송하는 연회에 참석해 이 시를 지었다. 황학루를 묘사하면서 '붉은 난간'이라고 한 것을 보아 당나라 때의 황학루는 붉은색이 감돌았던 것 같다. 황학루 내부에 전시된 당나라 황학루 모형도 지붕은 푸르고 난간은 붉다. 지금의 황학루는 '황학'과 일체감을 주기 위해 지붕을 황색으로 꾸미고 난간의 붉은색을 황토색에 가깝도록 옅게 칠해 붉다는 느낌이 전혀 들지 않는다. 황학루 이곳저곳을 당시唐詩로 도배를 해놓고 정작 외관은 당나라 때 것의 복원을 외면한 엇박자를 이해하기 어렵다. 왕유가 전송하는 강태수는 아마도 황주자사黃州刺史로 부임하는 모양이다. 강태수를 맞이하는 관리들이 지금의 호북성 황강시黃岡市 인근인 노주蘆洲로 달려온다고 했으니 말이다. 강태수의 성인 '강'을 따, 임천태수로 부임한 강락공康樂公 사영운과 다를 바 없다고 했다. 확실한 아부로 매듭지은 끝 두 줄만 참았다면 더 멋진 시로 남았을 것이 아쉽다.

황학루로 올라가는 돌계단 앞에는 반원형의 연못이 조성되어 있다. 여기에 황동으로 만들어 세운 높이 5.1m의 '황학귀래상黃鶴歸來像'이 눈길을 끈다. 이 동상은 '황학귀래'의 전설을 표현한 것이다. 옛날 우禹가 치수를 위해 노고를 아끼지 않는 모습을 가상히 여긴 옥황상제가 뱀과 거북이의 형상을 한 두 장수를 보내 우를 도와주었다. 치수 사업이 끝나 사방이 안정되자 신선의 학 두 마리가 하늘에서 내려와 기쁨을 함께 했다. 황학귀래상은 그래서 거북이 위에 뱀이 있고 다시 그 위에 두 마리 학이 올라 선 모습으로 만들어졌다. 거북이, 뱀, 학 이 세 동물은 모두 장수를 상징하기도 해 황학귀래상은 민간에서 널리 사랑받았다.

황학의 전설
황학은 한번 떠나서 다시 돌아오지 않고

황학루와 관련된 여러 전설은 명나라 때 왕세정王世貞이 편찬한 『열선전전列仙全傳』에 실린 이야기가 완결편에 가깝다. 이에 따르면 삼국시대에 무창에서 술을 팔던 신씨辛氏가 신선인 비문위費文褘에게 여러 차례 술값을 받지 않고 술을 내놓자 그 보답으로 벽에 황학 한 마리를 그렸다. 나중에 손님들이 술집에 와서 손뼉을 치면 벽에서 내려와 춤을 추었다. 신씨의 술집이 큰 인기를 얻고 신씨도 큰 돈을 벌었음은 물론이다. 그로부터 10년 후 비문위가 와서 피리를 부니 흰 구름이 피어나며 황학이 벽에서 내려왔고, 그는 황학을 타고 구름 위로 올라갔다. 신씨는 비문위가 베풀어준 은덕을 기려 황학루를 세웠다. 현재의 황학루 1층에 756개의 타일로 만든 9m 높이의 〈백운황학도白雲黃鶴圖〉가 바로 이 전설을 형상화한 것이다. 이 벽화를 보면 비문위가 황학을 타고 흰 구름 사이를 날아가는 광경을 아래에서 많은 사람들이 지켜보고 있다. 아직 신씨가 황학루를 세우기 전이라면, 벽화에 나오는 건물은 신씨가 운영하던 술집인가 하는 허무맹랑한 생각도 해본다.

황학루에 얽힌 이런 전설을 넘나들며 당시사唐詩史에 길이 전하는 불후의 명작을 남긴 이가 있으니 바로 최호崔顥, 704~754이다. 그의 시 〈황학루黃鶴樓〉를 보자.

옛 사람은 이미 흰 구름을 타고 떠났고
이곳엔 부질없이 황학루만 남았다
황학은 한번 떠나서 다시 돌아오지 않고
흰 구름만 천 년 동안 괜스레 유유하다
맑은 강물엔 또렷한 한양의 나무
향기로운 풀 무성한 앵무주
날 저무는데 고향은 어디멘가
강 위의 안개 낀 물결이 근심을 자아낸다

황학루 〈백운황학도〉

이 시의 처음 네 구절은 〈백운황학도〉 벽화로 옮겨진 전설의 내용 그대로이다. 신선은 흰 구름을 타고 황학과 떠나 다시 돌아오지 않고, 이곳에는 황학루만 남았다고 했다. 영겁의 세월이 지나고 나면 무한한 것과 유한한 것이 가려지기 마련이다. 인간은 유한한 존재이기에 무한을 향한 염원을 기념물에 남기고 싶어한다. 거대한 왕릉이나 역사 기록 등이 다 그러한 기념물의 일종이다. 신선인 비문위와 그의 황학, 그리고 황학루를 지었다는 신씨는 모두 사라지고 기념물인 황학루만 전해진다. 예나 지금이나 변함없는 흰 구름은 황학루에 틀림없이 그런 내력이 있었음을 증명하는 공증公證이다. 이 시가 인구에 회자되는 까닭은 이와 같은 인간의 원형原型 의식을 잘 보여주고 있기 때문이 아닌가 한다. 뒤의 네 구절은 황학루에 올라 바라본 장강의 경치와 그로 인해 밀려온 향수를 노래한 것이다. 자유분방하면서도 변화무쌍한 앞의 네 구절에 비하면 다소 평범한 내용이라 하겠다.

당대 시인도
친구는 서쪽의 황학루를 하직하고

황학루를 대표하는 시를 감상했으니 이제 누각을 더 찬찬히 살펴보기로 하자. 누각 5층에 걸린 '황학루' 현판을 확인한 후에 1층까지 훑어 내려오면 '기탄운몽氣吞雲夢'이라는 현판이 하나 더 보인다. 악양루에서 감상했던 맹호연의 〈동정호를 바라보며 장승상께 올리다望洞庭湖上張丞相〉 시의 한 구절인 '氣蒸雲夢澤 기증운몽택'이 어떤 판본에 '氣吞雲夢澤 기탄운몽택'이라고도 되어 있어 여기서 따왔다고 한다. "기운이 운몽택을 삼킨다."는 뜻이다. 운몽택은 호북성의 호수를 총칭하는 말이므로 황학루에 써도 안 될 것은 없다. 그러나 맹호연의 시는 분명히 악양루에서 쓴 것인 까닭에 황학루의 현판에 이 시의 한 구절을 따다 썼다는 설명은 다소 궁색하다. 이로부터 황학루를 한 바퀴 빙 둘러보면 '남유고공南維高拱', '초천극목楚天極目', '북두평림北斗平臨' 등의 현판을 더 찾아볼 수 있다. 각각 "남유성이 높이 걸려 있다.", "초나라 하늘이 끝까지 보인다.", "북두성과 나란하다."란 뜻이다.

황학루 〈당대시인도〉

황학루의 내부로 들어가 보자. 5층으로 이루어진 황학루는 각 층마다 정해진 주제가 있다. 1층은 신화, 2층은 역사, 3층은 인문, 4층은 전통, 5층은 영원永遠이다. 신화를 주제로 한 1층에는 앞서 소개한 〈백운황학도〉가 있고, 역사를 주제로 한 2층에는 당나라 때부터 현재까지 황학루의 모형을 전시해두었다. 필자가 유심히 돌아본 곳은 3층이었다. 이곳에는 황학루와 관련된 시를 남긴 당나라와 송나라의 시인 13명의 그림이 있다. 위 그림에 보이는 왕유, 최호, 이백, 맹호연 외에도 가도賈島, 고황顧況, 송지문宋之問, 두목, 백거이, 유우석 등의 당나라 시인과 악비岳飛, 육유陸游, 범성대范成大 등의 송나라 시인이 타일 벽화로 그려져 있다. 여기에 소개된 시인의 작품 가운데 이백의 시를 감상해보자. 〈황학루에서 광릉으로 가는 맹호연을 전송하다黃鶴樓送孟浩然之廣陵〉라는 제목이다.

친구는 서쪽의 황학루를 하직하고
안개와 꽃의 3월에 양주로 내려간다

외로운 배 먼 그림자 창공으로 사라지고

그저 장강이 하늘 끝에서 흐르는 것만 보인다

아미산에서의 입산 수도를 마친 이백은 장강을 타고 동쪽으로 내려가다 양양襄陽에 들러 선배 시인인 맹호연을 찾아갔다. 맹호연은 이백의 시에 매료되어 그와 열흘 동안이나 함께 지내며 우정을 쌓았다. 서기 730년 봄, 이백은 맹호연이 광릉廣陵 즉 양주揚州로 내려간다는 소식을 듣고 편지를 띄워 무창에서 만나기로 약속했다. 두 사람은 황학루에서 재회의 기쁨을 누리는 것도 잠시 다시 작별을 해야 했다. 늦봄의 안개와 꽃이 아름다울 양주로 떠나는 맹호연을 전송하며, 이백은 아쉬움 반 부러움 반의 심정이었던 듯하다. 그의 시선은 맹호연을 태운 배가 흰 구름에 실려 푸른 하늘로 사라질 때까지 하염없이 그 모습을 지켜보다 장강의 물줄기를 타고 되돌아온다.

필자도 장강을 보려고 황학루의 난간으로 나갔다. 황학루 왼쪽으로 뻗은 황학루남로를 따라 끊임없이 차량이 오간다. 도로는 무한장강대교武漢長江大橋로 이어지며 장강을 건너 빈강대도濱江大道로 이어진다. 황학루에서 장강 강변까지는 약 1km의 거리이다. 어지간한 날씨라면 황학루처럼 높은 건물에 올랐을 때 가시거리가 꽤 나올 텐데, 물이 많은 도시답게 자욱한 안개가 사방을 뒤덮어 강 건너조차 제대로 보이지 않았다. 최호의 시에서 "강 위의 안개 낀 물결이 근심을 자아낸다"고 했던 구절을 제대로 체험할 기회를 가지게 된 것을 감사하는 쪽이 '긍정적 사고'이려니 해야겠다.

한동안 장강을 바라보다 다시 한 층을 올라 '전통'을 주제로 내건 4층으로 향했다. 이곳은 관람객들이 황학루와 관련된 그림이나 글씨를 감상하며 쉬어가는 곳이다. 휴게실 입구 현판에 '장강만리정長江萬里情'이라 씌어 있다. 이것은 이백의 〈무창으로 가는 저옹을 전송하다送儲邕之武昌〉라는 시

황학루 '장강만리정 현판'

의 한 구절을 따온 것이다. 이백은 이 시에서 "황학루 서쪽의 달, 만 리 장강과 같은 마음黃鶴西樓月, 長江萬里情"이라고 노래했다. 무창에 가면 황학루에 올라 달을 바라보며 만 리에 뻗은 장강처럼 긴 상념에 잠길 것이라는 말이다. 사실은 '장강 만 리'를 핵심어로 한 이 장의 제목도 여기서 따온 것이다. 도도히 흘러가는 강물에 사색을 끌어내는 힘이 있는 듯했기 때문이다. 당나라 시인들도 장강을 따라 중국 남방을 횡단하며 온갖 감회에 젖어들지 않았던가.

4층에 있는 그림 가운데 '고황학루古黃鶴樓'라는 표제가 붙은 것이 볼 만했다. 푸른 지붕과 붉은 난간을 그린 것으로 보아 당나라 때 황학루인 듯도 했다. 이 그림에 의하면 당시의 황학루 바로 옆이 장강이다. 계단을 따라 얼마쯤 내려가면 바로 절벽이 나오고 강물이 넘실댄다. 그림을 감상하며 숨을 돌리다 5층까지 마저 올라가 보았다. 주변 경관을 더 자세히 볼 수 있는 망원경 외에 별다른 것은 없었다. 다만 다리품을 팔지 않고 1층까지 바로 내려갈 수 있는 엘리베이터가 눈에 들어왔다. 황학루가 철근 콘크리트로 만든 현대식 건물이라는 사실을 새삼 깨닫는 순간이다. 그런데 한 사람당 2위안씩 이용료를 받는단다. 돈이 아깝다기보다는 엘리베이터로 1층까지 내려가면, 정말 황학루가 아니라 어떤 빌딩에 올라갔다 내려온 느낌이 들 것 같아 애써 외면했다.

당재자전
봉황대에 봉황새 노닐더니

필자는 황학루에 관한 자료를 조사하다 우리나라 판소리 사설의 하나인 〈심청가〉에서 최호의 〈황학루〉 시를 언급한 내용을 찾아볼 수 있었다. "황학루를 당도하니 일모향관 하처재요, 연파강상 사인수는 최호의 유적이라." 〈심청가〉에서 인용한 부분(강조점)은 최호의 시 가운데 마지막 연이다. 또 최호의 〈황학루〉 시는 〈최호제시도崔顥題詩圖〉, 즉 '최호가 시를 짓는 그림'이라는 제목으로 황학루 옆에 따로 벽화가 마련되어 있다. 이 시가 이렇듯 유명세를 얻은 까닭은 여러 가지가 있겠지만, 원나라 때 나온 『당재자전唐才子傳』에 실린 이야기가 결정적이었지 않은가 한다. 이 책에서는 이백이 황학루에 와서 시를 지으려다 최호의 〈황학루〉 시를 보고 이렇게 말했다고 했다. "눈앞에 경치를 두고도 읊을 수 없는 까닭은 최호가 지은 시가 위에 있기 때문이다眼前有景道不得, 崔顥題詩在上頭". 그리고는 황학루에

황학루 〈최호제시도〉

서 시 짓기를 포기하고, 남경에 가서 최호의 시를 모방하여 〈금릉의 봉황대에 오르다登金陵鳳凰臺〉라는 시를 지었다는 것이다. 이 시를 보자.

봉황대에 봉황새 노닐더니
봉황새 떠난 뒤 누대 덩그렇고 강물만 흐른다
오나라 궁전의 화초 황폐한 길에 묻혀버렸고
진나라 귀족님들 세상 떠나 낡은 무덤 되었네
삼산 봉우리 반쯤 푸른 하늘 밖으로 솟아 있고
한 가닥 강물 나뉘어 백로주를 감싼다
뜬구름이 해를 가려
장안이 보이지 않아 근심을 자아낸다

이 시는 이백이 대궐에서 한림공봉으로 재직하다 물러난 뒤 금릉으로 와서 봉황대에 올라 정치적 실의를 노래한 것으로 알려져 있다. 앞의 네 구는 봉황대를 중심으로 근경을 묘사한 것이고, 뒤의 네 구는 원경을 묘사하면서 시인의 감회와 울분을 토로한 것이다. 그런데 '봉황'을 반복한 수법이라든지 '앵무주' 대신 '백로주'를 쓰고 마지막 구절에 '근심을 자아낸다使人愁'는 표현을 썼다는 이유로 최호의 〈황학루〉 시를 모방했다는 평가를 받았다. 사실관계를 명확히 따지자면 두 작품의 창작연대를 정밀히 고증해야 할 것이다. 만약 이백의 이 시가 최호의 〈황학루〉 시보다 앞선 것이라면, 오히려 최호가 이백을 모방했다고 말해야 옳다. 그러나 어찌 된 연유인지 뚜렷한 증거가 없는 상태에서 이백이 패배를 인정했다는 『당재자전』의 이야기가 정설로 자리잡았다. 그 결과 이백은 최호의 명성을 높여주는 역할에 만족해야 했다.

황학루공원의 '각필정擱筆亭'은 이백이 최호의 〈황학루〉 시를 보고 붓을

꺾은 것을 기념(?)하는 정자이다. 이백의 겸손함과 시재詩才를 알아보는 능력을 칭송하기 위해 지었다고 한다. 그러나 필자는 이 정자가 황학루공원의 한 자리를 차지하는 것은 적절치 않다고 생각한다. 설령 이백이 최호 시의 기세에 눌려 황학

황학루 '각필정'

루를 읊을 엄두를 내지 못한 것이 사실이라 해도 말이다. 이백이 황학루를 멋지게 노래한 시를 기념하는 정자라면 몰라도, 어떤 이유에서든 그가 시를 남기지 않았다는(더 심하게 말하면, 못 했다는) 것을 기념할 까닭이 무엇인가. 또 최호의 시가 아무리 훌륭하다 해도 이렇게 다른 시인을 깎아내리는 식으로 그의 시를 추켜세우는 것은 정도正道가 아니다. 항간의 이야기는 입에서 입으로 전해지도록 놔두어야 제 몫을 하는 법이다.

각필정 기둥의 대련은 청나라 때 강하현령江夏縣令을 지낸 증연동曾衍東이 지은 것이다. "누각이 아직 지어지지 않았을 때 먼저 학이 있었고, 붓을 꺾은 후에는 다시 시가 지어지지 않았다樓未起時先有鶴, 筆從擱後更無詩". 앞의 말은 사실이지만 뒤의 말은 그렇지 않다. 이백이 붓을 꺾은 뒤에 지은 가도賈島의 〈황학루黃鶴樓〉 시를 감상해보자.

> 높은 난간과 처마의 기세는 날아가는 듯하고
> 높은 구름과 들판의 물이 서로 의지한다
> 푸른 산은 오랜 세월 언제나 예전 같은데
> 황학은 어느 해 가서 돌아오지 않는고?
> 강언덕에 비친 서주성이 반쯤 나오고
> 안개가 이는 남포의 나무 희미해지려 한다

청천각

> 신선을 만날 길 없음을 똑똑히 알기에
> 공연히 정을 품고 석양을 마주한다

　가도는 황학루의 외관과 주변 경치를 묘사하는 것으로 시상을 끌어냈다. 이어서 황학이 비문위와 함께 떠난 것이 삼국시대인데 여태 돌아오지 않는다며 '황학 없는 황학루'를 아쉬워했다. 황학루에서 보이는 대표적인 경물이 장강과 하구성이니 이를 빼놓을 수 없다. 강물에 비친 성곽과 안개에 싸이는 나무를 포착해내는 솜씨가 예사롭지 않다. 시인은 황학루에서 해가 다 질 때까지 서성거린다. 한번 떠난 신선이 다시 돌아오지 않을 것을 알면서도 미련의 끈을 놓지 못하는 것이다. 이 시는 최호의 〈황학루〉와 비슷한 듯 다른 듯하게 아련한 정서를 기탁하고 있다.

　필자는 백운각白雲閣, 낙매헌落梅軒, 남루南樓, 악비상岳飛像 등 황학루공원의 볼거리들을 더 둘러보고 남대문으로 나왔다. 기념품 거리인 '황학고사黃鶴古肆'를 지나 버스 정류장으로 갔다. 바로 숙소로 되돌아가지 않는 까닭은 무한장강대교를 건너 맞은편에 있는 '청천각晴川閣'에 가보기 위해서였다. 청천각은 명나라 때 한양태수漢陽太守를 지낸 범지잠范之箴이 세운 것이다. 이곳을 찾은 이유는 맑은 강물이라는 뜻의 '청천'이 최초의 〈황학루〉 시에서 유래되었기 때문이다. 또 청천각에서 바라보는 황학루의 모습은 어떨지 궁금하기도 했다. 그러나 아쉽게도 청천각은 보수공사 중이어서 입장할 수 없었다. 어쩌랴, 후일을 기약하는 수밖에.

남창
가는 길이 유달리 정취가 있으니

황학루 답사를 마친 필자는 이튿날 오전 숙소 옆의 무창역으로 향했다. 남창으로 가는 11시 12분발 D3223 열차를 타기 위해서였다. 무한에서 남창까지는 355km, 동차組動車組 기차로도 세 시간 가량 걸린다. 장강을 타고 내려가는 뱃길과 비교하면, 기차 노선은 장강에서 20km 가량 아래쪽으로 이어진다. D3223 열차는 무창역을 출발하여 50분쯤 지나 악주鄂州역에 도착한다. 악주시에서 악황鄂黃 장강대교를 건너 북쪽으로 가면 황강시黃岡市이다. 황강시의 옛 이름은 황주黃州로서, 바로 소식蘇軾이 저 유명한 〈적벽부赤壁賦〉를 지은 곳이다. 악주역에서 두 시간을 더 가 남창역에 도착했다.

남창은 강서성의 성회省會로 상주 인구가 500만이 넘는 대도시이다. 이곳의 도시 건설의 역사는 한나라 때로 거슬러 올라간다. 한나라의 장수 관영灌嬰이 지금의 남창역 동남쪽에 '관영의 성灌城'을 쌓고 '한나라의 남방 영토를 창대하게 한다'는 뜻으로 남창이라 불렀던 것이다. 삼국시대에는 오나라의 예장군豫章郡에 속했고, 당나라 때에는 예장군과 더불어 홍주洪州

라는 명칭이 자주 쓰였다. 남창을 관통하는 감강贛江이 파양호鄱陽湖로 흘러들고 다시 파양호는 장강과 연결되니, 남창도 장강 생활권에 속하는 곳이라 하겠다. 장구령張九齡의 〈남창에서 남쪽으로 돌아가며 강가에서 짓다自豫章南還江上作〉라는 시를 보자.

> 돌아가는 길 감강의 물
> 흰 여울인 양 바닥이 보이도록 맑다
> 가면 갈수록 탁 트인 곳을 만나
> 잠시 답답한 마음을 씻어본다
> 물가의 나무가 멀리서 기다리는 듯
> 강변의 갈매기가 가까이서 맞이하는 듯
> 가는 길이 유달리 정취가 있으니
> 게다가 내 갓끈까지 씻음에랴

이 시는 그가 39세 되던 해 재상인 요숭姚崇과의 마찰로 관직에서 물러나 고향인 광동廣東으로 돌아갈 때 지은 것으로 보인다. 장안에서 광동까지 가려면 육로 또는 수로로 형주까지 내려온 후 장강을 타고 구강九江에 이르러야 한다. 여기서 파양호를 건너 남창에서 대유령大庾嶺까지 758km에 걸쳐 이어지는 감강을 타면 장구령의 고향인 광동성 소관시韶關市 목전까지 갈 수 있다. 이제 장구령은 남창에서 얼마간의 휴식을 취한 후 남강이라고도 부르는 감강에 배를 띄우고 마지막 여정을 시작하는 듯하다. 바닥까지 훤히 보이는 맑은 강물에 관도官途의 번뇌를 씻어내려 한다. 강가의 나무와 갈매기도 그의 귀향을 환영하는 것 같다고 했다. 그는 『맹자孟子』에서 "창랑의 물이 맑으면 내 갓끈을 씻는다滄浪之水淸兮, 可以濯我纓"는 말을 떠올리며 세속에 찌든 마음을 털어버리려 한다.

감강의 낙조

당나라 때 남창에는 홍주도독부洪州都督府가 설치되어 장강 중류 지역의 중심지 역할을 하였다. 도독부는 행정과 군사를 겸하는 방대한 조직인 까닭에 홍주도독부를 거쳐간 문인들이 제법 많았다. 위에서 소개한 시를 지은 장구령도 그로부터 10년 뒤 다시 홍주도독으로 남창에 부임했다. 또 장구령이 떠나고 몇 년 뒤에는 형주장사荊州長史로 있던 한조종韓朝宗이 홍주도독으로 부임했는데, 그가 양양襄陽을 떠나 남창으로 갈 때 맹호연이 그를 배웅한 시를 감상해보자. 제목은 〈홍주도독에 임명된 한조종을 전송하다送韓使君除洪州都督〉이다.

직무를 맡아 형주를 위무하니
부절을 나누는 영광의 대를 이으셨습니다
오가며 사신으로 나가는 것을 뵙고
앞뒤로 태수에게 의지했습니다
자르지 말라 하니 감당나무가 아직 있고

물결이 깨끗하니 물이 더욱 맑습니다
형주와 양주에서 치적을 거듭 쌓다
곧 남창으로 떠나게 되셨습니다
소신신이 남긴 은애가 많고
양호의 아름다운 이름이 있습니다
백관들이 배웅하는 길에 늘어서고
부로들이 나아갈 길을 에워쌉니다
현수산의 새벽 바람이 전송하면
강릉의 밤 횃불이 맞이하겠지요
재주가 없어 서치에게 부끄러우니
천 리의 동료들 볼 낯이 없습니다

'갑'에서 '을' 지역으로 가는 사람을 전송하는 시는 '갑'과 '을'에 관한 내용을 고루 배치하는 것이 일반적이다. 그러나 이 시는 '갑(양양)'에 대해서만 잔뜩 늘어놓고 '을(남창)'에 대해서는 말을 아꼈다. 아마도 양양은 맹호연 자신의 고향인 데 비해 남창은 생소한 지역이라 그랬던 것 같다. 조정에서 한조종이 휘하 관원의 가렴주구를 방임한 책임을 물어 홍주도독으로 이직하게 된 것인데도 지나치게 그의 치적을 열거한 내용이 눈살을 찌푸리게 한다. 선정을 베푼 소백召伯이 쉬었다고 해서 베지 말라 한 감당나무도 언급하고, 목민관의 모범으로 일컬어지는 소신신召信臣과 양호羊祜에도 견주었다. 그리고는 한나라 때 예장태수를 지낸 진번陳蕃의 추천을 받았던 서치徐稚와 같은 재주를 갖추지 못해 부끄럽다는 겸사로 마무리했다.

등왕각
등왕의 높은 누각 강가에 서 있는데

한조종이나 장구령보다 훨씬 앞서 홍주도독으로 부임한 이가 있으니 바로 이원영李元嬰이다. 그는 당 고조 이연李淵의 아들로, 서기 639년에 산동성 등현滕縣을 봉지로 받아 등왕滕王에 봉해졌다. 그러나 사치를 일삼고 가렴주구를 자행해 소주자사蘇州刺史로 좌천되었다가 다시 홍주도독으로 옮겨갔다. 그는 남창에 와서도 여전히 향락에 빠져 헤어나올 줄 몰랐다. 놀기 좋은 곳을 찾아 감강변에 터를 잡고 거대한 누각을 세웠으니, 이름하여 '등왕의 누각'인 등왕각이다. 강남 3대 명루 중에서 악양루와 황학루가 군사용이었다면, 등왕각은 오락용이었던 것이다. 653년에 처음 세워진 이래 29차례나 중건을 거듭했고, 현재의 모습으로 완성된 것은 1989년의 일이다. 12m 높이로 성곽 모양의 축대를 쌓고 그 위에 57.5m에 달하는 9층 누각을 올려 그 웅장함이 하늘을 찌른다.

이보다 5년 전에 낙성된 황학루보다 더 높게 만든 것을 보면 강남 3대 명루 사이의 경쟁의식도 얼마간 작용한 듯하다. 이는 당나라 한유가 쓴 〈신수등왕각기新修滕王閣記〉를 축대 정면에 보란 듯이 내세운 데서 필자가 받은 인상이다. 이 글의 첫머리는 이렇게 시작한다.

내(한유)가 어렸을 적 아름다운 경치를 감상하기에 적당한 곳이 많다고 들었는데, 등왕각이 특히 그중에 제일이라 멋지고 웅장하기 그지없다는 명성이 있었다. 愈

등왕각

少時則聞江南多臨觀之美, 而滕王閣獨爲第一, 有瑰偉絶特之稱

마치 황학루공원 성벽에 '천하강산제일루天下江山第一樓'라 한 것을 겨냥한 말처럼 들린다. 당송팔대가唐宋八大家의 한 사람인 한유를 내세워 누가 '제일'인지 가려보자고 도전장을 내민 것이다. 그래서 등왕각 정면의 현판에도 한유의 이 글에서 따온 '괴위절특瑰偉絶特'이라는 말을 대문짝만하게 내걸었다.

이제 대청으로 들어가 보자. 대청에서 가장 눈길을 끄는 것은 한백옥漢白玉으로 만든 부조 작품인 〈시래풍송등왕각時來風送滕王閣〉이다. '시래풍송등왕각'이란 "당시에 불어온 바람이 등왕각으로 보내주었다"는 뜻으로, 명나라의 소설가 풍몽룡馮夢龍이 쓴 단편소설집 『성세항언醒世恒言』에 실린 소설 〈마당신풍송등왕각馬當神風送滕王閣〉에 나오는 말이다. 이 소설의 주인공인 당나라 시인 왕발王勃, 약650~676은 장강을 따라 여행 중이었다. 그가 남경을 출발해 강서성 팽택彭澤의 마당산馬當山 아래에 도착했을 때 파도가 험해져 배가 전복될 위기에 처했다. 그러나 왕발은 전혀 두려워하는 기색 없이 태연히 시를 지었다. 마당산의 신선은 왕발의 재주를 인정하며, 마침 홍주도독부에서 내일 중양절을 맞아 등왕각을 위한 글을 구하고 있으니 그리 가보라고 일러주었다. 그러나 마당산에서 남창까지는 물길로 700리, 하루만에 도착하기는 불가능했다. 그때 갑자기 거센 바람이 불어와 배를 밀어주니 왕발의 배는 다음날 새벽 동이 트기도 전에 남창에 다다를 수 있었다.

물론 소설의 내용은 허구이지만, 왕발이 등왕각의 연회에 참석해 글을 지은 것은 역사적 사실이다. 서기 675년 홍주도독 염백서閻伯嶼는 등왕각에서 중양절을 기념하는 연회를 베풀었다. 그리고 사위에게 그에 관한 글을 미리 구상해두라고 분부했다. 연회가 시작되어 염백서가 참석자들에

등왕각 〈시래풍송등왕각〉 부조

게 글을 지어보라 권하였으나, 좌중의 사람들은 사위를 띄워주려는 염백
서의 의향을 눈치채고 모두 사양하였다. 이런 내막을 몰랐던 왕발은 염백
서의 청을 받자마자 단숨에 글을 짓기 시작했다. 왕발의 당돌한 행동에 기
분이 상한 염백서는 내실로 들어가버렸다. 그러나 왕발이 짓는 한 구절 한
구절이 모두 감탄을 자아내는 명구인지라 이내 흥겨움을 되찾고 왕발의
글재주를 크게 치하했다. 당시 왕발이 지은 〈가을날 홍주도독부의 등왕각
에 올라 잔치를 열고 이별한 시의 서문秋日登洪府滕王閣餞別序〉 가운데 일부를
보자.

> 층층 누각에서 솟아오른 푸르름이
> 위쪽 하늘로 나가고
> 날 듯한 누각의 날아오르는 붉음이
> 아래를 굽어보니 땅이 보이지 않는다

학이 사는 물가의 평지와 물오리가 사는 모래톱은

섬이 굽이돌아가는 극치를 보여주었고

계수나무 궁전과 난초 궁궐은

곧 언덕과 산이 이어진 모습이다

아름다운 작은 문을 열고

조각한 용마루를 내려다보니

산과 들이 드넓게 눈에 가득하고

시내와 연못이 구불구불하여 눈을 놀라게 한다

이 글은 4자구와 6자구를 주로 사용한다 하여 '사륙문四六文'이라고도 불리는 변려문騈儷文으로 이루어졌다. 변려문은 묘사의 대상을 화려한 필치로 상세하게 다루는 것이 특징이다. 그래서 글재주가 뛰어난 이들에게는 자신의 재능을 유감없이 발휘하기에 더없이 좋은 문체이다. 이 글에서도 왕발은 푸른 단청과 붉은 난간이 잘 어울린 등왕각의 자태, 등왕각에서 내려다보이는 감강의 모래톱, 그리고 등왕각 주변의 건축물과 자연환경 등을 자세하고도 아름답게 그려냈다. 필자는 직접 등왕각에 올라보고 나서야 과연 왕발의 글이 얼마나 명문인지 느낄 수 있었다. 필자의 글재주가 형편없기 때문이기도 하겠지만, 등왕각을 묘사한 왕발의 글에서 한 글자도 더하거나 뺄 것이 없어 필자는 '각필擱筆'을 선언해야 했다. 이 글은 〈등왕각시滕王閣詩〉라는 제목의 시 한 수로 마무리된다.

등왕의 높은 누각 강가에 서 있는데

옥을 차고 난새 방울 울리던 여인들의 가무도 끝이 났다

채색한 용마루에는 아침에 남포의 구름이 날고

구슬발은 저녁에 서산의 비를 말아올린다

등왕각의 정자

한가로운 구름은 연못에 비쳐 날마다 유유한데
사물이 바뀌고 세월이 흐른 것 몇 해던가
누각에 있던 황제의 아들은 지금 어디 있는가
난간 밖으로 긴 강만 부질없이 절로 흐른다

이 시에 얽힌 여러 전설적인 이야기들을 차치하고 제목에만 유의하면
이 시는 '전별시餞別詩'의 일종이다. 즉 잔치를 열어 떠나는 이를 전송할 때
쓴 시라는 말이다. 그래서 이 시의 첫째 연은 화려한 가무로 흥을 돋운 잔
치를 묘사했다. 잔치가 열린 등왕각은 산처럼 높이 솟아 아침에는 구름이
피어오르고 저녁에는 비가 오락가락한다. 등왕각을 맴도는 한가로운 구
름이 연못에 비치는 동안에도 세월은 흘러 어느덧 20여 년이 지났다. 등
왕각을 지었던 이원영도 이미 남창을 떠나고, 등왕각 옆을 흐르는 감강만
변함없이 누각을 지키고 있다. 구름이나 강과 같은 사물은 그 자체로 영원
하다. 등왕 이원영은 그의 작호를 딴 등왕각과 함께 불후하다. 이를 생각

하면 본래 영원할 수 없고 그렇다고 불후의 업적을 남기지도 못한 이들은 까닭 모를 슬픔이 밀려올 수밖에 없다. 그래서 왕발도 서문에서 '흥진비래興盡悲來', 즉 흥이 다하면 슬픔이 온다고 한 것이리라. 위대하고 불후한 것을 목도한 순간에 닥치는 자괴감이라고나 할까.

그러나 현재의 등왕각은 거의 '왕발각王勃閣'이라 해도 과언이 아니다. 왕발의 〈등왕각서〉가 대청을 장식하고 있을 뿐만 아니라 누각 1층 현판의 글귀도 '괴위절특瑰偉絶特'을 제외한 나머지 세 개가 모두 〈등왕각서〉에서 따온 것이다. 이들은 각각 '금강襟江', '대호帶湖', '하림무지下臨無地'이다. '금강'과 '대호'는 등왕각을 사람에 비유하여 강과 호수가 옷깃과 허리띠처럼 둘렀다고 한 것이다. 잘 지은 시 한 수, 글 한 편으로 이 웅장한 누각의 주인이 된다니 생각만 해도 통쾌하지 않은가.

필자는 등왕각의 난간으로 나가 주변을 둘러보았다. 멀리 감강을 가로지르는 팔일대교八一大橋의 H자 기둥이 눈에 든다. 그 아래로 구가주裘家洲가 뭉툭한 대바늘처럼 삐죽 솟아 감강을 좌우로 나눈다. 감강을 사이에 두고 등왕각을 마주한 곳은 국제금융센터이다. 48층의 국제금융센터 빌딩은 높이가 239m에 이르러 남창의 '랜드 마크land mark' 역할을 하는 곳이

등왕각에서 바라본 국제금융센터

다. 아마도 왕발이 등왕각에 올랐을 당시에는 저곳이 허허벌판이었으리라. "사물이 바뀌고 세월이 흐른 것 몇 해던가". 시간은 그렇게 우리 주변의 모습을 바꾸어놓는다. 이제 와 돌이켜보니 강 건너 국제금융센터 빌딩에 올라 등왕각을 조망하지 못한 것이 다소 아쉽게 느껴진다.

여기서 등왕각을 노래한 또다른 시로 두목의 작품을 감상해보자. 〈남창에서 예전에 노닐던 것을 추억하다懷鐘陵舊遊四首〉의 둘째 수이다.

> 등왕각에서 2월 보름에 성대한 연회가 열려
> 자지무柘枝舞 큰북 소리에 우르릉 맑은 날 우레 소리
> 누각에 드리운 만 개의 장막이 푸른 구름처럼 이어지고
> 물살을 부수는 천 척 범선이 전마戰馬처럼 다가왔다
> 아직 쌍칼을 꺼내놓지 않은 견우성과 북두성의 기운
> 평상 하나를 높이 건 대들보 같은 인재
> 파를 잇고 월을 제압하는 일 어떠했던가?
> 진주와 비취, 침향과 박달나무가 곳곳에 쌓여 있었다

두목은 서기 828년부터 830년 사이에 강서관찰사江西觀察使 막부의 막료로 남창에서 근무한 적이 있었다. 이 시는 나중에 이때의 일을 떠올리며 지은 것이다. 그는 먼저 등왕각에서 베풀어진 성대한 연회가 생각난다고 했다. 그리고 누각을 수놓은 장막과 감강을 가득 메운 범선을 인상적인 장면으로 소개했다. 아울러 남창에는 기물奇物과 인재가 즐비했었노라고 회상했다. 진晉나라 장화張華가 쌍칼을 발견한 곳이 남창이요, 예장태수 진번陳蕃이 특별히 평상을 준비해 맞이한 서치徐稚의 고향이 또 남창이라는 것이다. 남창은 장강으로부터 파양호와 감강으로 이어져 파巴와 월越을 경략하기 좋은 지리적 이점을 갖추고 있었고, 진주, 비취, 침향, 박달나무 등의 물산도 풍부하다고 했다. 한마디로 두목이 보기에 남창은 모든 것이 잘 갖추어진 이상적인 곳이었다. 그리고 웅장한 등왕각은 그러한 남창을 상징하는 존재였다.

인걸도
겹겹의 파도가 이따금씩 밀려오고

남창을 성도省都로 삼은 강서성은 당나라 현종이 설치한 강남서도江南西道에서 그 명칭이 유래했다. 역대로 많은 인물을 배출하여 대표적인 인재의 고장으로 이름이 났다. 그래서 등왕각 2층에도 〈인걸도人傑圖〉라는 벽화가 마련되어 강서성의 명사와 문인을 소개하고 있다. 여기에 그려진 인걸들은 선진先秦 시기부터 청나라 말기까지 80명에 달하는데, 서치徐稚, 도잠陶潛, 구양수歐陽修, 증공曾鞏, 왕안석王安石, 탕현조湯顯祖가 대표적이다. 얼핏 보아도 중국문학사를 빛낸 문인들이 즐비하다. 다만 아쉬운 것은 당나라 시인을 찾아보기 어렵다는 사실이다. 고향이 강서성인 당나라 시인으로 유신허劉愼虛, 기무잠綦毋潛, 정곡鄭谷 등이 있기는 하나, 당시唐詩에 어지간히 조예가 깊은 사람이 아니면 생소한 이름들이다. 또 이들 가운데 등왕각을 소재로 시를 남긴 이가 없다는 것도 아쉽기 짝이 없다. 그래서 여러 수의 당시가 홍보대사 역할을 톡톡히 하는 악양루나 황학루에 비해 등왕각은 쓸쓸한 감이 든다. 누각 3층에 탕현조의 〈임천사몽臨川四夢〉을 소재로한 벽화로 문화의 깊이를 더하려 노력했으나, 당시 한 수의 흡인력이나 파괴력에 미치지 못한다는 생각이다. 그렇다고 등왕각을 소재로 한 당시가 전혀 없는 것도 아니기에 남창시 정부에서 등왕각을 다채롭게 꾸미고자 한 노력이 부족한 것이 아닌가 한다. 이

등왕각 〈인걸도〉

를테면 장교張喬, 880 전후의 〈등왕각滕王閣〉이라는 시가 있다.

> 옛 사람이 높이 올라 바라보던 곳
>
> 큰 강의 모퉁이에 누각을 남겼네
>
> 겹겹의 파도가 이따금씩 밀려오고
>
> 한가로운 구름이 없는 날이 없다
>
> 이른 추위에 먼저 온 제비 떠나고
>
> 석양이 비치는 뒤편의 배가 외롭다
>
> 아직 고향으로 돌아갈 계획 세우지 못했는데
>
> 마름 따는 노래가 옛 호수에 가득하다

　장교는 당나라 말기에 활약한 '함통 시기의 문인 열 명咸通十哲' 가운데 한 사람이다. 도처를 유람하다 만년에는 고향인 안휘성의 구화산九華山에 은거했다. 그는 이 시에서 등왕각에 올라 사방을 바라보며 느낀 사향思鄕의 정을 노래했다. 당나라 말기는 환관의 전횡과 군벌의 난립 등으로 문인들이 온전히 재능을 펼칠 만한 시대가 아니었다. 그래서 이 시에도 세기말의 불안한 심리가 잔뜩 깔려 있다. 등왕각 앞의 감강은 한가로운 구름 사이로 쉼없이 흐르건만, 시인의 처지는 추위를 만난 제비나 저물녘에 뒤처진 배처럼 조급한 마음이 앞선다. 언제 고향에 돌아갈 수 있을지 몰라 더없이 괴롭기만 하다. 이런 시점에 등왕각 주변 호수에서 마름을 따며 부르는 민가는 또 얼마나 고향에 대한 그리움을 자아냈을까. 이런 시와 함께한다면 천 년의 세월이 흐른 뒤에도 등왕각에 오르는 이의 마음이 더욱 풍성해지련만, 단순히 인물 자랑으로 '제일'의 지위를 노리는 당국의 마음 씀씀이가 그리 넓어 보이지 않는다.

　등왕각의 3층은 난간이 사방을 두르고 회랑의 처마 밑에 현판이 걸려

등왕각 '동숙포운 현판'

있는 곳이다. 가로 4.5m, 세로 1.5m 크기의 현판에는 동서남북 방향에 각각 '강산입좌江山入座', '수천공제水天空霽', '동숙포운棟宿浦雲', '조래상기朝來爽氣'라 씌어 있다. 각각의 뜻을 살펴보자. '강산입좌'는 강과 산이 좌정坐定했다는 말이다. 등왕각 앞으로 감강이 흐르고 서쪽으로 서산西山의 매령梅嶺이 우뚝한 것을 가리킨다. 매령의 주봉은 841m로 북쪽의 여산廬山과 쌍벽을 이룬다. '수천공제'는 강물과 하늘이 쾌청하다는 말이다. 왕발의 〈등왕각서〉에 "가을의 물은 긴 하늘과 같은 색이다秋水共長天一色"라고 한 데서 따온 듯하다. '동숙포운'은 누각의 용마루에 포구의 구름이 잠든다는 뜻이다. 이 또한 왕발의 〈등왕각서〉에 "채색한 용마루에는 아침에 남포의 구름이 난다畵棟朝飛南浦雲"고 한 것을 원용했다. '조래상기'는 아침마다 상쾌한 기운이 온다는 말이다.『세설신어世說新語』라는 책에서 "서산이 아침마다 오니 상쾌한 기운이 넘친다西山朝來, 致有爽氣"는 왕휘지王徽之의 말을 소개한 데서 유래했다. 이 현판들은 모두 청나라 때 채사영蔡士英이 등왕각을 중수할 때 걸었던 것이다.

3층의 서쪽 기둥에는 '임강일각독수臨江一閣獨秀'라 쓴 현판이 있다. 강가에 등왕각 하나가 홀로 빼어나다는 말이다. 동쪽 벽에 걸린 것은 〈당기악도唐伎樂圖〉이다. 세 명의 당나라 무희가 예상우의무霓裳羽衣舞를 추는 모습을 동판 부조에 담았다. 예상우의무는 당나라 현종이 꿈에 달에 가서 보았던 선녀들의 춤을 형상화한 것이다. 추측컨대 왕발이 연회석상에서 〈등왕각서〉를 지을 때의 분위기를 살리려는 의도인 듯하다. 그런데 돈황 벽화의 〈당기악도〉에서 모티브를 취한 것으로 보이는 이 부조의 무희들이 옷을 입고 있지 않다는 사실이 다소 눈에 거슬렸다. 그 당시 왕발이 참석한 연회에서 나체춤을 추었다는 기록이라도 있는 것일까? 백거이의 〈예상우의무 노래霓裳羽衣舞歌〉라는 시에 "탁자 앞의 무희는 얼굴이 백옥 같은데, 인간세상의 저속한 옷을 입지 않았네案前舞者顏如玉, 不著人間俗衣服"라는 구절이 있기는 하다. 설마 이 말을 천상天上의 옷을 입었다고 풀이하는 대신 아예 벌거벗었다고 이해한 것일까? 또 그 아래로는 춘추시대 청동 악기 복제품을 진열해두었다. 이것은 당나라 때의 춤인 예상우의무와 무슨 관련이 있을까? 등왕각을 다채롭게 꾸미려는 노력인 줄은 알겠지만 맥락이 부족해 보인다.

지령도
저물어가는 봄날 등왕의 누각에서

등왕각의 4층은 '지령地靈', 즉 산천의 신령함을 주제로 삼았다. 〈지령도地靈圖〉라는 이름이 붙은 벽화에 대유령大庾嶺, 여산廬山, 파양호 등 강서성의 명산대천을 담았다. 5층의 회랑 처마에는 다시 사방에 현판이 걸려 있다. 현판의 글귀는 '동인구월東引甌越', '서공만형西控蠻荊', '남명형심南溟逈深', '북신고원北辰高遠' 등으로 모두 왕발의 〈등왕각서〉에서 따왔다. 소식蘇軾이 썼다는 '등왕각' 현판이 사방에 걸린 6층에는 '방고전연청仿古展演廳'이라는 공연장이 마련되어 있다. 여기서는 당나라 음악과 춤을 본뜬 각종 공연 프로그램이 연출된다.

등왕각 가장 높은 곳까지 올라왔으니 당시 한 수 감상하고 내려가야겠다. 조송曹松, 828~903의 〈등왕각에서 봄날 저녁에 바라보다滕王閣春日晚眺〉라는 작품이다.

저물어가는 봄날 등왕의 누각에서

우연히 해가 서쪽으로 지는 것을 보았다

물결의 기세 꽃 둔덕에서 잠잠해지고

돛의 그림자 버드나무 제방으로 올라간다

엉긴 아지랑이에 잠드는 새 날개를 숨기고

북 치는 소리에 돌아가는 말발굽 부서진다

다만 여기서 길게 시를 읊조리니

높은 곳이라 생각이 미혹되지 않는다

　　조송은 고향이 안휘성이었는데, 젊었을 때 난리를 피해 남창의 서산에
은거한 적이 있었다. 그후로도 강호를 떠돌다가 74세라는 늦은 나이에 과
거에 급제해 비서성秘書省에서 근무하다 2년 뒤에 세상을 떠났다. 그는 가
도賈島의 시풍을 배워 세밀하게 깎고 다듬은 오언율시를 많이 지었다. 등
왕각에 올라 해 저무는 봄날의 경치를 노래한 이 시도 그런 경향에서 크게
벗어나지 않았다. 강언덕으로 다가오면서 느려지는 감강의 물살과 제방
까지 비치는 돛단배의 그림자를 잘 포착했다. 또 봄날의 아지랑이에 희미
하게 보이는 새와 저녁을 알리는 북소리에 발걸음을 재촉하는 말을 나란
히 배치한 부분도 기교가 넘친다. 마지막 연에서는 나른해지기 쉬운 봄이
지만 높은 등왕각에 올라왔기에 생각이 맑아진다는 말로 매듭지었다. 대
단한 사상이나 감정이 담긴 시라고 보기는 어렵다. 그래도 등왕각 어디쯤
에 이 시를 소개해두면 등왕각에 오르는 맛을 더해주지 않을까 싶은데 그
어디에도 보이지 않는다.

　　필자는 등왕각에서 내려와 누각 주변의 정원을 둘러보았다. 등왕각을
정면에서 보았을 때 왼쪽이 남원南園, 오른쪽이 북원北園, 아래쪽이 동원東
園이다. 남원과 동원에는 가지런히 심은 조경수 외엔 별다른 것이 없다. 이

에 비해 북원은 사현루思賢樓, 석산石山, 등왕각서인보滕王閣序印譜 등으로 다채롭게 꾸며졌다. 특히 청년 왕발의 늠름한 모습을 담은 백옥 석상이 인상적이다. 왕발이 등왕각의 연회에 참석한 것은 지금의 베트남인 교지交趾로 좌천된 부친을 찾아가던 도중이었다. 그러나 불행히도 바다를 건너다 물에 빠진 후유증으로 27세의 젊은 나이에 세상을 떠났다. 가인박명佳人薄命이라 해야 할 진저.

이제 등왕각 답사를 마칠 시간이 되었다. 동원의 기념품점에서 등왕각을 소재로 한 시와 글을 모은 책자를 한 권 구입했다. 책자에 실린 등왕각 관련 작품이 적지 않았다. 왕발의 〈등왕각서〉에만 지나치게 의존하지 말고 이 책자에 실린 작품들을 등왕각 이곳저곳에서 두루 소개했으면 어땠을까 하는 아쉬움을 재삼 느꼈다. 전통 문화의 향기가 배지 않은 등왕각은 1989년에 당나라의 등왕각을 본떠 지은 현대 건축물에 지나지 않을 것이기 때문이다. 근래에 들어 '문화 컨텐츠'라는 말이 자주 쓰이고 있다. 등왕각은 건축물과 '문화 컨텐츠'를 어떻게 조화롭게 배치하여 '스토리텔링'으

등왕각 전경

로 나아갈지에 대한 과제를 던져주었다고 여겨진다.

　마지막으로 시 한 수를 감상하고 등왕각을 떠나려고 한다. 백거이의 〈남창에서 잔치를 열어 송별하다鍾陵餞送〉라는 제목의 시이다.

　　비취색 장막과 붉은색 연회석이 높이 구름가에 있어
　　노래 소리 한 가락이 온 집에 들려온다
　　길 가던 이가 등왕각을 가리키며 하는 말이
　　보아하니 충주로 가는 백사군을 전송하는 자리라고

　백거이는 서기 818년 겨울 충주자사忠州刺史에 임명되었다. 지금의 중경시 충현忠縣인 임지로 가는 길에 남창에 들렀던 것으로 보인다. 구름에 닿을 듯 높은 등왕각에서 송별의 잔치 자리가 마련되었다. 등왕각의 비취색 처마와 붉은색 난간을 잔치 자리의 장막과 연회석에 비유한 감각이 남다르다. 높은 곳에서 울리는 풍악인지라 사방팔방으로 그 소리가 퍼져나가는데, 행인들도 그것이 충주자사로 부임하는 백거이를 전송하는 잔치인 줄 안다고 했다. 마땅히 등왕각의 잔치 자리에 있어야 할 시인이 누각 아래를 지나는 행인의 말을 전하는 분신分身의 기법을 구사했다. 백거이는 남창의 백성들까지도 자신의 명성을 익히 들어 알고 있다는 말을 하고 싶었던 모양이다. 시를 지으면서 깨알같이 자기 자랑을 늘어놓는 이로 백거이를 당할 사람이 없다.

등왕각을 끝으로 강남 3대 누각 답사를 모두 마쳤다. 이들 3대 누각이 위치한 악양, 무한, 그리고 남창은 장강 연안이나 인근에 있는 교통의 요지들이다. 그래서 당나라 시인들의 발걸음이 잦았고, 그 과정에서 두보의 〈악양루에 오르다〉, 최호의 〈황학루〉, 왕발의 〈등왕각시〉처럼 널리 인구에 회자되는 시도 지어졌다. 이제 세 누각을 다 돌아보니 악양루가 가장 인상에 남는다. 황학루나 등왕각에 비하면 그다지 규모가 크지 않으나, 그래서 오히려 '고색이 창연'한 느낌을 주기 때문인 듯하다. 한 도시를 대표하는 건축물로 내세우겠다는 욕심만 앞세우면, 관람객을 끌어모을 수 있을지는 몰라도 역사와 문화의 깊이가 퇴색될 우려가 있다. 악양루는 '문화'와 '관광'의 두 요소가 잘 균형을 이루고 있다고 여겨진다.

백거이가 전임지인 구강九江을 떠나 남창에 들렀던 여정과 반대로 필자는 지금 남창을 떠나 구강으로 가려고 한다. 구강에는 중국 4대 명산의 하나라는 여산廬山이 있다.

3

고요히
흐르는
장강

남창역에서 오전 8시 20분에 출발한 D6344 열차는 한 시간 남짓을 달려 구강역에 도착했다. 강서성 북쪽의 장강 연안에 위치하여 '강서성의 북문'으로 불리는 구강은 남창과 함께 강서성을 대표하는 도시의 하나이다. 구강이라는 이름대로 꼭 아홉 개인지는 알 수 없으나, 아무튼 많은 강이 모이는 곳인 것만은 틀림없다. 구강은 한나라 때 처음 현이 되어 채상柴桑 또는 심양潯陽으로 일컬어졌고, 당나라 때는 주로 강주江州라는 명칭이 쓰였다. 구강 출신의 시인으로 가장 유명한 이는 단연 도연명일 것이다. 〈술을 마시다飮酒二十首〉라는 그의 연작시 둘째 수의 한 구절은 이러하다. "동쪽 울타리 아래에서 국화를 캐려니 한가로이 남산이 눈에 든다採菊東籬下, 悠然見南山" 여기서 그가 말한 '남산'은 바로 여산을 가리킨다.

여산 수봉
향로봉에서 막 떠오르는 태양

유네스코 세계문화유산으로 지정된 여산은 우리나라 지리산의 절반 정도인 282km²의 면적에 90여 개의 봉우리가 모여 이루어졌다. 최고봉인 한양봉漢陽峰의 높이는 해발 1,474m에 이른다. 북쪽으로는 장강과 접하고 남쪽으로는 파양호를 끼고 있어 뛰어난 경관을 자랑한다. 서기 386년에 세워진 동림사東林寺와 730년에 세워진 서림사西林寺를 비롯해 200여 개의 유서 깊은 건축물이 여산의 문화적 가치를 높여준다. 여러 봉우리와 골짜기, 폭포와 시냇물이 사시사철 모습을 바꾸어, 소식蘇軾은 일찍이 여산의 산중에서는 그 참모습을 이루 헤아리기 어렵다는 뜻으로 '여산진면목廬山眞面目'이란 표현을 쓰기도 했다.

당나라의 많은 시인들이 여산에 다녀갔던 것은 물론이다. 그 가운데 맹호연의 〈팽리호에서 여산을 바라보며彭蠡湖中望廬山〉라는 시를 감상해보자.

하늘에 달무리가 지니
뱃사공은 거센 바람이 불 것을 안다
돛을 올리고 새벽을 기다리며
아득하고 잔잔한 호수에 있다
물 흐름 가운데서 여산이 보이는데
형세는 구강을 누를 정도로 웅대하다
거무스름하게 눈썹먹 색깔로 엉기었고
우뚝 솟아 새벽 하늘을 대하고 있다
향로봉에서 막 떠오르는 태양에

폭포수 뿜어져 무지개를 만든다

오랫동안 상징을 따르려 하였기에

여기서는 혜원스님이 그립구나

내가 왔지만 노역에 얽매여

미천한 몸을 쉬게 할 틈이 없구나

회해로 가는 길 반쯤 지났고

일 년의 세월 다하려 한다

은거하는 이에게 전하는 말

여행이 끝나면 꼭 와서 함께하리라

이 시는 맹호연이 남동쪽 각지를 유랑하다 팽리호, 즉 파양호에서 여산
을 바라보며 쓴 것이다. 남창에서 감강을 따라 파양호로 접어들어 장강 어
귀인 호구현湖口縣 쪽으로 20km 가량 뱃길을 이용하면 여산과 정면으로
마주하게 된다. 시인은 우뚝 솟은 여산의 모습을 바라보며 여산 뒤쪽에 자
리잡은 구강을 압도할 만큼 웅대하다고 했다. 성자현星子縣 쪽에 배를 댔다
고 가정하면, 향로봉까지의 거리가 6km에 불과해 충분히 육안으로 볼 수

여산 수봉풍경구

있었을 것이다. 새벽이 지나고 해가 떠오르면서 폭포에 비쳐 부서지는 햇빛. 그것을 호수의 배 안에서 감상했다니 또 얼마나 멋진 광경이었을까. 벼슬길에 나아가는 대신 명산대천을 유람했던 상장尙長을 흠모해왔던 바, 여산에서 동림사를 창건한 혜원慧遠 스님의 발자취를 따르는 것도 좋으련만 공무에 묶인 몸이라 어쩔 도리 없이 훗날을 기약한다. 양주揚州까지의 여정 가운데 벌써 절반을 왔으니 마저 속히 다녀오겠노라고 여산에 은거하는 이에게 작별 인사를 전했다.

필자는 구강역에서 구강버스터미널로 이동해 여산풍경구廬山風景區 내 성자현星子縣으로 가는 버스를 탔다. 성자현까지의 거리는 39km이고 20분마다 한 대씩 버스가 있었다. 40분쯤 걸렸을까? 버스는 이내 성자현에 도착했다. 성자현은 여산을 등지고 파양호와 마주하고 있는 조그만 현이다. 여기서 다시 택시를 타고 최종 목적지인 수봉풍경구秀峰風景區로 이동했다. 예로부터 "여산의 아름다움은 산 남쪽에 있고, 산 남쪽의 아름다움은 수봉을 손꼽는다廬山之美在山南, 山南之美數秀峰"는 말이 전해진다. 수봉풍경구 입구에 도착하니 이 말을 간판처럼 내걸어둔 것이 보였다. 당나라가 멸망한 이후 중국 남방은 열 개의 나라로 갈라졌는데, 그 가운데 하나가 남당南唐이다. 남당의 두 번째 임금인 이경李璟은 소싯적에 공부를 했던 여산 남쪽에 사찰을 짓고 '개선사開先寺'라 이름하였다. 그로부터 700여 년이 흐른 뒤 여산을 찾은 강희제康熙帝가 개선사에 '빼어난 봉우리 아래의 절'이라는 뜻으로 '수봉사秀峰寺'란 편액을 내렸다. 그로부터 개선사는 수봉사로 불렸고, 수봉사를 둘러싼 여산의 남쪽 지역도 수봉풍경구로 일컬어지게 되었다.

필자가 여산의 여러 명소 중에서 이 수봉풍경구를 찾은 이유는 여기에 이백이 장쾌하게 노래한 황암폭포黃巖瀑布가 있기 때문이다. 그런데 아무리 빼어난 봉우리라도 '비수기'라는 바람 앞에서는 어쩔 수 없는 것일까? 엄동설한에 찾은 수봉풍경구는 전혀 인적을 찾아볼 수 없을 만큼 스산했

여산 수봉풍경구 케이블카

다. 나무가 우거진 오솔길을 따라 천천히 산으로 올라가니 붉게 칠한 입구가 나왔다. 관광안내소가 있기는 한데 한가롭게 뜨개질을 하며 비수기의 여유를 즐기고 있는 직원에게 별다른 도움을 얻을 수 있을 것 같지는 않았다. '제일산第一山'이라 쓴 허름한 문을 지나 케이블카 쪽으로 직행했다. 황학루와 등왕각에 이어 여기도 '제일' 타령이다.

깨끗한 물이 흐르는 개울을 지나려니 문득 '호계삼소虎溪三笑'라는 고사성어가 떠오른다. 호계는 여산의 개울 가운데 하나이다. 동림사의 고승 혜원이 이 개울을 지나면 호랑이가 울었다 하여 붙여진 이름이다. 그래서 평소 혜원은 손님을 배웅할 때 호계를 넘어가지 않았는데, 도사인 육수정陸修靜과 시인 도연명陶淵明을 전송하면서는 이야기꽃을 피우느라 호계를 지나쳐버려 세 사람이 크게 웃었다고 한다. 동림사는 여기서 10km나 떨어져 있으니 설마 호랑이가 나타나지는 않겠지 생각하며 개울을 건넜다. 개울 건너편에 호랑이 대신 우뚝 서 있는 것은 케이블카 매표소였다. 관광객이 없어 오늘 처음 케이블카를 가동한다는 말을 전해듣고 순간 아찔했으나 되돌아갈 수도 없는 노릇이다. 그러고 보니 수봉풍경구 입장권에 케이블카 탑승료와 함께 보험료까지 더해져 있었다는 사실이 떠올랐다. 얼른 입장권을 꺼내 안내문을 보니, 입장권을 사면 1인당 8만 위안의 상해보험에 가입된단다. 이것을 믿고 오늘 케이블카의 첫 손님이 되어야 한단 말인가.

필자는 장난감처럼 자그마한 2인용 케이블카에 올라탔다. 케이블카는 이내 '덜커덩' 소리를 내며 승차장을 빠져나와 여산을 오르기 시작했다. 숨 고를 여유도 없이 급경사를 올라가는 얼마 동안 계속 케이블만 쳐다보았다. 별 이상은 없겠다는 생각이 확고해지고 나서야 서서히 여산의 풍경이 눈에 들어왔다. 발 아래로 짙은 에메랄드빛 연못이 보인다. 올라오는 길에 안내도에서 보았던 '수봉용담秀峰龍潭'일 것이다. 연못을 품은 계곡을 가로지르는 다리 위에서 등산객 두 사람이 담소를 나누고 있다. 겨울의 여산을 즐기는 사람이 필자만은 아니었다. 케이블카가 고도를 높여가면서 수봉을 이루는 여러 봉우리들이 시야에 들어온다. 숲이 울창하기보다는 웅장한 바위가 일품인 봉우리들이 많다. 산등성이에 오른 케이블카가 갑자기 간이역에 정차하는 기차처럼 멈추어 선다. 이건 또 무슨 일일까?

황암폭포
나는 듯 흘러 곧장 아래로 3천 척

영문도 모르고 케이블카에서 내려 주위를 두리번거리니 한켠에 석상이 하나 보인다. 다름아닌 이백의 상이었다. 여산 하면 떠오르는 당나라 시인 이백이 그렇게 케이블카 간이역 옆에 우뚝 서 있었다. 날도 추운데 뜻밖에 이렇게 정성스레 맞이해주다니……. 필자는 살아 있는 이백을 본 것만큼이나 반가운 마음이 들었다. 이백은 일생 동안 다섯 차례 이상 여산에 올랐던 것으로 알려져 있다. 이백이 마지막으로 여산에 왔던 때는 서기 760년, 그의 나이 예순이던 해였다. 영왕永王 이린李璘의 사건에 연루되면서 반역자로 몰려 야랑夜郞으로 유배 가던 길에 백제성에서 사면 소식을 듣고 쏜살같이 강릉으로 내달렸던 뒤였다. 몸과 마음이 모두 지친 상태에서 다시 찾은 여산. 그는 고향과도 같이 따뜻한 여산의 한 자락에서 이런 시를 지었다. 〈여산의 노래-시어사 노허주에게 부치다廬山謠寄盧侍御虛舟〉라는 제목이다.

여산 이백상

나는 본래 초나라의 광인이라

봉황의 노래로 공자를 비웃으며

손에 초록색 옥 지팡이 들고

아침에 황학루와 작별했다

오악으로 신선을 찾아 먼 길도 마다않고

한평생 명산에 들어가 노닐기를 좋아했다

여산은 남두성 옆에 빼어나게 솟구쳐

아홉 폭 병풍이 비단 구름에 펼쳐지고

그림자가 밝은 호수에 잠겨 검푸르게 빛난다

금궐암 앞으로 두 봉우리가 길게 펼쳐지고

은하수가 세 개의 돌다리에 거꾸로 걸렸다

향로봉의 폭포가 멀리 바라다 보이는데

굽이진 절벽과 겹겹의 산이 푸른 하늘에 솟았다

비취 그림자 붉은 노을에 아침 햇살 비치는데

새가 날아서도 이르지 못하는 긴 오나라 하늘

높이 오르니 천지에 펼쳐지는 웅장한 경관

장강은 아득히 흘러가 돌아오지 않는구나

만 리의 누런 구름이 바람에 흩날리고

아홉 갈래 흰 물줄기가 설산에서 흐른다

여산의 노래를 즐겨 짓는 것은

감흥이 여산으로 인해 밀려오기 때문

한가로이 석경산 보며 내 마음을 씻노라니

사영운이 다녔던 곳 푸른 이끼에 묻혔구나

일찌감치 환단을 먹어 속세의 마음 없으니

금 같은 마음이 세 번 쌓여 도가 막 이루어졌네

멀리 채색 구름 속의 신선을 보니

손에 연꽃을 들고 옥경산에 조회한다

하늘 끝에서 한만을 만나기로 먼저 약속해두고

노오와 어울려 가장 높은 하늘에서 노닐고저

　천하의 절경을 만나면 할 말을 잃고 어안이 벙벙해지는 우리네와 달리 시인들은 마치 물 만난 물고기처럼 붓을 휘둘러댄다. 연인戀人, 시인, 광인은 같은 부류라는 셰익스피어의 말 그대로인 것일까? 길 가는 공자를 불러 세워 봉황 노래를 불러주었다는 초나라의 광인 접여接輿를 자처한 이백은, 일필휘지로 여산의 아름다움을 묘사했다. 그는 광인과 시인을 오가며 열두 구에 걸쳐 여산을 위아래로 훑었다. 금궐암 앞으로 향로봉香爐峰과 쌍검봉雙劍峰의 두 봉우리가 펼쳐지면서 돌다리 사이로 은하수가 세 번 꺾여 떨어진다는 삼첩천三疊川을 묘사한 대목은 가히 압권이다. 여산이 그렇게

여산 황암폭포

나 감흥을 주는데 어찌 여산을 노래한 시를 즐겨 짓지 않을 수 있겠느냐고 했다. 백 번 옳은 말이나, 그것도 시재詩才가 따라주어야 가능한 일이다. 지난날 이곳에서 "절벽을 오르며 석경산에 모습을 비추어 본다攀崖照石鏡"고 노래했던 사영운의 발자취는 이미 사라졌지만, 시인은 도가의 명약 환단還丹의 효능을 의심치 않는다. 아미산에서 하산하여 속세를 기웃거렸지만 크게 얻은 것은 없었다. 여산에서 선계仙界를 찾는 일이 그가 최종 확인한 인생의 목표였다. 어허 이 사람 노허주여, 그대도 이리로 오시게나.

그런데 환단의 효험이 다한 것인지, 필자 눈앞의 이백은 꼼짝도 하지 않는다. 왼손에는 부채를 들고 오른손은 뒷짐을 지었으며 허리춤에는 칼도 찼다. 도사와 유협遊俠의 형상이 섞인 모습이다. 이백의 등 뒤로 보이는 하얀 물줄기. 바로 황암폭포黃巖瀑布였다. 황암산에서 쏟아져 내려온 물줄기가 쌍검봉 정상의 대룡담大龍潭에 떨어졌다가 쌍검봉 동쪽을 돌아 절벽을 타고 다시 자유낙하하는 낙차가 120m에 이른다. 겨울철 갈수기여서 수량이 기대에 미치지 못했지만, 폭포의 위용을 느끼기에는 부족함이 없었다. 사실 이 황암폭포는 개선폭포開先瀑布의 일부분이고, 여산에는 이뿐만 아니라 삼첩천三疊泉, 석문간石門澗, 왕가파王家坡, 옥렴천玉簾泉 등의 유명한 폭포가 더 있다. 그런데도 황암폭포가 모든 여산의 폭포를 대표하게 된 것은 순전히 이백의 시 덕분이라고 생각된다. 제 아무리 뛰어난 절경이라도 그것을 노래해 줄 시인을 만나야 이름이 나게 되니, 이 또한 '백락伯樂과 천리마의 법칙'이라 할까? 황암폭포에 빅토리아, 나이아가라, 이과수 폭포 못지 않은 명성을 가져다 준 이백의 시는 〈여산의 폭포를 바라보다望廬山瀑布二首〉 가운데 둘째 수이다.

> 해가 향로봉을 비추어 자줏빛 연기 피어나고
> 멀리서 보니 폭포가 앞쪽의 내마냥 걸렸다
> 나는 듯 흘러 곧장 아래로 3천 척
> 은하수가 높은 하늘에서 떨어졌나 하였다

이백이 이 시를 지은 것은 25세 때인 서기 725년으로 알려져 있다. 아미산에서 내려와 장강을 따라 호북성 안륙安陸 쪽으로 가던 길에 여산에 들렀던 것으로 보인다. 두보가 25세 때 쓴 유명한 시 〈태산을 바라보며望嶽〉와 어쩌면 그렇게 기상이 흡사할까? 청춘이란 이런 것인가 보다. 필자는 얼른 이백이 이 시 첫 구절에서 노래한 향로봉을 찾아보았다. 과연 이름처럼 향로처럼 생겼다. 햇살을 받아 연기처럼 어른거리는 것이 있기는 한데, 이것을 '자줏빛'이라고 표현해야 할지는 알 수 없었다. 그 앞의 여산폭포는 들판을 흐르는 냇물을 싹둑 잘라 걸어놓은 것 같다고 했다. 다시 광인의 춤사위가 시작되는가. 냇물은 3천 척 높이의 다이빙대에 올라 곧장 산 아래로 '비류직하飛流直下'. 아, 그것은 냇물이 아니라 은하수였던가. 과장이 듬뿍한 이백의 묘사는 폭포만큼이나 독자에게 상쾌한 느낌을 준다.

다시 간이역에서 케이블카를 타고 더 올라갔다. 어느새 케이블카의 높이가 폭포의 시작점보다 높아진다. 떨어지는 폭포를 위에서 내려다보니

여산 향로봉

마치 헬기라도 탄 기분이다. 케이블카의 종점은 북송 후기에 처음 세워지고 1999년에 중건된 문수탑文殊塔이었다. 9m 높이의 7층 석탑이다. 그 옆으로 난 길의 이정표가 황암폭포의 원천으로 가는 길을 안내하고 있었다. 일정이 여유로웠다면 여산의 오솔길도 거닐 겸 원천까지 가보았을 것이다. 그러나 해가 저물기 전에 여산을 내려가 고령진牯嶺鎭에 예약해둔 숙소로 이동해야 하는 탓에 다시 수봉풍경구 입구까지 되돌아가는 케이블카에 오를 수밖에 없었다.

고령진
여기를 버리고 어디로 가리오

성자현에서 고령진으로 가는 길은 썩 좋지 않았다. 먼저 212번 지방도로를 타고 온천진溫泉鎭으로 가서 105번 국도를 이용해 구강 방면으로 올라가야 했다. 105번 국도에서 213번 지방도로로 빠지니 매우 험한 산길이었다. 아찔한 낭떠러지를 몇 개나 지났을까? 필자가 대절한 차는 해가 뉘엿뉘엿해서야 고령진에 도착했다. 고령진은 해발 1,164m의 고산지대에 자리잡은, 인구 만여 명의 작은 마을이다. 해발고도가 높은 만큼 한여름에도 기온이 20도 내외에 머물러 피서지로 각광받는 곳이다. 그런데 한겨울에 유명한 피서지에 왔으니 썰렁함은 감수해야 했다. 많은 숙소와 상점들이 문을 닫은 상태라 거리가 한산했다.

고령진의 야경

　　그러나 고령진은 언뜻 보아도 산골 작은 마을에 그치지 않았다. 화려한 조명을 밝힌 거리의 건물들이 남다른 아취를 지니고 있었다. 이곳이 이렇게 발전한 내력을 더듬어보면 청나라 말기인 1895년으로 거슬러 올라간다. 리틀E. S. Little이라는 영국 선교사가 고령진의 토지 일부를 중국 정부로부터 분양받았다. 그는 그 땅을 다시 20여 개국의 업자에게 넘겨 피서를 위한 별장이 지어지기 시작했다. 1928년의 통계에 의하면 고령진에 외국인 소유의 500여 채를 포함하여 모두 700여 채의 별장이 있었다고 한다. 고령진의 원래 이름인 '고우령牯牛嶺'에서 '우牛'자를 빼서 '고령'으로 바꾼 것도 리틀이라 한다. 영어 'cooling'을 연상시켜 고령진을 피서의 명소로 널리 알리기 위해서였다.

　　백거이도 한때 여산에 별장을 두고 은거한 적이 있었다. 그의 〈향로봉 아래 새로 초당을 짓고 즉흥적으로 감회를 노래해 바위 위에 쓰다香爐峰下 新置草堂卽事詠懷題於石上〉라는 시를 보자.

향로봉의 북쪽

유애사遺愛寺 서쪽 후미진 곳

흰 바위가 어찌나 선명한지

맑은 물 또한 졸졸 흐른다

소나무 수십 그루에

대나무는 천여 그루

소나무는 비췻빛 일산인 듯 펼쳐지고

대나무는 푸른 옥돌인 듯 기대었다

그 아래 아무도 살지 않으니

안타까워라, 오랜 세월이

때때로 원숭이와 새 모여들고

하루 내내 바람과 연기만 오락가락

당시에 은거하는 이가 있었으니

성은 백이요 자는 낙천

평소 좋아하는 바가 없었으나

이를 보고는 마음이 싱숭생숭

여생을 마칠 곳이나 얻은 듯

홀연 돌아갈 줄 몰랐더라

바위에 터를 잡아 띠집을 엮고

골짜기를 개간해 차밭을 일구었다

무엇으로 내 귀를 씻을 거나

지붕 위로 떨어지는 물이 난다

무엇으로 내 눈을 깨끗이 할 거나

섬돌 아래 흰 연꽃이 자란다

왼손에는 호리병 하나를 들고

오른손으로는 오현금을 든다

거만해진 마음에 스스로 만족하며

그 사이에서 다리를 쭉 펴고 앉는다

흥이 무르익어 하늘을 우러러 노래하노니

노랫가락에 잠시 할 말을 실어본다

나는 본래 초야에 있던 사람인데

잘못하여 속세의 그물에 걸렸다오

시운을 만났던 예전에는 군주를 받들었지만

늙어가는 지금 산으로 돌아왔네

지친 새가 무성한 나무를 얻고

물이 마른 물고기가 맑은 수원으로 돌아온 격

여기를 버리고 어디로 가리오

인간세상에는 험하고 힘든 곳 많거늘

　　백거이가 여산을 찾게 된 것은 강주사마江州司馬로 좌천된 때문이었다.
서기 815년, 절도사 이사도李師道가 보낸 자객에 의해 재상인 무원형武元衡
이 피살되고 어사중승御史中丞 배도裴度가 중상을 입은 사건이 발생했다. 태
자좌찬선대부太子左贊善大夫라는 한직에 있던 백거이는 이에 격분하여 진상
규명을 요구하는 상소문을 올렸다. 그러나 일각에서 이러한 그의 행동을
직분을 넘어서는 월권으로 몰아갔다. 게다가 모친이 꽃구경을 하다 우물
에 빠져 세상을 떠났는데도 한가롭게 꽃구경을 노래한 시를 지었다는 죄
목까지 덧붙여졌다. 백거이는 결국 이 사건이 직접적인 원인이 되어 강주
사마로 좌천되었지만, 사실은 그 전에 〈신악부新樂府〉 50수 등의 풍유시諷
諭詩를 지어 조정을 비판한 행태에 죄를 물은 '괘씸죄' 성격이 짙었다. 백거
이는 그렇게 구강으로 내려와 가까이에 있는 여산을 자주 찾았고, 마침내

고령진 '백거이 초당'

서기 817년 봄 향로봉 아래에 초당을 짓고 거처를 이곳으로 옮겼다.

백거이가 괘씸죄에 걸려 입게 된 상처를 치유하는 데 여산이 큰 역할을 했던 듯하다. 그는 예전의 삐딱한 시선을 바로잡고 이내 '명철보신明哲保身'의 경지로 나아가, 그 이후로는 결코 사회 현실을 비판하는 시를 짓지 않았다. 무서울 정도로 높은 학습 효과를 보였던 것이다. 그는 과거의 잘못을 반성하고 새 사람이 되어 충주자사忠州刺史로 옮겨갈 때까지 여산의 초당에서 지냈다. 이를 기념하는 백거이 전시관이 바로 고령진에 있다. 고령진의 중심가인 고령가牯嶺街에서 서남쪽으로 2km 가량 떨어진 대림로大林路 부근이다. 1988년에 '백거이 초당 전시관白居易草堂陳列室'이 건립되었고, 다시 1996년에 유명한 조각가인 왕극경王克慶이 만든 백거이상이 세워지면서 현재의 모습을 갖추었다. 지도상에는 이곳이 '화경花徑', 즉 꽃길이라고 표시되어 있는데, 그것은 이곳에서 백거이가 〈대림사의 복사꽃大林寺桃花〉이라는 시를 지은 것으로 알려져 있기 때문이다. 먼저 이 시를 감상해보자.

속세에서는 4월이면 꽃이 다 지는데
산사의 복사꽃은 이제 흐드러지게 피었다
봄이 돌아가면 찾을 곳 없다고 늘 한탄해온 터
이곳으로 옮겨오는 줄 알지 못했다

　백거이는 늦봄에 여산에 올라왔다가 대림사에 복사꽃이 활짝 핀 것을 보고 놀라움을 금치 못했다. 산 아래는 복사꽃이 진 지 이미 오래였던 것이다. 그만큼 이곳의 기온이 낮아 개화 시기가 늦다는 뜻이다. 백거이가 여산에 초당을 짓고 쓴 〈광악초당기匡岳草堂記〉라는 글에도 "한여름에도 기온이 음력 8, 9월 같았다盛夏風氣如八九月時"며 여산의 저온 현상을 언급한 대목이 있다. 봄이 속세를 떠나 여산의 대림사에서 입산수도를 했다는 듯 묘사한 것은 시인으로서의 감각이다. 후인들이 백거이의 발자취를 기려 이곳을 '백사마화경白司馬花徑'이라 이름 지었다. 이 꽃길로 가는 길목의 바위 위에 백거이의 〈대림사의 복사꽃〉 시가 새겨져 있었다.
　고령진 숙소에서의 하룻밤은 어쩐지 어색한 느낌이었다. '엇박자'의 연속이랄까. 아무래도 유명한 피서지에 겨울에 온 것이 그 느낌의 시발점인 듯하다. 한적한 산골 마을답지 않게 잘 정돈된 거리와 산 중턱을 따라 늘어선 별장들. 그러나 그 화려한 불빛 속에 담겨진 까닭 모를 적막감. 필자가 묵었던 호텔 바로 뒤로 보이는 허름한 가정집에 형형색색의 빨래가 어지럽게 내걸려 있었던 것도 그런 생각을 부추겼다. 백거이는 철마다 꽃, 구름, 달, 눈이 매혹적인 자신의 초당이야말로 여산의 제일 명승지가 아니겠냐고 했다. 그러나 실권자의 눈 밖에 나서 쫓겨온 당시의 형편을 고려하면 그 말을 액면 그대로 받아들이기는 어려울 듯하다. 기껏해야 '겨울에 온 피서지' 정도가 아니었을까?

고령진 별장촌

필자는 고령진에서 내려와 구강으로 되돌아갔다. 구강이라는 이름이
우리에게 그다지 친숙하지는 않다. 그러나 인구가 500만에 육박하고 9개
현을 관할구역으로 삼고 있어 제법 규모가 크다. 거의 모든 시가지가 장강
을 따라 길게 펼쳐져 '장강의 도시'라 해도 과언이 아니다. 구강에는 장강
을 건너는 다리가 두 개 있다. 하나는 창구昌九 고속도로로 연결되는 구강
장강대교九江長江大橋이고, 다른 하나는 복은福恩 고속도로로 연결되는 구강
장강이교九江長江二橋다. 구강장강대교 남단에 장강을 따라 난 도로가 빈강
로濱江路이다. 빈강로 주변의 장강은 폭이 1200m 이상으로, 서울의 한강보
다 조금 넓어 탁 트인 경관을 자랑한다. 이 빈강로를 따라 구강을 대표하
는 세 개의 누정樓亭이 나란히 있다. 비파정琵琶亭, 쇄강루鎖江樓, 심양루潯陽
樓가 그것이다. '강남 3대 누각'을 본뜬다면 '구강 3대 누각'이라 해도 좋으
리라.

비파정
강주사마 푸른 적삼이 흠뻑 젖었더라

필자는 구강장강대교 오른쪽
에 있는 비파정부터 하나씩 답사
하기로 했다. 당나라 때 처음 세
워진 비파정은 백거이가 손님을
전송하던 곳이었다. 본래 구강성
서쪽에 있었는데, 여러 차례 자리
를 옮기며 중건되었다. 청나라 때
구강관감독九江關監督을 지낸 당영
唐英이 서기 1743년에 중건한 것
이 청말의 전란으로 훼손되었다
가 100여 년이 지난 1989년에야

비파정

현재의 모습으로 복구했다. 백거이 상 뒤편으로 13m 높이의 비파정이 우
뚝 솟아 장강을 굽어본다. 비파정을 떠받치는 축대에는 그림이 한 폭 그려
져 있다. 강서성 출신의 화가인 황려평黃麗萍의 작품이라고 한다. 이 그림
의 오른쪽 모서리에 씌어진 글귀를 가만히 읽어보니 백거이의 시 〈심양에
서 잔치를 열고 이별하다潯陽宴別〉의 전문이다.

> 병사들이 지키는 성 밖에는 안장을 얹은 말
> 송별연을 위한 휘장 앞에서는 생황에 맞춘 노래 소리
> 조수를 타고 분수湓水의 어귀를 떠나
> 눈 덮인 여산과 이별하리라

저녁 풍경이 나그네를 끌어내고

봄 추위가 술 취한 얼굴에 흩어지겠지

함께 탄식하노니, 무덥고 습한 이곳에서

모두가 살아 돌아갈 수 있기를

백거이는 서기 818년 겨울 충주자사에 임명되어 이듬해 봄에 구강을 떠났다. 이 시는 그가 송별연에서 지은 것이다. 옛날에는 '조도祖道'라 하여 먼 길을 떠나기 전 길 신에게 제사를 지내는 풍습이 있었는데, 후에 이것이 송별연으로 바뀌었다. 이 송별연이 끝나면 백거이는 분수湓水가 장강으로 흘러드는 구강을 떠나 초당을 짓고 살았던 여산과도 헤어질 것이다. 앞에서 살펴본 것처럼 백거이는 장강을 거슬러 충주로 바로 가지 않고 먼저 남창에 들렀다. 안장을 얹은 말을 대기시켜 두었다고 한 것으로 보아 남창까지는 육로로 이동했던 것 같다. 구강에서 남창까지의 거리는 100여 km에 불과하니 그리 오랜 시간이 걸리지는 않았을 것이다. 여산과 파양호鄱陽湖가 펼쳐 보이는 저녁 경치를 감상하며 초봄의 쌀쌀한 공기에 송별연에서의 취기도 가셨으리라. 구강에서 몇 년을 지낸 백거이지만, 사마司馬라는 낮은 관직을 받아들고 좌천되어 왔던 탓인지 그다지 정이 들진 않았던 모양이다. 구강을 '염장지炎瘴地', 즉 '무덥고 습한 곳'이라는 한 마디로 일축했다. 그리고 자신을 떠나보내는 이들도 속히 구강에서 살아 돌아가기를 바란다고 했다. 지금 구강에 사는 사람들로서는 '염장 지르는' 말에 다름 아닌데, 비파정에 백거이 상까지 세워준 것을 보면 속도 좋다.

백거이의 시에 얼마간 관심을 가진 독자라면 이곳 정자의 이름이 '비파'라는 것에 짚이는 데가 있을 것이다. 비파정은 곧 백거이의 이름을 널리 알린 시 〈비파의 노래琵琶行〉을 기념하는 정자이다. 그래서 비파정에 들어서자마자 이 시의 전문 616자가 새겨진 영벽影壁이 관람객을 맞이한다. 그

비파정 〈심양연별도〉

러면 먼저 〈비파의 노래〉를 감상해보자.

심양강 강가에서 밤에 나그네를 전송할 제

단풍잎과 갈대꽃에 가을 바람 스산하다

주인인 내가 말에서 내려 나그네 있는 배로 가서

술잔 들어 마시려 하니 음악이 없더라

취해도 즐겁지 않고 다가오는 이별만 슬펐는데

이별할 때 아득하게 강물에 달이 잠겼다

홀연 강 위에서 비파 소리 들려와

주인은 돌아갈 생각 잊고 나그네도 떠나지 못했다

소리를 따라가 나지막히 타는 이 누구냐 물었더니

비파 소리 그치면서 말하려다 머뭇거린다

배를 옮겨 가까이 가 만나기를 요청하여

술잔 채우고 등불 돋우어 다시 연회를 열었다

천 번 만 번 불러서야 겨우 나왔건만

여전히 비파 끌어안고 반쯤 얼굴을 가렸다

꼭지 틀어 두세 번 줄을 튕기는 소리

곡조도 이루어지기 전에 먼저 정이 담겼다

줄을 옮기며 누르니 소리가 애절하여

평생에 못 이룬 뜻 호소하는 듯 하더라

눈을 깔고 손 가는 대로 연달아 튕기며

마음속 끝 없는 사연 다 털어놓았다

살짝 누르고 천천히 문지르고 뜯고 튕기며

처음엔 〈예상우의곡〉에 나중은 〈육요〉

굵은 줄은 주룩주룩 소나기 내리는 듯

가는 줄은 소곤소곤 밀어를 속삭이듯

주룩주룩 소곤소곤 엇섞어 연주하니

큰 구슬 작은 구슬이 옥 쟁반에 떨어진다

꾀꼴꾀꼴 꾀꼬리처럼 꽃 밑에서 부드럽다가

흐느끼는 샘물처럼 얼음 아래에서 힘겨워한다

샘물이 얼어붙은 듯 줄을 멈추니

멈추어 통하지 않으매 소리도 잠시 그쳤다

달리 깊은 시름이 있고 남모를 한이 생겨나니

이때만큼은 소리가 없는 것이 있는 것보다 낫더라

은병이 갑자기 깨져 물이 튀는 듯

철갑 기병 불쑥 튀어나와 칼과 창을 울리는 듯

곡이 끝나 채를 거두며 가운데를 내리 그으니

네 줄이 한꺼번에 비단 찢는 소리를 낸다
동쪽 배와 서쪽 배에서 조용히 말도 없이
오직 강물 속 하얀 가을 달만 바라보더라
깊이 생각하다 채를 내려 줄 사이에 끼우고
옷매무새를 가다듬더니 일어나 낯빛을 고친다

스스로 하는 말인 즉 "본래 장안의 여인으로
집은 하마릉 아래 있었답니다
열세 살에 비파 타는 법을 배워
이름이 교방의 제일부에 올랐습니다
곡조를 마치면 비파 선생님도 탄복하고
단장하면 매번 기녀들의 질투를 받았지요
오릉의 젊은 공자들이 다투어 예물을 주니
한 곡조에 붉은 비단이 셀 수 없이 많았습니다
꽃비녀와 은빗이 장단 맞추다 부서지고
진홍색 비단 치마는 술 엎질러 얼룩졌지요
올해의 즐거움이 다시 내년까지
가을 달 봄 바람을 한가롭게 보냈습니다
남동생 군대 가고 교방 언니도 죽으면서
저녁이 가고 아침이 올 때마다 안색이 시들었지요
문 앞이 썰렁해질 만큼 찾는 이 드물어지자
늙고 나이 먹어 장사꾼의 아내로 시집갔답니다
장사꾼은 이익만 따지고 이별은 가벼이 여겨
지난달에 부량으로 차를 사러 떠났지요
강가를 오가며 빈 배를 지키노라니

배를 둘러 달이 밝고 강물은 차가웠습니다

밤 깊은 때 문득 소싯적 꿈을 꾸면서

꿈에 화장한 채 울어 붉은 눈물 떨구었지요"

나는 비파 소리를 들으며 벌써 탄식했는데

다시 이 말을 듣고 거듭 혀를 찼다

다같이 세상 끝으로 떨어진 사람들

만남에 어찌 구면인가 따지리오?

"나는 지난해 장안을 하직하고

폄적되어 심양성에서 몸져누웠다네

심양은 땅이 외져 음악이 없는 터라

한 해가 지나도록 음악 소리 못 들었네

분수 근처에 사는데 땅이 낮고 습해서

누런 갈대와 참대가 집 주위에 나 있네

그 사이에서 아침 저녁으로 무슨 소리 듣겠는가?

두견새 피를 토하고 원숭이 슬피 울지

봄 강가 꽃 핀 아침과 가을 달 뜬 저녁

이따금 술 받아다 다시 홀로 기울였네

어찌 산 노래와 마을의 피리 소리 없겠는가만

웅얼웅얼 얼렁뚱땅 들어주기 어렵다네

오늘 밤 그대의 비파 소리 들으니

신선의 음악을 들은 듯 귀가 잠시 밝아졌네

사양 말고 다시 앉아 한 곡 타준다면

그대를 위해 비파의 노래를 지어보겠네"

나의 이 말에 감동하여 한참 서 있더니

도로 앉아 줄을 조이니 줄 더욱 급해진다

처량하여 이전의 소리와는 같지 않으니

좌중의 모두가 다시 듣고 얼굴 가린 채 운다

좌중에서 흘린 눈물 누가 가장 많았던가?

강주사마 푸른 적삼이 흠뻑 젖었더라

이 시는 백거이가 강주사마로 좌천되어 구강에 온 이듬해인 서기 816년 가을에 지은 것이다. 백거이 자신의 서문에 따르면, 손님을 전송하러 포구에 나갔다가 여인의 비파 소리를 듣게 되었다고 했다. 왕립 음악원이라 할 교방敎坊에서 비파 주자奏者로 명성을 날렸던 여인은 나이를 먹은 뒤 교방에서 나와 장사꾼에게 시집갔으나, 그다지 행복한 생활을 영위하지 못했다. 그런 여인의 기구한 신세가 중앙 정계에서 퇴출되어 강주사마로 좌천된 백거이 자신의 모습과 중첩되면서 한없는 동병상련同病相憐의 감정으로 표출되었다. 당시에 이 시가 어찌나 유명세를 탔던지 당나라 선종宣宗이 백거이를 조문한 시에서 "오랑캐 아이도 '비파의 노래'를 부를 수 있

비파정 〈비파의 노래〉'

비파정

다胡兒能唱琵琶篇"고 칭송한 바 있다. 그것은 아마도 이 시가 장편 서사시로서 전형적인 인물의 이미지를 만들어내면서 바로 앞에서 듣는 듯 비파 연주의 선율을 훌륭하게 묘사했기 때문이라고 생각된다. 비파정 아래에 〈심양에서 잔치를 열고 이별하다〉 시를 그림으로 표현했던 황려평이 〈비파의 노래〉도 영벽 뒷면에 그려놓았다. 음악에서 시로, 다시 회화로 예술의 장르를 바꾸어 가며 비파 곡을 감상하는 재미가 있다.

그런데 그렇게 〈비파의 노래〉를 되새기며 비파정에 오르자마자 순식간에 시흥詩興이 깨지고 말았다. 비파정에 백거이와 관련된 기념물을 전시하는 대신 버젓이 번쩍번쩍하는 불상과 시주함을 차려놓았기 때문이다. 이것은 또 무슨 초현실주의 풍의 조합이란 말인가. 물론 백거이가 구강으로 좌천된 후에 여산의 유애사遺愛寺 옆에 초당을 짓고 참선을 했던 것은 잘 알려져 있는 사실이다. 그렇다고 손님을 맞이할 용도로 세운 비파정에까지 불상을 모셔두었을 것 같지는 않다. 여기가 절은 아니지 않은가. 차라리 비파정과 관련된 후인의 시를 전시하는 것이 훨씬 운치가 있지 않을까? 그나마 비파정 정면의 대련은 당나라 시인의 시구를 한 구절씩 모은 것이라 당혹감이 조금 덜했다.

한 번 흐르는 물을 타고 한 번 달을 타노라니

위 구절은 노동盧仝의 〈바람 속의 금風中琴〉이라는 시에서 따왔고, 아래 구절은 두보의 〈화경정花敬定에게 드리다贈花卿〉라는 시에서 따온 것이다. 두 구절을 모아 장강을 굽어보며 높이 솟은 비파정에서 '흐르는 물'과 '달'을 주제로 비파를 타는 모습을 담았다. 때아닌 불상만 아니면 비파정의 분위기를 느끼기에 더없이 좋으련만. 비파정 양쪽으로는 비랑碑廊이 마련되어 있었다. 비파정과 관련된 시를 56개의 비석에 새겨 전시했다. 그러나 아쉽게도 붉은 기둥은 칠이 벗겨지고 흰 벽은 때로 얼룩져 연탄 창고와 다름이 없었다. 구강시 당국에서 때맞춰 유지 보수에 힘을 쏟을 여력이 없는 듯했다. '비석을 훼손하면 벌금 300위안에 처한다'는 경고 문구가 위압적인 느낌을 주었을 뿐 관람객의 시선을 끌기에는 역부족이었다. 처음 만들 때만 요란을 떨다가 이내 관심 밖으로 밀려나는 문화 유적이 어디 비파정뿐이겠는가. 그런데 이것도 정교하게 의도된 것일지도 모른다는 생각이 퍼뜩 들었다. 교방에서 잘 나가던 비파 주자였던 여인이 장사꾼의 아내로 전락했다는 〈비파의 노래〉를 더 잘 연상시키도록 말이다. 설마 그럴리야…….

비파정을 나온 필자는 5번 버스를 타고 빈강로濱江路를 따라 세 정거장을 가서 쇄강루鎖江樓 정류장에 내렸다. 쇄강루는 명나라 때인 1558년 구강군수로 있던 오수吳秀가 세운 것이다. 당시의 이름은 강천쇄약루江天鎖鑰樓였다. 푸른 장강과 푸른 하늘을 감상하는 열쇠와 같은 누각이라는 뜻이리라. 쇄강루 옆으로는 35m 높이의 7층 석탑인 쇄강루탑이 장강을 굽어보며 위용을 자랑한다. 전해지는 기록에 의하면, 쇄강루가 완성되고 50여 년이 흘러 구강에 큰 지진이 발생했다. 당시 광풍이 몰아치고 폭우가 쏟아지면서 장강이 범람해 쓰나미처럼 몰려왔는데, 쇄강루는 장강이 집어삼

쇄강루

켜 오간 데 없었지만 쇄강루탑은 멀쩡했다고 한다. 이것이 누각보다 이에
딸린 탑이 더 유명하게 된 내막이다. 쇄강루는 명나라 때 만들어진 누각
이라 당연한 말이지만 이를 소재로 한 당시가 없다. 그래서 필자도 얼마간
건성으로 훑어보고 바로 다음 목적지로 발걸음을 옮겼다.

심양루
매달린 난간에 차가운 비가 흩뿌리고

쇄강루에서 심양루潯陽樓까지는 버스로 한 정거장 거리라서 장강을 따
라 걸어가기로 했다. 이곳을 흐르는 장강은 강서성과 호북성의 경계를 이
룬다. 그래서 강 건너로 호북성 황매현黃梅縣의 시가지가 눈에 들어온다.
얼마 걷지 않아서 심양루에 다다랐다. 심양루는 『수호전水滸傳』에서 송강宋
江이 반란의 시를 썼다가 관리에게 붙들린 곳으로 잘 알려져 있다. 그는 먼

저 서강월西江月이라는 곡조에 맞춘 사詞를 한 수 지은 뒤, 발동이 걸린 시심詩心을 주체하지 못하고 다시 다음과 같은 내용의 칠언절구 한 수를 더 짓는다.

마음은 산동에 있는데 몸은 오나라 땅
강호를 떠돌아 다니노라니 탄식이 절로 나온다
훗날 만약 청운의 뜻을 이룬다면
황소는 사나이도 아니라고 비웃어주리라

송강은 본래 산동성 운성현鄆城縣의 하급관리였다. 그는 채태사蔡太師에게 올리는 생신 선물을 탈취한 조개晁蓋를 도와주었다. 그런데 그가 조개와 주고받은 편지가 첩인 염파석閻婆惜의 수중에 들어가 신변에 위협을 느끼게 되자, 염파석을 살해하고 창주滄州로 달아났다가 붙잡혀 강주로 유배되었다. 강주에서 시름을 달래던 그는 어느 날 심양루에서 거나하게 술을 마시고 이런 시를 지으며 호기를 부렸다. 그가 시에서 언급한 황소黃巢는 당나라 말기에 반란을 일으켜 당나라의 멸망을 재촉한 인물이다. 신라의 최치원崔致遠이 황소를 토벌하기 위해 쓴 글인 〈토황소격문討黃巢檄文〉이 널리 알려져 있다. 그러니 송강이 황소를 비웃겠다는 것은 결국 반란을 일으켜 성공하고 말겠다는 말이 아닌가. 이후의 자세한 이야기는 『수호전』을 읽어보시기 바란다.

심양루가 처음 세워진 연대는 잘 알려져 있지 않다. 다만 몇몇 당나라 시인의 시에 심양루가 언급된 것으로 보아 늦어도 당나라 때라고 볼 수 있겠다. 현재의 것은 1987년에 중건된 것이다. 높이 21m의 심양루는 밖에서 보면 3층으로 이루어져 있으나 내부는 4층인 독특한 구조를 가지고 있다. 무한의 황학루를 설계하기도 했던 건축설계사 상흔연向欣然이 설계를

심양루

맡았다. 그래서 그런지 얼마간 황학루의 분위기가 나는 듯도 하다. 그는 『수호전』의 삽화와 송대의 그림인 〈청명상하도淸明上下圖〉에서 설계의 아이디어를 얻었다고 한다. 정면의 현판에는 '분포명주瀋浦明珠'라 씌어 있다. '분포'는 분수瀋水가 장강으로 흘러드는 포구라는 뜻으로 구강의 별칭 가운데 하나이다. '명주'는 상해上海의 동방명주탑東方明珠塔에서 보듯 밝은 구슬을 나타낸다. 요컨대 심양루가 '구강의 진주'라는 말이리라. 현판 아래 대련은 다음과 같은 구절로 이루어져 있다.

세상에 이런 술이 없고
천하에 유명한 누각이 있다

이 또한 『수호전』에 나오는 그대로를 옮긴 것이다. 소설에서 송강은 심양루 앞을 지나다가 이 대련을 보고, 운성에서도 심양루의 명성을 익히 들었다며 안으로 들어간다. 『수호전』이 심양루의 성가를 높였다는 사실을

군이 부인하는 것은 아니지만, 당나라 시인 위응물韋應物의 시에 누각의 이름이 처음 보인다는 점도 짚고 넘어가는 것이 좋겠다. 그의 〈강주의 누각에 올라 장안의 여러 아우들과 회남의 후배에게 부치다登郡樓寄京師諸季淮南子弟〉라는 시를 보자.

> 갓 영양군수의 직분을 마치고
> 다시 심양의 누각에 누웠다
> 매달린 난간에 차가운 비가 흩뿌리고
> 높은 성가퀴가 장강 물결 속으로 빠져든다
> 여기에 와 밤에 기러기 소리 들으며
> 다시금 이별의 가을을 생각한다
> 다만 술동이 가득 든 술이
> 이런 백 가지 근심을 잠재운다

이 시는 위응물이 대략 49세 되던 해인 서기 785년에 지은 것이다. 그는 이보다 3년 전에 영양군수, 즉 저주자사滁州刺史로 부임했다가 강주자사江州刺史로 전보되어 구강에 왔다. 구강에서 그가 올랐다는 '심양의 누각'이 곧 '심양루'인지는 분명하지 않다. 다만 장강을 한눈에 내려다보며 술을 마실 수 있었다고 하였으니, 『수호전』에 묘사된 '심양루'와 비슷한 곳으로 보인다. 사실 심양루는 경치를 감상하는 일반적인 누각과 달리 본래 술집으로 지어졌다고 한다. 위응물은 상서비부원외랑尙書比部員外郎으로 장안 대궐에 있다가 지방으로 내려와 저주와 강주 등지를 전전하고 있었으므로 장안에 대한 그리움이 컸을 것이다. 심양루의 맛난 술마저 없었다면 그 근심을 어찌 다스릴 것이랴.

필자는 심양루를 끝으로 '구강 3대 누각' 답사를 마쳤다. 심양루 앞에서 구강역으로 이동하기 위해 택시를 잡았다. 대도시에서는 보기 힘든 경차 택시가 필자의 손짓에 멈춰 선다. 구강이 강서성에서 둘째가는 도시라고는 해도 북경이나 상해만큼 휘황찬란할 수는 없다. 길가에 늘어선 자전거, 오토바이, 삼륜차들이 지방 소도시의 인상을 강하게 풍긴다. 만약 당나라 때 이곳에 왔다면 장강에 눈물을 보태야 할 만큼 그렇게 서글펐을까?

구강역에서 12시 28분에 출발하는 K1192 열차를 탔다. 이 열차는 멀리 광서성 남녕南寧에서 발차해 강소성 남경南京까지 1,808km를 달린다. 구강에서 필자의 행선지인 마안산馬鞍山까지는 372km. 꼬박 6시간이 걸리는 여정이었다. 마안산의 유래는 유방劉邦과 항우項羽가 자웅을 겨루던 초한楚漢 전쟁의 시기로 거슬러 올라간다. 당시 유방의 공세에 밀리다 해하垓下에서 포위된 항우는 사면초가四面楚歌의 위기에 처했다. 화현和縣의 오강烏江까지 달아난 항우는 배 한 척을 준비해둔 사람을 만났다. 그는 그 배로 오강을 건너면 추격하던 유방의 군사가 더 이상 뒤쫓을 수 없을 것이니 그렇게 후일을 도모하라고 권했다. 그러나 항우는 강동江東 사람들을 다시 볼 면목이 없다며 거절하고 자신이 타던 말을 그에게 내주었다. 그리고 적진으로 뛰어들어 유방의 군사 수백 명을 베고 자신도 큰 상처를 입어 더 이상 싸울 수 없게 되자 자결했다. 여기까지는 사마천의 『사기』에 기록된 역사적 사실이다. 그런데 전설에 의하면, 당시 항우가 타던 말이 주인을 잃은 슬픔에 강으로 뛰어들어 죽고 말안장만 남아 산이 되었다는 것이다. 그것이 바로 '말안장 산'이라는 의미의 마안산이다.

산 이름으로서의 마안산에 대한 최초의 기록은 명나라 때로 거슬러 올라가지만, 마안산시가 생긴 것은 비교적 최근인 1956년의 일이다. 마안산은 장강의 하류 남단에 위치해 있다. 행정구역상 안휘성에 속하나 실제로는 50km 거리에 있는 강소성 남경南京 경제권으로 묶인다. 철강업이 발달한 공업도시이며, 마안산항은 장강 10대 항구 중 하나이기도 하다. 필자가 마안산을 찾은 이유는 이 부근에 시인 이백의 사적과 관련이 깊은 채석기採石磯와 당도현當涂縣이 있기 때문이다.

채석기
별들이 늘어선 우저의 밤

채석기는 마안산으로부터 5km 거리의 채석진採石鎮에 있다. 마안산역에서 4번 버스를 타면 채석기 입구에 도착한다. 채석기는 남경의 연자기燕子磯, 악양의 성릉기城陵磯와 함께 장강 3대 명기名磯에 속한다. '기磯'는 본래 물가로 튀어나온 바위를 가리키는데, 바위만 하나 있는 것은 아니고 산의 일부가 강쪽으로 돌출한 부분을 말한다. 3대 명기 중에서도 채석기는 산세가 험준하고 풍경이 아름다워 으뜸으로 손꼽힌 곳이다. '채석'이라는 이름은 삼국시대에 이곳에서 '오채석五彩石'을 캤다는 데서 유래했다. 또 황금소가 이곳 물가에 나타났다는 전설에 따라 '우저牛渚'라 불리기도 했다. 맹호연의 〈밤에 우저에서 묵으며 설팔의 배를 따라가다 놓치다夜泊牛渚趁薛八船不及〉 시를 감상해보자.

> 별들이 늘어선 우저의 밤
>
> 바람 물러가니 익새 그린 배도 더디다
>
> 물가에서 늘 함께 잤건만
>
> 안개와 파도에 홀연 틈이 생겼다
>
> 사공의 노래 허공 속으로 사라지고
>
> 배의 불빛이 보이는 듯 마는 듯

채석기 입구

내일 출발하여 물에 배를 띄우면

아득한데 어디서 만나리오

채석기 일대의 항공사진을 보면 장강을 횡단하여 소호巢湖에서 마안산을 잇는 소마巢馬 고속도로를 확인할 수 있다. 장강의 바로 그 지점에 길이 17km가 넘는 거대한 삼각주가 있어 장강의 일부는 삼각주의 오른쪽으로 우회한다. 이쪽을 따라 강안으로 계속 나아가면 삼각주의 상단부 강안이 바로 채석기다. 다시 말해서 장강이 고속도로라면 채석기는 휴게소 같은 위치에 있다는 것이다. 그래서 장강 하류의 남경이나 양주揚州로 가는 배들이 여기서 하루 묵고 이튿날 출발했던 듯하다. 위 시에서 맹호연과 설팔은 각자 배를 타고 앞서거니 뒤서거니 장강을 따라 내려가던 길이었던가보다. 그런데 안개가 끼고 파도가 치면서 그만 설팔의 배가 시야에서 사라졌다. 사공의 노래가 들리지 않고 배를 밝히는 불도 보일 듯 말 듯 하다. 하는 수 없이 우저에서 묵어가려 하는데, 내일 아침에 다시 뱃길을 나선다

해도 망망한 장강에서 쉽게 찾을
수 있을지 장담하기 어렵다.

채석기의 잔도

　장강 쪽에서 바라보면 채석기
는 해발 131m인 취라산翠螺山의
일부를 이룬다. 취라산은 산의 모
습이 푸른 소라처럼 생겼다고 해
서 새로 붙여진 이름이고, 원래
이름은 우저산牛渚山이었다. 이 산의 서쪽이 절벽을 이루며 장강 쪽으로 돌
출한 부분이 바로 채석기이다. 그런데 배를 타고 접근하지 않는 이상 동쪽
의 채석기 풍경구 입구로 들어와 넓은 정원을 거쳐 채석기까지 가야 한다.
동쪽에는 취원翠苑, 계화원桂花園, 원몽원圓夢園 등의 정원이 잘 가꾸어져 있
다. 오솔길 좌우로 키가 훤칠한 대나무가 빼곡하게 들어서 청량감을 느끼
기에 충분했다. 연못을 가로지르는 아치형의 돌다리도 정취를 더한다. 대
나무 숲을 지나면 푸른 잔디밭이 펼쳐진다. 필자는 취라산으로 올라가기
전에 충분한 휴식을 취하려고 잔디밭에 마련된 벤치에 누워 잠시나마 망
중한에 빠졌다. 따스한 햇살이 내리쬐는 오후라 잠이 소르르 오는 것을 애
써 떨치고 일어나 채석기로 가는 돌계단을 오르기 시작했다. 땀이 송글송
글 맺힐 무렵 다행히 서쪽 절벽의 잔도棧道에 다다라 시원한 강바람에 땀
을 식힐 수 있었다. 멀리 배 한 척이 다가오는 모습을 보며 '장강의 휴게소'
다운 곳이라는 생각이 들었다.

착월대
큰 붕새가 날아 팔방에 떨쳤으나

마안산 일대를 자주 오갔던 이백이 채석기를 건너뛰었을 리 없다. 그의 〈밤에 우저에서 묵으며 옛일을 생각하다夜泊牛渚懷古〉라는 시를 감상해보자.

> 서강 우저에서의 밤
> 푸른 하늘에 한 조각 구름도 없다
> 배에 올라 가을 달을 바라보며
> 공연히 사장군을 생각한다
> 나 또한 소리 높여 노래할 수 있건만
> 이 분은 들을 수 없네
> 내일 아침 돛을 올리면
> 단풍잎 어지러이 떨어지리라

이백이 우저, 즉 채석기에 다녀간 것이 여러 차례여서 이 시를 언제 지었는지 단언하기 어렵다. 첫째 구에 보이는 '서강'은 장강의 하류를 따로 부르는 말이다. 마포에서 양화진에 이르는 한강을 서강이라 불렀던 것과 흡사하다. 이백은 어느 가을 밤 서강에 배를 띄우고 하늘의 달을 바라보며 사장군謝將軍을 생각한다. 사장군은 동진東晉의 장군이었던 사상謝尚을 가리킨다. 『세설신어世說新語』에 따르면 그가 우저에 진주했다가 마침 그곳에서 시를 낭송하던 원굉袁宏을 만나 조정에 추천했다고 한다. 시를 짓는 것이라면 이백이 남에게 뒤지지 않으련만, 지금 시대에는 그에게 귀를 기울여 줄 사장군이 없는 것을 어쩌랴. 이튿날 채석기를 떠나 다시 장강으로

채석기 이백 상

배를 띄우면 어지럽게 떨어지는 단풍잎이 쓸쓸함을 더해줄 것이라 했다.

채석기에서 단연 눈에 띄는 것은 합금강合金鋼으로 만든 이백 상像이다. 높이 3.7m의 이 상은 1987년에 중앙미술학원에 재직 중이던 전소무錢紹武 교수가 제작한 것이다. 이백이 마치 한 마리 새처럼 양 소매를 넓게 벌리고 금방이라도 날아갈 듯한 품새를 취하고 있는 것이 독특하다. 이백 상을 떠받친 대리석에 새긴 시를 읽고 나면 이런 모습을 하고 있는 이유를 짐작하게 된다. 〈길에 나서 부른 노래臨路歌〉라는 제목의 작품이다.

> 큰 붕새가 날아 팔방에 떨쳤으나
> 하늘에서 꺾였으니 역부족이로구나
> 남은 바람이 만대를 격동시켜
> 부상에서 노닐다 왼 소매에 걸렸다
> 후인이 얻어서 이를 전하려 해도

서기 762년 겨울, 62세의 이백은 병세가 악화되어 이 시를 '절명시絶命詩'로 남기고 세상을 떠났다. 그는 생전에 자신을 '큰 붕새'에 비유한 바 있다. 붕새는 장자莊子가 말한 바, 구만 리 창공으로 치솟아 6개월을 날아야 멈춘다는 전설 속의 새다. 그러나 그 붕새는 웅대한 꿈을 다 펼치지 못하고 그만 날개가 꺾여 추락하고 말았다. 옛날 영험한 동물인 기린이 잡혔다는 말을 듣고 공자가 눈물을 흘렸다는데, 이제 공자도 없으니 누가 붕새의 최후를 슬퍼해줄 것인가. 이백은 이렇게 자신의 죽음을 붕새의 쓸쓸한 퇴장에 비유했다. 채석기의 이백 상은 그가 못 다 이룬 꿈을 펼치게 해주려는 것일까? 이상의 『날개』 마지막 대목이 절로 떠오른다. "날개야 다시 돋아라. 날자. 날자. 한 번만 더 날자꾸나. 한 번만 더 날아 보자꾸나."

암만 그래도 대붕大鵬의 최후로 병사病死란 썩 어울리지 않는다. 그래서 이백에게 걸맞는 사인死因이 개발되기에 이르렀다. 그가 죽고 채 200년이 지나지 않은 오대五代 시기에 '익사설'이 등장했던 것이다. 이백이 궁궐에서 입는 도포를 입고 채석강採石江에서 놀다가 술에 취한 김에 물 속에 들어가 달을 잡으려다 빠져 죽었다는 것이다. 과연 '술과 달의 시인'이라는 이백의 명성에 어울리는 사인이다. 이런 전설이 널리 퍼진 결과를 채석기에서도 찾아볼 수 있다. 바로 '달을 잡는 바위'라는 뜻의 '착월대捉月臺'이다. 현재 이름은 연벽대聯璧臺인데, 이 바위에 올라서니 장강이 바로 발아래로 보였다. 술에 취해 올랐다면 달을 잡으려다 강물에 빠질 만한 곳이었다.

채석기 착월대

태백루
청련거사는 귀양 온 신선

사실 채석기에서 꼭 봐야 할 이백 관련 유적은 태백루太白樓이다. 태백루의 원래 이름은 적선루謫仙樓로, '귀양 온 신선'이라는 뜻을 가진 이백의 별호에서 따왔다. 이백 사후 50년 정도가 지난 당나라 원화元和 연간에 처음 건축되었고, 청나라 때인 19세기 후반에 중건한 것이 현재까지 전해진다. 태백루의 또 다른 이름은 '당이공청련사唐李公靑蓮祠'이다. 청련거사靑蓮居士라는 이백의 별호에서 따왔다. 기왕 '적선'이니 '청련'이니 하는 이백의 별호들이 등장했으니, 이와 관련된 그의 시 한 수를 읽어보지 않을 수 없다. 〈당신은 어떤 사람이냐는 호주 가섭 사마의 질문에 답하다答湖州迦葉司馬問白是何人〉라는 특이한 제목이다.

> 청련거사는 귀양 온 신선
> 술집에서 이름을 숨기고 있은 지 30년
> 호주 사마는 뭘 묻고 그러시오
> 이 몸이 금속여래의 후신인 것을

이 시는 이백이 서역 출신의 호주사마 가섭씨에게 간단히 자신을 소개한 것이다. 이백이 '청련거사'라는 별호를 쓰게 된 연유에 대해서는 두 가지 설이 있다. 하나는 그가 태어난 곳인 '청련향靑蓮鄕'에서 따왔다는 것이고, 다른 하나는 불교의 경전인 『묘법연화경妙法蓮華經』에 '청련'이라는 말이 보인다는 것이다. '거사'가 집에서 수행하는 불교도를 뜻한다는 점을 염두에 두면 후자의 주장도 일리가 있다. '적선謫仙'은 이백 자신이 지어낸 말이 아니라, 하지장賀知章이라는 시인이 이백의 풍모를 보고 신선이 따로 없다며 붙여준 것이다. 이백은 가섭씨에게 자신이 바로 금속여래金粟如來가 죽어서 다시 태어난 사람이라고 했다. 금속여래는 불교 경전『유마경維摩經』의 주인공인 유마힐維摩詰을 가리킨다. 독실한 불교 신자로 유명한 시인 왕유王維가 이 유마힐을 흠모하여 자신의 자字를 마힐摩詰이라 한 바 있다. 유마힐의 후신임을 주장한 동갑내기 시인 이백의 말에 왕유가 어떤 반응을 보였을지 궁금하다. 석가모니의 수제자가 가섭이니, 호주사마가 그의 후손이리라고 보고 말한 우스갯소리였으리라.

이백 관련 유적으로 매우 중요하다는 태백루를 앞에 두고 이백의 별호 얘기나 늘어놓은 데는 그만한 사연이 있다. 필자가 큰 기대를 안고 찾아온 태백루가 마침 공사중이어서 문이 굳게 닫혀 있었던 것이다. 그것은 태백루 옆의 이백기념관도 마찬가지였다. 허탈하기 짝이 없었다. 높다란 담장에 가려 18m 높이에 이른다는 태백루는 겨우 3층에 내걸린 현판을 확인하는 데 그쳤고, 그 뒤쪽의 태백사太白祠는 그림자도 볼 수가 없었다. 그러니 태백루 대청에 걸려 있다는 〈태백만유래석도太白漫遊來石圖〉나 〈태백유

채석기 '태백루'

종도太白遊蹤圖〉는 언감생심이었다. 사천성 성도成都에서 두보 관련 대표적 학술지인 『두보연구학간杜甫研究學刊』을 펴내는 까닭은 두보초당杜甫草堂이 있기 때문이다. 같은 이유로 중국이백연구회中國李白研究會 본부는 태백루太白樓 덕분에 마안산에 있다. 그런 유적지를 먼발치에서 지켜보다 빈손으로 떠나려 하니 속이 쓰리다.

당도
이 시냇물의 한가로움을 사랑하노니

서기 759년, 야랑夜郎으로 가는 귀양길에서 사면을 받고 돌아온 이백은 선성宣城과 남경 등지를 오가며 시국을 예의주시하고 있었다. 아직 안록산安祿山과 사사명史思明이 일으킨 반란이 종결되기 전이었다. 이백은 대장군 이광필李光弼이 남경 쪽으로 출정한다는 소식을 듣고 토벌군에 가담하려고 나섰으나, 늙고 병들어 힘에 부친다는 것을 깨닫고 중도에 돌아왔다. 762년, 그가 의지할 곳을 찾은 것은 다시 안휘성 당도當塗였다. 이전에도 여섯 번이나 방문했던 고향 같은 곳이었다. 당도의 현령 이양빙李陽氷은 같은 이씨라는 것뿐, 이백의 친척도 아니고 친구도 아니었으나 이백을 따뜻하게 맞아주었다. 그러나 곧 이양빙의 임기가 다 되어 떠날 때가 되자, 이백은 그에게 그동안 써온 시의 초고를 맡기고 서문을 부탁했다. 이양빙이 이백의 시를 책으로 엮고 쓴 서문이 〈초당집서草堂集序〉이다. 이백은 얼마간 몸을 추스른 뒤 다시 선성과 남경을 오가다가 당도로 돌아와 세상을 떠나 그곳에 묻혔다.

이백이 생의 마지막 순간을 보낸 당도는 채석기를 소개할 때 언급했던 장강 삼각주의 하단부 강안에 해당한다. 필자는 채석기에서 당도로 이동하기 위해 마안산 시내로 돌아가 202번 버스를 타고 당도로 향했다. 현행 정중심縣行政中心 정류장에 내려 택시를 타고 이백의 무덤이 있는 태백진太白鎭으로 더 들어갔다. 택시 기사가 한국에서 왔다고 하니 마냥 신기해 하며 이것저것 묻는데 태반이 2002년 한일월드컵 얘기였다. 그게 벌써 언제 때 일인데 하는 생각에 피식 웃음이 나왔다. 하기야 당도현까지 와본 한국 사람이 필자 말고 몇이나 더 있겠는가. 이백이 묻혀 있는 '이백묘원李白墓園'이 가까워지니 모든 이름에 빠짐없이 '태백太白'이 보인다. 마을 이름은 '태백촌', 다리는 '태백교', 주유소는 '태백 주유소', 정류장은 '태백 정류장'이다.

당도현은 수나라 때 처음 설치되어 주로 선주宣州의 행정구역에 포함되었다. 이백묘원은 당도의 남쪽에 대청산大靑山을 등지고 청산하靑山河를 앞에 둔 배산임수背山臨水의 명당 자리에 있었다. 바로 오른쪽으로 남경과 무호蕪湖를 잇는 영무寧蕪 고속도로가 뻗어 있어 자동차로 오면 편리할 듯했다. 원래 이백의 무덤은 청산하 건너편 용산龍山에 있었는데, 서기 817년에 선흡지관찰사宣歙池觀察使로 부임한 범전정范傳正이 '청산'에 뜻을 두었던 고인의 뜻을 새겨 이곳으로 옮겼다고 한다. 그후 십여 차례 보수를 거듭했고 현재의 모습으로 단장된 것은 1979년의 일이다. 이백묘원 입구의 패방에는 '시선성경詩仙聖境'이라 씌어 있었다. '시를 쓰는 신선의 성스런 장소'라는 뜻이겠다. '두보능원杜甫陵園'에도 이런 패방 하나 세우면 어떨까 싶다. 그 패방에는 이런 글귀가 좋겠다. '시성선경詩聖仙境'. '시를 쓰는 성인의 신선 세계'.

매표소를 지나 이백묘원의 안으로 들어서면 보도 양쪽으로 이백의 일생을 압축한 벽화 12폭을 볼 수 있다. 그 가운데 하나의 제목은 '병와당도病臥當塗'였다. '병이 들어 당도에 눕다'라는 뜻이다. 병석에 누운 이백이 이양빙에게 시의 초고를 넘겨주는 그림이었다. 필자는 저도 모르게 코끝이

이백묘원 입구

찡해졌다. 이백의 명작들을 담은 비석 106개를 모아놓은 태백비림太白碑林을 잠시 돌아보고, 연못을 한 바퀴 돌아 십영정十詠亭으로 발걸음을 옮겼다. 십영정은 이백의 시〈고숙십영姑熟十詠〉에서 따온 말이다. 고숙은 당도의 다른 이름이니,〈고숙십영〉은 '당도를 노래한 시 열 수'가 되겠다. 이 가운데〈고숙계姑熟溪〉라는 시를 감상해보자.

이 시냇물의 한가로움을 사랑하노니
감흥을 타고 끝없이 흘러간다
노를 저으면 갈매기 놀랄까 겁나서
낚싯대 드리우고 물고기가 물기를 기다린다
물결이 새벽 노을의 그림자를 뒤집으면
강변에 봄날의 산색이 겹쳐진다
뉘집에서 빨래하러 나온 여인인가

고숙계는 단양호丹陽湖에서 시작되어 당도의 남쪽을 지나 장강으로 흘러드는 작은 강으로, 지금은 고계하姑溪河로 불린다. 이백은 이 시에서 고숙계에 배를 띄우고 노니는 즐거움을 노래했다. 갈매기 놀랠 새라 살포시 노를 저으며 낚싯대 드리우고 고기를 낚는다. 필자가 당도에서 택시를 타고 태백진으로 오면서 관찰한 바로는, 폭이 넓은 곳도 채 100m가 안 되고 물결도 잔잔하여 뱃놀이에 그만이었다. 한가로이 시냇물에 비치는 노을과 봄 산을 감상하면 어찌 아니 즐거울쏜가. 냇가에 빨래하러 나온 여인이 불쑥 나타난 낯선 사람에 놀라는 표정을 관찰하는 일도 빼놓을 수 없을 것이다. 이백은 이렇게 당도에서 요양을 했던 모양이다.

이백묘원
술잔 들어 밝은 달을 초대하고

십영정 전면 비석에 새겨진 〈고숙십영〉을 읽어보다 그 옆의 분경원盆景園으로 빠졌다. 분경원은 분재盆栽를 모아둔 정원이라는 뜻으로, 갖가지 화초와 수목들을 감상할 수 있다. 분경원에서 나와 왼쪽으로 가면 청련서원青蓮書院이다. 이곳에는 이백의 시문詩文과 글씨가 전시되어 있었다. 유명한 서예가 범증范曾이 썼다는 현판의 글씨가 자유분방한 이백의 기풍을 그대로 보여주는 듯했다. 십영정 쪽으로 다시 나와서 이백묘원에 들어올 때부터 눈길이 갔던 이백 상을 자세히 관찰했다. 화사하게 핀 꽃 사이에서 하늘을 향해 술잔을 들고 있는 모습이 필경 〈달 아래서 홀로 마시다月下獨酌〉라는 그의 명작을 암시하는 것처럼 보였다. 네 수 가운데 첫째 수를 감상해보자.

꽃 사이에서 한 병의 술을
홀로 마시며 벗하는 이 없다
술잔 들어 밝은 달을 초대하고
그림자 마주하여 세 사람이 되었다
달이야 술을 마실 줄 모르고
그림자는 그저 내 몸을 따라다닐 뿐
잠시 달과 그림자나마 짝하는 것은
즐겁게 노는 일에 봄을 놓쳐서는 안돼서이지
내가 노래하면 달이 배회하고
내가 춤을 추면 그림자가 흔들린다
깨어 있을 때는 함께 즐거움 나누다가
취한 뒤에는 제각기 흩어진다
영원히 감정이 없는 사귐을 맺어
서로 먼 은하수를 기약하노라

이백묘원의 이백 상

지금은 이백을 대단한 시인으로 추앙하고 있지만, 위대한 시인이 되는 것이 이백의 꿈은 아니었다. 그는 평생 정치에 뜻을 두었다. 그러나 끝내 그의 정치적 수완을 알아주는 이는 나타나지 않았고, 그래서 그는 늘 고독감에 빠져 허우적댔다. 사실 안사의 난이 한창인 때 영왕永王 이린李璘의 진영에 가담했다가 곤욕을 치른 것을 보면, 그의 정치 감각이 탁월한 것 같지는 않지만 말이다. 고독감에서 벗어나려는 몸부림은 늘 음주로 이어졌고 그마저도 술친구 없이 혼자였다. 겨우 불러모았다는 것이 달과 자신의 그림자. 달은 정이 넘치지만 술을 마실 줄 모르고, 그림자는 비위만 맞춰줄 뿐 영혼이 없는 친구이다. 그래도 어쩌겠는가. 없는 것보다는 낫기에 함께 어울려 즐긴다. 그러나 이들이 떠나고 나면 다시 찾아오는 고독. 은하수 저 너머의 신선세계에서 다시 만나면 이 지긋지긋한 고독과 영원히 결별할 수 있을까.

태백사
내 마음 홀로 재주를 아끼노라

이백 상을 뒤로 하고 '태백사太白祠'로 들어갔다. 태백사는 이백의 영령을 모시는 사당이다. 기둥에 씌어진 대련을 읽어보려 했으나 색이 바래고 흐릿해져 글자를 잘 알아볼 수 없었다. 사당으로 들어가면 정중앙에 높이 2.47m의 이백 상이 서 있다. 움푹한 눈과 튀어나온 눈두덩이가 흔히 보는 당나라 인물상과 판이하다. 이백의 조상이 지금의 키르기스스탄 출신이라는 사실을 반영한 듯하다. 왼손에 큰 칼을 들고 있는 것도 이색적이다. '이백 장군 사당'에 어울리는 모습이다. 이백 상 위로는 '태백고종太白高踪', 즉 '이백의 고상한 행적'이라는 뜻의 글씨가 있다. 또 그 위에는 두보의

〈봄날에 이백을 생각하다春日憶李白〉 시에서 따온 '시무적詩無敵', 즉 '이백의 시는 적수가 없다'는 뜻의 시구가 쓰여진 현판도 보인다. 이것들은 칼을 찬 서역인 모습의 이백 상과 어떻게 연결되는지 아리송하다.

이백이 당도에서 생의 마지막 페이지에 점점 가까워질 무렵, 그의 오랜 벗인 두보는 성도成都에서 이백의 근황을 궁금해하고 있었다. 야랑으로 유배를 떠났다는 소식 이후에 전해들은 바가 없었던 것이다. 두보는 그런 마음을 붓끝에 담아 〈만나지 못하다不見〉라는 시를 남겼다.

> 이백을 못 본 지 오래
> 짐짓 미침이 참으로 슬프구나
> 세상 사람들 모두 죽이려 하나
> 내 마음 홀로 재주를 아끼노라
> 민첩하여 시가 천 수

이백묘원 이백 묘

떠돌아다니며 술 한 잔

광산에서 글 읽던 곳으로

머리 희어졌으니 돌아오셔야지

두보는 산동성 노군魯郡에서 이백을 마지막으로 만난 후 십여 년이 흐르
도록 그의 소식을 풍문으로만 들었다. 이백이 이린의 진영에 가담하였다
가 반역죄로 몰려 죽음의 길로 내몰렸다는 소식까지 들었던 차였다. 그러
나 두보의 눈에 비친 이백은 그렇게 사라지기에는 너무도 재주가 출중한
인물이었다. '시와 술'로 요약되는 이백의 개성미는 다른 누가 흉내낼 수
없는 경지였던 것이다. 다만 이제는 환갑을 넘겨 백발노인이 되었을 때이
기에 수구초심首丘初心을 내세워 어린 시절 글공부를 하던 사천의 광산匡山
으로 돌아오라고 당부했다. 마침 두보 자신도 이백의 고향인 사천에 있을
때가 아니던가.

하나 안타깝게도 이백은 두보의 바람을 외면하고 당도에서 숨을 거두

었다. 태백사 후원에 마련된 이백의 무덤을 보는 순간 필자는 잠시 숨이 막혔다. 난생처음 느끼는 이상야릇한 기분이 들었다. 사람은 누구나 죽기 마련인데 왜 그렇게 특별한 느낌이 들었을까, 두고두고 그때를 되새겨보게 된다. 지금 생각하면 아마도 이런 것 같다. 그때까지 필자가 알아온 이백은 철저히 낭만적인 기상이 철철 넘치는 시인이었다. 적어도 병이 들어 죽은 노인의 이미지를 떠올린 적은 없었다. 반면에 두보는 만년의 모든 시에서 '늙고 병든' 자신을 이야기했다. 그래서 이백이 이 자그마한 후원에 몸을 누인 광경을 목도하고 나니, 이백에 대한 모든 환상이 일순간 무너지지 않았던가 싶다. 그러나 '당명현이태백지묘唐明賢李太白之墓'의 주인공 이백은 이렇게 별것 아니라는 듯이 말하고 떠났는지도 모른다. "충분히 오래 머무르노라면, 이러한 일이 일어나리란 걸 나는 살아생전에 이미 알고 있었노라."(조지 버나드 쇼G. B. Shaw)

이백묘원을 나와 당도 읍내로 나가려고 '태백 정류장' 앞에 섰다. 버스 정류장이 있지만 언제 올지는 모른다. 고작해야 하루에 두어 차례 다닐 것 같았다. 여기로 오는 것에만 신경을 썼지 어떻게 돌아갈 것인지 아무 생각이 없었던 것이다. 때늦은 후회가 밀려왔다. 그렇게 버스 정류장에서 20, 30분을 하염없이 서성거리고 있을 때였다. 저 멀리서 택시 한 대가 다가오는 게 아닌가. 구세주가 따로 없었다. 냉큼 앞자리에 올라타서 아예 마안산까지 바로 가자고 했다. 조금 가다가 기분이 이상해서 뒷좌석을 흘낏 보았는데 험상궂게 생긴 남자 하나가 타고 있었다. 순간 불안감이 엄습했다. '택시로 관광객을 납치하는 2인조……'와 비슷한 생각이 머리를 스쳤다. 얼른 주머니에서 휴대전화를 꺼내 우리의 범죄신고 전화 '112'에 해당하는 '110'을 누를 준비를 해두었다. 택시는 얼마를 더 가더니 다시 멈추었다. 휴대전화를 쥔 손에 힘이 잔뜩 들어가던 찰나, 여자 하나가 남은 뒷좌석을 채웠다. 긴장이 풀리며 식은땀이 흘렀다. 합승 택시였다. 필자는 무사히 마안산 시내에 도착했다.

　고요히 흐르는 장강을 따라 수천 km를 숨가쁘게 달려온 이번 답사도 이렇게 일단락되었다. 마안산에서 얼마 멀지 않은 선성宣城에 들릴 여유가 없었던 것이 마지막 아쉬움으로 남았다. 빡빡한 일정상 이백이 〈홀로 경정산에 앉아獨坐敬亭山〉와 〈왕륜에게 주다贈汪倫〉 같은 명작을 남긴 경정산과 도화담桃花潭을 그냥 지나쳐야 했던 것이다. 그러나 이것이 또 답사의 묘미이기도 한 것 같다. 못다한 아쉬움이 다음 답사를 또 계획하게 만드는 최대의 원동력이니 말이다.

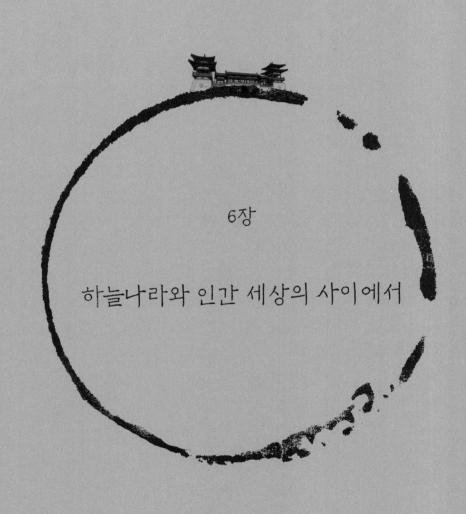

6장

하늘나라와 인간 세상의 사이에서

1

화려함과
슬픔이
교차하는 곳

당시와 함께하는 중국 여행의 여섯 번째이자 마지막 답사는 남경에서 출발한다. 남경은 삼국시대 오吳나라를 필두로 10개 왕조가 도읍으로 삼았던 유서 깊은 도시이다. 그래서 낙양, 서안, 북경과 함께 중국 4대고도四大古都의 하나로 일컬어진다. 기원전 333년 초나라 위왕威王이 석두성石頭城에 금릉읍金陵邑을 만들면서 금릉이라는 이름이 붙여졌고, 오나라 손권이 건업建業으로 이름을 바꾸었다. 이후 남조의 송宋, 제齊, 양梁, 진陳 네 왕조가 차례로 들어섰는데, 이때는 건강建康이라는 이름으로 불렸다.

그런데 서기 589년 북방의 수隋나라가 남북으로 분열된 중국을 통일하면서 남경의 지위는 곤두박질치고 말았다. 오랜 기간 동안 남조南朝의 수도였다는 게 문제였다. 수양제는 남경을 단양군丹陽郡으로 격하시켰고, 남경에 있던 주州 청사도 양주揚州로 옮겨버렸다. 예전의 수도를 중심으로 반란을 꿈꿀지도 모르는 남조 저항세력의 뿌리를 뽑는다는 취지였다. 그로 인해 하루아침에 휘황찬란한 수도에서 변방 촌구석으로 급전직하한 남경은 여러 시인들이 두고두고 패망의 아픔을 되새기는 장소가 되고 말았다.

필자가 남경에 도착해 가장 먼저 찾은 곳은 부자묘夫子廟였다. 부자묘는 송나라 때인 1034년에 건립된 공자의 사당이다. 그러나 죄송하게도 부자묘를 찾는 이유가 사당에 참배하기 위해서는 아니었다. 그곳이 남경을 관통해 장강으로 흘러드는 진회하秦淮河를 구경하기 가장 좋은 장소였기 때문이다. 근래에는 부자묘를 중심으로 갈수록 상권商圈이 확대되어 주말이면 발 디딜 틈이 없을 정도로 젊은이들이 모여드는 명소가 된 곳이기도 하다. 부자묘 오른쪽의 강남공원江南貢院은 예전에 과거시험장으로 쓰였던 곳이다. 부자묘와 강남공원 모두 예전에 다녀간 적이 있는데다 당시와는 크게 관련이 없기에 이번 답사에서는 생략하기로 했다.

이것저것 구경하며 진회하를 따라 공원가貢院街를 걸어갔다. 평일 오후인데도 부자묘 근처는 많은 사람들로 북적거렸다. 이전에 왔던 때와 달리 진회하 둔치를 말끔하게 정리하고 산책로를 만들었기에 그리로 내려갔다. 둔치 벽면은 남경과 관련된 역사적 인물들을 소개한 부조浮彫와 사적으로 꾸며져 있었다. 〈진회유운秦淮流韻〉이라 명명된 이 부조를 보면서 다소 칙칙한 도시라는 인상을 주었던 남경이 이렇게 바뀌어가는가 싶었다. 남경대학 오위산吳爲山 교수가 제작을 맡은 부조를 통해 소개된 인물 25명 가운데 당나라 시인으로 이백과 유우석도 포함되어 있었다.

둔치에서 부조를 감상하고 다시 공원가로 올라가니, 맞은편 건물에 내걸린 '득월대得月臺'라는 간판이 눈에 들어온다. 이곳은 20세기 초에 곤곡崑曲 가창을 감상하는 희관戲館으로 명성을 날렸다고 한다. 전통 희곡 공연과 관람이 시들해지면서 지금은 찻집으로 바뀌었다. 여기서 왼쪽으로 방향을 틀어 문덕교文德橋로 접어들었다. 명나라 때 처음 만들어진 문덕교는 진

회하를 감상하기에 안성마춤인 곳이다. 문덕교 부근에서 진회하의 폭이 두 배로 넓어지는데다 200여m 떨어진 문원교文源橋까지 하얗게 벽을 칠한 건축물과 잔잔히 흐르는 강물, 그리고 강변의 아름드리 나무가 그림처럼 펼쳐지기 때문이다. 그러나 오늘은 다리 건너 오의항烏衣巷을 먼저 둘러보려고 진회하 감상을 잠시 뒤로 미루었다.

오의항
오의항 입구에는 석양이 비치고

부자묘 건너편에 있는 오의항은 '검은 옷의 골목'이라는 뜻이다. 삼국시대 오나라 때 석두성石頭城의 수비를 맡은 부대가 주둔했던 곳이다. 당시 군사들이 모두 검은 옷을 입고 다녔던 까닭에 그것이 골목의 이름이 되었다고 한다. 이와 다른 설명도 있다. 진晉나라가 삼국을 통일한 후 왕도王導와 사안謝安라는 대신이 이곳에 살았는데, 면서 그 자제들이 부유함을 과시하려고 검은 옷을 입었다는 것이다. '오의항'이라 씌어진 글씨를 따라 안으로 들어가면 평범한 골목 하나가 나온다. 골목 바로 오른쪽으로 '왕도사안기념관王導謝安紀念館'이 마련되어 있다. 사치스러웠던 남조 귀족의 생활상을 한눈에 알 수 있는 곳이다. 예전에는 이곳의 이름을 '왕사고거王謝故居'라 했다. 왕씨와 사씨가 살던 옛집이라는 뜻이다. 떵떵거리며 일세를 풍미하던 귀족이 '한 지붕 두 가족의 서민'처럼 살았다는 게 이상하게 보였던지 현재는 명칭을 기념관으로 바꾸었다. 이 기념관 말고는 오의항에서 더 이상 볼 것이 없어서 볼거리를 잔뜩 기대했던 관광객들에게는 허탈감을 안겨주기 십상이다. 유명한 당시 작품의 본산本山이 아니었다면 더욱 그러했을 것이다. 이쯤에서 유우석의 〈오의항烏衣巷〉 시를 감상하는 것이 좋을 듯하다.

주작교 가 들풀에 꽃 피고

오의항

오의항 입구에 석양이 비친다
옛날 왕씨 사씨 집에 오던 제비가
보통 백성 집으로 날아든다

　주작교는 동진 때인 서기 336년에 주작문朱雀門 밖으로 진회하를 가로
질렀던 부교浮橋이다. 배를 엮어 만들었을 부교가 지금까지 남아 있을 리
만무한데, 이 시의 둘째 구에 바로 '오의항 입구'란 말이 있어 조금 전에
오의항으로 들어오면서 건넜던 문덕교가 주작교인가 착각하게 된다. 이
름 모를 들풀에 석양이 비치는 모습은 번성했던 도회지와 한참 거리가 있
다. 둘째 연의 표현이 재미있다. 인가로 날아드는 제비가 귀족과 서민의
집을 구분할 리 만무하다. 그런데도 시인이 이렇게 말한 것은 그 옛날 왕
씨와 사씨 같은 귀족들이 살던 집이 이제 모두 보통 백성의 집이 되었다
는 뜻을 전하기 위함이다. 남경은 이제 더 이상 특별한 '2성二姓'만 모여
사는 금싸라기 땅이 아니라 평범한 '100성百姓'들의 주거지로 변모했다
는 말이다.
　1997년에 현재의 모습으로 단장된 오의항은 문덕교 앞 입구로부터 평
강부로平江府路까지 350m 가까이 이어진다. 그러나 진晉나라 귀족들이 살
던 당시를 재현한 것이 맞는지 의아한 느낌이 든다. 지금의 오의항은 그저
평범한 골목길에 지나지 않기 때문이다. 두어 번 왼편, 오른편으로 꺾어지
노라면 어느새 골목길이 끝나고 큰 길이 나온다. 명승지에 왔다는 설레임
도 순간 사그라진다. 빛의 속도로 실망감에 빠지지 않으려면 여기서 머뭇
거리지 말고 얼른 발길을 돌려 문덕교로 되돌아가는 것이 좋다. 아름다운
진회하의 모습을 다시 보면 당황스러웠던 마음이 빠르게 진정된다.

진회하
강 건너에서 아직도 〈후정화〉를 부르누나

진회하는 장강의 지류 가운데 하나이다. 남경 인근 보화산寶華山에서 발원한 북쪽 지류와 동려산東廬山에서 발원한 남쪽 지류가 하나로 합쳐져 남경을 관통한다. 남경 시내를 지나는 부분을 일러 '십리진회十里秦淮'라 한다. 초나라 위왕威王이 순행을 하다가 남경 상공에 제왕의 기운이 있는 것을 보고 이를 흩뜨리려 물길을 냈는데, 이것이 진秦나라 때의 일로 잘못 알려져 '진나라의 회하'라는 이름이 생겼다. 오나라 때 진회하를 따라 주거지와 상업지역이 들어서기 시작했다. 이후 육조 시대 내내 진회하는 귀족들의 사치스런 향락을 대변하는 곳으로 명성을 떨쳤다. 두목의 〈진회하에 배를 대고泊秦淮〉라는 시를 감상해보자.

> 안개는 차가운 강물에, 달빛은 모랫벌에 몽롱한데
> 밤에 진회하 술집 가까이에 배를 댔다
> 노래하는 여인은 망국의 한을 모르고
> 강 건너에서 아직도 〈후정화〉를 부르누나

지금은 진회하 양쪽으로 가옥이 빼곡하게 들어섰지만 당나라 때는 그렇지 않았던 모양이다. 안개 긴 강가 모랫벌에 달빛이 몽롱하다고 했다. 진회하 옆 오의항에 몰려 살던 귀족들의 저택은 사라졌어도 술집은 여전히 성업중이었던 것일까? 술집에서 여인이 남조南朝 때의 유행가인 〈옥수후정화玉樹後庭花〉를 부르는 소리가 두목에게까지 들려온다. 〈옥수후정화〉는 남조 시대 진陳나라의 마지막 임금인 후주後主가 지었다는 노래가 아닌

가. 술과 여인에 빠져 흥청대던 후주는 결국 나라를 수나라에 넘겨주고 말
았다. 그래서 망국의 노래로 알려진 그 노래를 듣고 두목은 어떤 생각이
들었을까? 얼마나 잘 만든 노래이기에 시대를 초월하여 아직도 사랑을 받
는지 궁금했던 것은 아니리라. 저 노래를 만든 후주의 진나라가 망하고,
그 뒤를 이은 수나라가 또 사치와 향락으로 망한 뒤에도 그치지 않는 저
'망국가'에 휘감겨 당나라도 파국으로 치닫는 것이 아닌가 하는 불안감이
순간 엄습했는지 모른다. 필자는 호기심에 귀를 쫑긋 세웠으나 이제 진회
하 인근 어디서도 노래 소리는 들리지 않았다. 만약 그 자리에서 〈옥수후
정화〉를 불렀다면 중국 공안公安에 붙들려 갔을까?

백로주공원
봉황은 누구를 위해 날아왔던가?

앞서 무한의 황학루에서 '패배자 이백'의 모습을 살펴본 바 있다. 최호의 〈황학루〉 시에 기가 눌려 차마 시를 짓지 못하고 남경으로 가서 최호의 시를 모방해 〈금릉의 봉황대에 오르다登金陵鳳凰臺〉라는 시를 지었다는 것이다. 이것은 지어낸 얘기일 가능성이 높지만 이백이 금릉, 즉 남경에서 봉황대에 올라 시를 지은 것은 틀림없는 사실이다. 그래서 필자는 남경에 올 때마다 이미 사라진 지 오래인 봉황대가 대체 어디에 있었을까 궁금했다. 옛 문헌을 보면 봉황대 옆에 봉유사鳳遊寺라는 절이 있었다고 한다. 남경 지도를 펴놓고 이와 관련된 지명을 찾아보았다. 오의항에서 장락로長樂路를 따라 서쪽으로 가다 집경로集慶路로 접어들어 조금 더 가면 길 왼편에 봉유사소학鳳遊寺小學이 나온다. 옳거니, 이 부근일 듯 싶다. 필자는 버스를 타고 집경문集慶門 정류장에 내려 봉유사소학으로 향했다. 초등학교 이름이 봉유사라면 필시 내력이 있을 터였다. 소학교 옆 골목에는 아예 '봉유사'라는 표지판도 세워져 있었다. 그 골목 어딘가에 단서가 있을 듯했다. 제법 굵은 비가 쏟아지는 악천후에도 굴하지 않고 골목 끝까지 누볐으나 허탕. 다소 허름한 집이 늘어선 주택가일 뿐 봉유사 또는 봉황대와 관련될 만한 것은 아무것도 보이지 않았다. 골목길을 도로 나와 길 건너 내봉가來鳳街로 들어가 보았다. 일전에 어떤 책에선가 봉황대가 내봉가에 있었다고 한 것 같기도 하다. 그러나 내봉가 어디에도 봉황대와 관련된 정보는 전혀 없었다. 이백의 명성이라면 적당히 고증을 해서 현대식 누대라도 하나 세워 봉황대란 이름을 붙일 만도 한데 남경은 정녕 이백을 영원히 '패배자'에 머물게 할 심산인 모양이었다.

백로주공원

　끝까지 봉황대에 대한 미련을 버리지 못한 필자는 장락로를 따라 진회하 쪽으로 되돌아왔다. 거의 오의항 근처까지 왔는데 길 오른편으로 자그마한 아파트 단지 같은 것이 눈에 들어왔다. 아파트 외벽에 새를 두 마리 그려놓고 한 동에 한 글자씩 빨간 글씨로 큼지막하게 백白, 로鷺, 방芳, 주洲라 썼다. 그리고 보니 새가 과연 백로인 듯했다. '백로가 나는 향기로운 모래섬'이란 뜻으로 아파트 이름을 지었구나 했다. 가만, '백로방주'는 어디서 많이 들어본 말인데……. 이 궁금증을 해결하는 데는 오랜 시간이 걸리지 않았다. 백로방주 아파트에서 5분 정도 더 걸어가니 '백로주공원'이 있었던 것이다. 이백의 시 〈금릉의 봉황대에 오르다登金陵鳳凰臺〉에 나오는 '백로주'가 틀림없었다.

> 삼산 봉우리 반쯤 푸른 하늘 밖으로 솟아 있고
> 한 가닥 강물 나뉘어 백로주를 감싼다

백로주공원을 알리는 패방牌坊의 기둥에도 과연 이 두 구절이 씌어 있었다. 그렇다면 이곳에 봉황대와 관련된 유적이 있는 걸까? 필자는 흥분된 마음을 애써 감추며 공원 안으로 들어갔다. 그리 크지 않은 호수를 따라 몇 개의 다리와 정자가 있었으나 이백과는 전혀 무관한 것들이었다. 실망한 마음에 안내판을 읽어보니 명나라 때 개국공신인 중산왕中山王 서달徐達의 별장이 있었던 곳으로 원래 이름은 서중산원徐中山園이었다고 한다. 그렇다면 백로주공원이라 이름을 바꾼 것은 이백의 명성에 기대려는 얄팍한 수단에 다름 아니다. 경치 고운 백로주공원에서 '양두구육羊頭狗肉' 운운하며 공연히 핏대를 올리는 것은 필자 한 사람뿐인 듯했다. 그나마 왕세정王世貞과 오승은吳承恩 등 중국문학사에서 이름이 높은 문인들이 이곳에 모여 문학을 논하기도 했다니 너그러이 봐주기로.

그래도 봉황대에 대한 아쉬움까지 다 풀리지는 않아 이백의 다른 시 한 수를 읊는 것으로 남경시 당국에 조속히 봉황대를 복원하는 게 어떠냐는 압력을 넣어볼까 한다. 〈금릉의 봉황대에 술상을 차리다金陵鳳凰臺置酒〉라는 시다.

술상 차려놓고 석양을 초대하는 이곳은
금릉의 봉황대
긴 파도에 만 년 묵은 회포 써내려가면
마음이 구름과 더불어 함께 트인다
물어보세, 그 옛날에
봉황은 누구를 위해 날아왔던가?
봉황이 떠난 지 이미 오래 되었으니
마땅히 오늘은 돌아와야 하리라
현명한 군주는 복희伏羲와 헌원軒轅을 뛰어넘고

조정의 중신들이 삼공三公의 지위를 차지했다

호방한 무사도 필요 없는 시대를 맞았으니

풍악을 울리며 황금 술잔에 취할 일

동풍이 산에 핀 꽃에 불어오거늘

어찌 술잔을 다 기울이지 않을 수 있으랴

여섯 왕조의 임금들 깊은 풀숲에 묻히고

구중궁궐은 푸른 이끼로 어두워졌지 않은가

술상 차려놓고 두말 할 필요 없으리니

노랫소리가 다만 우리를 재촉하는구나

봉황대에 얽힌 전설은 서기 440년으로 거슬러 올라간다. 육조 송宋나라 때의 일이다. 건강建康 영창리永昌里에서 공작처럼 생긴 새 세 마리가 자두나무에 내려앉았다. 당시 사람들은 그 새가 봉황이라고 했다. 그런데 놀랍게도 다른 여러 새들이 일제히 봉황을 따라 나는 것이었다. 사람들은 이를 상서롭게 여겨 봉황이 내려앉은 산에 누대를 세우고 봉황대라 불렀고, 영창리도 봉황리鳳凰里로 이름을 바꾸었다. 그러나 봉황이 어디론가 떠나면서 남경에 서렸던 왕기王氣도 말끔히 사라졌다. 세상을 호령하던 여섯 왕조의 임금들은 모두 지하에 묻히고 화려하던 궁궐도 어느덧 폐허로 변했다. 이백은 남조南朝의 번영을 상징하는 봉황대에 술상을 차려놓고 봉황을 다시 부른다. 이제 현명한 군주와 조정의 중신 덕분에 당나라의 태평성대가 다시 도래했으니 어서 돌아오라는 것이다. 그러나 이백의 말이 곧이곧대로 들리지는 않는다. 과연 그런 태평성대였다면 틀림없이 봉황이 돌아왔을 터인데, 이백의 어떤 시에서도 봉황대에서 봉황을 만났다는 말은 보이지 않는 까닭이다.

이백은 일생 동안 일곱 차례 남경에 왔다. 그의 생애에서 가장 활동이 많고 시를 많이 짓기도 했던 곳이 남경이다. 그러나 이백이 남경에 쏟은 애정만큼 남경이 이백을 아껴주고 있는지는 의문이다. 이백의 흔적이라고는 공원가貢院街의 〈진회유운〉에서 보았던 부조가 거의 전부가 아니었나 싶다. 남경 거리를 거닐다 보면 중국의 다른 도시에 비해 다소 문화적으로 척박하다는 인상을 받게 된다. 중국 4대고도의 하나라는 명성에 걸맞지 않게 말이다. 그것은 시인을 어떻게 대우하는지만 보아도 여실히 드러나는 것 같다.

막수호공원
석성에 나룻배가 없다면

남경에서의 마지막 행선지는 막수호莫愁湖공원이었다. 지하철 2호선 막수호 역 입구 쪽의 북문을 통해 공원으로 들어갔다. 공원 전체 면적의 절반 이상을 차지하는 막수호는 본래 횡당橫塘이라 불렸다. 또 석두성石頭城 옆에 있다 하여 석성호石城湖라는 별칭도 있었다. 현재의 이름인 막수호는 남조 양梁나라 때의 막수라는 여인으로부터 비롯되었다. 막수는 본래 하남성 낙양 사람이었는데, 남경에서 낙양으로 장사하러 갔던 노원외盧員外의 아내가 되어 홀아버지를 낙양에 두고 남경으로 오게 되었다. 그녀는 부잣집에 시집와 호화롭게 살았지만, 홀아버지 생각에 가난하고 병든 사람들을 보면 웃는 낯으로 친근하게 대해주었다. 그래서 그들 사이에서 입버릇처럼 "막수를 보면 모든 근심(愁)이 없어진다(莫)"고들 했고, 그 말이 전국에 널리 퍼졌다고 한다. 이런 연유로 막수를 기념하는 뜻에서 석성호를 막수호로 불렀다는 것이다. 또 다른 설명에 따르면 양나라 무제武帝가 막수를 탐내 억지로 궁에 들이려 하자 막수가 석성호에 몸을 던졌다고도 한

막수호공원

다. 그러나 후자의 설명은 못 들은 척 하는 것이 정신 건강에 좋을 듯하다.

막수호는 건너편까지의 거리가 700m 가량 되는 제법 큰 호수이다. 그래서 여기저기 뱃놀이를 즐길 수 있는 시설이 갖추어져 있다. 북문으로 들어가자마자 오른쪽으로 어린이를 위한 놀이기구들이 마련되어 있고, 보행로를 따라 호수를 돌아가면 화훼관花卉館이 나온다. 특히 이곳은 해당화가 아름다운 곳으로 유명하다. 백여 종의 해당화가 만여 그루가 된다 하니 '해당성연海棠盛宴', 즉 해당화의 성대한 잔치라는 표현이 전혀 과장이 아니다. 화훼관을 지나 조금 더 가면 호수로 돌출해 있는 건물인 포월루抱月樓에 이르게 된다. 막수호의 아름다움을 만끽할 수 있는 곳이다.

철저히 필자의 개인적인 관점에서 막수호공원의 백미白眉라 할 막수녀고거莫愁女故居, 즉 '막수 여인이 살던 집'은 남문 가까이에 있다. 막수녀 고거는 울금당鬱金堂과 소합상蘇合廂이라는 두 채로 이루어져 있다. 이들은 모두 양나라 무제가 막수를 소재로 지었다는 〈하중지수가河中之水歌〉에서 유

래한 것이다. 양 무제는 이 노래에서 "노씨네 집 난실은 계수나무로 대들
보를 만들었고, 그 가운데 울금과 소합의 향기가 난다.盧家蘭室桂爲梁, 中有鬱金
蘇合香"고 했다. 난실은 여인의 거처를 가리키니 막수의 방을 말하고, 울금
과 소합은 각각 로마와 페르시아산의 진귀한 향료香料이다. 그러니까 울금
당(소합상)은 '울금(소합) 향기가 퍼지는 방'을 뜻한다. 울금당으로 들어가
면 '금릉제일명승金陵第一名勝'이라는 글씨와 함께 산수와 한 점이 벽에 걸
려 있다. 거실에 다소곳이 앉아 수를 놓는 여인이 바로 막수이다. 필자는
침실까지 대충 둘러보고 다시 울금당 양쪽을 두른 회랑으로 빠져나왔다.
이 회랑은 이름이 상하정賞荷亭이다. 회랑 가운데 만든 연못인 하화지荷花池
에 핀 연꽃을 감상하는 곳이다. 연꽃 사이의 바위에 또 막수의 상이 있다.
양나라를 대표하는 미녀인지라 이처럼 최고의 대접을 받는 듯하다.

　회랑의 바깥 쪽으로 나와 원형으로 뚫린 담벽을 통해 하화지를 다시 보
니 한 폭의 그림이 따로 없다. 중국 사람들이 이런 아름다움에 빠져 그렇
게 원림園林을 지극정성으로 가꾸었을 것이다. 회랑 담벽에 초록색으로 몇
글자를 써놓았기에 가까이 가서 보니 '도차막수到此莫愁'라는 내용이었다.
'이곳에 오면 근심이 없어진다.' 플라시보 효과placebo effect인지 정말 막수
녀고거에 와서는 마음의 근심이 없어진 것도 같다. 다른 쪽 담벽에는 양
무제의 〈하중지수가河中之水歌〉 전문도 보였다. 가볍게 일독하고 울금당을
나와 막수천莫愁泉으로 향했다. 막수천은 지름이 50cm 될까 말까 한 우물
이었다. 여인들이 깨끗하고 뽀얀 막수의 얼굴을 보고 그것이 이 우물에서
퍼올린 물로 세수를 해서 그런가 싶어 앞다투어 이곳으로 몰려들었다고
한다. 효빈效顰이라는 고사성어를 보면 월나라의 미녀 서시西施가 얼굴을
찡그리자 너도나도 찡그리고 다녔다고 하지 않았던가. 미녀가 등장하는
화장품 광고가 다 그런 심리를 노린 것이리라.

　이제 막수호공원을 떠날 때가 된 듯하다. 이상은이 쓴 〈막수莫愁〉 시를

감상하며 막수, 막수호, 그리고 남경과도 작별을 해야겠다. 이 시의 내용
을 쉽게 이해하기 위해서는 악부시樂府詩 한 수를 먼저 살펴보는 것이 좋겠
기에 나란히 인용한다.

막수는 어디에 있나?
막수는 석성 서쪽에 있지
나룻배에서 두 개의 상앗대를 저어
막수를 보내오려 서두르네

설중매 아래에서 누구와 약속했던가?
매화와 눈은 만 가지에서 서로 만났건만
석성에 나룻배가 없다면
막수에게 다시 근심이 생기겠네

위의 악부시는 막수가 고향인 석성에서 남경으로 시집올 때의 광경으로 보인다. 막수를 태운 나룻배가 두 개의 상앗대를 저으며 서둘러 온다고 했다. 아래 이상은의 시는 위 악부시를 뒤집어 활용했다. 막수와 같이 고운 여인이 눈 내리는 날 매화나무 옆에서 만나기로 정인情人과 약속을 했나 보다. 그런데 매화나무에 눈이 소복소복 쌓이도록 정인은 나타날 기미가 보이지 않는다. 악부시에서 막수를 태우고 왔던 나룻배가 이 시에서는 정인을 태우고 오는 것으로 설정되어 있어 흥미롭다. 그 나룻배가 없으면 근심을 모르고 산다는 막수도 어쩔 도리 없이 근심이 생길 것이라고 했다. 막수는 결국 정인을 만났을까?

2

양자강의
어귀에서

중국의 장강은 우리나라에서 양자강揚子江이란 이름으로 더 많이 알려져
있다. 사실 양자강은 장강의 하류 쪽 일부 구간을 가리키는 말이다. 그런
데 5장에서 소개한 것처럼 양주시揚州市 인근에 있던 양자교揚子橋 덕분에
양자강이 장강을 대신하게 되었던 것이다. 좁은 의미의 양자강은 남경 이
후의 장강만을 지칭한다. 양자강은 강음시江陰市를 지나면서 급격히 넓어
지기 시작해 남통시南通市에 이르면 강폭이 무려 18km에 이른다. 그래서
이쯤에서는 강과 바다를 구분하기 어렵게 된다. 양자강이 아직 강의 모습
을 띠고 있는 중상류 유역은 당나라 행정구역으로 회남도淮南道에 속했다.
회하淮河의 남쪽이라는 뜻인데, 하남성에서 발원한 회하는 양자강 북쪽으
로 대략 150km 되는 지점에서 양자강과 나란히 흐른다. 귤화위지橘化爲枳,
즉 회하 남쪽의 귤이 회하를 건너 북쪽으로 가면 탱자가 된다는 고사성어

에서 알 수 있듯이, 회하는 중국의 남과 북을 가르는 경계선 역할을 했다. 그래서 양자강 아래의 강남동도江南東道뿐만 아니라 회남도까지 '강남'으로 통칭했던 것이다. 이 회남도에 당나라 시인들의 발걸음이 잦았던 두 도시가 있으니, 바로 양주揚州와 진강鎭江이다.

양주성
십 년 만에 양주의 꿈을 깨고 보니

양자강 북쪽 기슭에 위치한 양주는 유서 깊은 도시이다. 기원전 486년에 성을 쌓은 이후로 2,500년의 역사를 이어왔다. 양주에 대한 지배권은 초기의 오吳나라와 월越나라에 이어 전국시대에는 초楚나라로 넘어갔다. 양주가 광릉廣陵이라는 이름으로 알려지기 시작한 것이 이때부터다. 수나라가 대운하를 개통하여 황하와 양자강이 대운하로 연결되면서 양주가 물류의 중심지로 급부상했고, 이로부터 상업과 수공업이 발달한 대도시로 성장할 수 있었다. 이런 이유로 양주에는 신라와 일본은 물론 멀리 아라비아의 상인까지 몰려들어 지금의 상해上海처럼 국제도시로서의 역할을 수행했다.

양주는 천보 연간에 잠시 광릉으로 불린 것을 제외하면 당나라 대부분의 시기에 양주라는 명칭을 유지했다. 가장 번성했을 때의 인구는 대략 47만 명으로, 장안 못지않은 규모를 자랑했다. 당성유지박물관唐城遺址博物館에 전시된 당나라 때 양주성 모형도를 보면, 양주성은 나성羅城과 자성子城으로 이루어져 주거지, 시장, 위락시설, 사찰, 묘지 등을 두루 갖춘 도시였던 것으로 여겨진다. 장호張祜라는 시인이 양주를 극찬한 시를 보자. 제목을 〈회남을 마음껏 노닐다縱遊淮南〉라고 했다.

십 리 긴 거리엔 저자가 이어지고

달 밝은 다리 위에서 선녀를 보노라

인생은 다만 양주에서 마쳐야 할지니

선지사, 산광사에 좋은 묘터까지 있노라

영국의 《모노클Monocle》이라는 잡지사에서는 매년 '가장 살기 좋은 도시'를 선정해 발표하는데, 그 평가기준이 안정성, 국제성, 기후, 건축, 대중교통, 자연접근성 등이라고 한다. 이 시에서 장호가 내세운 양주의 장점을 보면 큰 시장이 있고, 선녀를 만날 수 있는 유흥가도 있다고 했다. 또 지금의 양주시 동북쪽 죽서공원竹西公園 자리에는 선지사禪智寺와 산광사山光寺가 있었다. 당나라 때로 돌아가면 양주성 동문東門 밖이다. 선지사와 산광사는 수나라 양제煬帝가 궁궐을 개축해 세운 사찰로, 그 시절에는 규모가 매우 커서 널리 이름이 알려졌다. 또 그 주변은 예로부터 묘를 쓰는 명당으로 각광을 받았다. 이처럼 양주는 젊어서는 온갖 성색聲色의 즐거움을 누리다 늙어서는 유명한 절에서 극락왕생을 기원하고 죽어서는 명당에서 안식을 취할 수 있는 곳이었다. 이만하면 《모노클》에서 추천하는 비엔나(오스트리아), 취리히(스위스), 오클랜드(뉴질랜드)나 중국 사람들이 이상향으로 생각하는 무릉도원을 부러워할 것도 없다. 그러니 장호가 "양주에서 (살다) 죽어야 한다"고 한 말에도 다 이유가 있었던 것이다.

통계에 따르면, 당나라 시인 60여 명이 양주를 소재로 한 시 200여 편을 남겼다고 한다. 이들 시인 가운데 특히 양주와 인연이 깊은 사람으로 두목杜牧을 꼽을 수 있다. 그는 31세 되던 서기 833년에 회남절도사淮南節度使로 부임하는 우승유牛僧孺를 따라 양주로 왔다. 절도사 막부의 공문 작성을 담당하는 장서기掌書記를 맡았던 것이다. 두목은 재상을 지낸 두우杜佑의 손자로서 귀공자다운 면모도 있는데다 본래 호탕한 성품의 소유자인지라 밤이 되면 막부에서 빠져나와 양주 거리를 누비며 가무성색을 즐기기 일쑤였다. 양주가 얼마나 향락친화적인 도시였는지는 남조 양梁나라의 은운殷芸이라는 사람이 쓴 책 『소설小說』에 잘 나와 있다. 몇 사람이 모여 각자 소원 한 가지를 말해보자 하니, 사람마다 양주시장揚州市長, 부자, 신선을

동관가東關街

얘기했단다. 그중에 순발력이 뛰어난 한 사람이 얼른 이 세 가지를 종합한 것이 걸작이다. "십만 금을 들고 신선이 되어 양주로 가고 싶다." 다시 말해서 영원히 양주에서 돈을 펑펑 쓰며 살고 싶다는 바람이다. 그만큼 양주는 소비와 향락의 도시였다. 그러나 양주에서의 생활이 아무리 즐겁다 한들 당나라 시인들이 오매불망 그리는 곳은 오직 하나, 장안뿐이다. 두목의 〈회포를 풀다遣懷〉라는 시를 보자.

> 실의한 채 강호에서 술 지고 다닐 때
> 미인의 허리 가늘어 손바닥 위에 가벼웠다
> 십 년만에 양주의 꿈을 깨고 보니
> 기루의 박정한 녀석이라는 이름만 남았다

26세 때 과거에 급제한 두목은 홍문관弘文館 교서랑校書郎으로 잠시 있다가 곧바로 막부에 몸을 담았다. 관도가 여의치 않은 문인들에게는 권력을 줄 만한 관찰사나 절도사 밑에 문서담당 참모로 있는 것이 장안으로 들어갈 기회를 엿보는 유용한 방법이었다. 그러나 만약 처음부터 중앙관청의 직위를 맡아 출세가도를 달리고 있다면, 애초에 이런 우회 전략을 쓸 필요가 없는 것이다. 그래서 두목도 그가 머문 양주를 '강호'라 하고 그때의 심정을 '실의'라 했다. 그나마 양주가 향락을 추구할 만한 곳이라는 것이 위안거리였다. 허리가 가는 여인을 좋아한 초나라 영왕靈王이나 손바닥 위에서 춤을 출 수 있을 만큼 몸이 가벼웠던 조비연趙飛燕을 총애했던 한나라 성제成帝처럼 미인을 품안에 둘 수 있었다. 이것은 두목이 30대 초반이었을 때의 일이었다. 그로부터 십 년 세월이 흐른 어느 날 두목은 양주에서의 과거를 회상한다. 그 당시 내가 청춘을 바쳐 얻은 것은 무엇이었던가? 실의한 마음을 달래려 미인을 찾아 줄곧 드나들었던 기루妓樓. 그러나 결

당성유지박물관 연화각

국 진정한 사랑도 아닌 어정쩡한 관계를 맺다가 두 해만에 또 홀연히 다른 곳으로 가버린 '박정한 녀석'. 즐거웠던 시간은 잊히고 아픈 기억만 새록새록 떠오르는 잃어버린 시간에 대한 푸념으로 들린다.

필자는 양주를 한눈에 내려다볼 수 있는 당성유지박물관에 올라 이런저런 생각을 하며 하염없이 상념에 잠겼다. 그러다 두목이 '양주의 꿈'에서 깨어나듯 정신을 차리고 박물관 내부를 더 자세히 관람하기 시작했다. 가파른 계단을 올라 천성문天星門을 통해 당성唐城 안으로 들어가면 당두우제명팔각석주唐杜佑題名八角石柱가 관람객을 맞이한다. 이 팔각 돌기둥은 양주 출신의 청나라 학자인 완원阮元이 발견해 서기 796년 회남절도사로 부임한 두우가 세운 것임을 고증했다. 두우의 글씨는 마모가 심해 완원이 다시 썼다. 돌기둥 뒤편의 건물은 당나라 양식으로 만든 연화각延和閣이다. 당나라 마지막 회남절도사는 고변高騈이란 인물이었는데, 그가 막부에 세운 도교 사원에서 이름을 따왔다. 연화각 내부로 들어가면 '명월양주明月揚州'라고 쓴 큰 글씨가 보인다. 두목의 시에 "어디서 부르는 수조 가락인가?

밝은 달이 양주에 가득하구나誰家唱水調, 明月滿揚州"라는 구절이 있고, 서응徐凝의 시에서도 "천하의 달 밝은 밤을 셋으로 나눈다면 셋 중의 둘은 틀림없이 양주겠지天下三分明月夜, 二分無賴是揚州"라고 했다. 그만큼 밝은 달은 양주를 대표하는 상징물이다.

최치원기념관
잠시 양주와 이별하는 것 낙엽 질 때인데

회남절도사 고변의 막부에서 막료로 일한 사람들 가운데 하나가 바로 신라의 최치원崔致遠이었다. 최치원은 서기 868년 12세의 나이로 당나라로 건너와 국자감國子監에서 공부했다. 지금으로 말하면 일종의 '조기 유학'인 셈이다. 6년 동안 열심히 수학한 결과 18세 되던 해에 외국 유학생을 위한 과거시험인 빈공과賓貢科에 급제할 수 있었다. 876년에는 드디어 율수현위漂水縣尉라는 관직을 얻어 부임했다. 율수현은 지금의 남경 녹구祿口 공항 남쪽에 있던 외지고 조그만 마을이었다. 4년 후 임기가 만료되어 장안으로 돌아가려던 최치원은 황소黃巢의 반란군이 장안을 함락시켰다는 소식을 듣고 고변의 회남절도사 막부로 들어갔다. 이때 토벌군 사령관으로 임명된 고변의 명을 받아 작성한 글이 저 유명한 〈토황소격문討黃巢檄文〉(원래 이름은 〈격황소서檄黃巢書〉)이다. 기왕에 최치원이 〈토황소격문〉을 지었던 양주까지 왔으니 격문의 일부라도 읽어보는 것이 예의렷다.

나는 이 격문을 보내 너의 눈앞에 닥친 위급한 상황을 한 번 더 알려주는 것이니, 너는 고집을 버리고 이 마지막 기회를 놓치지 말기 바란다. 그리하여 허물을 알고 그것을 고치면, 나는 황제에게 상주하여 너에게 나라의 땅을 나누

최치원기념관

어 주어 대대로 부를 누리도록 하겠
다. 그러면 머리와 몸뚱이가 따로 떨
어져 나가는 횡액橫厄을 면할 뿐 아니
라 나라로부터 공명功名을 얻어 영원
히 우뚝하게 빛날 수 있지 않겠느냐?

최치원은 중국의 시진핑 주석
이 그의 시 〈바다에 배를 띄우고
泛海〉를 언급했을 만큼 한중 양국
교류사에서 상징적인 인물이다.
지난 2007년 양주에 최치원기념
관이 들어선 것도 이런 이유에서

이다. 10억 원에 이르는 건축비는 대부분 경주최씨종친회 등 우리 측에서
댔지만, 중국 정부에서 최초로 허가한 외국인 기념관이라는 점에서 의미
를 찾을 수 있다. 최치원기념관은 크게 본관이라 할 기념당紀念堂과 비석이
있는 기념비정紀念碑亭으로 나뉜다. 본관 입구에는 부산 해운대구에서 모
금활동을 펼쳐 마련한 기금으로 세운 최치원 선생 동상이 있다. 최치원의
여러 자字 가운데 하나가 해운海雲이다. 전시실은 '신라에서 온 우호 사절來
自新羅友好使者'이라는 제목을 붙여 최치원이 양주와 어떤 인연이 있는지 소
개하고 있다. 이에 대해서는 앞에서 언급한 바가 있으므로 생략하고, 최치
원이 양주에서 지은 시 한 수를 감상해보자. 〈수재 양섬의 송별시에 화답
하여酬楊贍秀才送別〉라는 시다.

바다 건널 뗏목 해를 넘겨 돌아가기로 정해졌다지만
금의환향할 재주 못 되는 것이 부끄럽습니다

잠시 양주와 이별하는 것 낙엽 질 때인데

멀리 봉래섬을 찾게 되는 것 꽃 필 무렵이겠지요

골짜기의 꾀꼬리 높이 나는 모습 아득히 그려보는데

요동의 돼지 다시 바치러 오기를 어찌 부끄러워하겠습니까?

웅대한 포부를 잘 지니고 훗날의 만남을 도모하여

양주에 경치 좋을 때 술 한 잔 하기를 기다립시다

이 시는 양섬이 신라로 돌아가는 최치원에게 보낸 송별시에 화답한 것이다. 양섬은 회남절도사 막부의 동료인 것으로 보인다. 최치원은 서기 884년 10월 양주를 떠나 산동반도의 등주登州에서 배편을 이용해 신라로 돌아왔다. '잠시 양주와 이별한다'고 하면서 양섬과 재회를 약속하는 내용을 쓴 것으로 보아 영구 귀국의 의도는 아니었던 듯하다. 최치원의 자주自註에 따르면 양섬도 막부를 떠나 신라에 가볼 생각이 있었다고 한다. '골짜기의 꾀꼬리'는 그것을 나타내는 말인데, 실행 여부는 알려진 바가 없다. '요동의 돼지'는 재미있는 전고를 활용한 것이다. 옛날 요동의 돼지가 머리가 흰 새끼를 낳자 기이한 일이라 생각하여 그것을 바치고자 했다. 그런데 하동河東에 다다르니 모든 돼지가 다 흰색이어서 부끄러워하며 돌아갔단다. 그 뒤로 요동의 돼지라 하면 견식이 짧은 사람을 가리킨다. 이 시에서 최치원은 자신이 요동의 돼지처럼 부족한 것이 많다고 겸손해하면서 기회가 되면 다시 공을 세우러 돌아오겠노라고 했다. 이때가 그의 나이 29세 되던 해이다. 말하자면 중국으로 '조기 유학'을 떠난 소년이 명문대에서 박사학위를 받고 금의환향한 셈이다. 그러나 이후로 중국이나 신라나 모두 정치적 혼란이 극심해지면서 최치원은 자신의 포부를 마음껏 펼칠 수 없었다. 안타까운 일이다.

수서호
이십사교 달 밝은 밤에

절강성 항주杭州에는 서호西湖라는 명승지가 있다. 동서와 남북의 길이가 각각 2~3km씩 되어 얼핏 보면 바다로 착각할 정도이다. 양주에도 서호가 있다. 그런데 항주의 서호처럼 둥그렇지 않고 강줄기가 길게 이어진 모습이다. 그래서 '마를 수瘦' 자를 하나 덧붙여 수서호瘦西湖라 부른다. 항주 서호의 명성에 얹혀가려는 것인지는 모르겠으나, 그다지 아름다운 이름이라고 보기 어렵고 서호와 생김새도 너무 다르다. 원래의 이름인 보양호保揚湖로 되돌려놓은 것이 낫지 않을까 싶다. '양주를 보호하는 호수', '비쩍 마른 서호'보다 얼마나 듣기 좋은가.

최치원기념관에서 내려와 만나는 길이 평산당동로平山堂東路인데, 수서호는 이 도로 아래쪽으로 'ㄴ' 자 모양을 이루다가 다시 'ㄱ' 자로 꺾어진다. 필자는 'ㄴ' 자 모양의 시작점인 서북문으로 입장했다. 청나라 때 수서호 인근에는 부호들의 원림이 즐비했다. 그러다가 19세기 초부터 양주의 경제적 발판인 염업鹽業이 쇠퇴하면서 차츰 황무지로 변해갔다. 1980년대 들어 본격적으로 재개발을 시작해 지금은 볼거리와 편의시설을 제법 잘 갖추었다. 특히 양주를 방문하는 한국 관광객들이 늘어나면서 안내판에 한글도 병기하는 등 애를 쓴 흔적을 볼 수 있었다.

그렇다고는 해도 수서호가 당시唐詩의 본산은 아니다. 당나라와 관련 있는 고적이라야 나성羅城 서문西門의 옛터가 고작이다. 그래도 필자가 이곳을 굳이 찾은 이유는 양주시 당국에서 수서호를 재개발하면서 여기에 '이십사교二十四橋'를 복원했기 때문이다. '이십사교'에 대해서는 두 가지 설이 있다. 하나는 당나라 때 양주에 있었던 다리를 모두 가리킨다는 주장이다.

우리나라 한강의 다리가 일산대교부터 팔당대교까지 31개이니, 24개면 그보다 조금 적은 숫자이다. 다른 하나는 홍작교紅芍橋라는 다리에서 24명의 미인이 퉁소를 불었다는 이야기에서 비롯되었다는 주장이다. 그런데 사실 '이십사교'라는 말의 원조는 시인 두목이다. 그의 〈양주의 한작 판관에게 부치다寄揚州韓綽判官〉라는 시를 보자.

> 푸른 산 어렴풋하고 물 아득한 곳
> 가을이 다 가도 강남은 풀이 시들지 않지요
> 이십사교 달 밝은 밤에
> 옥 같은 이는 어디에서 퉁소를 불게 하는가요

이 시는 두목이 감찰어사監察御史로 발탁되어 장안으로 돌아간 뒤, 회남절도사 막부의 동료였던 절도판관節度判官 한작에게 부친 것이다. 두목은 양주의 자연환경을 되짚으면서 산수가 아름답고 사시사철 녹음이 우거진다고 했다. 또 사람의 마음을 흔들어놓는 달밤도 빼놓지 않았다. 반드시 풍류객이 아니라도 양주의 밤은 선남선녀로부터 정열을 끌어내기에 꼭 알맞다. 이 시 셋째 구에 바로 '이십사교'가 등장한다. 그런데 시의 특징 가운데 하나가 모호성인 까닭에 위에서 이십사교를 두고 두 가지로 갈렸던 주장의 승부를 이 시로 가리기는 어렵겠다. '이십사교'와 '어디'라는 시어를 조합하면 '24개의 다리 가운데 어느 다리'라고 풀이할 수도 있고 '이십사교의 어느 지점'이라고 풀이할 수 있기 때문이다. '옥 같은 이'의 의미도 중의적이다. 이 말이 지칭하는 대상을 한작으로 볼 수도 있고 미인으로 볼 수도 있다. '옥 같은 이'가 한작이라면 그가 미인에게 연주를 청한 것이고, 미인이라면 한작이 그녀에게 퉁소로 수작을 거는 것이다. 그러나 아무려면 어떤가. 이래도 풍류이고 저래도 풍류이다.

수서호 '이십사교'

다만 수서호에 꾸민 이십사교를 보니 이십사교를 고유명사로 간주한 모양이다. 그렇지 않았다면 한강의 한남대교를 '제3한강교'라고도 부른 것처럼 '제24교(스물네 번째 다리)'라 했을 테니 말이다. 여기까지만 하면 좋은데 중국의 복원사업이 종종 한 걸음 더 나아가다 과유불급過猶不及의 경지를 보여주는 것이 문제다. 수서호의 이십사교는 길이가 24m, 폭이 2.4m, 다리 양쪽 계단이 24개, 난간이 24개란다. 이렇게 숫자놀음에 치우치다 보면 정작 중요한 인문적 의미가 퇴색할 수도 있다. 지금 저 다리를 건너는 관광객들이 두목의 시를 읊는 대신 난간의 개수나 세지 않겠는가.

양주 지도를 보니 수서호는 남쪽으로 이도하二道河와 안돈하安墩河를 거쳐 양주 고운하古運河에 합류된다. 고운하는 다시 남통로南通路와 태주로泰州路를 따라 양주 시가지를 감싸 안으며 동쪽으로 흘러 경항운하京杭運河와 만난다. 경항운하는 북경에서 항주까지 1,797km를 연결하는 세계 최장의 내륙수로이다. 두목이 양주에서 장안으로 돌아갈 때도 이 뱃길을 이용했는지 모른다. 운하를 따라 북상하여 제남濟南 인근에 이르면 황하를 거슬러 장안으로 향할 수 있다. 필자도 문득 그렇게 운하를 타고 여행을 떠나고 싶은 마음이 용솟음치지만, 짜여진 일정이 '큰일 날 소리'라며 정신 차리란다. 장강 유람선을 타본 것으로 만족할 만하고, 또 우리나라에서 '대운하'가 말썽을 일으킨 적도 있어 운하의 도시 양주는 이쯤 해서 떠나려고 한다. 그래도 작별의 시 한 수는 감상하는 것이 좋겠다. 위응물의 〈양자진을 떠나면서 원 교서랑에게 부치다初發揚子寄元大校書〉라는 시다.

> 슬프구나, 친한 벗 떠나려니
>
> 아득하여라, 연무 속으로 들어갈 일이
>
> 돌아가는 배에 탄 이는 낙양 사람
>
> 은은한 종 소리 울리는 곳은 양주의 나무 숲
>
> 이 아침 여기에서 이별하면
>
> 어디서 다시 서로 만나려나?
>
> 세상사 물결 위의 배와 같기에
>
> 올라가든 내려가든 어찌 머물 수 있으리오

위응물은 27세 되던 해인 서기 763년에 낙양 부시장에 임명되었다. 이 시는 아마도 그전에 양주에서 머무르다 임지로 가면서 벗인 원 교서랑에게 써준 시인 듯하다. 양자진은 양주의 남쪽, 그러니까 고운하가 장강과 만나는 곳에 있었던 나루터로 짐작된다. 장강을 타고 무한까지 가서 양양襄陽을 거쳐 낙양으로 돌아가지 않았을까 싶다. 그렇게 가는 여정은 어림잡아도 수천 리 길이다. 아무리 세상이 좁다고 해도 이런 거리라면 다시 만날 날을 점치기가 쉽지 않을 것이다. 위응물은 그가 타고 떠날 배로부터 세상사의 이치를 떠올린다. 배는 상행이든 하행이든 목적지로 향하게 되어 있다. 한자리에 가만히 떠 있는 배가 의미 없듯이 세상의 모든 일도 어느 방향으로든 흘러가게 마련이다. 강물이 흘러가면 또 흘러가는 대로 몸을 맡기는 것이 순리가 아니겠는가.

금릉 나루터
두 세 점 불빛 비치는 저기가 과주런가

필자는 양주를 떠나 윤양대교潤揚大橋를 건너 진강鎭江으로 넘어왔다. 진강시에는 3개의 구區가 있으니, 윤주潤州, 경구京口, 단도丹徒가 그것이다. 윤주와 경구는 진강의 옛 이름이다. 단도는 본래 현이었던 것이 나중에 시계市界로 편입되었다. 그중에서도 윤주는 당나라 때의 행정구역 명칭이어서 제목에 윤주가 보이는 당시가 꽤 많은데, 사실 행정관서는 단도에 있었다. 필자를 진강으로 이끌고 온 것은 장호의 〈금릉 나루터에서題金陵渡〉라는 시였다.

> 금릉 나루터의 소산루
> 하룻밤 묵는 나그네 절로 근심스럽다
> 조수 빠진 밤 강 빗긴 달빛 속에
> 두세 점 불빛 비치는 저기가 과주런가

제목에 남경을 가리키는 '금릉'이 있어서 처음에는 남경 어디에서 지은 시인 줄 알았다. 그런데 자세히 알아보니 금릉 나루터는 남경이 아니라 진강에 있다는 것이다. 당나라 때에는 이곳 진강도 금릉에 포함되었던 까닭이리라. 금릉 나루터가 있던 자리가 어딜까 백방으로 수소문해본 결과 송나라 이후로 '서진도西津渡'라 불린다는 것도 알게 되었다. 그런데 서진도

를 찾아가니 뜻밖에 나루터가 있
어야 할 강이 아닌 산기슭이다.
해발 68m의 나지막한 운대산雲
臺山 자락에 자리잡은 나루터라,
어울리지 않는 한 쌍이 아닌가
싶었다. 사공이 많아서 배가 산

으로 갔을까? 운대산 앞으로는 시원스레 뻗은 장강로長江路로 차들이 내달
리고, 거기서 양자강까지는 족히 100m도 넘어 보였다.

긴가민가 서진도고가西津渡古街로 들어서니 건물 앞 광장에 '서진도'를
알리는 바위가 듬직하게 서 있다. 그 왼쪽이 청나라 때 나루터 자리란다.
여기가 맞기는 맞는가 보다. 깨끗하게 단장된 거리 곳곳에 음식점, 찻집,
술집 등이 보인다. 그 옛날에는 배가 지금의 기차 역할을 했을 것이다. 그
렇다면 나루터가 바로 기차역인 셈이다. 역 주변에 으레 숙박시설과 음식
점이 들어서기 마련이라 생각하니, 처음에 낯설기 짝이 없었던 이곳 풍경
도 점차 자연스럽게 느껴졌다. 나루터를 찾아 계속 산 정상 쪽으로 올라가
야 한다는 것이 여전히 이상하기는 했지만 말이다. 골목을 몇 개 지나니
산기슭에 정자가 하나 우뚝 서 있다. 그 아래로 가까이 가니 과연 정자를
둘러싼 담장에 '서진고도西津古渡'라는 글씨가 선명하다. 설명인 즉 당나라
때에는 양자강의 수량이 풍부하여 정자 바로 앞까지 강물이 차올랐다는
것이다. 강이 흐르던 곳에 대로가 생기고 건물이 들어섰으니 이는 상전벽
해桑田碧海, 아니 더 정확히 말하면 벽해상전碧海桑田이라 해야 하리라.

정자에 올라가니 도도히 흐르는 양자강과 건너편 양주 쪽이 한눈에 들
어온다. 장호의 시에서 말한 소산루도 여기 어디쯤에 있었을 것이다. 시를
보건대 조그마한 정자가 아니라 여관을 떠올리는 것이 옳다. 그곳에서 하
룻밤 묵고 다음날 배를 탈 요량인 듯한데 마음이 싱숭생숭했던 모양이다.

시인은 이미지로 말하는 사람들인데, '물이 빠진 강', '밤', '빗긴 달빛' 등의 우울한 이미지들이 시를 채우고 있기 때문이다. 필자는 평소 이 시를 감상하면서 마지막 행의 '불빛'과 '과주'는 어떤 느낌을 전달하려고 쓴 이미지일까 고민했다. 금릉 나루터에서 양자강 건너로 보이는 과주는 시인이 떠나온 곳일까, 아니면 내일 도착할 목적지일까? 저 불빛은 아스라한 추억의 한 페이지일까, 아니면 전도를 밝힐 희망의 등불일까? 시인이 섰던 그 자리에 와서도 똑 부러지는 답을 얻기 어려웠다. 여기서 밤이 오길 기다려 실제로 '과주의 불빛'을 보고 나면 어떤 영감이 떠오를까? 에라, 모르겠다. 다 맞다고 해두자. 이럴 수도 있고 저럴 수도 있기에 산문이 아니라 시인 것이니.

북고산
나그네 갈 길은 파란 산 아래

필자는 금릉 나루터에서 내려와 이인의二人醫 정류장에서 버스를 탔다. 14번 버스는 양자강을 따라 장강로를 달렸다. 몇 정거장을 지나 내린 곳은 강빈공원江濱公園 정류장. 다음 목적지인 북고산北固山 공원으로 가려면 여기서 내려 동오로東吳路 쪽으로 조금 걸어가야 한다. 북고산은 양자강에 접한 해발 55m의 나지막한 산이다. 이곳은 『삼국지연의』에 보이는 유비 초친劉備招親 이야기의 무대이기도 하다. 적벽대전의 결과로 유비가 형주荊州를 차지하자 주유周瑜는 손권孫權의 여동생 손상향孫尚香과의 결혼을 미끼로 유비를 오나라로 불러들인다. 북고산 감로사甘露寺에서 벌어진 '사위 선발 면접'에서 합격점을 받은 유비는 촉나라로 무사히 돌아갈 수 있을지 불안해한다. 운명의 향방을 점치는 셈으로 손권과 함께 칼로 바위를 내리쳐

북고산

보는데, 바위가 둘로 쩍 갈라지며 행운의 조짐을 전해준다. 공원 한켠에 마련된 '시검석試劍石'의 배경이 되는 고사다.

북고산을 바라보며 빈수로濱水路를 따라 걷다 보니 망강정望江亭에 도착했다. 양자강을 감상하기 편하도록 넓게 조성한 광장이 인상적이었다. 바닥에 나무패널을 깔아 푸근한 느낌을 주었다. 한쪽에서는 신혼부부 한 쌍이 양자강을 배경으로 웨딩촬영에 열중하고 있었다. 그런데 오다가 보았던 안내 간판의 문구가 생각나 피식 웃음이 나왔다. 진강시 질병예방센터에서 세운 간판인데, "당신의 건강을 위하여 강물에 손을 담그지 마시오"라고 되어 있었던 것이다. 이것만 보면 양자강이 '양잿물'이라도 되는 줄 알 터였다. 그 앞에서 웨딩촬영을 하는 이 사람들도 그 간판을 보았을까 궁금하다.

당나라 시인 왕만王灣, 693~751이 이곳에 와서 쓴 것이 『당시삼백수』에도 실려 있는 명작인 〈북고산 아래 머무르다次北固山下〉라는 시다.

나그네 갈 길은 파란 산 아래
떠나갈 배는 푸른 물 앞에
조수가 넘쳐 양쪽 강언덕 드넓고
바람 순순해 한 폭 돛을 내걸었다
바다의 해는 밤이 다 가기 전에 떠오르고
강의 봄은 해가 다 가기 전에 찾아온다
고향의 편지는 어느 편에 보낼까?
돌아가는 기러기는 낙양까지 가련만

　　왕만은 낙양 사람으로 일찍이 강남 지방을 여행하며 그곳의 아름다운 경치를 담은 시를 많이 지었다. 이 시도 그것 가운데 하나이다. 북고산 아래 여관에서 하루 머물며 다시 배편으로 어디론가 떠날 모양이다. 강 언덕에 넘실대는 양자강의 물결 위로 순풍에 돛을 단 배 한 척. 제3연이 인구에 회자되는 명구이다. 진강은 동해에 가까워 해가 일찍 떠오르고, 또 남쪽이어서 섣달(물론 음력으로)에도 봄기운이 모락모락 피어오르는 따뜻한 곳이라고 했다. '밤'으로 '아침'을 이야기하고 '겨울'로 '봄'을 이야기하는 수법을 눈여겨보아야 한다. 이것이 적어도 당나라 시인들에게는 '전가의 보도'로 평가된 까닭이다. 당나라 때 재상을 지내며 시단의 영수 노릇도 했던 장열張說이 집무실에 이 시를 써두고 문인들에게 보여주며 모범으로 삼으라 했다는 고사가 그것을 증명한다. 그런데 이런 강남의 풍경은 북방에서 온 시인에게는 다소 낯설기도 한 것이었다. 그래서 그는 불현듯 고향인 낙양을 그리워하며 그곳까지 날아갈 기러기에게 소식을 전할 편지라도 부치고 싶어한다.

　　필자는 북고산 기슭에 조성한 관람대를 걸으며 양자강을 마음껏 즐겼다. 나그네의 우수가 전혀 없는 것은 아니지만, 그렇다고 구슬피 기러기를 바라볼 정도는 아니었다. 양자강 감상을 마치고 북고산에 올라 감로사를 비롯해 철탑鐵塔과 다경루多景樓 등을 돌아보려 할 즈음 들려오는 비보悲報. 공사중이라서 당분간 관람객 입장을 금지한단다. 아니 여기를 보려고 그 먼 길을 온 사람에게 이 무슨 행패란 말인가. 지난날 유비가 오나라 북고산에 온 목적을 모두 달성하고 돌아가면서 기분이 좋아 '천하제일 강산'이라는 말을 연발했다는 이야기가 떠올라 필자는 더 속이 쓰렸다.

3

하늘에
천당이
있다면

북송 때 사람인 유도劉燾의 『수훤록樹萱錄』이라는 책에 이런 이야기가 실려
있다. 당나라 초기에 원반천員半千이 장안 부근에 아름다운 장원莊園을 가
지고 있었다. 주변 사람들이 이를 두고 "하늘에 천당이 있다면 땅에는 원
반천의 장원이 있다"고 했다. 원반천의 장원이 하늘의 천당처럼 멋지다는
얘기다. 또 당나라 시인 임화任華가 지은 〈회소 상인의 초서懷素上人草書歌〉
라는 시에는 "남들은 당신이 강남에서 왔다고 하지만, 나는 당신이 하늘에
서 왔다고 한다오人謂爾從江南來, 我謂爾從天上來"라는 구절이 있다. 회소懷素는
당나라의 승려로 초서에 능했던 사람이다. 그가 호남성 영주永州 사람이라
'강남' 출신이라고들 하는데, 뛰어난 초서를 보면 '천상'에서 왔다고 해야
맞다는 것이다. 이런 표현과 내용으로부터 아름다운 자연환경을 갖춘 강
남을 천당에 비유하는 말이 생겨난 것이리라.

시인 묵객들이 강남으로 몰려들게 된 이유는 자연환경 말고도 여러 가지가 있다. 예컨대 안사의 난으로 중원이 황폐화되었을 때도 강남은 다행히 전화戰禍를 모면해 피난지 역할을 하기도 했고, 쾌적한 기후와 비옥한 토양으로 물산이 풍부해 경제적으로 윤택했다. 이와 반대로 시인들 '마음의 고향'이라 할 장안과는 상대적으로 거리가 멀어 유배지라는 인상도 짙게 풍겼다. 이런 요인들이 얽히고설켜 수많은 당나라 시인들이 한두 번씩 강남과 인연을 맺게 되었는데, 사실 당나라의 강남은 여러 성省에 걸쳐 우리나라 몇 배 크기가 되는 넓은 지역을 포괄한다. 시간이 지나면서 더 환경이 좋은 두 곳이 강남의 대표로 선발되었으니 곧 소주蘇州와 항주杭州이다. 이에 따라 "하늘에 천당이 있다면 땅에는 소주와 항주가 있다上有天堂, 下有蘇杭"는 말이 생겨났다. 이 말은 남송의 시인 범성대范成大가 지은 『오군지吳郡志』에 처음 보이는데, 정확한 유래는 알려져 있지 않다. 다만 많은 사람들이 소주와 항주 두 곳에서 모두 자사刺史를 지냈던 백거이가 이 지역의 홍보대사를 자처해 열심히 세상에 알린 결과라고들 한다.

소주
소주는 사시사철 풍경이 좋지만

필자는 소주로 이동하기 위해 진강역에서 고속열차에 올랐다. 진강에서 소주까지는 153km로, 꼭 서울에서 대전 가는 거리다. 그런데 고속열차 덕분에 56분밖에 걸리지 않는다. 최근에 고속열차 노선이 많이 늘어나서 답사가 훨씬 편해졌다. 한편으로 진작 이랬더라면 더 많은 지역을 가보았을 텐데 하는 아쉬움이 들기도 하고, 다른 한편으로 여행의 참맛은 속도를 추구하는 것이 아니라는 의미에서 일정만 허락한다면 완행열차를 타고 다녀야 한다는 생각도 하게 된다. 그런저런 잡념에 오래 빠질 겨를도 없이 열차는 그새 소주에 도착했다.

소주는 춘추시대 오나라 때부터 도시로 발전하기 시작했다. 기원전 514년 오나라 왕 합려閣閭가 오자서伍子胥에게 명해 합려성을 쌓게 한 것이 그 시초다. 삼국시대 손권도 나중에 진강, 남경으로 옮겨가긴 했지만 처음에는 소주를 근거지로 삼았다. 진나라 이래로 오현吳縣, 오군吳郡, 오주吳州 등 줄곧 '오吳'로 불리다가 수나라 들어 성 남쪽의 고소산姑蘇山에서 따온 '소蘇'를 써서 소주라 하였다.

당나라 때 소주자사를 지낸 이 가운데 유명한 시인 세 사람이 있어 이들을 '소주삼현蘇州三賢'이라고 부른다. 이 세 시인은 위응물, 백거이, 그리고 유우석이다. 위응물은 52세 때인 서기 788년에 생애 마지막 관직인 소주자사에 임명되었다. 그래서인지 세상 사람들은 위응물을 '위소주韋蘇州'라고 부른다. 그런데 이런 별칭과 달리 위응물에게 소주를 소재로 지은 시가 많지 않은 점이 아쉽다. 한 세대 선배인 위응물에 이어 825년에는 백거이가, 831년에는 유우석이 차례로 소주자사로 부임했다. 유우석이 소주자사로 재임할 때 백거이가 그에게 보낸 시 〈이른 봄 소주를 생각하며 유우석에게 보내다早春憶蘇州寄夢得〉를 감상해보자.

소주는 사시사철 풍경이 좋지만
그중에서도 특히 좋은 건 봄날이었지
동 튼 후의 새벽놀은 불꽃보다 벌겋고
날 갠 뒤의 물빛은 안개보다 부드러웠네
여인들이 노래 부르는 곳 달 아래가 알맞고
자사刺史의 관복은 꽃 앞에서 어울리리
즐거움에 미련이 남는 곳이라는 것 알다 뿐이리오만

필자는 주로 방학을 이용해 답사를 진행해왔다. 그러니 여름 아니면 겨울이라 좋은 풍경을 즐긴 기억이 많지 않다. 그보다는 무더위에 땀을 비오듯 흘렸던 기억이나 칼바람에 옷깃을 꽁꽁 여미었던 경우가 태반이었다. 이태 전에는 모처럼 선선한 가을에, 그것도 가족들과 함께 항주杭州로 답사가 아닌 여행을 다녀왔다. 같은 곳을 갔는데도 어쩌면 그렇게 느낌이 다르던지. 그래서 나들이는 뭐니뭐니해도 봄가을이 제격인가 했다.

경치 좋다는 강남, 그것도 지상의 천당 가운데 하나라는 소주도 마찬가지일 터이다. 사시사철이 다 좋은 곳이라고는 하나 그래도 봄이 더 좋더라고, 백거이는 자신있게 추천한다. 필자도 여름에 두 번, 겨울에 한 번 소주를 답사했을 뿐이어서 백거이의 말을 바로 증명해줄 수는 없으나 필시 그럴 성 싶다. 백거이에게 특별히 인상 깊었던 것은 타오르는 새벽놀과 부드러운 물빛이었던가 보다. 그 대조적인 빛깔을 상상만 해도 황홀하다. 백거이는 절친한 친구이자 소주자사로서는 후배인 유우석에게 분위기 좋은 장소도 귀띔해준다. 달 밝은 밤에 관복을 차려입고 꽃 앞에서 여인들의 노래를 감상하는 게 최고란다. 소주자사로 재직할 때가 그립지만 벌써 떠나온 지 4년이나 흘렀다고 했다. 떠나고 나서 후회하지 말고 있을 때 충분히 소주의 아름다움을 즐기라는 충고인 듯도 하다. 소주에 대한 좋은 인상을 얘기하는 것에 초를 치고 싶지는 않으나, 그래도 후임 자사에게 보내는 시인데 선정善政을 베풀기 바란다는 당부 한 마디는 덧붙여야 하지 않을까?

한산사
홀로 가을 풀 자란 오솔길을 찾다가

　　당나라 때에는 유불도儒佛道 삼교가 두루 성행했다. 주도적인 이념에서는 유교가 우위를 점했다고 할 것이나, 불교와 도교의 세력 또한 무시하기 어려웠다. 당나라는 또 시의 나라였던 까닭에 불교 승려 가운데 시에 능한 이도 적지 않았다. 이런 사람들을 '시승詩僧'이라 칭하는데, 『전당시』에 시승 115인의 시 2,800여 수가 실려 있을 만큼 불교 승려들도 시 창작에 열심이었다. 시승으로 유명한 이로 한산寒山, 약691~793이 있다. 시와 선禪을 일치시켰다는 평가를 받는 그의 시는 314수가 전해진다. 그 가운데 한 수를 읽어보자. 한산의 모든 시는 따로 제목이 없어 일련번호로 부른다. 아래 시는 17번이다.

> 책에 가득한 재주꾼들의 시와
> 병에 넘치는 성인의 술 청주淸酒

한산사 인근

다닐 때는 소와 송아지 보는 것 좋아하지만

앉기만 하면 시와 술 곁에서 떠나지 않소

서리와 이슬 때로 엮은 발로 스며들고

달빛이 옹기 창에 밝아라

이럴 때면 두 사발 들이키고서

시를 두세 수 읊는다오

　한산은 본래 관리 집안에서 태어나 과거에 응시했으나 여러 차례 떨어
졌고, 나이 서른이 지나 천태산天台山 한암寒巖에 은거하였다. 그의 시는 두
가지 특징적인 면모를 가지고 있다. 하나는 평이한 구어체라는 것이고, 다
른 하나는 현실사회의 제문제에 많은 관심을 보였다는 것이다. 위에서 감
상한 시는 시와 술에 대한 그의 애착을 보여주는 작품이다. 서리와 이슬을
다 막지 못하고 옹기로 겨우 창을 낸 허름한 거처나마 청주 한 사발 마시
고 시 한 수 짓는 재미가 있다고 했다.

　소주의 한산사를 찾아가기 전에 먼저 한산에 대해 잠시 살펴보았다. 한
산사는 본래 육조 양나라 때인 서기 6세기 초에 '묘리보명탑원妙利普明塔院'
이라는 이름으로 세워진 사찰이다. 일설에 의하면 당나라에 들어와 고승
으로 추앙되던 한산이 주지를 맡으면서 한산사로 개명되었다고 한다. 절
입구의 노란 벽에 초록색 글씨로 '한산사'라고 씌인 것이 인상적이다. '사
寺'자 옆에 조그맣게 '동호도준선제東湖陶濬宣題'라 하여 글씨를 쓴 사람을
밝혔다. 도준선은 도연명의 45대손으로, 청말의 서예가였다고 한다. 한
산사의 주요 건축물은 대웅보전大雄寶殿, 종루鐘樓, 한습전寒拾殿, 보명보탑
普明寶塔 등으로 이루어져 있다. 10년 전쯤 한산사에 처음 왔을 때 길게 줄
을 서서 한 사람당 5위안을 내고 종을 쳤던 기억이 난다. 한산사가 아니라
면 중국 어느 절에서 그렇게 따로 돈을 내면서까지 종을 치려 하겠는가?

한산사

나중에 소개하겠지만 이게 다 당시
한 수 때문이다.

한산과 함께 한산사를 이끌어간
벗이 습득拾得이란 승려다. 그래서
한산과 습득을 같이 모시는 한습전
이 있다. 한습전 뒤쪽으로는 송나
라 때 처음 세운 것을 중수한 보명보탑이 자리잡고 있다. 당나라 목조건축
물을 모방해 5층으로 만들었고 높이가 42m에 달해 한산사 주위를 둘러
보는 데 안성맞춤이다. 소주의 주택은 거의 검정 기와에 흰 담장으로 통일
되어 있는데, 멀리 새로 지은 듯한 아파트 단지의 지붕은 산뜻한 붉은색이
다. 지도에서 찾아보니 단지 이름이 '문종원聞鐘苑'이다. 한산사 옆에 있어
서 '종소리를 듣는 동산'이라 이름 붙인 듯하다.

당나라 시인의 시에 '한산사'가 등장하는 시를 한 수 보기로 한다. 위응
물의 〈항찬에게 부치다寄恒璨〉라는 시다.

마음은 과거의 미래의 인연을 끊고도
발자취는 인간세상의 일을 따르시는 분
홀로 가을 풀 자란 오솔길을 찾다가
밤이면 '한산사'에서 주무시겠지
오늘 관청의 일이 한가로운 참에
능가경楞伽經의 자구를 고심하다 여쭤봅니다

위응물의 시에 항찬과 관련된 시가 여러 수 더 있는 것으로 보아 항찬은
위응물이 아주 가까이 지냈던 승려인 듯하다. 모든 인연을 끊고 출가했으
나 속세 사람과 여전히 내왕을 하고 지냈기에 가능했던 일이리라. 항찬은

어떻게 지내고 있을까? 가을날 산사 주변을 호젓하게 거닐다 해가 지면 일찍 잠자리에 들겠지, 관청의 일을 다 마치고 한가로이 시를 짓던 위응물은 그렇게 상상해본다.『능가경』의 한 구절을 시에 어떻게 활용할까 고심하면서 항찬에게 도움을 요청하며 쓴 시로 풀이된다.

풍교
한밤중의 종소리가 나그네의 배에 들려온다

  필자는 한산사에서 나와 바로 옆의 풍교楓橋로 향했다. 송나라 사람 주장문朱長文의『오군도경속기吳郡圖經續記』라는 책에 "오현 서쪽 십 리의 풍교吳縣西十里楓橋"라는 말이 보이니, 풍교의 역사도 유구하다. '풍교승적楓橋勝跡'이라 쓰인 문을 지나면 담쟁이 덩굴에 휩싸인 철령관鐵鈴關이 나온다. 왜구倭寇를 막기 위해 명나라 때 처음 세웠고 현재의 것은 청나라 때인 1829년에 중수한 것이다. 높이 7m, 너비 15m의 아담한 크기의 관문이다. 이

풍교

관문을 지나면 나오는 다리가 풍교다. 풍교는 전체 길이가 39.6m이고 폭이 5.27m이며, 통과너비가 10m이다. 이 역시 아담한 크기의 다리다. 풍교아래를 흐르는 하천은 경항운하다. 동해에 연한 장강 하류의 남통南通 쪽에서 망우하望虞河를 거슬러 내륙으로 들어와 경항운하로 갈아타면 소주에 이를 수 있다. 그렇게 따져보니 명나라 때 왜구를 막기 위해 철령관을세웠다는 말이 이상하게 들리지 않는다. 이곳이 소주성으로 진입하는 관문 역할을 하는 까닭에 야간에는 봉쇄했다고 한다. 그래서 다리의 이름도원래는 '봉쇄하는 다리'라는 뜻에서 '봉교封橋'라 했던 것인데, 이것이 다음의 시 한 수로 인해 '풍교'로 바뀌었다.

장계張繼의 〈풍교에서 밤에 정박하다楓橋夜泊〉라는 시다.

> 달 지고 까마귀 울고 서리가 하늘에 가득
> 강가 단풍 고깃배 등불과 마주하여 근심 속에 잠들 때
> 고소성 밖 한산사
> 한밤중의 종소리가 나그네의 배에 들려온다

장계가 언제 무슨 일로 소주에 유숙하게 되었는지는 잘 알려져 있지 않다. 당시 이 부근은 경항운하를 타고 북쪽 양주나 남쪽 항주로 오갈 수 있어서 많은 배들이 몰려들었고, 관문이 닫히면 풍교 인근에 배를 대고 밤을보냈다고 한다. 풍교가 있는 이곳이 일종의 삼각주여서 정박하기가 편리했을 것이다. 이 삼각주는 이름을 '강풍주江楓洲'라 하는데, 단풍나무가 많이 심겨져 있었던 모양이다. 배에서 잠을 청하던 시인은 쉽게 잠을 이루지못하고 가을 밤이 이슥하도록 뒤척거린다. 환한 빛깔의 강가 단풍과 고깃배 등불이 까마귀 소리와 함께 숙면을 방해했던 것 같다. 그때 소주성 밖한산사에서 들려오는 종소리. 그럭저럭 꾹꾹 눌러가며 참고 있었던 시름

겹던 나그네는 종소리를 들으며 왈칵 눈물이라도 쏟았을 것 같다.

그런데 이 시의 여파가 만만치 않았다. 첫째로 다리 이름이 바뀌었다. 아마도 장계가 '봉교'를 '풍교'로 들었던가 보다. '봉쇄하는 다리'라는 억센 이름보다는 확실히 '단풍나무 다리'가 운치가 있다. 주변에 단풍나무가 많았다면 더욱 그랬을 가능성이 높다. 둘째로 학자들간에 논쟁이 붙었다. 송나라 구양수歐陽修가 "한밤중에 무슨 종소리"냐며 시인을 타박하자, 진 암초陳巖肖는 자신이 소주에서 벼슬을 할 때 실제로 한밤중에 종소리를 들었다며 "모르면 가만히 있으라"고 시인을 변호했다. 셋째로 한산사가 유명해졌다. 그 바람에 필자도 한산사의 종을 한 번 치는데 무려 5위안을 내야 했다. 특히 이 시가 일본 초등학교 교과서에 실리면서 한산사에는 일본 관광객이 넘쳐난다. 넷째로 장계의 시를 새긴 시비詩碑가 기네스북에 올랐다. 2008년 소주시 정부가 한산사 옆에 청나라 유월俞越이 쓴 〈풍교에서 밤에 정박하다〉 시를 400톤짜리 비석에 새겨 세계 최대 시비로 기네스북에 등재되었다.

장계의 시 한 수는 이렇게 큰일을 해냈다. 그러나 사실 관계를 짚고 넘어갈 필요도 있을 듯하다. 먼저 위응물의 시부터 다시 살펴보자. 항찬의 숙소는 '한산사'인가? 맞다. 그러면 이 '한산사'는 풍교 바로 옆의 그 한산사인가? 아니다. 위응물이 말한 '한산사'는 고유명사가 아니라 일반명사 '한산사'로 '차가운 산의 절'이라는 뜻이다. 그리고 고증에 따르면 이 절은 소주가 아니라 안휘성 저주滁州의 낭야산瑯琊山에 있던 것으로 알려졌다. 결론적으로 위응물의 시는 소주의 한산사와 전혀 무관하다. 이어서 장계의 시를 살펴보자. 장계가 배를 정박한 곳은 풍교인가? 맞다. 더 정확히 말하자면 봉교이다. 장계 시의 '한산사'는 풍교 옆의 그 한산사인가? 알 수 없다. 더 정확히 말하자면 아닐 가능성이 높다. 왜냐하면 당시 풍교 옆 절의 이름은 '묘리보명탑원妙利普明塔院'이지 한산사가 아니었기 때문이다. 한

장계 풍교야박 시비

산사라는 이름은 훨씬 후대에 붙여진 것이다. 그렇다면 이 '한산사'도 일반명사로 '차가운 산의 절'이라는 뜻인데, 지금의 한산사 자리는 평지라서 '차가운 산'이 있을 만한 곳이 아니다.

결론적으로 위응물 시의 '한산사'는 풍교 옆 한산사와 전혀 무관하고, 장계 시의 '한산사'는 풍교 옆 한산사와 거의 무관하다. 그런데 세상 일이란 때로 묘하게 돌아가는 법이다. 앞에서 위응물을 소개하면서 그가 소주 자사를 지낸 이력으로 인해 '위소주'로 불렸다고 했다. 그러니 그가 시에 '한산사(차가운 산의 절)'라는 말을 썼다면 누구라도 자연스럽게 소주의 한산사를 떠올릴 것이다. 장계가 하룻밤 배를 정박한 풍교 옆에는 공교롭게도 묘리보명탑원妙利普明塔院이라는 절이 한 채 있었다. 장계가 다른 '차가운 산의 절'의 종소리를 들었더라도 지리적 위치상 묘리보명탑원의 종으로 받아들이기가 쉽다. 이처럼 〈풍교에서 밤에 정박하다〉라는 시가 빚어낸 소용돌이 속에서 봉교와 묘리보명탑원은 풍교와 한산사로 재탄생해 엄청난 사랑을 받는 명승지로 발돋움했다.

아직 수수께끼가 다 풀린 것이 아니다. 그렇다면 시승 한산은 어찌된 일인가? 어쩌면 최대의 수혜자(또는 피해자)는 한산일지 모른다. 그가 한산사의 주지를 맡으면서 묘리보명탑원이 한산사로 이름이 바뀌었다는 이야기는 어떤 문헌에도 보이지 않는다. 따라서 우연히 이름이 한산이라는 이유로 얄궂게 장계 시의 소용돌이에 말려들었을 공산이 크다. 즉 누군가가 지어낸 이야기일 가능성이 높다는 말이다. 그런데도 소주시에서는 한산사 주변을 더 크게 개발하여 패방牌坊을 만들고 '한습유종寒拾遺踪', 즉 '한산과 습득이 남긴 발자취'라고 홍보하는 문구까지 내걸었다. 사실 관계가 모호한 이야기까지 모두 '스토리텔링 마케팅'에 동원되어야 하는지 알 수 없는 노릇이다.

졸정원
마른 연잎을 남겨 빗소리를 들려준다

필자는 한산사에서 나와 40번 버스를 타려고 내봉교來鳳橋 정류장으로 이동했다. 졸정원拙政園을 둘러보기 위해서이다. 졸정원은 명나라 때인 1509년에 만들어진 것이어서 당나라 유적은 아니다. 그러나 1997년 세계문화유산에 등재된 소주 원림문화를 대표하는 곳이어서 기왕 소주에 온 이상 그냥 지나치기 어렵다. 또 당나라까지 거슬러 올라가면 졸정원 자리에 시인 육구몽陸龜蒙의 저택이 있었다고 하니 완전히 당시와 무관하다고 할 수도 없다. 한산사는 소주 순환도로 서쪽이고 졸정원은 동쪽이어서 30분 이상을 꼬박 가야 했다. 북원로北園路 정류장에 내려 조금 걸어가니 매표소가 보였다. 10년 전쯤에 소주에 왔을 때는 주로 원림을 답사하여 졸정원은 물론이고 유원留園, 사자림獅子林, 망사원網師園, 창랑정滄浪亭 등을 두

졸정원 입구

루 다녔다. 그런데 원림이란 것이 대개 비슷한 구조로 만들어진 까닭에, 나중에 돌이켜보니 어떤 정자나 연못이 졸정원에 있었는지 유원에 있었는지 잘 기억이 나지 않는 것이었다. 그래서 이번에는 졸정원 하나만 집중 공략하려고 한다.

졸정원을 처음 만든 사람은 소주 출신으로 순찰어사巡察御史를 지낸 왕헌신王獻臣이다. 그는 엄정하게 법을 집행하다 환관의 미움을 받아 누명을 쓰고 한직으로 좌천된 적이 있었다. 이런 일로 인해 벼슬살이에 환멸을 느껴 관직을 내던지고 낙향해 30년 동안 졸정원을 가꾸며 여생을 보냈다. 재미있는 사실은 왕헌신이 연산군 때 조선에 사신으로 온 적이 있다는 점이다. 『연산군일기』의 기록을 통해 그가 1495년에 조선에 왔던 것을 확인할 수 있다. 당시 연산군이 병이 나 중국 사신을 위한 잔치가 미뤄지자 그가 불같이 화를 냈다는 내용이 씌어 있다. 왕헌신이 졸정원을 아름답게 가꾸면서 유치하고 옹졸했던 자신의 지난날도 충분히 반성했으리라 굳게 믿고 싶다.

'졸정'이란 이름은 육조 시대 진晉나라의 문인인 반악潘岳이 지은 〈한거부閑居賦〉의 서문에 보인다. 반악은 이 글에서 장안현령長安縣令에서 박사博士로 관직을 옮길 무렵 모친의 병환으로 벼슬을 그만두게 된 사연을 길게 소개하며 다음과 같은 내용으로 글을 매듭지었다. 이 대목은 왕헌신이 자신이 꾸민 원림에 '졸정'이라는 이름을 붙인 이유를 충분히 설명해줄 것으로 여겨진다.

이에 멈추고 만족하는 분수를 지켜보며 부귀를 뜬구름으로 여기는 뜻을 추구한다. 집을 짓고 나무를 심어 천천히 걸으며 만족감을 느낀다. 연못과 늪은 고기잡이나 낚시질하기에 적당하고, 방아 찧어 받는 돈으로 경작을 대신할 수 있다. 정원에 물을 대어 채소를 내다팔면 아침 저녁 음식을 마련할 수 있고, 양을 쳐 유제품을 내다팔면, 여름 겨울 제사 비용에 대비할 수 있다. 부모님께 효도하고 형제간에 우애하면 이 또한 졸렬한 자의 정사政事로다. 於是覽止足之分, 庶浮雲之志, 築室種樹, 逍遙自得. 池沼足以漁釣, 春稅足以代耕. 灌園粥蔬, 以供朝夕之膳. 牧羊酤酪, 以俟伏臘之費. 孝乎惟孝, 友于兄弟, 此亦拙者之爲政也.

이 서문에서 반악은 '졸정', 즉 '졸렬한 자의 정사'의 예를 보여주었다. 정치에 재주가 없는 사람은 농촌으로 귀향하여 부모에 효도하고 형제와 사이좋게 지내면 그 또한 정치를 하는 것과 다름없다는 것이다. '치국평천하治國平天下'는 능력 있는 위정자에게 맡기고 '수신제가修身齊家'에 전념하면 그 또한 나라에 기여하는 일이라고 했다. 왕헌신은 이런 의미를 취해 자신의 정원에 '졸정'이란 이름을 붙였건만, 그가 죽은 뒤 왕헌신의 아들은 도박에 빠져 끝내 졸정원을 남에게 팔아넘기고 말았다고 하니 아이러니가 아닐 수 없다.

당시에도 '졸정'을 시어로 활용한 작품이 보인다. 백거이의 〈작은 재실에 누워臥小齋〉라는 시를 살펴보자.

아침에 일어나 정무政務를 마치면
편안히 앉아 배불리 식사를 끝낸다
장랑 아래에서 산보하다가
작은 재실로 물러나 눕는다
졸렬한 정사라 절로 겨를이 많으니
고아한 정취는 누구와 같을까?

누가 그랬던가, 녹봉 이천 석 태수가
마음은 시골 할아버지 같더라고

　이 시는 백거이가 소주자사를 지낼 때 지은 것으로 알려져 있다. 따라서
왕헌신이 반악의 〈한거부〉뿐 아니라 이 시의 영향을 받았을 가능성도 무
시하기 어렵다. 강서성의 여산廬山을 답사하면서 언급한 것처럼, 백거이는
강주사마江州司馬로 좌천된 후 큰 충격을 받고 명철보신明哲保身을 금과옥조
로 삼는 생활을 이어갔다. 낙양에서 한직을 맡아 무료하게 지내다 이번에
는 제대로 정사에 힘쓰겠노라고 자원해 자사로 내려간 것이 소주였다. 그
의 나이 54세 때의 일이다. 실제로 그는 소주자사로 봉직하며 열흘이 넘
도록 술을 입에 대지 않고 한 달이 지나도록 풍악을 울리지 않는 등 충실
하게 업무를 수행했다고 한다. 그런데도 이 시를 보면 그것을 '졸정'이라
표현하며 겸손해한다. 일견 '잘난 척'에 일가견이 있는 평소 백거이와 사
뭇 다른 모습이다. 그러나 자세히 뜯어보면 결국 자사도 이렇게 느긋하고
여유롭게 소임을 다할 수 있다는 자랑으로 다가온다. '졸정'의 새로운 경
지를 보여주었다는 자부심이 한껏 배어 있다는 것이다.
　졸정원에 들어가기도 전에 사설이 길었다. 졸정원은 가로 300m, 세로
200m 가량의 장방형 모양으로, 전체 넓이는 52,000m²에 이른다. 정원은
입구를 기준으로 크게 동쪽, 가운데, 서쪽의 세 구역으로 나뉜다. 동쪽 구
역은 도연명의 시에서 따와 '귀전원거歸田園居', 즉 '전원으로 돌아와 머무
는 곳'이라 불린다. 여기에서는 난설당蘭雪堂, 부용사芙蓉榭, 천천정天泉亭 등
을 감상할 수 있다. 출향관秫香館에서 북쪽으로 난 길을 따라 대상정待霜亭
방향으로 가면 졸정원의 중심지라 할 가운데 구역으로 접어들게 된다. 이
곳에서는 향주香洲를 비롯하여 오죽유거梧竹幽居, 송풍수각松風水閣, 소비홍小
飛虹 등의 멋진 건축물들이 한껏 자태를 뽐내고 있다. 특히 필자의 눈길을

사로잡은 것은 청우헌聽雨軒이었다. '빗소리를 듣는 집'이란 표현이 마음에
와닿기 때문이기도 하고, 필자의 애송시 가운데 하나에 '청우'라는 시어가
쓰였기 때문이기도 하다. 여기서 이상은의 그 시를 감상하고 가는 것이 좋
겠다. 〈낙씨의 정자에서 자면서 최옹과 최연이 떠올라 부치다宿駱氏亭寄懷崔
雍崔袞〉라는 제목이다.

> 대나무로 친 울담 티끌 없고 물가의 난간 맑은데
> 그리움은 아득히 높은 성에 막혔다
> 가을의 음산함 걷히지 않아 서리 내리는 것 늦어지고
> 마른 연잎을 남겨 빗소리를 들려준다

이 시는 이상은이 낙씨駱氏의 정자에 유숙하면서 외사촌인 최옹과 최연
에게 보낸 것이다. 낙씨의 정자는 아마도 장안의 교외에 있었을 것으로 생

각된다. 시인은 대나무로 친 울담과 물가의 난간이 있는 낚씨의 정자에서 장안에 있는 외사촌형제들을 그리워한다. 금방이라도 비가 쏟아질 것만 같은 음산한 가을 경치가 더욱 쓸쓸함을 자아내는 시간, 시인은 쉽게 잠을 이루지 못하고 빗방울이 마른 연잎을 때리는 소리를 듣고 있다. 이 시는 청각적 심상을 이용해 시인의 고독감을 잘 형상화한 것으로 유명하다. 청우헌 앞에 너울거리는 연잎을 보니 당시 이상은이 들었을 빗소리가 귀에 쟁쟁한 듯한 착각이 든다. 중국 고전소설의 총아라 할 『홍루몽紅樓夢』의 여주인공 임대옥林黛玉은 제일 싫어하는 시인으로 이상은을 꼽았다. 그러면서도 "마른 연잎을 남겨 빗소리를 들려준다"는 이 구절 하나만은 좋다고 했다. '마른 연잎'과 '빗소리'라는 이미지가 병약하지만 아름답고 순결했던 그녀의 모습과 잘 어울리는 듯도 하다. 때마침 비라도 내려 청우헌 주변의 연꽃, 파초, 대나무에 통통 튀는 빗소리를 들을 수 있었더라면 금상첨화였을 것이다.

그런데 사실 졸정원에는 위에 소개한 이상은의 시에서 이름을 딴 누각이 따로 있다. 서쪽 구역으로 가면 '삽륙원앙관卅六鴛鴦館', '도영루倒影樓', '부취각浮翠閣' 등의 건축물을 더 감상할 수 있고, 맨 마지막에 보이는 누각이 '유청각留聽閣'이다. '유청'이라는 이름은 위의 시 마지막 구절 "유득고하청우성留得枯荷聽雨聲"에서 '유留'와 '청聽'을 따온 것이다. 그러나 '유청'은 '청우'에 비하면 떠오르는 심상이 강렬하지 않은 느낌이다. 졸정원에는 유청각 외에도 당시에서 이름을 취한 건축물이 여럿 있다. 예를 들면 다음과 같다.

난설당蘭雪堂

하늘과 땅 사이에 홀로 서면

맑은 바람이 난초 향기 나는 눈에 쏟아진다

이백, 〈노씨와 헤어지며 부르는 노래別魯頌〉

방안정放眼亭

눈에 크게 뜨고 푸른 산을 바라보나니

제멋대로 머리에 백발이 생겨나누나

백거이, 〈낙양에 어리석은 노인 있어洛陽有愚叟〉

대상정待霜亭

화답시에 '삼백 알'이란 말을 쓰려면

동정산에 숲 가득 서리 내릴 때까지 기다려야겠네

위응물, 〈정 기조의 '푸른 귤' 절구 시에 화답하다答鄭騎曹靑橘絶句〉

　이백의 〈노씨와 헤어지며 부르는 노래〉 시는 노씨로서 전국시대 노중련魯仲連과 같은 풍모를 지닌 사람을 칭송한 것이다. 노중련은 부귀에 뜻을 두지 않고 고상한 절개를 지켰기에 이 시에서 '난초 향기 나는 눈蘭雪'에 비유했다. 조선 중기 때의 여류시인으로 허난설헌이 있는 까닭에 '난설'은 매우 친숙하게 다가온다. 백거이의 〈낙양에 어리석은 노인 있어〉라는 시는 시인이 낙양에서 태자빈객분사동도太子賓客分司東都, 즉 태자의 스승 노릇을 할 때 지은 것이다. 나이를 먹어 백발이 생겨나 얼마나 더 살지 모르니 한가로이 자연풍광을 즐기자고 한 시다. 그렇게 감동적인 내용은 못 된다. 위응물의 〈정 기조의 '푸른 귤' 절구 시에 화답하다〉라는 시는 시인이 소주자사로 있을 때 지은 시로 알려져 있다. 소주의 인근인 태호太湖의 동정산을 언급한 것이 그 증거가 된다. 기조참군사騎曹參軍事 벼슬에 있던 정씨가 써

졸정원 대상정

보낸 '푸른 귤'이라는 시에 화답한 것이다. 왕희지王羲之의 서첩 가운데 하나에 "귤 삼백 알을 안으려 하지만 아직 서리가 내리지 않아 많이 얻을 수 없네奉橘三百枚, 霜未降, 不可多得"라는 구절이 있어 그것을 활용했다. 서리가 내릴 쯤이 되어서야 동정산의 귤을 따 보내줄 수 있다는 말이다. 소주와 연관된 내용이라는 점에 의미가 있다.

졸정원 같은 원림을 만들고 가꾼 명청대 문인들은 원림 내 건축물을 명명하면서 당시唐詩를 곧잘 활용했다. 그러나 이로부터 강남의 원림과 당나라 시인들 사이에 상통하는 바가 많다고 생각하는 것은 다소 성급해 보인다. 강남의 원림은 주로 명청대 문인들이 비교적 제한된 공간에 다양한 산수경관을 만들고자 한 노력의 산물이었다. 이에 비해 당나라 시인들 중에는 공간적 제약을 받지 않고 거의 중국 전역을 만유漫遊한 사례가 하나둘이 아니다. 졸정원이 대단히 아기자기하고 뛰어난 원림이기는 하나, 이곳을 소유했던 문인들 가운데 대시인이 나오지 않은 것은 그런 차이 때문이 아닌가 한다. 실물과 소품의 차이 말이다. 필자는 이런 생각을 하며 졸정원을 나와 소주역으로 향했다. 다음 행선지인 항주로 가기 위해서이다.

항주
조만간 어촌의 포구를 다시 찾아가 유숙할 터

소주에서 항주까지의 교통편도 고속열차를 이용했다. 253km 거리를 주파하는데 채 두 시간이 걸리지 않으니 일정에 많은 여유를 가져다 준다. 필자는 중국 대학에서 학위를 받은 유학파가 아닌 까닭에 중국 어느 도시에 장기간 체류한 적이 없다. 다만 항주는 예외로 칠 수 있겠다. 국내에서 박사학위를 받자마자 항주의 절강대학浙江大學에 늦깎이 어학연수생으로

와 6개월이나마 지냈기 때문이다. 당시 열 살 아래의 대학생들과 한 교실에서 중국어를 배우며 나이 먹은 아저씨라고 '왕따'를 당했던 기억이 새롭다. 이태 전 아내와 두 아이를 데리고 절강대학에 와서 그때 공부했던 교실과 묵었던 기숙사를 유적지인 양 보여주기도 했는데, 마치 필자가 어린 시절을 보낸 고향에 데려간 느낌과 흡사했다. 필자에게 항주는 그렇게 얼마간 특별한 곳이다.

항주의 도시 건설 역사는 오나라의 수도였던 소주보다 다소 늦은 진秦나라 때부터 시작된다. 당시의 이름은 전당현錢唐縣으로, 회계군會稽郡에 속했다. 양나라 때 군으로 승격되었다가 수나라가 건국되면서 처음으로 항주라는 이름이 탄생했다. 서기 610년 진강에서 항주에 이르는 강남운하가 개통되면서 항주는 확실한 발전의 동력을 얻을 수 있었다. 당나라 때에는 여항군餘杭郡이라 불렸던 일부 시기를 제외하면 대체로 항주라는 이름을 유지했다. 필자가 중국의 여러 도시를 다녀본 바에 의하면, 항주만큼 깨끗하게 단장된 곳도 많지 않다고 생각한다. 중국에서 매년 발표하는 '행복 도시' 순위에서 항주가 5위 이하로 내려간 적이 거의 없다는 사실이 그것을 증명한다. 이 순위에서 항주에 버금가는 도시로 청도青島가 있고, 소주는 한 차례 10위 안에 든 것이 고작이다. 그러므로 "하늘에 천당이 있다면 땅에는 소주와 항주가 있다"는 속담의 현대판은 "하늘에 천당이 있다면 땅에는 항주와 청도가 있다"로 바뀌어야 될지도 모르겠다.

필자가 탄 고속열차는 어느덧 상해홍교上海虹橋 역을 지나 가흥嘉興 쪽으로 내달리고 있었다. 소주에서 상해를 거치지 않고 바로 항주로 온다면 거리가 절반으로 줄 테지만, 상해의 자성磁性이 워낙 강해 기차 노선이 'ㄱ'자로 휘지 않을 수 없었다. 거대 도시의 위력이 이런 것이 아니겠는가. 당나라 때 겨우 화정현華亭縣으로 독립했던 조그마한 어촌이 오늘날 세계 속에 우뚝 선 대도시로 성장했다. 상전벽해가 따로 없다. 그러나 알다시피 필자는 당나라 지도를 가지고 답사를 다니는 사람이다. 당나라 지도에 굵직하게 표시되어 있지 않거나 최소한 당나라 시인이 다녀간 흔적이라도 없는 곳은 가볍게 날려 버린다. 미안하지만, 상해도 그런 이유에서 고속열차를 타고 그냥 스쳐 지나가는 도시로 전락한다.

상해에서 항주까지는 넓은 평야지대가 펼쳐진다. 그래서 차창 밖으로 보이는 풍경이 고만고만하다. 이럴 때는 졸지 말고 자료를 읽어보는 것이 상책이다. 항주에 도착하기 전에 한굉韓翃, 754 전후의 시 〈항주로 돌아가는 왕 소부를 전송하며送王少府歸杭州〉를 감상해보자.

> 돌아가는 배는 여정 내내 푸른 부평처럼 굽이지는데
> 다시금 물줄기를 따라 부춘강으로 향하고 싶겠지요
> 오군의 육기는 그곳의 주인이라 일컬어지고
> 전당의 소소소蘇小小는 같은 고장 사람이라지요
> 칡꽃 한 줌 가득하면 술 해장이 되고
> 치자꽃 한 송이는 선물로도 제격이겠습니다
> 조만간 어촌의 포구를 다시 찾아가 유숙할 터
> 멋진 구절이 상자에서 새로울 것 멀리서도 부럽답니다

왕 소부의 출발점이 분명치 않다. 다만 한굉이 산동성에 있던 치청절도사淄青節度使 막부에 몸을 담은 적이 있으므로, 왕 소부가 그곳으로 왔다가 소주를 거쳐 항주를 내려가는 길일 가능성이 없지 않다. 이 시의 첫째 연을 이해하려면 항주 인근의 강에 대해 더 알아볼 필요가 있다. 지도에서 항주 남쪽을 보면 남서쪽에서 강줄기 하나가 뻗어나와 항주를 관통해 동해로 빠져나가는 것을 알 수 있다. 이것이 절강浙江이다. 항주가 속한 절강성의 이름이 여기에서 나왔다. 절강의 발원지는 두 곳으로, 북쪽의 신안강

新安江과 남쪽의 마금계馬金溪다. 두 강이 합류하는 지점부터 구간별로 부양 富陽 일대는 부춘강富春江, 동려현桐廬縣 일대는 동강桐江, 그 이후로는 전당 강錢塘江이라 부른다. 그러니까 한굉의 말은 왕 소부가 항주에 다다르면 뱃 길을 따라 부춘강까지 내려가보고 싶으리라 한 것이다. 이곳에 한나라 때 의 명사인 엄광嚴光의 유적지가 있기 때문일 것이다.

둘째 연에서는 지나는 길에 있는 오군吳郡, 즉 지금의 상해 부근 출신의 문인인 육기陸機와 전당錢塘, 즉 항주 출신으로 남조 제나라 때의 유명한 가 기歌妓였던 소소소를 언급했다. 왕 소부가 가는 곳이 명사와 미녀의 고장 이라는 얘기다. 한굉은 항주의 또 다른 장점으로 칡꽃과 치자꽃을 들었다. 칡꽃이 숙취 해소에 그만이라는 정보는 『동의보감』에도 나오고, 하얗게 피었나가 노랗게 지는 치자꽃은 예쁘고 향기롭다. 이런 항주에서 지내면 저절로 시심詩心이 샘솟아 날마다 새로운 시가 상자에 쌓일 것이다. 한굉 은 나중에 꼭 '어촌의 포구'인 항주를 찾아가겠노라고 했다. 술과 꽃과 시 를 마련해 놓고 기다리라는 것이다. 상투적인 송별시와는 달리 감칠 맛이 있는 작품이다.

서호
비 내리지 않아도 산은 늘 촉촉하고

필자는 항주에 도착해 절강대학 옥천玉泉 캠퍼스로 향했다. 국제교육원 에 있는 영빈관에 여장을 풀기 위해서이다. 국제교육원이 바로 그 옛날 필 자가 '왕따 아저씨'로 6개월간 지냈던 추억의 장소다. 국제교육원은 그때 나 지금이나 별로 변한 것이 없었다. 허름한 영빈관이나 저렴한 구내 식당 모두 그대로였다. 이와 달리 교문 밖 서계로西溪路는 크게 달라져 있었다.

전보다 훨씬 깨끗하고 화려해진 모습이었다. 인터넷 이용을 위해 자주 갔던 PC방은 여전히 성업 중인데, 170위안을 주고 자전거를 샀던 점포는 어디론가 사라졌다. 옥천 캠퍼스에서 항주의 명물인 서호西湖까지 얼마 멀지 않다. 그래서 수업이 끝나면 매점에서 샌드위치와 음료수를 하나 사서 배낭에 넣고 자전거로 서호를 다녀오곤 했다. 오늘은 자전거가 없으니 버스를 타고 가야겠다.

서호는 세계문화유산으로 지정되고 '중국 10대 명승지'에도 포함된 중국의 대표적인 관광지이다. 본래는 전당강의 일부였던 것이 떨어져 나와 만들어졌다. 항주의 옛 지명을 딴 '전당호錢塘湖'라는 이름도 있으나, 항주의 서쪽에 있다고 해서 붙여진 '서호'로 더 많이 알려졌다. 서호는 가로, 세로가 대략 3km에 가깝고, 둘레는 15km이며, 넓이는 6.4km² 정도이다. 지도에서 보면 전체적인 모습이 우리나라 경산의 영남대 캠퍼스와 닮았다. 넓기로 유명한 영남대 캠퍼스가 2.7km² 가량이라고 하는데, 서호는 그보다 두 배 이상 넓은 호수인 셈이다.

서호의 볼거리는 흔히 '십경十景'으로 요약된다. 중국 지폐인 인민폐 1위안 짜리 뒷면의 도안인 '삼담인월三潭印月'도 그 가운데 하나이다. 서호 안에는 세 개의 섬이 있고, 여기서 제일 큰 것이 '소영주小瀛洲'이다. 중국 전설에 나오는 삼신산三神山의 하나인 영주산瀛洲山에서 따온 이름이다. 이곳에 세 개의 석등을 설치했는데, 보름달이 뜬 밤에 호수에 배를 띄우고 석등을 바라보면 달이 셋으로 나뉜 것처럼 보인다는 것이다. 기왕 서호까지 왔는데 배를 안 타고 가면 아쉬움이 남을 것 같았다. 고산로孤山路 쪽으로 걸어가 누외루樓外樓라는 유명한 음식점 부근에 가니 선착장이 있었다. 대강 홍정을 한 후 나룻배에 올라 탔다. 사공은 천천히 호수 가운데 있는 호심정湖心亭 쪽으로 배를 몰아간다. 사위는 그새 어둑어둑해졌다. 흐린 날씨라 달빛이 없는 것이 아쉬웠다. 그 대신 고산로에 늘어선 상점에서 비치는

형형색색의 불빛이 호수에 되비친 장관 덕분에 적이 위로가 되었다. 넓디
넓은 호수에 일엽편주를 띄워 놓고 맑은 바람을 쐬는 것보다 즐거운 일이
많지는 않을 것이다.

　사공은 호심정까지 가더니 송나라 때 소식蘇軾이 쌓은 제방이라는 소제
蘇堤 부근에서 배를 돌려 고산로의 선착장으로 돌아간다. 고산로는 뒤쪽으
로 고산孤山이 있기에 붙여진 이름일 것이다. 이 산에 있던 영복사永福寺라
는 절의 다른 이름이 고산사孤山寺였다. 소주의 한산사에 놀란 적이 있어 혹
시 또 '외로운 산의 절'이라는 일반명사는 아닐까 했는데 이번에는 고유명
사가 맞는가 보다. 이 절에 대해 노래한 시를 감상하기로 한다. 장호의 〈항
주의 고산사에 쓰다題杭州孤山寺〉라는 시다.

　　누대는 푸른 고산 위로 솟고
　　한 가닥 제방이 호수 중심으로 들어간다

비 내리지 않아도 산은 늘 촉촉하고
구름 없어도 물은 절로 그늘진다
끊긴 다리에는 거친 이끼가 까칠하고
빈 뜰에는 떨어진 꽃잎 깊어간다
서쪽 창으로 비치던 달 아직도 기억나거니와
종소리가 북쪽 숲에서 들려왔지

소주에 살았던 장호는 24세 때인 서기 815년과 32세 때인 823년에 두 차례 항주를 다녀간 것으로 알려져 있다. 장호의 이 시는 고산사의 특징적 면모를 잘 포착했다. 누대가 푸른 산 위로 솟았기에 첩첩산중인가 했더니 바로 앞으로 제방이 호수를 가로지른다. 호수 속의 산이요, 산 속의 절인 것이다. 호수 덕분에 산은 늘 촉촉하고, 산 덕분에 호수는 늘 그늘진다. 호수로 들어가는 제방에 놓인 다리는 끊기어 이끼가 무성하고, 산사의 뜰에는 꽃잎이 떨어져 한아름이다. 낮의 풍경만 아름다운가 하면 밤의 풍경도 그 못지않다. 어느 객사에 머물던 밤 창문으로 달빛이 하얗게 새어들 무렵 고산사에서 들려오는 종소리가 나그네 마음을 싱숭생숭하게 만든다고 했다. 서호십경의 하나가 '단교잔설斷橋殘雪'이다. 아치형의 다리에 눈이 내린 후 가운데 부분만 살짝 녹으면 다리가 끊긴 것처럼 보여서 그렇게 부른다. 그런데 어떤 이는 '단교'의 기원을 장호의 이 시에서 찾기도 한다. 그러면 또 머리가 아파온다. '단교'는 실제로 끊긴 다리일까, 아니면 끊어져 보이는 다리일까?

장호가 '호수 중심으로 들어간다'고 묘사한 제방은 '백제白堤'를 가리킨다. 서호에는 소제와 백제, 두 개의 제방이 있다. 소제는 앞에서 소개한 것처럼 소식이 쌓은 것이다. 그렇다면 백제는 백거이가 쌓은 것일까? 아니다. 백제의 원래 이름은 '백사제白沙堤'로서 백거이가 항주자사로 부임하기

전부터 있던 것이다. 백거이도 제방을 쌓기는 했다. 현재의 서호 북쪽에서
경춘로慶春路로 빠지는 길목에 전당문錢塘門이 있었는데, 백거이가 쌓은 '백
공제白公堤'의 위치는 이 부근이었다. 지금은 자취도 없이 사라진 것을 아
쉬워한 항주 사람들이 '백사제'에서 가볍게 '사' 한 글자를 빼고 '백제'라고
불렀다. 다행히 원래 이름이 '백사제'였기 망정이지 '흑사제'였으면 이마
저도 쉽지 않을 뻔했다.

　이제 장호와 비슷한 곳을 돌아보고 쓴 백거이의 시를 감상하자. 〈서호
에서의 봄 나들이錢塘湖春行〉라는 제목이다.

　　　　고산사의 북쪽 가공정賈公亭의 서쪽
　　　　봄 물이 찰랑찰랑하고 구름은 낮게 깔렸다
　　　　곳곳에 일찍 날아온 꾀꼬리 양지바른 나무를 다투고
　　　　뉘 집에 새로 온 제비인지 봄 진흙을 쫀다
　　　　어지럽게 핀 꽃은 점차 사람 눈을 미혹케 하고

짧은 풀은 말발굽 묻힐 만큼 자랐다
호수 동쪽을 가장 좋아하나 다닌 것이 부족했으니
수양버들 그늘 속 흰 모래둑

고산사의 북쪽이면 지금의 서호에서 북리호北里湖 일대를 가리키는 듯하다. 가공정은 백거이보다 25년 가량 앞서 항주자사를 지냈던 가전賈全이라는 사람이 세운 정자를 말한다. 백거이는 이곳으로 봄 나들이를 나왔다. 예전에 필자가 자전거를 타고 자주 왔던 곳이기도 하다. 그때 필자는 가을 풍경만을 실컷 보고 이듬해 2월에 항주를 떠났고 이번에도 공교롭게 가을에 왔기에, 봄 풍경은 이 시로 감상을 대신해야겠다. 주로 새와 꽃 이야기이다. 꾀꼬리 재잘거리고 제비가 진흙을 물어나르기 바쁠 때 꽃이 흐드러지게 피고 풀이 성큼 자랐다고 했다. 이곳은 예나 지금이나 봄이나 가을이나 운치가 넘친다. 백거이는 이 호수 동쪽을 좋아하면서도 많이 다니지 못했다고 아쉬워한다. 수양버들의 푸른 그늘 속으로 하얀 모래둑이 펼쳐진 곳. 이 시의 제목으로부터 당시에 서호를 전당호로 불렀다는 것과 마지막 구절로부터 백제는 실상 백사제였다는 것을 알게 된다.

영은사
산문에서 절강의 조수를 마주한다

절강대학 국제교육원 영빈관에서 하룻밤 묵은 뒤 이튿날 아침, 조식을 위해 구내 식당을 찾았다. 연수생 시절에 늘 아침식사를 하던 곳이다. 1위안짜리 식권 몇 장을 사서 집어든 음식마다 정해진 가격대로 식권을 내면 된다. 필자는 쌀죽, 찹쌀 도너츠, 볶음면, 달걀프라이 후라이 등을 골라 푸짐하게 한 끼를 먹었다. 그래도 값은 채 5위안이 되지 않는다. 얼마 전 북경에서 몇 명이서 저녁 식사를 함께 했는데 음식값이 한 사람당 100위안 꼴로 나왔다. 아침과 저녁 식사에 얼마간 가격 차이가 있기도 하지만, 중국은 음식이 다양한 만큼이나 가격도 천차만별이라는 생각이 든다.

그렇게 든든히 배를 채우고 다시 항주 답사를 위해 숙소를 나섰다. 항주의 고찰古刹로는 동진東晉 때인 서기 326년에 건립된 영은사靈隱寺가 유명하다. 영은사로 가기 위해 절강대 부속중학교 정류장에서 807번 버스를 탔다. 앞에서 항주가 '행복 도시' 순위가 높게 나타나는 곳이라고 소개한 바 있다. 아닌 게 아니라 항주에 오면 깨끗하고 푸근하다는 느낌을 받는다. '행복 도시'를 선정할 때 경제활동의 기회, 치안의 정도, 생활 편의시설 등도 따지지만, 자연환경, 건축의 미관뿐만 아니라 인정미까지도 살핀다고 들었다. 지금 필자가 탄 시내버스만 보더라도 차량이 깨끗하고 기사도 친절하다. 항주 시민들도 이런 점에 자부심을 가지고 그것을 계속 유지하려고 노력하는 것 같다.

30분 정도 버스를 타고 가서 영은사 정류장에 내렸다. 영은사는 절강대학 옥천 캠퍼스에서 서쪽으로 5km 가량 떨어진 영은산靈隱山 자락에 있다. 인도의 승려인 혜리慧理가 이곳에 왔다가 비래봉飛來峰을 보고 '신령이 숨는다'는 뜻의 '영은'이라는 이름을 붙인 절을 세웠다. 부처가 세상에 있을 때 여러 차례 신령이 되어 숨어 지냈던 고대 인도 마갈타국摩竭陀國의 영취산靈鷲山과 닮았다는 이유에서였다. 매표소에서 표를 끊어 일주문으로 들어가면 얼마 지나지 않아 왼쪽으로 168m 높이의 비래봉이 나타난다. 이곳의 여러 동굴에는 335개의 석상이 조각되어 있다. 그중에서 배가 불룩한 미륵불彌勒佛이 얼른 눈에 들어온다. 어디서 많이 본 듯한 모습이다 생각했는데, 어릴 적 아버지가 즐기셨던 '금복주'라는 소주 병의 상표와 꼭 닮았다.

영은사 일주문

　영은사로 들어가면 '삼대전三大殿'이 차례로 늘어서 있다. 가장 먼저 보이는 것이 천왕전天王殿이다. 정면에 편액이 두 개 걸려 있다. 위의 것은 '운림선사雲林禪寺'라 했고, 아래 것은 '영취비래靈鷲飛來'라 했다. '운림선사'라는 편액은 청나라 강희제가 썼다고 한다. 천왕전 다음 건물이 대웅보전大雄寶殿이다. 여기서서 중국 최고 기록 두 가지를 눈으로 확인할 수 있다. 첫째 대웅보전이 중국에서 단층 건물로는 가장 높은 33.6m를 자랑한다. 둘째 이곳에 모신 석가모니 연화좌상蓮花坐像이 중국에서 가장 큰 목조 불상으로 높이가 24.8m이다. 마지막의 것은 약사전藥師殿으로, 약사불상을 모신 곳이다.

　이제 당나라 시인 송지문宋之問이 이곳을 다녀간 소감을 들어보기로 하자. 그에게 〈영은사靈隱寺〉라는 제목의 시가 있다.

　　영취산靈鷲山은 울창하고 우뚝한데

용궁은 닫힌 채 적막하다

누대에서 푸른 바다의 해를 보고

산문山門에서 전당강의 조수를 마주한다

계수나무 열매가 달에서 떨어지고

하늘의 향기가 구름 밖에서 날리는 곳

덩굴을 붙잡고 탑 높이 올라가고

나무 배를 만들어 샘 찾아 멀리 간다

서리가 옅으니 꽃이 다시 피어나고

얼음이 얇아 잎이 아직 지지 않았다

어린 시절부터 괴이한 것을 숭상하여

시끄러움 씻어주는 곳 찾아 마주하였다

천태산 가는 길로 들어갈 참이니

장차 나는 석교를 지나리라

송지문이 항주에 들른 것은 서기 709년으로 월주越州, 즉 지금의 절강성 소흥시紹興市로 좌천되어 가던 길이었다. 소흥시 아래에 천태산天台山이 있는 까닭에 시 말미에 '천태산 가는 길'이라고 했다. '석교石橋'는 천태산의 명승지인 석량비폭石梁飛瀑을 가리킨다. 긴 바위가 두 산 사이에 걸쳐 있어 다리처럼 보인다고 한다. 다시 시의 첫머리로 돌아오면, 시인이 '용궁'이라고 표현한 것이 영은사이다. 그는 영은사 인근의 누대에 올라 동쪽을 바라본다. 항주가 동해에 가깝다고는 해도 최소한 50km는 가야 하므로, 그가 보았다는 바다는 전당강이었을 것이다.

넷째 구에서 말한 '전당강의 조수'는 저 유명한 '전당강 역류'를 가리킨다. 음력 8월 18일 전후로 전당강 하류의 해녕시海寧市 부근에 가면 이 기이한 자연현상을 볼 수 있다. 동해에서 최대 5m 높이의 어마어마한 조수가 밀려와 바다로 흐르는 전당강을 역류시키는 것이다. 이 조수 구경을 일러 '관조觀潮'라고 한다. 필자도 절강대학에서 지내던 시절에 관조 대열에 합류하려고 전당강 하류로 갔는데, 그만 해녕시라 아니라 해염시海鹽市로 가는 버스를 잘못 타는 바람에 헛걸음을 하고 돌아왔다. 아쉬운 마음에 숙소의 TV로 뉴스를 보니 천둥이 치는 듯 우르릉 쿵쾅 밀려오는 흰 산더미가 가히 장관이었다.

다섯째 구 아래로는 영은사의 고즈넉한 분위기를 묘사한 것이다. 달에서 떨어진 계수나무 열매를 주울 수 있고, 구름 밖에서 하늘의 향기가 날린다고 했다. 탑에 올라가기도 하고 샘물을 찾기도 하면서, 태평공주太平公主의 심기를 건드려 하루아침에 이역만리로 쫓겨가게 된 심사를 달랬다. 옅은 서리에 다시 피어나는 꽃과 얇은 얼음에도 아직 지지 않은 나뭇잎을 보면서 장안으로 복귀하는 재기再起의 꿈을 꾸었는지도 모른다. 그러나 끝내 현종玄宗이 집권하면서 무씨武氏 일파에 가담했던 송지문의 일생도 비참한 막을 내렸다. 광서성으로 좌천된 후 얼마 있지 않아 피살되었던 것이다.

항주를 떠나며
취하여 전당강의 파도와 작별하노니

서기 835년, 시인으로 명성이 높던 요합姚合, 약779~855이 호부낭중戶部郎中에서 항주자사로 부임하게 되었다. 이 소식을 들은 백거이가 전직 항주자사로서 후배인 요합에게 써준 시가 있다. 제목을 〈항주로 부임하는 요합을 전송하며 예전에 노닐던 것을 추억하다送姚杭州赴任因思舊遊〉라고 한 두 수인데, 여기서는 첫째 수의 마지막 연만 보기로 한다.

시인이 거듭 항주를 다스리게 된 것을 기뻐하며

멀리 술잔 하나를 날려 강산을 축하하리다

백거이는 이 시에서 두 가지 흥미로운 이야기를 했다. 하나는 다시 항주에 요합과 같은 유명한 시인이 자사로 가게 되어 그 혜택을 누리게 된 항주의 강산에 축하를 보낸다는 것이다. 살짝 제 자랑을 섞은 것을 차치하면 상당히 의미심장한 말이라 하겠다. 산 좋고 물 좋은 고장에 훌륭한 시인이 와서 그곳의 이모저모를 시에 담아준다면 훨씬 빛이 날 것이기 때문이다. 비근한 예로 지금의 사천성 봉절현奉節縣인 기주夔州에 두보라는 대시인이 와서 몇 년간 머물며 무려 430수의 시를 지었던 것이 그러하다. 항주처럼 아름다운 도시에도 더 많은 시인이 다녀갔다면 어땠을까 하는 아쉬움이 든다. 백거이는 항주에서 제법 많은 시를 남겼으나, 요합은 열 수가 채 되지 않는다. 그래도 요합이 항주를 떠나면서 지은 시는 짧지만 인상 깊다. 〈항주와 작별하며別杭州〉라는 시를 보자.

취하여 전당강의 파도와 작별하노니

강의 파도도 나와의 노님을 아쉬워하는가

나중에 시집 장가 다 보내면

여기 강가에서 노년을 지내리라

요합은 항주자사 임기를 마치고 항주를 떠나면서 전당강과 뜨거운 작별 인사를 나누었다. 그리고 아들딸이 품을 떠나면 항주로 돌아와 여생을 보내고 싶다고 했다. 그는 비서감秘書監 벼슬을 맡아 일하던 중 세상을 떠났기에 이 바람을 이루지는 못했지만, 이 시로 보건대 그의 말이 허언은 아니었을 성 싶다. '행복 도시' 항주는 노년을 보내기에 좋은 환경을 두루 갖추고 있다. 실제로 항주는 매년 급증하는 노령 인구로 대책 마련에 부심한단다. 필자가 절강대학에서 연수할 때 같은 반에서 일본인 노부부와 함께 수업을 들었다. 나중에 함께 식사를 하며 알게 된 얘기로는, 인생의 마지막을 항주에서 보낼 계획으로 일본의 재산을 다 처분하고 왔다는 것이었다. 요합이 이루지 못한 꿈을 대신 이루려나 보다.

필자도 이제 항주를 떠난다. 지난 2001년도에 아내와 세 살배기 딸을 한국에 두고 혈혈단신으로 와 있던 곳이라 감회가 새롭다. 그해에 항주에 오면서 시작되었던 '당시의 나라' 기행도 이제 항주를 떠나면서 대단원의 막을 내리려 한다. 그로부터 10여 년의 세월이 흐르는 동안 매년 꼬박꼬박 당나라 시인이 남긴 발자취와 그곳에서 태어난 당시 작품을 찾아 중국 여기저기로 답사를 다녔다. 그러고 보니 백거이가 살짝 놓친 부분이 있는 듯하다. 강산의 즐거움에 하나를 더 추가해야 한다는 것을. 강산을 찾아간 그 시인을 또 집요하게 뒤쫓아 강산을 누비는 필자 같은 이도 있다는 사실 말이다.

당나라 지도를 들고 당시唐詩의 나라 중국 전역을 누볐던 기행도 이렇게 일단락되었다. 시간으로 따지면 2001년부터 2012년까지 강산도 변한다는 10년을 훌쩍 넘겼다. 중국 내에서의 이동 거리만도 12,500km에 이르렀다. 중국 영토가 남북으로 5,500km, 동서로 5,200km이니 종단과 횡단을 한 번씩 하고도 조금 남는다. 13개 성省에 산재한 수십 개의 시와 현을 찾아다니며 당시 200여 수의 내력을 훑었다.

이 작업에 몰두했던 지난 세월을 돌이켜 보건대 부족하고 아쉬운 점이 없지 않다. 더러는 답사 계획을 꼼꼼하게 세우지 못해 중요한 곳을 빠뜨리기도 하고, 더러는 일정에 쫓기고 악천후에 떠밀려 건성으로 넘어간 곳도 있었다. 고산자古山子 김정호金正浩가 〈대동여지도〉를 완성하기 위해 30여 년간 전국 각지를 발로 누비며 백두산만 열일곱 차례 올랐던 것과 비교하면 정성이 부족했다고 하지 않을 수 없다. 그러나 당시의 본산本山을 추적해보겠다는 초심이 오랜 기간 동안 크게 흔들리지 않았던 것에 내심 흐뭇한 생각도 든다. 나 자신과의 약속을 지켰다는 정도에서 만족할 따름이다.

답사를 마치면서 다시 확인한 것은 중국이 당시의 나라가 틀림없다는 점이었다. 당시는 그것이 탄생하고 천 년 세월이 흘렀다고 하여 서서히 흔적이 사라지는 유물이 아니었다. 오히려 더 많은 기념관이 건립되고 유적지가 복원되면서 중국 전역에서 더 생생하게 살아 숨 쉬고 있었다. 설령 중국 당국의 이런 노력이 당시 작가나 작품에 대한 애호보다 관광수입 증대 등 다른 데 목적이 있다손 치더라도, 중국을 더 많이 이해하고 대응할 필요가 있는 우리로서는 분명 눈여겨보아야 할 부분이 아닐 수 없다.

한편 필자 개인으로 보면 이제 스스로를 가두었던 울에서 풀려날 때가 된 듯하다. 그간 '당나라 지도'만 고집하다 보니 얼마간 시야가 좁아진 것이 사실이다. 아무리 좋은 곳이라도 당시의 고향이 아니면 거들떠보지 않았던 세월이 한참 흘렀다. 중국을 전공한다는 사람이 아직 황산黃山, 장가계張家界, 구채구九寨溝와 같은 천혜의 절경도 안 가보고 뭐 했느냐는 핀잔을 이제는 모면할 방편이 궁색할 듯하다. 『중국, 당시의 나라』도 마무리 지었으니 앞으로는 당시와 무관한 곳이라도 열심히 다녀볼 요량이다.

2013년 한 해 필자는 연구년을 얻어 미국 오리건대학교University of Oregon에서 지냈다. 일주일에 두세 번 이 대학 도서관의 개인 열람실에 나가 이 책 원고의 대부분을 집필하며 1년을 보냈다. 아마 국내나 중국에 있었다면 미진한 곳을 더 다녀볼 욕심이 생겨 원고 집필을 차일피일 미루었을지도 모르겠다. 좁디좁은 도서관 개인 열람실에서 집에서 마련해간 토스트로 점심을 때우며 자료를 검토하고 부지런히 원고를 써내려갔다. 얼마간 고독과 싸우기도 하면서 난생처음 간 미국에서 더 재미있는 일들을 해볼 수 있는 기회를 애써 뿌리쳐야 하는 의지도 필요했던 시간이었다. 이제 원고를 탈고하고 나니 모두 아름다운 추억이 된다.

이 책의 원고가 한국출판문화산업진흥원에서 주관하는 '우수출판콘텐츠 제작 지원 사업'에 선정되어 얼마간 출판 지원을 받게 된 것은 크나큰 행운이었다. 지난 10여 년 동안 중국 여기저기로 답사를 다니고, 연구년 동안 쉴 틈 없이 원고를 쓰며 나름 노력했다고 생각하는 필자에게 적잖이 위로가 되었다. 사업에 선정되어 받은 저작 상금으로 필자가 그동안 답사에 지출한 경비를 다 메울 수는 없겠지만 '고진감래'의 기분을 느끼기에 충분했다. 이 책을 읽는 독자들이 당시를 통해 중국을 더 잘 이해하는 데 도움이 된다면 그보다 더한 '해피엔딩'이 없으리라 생각하며 이만 붓을 내려놓을까 한다.

1장 —

1. 장안의 꽃이 되고 싶다

〈황제의 서울 帝京篇〉, 낙빈왕
山河千里國(산하천리국)
城闕九重門(성궐구중문)
不睹皇居壯(부도황거장)
安知天子尊(안지천자존)

〈중서사인 가지의 '아침에 대명궁에서 조회하며'에 받들어 화답하여 奉和中書舍人賈至早朝大明宮〉, 잠삼
雞鳴紫陌曙光寒(계명자맥서광한)
鶯囀皇州春色闌(앵전황주춘색란)
金闕曉鍾開萬戶(금궐효종개만호)
玉階仙仗擁千官(옥계선장옹천관)
花迎劍佩星初落(화영검패성초락)
柳拂旌旗露未乾(유불정기노미건)
獨有鳳凰池上客(독유봉황지상객)
陽春一曲和皆難(양춘일곡화개난)

〈저주의 서쪽 시냇가 滁州西澗〉, 위응물
獨憐幽草澗邊生(독련유초간변생)
上有黃鸝深樹鳴(상유황리심수명)
春潮帶雨晚來急(춘조대우만래급)
野渡無人舟自橫(야도무인주자횡)

〈여러 공들이 자은사탑에 올라 지은 시에 화답하다 同諸公登慈恩寺塔〉, 두보
高標跨蒼穹(고표과창궁)
烈風無時休(열풍무시휴)
自非曠士懷(자비광사회)
登玆翻百憂(등자번백우)
方知象教力(방지상교력)
足可追冥搜(족가추명수)
仰穿龍蛇窟(앙천용사굴)
始出枝撐幽(시출지탱유)
七星在北戶(칠성재북호)
河漢聲西流(하한성서류)
羲和鞭白日(희화편백일)
少昊行淸秋(소호행청추)
秦山忽破碎(진산홀파쇄)
涇渭不可求(경위불가구)
俯視但一氣(부시단일기)
焉能辨皇州(언능변황주)

廻首叫虞舜(회수규우순)
蒼梧雲正愁(창오운정수)
惜哉瑤池飮(석재요지음)
日晏崑崙丘(일안곤륜구)
黃鵠去不息(황혹거불식)
哀鳴何所投(애명하소투)
君看隨陽雁(군간수양안)
各有稻粱謀(각유도량모)

백거이
慈恩塔下題名處(자은탑하제명처)
十七人中最少年(십칠인중최소년)

〈3월 3일 곡강의 연회에서 三月三日曲江
侍宴應制〉, 왕유
萬乘親齋祭(만승친재제)
千官喜豫遊(천관희예유)
奉迎從上苑(봉영종상원)
祓禊向中流(불계향중류)
草樹連容衛(초수련용위)
山河對冕旒(산하대면류)
畫旗搖浦漵(화기요포서)
春服滿汀洲(춘복만정주)
仙籞龍媒下(선어용매하)
神皐鳳蹕留(신고봉필류)
從今億萬歲(종금억만세)
天寶紀春秋(천보기춘추)

〈곡강정만망 曲江亭晚望〉, 백거이
曲江岸北憑欄干(곡강안북빙난간)
水面陰生日脚殘(수면음생일각잔)
塵路行多綠袍故(진로행다녹포고)

風亭立久白鬚寒(풍정립구백수한)
詩成暗著閑心記(시성암저한심기)
山好遙偸病眼看(산호요투병안간)
不被馬前提省印(불피마전제성인)
何人信道是郎官(하인신도시랑관)

〈낙유원에 올라 登樂遊原〉, 이상은
向晚意不適(향만의부적)
驅車登古原(구거등고원)
夕陽無限好(석양무한호)
只是近黃昏(지시근황혼)

〈낙유원에서 봄에 바라보며 樂遊原春望〉,
유득인
樂遊原上望(낙유원상망)
望盡帝都春(망진제도춘)
始覺繁華地(시각번화지)
應無不醉人(응무불취인)
雲開雙闕麗(운개쌍궐려)
柳映九衢新(유영구구신)
愛此頻來往(애차빈래왕)
多閑逐此身(다한축차신)

〈흥경지 연회에서 모시고 興慶池侍宴應制〉,
심전기
碧水澄潭映遠空(벽수징담영원공)
紫雲香駕御微風(자운향가어미풍)
漢家城闕疑天上(한가성궐의천상)
秦地山川似鏡中(진지산천사경중)
向浦回舟萍已綠(향포회주평이록)
分林蔽殿槿初紅(분림폐전근초홍)
古來徒美橫汾賞(고래도선횡분상)

今日宸遊聖藻雄(금일신유성조웅)

〈청평 가락에 맞춘 가사 淸平調詞〉, 이백
雲想衣裳花想容(운상의상화상용)
春風拂檻露華濃(춘풍불함노화농)
若非群玉山頭見(약비군옥산두견)
會向瑤臺月下逢(회향요대월하봉)

一枝紅艶露凝香(일지홍염노응향)
雲雨巫山枉斷腸(운우무산왕단장)
借問漢宮誰得似(차문한궁수득사)
可憐飛燕倚新妝(가련비연의신장)

名花傾國兩相歡(명화경국양상환)
長得君王帶笑看(장득군왕대소간)
解釋春風無限恨(해석춘풍무한한)
沈香亭北倚闌干(심향정북의란간)

〈향적사에 찾아가다 過香積寺〉, 왕유
不知香積寺(부지향적사)
數里入雲峰(수리입운봉)
古木無人徑(고목무인경)
深山何處鍾(심산하처종)
泉聲咽危石(천성열위석)
日色冷靑松(일색냉청송)
薄暮空潭曲(박모공담곡)
安禪制毒龍(안선제독룡)

〈파릉에서의 이별 노래 灞陵行送別〉, 이백
送君灞陵亭(송군파릉정)
灞水流浩浩(파수류호호)
上有無花之古樹(상유무화지고수)

下有傷心之春草(하유상심지춘초)
我向秦人問路岐(아향진인문로기)
云是王粲南登之古道(운시왕찬남등지고도)
古道連綿走西京(고도연면주서경)
紫闕落日浮雲生(자궐낙일부운생)
正當今夕斷腸處(정당금석단장처)
驪歌愁絶不忍聽(여가수절불인청)

〈일곱 가지 슬픔 七哀詩〉, 왕찬
南登灞陵岸(남등파릉안)
回首望長安(회수망장안)

〈휴가를 청해 동쪽으로 돌아가느라 파교를 출발해 여러 관료 친구들에게 다시 부치다 請告東歸發灞橋卻寄諸僚友〉, 유우석
征徒出灞涘(정도출파사)
回首傷如何(회수상여하)
故人雲雨散(고인운우산)
滿目山川多(만목산천다)
行車無停軌(행거무정궤)
流景同迅波(유경동신파)
前歡漸成昔(전환점성석)
感歎益勞歌(감탄익로가)

2. 영원한 안식처

〈화청궁 華淸宮〉, 장호
風樹離離月稍明(풍수리리월초명)
九天龍氣在華淸(구천용기재화청)
宮門深鎖無人覺(궁문심쇄무인교)

半夜雲中羯鼓聲 (반야운중갈고성)

〈장한가〉, 백거이

漢皇重色思傾國 (한황중색사경국)

御宇多年求不得 (어우다년구부득)

楊家有女初長成 (양가유녀초장성)

養在深閨人未識 (양재심규인미식)

天生麗質難自棄 (천생려질난자기)

一朝選在君王側 (일조선재군왕측)

回眸一笑百媚生 (회모일소백미생)

六宮粉黛無顏色 (육궁분대무안색)

春寒賜浴華清池 (춘한사욕화청지)

溫泉水滑洗凝脂 (온천수활세응지)

侍兒扶起嬌無力 (시아부기교무력)

始是新承恩澤時 (시시신승은택시)

雲鬢花顏金步搖 (운빈화안금보요)

芙蓉帳暖度春宵 (부용장난도춘소)

春宵苦短日高起 (춘소고단일고기)

從此君王不早朝 (종차군왕부조조)

承歡侍宴無閑暇 (승환시연무한가)

春從春遊夜專夜 (춘종춘유야전야)

后宮佳麗三千人 (후궁가려삼천인)

三千寵愛在一身 (삼천총애재일신)

金屋妝成嬌侍夜 (금옥장성교시야)

玉樓宴罷醉和春 (옥루연파취화춘)

姉妹弟兄皆列土 (자매제형개열토)

可憐光彩生門戶 (가련광채생문호)

遂令天下父母心 (수령천하부모심)

不重生男重生女 (부중생남중생녀)

驪宮高處入靑雲 (여궁고처입청운)

仙樂風飄處處聞 (선악풍표처처문)

緩歌謾舞凝絲竹 (완가만무응사죽)

盡日君王看不足 (진일군왕간부족)

漁陽鼙鼓動地來 (어양비고동지래)

驚破霓裳羽衣曲 (경파예상우의곡)

九重城闕煙塵生 (구중성궐연진생)

千乘萬騎西南行 (천승만기서남행)

翠華搖搖行復止 (취화요요행부지)

西出都門百餘里 (서출도문백여리)

六軍不發無奈何 (육군불발무내하)

宛轉蛾眉馬前死 (완전아미마전사)

花鈿委地無人收 (화전위지무인수)

翠翹金雀玉搔頭 (취교금작옥소두)

君王掩面救不得 (군왕엄면구부득)

回看血淚相和流 (회간혈루상화류)

黃埃散漫風蕭索 (황애산만풍소삭)

雲棧縈紆登劍閣 (운잔영우등검각)

峨嵋山下少人行 (아미산하소인행)

旌旗無光日色薄 (정기무광일색박)

蜀江水碧蜀山靑 (촉강수벽촉산청)

聖主朝朝暮暮情 (성주조조모모정)

行宮見月傷心色 (행궁견월상심색)

夜雨聞鈴腸斷聲 (야우문령장단성)

天旋地轉回龍馭 (천선지전회룡어)

到此躊躇不能去 (도차주저불능거)

馬嵬坡下泥土中 (마외파하니토중)

不見玉顏空死處 (불견옥안공사처)

君臣相顧盡沾衣 (군신상고진첨의)

東望都門信馬歸 (동망도문신마귀)

歸來池苑皆依舊 (귀래지원개의구)

太液芙蓉未央柳 (태액부용미앙류)

芙蓉如面柳如眉 (부용여면유여미)

對此如何不淚垂 (대차여하불루수)

春風桃李花開日 (춘풍도리화개일)

秋雨梧桐葉落時(추우오동엽낙시)
西宮南內多秋草(서궁남내다추초)
落葉滿階紅不掃(낙엽만계홍불소)
梨園弟子白髮新(이원제자백발신)
椒房阿監靑娥老(초방아감청아노)
夕殿螢飛思悄然(석전형비사초연)
孤燈挑盡未成眠(고등도진미성면)
遲遲鍾鼓初長夜(지지종고초장야)
耿耿星河欲曙天(경경성하욕서천)
鴛鴦瓦冷霜華重(원앙와냉상화중)
翡翠衾寒誰與共(비취금한수여공)
悠悠生死別經年(유유생사별경년)
魂魄不曾來入夢(혼백부증래입몽)
臨邛道士鴻都客(임공도사홍도객)
能以精誠致魂魄(능이정성치혼백)
爲感君王輾轉思(위감군왕전전사)
遂敎方士殷勤覓(수교방사은근멱)
排空馭氣奔如電(배공어기분여전)
升天入地求之遍(승천입지구지편)
上窮碧落下黃泉(상궁벽락하황천)
兩處茫茫皆不見(양처망망개불견)
忽聞海上有仙山(홀문해상유선산)
山在虛無縹渺間(산재허무표묘간)
樓閣玲瓏五雲起(누각영롱오운기)
其中綽約多仙子(기중작약다선자)
中有一人字太眞(중유일인자태진)
雪膚花貌參差是(설부화모참치시)
金闕西廂叩玉扃(금궐서상고옥경)
轉敎小玉報雙成(전교소옥보쌍성)
聞道漢家天子使(문도한가천자사)
九華帳裏夢魂驚(구화장리몽혼경)
攬衣推枕起徘徊(남의추침기배회)

珠箔銀屛迤邐開(주박은병이리개)
雲鬢半偏新睡覺(운빈반편신수각)
花冠不整下堂來(화관부정하당래)
風吹仙袂飄飄擧(풍취선메표표거)
猶似霓裳羽衣舞(유사예상우의무)
玉容寂寞淚闌干(옥용적막누난간)
梨花一枝春帶雨(이화일지춘대우)
含情凝睇謝君王(함정응제사군왕)
一別音容兩渺茫(일별음용량묘망)
昭陽殿裏恩愛絶(소양전리은애절)
蓬萊宮中日月長(봉래궁중일월장)
回頭下望人寰處(회두하망인환처)
不見長安見塵霧(불견장안견진무)
惟將舊物表深情(유장구물표심정)
鈿合金釵寄將去(전합금채기장거)
釵留一股合一扇(채류일고합일선)
釵擘黃金合分鈿(채벽황금합분전)
但敎心似金鈿堅(단교심사금전견)
天上人間會相見(천상인간회상견)
臨別殷勤重寄詞(임별은근중기사)
詞中有誓兩心知(사중유서양심지)
七月七日長生殿(칠월칠일장생전)
夜半無人私語時(야반무인사어시)
在天願作比翼鳥(재천원작비익조)
在地願爲連理枝(재지원위연리지)
天長地久有時盡(천장지구유시진)
此恨綿綿無絶期(차한면면무절기)

〈화청궁에 찾아가다 過華淸宮〉, 두목
長安迴望繡成堆(장안회망수성퇴)
山頂千門次第開(산정천문차제개)
一騎紅塵妃子笑(일기홍진비자소)

無人知是荔枝來(무인지시여지래)

〈진시황묘를 지나는 길에 途經秦始皇墓〉,
허혼
龍盤虎踞樹層層(용반호거수층층)
勢入浮雲亦是崩(세입부운역시붕)
一種靑山秋草裏(일종청산추초리)
路人唯拜漢文陵(노인유배한문릉)

〈예스런 풍격 古風〉, 이백, 연작시 59수 중
셋째 수
秦王掃六合(진왕소육합)
虎視何雄哉(호시하웅재)
揮劍決浮雲(휘검결부운)
諸侯盡西來(제후진서래)
明斷自天啓(명단자천계)
大略駕群才(대략가군재)
收兵鑄金人(수병주금인)
函谷正東開(함곡정동개)
銘功會稽嶺(명공회계령)
騁望琅邪臺(빙망낭야대)
刑徒七十萬(형도칠십만)
起土驪山隈(기토여산외)
尙採不死藥(상채불사약)
茫然使心哀(망연사심애)
連弩射海魚(연노사해어)
長鯨正崔嵬(장경정최외)
額鼻象五岳(액비상오악)
揚波噴雲雷(양파분운뢰)
髻鬣蔽靑天(기렵폐청천)
何由覩蓬萊(하유도봉래)
徐市載秦女(서불재진녀)

樓船幾時回(누선기시회)
但見三泉下(단견삼천하)
金棺藏寒灰(금관장한회)

〈한무제 사냥을 나가다 漢武出獵〉, 전기
漢家無事樂時雍(한가무사낙시옹)
羽獵年年出九重(우렵연년출구중)
玉帛不朝金闕路(옥백부조금궐로)
旌旗長繞彩霞峰(정기장요채하봉)
且貪原獸輕黃屋(차탐원수경황옥)
寧畏漁人犯白龍(영외어인범백룡)
薄暮方歸長樂觀(박모방귀장락관)
垂楊幾處綠煙濃(수양기처녹연농)

〈무릉茂陵〉, 이상은
漢家天馬出蒲梢(한가천마출포초)
苜蓿榴花徧近郊(목숙류화편근교)
內苑只知含鳳觜(내원지지함봉자)
屬車無復揷雞翹(속거무부삽계교)
玉桃偸得憐方朔(옥도투득연방삭)
金屋修成貯阿嬌(금옥수성저아교)
誰料蘇卿老歸國(수료소경노귀국)
茂陵松栢雨蕭蕭(무릉송백우소소)

〈마외를 지나며 過馬嵬〉, 이익
金甲銀旌盡已回(금갑은정진이회)
蒼茫羅袖隔風埃(창망나수격풍애)
濃香猶自隨鸞輅(농향유자수난로)
恨魄無由離馬嵬(한백무유리마외)
南內眞人悲帳殿(남내진인비장전)
東溟方士問蓬萊(동명방사문봉래)
唯留坡畔彎環月(유류파반만환월)

時送殘輝入夜臺(시송잔휘입야대)

〈마외 馬嵬〉, 이상은

海外徒聞更九州(해외도문갱구주)

他生未卜此生休(타생미복차생휴)

空聞虎旅傳宵柝(공문호려전소탁)

無復雞人報曉籌(무부계인보효주)

此日六軍同駐馬(차일육군동주마)

當時七夕笑牽牛(당시칠석소견우)

如何四紀爲天子(여하사기위천자)

不及盧家有莫愁(불급노가유막수)

〈측천황후만가 則天皇后輓歌〉, 최융

前殿臨朝罷(전전임조파)

長陵合葬歸(장릉합장귀)

山川不可望(산천불가망)

文物盡成非(문물진성비)

陰月霾中道(음월매중도)

軒星落太微(헌성낙태미)

空餘天子孝(공여천자효)

松上景雲飛(송상경운비)

〈고구려 高句驪〉, 이백

金花折風帽(금화절풍모)

白馬小遲回(백마소지회)

翩翩舞廣袖(편편무광수)

似鳥海東來(사조해동래)

〈오장원을 지나며 經五丈原〉, 온정균

鐵馬雲雕共絶塵(철마운조공절진)

柳營高壓漢宮春(유영고압한궁춘)

天淸殺氣屯關右(천청살기둔관우)

夜半妖星照渭濱(야반요성조위빈)

下國臥龍空寐主(하국와룡공매주)

中原得鹿不由人(중원득록불유인)

象床寶帳無言語(상상보장무언어)

從此譙周是老臣(종차초주시노신)

〈옛 자취에 기대어 마음을 읊다 詠懷古跡〉,
두보

諸葛大名垂宇宙(제갈대명수우주)

宗臣遺像肅淸高(종신유상숙청고)

三分割據紆籌策(삼분할거우주책)

萬古雲霄一羽毛(만고운소일우모)

伯仲之間見伊呂(백중지간견이여)

指揮若定失蕭曹(지휘약정실소조)

運移漢祚終難復(운이한조종난복)

志決身殲軍務勞(지결신섬군무로)

〈서남쪽으로 가다 배웅한 이들에게 다시
부치다 西南行却寄相送者〉, 이상은

百里陰雲覆雪泥(백리음운복설니)

行人只在雪雲西(행인지재설운서)

明朝驚破還鄕夢(명조경파환향몽)

定是陳倉碧野雞(정시진창벽야계)

〈달아나 숨은들 遁跡〉, 나은

遁跡知安住(둔적지안주)

霑襟欲奈何(점금욕내하)

朝廷猶禮樂(조정유예악)

郡邑忍干戈(군읍인간과)

華馬憑誰問(화마빙수문)

胡塵自此多(호진자차다)

因思漢明帝(인사한명제)

中夜憶廉頗(중야억염파)

3. 서역으로 가는 길

⟨안정성의 누각 安定城樓⟩, 이상은
迢遞高城百尺樓(초체고성백척루)
綠楊枝外盡汀洲(녹양지외진정주)
賈生年少虛垂涕(가생연소허수체)
王粲春來更遠遊(왕찬춘래갱원유)
永憶江湖歸白髮(영억강호귀백발)
欲迴天地入扁舟(욕회천지입편주)
不知腐鼠成滋味(부지부서성자미)
猜意鵷雛竟未休(시의원추경미휴)

⟨진주잡시 秦州雜詩⟩ 20수 중 열셋째 수,
두보
傳道東柯谷(전도동가곡)
深藏數十家(심장수십가)
對門藤蓋瓦(대문등개와)
映竹水穿沙(영죽수천사)
瘦地翻宜粟(수지번의속)
陽坡可種瓜(양파가종과)
船人近相報(선인근상보)
但恐失桃花(단공실도화)

⟨건원 연간에 동곡현에 머물며 부른 노래
乾元中寓居同谷縣作歌⟩, 두보
有客有客字子美(유객유객자자미)
白頭亂髮垂過耳(백두난발수과이)
歲拾橡栗隨狙公(세습상률수저공)
天寒日暮山谷裏(천한일모산곡리)

中原無書歸不得(중원무서귀부득)
手脚凍皴皮肉死(수각동준피육사)
嗚呼一歌兮歌已哀(오호일가혜가이애)
悲風爲我從天來(비풍위아종천래)

⟨난주의 임하역루에 쓰다 題金城臨河驛樓⟩,
잠삼
古戍依重險(고수의중험)
高樓見五涼(고루견오량)
山根盤驛道(산근반역도)
河水浸城牆(하수침성장)
庭樹巢鸚鵡(정수소앵무)
園花隱麝香(원화은사향)
忽如江浦上(홀여강포상)
憶作捕魚郎(억작포어랑)

⟨술을 드리다 將進酒⟩, 이백
君不見黃河之水天上來(군불견황하지수
천상래)
　奔流到海不復回(분류도해불부회)
君不見高堂明鏡悲白髮(군불견고당명경
비백발)
朝如靑絲暮成雪(조여청사모성설)
人生得意須盡歡(인생득의수진환)
莫使金樽空對月(막사금준공대월)
天生我材必有用(천생아재필유용)
千金散盡還復來(천금산진환부래)
烹羊宰牛且爲樂(팽양재우차위락)
會須一飮三百杯(회수일음삼백배)
岑夫子丹丘生(잠부자단구생)
將進酒君莫停(장진주군막정)
與君歌一曲(여군가일곡)

請君爲我側耳聽(청군위아측이청)
鐘鼓饌玉不足貴(종고찬옥부족귀)
但願長醉不願醒(단원장취불원성)
古來聖賢皆寂寞(고래성현개적막)
惟有飲者留其名(유유음자류기명)
陳王昔時宴平樂(진왕석시연평락)
斗酒十千恣歡謔(두주십천자환학)
主人何爲言少錢(주인하위언소전)
徑須沽取對君酌(경수고취대군작)
五花馬千金裘(오화마천금구)
呼兒將出換美酒(호아장출환미주)
與爾同銷萬古愁(여이동소만고수)

〈양주의 노래 涼州詞〉, 왕지환
黃河遠上白雲間(황하원상백운간)
一片孤城萬仞山(일편고성만인산)
羌笛何須怨楊柳(강적하수원양류)
春風不度玉門關(춘풍부도옥문관)

〈돈황태수의 뒤뜰에서 敦煌太守後庭歌〉,
잠삼
敦煌太守才且賢(돈황태수재차현)
郡中無事高枕眠(군중무사고침면)
太守到來山出泉(태수도래산출천)
黃砂磧裏人種田(황사적리인종전)
敦煌耆舊鬢皓然(돈황기구빈호연)
願留太守更五年(원류태수갱오년)
城頭月出星滿天(성두월출성만천)
曲房置酒張錦筵(곡방치주장금연)
(후략)

〈친구를 전별하다 餞故人〉, 고적

只君辭丹臒(지군사단확)
負杖歸海隅(부장귀해우)
離亭自蕭索(이정자소삭)
別路何鬱紆(별로하울우)
天高白雲淡(천고백운담)
野曠靑山孤(야광청산고)
欲知斷腸處(욕지단장처)
明月照江湖(명월조강호)

〈돈황이십영 敦煌二十詠〉, 작자 미상
傳道神沙異(전도신사이)
暄寒也自鳴(훤한야자명)
勢疑天鼓動(세의천고동)
殷似地雷驚(은사지뢰경)
風削棱還峻(풍삭능환준)
人蹟刃不平(인제인불평)

〈위성의 노래 渭城曲〉, 왕유
渭城朝雨浥輕塵(위성조우읍경진)
客舍靑靑柳色新(객사청청유색신)
勸君更盡一杯酒(권군갱진일배주)
西出陽關無故人(서출양관무고인)

〈양주의 노래 涼州詞〉, 왕한
葡萄美酒夜光杯(포도미주야광배)
欲飲琵琶馬上催(욕음비파마상최)
醉臥沙場君莫笑(취와사장군막소)
古來征戰幾人回(고래정전기인회)

2장 —

1. 당나라 시인 200명이 다닌 길

〈상오에 새로이 도로가 뚫리다 商於新開路〉,
이상은
六百商於路(육백상오로)
崎嶇古共聞(기구고공문)
蜂房春欲暮(봉방춘욕모)
虎穽日初曛(호정일초훈)
路向泉間辨(노향천간변)
人從樹杪分(인종수초분)
更誰開捷徑(갱수개첩경)
速擬上靑雲(속의상청운)

〈상산에서 새벽에 떠나다 商山早行〉, 온정
균
晨起動征鐸(신기동정탁)
客行悲故鄕(객행비고향)
雞聲茅店月(계성모점월)
人跡板橋霜(인적판교상)
槲葉落山路(곡엽낙산로)
枳花明驛牆(지화명역장)
因思杜陵夢(인사두릉몽)
鳧雁滿回塘(부안만회당)

〈사호의 사당에 쓰다 題四老廟二首〉, 허혼
避秦安漢出藍關(피진안한출람관)
松桂花陰滿舊山(송계화음만구산)
自是無人有歸意(자시무인유귀의)
白雲常在水潺潺(백운상재수잔잔)

〈남양에 들르다 過南陽〉, 한유
南陽郭門外(남양곽문외)
桑下麥靑靑(상하맥청청)
行子去未已(행자거미이)
春鳩鳴不停(춘구명불정)
秦商邈旣遠(진상막기원)
湖海浩將經(호해호장경)
孰忍生以慼(숙인생이척)
吾其寄餘齡(오기기여령)

〈남양의 길에서 南陽道中〉, 허혼
月斜孤館傍村行(월사고관방촌행)
野店高低帶古城(야점고저대고성)
籬上曉花齋後落(이상효화재후락)
井邊秋葉社前生(정변추엽사전생)
饑烏索哺隨雛叫(기오색포수추규)
乳犢慵歸望犢鳴(유자용귀망독명)
荒草連天風動地(황초연천풍동지)
不知誰學武侯耕(부지수학무후경)

2. 초나라로 접어들다

〈여러 사람들과 함께 현산에 오르다 與諸
子登峴山〉, 맹호연
人事有代謝(인사유대사)
往來成古今(왕래성고금)
江山留勝跡(강산류승적)
我輩復登臨(아배부등림)
水落魚梁淺(수락어량천)
天寒夢澤深(천한몽택심)
羊公碑尙在(양공비상재)

讀罷淚沾襟(독파누점금)

<양양성에 오르다 登襄陽城〉, 두심언
旅客三秋至(여객삼추지)
層城四望開(층성사망개)
楚山橫地出(초산횡지출)
漢水接天回(한수접천회)
冠蓋非新里(관개비신리)
章華卽舊臺(장화즉구대)
習池風景異(습지풍경이)
歸路滿塵埃(귀로만진애)

<양양의 노래〉 두 수, 최국보
蕙草嬌紅蕚(혜초교홍악)
時光舞碧雞(시광무벽계)
城中美年少(성중미년소)
相見白銅鞮(상견백동제)

少年襄陽地(소년양양지)
來往襄陽城(내왕양양성)
城中輕薄子(성중경박자)
知妾解秦箏(지첩해진쟁)

<강릉에서 임금의 행차를 바라다 江陵望幸〉,
두보
雄都元壯麗(웅도원장려)
望幸欻威神(망행홀위신)
地利西通蜀(지리서통촉)
天文北照秦(천문북조진)
風煙含越鳥(풍연함월조)
舟楫控吳人(주즙공오인)
未枉周王駕(미왕주왕가)

終朝漢武巡(종조한무순)
甲兵分聖旨(갑병분성지)
居守付宗臣(거수부종신)
早發雲臺杖(조발운대장)
恩波起涸鱗(은파기학린)

<형주성의 누각에 오르다 登荊州城樓〉, 장
구령
天宇何其曠(천우하기광)
江城坐自拘(강성좌자구)
層樓百餘尺(층루백여척)
迢遞在西隅(초체재서우)
暇日時登眺(가일시등조)
荒郊臨故都(황교림고도)
累累見陳跡(누루견진적)
寂寂想雄圖(적적상웅도)
古往山川在(고왕산천재)
今來郡邑殊(금래군읍수)
北疆雖入鄭(북강수입정)
東距豈防吳(동거기방오)
幾代傳荊國(기대전형국)
當時敵陝郛(당시적섬부)
上流空有處(상류공유처)
中土復何虞(중토부하우)
枕席夷三峽(침석이삼협)
關梁豁五湖(관량활오호)
乘平無異境(승평무이경)
守隘莫論夫(수애막논부)
自罷金門籍(자파금문적)
來參竹使符(내참죽사부)
端居向林藪(단거향림수)
微尙在桑楡(미상재상유)

直似王陵戇(직사왕릉당)
非如寧武愚(비여영무우)
今茲對南浦(금자대남포)
乘雁與雙鳧(승안여쌍부)

〈초나라 노래 열 수 楚歌十首〉, 원진
江陵南北道(강릉남북도)
長有遠人來(장유원인래)
死別登舟去(사별등주거)
生心上馬回(생심상마회)
榮枯誠異日(영고성이일)
今古盡同灰(금고진동회)
巫峽朝雲起(무협조운기)
荊王安在哉(형왕안재재)

〈형주의 노래 두 수 荊州歌二首〉, 유우석
今日好南風(금일호남풍)
商旅相催發(상려상최발)
沙頭檣竿上(사두장간상)
始見春江闊(시견춘강활)

〈형주에서 다시 영남으로 가다 在荊州重赴嶺南〉, 송지문
夢澤三秋日(몽택삼추일)
蒼梧一片雲(창오일편운)
還將鵷鷺羽(환장원로우)
重入鷦鴣群(중입자고군)

〈산행 山行〉, 두목
遠上寒山石徑斜(원상한산석경사)
白雲深處有人家(백운심처유인가)
停車坐愛楓林晚(정거좌애풍림만)

霜葉紅於二月花(상엽홍어이월화)

〈장사의 가의 고택에 들르다 長沙過賈誼宅〉, 유장경
三年謫宦此栖遲(삼년적환차서지)
萬古惟留楚客悲(만고유류초객비)
秋草獨尋人去後(추초독심인거후)
寒林空見日斜時(한림공견일사시)
漢文有道恩猶薄(한문유도은유박)
湘水無情弔豈知(상수무정조기지)
寂寂江山搖落處(적적강산요락처)
憐君何事到天涯(연군하사도천애)

〈강남에서 이구년을 만나다 江南逢李龜年〉, 두보
岐王宅裏尋常見(기왕택리심상견)
崔九堂前幾度聞(최구당전기도문)
正是江南好風景(정시강남호풍경)
落花時節又逢君(낙화시절우봉군)

〈상수에서 순 임금을 조상하다 湘川弔舜〉, 마대
伊予生好古(이여생호고)
弔舜蒼梧間(조순창오간)
白日坐將沒(백일좌장몰)
遊波疑不還(유파의불환)
九嶷雲動影(구의운동영)
曠野竹成斑(광야죽성반)
雁集兼葭渚(안집겸가저)
猿啼霧露山(원제무로산)
南風吹早恨(남풍취조한)
瑤瑟怨長閑(요슬원장한)

元化誰能問(원화수능문)

天門恨久關(천문한구관)

〈강의 눈 江雪〉, 유종원

千山鳥飛絶(천산조비절)

萬徑人蹤滅(만경인종멸)

孤舟簑笠翁(고주사립옹)

獨釣寒江雪(독조한강설)

3. 계림산수갑천하

〈계림 桂林〉, 이상은

城窄山將壓(성착산장압)

江寬地共浮(강관지공부)

東南通絶域(동남통절역)

西北有高樓(서북유고루)

神護靑楓岸(신호청풍안)

龍移白石湫(용이백석추)

殊鄕竟何禱(수향경하도)

簫鼓不曾休(소고부증휴)

〈독수산 獨秀山〉, 장고(張固, 생졸년 미상)

孤峰不與衆山儔(고봉불여중산주)

直入靑雲勢未休(직입청운세미휴)

曾得乾坤融結意(증득건곤융결의)

擎天一柱在南州(경천일주재남주)

〈계주자사 양담에게 부치다 寄楊五桂州譚〉,
두보

五嶺皆炎熱(오령개염렬)

宜人獨桂林(의인독계림)

〈즉흥시 卽日〉, 이상은

桂林聞舊說(계림문구설)

曾不異炎方(증불이염방)

山響匡牀語(산향광상어)

花飄度臘香(화표도랍향)

幾時逢雁足(기시봉안족)

著處斷猿腸(저처단원장)

獨撫靑靑桂(독무청청계)

臨城憶雪霜(임성억설상)

〈계림으로부터 강릉으로 사신 가는 길에
느낀 바를 상서께 부쳐 올리다 自桂林奉使
江陵途中感懷寄獻尙書〉, 이상은

(……전략)

旣載從戎筆(기재종융필)

仍披選勝襟(잉피선승금)

瀧通伏波柱(농통복파주)

簾對有虞琴(염대유우금)

宅與嚴城接(택여엄성접)

門藏別岫深(문장별수심)

閣凉松冉冉(각량송염염)

堂靜桂森森(당정계삼삼)

(후략……)

〈계주로 가는 엄대부를 전송하다 送桂州嚴
大夫〉, 한유

江作靑羅帶(강작청라대)

山如碧玉簪(산여벽옥잠)

〈계림의 가을 始安秋日〉, 송지문

桂林風景異(계림풍경이)

秋似洛陽春(추사낙양춘)

晩霽江天好(만제강천호)

分明愁殺人(분명수살인)

卷雲山角戢(권운산각집)

碎石水磷磷(쇄석수린린)

世業事黃老(세업사황로)

妙年孤隱淪(묘년고은륜)

歸歟臥滄海(귀여와창해)

何物貴吾身(하물귀오신)

3장 ─

1. 북망산의 그늘

〈용문의 봉선사에서 노닐다 遊龍門奉先寺〉,
두보

已從招提遊(이종초제유)

更宿招提境(갱숙초제경)

陰壑生虛籟(음학생처뢰)

月林散淸影(월림산청영)

天闕象緯逼(천궐상위핍)

雲臥衣裳冷(운와의상냉)

欲覺聞晨鍾(욕교문신종)

令人發深省(영인발심성)

〈샘물을 끌어오다 引泉〉, 백거이

一爲止足限(일위지족한)

二爲衰疾牽(이위쇠질견)

邴罷不因事(병파불인사)

陶歸非待年(도귀비대년)

歸來嵩洛下(귀래숭락하)

閉戶何簫然(폐호하소연)

靜掃林下地(정소임하지)

閑疏池畔泉(한소지반천)

伊流狹似帶(이류협사대)

洛石大如拳(낙석대여권)

誰教明月下(수교명월하)

爲我聲濺濺(위아성천천)

竟夕舟中坐(경석주중좌)

有時橋上眠(유시교상면)

何用施屛障(하용시병장)

水竹繞床前(수죽요상전)

〈봄날 밤 낙양성에서 피리 소리를 듣다 春
夜洛城聞笛〉, 이백

誰家玉笛暗飛聲(수가옥적암비성)

散入春風滿洛城(산입춘풍만낙성)

此夜曲中聞折柳(차야곡중문절류)

何人不起故園情(하인불기고원정)

〈백마사에 유숙하다 宿白馬寺〉, 장계

白馬馱經事已空(백마타경사이공)

斷碑殘剎見遺蹤(단비잔찰견유종)

蕭蕭茅屋秋風起(소소모옥추풍기)

一夜雨聲羈思濃(일야우성기사농)

〈북망산 邙山〉, 심전기

北邙山上列墳塋(북망산상열분영)

萬古千秋對洛城(만고천추대낙성)

城中日夕歌鐘起(성중일석가종기)

山上唯聞松柏聲(산상유문송백성)

〈풍질로 배 안에 누워 감회를 적어 호남의
친구들에게 바치다 風疾舟中伏枕書懷三十

六韻奉呈湖南親友〉, 두보

(전략)

春草封歸恨(춘초봉귀한)

源花費獨尋(원화비독심)

轉蓬憂悄悄(전봉우초초)

行藥病涔涔(행약병잠잠)

瘞夭追潘岳(예요추반악)

持危覓鄧林(지위멱등림)

蹉跎翻學步(차타번학보)

感激在知音(감격재지음)

(중략)

葛洪尸定解(갈홍시정해)

許靖力難任(허정역난임)

家事丹砂訣(가사단사결)

無成涕作霖(무성체작림)

〈매 그림 畵鷹〉, 두보

素練風霜起(소련풍상기)

蒼鷹畫作殊(창응화작수)

攫身思狡兔(송신사교토)

側目似愁胡(측목사수호)

條鏇光堪摘(조선광감적)

軒楹勢可呼(헌영세가호)

何當擊凡鳥(하당격범조)

毛血灑平蕪(모혈쇄평무)

〈온갖 근심을 모은 노래 百憂集行〉, 두보

憶年十五心尙孩(억년십오심상해)

健如黃犢走復來(건여황독주부래)

庭前八月梨棗熟(정전팔월이조숙)

一日上樹能千迴(일일상수능천회)

(후략)

〈장년의 유력 壯遊〉, 두보

往者十四五(왕자십사오)

出遊翰墨場(출유한묵장)

斯文崔魏徒(사문최위도)

以我似班揚(이아사반양)

七齡思卽壯(칠령사즉장)

開口詠鳳皇(개구영봉황)

九齡書大字(구령서대자)

有作成一囊(유작성일낭)

(후략)

〈달밤에 동생을 생각하다 月夜憶舍弟〉, 두보

戍鼓斷人行(수고단인행)

邊秋一雁聲(변추일안성)

露從今夜白(노종금야백)

月是故鄕明(월시고향명)

有弟皆分散(유제개분산)

無家問死生(무가문사생)

寄書長不達(기서장부달)

況乃未休兵(황내미휴병)

2. 문명의 뒤안길

〈정주에 투숙하다 宿鄭州〉, 왕유

朝與周人辭(조여주인사)

暮投鄭人宿(모투정인숙)

他鄕絶儔侶(타향절주려)

孤客親僮僕(고객친동복)

宛洛望不見(완낙망불견)

秋霖晦平陸(추림회평륙)

田父草際歸(전부초제귀)

村童雨中牧(촌동우중목)

主人東皐上(주인동고상)

時稼繞茅屋(시가요모옥)

蟲思機杼鳴(충사기저명)

雀喧禾黍熟(작훤화서숙)

明當渡京水(명당도경수)

昨晚猶金谷(작만유금곡)

此去欲何言(차거욕하언)

窮邊徇微祿(궁변순미록)

〈정주로 성친 가는 벗을 전송하며 送友人鄭州歸覲〉, 조하

爲有趨庭戀(위유추정련)

應忘道路賒(응망도로사)

風消滎澤凍(풍소형택동)

雨靜圃田沙(우정포전사)

古陌人來遠(고맥인래원)

遙天雁勢斜(요천안세사)

園林新到日(원림신도일)

春酒酌梨花(춘주작리화)

〈여덟 분을 애도하는 시 八哀詩〉, 두보

鷄居至魯門(원거지노문)

不識鐘鼓饗(불식종고향)

孔翠望赤霄(공취망적소)

愁思雕籠養(수사조롱양)

滎陽冠衆儒(형양관중유)

早聞名公賞(조문명공상)

地崇士大夫(지숭사대부)

況乃氣淸爽(황내기청상)

(후략)

〈버들가지의 노래 아홉 수 楊柳枝詞九首〉, 유우석

御陌靑門拂地垂(어맥청문불지수)

千條金縷萬條絲(천조금루만조사)

如今綰作同心結(여금관작동심결)

將贈行人知不知(장증행인지부지)

〈대나무 가지의 노래 아홉 수 竹枝詞九首〉, 유우석

白帝城頭春草生(백제성두춘초생)

白鹽山下蜀江淸(백염산하촉강청)

南人上來歌一曲(남인상래가일곡)

北人莫上動鄕情(북인막상동향정)

〈원화 10년 낭주로부터 장안에 이르러 꽃을 구경하던 여러 군자들에게 장난삼아 드린다 元和十年自朗州至京戲贈看花諸君子〉, 유우석

紫陌紅塵拂面來(자맥홍진불면래)

無人不道看花回(무인부도간화회)

玄都觀裏桃千樹(현도관리도천수)

盡是劉郞去後栽(진시유랑거후재)

〈다시 현도관에서 노닐다 再遊玄都觀〉, 유우석

百畝庭中半是苔(백무정중반시태)

桃花淨盡菜花開(도화정진채화개)

種桃道士歸何處(종도도사귀하처)

前度劉郞今又來(전도유랑금우래)

〈누실명 陋室銘〉, 유우석

山不在高(산부재고)

有仙則名(유선즉명)

水不在深(수부재심)

有龍則靈(유룡즉령)

斯是陋室(사시누실)

惟吾德馨(유오덕형)

苔痕上階綠(태흔상계록)

草色入簾靑(초색입렴청)

談笑有鴻儒(담소유홍유)

往來無白丁(왕래무백정)

可以調素琴(가이조소금)

閱金經(열금경)

無絲竹之亂耳(무사죽지난이)

無案牘之勞形(무안독지노형)

南陽諸葛廬(남양제갈려)

西蜀子雲亭(서촉자운정)

孔子云(공자운)

何陋之有(하루지유)

〈백거이가 양주에서 처음 만난 연회 자리에서 써준 시에 수답하여 酬樂天揚州初逢席上見贈〉, 유우석

巴山楚水淒涼地(파산초수처량지)

二十三年棄置身(이십삼년기치신)

懷舊空吟聞笛賦(회구공음문적부)

到鄕翻似爛柯人(도향번사난가인)

沈舟側畔千帆過(침주측반천범과)

病樹前頭萬木春(병수전두만목춘)

今日聽君歌一曲(금일청군가일곡)

暫憑杯酒長精神(잠빙배주장정신)

〈비단 비파 錦瑟〉, 이상은

錦瑟無端五十弦(금슬무단오십현)

一弦一柱思華年(일현일주사화년)

莊生曉夢迷蝴蝶(장생효몽미호접)

望帝春心托杜鵑(망제춘심탁두견)

滄海月明珠有淚(창해월명주유루)

藍田日暖玉生煙(남전일난옥생연)

此情可待成追憶(차정가대성추억)

只是當時已惘然(지시당시이망연)

〈무제 無題二首〉, 이상은

昨夜星辰昨夜風(작야성신작야풍)

畫樓西畔桂堂東(화루서반계당동)

身無彩鳳雙飛翼(신무채봉쌍비익)

心有靈犀一點通(심유영서일점통)

隔座送鉤春酒暖(격좌송구춘주난)

分曹射覆蠟燈紅(분조석복납등홍)

嗟余聽鼓應官去(차여청고응관거)

走馬蘭臺類轉蓬(주마난대류전봉)

〈사훈원외랑 두목 杜司勳〉, 이상은

高樓風雨感斯文(고루풍우감사문)

短翼差池不及群(단익차지불급군)

刻意傷春復傷別(각의상춘부상별)

人間惟有杜司勳(인간유유두사훈)

〈무제 無題〉, 이상은

相見時難別亦難(상견시난별역난)

東風無力百花殘(동풍무력백화잔)

春蠶到死絲方盡(춘잠도사사방진)

蠟炬成灰淚始乾(납거성회누시건)

曉鏡但愁雲鬢改(효경단수운빈개)

夜吟應覺月光寒(야음응각월광한)

蓬山此去無多路(봉산차거무다로)

靑鳥殷勤爲探看(청조은근위탐간)

〈안양으로 부임하는 웅씨를 전송하며 送熊
九赴任安陽〉, 왕유
魏國應劉後(위국응유후)
寂寥文雅空(적료문아공)
漳河如舊日(장하여구일)
之子繼淸風(지자계청풍)
阡陌銅臺下(천맥동대하)
閭閻金虎中(여염금호중)
送車盈灞上(송거영파상)
輕騎出關東(경기출관동)
相去千餘里(상거천여리)
西園明月同(서원명월동)

〈옛 업성에 올라 登古鄴城〉, 잠삼
下馬登鄴城(하마등업성)
城空復何見(성공부하견)
東風吹野火(동풍취야화)
暮入飛雲殿(모입비운전)
城隅南對望陵臺(성우남대망릉대)
漳水東流不復回(장수동류불부회)
武帝宮中人去盡(무제궁중인거진)
年年春色爲誰來(연년춘색위수래)

3. 태산이 높다하되

〈유우석과 한가롭게 술을 마시고 훗날을
기약하다 與夢得沽酒閑飮且約後期〉, 백거
이
少時猶不憂生計(소시유불우생계)

老後誰能惜酒錢(노후수능석주전)
共把十千沽一斗(공파십천고일두)
相看七十欠三年(상간칠십흠삼년)
閑徵雅令窮經史(한징아령궁경사)
醉聽淸吟勝管弦(취청청음승관현)
更待菊黃家醞熟(갱대국황가온숙)
共君一醉一陶然(공군일취일도연)

임칙서(林則徐)의 대련
似聞陶令開三徑(사문도령개삼경)
來與彌陀共一龕(내여미타공일감)

〈백 현령과 강에서 노닐다 與白明府遊江〉,
맹호연
故人來自遠(고인래자원)
邑宰復初臨(읍재부초림)
執手恨爲別(집수한위별)
同舟無異心(동주무이심)
沿洄洲渚趣(연회주저취)
演漾絃歌音(연양현가음)
誰識躬耕者(수식궁경자)
年年梁甫吟(연년양보음)

〈유주대에 올라 부른 노래 登幽州臺歌〉,
진자앙
前不見古人(전불견고인)
後不見來者(후불견래자)
念天地之悠悠(염천지지유유)
獨愴然而涕下(독창연이체하)

〈계문을 바라보며 望薊門〉, 조영
燕臺一去客心驚(연대일거객심경)

簫鼓喧喧漢將營(소고훤훤한장영)
萬里寒光生積雪(만리한광생적설)
三邊曙色動危旌(삼변서색동위정)
沙場烽火連胡月(사장봉화연호월)
海畔雲山擁薊城(해반운산옹계성)
少小雖非投筆吏(소소수비투필리)
論功還欲請長纓(논공환욕청장영)

〈장소부에 응수하다 酬張少府〉, 왕유
晚年惟好靜(만년유호정)
萬事不關心(만사불관심)
自顧無長策(자고무장책)
空知返舊林(공지반구림)
松風吹解帶(송풍취해대)
山月照彈琴(산월조탄금)
君問窮通理(군문궁통리)
漁歌入浦深(어가입포심)

〈태산을 바라보며 望嶽〉, 두보
岱宗夫如何(대종부여하)
齊魯靑未了(제로청미료)
造化鍾神秀(조화종신수)
陰陽割昏曉(음양할혼효)
盪胸生曾雲(탕흉생층운)
決眥入歸鳥(결제입귀조)
會當凌絶頂(회당릉절정)
一覽衆山小(일람중산소)

〈동군의 망악루에 올라 登東郡望嶽樓〉의
한 구절, 막여충
齊魯到今靑未了(제로도금청미료)
題詩誰繼杜陵人(제시수계두릉인)

〈여름날 선악정에서 명을 받아 짓다 夏日
仙萼亭應制〉, 송지문
高嶺逼星河(고령핍성하)
乘輿此日過(승여차일과)
野含時雨潤(야함시우윤)
山雜夏雲多(산잡하운다)
睿藻光巖穴(예조광암혈)
宸襟洽薜蘿(신금흡벽라)
悠然小天下(유연소천하)
歸路滿笙歌(귀로만생가)

〈태산에서 노닐다 遊泰山六首〉, 이백
平明登日觀(평명등일관)
舉手開雲關(거수개운관)
精神四飛揚(정신사비양)
如出天地間(여출천지간)
黃河從西來(황하종서래)
窈窕入遠山(요조입원산)
憑崖覽八極(빙애남팔극)
目盡長空閑(목진장공한)
偶然値靑童(우연치청동)
綠髮雙雲鬟(녹발쌍운환)
笑我晚學仙(소아만학선)
蹉跎凋朱顏(차타조주안)
躊躇忽不見(주저홀불견)
浩蕩難追攀(호탕난추반)

〈곡부성을 지나며 經曲阜城〉, 유창
行經闕里自堪傷(행경궐리자감상)
曾歎東流逝水長(증탄동류서수장)
蘿蔓幾凋荒隴樹(나만기조황롱수)
莓苔多處古宮牆(매태다처고궁장)

三千弟子標靑史(삼천제자표청사)
萬代先生號素王(만대선생호소왕)
蕭索風高洙泗上(소삭풍고수사상)
秋山明月夜蒼蒼(추산명월야창창)

〈노나라를 칭송하다 頌魯〉, 소증
天推魯仲尼(천추노중니)
周遊布典墳(주유포전분)
遊遍七十國(유편칠십국)
不令遇一君(불령우일군)
一國如一遇(일국여일우)
單車不轉輪(단거부전륜)
良由至化力(양유지화력)
爲國不爲身(위국불위신)
禮樂行未足(예악행미족)
遭回厄於陳(전회액어진)
禮樂今有餘(예악금유여)
袞旒當聖人(곤류당성인)
傷哉絶糧議(상재절량의)
千載誤云云(천재오운운)

〈추로를 지나다 공자를 제사지내고 탄식
하다 經鄒魯祭孔子而歎之〉, 이융기
夫子何爲者(부자하위자)
棲棲一代中(서서일대중)
地猶鄹氏邑(지유추씨읍)
宅卽魯王宮(택즉노왕궁)
嘆鳳嗟身否(탄봉차신비)
傷麟怨道窮(상린원도궁)
今看兩楹奠(금간양영전)
當與夢時同(당여몽시동)

〈자공 子貢〉, 주운(周曇, 생졸년 미상)
救魯亡吳事可傷(구노망오사가상)
誰令利口說田常(수령이구세전상)
吳亡必定由端木(오망필정유단목)
魯亦宜其運不長(노역의기운불장)

〈석호의 관리 石壕吏〉, 두보
暮投石壕村(모투석호촌)
有吏夜捉人(유리야착인)
老翁踰牆走(노옹유장주)
老婦出看門(노부출간문)
吏呼一何怒(이호일하노)
婦啼一何苦(부제일하고)
聽婦前致詞(청부전치사)
三男鄴城戍(삼남업성수)
一男附書至(일남부서지)
二男新戰死(이남신전사)
存者且偸生(존자차투생)
死者長已矣(사자장이의)
室中更無人(실중갱무인)
惟有乳下孫(유유유하손)
有孫母未去(유손모미거)
出入無完裙(출입무완군)
老嫗力雖衰(노구역수쇠)
請從吏夜歸(청종리야귀)
急應河陽役(급응하양역)
猶得備晨炊(유득비신취)
夜久語聲絶(야구어성절)
如聞泣幽咽(여문읍유열)
天明登前途(천명등전도)
獨與老翁別(독여노옹별)

〈문선왕의 사당에 참배하다 謁文宣王廟〉,
나은

晚來乘興謁先師 (만래승흥알선사)

松柏淒淒人不知 (송백처처인부지)

九仞蕭牆堆瓦礫 (구인소장퇴와력)

三間茅殿起狐狸 (삼간모전기호리)

雨淋狀似悲麟泣 (우림상사비린읍)

露滴還同嘆鳳悲 (노적환동탄봉비)

儻使小儒名稍立 (당사소유명초립)

豈敎吾道受棲遲 (기교오도수서지) \

〈연나라의 노래 燕歌行〉, 고적

漢家煙塵在東北 (한가연진재동북)

漢將辭家破殘賊 (한장사가파잔적)

男兒本自重橫行 (남아본자중횡행)

天子非常賜顔色 (천자비상사안색)

摐金伐鼓下楡關 (창금벌고하유관)

旌旗逶迤碣石間 (정기위이갈석간)

校尉羽書飛瀚海 (교위우서비한해)

單于獵火照狼山 (선우렵화조랑산)

山川蕭條極邊土 (산천소조극변토)

胡騎憑陵雜風雨 (호기빙릉잡풍우)

戰士軍前半死生 (전사군전반사생)

美人帳下猶歌舞 (미인장하유가무)

大漠窮秋塞草腓 (대막궁추새초비)

孤城落日鬪兵稀 (고성낙일투병희)

身當恩遇常輕敵 (신당은우상경적)

力盡關山未解圍 (역진관산미해위)

鐵衣遠戍辛勤久 (철의원수신근구)

玉筋應啼別離後 (옥근응제별리후)

少婦城南欲斷腸 (소부성남욕단장)

征人薊北空回首 (정인계북공회수)

邊風飄飄那可度 (변풍표표나가도)

絶域蒼茫更何有 (절역창망갱하유)

殺氣三時作陣雲 (살기삼시작진운)

寒聲一夜傳刁斗 (한성일야전조두)

相看白刃血紛紛 (상간백인혈분분)

死節從來豈顧勳 (사절종래기고훈)

君不見沙場征戰苦 (군불견사장정전고)

至今猶憶李將軍 (지금유억이장군)

〈변방으로 나가 出塞〉, 왕창령

秦時明月漢時關 (진시명월한시관)

萬里長征人未還 (만리장정인미환)

但使龍城飛將在 (단사용성비장재)

不敎胡馬渡陰山 (불교호마도음산)

〈조서를 내려 기왕에게 구성궁을 빌려주
셨기에 더위를 피하며 명을 받아 짓다 敕
借岐王九成宮避暑應敎〉, 왕유

帝子遠辭丹鳳闕 (제자원사단봉궐)

天書遙借翠微宮 (천서요차취미궁)

隔窓雲霧生衣上 (격창운무생의상)

卷幔山泉入鏡中 (권만산천입경중)

林下水聲喧語笑 (임하수성훤어소)

巖間樹色隱房櫳 (암간수색은방롱)

仙家未必能勝此 (선가미필능승차)

何事吹笙向碧空 (하사취생향벽공)

〈화번공주를 전송하며 送和蕃公主〉, 장적

塞上如今無戰塵 (새상여금무전진)

漢家公主出和親 (한가공주출화친)

邑司猶屬宗卿寺 (읍사유속종경시)

冊號還同虜帳人 (책호환동노장인)

九姓旗幡先引路(구성기번선인로)
一生衣服盡隨身(일생의복진수신)
氈城南望無回日(전성남망무회일)
空見沙蓬水柳春(공견사봉수류춘)

〈허지역의 병풍에 쓰다 虛池驛題屏風〉, 의
방공주
出嫁辭鄉國(출가사향국)
由來此別難(유래차별난)
聖恩愁遠道(성은수원도)
行路泣相看(행로읍상간)
沙塞容顏盡(사새용안진)
邊隅粉黛殘(변우분대잔)
妾心何所斷(첩심하소단)
他日望長安(타일망장안)

4장 ─

1. 초당에서 비를 기뻐하다

〈금강의 거처를 회상하다 懷錦水居止二首〉,
두보
萬里橋西宅(만리교서택)
百花潭北莊(백화담북장)
層軒皆面水(층헌개면수)
老樹飽經霜(노수포경상)
雪嶺界天白(설령계천백)
錦城曛日黃(금성훈일황)
惜哉形勝地(석재형승지)
回首一茫茫(회수일망망)

〈초당 草堂〉, 두보
昔我去草堂(석아거초당)
蠻夷塞成都(만이새성도)
今我歸草堂(금아귀초당)
成都適無虞(성도적무우)
請陳初亂時(청진초난시)
反復乃須臾(반복내수유)
大將赴朝廷(대장부조정)
群小起異圖(군소기이도)
中宵斬白馬(중소참백마)
盟歃氣已粗(맹삽기이조)
西取邛南兵(서취공남병)
北斷劍閣隅(북단검각우)
布衣數十人(포의수십인)
亦擁專城居(역옹전성거)
其勢不兩大(기세불량대)
始聞蕃漢殊(시문번한수)
西卒却倒戈(서졸각도과)
賊臣互相誅(적신호상주)
焉知肘腋禍(언지주액화)
自及梟獍徒(자급효경도)
(후략)

〈물가 난간에서 마음을 풀다 水檻遣心二首〉,
두보
去郭軒楹敞(거곽헌영창)
無村眺望賒(무촌조망사)
澄江平少岸(징강평소안)
幽樹晚多花(유수만다화)
細雨魚兒出(세우어아출)
微風燕子斜(미풍연자사)
城中十萬戶(성중십만호)

此地兩三家(차지양삼가)

〈띠집이 가을바람에 부서져 부르는 노래
茅屋爲秋風所破歌〉, 두보

八月秋高風怒號(팔월추고풍노호)
卷我屋上三重茅(권아옥상삼중모)
茅飛渡江灑江郊(모비도강쇄강교)
高者掛罥長林梢(고자괘견장림초)
下者飄轉沉塘坳(하자표전침당요)
南村群童欺我老無力(남촌군동기아노무
력)
忍能對面爲盜賊(인능대면위도적)
公然抱茅入竹去(공연포모입죽거)
脣焦口燥呼不得(진초구조호부득)
歸來倚仗自嘆息(귀래의장자탄식)
俄頃風定雲墨色(아경풍정운묵색)
秋天漠漠向昏黑(추천막막향혼흑)
布衾多年冷似鐵(포금다년냉사철)
嬌兒惡臥踏裏裂(교아악와답리렬)
牀頭屋漏無乾處(상두옥루무건처)
雨脚如麻未斷絶(우각여마미단절)
自經喪亂少睡眠(자경상난소수면)
長夜沾濕何由徹(장야첨습하유철)
安得廣廈千萬間(안득광하천만간)
大庇天下寒士俱歡顔(대비천하한사구환
안)
風雨不動安如山(풍우부동안여산)
嗚呼何時眼前(오호하시안전)
突兀見此屋(돌올견차옥)
吾廬獨破受凍死亦足(오려독파수동사역
족)

〈초당이 이루어지다 堂成〉, 두보

背郭堂成蔭白茅(배곽당성음백모)
緣江路熟俯靑郊(연강노숙부청교)
橙林礙日吟風葉(기림애일음풍엽)
籠竹和煙滴露梢(농죽화연적로초)
暫止飛烏將數子(잠지비오장수자)
頻來語燕定新巢(빈래어연정신소)
旁人錯比揚雄宅(방인착비양웅택)
懶惰無心作解嘲(나타무심작해조)

〈노군 동쪽 서문에서 두보를 전송하다 魯
郡東石門送杜二甫〉, 이백

醉別復幾日(취별부기일)
登臨遍池臺(등림편지대)
何時石門路(하시석문로)
重有金樽開(중유금준개)
秋波落泗水(추파낙사수)
海色明徂徠(해색명조래)
飛蓬各自遠(비봉각자원)
且盡手中杯(차진수중배)

〈꿈에 만난 이백 夢李白二首〉 첫째 수, 두
보

死別已吞聲(사별이탄성)
生別常惻惻(생별상측측)
江南瘴癘地(강남장려지)
逐客無消息(축객무소식)
故人入我夢(고인입아몽)
明我長相憶(명아장상억)
君今在羅網(군금재라망)
何以有羽翼(하이유우익)
恐非平生魂(공비평생혼)

路遠不可測(노원불가측)
魂來楓林靑(혼래풍림청)
魂返關塞黑(혼반관새흑)
落月滿屋梁(낙월만옥량)
猶疑照顔色(유의조안색)
水深波浪闊(수심파랑활)
無使蛟龍得(무사교룡득)

〈봄밤에 비가 내리는 것을 기뻐하다 春夜喜雨〉, 두보
好雨知時節(호우지시절)
當春乃發生(당춘내발생)
隨風潛入夜(수풍잠입야)
潤物細無聲(윤물세무성)
野徑雲俱黑(야경운구흑)
江船火獨明(강선화독명)
曉看紅濕處(효간홍습처)
花重錦官城(화중금관성)

2. 망강루의 키 큰 대나무

〈친구를 전송하다 送友人〉, 설도
水國蒹葭夜有霜(수국겸가야유상)
月寒山色共蒼蒼(월한산색공창창)
誰言千里自今夕(수언천리자금석)
離夢杳如關塞長(이몽묘여관새장)

〈봄의 희망 노래 春望詞四首〉 셋째 수, 설도
風花日將老(풍화일장로)
佳期猶渺渺(가기유묘묘)

不結同心人(불결동심인)
空結同心草(공결동심초)

〈설도에게 부치다 寄贈薛濤〉, 원진
錦江滑膩蛾眉秀(금강활니아미수)
幻出文君與薛濤(환출문군여설도)
言語巧偸鸚鵡舌(언어교투앵무설)
文章分得鳳皇毛(문장분득봉황모)
紛紛辭客多停筆(분분사객다정필)
個個公卿欲夢刀(개개공경욕몽도)
別後相思隔煙水(별후상사격연수)
菖蒲花發五雲高(창포화발오운고)

〈가을 샘물 秋泉〉, 설도
冷色初澄一帶煙(냉색초징일대연)
幽聲遙瀉十絲絃(유성요사십사현)
長來枕上牽情思(장래침상견정사)
不使愁人半夜眠(불사수인반야면)

〈촉에서 蜀中三首〉 셋째 수, 정곡
渚遠淸江碧簟紋(저원청강벽점문)
小桃花繞薛濤墳(소도화요설도분)
朱橋直指金門路(주교직지금문로)
粉堞高連玉壘雲(분첩고련옥루운)
窗下斫琴翹風足(창하작금교풍족)
波中濯錦散鷗群(파중탁금산구군)
子規夜夜啼巴蜀(자규야야제파촉)
不竝吳鄕楚國聞(불병오향초국문)

〈'비가 온 뒤 대나무를 감상하다' 시에 응수하다 酬人雨後玩竹〉, 설도
晚歲君能賞(만세군능상)

蒼蒼勁節奇(창창경절기)

3. 사당에 빽빽한 측백나무

〈촉나라 승상 蜀相〉, 두보

丞相祠堂何處尋(승상사당하처심)
錦官城外柏森森(금관성외백삼삼)
映階碧草自春色(영계벽초자춘색)
隔葉黃鸝空好音(격엽황리공호음)
三顧頻繁天下計(삼고빈번천하계)
兩朝開濟老臣心(양조개제노신심)
出師未捷身先死(출사미첩신선사)
長使英雄淚滿襟(장사영웅누만금)

〈촉나라 유비의 사당 蜀先主廟〉, 유우석

天地英雄氣(천지영웅기)
千秋尙凜然(천추상늠연)
勢分三足鼎(세분삼족정)
業復五銖錢(업복오수전)
得相能開國(득상능개국)
生兒不象賢(생아불상현)
凄凉蜀故妓(처량촉고기)
來舞魏宮前(내무위궁전)

〈유비와 제갈양의 사당 先主武侯廟〉, 잠삼

先主與武侯(선주여무후)
相逢雲雷際(상봉운뢰제)
感通君臣分(감통군신분)
義激魚水契(의격어수계)
遺廟空蕭然(유묘공소연)
英靈貫千歲(영령관천세)

〈제갈 승상의 사당 諸葛丞相廟〉, 무소의

執簡焚香入廟門(집간분향입묘문)
武侯神象儼如存(무후신상엄여존)
因機定蜀延衰漢(인기정촉연쇠한)
以計連吳振弱孫(이계연오진약손)
欲盡智能傾僭盜(욕진지능경참도)
善持忠節轉庸昏(선지충절전용혼)
宣王請戰貽巾幗(선왕청전이건괵)
始見才吞亦氣吞(시견재탄역기탄)

〈제갈양 사당의 옛 측백나무 武侯廟古柏〉,
이상은

蜀相階前柏(촉상계전백)
龍蛇捧閟宮(용사봉비궁)
陰成外江畔(음성외강반)
老向惠陵東(노향혜릉동)
大樹思馮異(대수사풍이)
甘棠憶召公(감당억소공)
葉潤湘燕雨(엽조상연우)
枝拆海鵬風(지탁해붕풍)
玉壘經綸遠(옥루경륜원)
金刀歷數終(금도역수종)
誰將出師表(수장출사표)
一爲問昭融(일위문소융)

〈농사를 짓다 爲農〉, 두보

錦里煙塵外(금리연진외)
江村八九家(강촌팔구가)
圓荷浮小葉(원하부소엽)
細麥落輕花(세맥낙경화)
卜宅從玆老(복택종자노)
爲農去國賖(위농거국사)

遠慚勾漏令(원참구루령)

不得問丹砂(부득문단사)

4. 속세를 벗어난 세계

〈능운사에 쓰다 題凌雲寺〉, 사공서

春山古寺繞滄波(춘산고사요창파)

石磴盤空鳥道過(석등반공조도과)

百丈金身開翠壁(백장금신개취벽)

萬龕燈焰隔煙蘿(만감등염격연라)

雲生客到侵衣濕(운생객도침의습)

花落僧禪覆地多(화락승선복지다)

不與方袍同結社(불여방포동결사)

下歸塵世竟如何(하귀진세경여하)

〈아미산에 오르다 登峨嵋山〉, 이백

蜀國多仙山(촉국다선산)

峨嵋邈難匹(아미막난필)

周流試登覽(주류시등람)

絶怪安可悉(절괴안가실)

靑冥倚天開(청명의천개)

彩錯疑畫出(채착의화출)

泠然紫霞賞(영연자하상)

果得錦囊術(과득금낭술)

雲間吟瓊簫(운간음경소)

石上弄寶瑟(석상농보슬)

平生有微尙(평생유미상)

歡笑自此畢(환소자차필)

煙容如在顔(연용여재안)

塵累忽相失(진루홀상실)

儻逢騎羊子(당봉기양자)

攜手凌白日(휴수능백일)

〈촉의 스님 광준이 금을 타는 소리를 듣다
聽蜀僧濬彈琴〉, 이백

蜀僧抱綠綺(촉승포녹기)

西下峨眉峰(서하아미봉)

爲我一揮手(위아일휘수)

如聽萬壑松(여청만학송)

客心洗流水(객심세류수)

餘響入霜鐘(여향입상종)

不覺碧山暮(불각벽산모)

秋雲暗幾重(추운암기중)

〈화엄사 괴공의 선방에 쓰다 題華嚴寺瑰公
禪房〉, 잠삼

寺南幾十峰(사남기십봉)

峰翠晴可掬(봉취청가국)

朝從老僧飯(조종노승반)

昨日巖口宿(작일암구숙)

錫杖倚枯松(석장의고송)

繩床映深竹(승상영심죽)

東溪草堂路(동계초당로)

來往行自熟(내왕행자숙)

生事在雲山(생사재운산)

誰能復羈束(수능부기속)

5장 —

1. 유람선으로 장강 삼협을 내려가다

〈봄에 남포에서 여러 공들과 형양으로 돌

아가는 진낭장을 전송하다 春於南浦與諸
公送陳郎將歸衡陽〉, 이백

衡山蒼蒼入紫冥 (형산창창입자명)

下看南極老人星 (하간남극노인성)

回飆吹散五峰雪 (회표취산오봉설)

往往飛花落洞庭 (왕왕비화낙동정)

氣清嶽秀有如此 (기청악수유여차)

郎將一家拖金紫 (낭장일가타금자)

門前食客亂浮雲 (문전식객난부운)

世人皆比孟嘗君 (세인개비맹상군)

江上送行無白璧 (강상송행무백벽)

臨歧惆悵若爲分 (임기추창약위분)

〈아침에 백제성을 떠나며 早發白帝城〉, 이
백

朝辭白帝彩雲間 (조사백제채운간)

千里江陵一日還 (천리강릉일일환)

兩岸猿聲啼不住 (양안원성제부주)

輕舟已過萬重山 (경주이과만중산)

〈옛 자취에 기대어 마음을 읊다 詠懷古跡〉
다섯 수 중 넷째 수, 두보

蜀主窺吳幸三峽 (촉주규오행삼협)

崩年亦在永安宮 (붕년역재영안궁)

翠華想像空山裏 (취화상상공산리)

玉殿虛無野寺中 (옥전허무야사중)

古廟杉松巢水鶴 (고묘삼송소수학)

歲時伏臘走村翁 (세시복랍주촌옹)

武侯祠屋長鄰近 (무후사옥장인근)

一體君臣祭祀同 (일체군신제사동)

〈높은 곳에 오르다 登高〉, 두보

風急天高猿嘯哀 (풍급천고원소애)

渚清沙白鳥飛迴 (저청사백조비회)

無邊落木蕭蕭下 (무변낙목소소하)

不盡長江滾滾來 (부진장강곤곤래)

萬里悲秋常作客 (만리비추상작객)

百年多病獨登臺 (백년다병독등대)

艱難苦恨繁霜鬢 (간난고한번상빈)

潦倒新亭濁酒杯 (요도신정탁주배)

〈밤에 구당협으로 들어가다 夜入瞿唐峽〉,
백거이

瞿唐天下險 (구당천하험)

夜上信難哉 (야상신난재)

岸似雙屛合 (안사쌍병합)

天如匹帛開 (천여필백개)

逆風驚浪起 (역풍경랑기)

拔篾闇船來 (발념암선래)

欲識愁多少 (욕식수다소)

高於灩澦堆 (고어염여퇴)

삼협 지방의 민요

巴東三峽巫峽長 (파동삼협무협장)

猿鳴三聲淚霑裳 (원명삼성누점상)

巴東三峽猿鳴悲 (파동삼협원명비)

猿鳴三聲淚霑衣 (원명삼성누점의)

〈초나라 궁전 楚宮〉, 이상은

十二峰前落照微 (십이봉전낙조미)

高唐宮暗坐迷歸 (고당궁암좌미귀)

朝雲暮雨長相接 (조운모우장상접)

猶自君王恨見稀 (유자군왕한견희)

〈무협을 지나다 過巫峽〉, 이빈

擁棹向驚湍(옹도향경단)

巫峰直上看(무봉직상간)

削成從水底(삭성종수저)

聳出在雲端(용출재운단)

暮雨晴時少(모우청시소)

啼猿渴下難(제원갈하난)

一聞神女去(일문신녀거)

風竹掃空壇(풍죽소공단)

〈땔나무 지는 노래 負薪行〉, 두보

夔州處女髮半華(기주처녀발반화)

四十五十無夫家(사십오십무부가)

更遭喪亂嫁不售(갱조상란가불수)

一生抱恨長咨嗟(일생포한장자차)

土風坐男使女立(토풍좌남사녀립)

男當門戶女出入(남당문호녀출입)

十有八九負薪歸(십유팔구부신귀)

賣薪得錢應供給(매신득전응공급)

至老雙鬟只垂頸(지로쌍환지수경)

野花山葉銀釵並(야화산엽은채병)

筋力登危集市門(근력등위집시문)

死生射利兼鹽井(사생사리겸염정)

面妝首飾雜啼痕(면장수식잡제흔)

地褊衣寒困石根(지편의한곤석근)

若道巫山女粗醜(약도무산녀조추)

何得北有昭君村(하득북유소군촌)

〈왕소군의 옛집에 들르다 過昭君故宅〉, 최
도

以色靜胡塵(이색정호진)

名還異衆嬪(명환이중빈)

免勞征戰力(면로정전력)

無愧綺羅身(무괴기라신)

骨竟埋靑塚(골경매청총)

魂應怨畫人(혼응원화인)

不堪逢舊宅(불감봉구택)

寥落對江濱(요락대강빈)

〈서릉협 西陵峽〉, 양형

絶壁聳萬仞(절벽용만인)

長波射千里(장파사천리)

盤薄荊之門(반박형지문)

滔滔南國紀(도도남국기)

楚都昔全盛(초도석전성)

高丘烜望祀(고구훤망사)

秦兵一旦侵(진병일단침)

夷陵火潛起(이릉화잠기)

四維不復設(사유불부설)

關塞良難恃(관새양난시)

洞庭且忽焉(동정차홀언)

孟門終已矣(맹문종이의)

自古天地辟(자고천지벽)

流爲峽中水(유위협중수)

行旅相贈言(행려상증언)

風濤無極已(풍도무극이)

及余踐斯地(급여천사지)

瑰奇信爲美(괴기신위미)

江山若有靈(강산약유령)

千載伸知己(천재신지기)

2. 강남 3대 누각을 찾아서

〈동정호를 바라보며 장승상께 올리다 望洞庭湖上張丞相〉, 맹호연

八月湖水平(팔월호수평)
涵虛混太淸(함허혼태청)
氣蒸雲夢澤(기증운몽택)
波動岳陽城(파동악양성)
欲濟無舟楫(욕제무주즙)
端居恥聖明(단거치성명)
坐觀垂釣者(좌관수조자)
徒有羨魚情(도유선어정)

〈악양루에 오르다 登岳陽樓〉, 두보

昔聞洞庭水(석문동정수)
今上岳陽樓(금상악양루)
吳楚東南坼(오초동남탁)
乾坤日夜浮(건곤일야부)
親朋無一字(친붕무일자)
老病有孤舟(노병유고주)
戎馬關山北(융마관산북)
憑軒涕泗流(빙헌체사류)

〈악양루 岳陽樓〉, 이상은

欲爲平生一散愁(욕위평생일산수)
洞庭湖上岳陽樓(동정호상악양루)
可憐萬里堪乘興(가련만리감승흥)
枉是蛟龍解覆舟(왕시교룡해복주)

〈절구 絶句〉, 여동빈

朝遊北越夜蒼梧(조유북월야창오)
袖裏靑蛇膽氣粗(수리청사담기조)
三醉岳陽人不識(삼취악양인불식)
朗吟飛過洞庭湖(낭음비과동정호)

〈배사군을 모시고 악양루에 오르다 陪裴使君登岳陽樓〉, 두보

湖闊兼雲霧(호활겸운무)
樓孤屬晚晴(누고속만청)
禮加徐孺子(예가서유자)
詩接謝宣城(시접사선성)
雪岸叢梅發(설안총매발)
春泥百草生(춘니백초생)
敢違漁父問(감위어부문)
從此更南征(종차갱남정)

〈상령고슬 湘靈鼓瑟〉, 전기

善鼓雲和瑟(선고운화슬)
常聞帝子靈(상문제자령)
馮夷空自舞(빙이공자무)
楚客不堪聽(초객불감청)
苦調凄金石(고조처금석)
淸音入杳冥(청음입묘명)
蒼梧來怨慕(창오래원모)
白芷動芳馨(백지동방형)
流水傳瀟浦(유수전소포)
悲風過洞庭(비풍과동정)
曲終人不見(곡종인불견)
江上數峰靑(강상수봉청)

〈하씨와 함께 악양루에 오르다 與夏十二登岳陽樓〉, 이백

樓觀岳陽盡(누관악양진)
川迥洞庭開(천형동정개)

雁引愁心去(안인수심거)

山銜好月來(산함호월래)

雲間連下榻(운간연하탑)

天上接行杯(천상접행배)

醉後涼風起(취후양풍기)

吹人舞袖回(취인무수회)

〈저녁에 악주에 정박하다 晩次鄂州〉, 노륜

雲開遠見漢陽城(운개원견한양성)

猶是孤帆一日程(유시고범일일정)

估客晝眠知浪靜(고객주면지랑정)

舟人夜語覺潮生(주인야어각조생)

三湘愁鬢逢秋色(삼상수빈봉추색)

萬里歸心對月明(만리귀심대월명)

舊業已隨征戰盡(구업이수정전진)

更堪江上鼓鼙聲(갱감강상고비성)

〈강태수를 전송하다 送康太守〉, 왕유

城下滄江水(성하창강수)

江邊黃鶴樓(강변황학루)

朱闌將粉堞(주란장분첩)

江水映悠悠(강수영유유)

鐃吹發夏口(요취발하구)

使君居上頭(사군거상두)

郭門隱楓岸(곽문은풍안)

侯使趨蘆洲(후사추노주)

何異臨川郡(하이임천군)

還來康樂侯(환래강락후)

〈황학루 黃鶴樓〉, 최호

昔人已乘白雲去(석인이승백운거)

此地空餘黃鶴樓(차지공여황학루)

黃鶴一去不復返(황학일거불복반)

白雲千載空悠悠(백운천재공유유)

晴川歷歷漢陽樹(청천역력한양수)

芳草萋萋鸚鵡洲(방초처처앵무주)

日暮鄉關何處是(일모향관하처시)

煙波江上使人愁(연파강상사인수)

〈황학루에서 광릉으로 가는 맹호연을 전
송하다 黃鶴樓送孟浩然之廣陵〉, 이백

故人西辭黃鶴樓(고인서사황학루)

煙花三月下揚州(연화삼월하양주)

孤帆遠影碧空盡(고범원영벽공진)

惟見長江天際流(유견장강천제류)

〈금릉의 봉황대에 오르다 登金陵鳳凰臺〉,
이백

鳳凰臺上鳳凰遊(봉황대상봉황유)

鳳去臺空江自流(봉거대공강자류)

吳宮花草埋幽徑(오궁화초매유경)

晉代衣冠成古丘(진대의관성고구)

三山半落靑天外(삼산반락청천외)

二水中分白鷺洲(이수중분백로주)

總爲浮雲能蔽日(총위부운능폐일)

長安不見使人愁(장안불견사인수)

〈황학루 黃鶴樓〉, 가도(賈島)

高檻危簷勢若飛(고함위첨세약비)

高雲野水共依依(고운야수공의의)

靑山萬古長如舊(청산만고장여구)

黃鶴何年去不歸(황학하년거불귀)

岸映西州城半出(안영서주성반출)

烟生南浦樹將微(연생남포수장미)

定知羽客無因見(정지우객무인견)
空使含情對落輝(공사함정대낙휘)

〈남창에서 남쪽으로 돌아가며 강가에서
짓다 自豫章南還江上作〉, 장구령
歸去南江水(귀거남강수)
磷磷見底清(인린견저청)
轉逢空闊處(전봉공활처)
聊洗滯留情(요세체류정)
浦樹遙如待(포수요여대)
江鷗近若迎(강구근약영)
津途別有趣(진도별유취)
況乃濯吾纓(황내탁오영)

〈홍주도독에 임명된 한조종을 전송하다 送
韓使君除洪州都督〉, 맹호연
述職撫荊衡(술직무형형)
分符襲寵榮(분부습총영)
往來看擁傳(왕래간옹전)
前後賴專城(전후뇌전성)
勿翦棠猶在(물전당유재)
波澄水更清(파징수갱청)
重推江漢理(중추강한리)
旋改豫章行(선개예장행)
召父多遺愛(소부다유애)
羊公有令名(양공유영명)
衣冠列祖道(의관열조도)
耆舊擁前旌(기구옹전정)
峴首晨風送(현수신풍송)
江陵夜火迎(강릉야화영)
無才慙孺子(무재참유자)
千里愧同聲(천리괴동성)

〈가을날 홍주도독부의 등왕각에 올라 잔
치를 열고 이별한 시의 서문 秋日登洪府滕
王閣餞別序〉, 왕발
層臺聳翠(층대용취)
上出重霄(상출중소)
飛閣翔丹(비각상단)
下臨無地(하림무지)
鶴汀鳧渚(학정부저)
窮島嶼之縈回(궁도서지영회)
桂殿蘭宮(계전란궁)
卽岡巒之體勢(즉강만지체세)
披繡闥(피수달)
俯雕甍(부조맹)
山原曠其盈視(산원광기영시)
川澤紆其駭矚(천택우기해촉)

〈등왕각시 滕王閣詩〉, 왕발
滕王高閣臨江渚(등왕고각임강저)
佩玉鳴鸞罷歌舞(패옥명란파가무)
畫棟朝飛南浦雲(화동조비남포운)
珠簾暮卷西山雨(주렴모권서산우)
閑雲潭影日悠悠(한운담영일유유)
物換星移幾度秋(물환성이기도추)
閣中帝子今何在(각중제자금하재)
檻外長江空自流(함외장강공자류)

〈남창에서 예전에 노닐던 것을 추억하다
懷鍾陵舊遊四首〉 둘째 수, 두목
滕閣中春綺席開(등각중춘기석개)
柘枝蠻鼓殷晴雷(자지만고은청뢰)
垂樓萬幕靑雲合(수루만막청운합)
破浪千帆陣馬來(파랑천범진마래)

未掘雙龍牛斗氣(미굴쌍룡우두기)
高懸一榻棟梁材(고현일탑동량재)
連巴控越知何事(연파공월지하사)
珠翠沈檀處處堆(주취심단처처퇴)

〈등왕각 滕王閣〉, 장교
昔人登覽處(석인등람처)
遺閣大江隅(유각대강우)
疊浪有時有(첩랑유시유)
閑雲無日無(한운무일무)
早涼先燕去(조량선연거)
返照後帆孤(반조후범고)
未得營歸計(미득영귀계)
菱歌滿舊湖(능가만구호)

〈등왕각에서 봄날 저녁에 바라보다 滕王閣
春日晚眺〉, 조송
凌春帝子閣(능춘제자각)
偶眺日移西(우조일이서)
浪勢平花塢(낭세평화오)
帆陰上柳堤(범음상류제)
凝嵐藏宿翼(응람장숙익)
疊鼓碎歸蹄(첩고쇄귀제)
只此長吟詠(지차장음영)
因高思不迷(인고사불미)

〈남창에서 잔치를 열어 송별하다 鍾陵餞送〉,
백거이
翠幕紅筵高在雲(취막홍연고재운)
歌聲一曲萬家聞(가성일곡만가문)
路人指點滕王閣(노인지점등왕각)
看送忠州白使君(간송충주백사군)

3. 고요히 흐르는 장강

〈팽리호에서 여산을 바라보며 彭蠡湖中望
廬山〉, 맹호연
太虛生月暈(태허생월훈)
舟子知天風(주자지천풍)
挂席候明發(괘석후명발)
渺漫平湖中(묘만평호중)
中流見匡阜(중류견광부)
勢壓九江雄(세압구강웅)
黤黕凝黛色(암담응대색)
崢嶸當曙空(쟁영당서공)
香爐初上日(향로초상일)
瀑布噴成虹(폭포분성홍)
久欲追尚子(구욕추상자)
況茲懷遠公(황자회원공)
我來限於役(아래한어역)
未暇息微躬(미가식미궁)
淮海途將半(회해도장반)
星霜歲欲窮(성상세욕궁)
寄言巖棲者(기언암서자)
畢趣當來同(필취당래동)

〈여산의 노래-시어사 노허주에게 부치다
廬山謠寄盧侍御虛舟〉, 이백
我本楚狂人(아본초광인)
鳳歌笑孔丘(봉가소공구)
手持綠玉杖(수지녹옥장)
朝別黃鶴樓(조별황학루)
五嶽尋仙不辭遠(오악심선불사원)
一生好入名山遊(일생호입명산유)
廬山秀出南斗傍(여산수출남두방)

屏風九疊雲錦張(병풍구첩운금장)

影落明湖靑黛光(영락명호청대광)

金闕前開二峰長(금궐전개이봉장)

銀河倒掛三石梁(은하도괘삼석량)

香爐瀑布遙相望(향로폭포요상망)

迴崖沓嶂凌蒼蒼(회애답장능창창)

翠影紅霞映朝日(취영홍하영조일)

鳥飛不到吳天長(조비부도오천장)

登高壯觀天地間(등고장관천지간)

大江茫茫去不還(대강망망거불환)

黃雲萬里動風色(황운만리동풍색)

白波九道流雪山(백파구도류설산)

好爲廬山謠(호위여산요)

興因廬山發(흥인여산발)

閑窺石鏡淸我心(한규석경청아심)

謝公行處蒼苔沒(사공행처창태몰)

早服還丹無世情(조복환단무세정)

琴心三疊道初成(금심삼첩도초성)

遙見仙人彩雲裏(요견선인채운리)

手把芙蓉朝玉京(수파부용조옥경)

先期汗漫九垓上(선기한만구해상)

願接盧敖遊太淸(원접노오유태청)

〈여산의 폭포를 바라보다 望廬山瀑布二首〉,
이백

日照香爐生紫煙(일조향로생자연)

遙看瀑布掛前川(요간폭포괘전천)

飛流直下三千尺(비류직하삼천척)

疑是銀河落九天(의시은하낙구천)

〈향로봉 아래 새로 초당을 짓고 즉흥적으
로 감회를 노래해 바위 위에 쓰다 香爐峰下

新置草堂卽事詠懷題於石上〉, 백거이

香爐峰北面(향로봉북면)

遺愛寺西偏(유애사서편)

白石何鑿鑿(백석하착착)

淸流亦潺潺(청류역잔잔)

有松數十株(유송수십주)

有竹千餘竿(유죽천여간)

松張翠傘蓋(송장취산개)

竹倚靑琅玕(죽의청낭간)

其下無人居(기하무인거)

惜哉多歲年(석재다세년)

有時聚猿鳥(유시취원조)

終日空風煙(종일공풍연)

時有沈冥子(시유침명자)

姓白字樂天(성백자낙천)

平生無所好(평생무소호)

見此心依然(견차심의연)

如獲終老地(여획종로지)

忽乎不知還(홀호부지환)

架巖結茅宇(가암결모우)

斲壑開茶園(착학개다원)

何以洗我耳(하이세아이)

屋頭飛落泉(옥두비낙천)

何以淨我眼(하이정아안)

砌下生白蓮(체하생백련)

左手攜一壺(좌수휴일호)

右手挈五弦(우수설오현)

傲然意自足(오연의자족)

箕踞於其間(기거어기간)

興酣仰天歌(흥감앙천가)

歌中聊寄言(가중요기언)

言我本野夫(언아본야부)

誤爲世網牽(오위세망견)

時來昔捧日(시래석봉일)

老去今歸山(노거금귀산)

倦鳥得茂樹(권조득무수)

涸魚返淸源(학어반청원)

捨此欲焉往(사차욕언왕)

人間多險艱(인간다험간)

〈대림사의 복사꽃 大林寺桃花〉, 백거이

人間四月芳菲盡(인간사월방비진)

山寺桃花始盛開(산사도화시성개)

長恨春歸無覓處(장한춘귀무멱처)

不知轉入此中來(부지전입차중래)

〈심양에서 잔치를 열고 이별하다 潯陽宴別〉,
백거이

鞍馬軍城外(안마군성외)

笙歌祖帳前(생가조장전)

乘潮發溢口(승조발분구)

帶雪別廬山(대설별여산)

暮景牽行色(모경견행색)

春寒散醉顔(춘한산취안)

共嗟炎瘴地(공차염장지)

盡室得生還(진실득생환)

〈비파의 노래〉, 백거이

潯陽江頭夜送客(심양강두야송객)

楓葉荻花秋瑟瑟(풍엽적화추슬슬)

主人下馬客在船(주인하마객재선)

擧酒欲飮無管弦(거주욕음무관현)

醉不成歡慘將別(취불성환참장별)

別時茫茫江浸月(별시망망강침월)

忽聞水上琵琶聲(홀문수상비파성)

主人忘歸客不發(주인망귀객불발)

尋聲暗聞彈者誰(심성암문탄자수)

琵琶聲停欲語遲(파비성정욕어지)

移船相近邀相見(이선상근요상견)

添酒回燈重開宴(첨주회등중개연)

千呼萬喚始出來(천호만환시출래)

猶抱琵琶半遮面(유포비파반차면)

轉軸撥弦三兩聲(전축발현삼량성)

未成曲調先有情(미성곡조선유정)

弦弦掩抑聲聲思(현현엄억성성사)

似訴平生不得志(사소평생부득지)

低眉信手續續彈(저미신수속속탄)

說盡心中無限事(설진심중무한사)

輕攏慢捻抹復挑(경롱만념말부도)

初爲霓裳後六么(초위예상후육요)

大弦嘈嘈如急雨(대현조조여급우)

小弦切切如私語(소현절절여사어)

嘈嘈切切錯雜彈(조조절절착잡탄)

大珠小珠落玉盤(대주소주낙옥반)

間關鶯語花底滑(간관앵어화저활)

幽咽泉流冰下難(유열천류빙하난)

冰泉冷澀弦凝絶(빙천냉삽현응절)

凝絶不通聲暫歇(응절불통성잠헐)

別有幽愁暗恨生(별유유수암한생)

此時無聲勝有聲(차시무성승유성)

銀瓶乍破水漿迸(은병사파수장병)

鐵騎突出刀槍鳴(철기돌출도창명)

曲終收撥當心畫(곡종수발당심획)

四弦一聲如裂帛(사현일성여열백)

東舟西舫悄無言(동주서방초무언)

唯見江心秋月白(유견강심추월백)
沈吟放撥插弦中(침음방발삽현중)
整頓衣裳起斂容(정돈의상기렴용)

自言本是京城女(자언본시경성녀)
家在蝦蟆陵下住(가재하마능하주)
十三學得琵琶成(십삼학득비파성)
名屬敎坊第一部(명속교방제일부)
曲罷曾敎善才服(곡파증교선재복)
妝成每被秋娘妬(장성매피추낭투)
五陵年少爭纏頭(오릉연소쟁전두)
一曲紅綃不知數(일곡홍초부지수)
鈿頭雲箆擊節碎(전두운비격절쇄)
血色羅裙翻酒污(혈색나군번주오)
今年歡笑復明年(금년환소부명년)
秋月春風等閑度(추월춘풍등한도)
弟走從軍阿姨死(제주종군아이사)
暮去朝來顏色故(모거조래안색고)
門前冷落車馬稀(문전냉락거마희)
老大嫁作商人婦(노대가작상인부)
商人重利輕別離(상인중리경별리)
前月浮梁買茶去(전월부량매다거)
去來江口守空船(거래강구수공선)
繞船月明江水寒(요선월명강수한)
夜深忽夢少年事(야심홀몽소년사)
夢啼妝淚紅闌干(몽제장루홍난간)

我聞琵琶已嘆息(아문비파이탄식)
又聞此語重唧唧(우문차어중즉즉)
同是天涯淪落人(동시천애윤락인)
相逢何必曾相識(상봉하필증상식)
我從去年辭帝京(아종거년사제경)

謫居臥病潯陽城(적거와병심양성)
潯陽地僻無音樂(심양지벽무음악)
終歲不聞絲竹聲(종세불문사죽성)
住近湓江地低濕(주근분강지저습)
黃蘆苦竹繞宅生(황로고죽요택생)
其間旦暮聞何物(기간단모문하물)
杜鵑啼血猿哀鳴(두견제혈원애명)
春江花朝秋月夜(춘강화조추월야)
往往取酒還獨傾(왕왕취주환독경)
豈無山歌與村笛(기무산가여촌적)
嘔啞嘲哳難爲聽(구아조찰난위청)
今夜聞君琵琶語(금야문군비파어)
如聽仙樂耳暫明(여청선악이잠명)
莫辭更坐彈一曲(막사갱좌탄일곡)
爲君翻作琵琶行(위군번작비파행)
感我此言良久立(감아차언양구립)
卻坐促弦弦轉急(각좌촉현현전급)
凄凄不似向前聲(처처불사향전성)
滿座重聞皆掩泣(만좌중문개엄읍)
座中泣下誰最多(좌중읍하수최다)
江州司馬青衫濕(강주사마청삼습)

비파정의 대련
一彈流水一彈月(일탄유수일탄월)
半入江風半入雲(반입강풍반입운)

송강(宋江)의 시
心在山東身在吳(심재산동신재오)
飄蓬江海漫嗟吁(표봉강해만차우)
他時若遂凌雲志(타시약수능운지)
敢笑黃巢不丈夫(감소황소부장부)

〈강주의 누각에 올라 장안의 여러 아우들과 회남의 후배에게 부치다 登郡樓寄京師諸季淮南子弟〉, 위응물

始罷永陽守(시파영양수)
復臥潯陽樓(부와심양루)
懸檻飄寒雨(현함표한우)
危堞侵江流(위첩침강류)
迨茲聞雁夜(태자문안야)
重憶別離秋(중억별리추)
徒有盈樽酒(도유영준주)
鎭此百端憂(진차백단우)

〈밤에 우저에서 묵으며 설팔의 배를 따라가다 놓치다 夜泊牛渚趁薛八船不及〉, 맹호연

星羅牛渚夕(성라우저석)
風退鷁舟遲(풍퇴익주지)
浦漵常同宿(포서상동숙)
烟波忽間之(연파홀간지)
榜歌空裏失(방가공리실)
船火望中疑(선화망중의)
明發泛湖海(명발범호해)
茫茫何處期(망망하처기)

〈밤에 우저에서 묵으며 옛 일을 생각하다 夜泊牛渚懷古〉, 이백

牛渚西江夜(우저서강야)
靑天無片雲(청천무편운)
登舟望秋月(등주망추월)
空憶謝將軍(공억사장군)
余亦能高詠(여역능고영)
斯人不可聞(사인불가문)

明朝卦帆席(명조괘범석)
楓葉落紛紛(풍엽낙분분)

〈길에 나서 부른 노래 臨路歌〉, 이백

大鵬飛兮振八裔(대붕비혜진팔예)
中天摧兮力不濟(중천최혜역부제)
餘風激兮萬世(여풍격혜만세)
遊扶桑兮掛石袂(유부상혜괘석메)
後人得之傳此(후인득지전차)
仲尼亡兮誰爲出涕(중니망혜수위출체)

〈당신은 어떤 사람이냐는 호주 가섭 사마의 질문에 답하다 答湖州迦葉司馬問白是何人〉, 이백

靑蓮居士謫仙人(청련거사적선인)
酒肆藏名三十春(주사장명삼십춘)
湖州司馬何須問(호주사마하수문)
金粟如來是後身(금속여래시후신)

〈고숙계 姑熟溪〉, 이백

愛此溪水閑(애차계수한)
乘興流無極(승흥류무극)
漾楫怕鷗驚(양즙파구경)
垂竿待魚食(수간대어식)
波翻曉霞影(파번효하영)
岸疊春山色(안첩춘산색)
何處浣紗人(하처완사인)
紅顔未相識(홍안미상식)

〈달 아래서 홀로 마시다 月下獨酌〉, 이백

花間一壺酒(화간일호주)
獨酌無相親(독작무상친)

舉杯邀明月(거배요명월)

對影成三人(대영성삼인)

月旣不解飮(월기불해음)

影徒隨我身(영도수아신)

暫伴月將影(잠반월장영)

行樂須及春(행락수급춘)

我歌月徘徊(아가월배회)

我舞影零亂(아무영영란)

醒時同交歡(성시동교환)

醉後各分散(취후각분산)

永結無情遊(영결무정유)

相期邈雲漢(상기막운한)

〈만나지 못하다 不見〉, 두보

不見李生久(불견이생구)

佯狂眞可哀(양광진가애)

世人皆欲殺(세인개욕살)

吾意獨憐才(오의독연재)

敏捷詩千首(민첩시천수)

飄零酒一杯(표령주일배)

匡山讀書處(광산독서처)

頭白好歸來(두백호귀래)

6장 ―

1. 화려함과 슬픔이 교차하는 곳

〈오의항 烏衣巷〉, 유우석

朱雀橋邊野草花(주작교변야초화)

烏衣巷口夕陽斜(오의항구석양사)

舊時王謝堂前燕(구시왕사당전연)

飛入尋常百姓家(비입심상백성가)

〈진회하에 배를 대고 泊秦淮〉, 두목

煙籠寒水月籠沙(연롱한수월롱사)

夜泊秦淮近酒家(야박진회근주가)

商女不知亡國恨(상녀부지망국한)

隔江猶唱後庭花(격강유창후정화)

〈금릉의 봉황대에 오르다 登金陵鳳凰臺〉,
이백

三山半落靑天外(삼산반락청천외)

二水中分白鷺洲(이수중분백로주)

〈금릉의 봉황대에 술상을 차리다 金陵鳳凰
臺置酒〉, 이백

置酒延落景(치주연낙영)

金陵鳳凰臺(금릉봉황대)

長波寫萬古(장파사만고)

心與雲俱開(심여운구개)

借問往昔時(차문왕석시)

鳳凰爲誰來(봉황위수래)

鳳凰去已久(봉황거이구)

正當今日回(정당금일회)

明君越羲軒(명군월희헌)

天老坐三臺(천로좌삼대)

豪士無所用(호사무소용)

彈弦醉金罍(탄현취금뢰)

東風吹山花(동풍취산화)

安可不盡杯(안가부진배)

六帝沒幽草(육제몰유초)

深宮冥綠苔(심궁명록태)

置酒勿復道(치주물부도)

歌鍾但相催(가종단상최)

악부 민요

莫愁在何處(막수재하처)
莫愁石城西(막수석성서)
艇子打兩槳(정자타량장)
催送莫愁來(최송막수래)

〈막수 莫愁〉, 이상은

雪中梅下與誰期(설중매하여수기)
梅雪相兼一萬枝(매설상겸일만지)
若是石城無艇子(약시석성무정자)
莫愁還自有愁時(막수환자유수시)

2. 양자강의 어귀에서

〈회남을 마음껏 노닐다 縱遊淮南〉, 장호

十里長街市井連(십리장가시정련)
月明橋上看神仙(월명교상간신선)
人生只合揚州死(인생지합양주사)
禪智山光好墓田(선지산광호묘전)

〈회포를 풀다 遣懷〉, 두목

落魄江湖載酒行(낙탁강호재주행)
楚腰纖細掌中輕(초요섬세장중경)
十年一覺揚州夢(십년일교양주몽)
贏得靑樓薄幸名(영득청루박행명)

〈수재 양섬의 송별시에 화답하여 酬楊贍秀
才送別〉, 최치원

海槎雖定隔年廻(해사수정격년회)

衣錦還鄕愧不才(의금환향괴부재)
暫別蕪城當葉落(잠별무성당엽락)
遠尋蓬島趁花開(원심봉도진화개)
谷鶯遙想高飛去(곡앵요상고비거)
遼豕寧慚再獻來(요시영참재헌래)
好把壯心謀後會(호파장심모후회)
廣陵風月待銜杯(광릉풍월대함배)

〈양주의 한작 판관에게 부치다 寄揚州韓綽
判官〉, 두목

靑山隱隱水迢迢(청산은은수초초)
秋盡江南草未凋(추진강남초미조)
二十四橋明月夜(이십사교명월야)
玉人何處敎吹簫(옥인하처교취소)

〈양자진을 떠나면서 원 교서랑에게 부치
다 初發揚子寄元大校書〉, 위응물

凄凄去親愛(처처거친애)
泛泛入煙霧(범범입연무)
歸棹洛陽人(귀도낙양인)
殘鍾廣陵樹(잔종광릉수)
今朝爲此別(금조위차별)
何處還相遇(하처환상우)
世事波上舟(세사파상주)
沿洄安得住(연회안득주)

〈금릉 나루터에서 題金陵渡〉, 장호

金陵津渡小山樓(금릉진도소산루)
一宿行人自可愁(일숙행인자가수)
潮落夜江斜月裏(조락야강사월리)
兩三星火是瓜州(양삼성화시과주)

〈북고산 아래 머무르다 次北固山下〉, 왕만

客路靑山下(객로청산하)

行舟綠水前(행주녹수전)

潮平兩岸闊(조평양안활)

風正一帆懸(풍정일범현)

海日生殘夜(해일생잔야)

江春入舊年(강춘입구년)

鄕書何處達(향서하처달)

歸雁洛陽邊(귀안낙양변)

3. 하늘에 천당이 있다면

〈이른 봄 소주를 생각하며 유우석에게 보내다 早春憶蘇州寄夢得〉, 백거이

吳苑四時風景好(오원사시풍경호)

就中偏好是春天(취중편호시춘천)

霞光曙後殷於火(하광서후은어화)

水色晴來嫩似煙(수색청래눈사연)

士女笙歌宜月下(사녀생가의월하)

使君金紫稱花前(사군금자칭화전)

誠知歡樂堪留戀(성지환락감류련)

其奈離鄕已四年(기내이향이사년)

〈17〉, 한산

滿卷才子詩(만권재자시)

溢壺聖人酒(일호성인주)

行愛觀牛犢(행애관우독)

坐不離左右(좌불리좌우)

霜露入茅簷(상로입모렴)

月華明瓮牖(월화명옹유)

此時吸兩甌(차시흡량구)

吟詩兩三首(음시량삼수)

〈항찬에게 부치다 寄恒璨〉, 위응물

心絶去來緣(심절거래연)

迹順人間事(적순인간사)

獨尋秋草徑(독심추초경)

夜宿寒山寺(야숙한산사)

今日郡齋閑(금일군재한)

思問楞伽字(사문능가자)

〈풍교에서 밤에 정박하다 楓橋夜泊〉, 장계

月落烏啼霜滿天(월락오제상만천)

江楓漁火對愁眠(강풍어화대수면)

姑蘇城外寒山寺(고소성외한산사)

夜半鍾聲到客船(야반종성도객선)

〈작은 재실에 누워 臥小齋〉, 백거이

朝起視事畢(조기시사필)

晏坐飽食終(안좌포식종)

散步長廊下(산보장랑하)

臥退小齋中(와퇴소재중)

拙政自多暇(졸정자다가)

幽情誰與同(유정수여동)

孰云二千石(숙운이천석)

心如田野翁(심여전야옹)

〈낙씨의 정자에서 자면서 최옹과 최연이 떠올라 부치다 宿駱氏亭寄懷崔雍崔兗〉, 이상은

竹塢無塵水檻淸(죽오무진수함청)

相思迢遞隔重城(상사초체격중성)

秋陰不散霜飛晩(추음불산상비만)

留得枯荷聽雨聲(유득고하청우성)

〈노씨와 헤어지며 부르는 노래 別魯頌〉,
이백
獨立天地間(독립천지간)
淸風灑蘭雪(청풍쇄난설)

〈낙양에 어리석은 노인 있어 洛陽有愚叟〉,
백거이
放眼看靑山(방안간청산)
任頭生白髮(임두생백발)

〈정 기조의 '푸른 귤' 절구 시에 화답하다
答鄭騎曹靑橘絶句〉, 위응물
書後欲題三百顆(서후욕제삼백과)
洞庭須待滿林霜(동정수대만림상)

〈항주로 돌아가는 왕 소부를 전송하며 送
王少府歸杭州〉, 한굉(韓翃, 754 전후)
歸舟一路轉靑蘋(귀주일로전청빈)
更欲隨潮向富春(갱욕수조향부춘)
吳郡陸機稱地主(오군육기칭지주)
錢塘蘇小是鄕親(전당소소시향친)
葛花滿把能消酒(갈화만파능소주)
梔子同心好贈人(치자동심호증인)
早晩重過漁浦宿(조만중과어포숙)
遙憐佳句篋中新(요련가구협중신)

〈항주의 고산사에 쓰다 題杭州孤山寺〉, 장
호
樓臺聳碧岑(누대용벽잠)
一徑入湖心(일경입호심)

不雨山長潤(불우산장윤)
無雲水自陰(무운수자음)
斷橋荒蘚澁(단교황선삽)
空院落花深(공원낙화심)
猶憶西窗月(유억서창월)
鐘聲在北林(종성재북림)

〈서호에서의 봄 나들이 錢塘湖春行〉, 백거
이
孤山寺北賈亭西(고산사북가정서)
水面初平雲脚低(수면초평운각저)
幾處早鶯爭暖樹(기처조앵쟁난수)
誰家新燕啄春泥(수가신연탁춘니)
亂花漸欲迷人眼(난화점욕미인안)
淺草才能沒馬蹄(천초재능몰마제)
最愛湖東行不足(최애호동행부족)
綠楊陰裏白沙堤(녹양음리백사제)

〈영은사 靈隱寺〉, 송지문(宋之問)
鷲嶺鬱岧嶢(취령울초요)
龍宮鎖寂寥(용궁쇄적료)
樓觀滄海日(누관창해일)
門對浙江潮(문대절강조)
桂子月中落(계자월중락)
天香雲外飄(천향운외표)
捫蘿登塔遠(문라등탑원)
剔木取泉遙(고목취천요)
霜薄花更發(상박화갱발)
冰輕葉未凋(빙경엽미조)
夙齡尙遐異(숙령상하이)
搜對滌煩囂(수대척번효)
待入天台路(대입천태로)

看余度石橋(간여도석교)

〈항주로 부임하는 요합을 전송하며 예전
에 노닐던 것을 추억하다 送姚杭州赴任因
思舊遊〉첫째 수, 백거이
且喜詩人重管領(차희시인중관령)
遙飛一盞賀江山(요비일잔하강산)

〈항주와 작별하며 別杭州〉, 요합
醉與江濤別(취여강도별)
江濤惜我遊(강도석아유)
他年婚嫁了(타년혼가료)
終老此江頭(종로차강두)

찾아보기

작품명

중국, 당시의 나라

1판 1쇄 펴냄 2014년 11월 25일
1판 4쇄 펴냄 2015년 8월 20일

지은이 김준연

주간 김현숙
편집 변효현, 김주희
디자인 이현정, 전미혜
영업 백국현, 도진호
관리 김옥연

펴낸곳 궁리출판
펴낸이 이갑수

등록 1999. 3. 29. 제300-2004-162호
주소 110-043 서울시 종로구 통인동 31-4 우남빌딩 2층
전화 02-734-6591~3
팩스 02-734-6554
E-mail kungree@kungree.com
홈페이지 www.kungree.com
트위터 @kungreepress

ISBN 978-89-5820-282-0 03800

값 28,000원

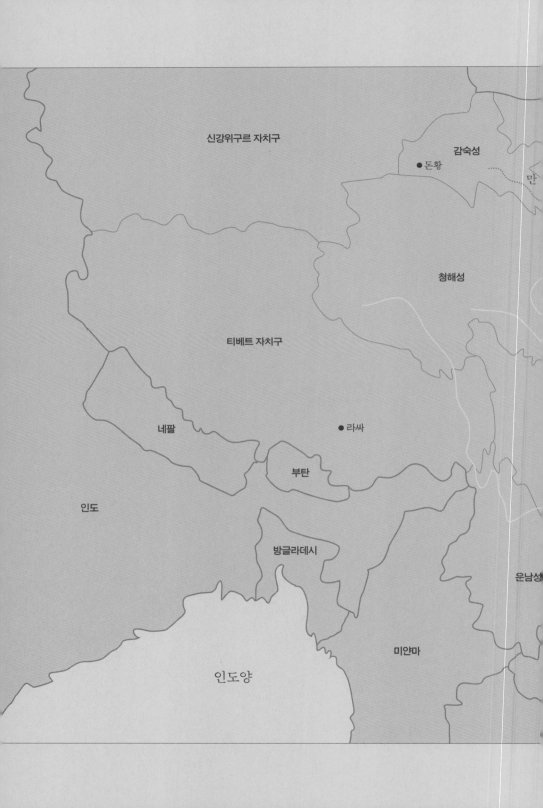

중국지도